MvS

Stephen W. Frey

Die Haie

Roman

Deutsch von Dietlind Kaiser

Marion von Schröder

Titel der amerikanischen Originalausgabe: The Takeover. Originalverlag: Dutton, New York. Übersetzt von Dietlind Kaiser.

Die Deutsche Bibliothek – CIP – Einheitsaufnahme

Frey, Stephen W.:

Die Haie: Roman/Stephen W. Frey. Dt. von Dietlind Kaiser.
– Düsseldorf: von Marion Schröder, 1996
ISBN 3-547-72956-4

Veröffentlicht im Marion von Schröder Verlag.

Lektorat: Bettina Foulon. Gesetzt aus der Sabon, Linotype. Satz: Formsatz GmbH, Diepholz. Papier: Papierfabrik Schleipen GmbH, Bad Dürkheim. Druck und Bindearbeiten: Bercker Graphischer Betrieb GmbH, Kevelaer. Printed in Germany. ISBN 3-547-72956-4.

Meiner Frau Lil
und unseren Töchtern Christina und Ashley.
Ihr bedeutet mir unendlich viel.

Prolog

Februar 1992

Das Leben war angenehm. Andrew Falcon stand kurz davor, eine riesige Geldsumme zu bekommen – so hoffte er zumindest. Erst vor fünfzehn Monaten war er der jüngste Partner in der ältesten und prestigeträchtigsten Investmentbank an der Wall Street geworden. Winthrop, Hawkins & Company hatte eine hundertzweiundvierzigjährige Geschichte vorzuweisen. Er zog tief und genüßlich an der Macanudo-Zigarre, lehnte sich im Polsterstuhl zurück und blies sacht dicken Rauch an die hohe Decke des Racquet Club, eines noblen Herrenetablissements in New York City. Normalerweise rauchte er keine Zigarren, aber heute abend schmeckten sie ihm.

Falcon war schwindlig. Das jährliche Dinner für alle Teilhaber – sein erstes, weil er erst seit dem letzten Jahr Partner war – dauerte jetzt schon vier Stunden. Er hatte vor dem Essen mehrere Glenlivet-Cocktails getrunken und eine Flasche Cabernet zum Filet Mignon. Jetzt bemerkte er, daß die weißbehandschuhten Kellner Magnumflaschen Dom Pérignon entkorkten.

Es würde eine Weile dauern, bis die Kellner allen sechsundsiebzig Partnern eingeschenkt hatten, und Andrew mußte unbedingt seine stoische Ruhe bewahren. Bald würde der Jahresbonus verteilt werden, und in Erwartung dieses Ereignisses krampfte sich ihm der Magen zusammen. Das war kein firmenüblicher Bonus, der aus zehntausend Dollar und einem anerkennenden Schulterklopfen bestand. Hier ging es um viel Geld, Geld einer Investmentbank. Falcon griff nach dem Kognakschwenker, der auf dem Leinentischtuch vor ihm stand

Die Tische waren in dem schwach beleuchteten, mahagonivertäfelten Raum in U-Form angeordnet. Der Vorstandsvorsitzende

und älteste Partner, E. Granville Winthrop IV., Ururenkel des Firmengründers und ein direkter Nachfahre des ersten Gouverneurs der Kolonie Massachusetts Bay, saß am Kopf der Tafel. Die anderen Partner waren je nach Dienstzeit in der Firma beiderseits von Winthrop plaziert. Die dienstältesten Teilhaber saßen unmittelbar links und rechts neben ihm.
Falcon saß an einem Ende des U, direkt gegenüber von Roland Thompson. Thompson war ein dünner achtunddreißigjähriger, dem Aussehen nach typisch angelsächsischer Protestant, der trotz hundertprozentiger Sehschärfe eine Schildpattbrille trug. Thompson war vor zwei Jahren Partner geworden. Fast über Nacht hatte er Winthrop, Hawkins & Company zum Spitzenreiter im Geschäft mit konvertierbaren Anleihen gemacht. In diesem Jahr kursierte jedoch das Gerücht unter den Partnern, Thompson habe etliche sehr schlechte Geschäfte getätigt und eine Menge Firmengeld verloren. Aber nur Granville, die vier anderen Vorstandsmitglieder und Thompson wußten das genau. Von Verlusten in bestimmten Abteilungen der Firma erfuhren die Partner nichts. Natürlich hinderte sie das nicht daran, Mutmaßungen anzustellen. Andrew war aufgefallen, daß sich Thompson schon früh am Abend betrunken hatte; niemand war erpicht darauf gewesen, sich während der Cocktails mit dem Mann zu unterhalten. Jetzt war er so hinüber, daß sein Kopf fast auf die Tischplatte fiel.
Thompsons Abteilung war nicht die einzige der Firma, die den Gerüchten nach Einbußen hatte hinnehmen müssen. Von den Einnahmen der Abteilungen für Festgeld und Versicherungswertpapiere – zwei Flaggschiffen der Firma – hieß es, sie seien hinter den soliden Ergebnissen früherer Jahre zurückgeblieben. In diesen Abteilungen waren die Abschlüsse, die Assekuranzen und die Handelsspannen allesamt rückläufig. Diese Entwicklung war das Ergebnis der Politik, die der Präsident der Vereinigten Staaten wirtschaftliche Stabilität nannte – langsames, aber stetiges Wachstum. Die Investmentbanker nannten das Anämie. Langsamkeit und Stetigkeit gefielen ihnen nicht. Sie brauchten sprunghaftes Wachstum, um ihre riesigen Gewinne zu scheffeln. Und davon hatte es in letzter Zeit nicht viel gege-

ben. Andrew paffte an der Zigarre. Vielleicht sollte er sich von diesem Abendessen nicht allzuviel versprechen.
Falcon warf einen Blick ans Kopfende der Tafel. Granville lächelte auf seine zurückhaltende, wachsame Weise über etwas, was einer der Seniorpartner sagte. So lächelte Granville bei jeder Information, ganz gleich ob gut, schlecht oder belanglos. Er musterte Winthrops Gesicht gründlich, aber dieser Miene ließ sich nichts über den Bonus entnehmen. Granville war ein unübertroffener »I«-Banker, wie man Investmentbanker im Jargon der Wall Street nannte. Seinem Gesicht war nie anzusehen, was er empfand, denn sonst hätte er sich ein Geschäft vermasseln können.
Andrew entspannte sich grinsend in dem bequemen Stuhl. Außerhalb der Wall Street verhielt sich Granville anders. In der Regel freundete er sich nicht mit anderen Firmenmitgliedern an, aber in Falcons Fall hatte er eine Ausnahme gemacht. In den letzten vier Jahren war Andrew immer häufiger zum Wochenendgast auf Winthrops weitläufigem Anwesen am Meer in East Hampton geworden – zumindest an Wochenenden, an denen Falcon nicht an einem weiteren Multimillionendollargeschäft bastelte. Dort hatte Andrew Granvilles private Seite kennengelernt. Er hatte Granvilles Liebe zu Vollblutrennpferden entdeckt – vier davon hielt er in den Ställen des Anwesens –, seine wertvolle Sammlung antiker Waffen und seine riesige Jacht. Sie segelten gewöhnlich den ganzen Samstag mit einer Zehnerbesatzung und kehrten bei Sonnenuntergang zu einem köstlichen Abendessen zurück, vom Gutspersonal zubereitet und serviert. Nach dem Abendessen zogen sich Andrew und Granville in das ehrwürdige Arbeitszimmer der Villa zurück, köpften eine Flasche hundert Jahre alten Scotch und sprachen über das Geschäft und die Politik. Sie unterhielten sich stundenlang, und Falcon prägte sich selbst den winzigsten Ratschlag ein, den Granville ihm erteilte.
»Was ist denn so verdammt komisch?«
Falcon drehte sich um. Die Stimme gehörte Jim Kunkowski, jenem Partner, der bei Winthrop für die Zinsanpassung zuständig war. Das Lächeln wich aus Falcons Gesicht. »Nichts.« Es

war das erste Wort, das Falcon zu Kunkowski gesagt hatte, obwohl er seit zwei Stunden neben ihm saß. Aber so war das Investmentbankgeschäft. Es gab Geschichten über Männer, die sich jahrelang ein Büro geteilt hatten und nie miteinander gesprochen hatten. Sie waren zum Geldverdienen da. Das war alles.

Kunkowski war kein angenehmer Mensch. Sein Jähzorn war legendär, und es war kein Geheimnis, daß die Leute in seiner Abteilung ihn verabscheuten. Aber bis zum vergangenen Jahr hatte er eine Menge Geld für die Firma verdient; deshalb konnte sich niemand offen über ihn beschweren. Doch in diesem Jahr hatte Kunkowski große Verluste eingefahren, und die Haie kreisten ihn ein. »Nichts.« Andrew wiederholte das Wort ruhig und wandte sich ab.

Falcon entspannte sich im Sessel und schloß die Augen. Vierzehn Stunden am Tag schuftete er für die Abteilung Fusionen und Übernahmen, die einträglichste bei Winthrop, Hawkins & Company. Aber auch sie erlebte Einbußen. Trotzdem machte Falcon sich keine Sorgen um seine Stelle, wenn auch andere Investmentbanken Spezialisten für Fusionen und Übernahmen scharenweise entließen. Die Geschäftsleitung von Winthrop protegierte und schätzte ihn.

Granville Winthrop hatte das erst gestern deutlich gemacht, als sie sich im prächtigen Büro des Seniorpartners in der Firmenzentrale Wall Street 72 getroffen hatten. Sie hatten darüber gelacht, daß Granvilles Büro im zehnten Stock lag und nicht weiter oben in dem Wolkenkratzer, aber die Leitern der Feuerwehr von New York City reichten nur bis zum zehnten Stock. Und im nächsten Atemzug hatte Granville ihn mit Komplimenten überschüttet. »Trotz der schwierigen Zeiten«, hatte Granville gesagt, »haben Sie in diesem Jahr Ihren Gebührensatz verdoppelt. Sie haben mehrere bedeutende und ansehnliche Transaktionen zustande gebracht und der Firma eine Reihe neuer, gewichtiger Kunden zugeführt. Wir sind alle stolz auf Sie. Weiter so.« Andrew konnte die Worte noch hören.

Eigentlich hätte Falcon keinen Grund gehabt, sich Sorgen um seinen Bonus zu machen. Er sollte mindestens fünfzigtausend

Dollar höher sein als der Bonus von zweihundertfünfzigtausend Dollar, den er im letzten Jahr als stellvertretender Abteilungsleiter bekommen hatte. Aber weil die Firma möglicherweise schlecht dastand, wurde Falcon klar, daß die Komplimente in Granvilles Büro vielleicht als Ersatz für einen beträchtlichen Teil seines Jahresbonus gedacht gewesen waren. Er brauchte das Geld dringend. Irgendwie waren die zweihundertfünfzigtausend Dollar aus dem letzten Jahr verschwunden, obwohl sein Jahresgehalt hunderttausend Dollar betrug.

Falcon machte die Augen auf und trank noch einen Schluck Kognak. Hatte er die Kraft, seine Pläne zu verwirklichen? Würde er seinen Überzeugungen treu bleiben können? Vielleicht sollte er Vorsicht üben, auch wenn der Bonus nicht so ausfiel, wie er es sich erhoffte.

Als das letzte Glas Champagner eingeschenkt war, erhob Granville Winthrop sich langsam. Andrew beobachtete den Seniorpartner durch die Kognakrinnsale an den Wänden des Schwenkers. Vielleicht lag es an der Verzerrung durch das Glas, aber Granville wirkte viel älter als der Mann, dem er gestern einen Besuch abgestattet hatte.

Er ging steif zu einem Podium in der Ecke, blieb mehrmals stehen, beugte sich zu einem der älteren Partner in seiner Nähe und flüsterte ihm etwas zu. Alle behandelten ihn wie eine königliche Hoheit; etliche standen auf, als er näher kam, und nickten nervös zu allem, was er sagte.

Falcon sah sich im Raum um. Die ausschließlich männlichen Anwesenden – es hatte bei Winthrop noch nie einen weiblichen Partner gegeben – unterhielten sie weiter miteinander, aber der Geräuschpegel sank beträchtlich, während die Männer so taten, als bemerkten sie nicht, daß sich Granville dem Podium näherte. Die Versammlung sollte jetzt gleich erfahren, wie schlecht die Firma in diesem Jahr abgeschnitten hatte, und die Männer waren nervös. Eine gewaltige Anspannung erfüllte den großen Raum, eine Anspannung, die Falcon noch nicht einordnen konnte, weil es sein erstes Dinner als Partner war. Normalerweise wären die Männer jetzt in ausgelassener Stimmung gewesen, berauscht nicht nur vom Alkohol, sondern auch von der Aussicht auf das

Geld, das sie bekämen. Aber zum ersten Mal seit vielen Jahren waren die Gewinne den Gerüchten nach zurückgegangen. Und obwohl die Mehrheit der Partner nichts Genaues wußte, waren sie sich doch sicher, daß die Gewinne eindeutig kleiner ausgefallen waren.

Jetzt würde jeder erfahren, wie er vom Vorstand tatsächlich beurteilt wurde. Diejenigen, denen das Wohlwollen galt, würden vermutlich – selbst wenn sie oder ihre Abteilungen schlecht abgeschnitten hatten – einen stattlichen Bonus erhalten, weil sie aus was für Gründen auch immer beliebt waren. Vielleicht, weil sie den richtigen Nachnamen hatten, im richtigen Country Club Mitglieder waren oder eine begehrenswerte Frau hatten, die im vergangenen Jahr auf subtile Weise einem Vorstandsmitglied ins Bett gelegt worden war.

Diejenigen, die in Ungnade gefallen waren, würden aller Wahrscheinlichkeit nach nichts bekommen. Das wurde bei Winthrop »Sanktion« genannt. Kein Bonus. Das hieß, der Vorstand hatte beschlossen, daß der Betreffende unerwünscht war. Sie warteten eine schlechte Wirtschaftslage ab, um Hausputz zu machen. Dann konnten sie den Entfall des Bonus auf die schwierigen Zeiten schieben. Aber in Wahrheit taten sie es, weil sie einen nicht mochten. Es war eine Botschaft. Und die Botschaft lautete: Raus. Bei Winthrop war immer genug Geld vorhanden, um über die Runden zu kommen.

Die Sanktion war zum letzten Mal 1981 verhängt worden, vor über einem Jahrzehnt. Und noch während der Mann, den die Sanktion traf, vergeblich auf seinen Bonus wartete, kaufte die Firma seine Anteile zurück, zum vollen Wert – das hieß Millionen, selbst nach Abzug der Steuern. Die Sanktion schmerzte mehr psychisch als finanziell. Sie bedeutete: Die Weltelite wollte nichts mehr mit einem zu tun haben; man genügte den Anforderungen nicht mehr. Und jeder im exklusiven Club der Wall Street würde es erfahren.

Granville erreichte das Podium. Andrew beugte sich vor und beobachtete, wie der silberhaarige Seniorpartner mühsam ans Rednerpult trat. Granville hatte immer Schwierigkeiten beim Gehen. Sein rechtes Bein war in Korea von der Kugel eines Hecken-

schützen zerfetzt worden und nie richtig geheilt – so jedenfalls die Geschichte.
Er rückte das kleine, vergoldete Spotlight auf dem Podium zurecht, nahm dann die Halbbrille aus der Smokingtasche und schob sie sich auf die schmale, patrizische Nase. Wie auf ein Stichwort wurde es still im Raum. Gespräche wurden mitten im Satz abgebrochen.
Plötzlich hob Granville das Champagnerglas in die Höhe. »Meine Herren, ich wünsche Ihnen ein erfolgreiches neues Jahr!«
Wie ein Mann erhoben sich alle zugleich, die Champagnergläser in der Hand. »Zum Wohl. Prosit!« Die Stimmen stiegen unisono an und erfüllten den großen Raum.
Mehrere Teilhaber streiften Falcon mit Blicken, wollten sehen, ob er auf die Tradition auch vorbereitet gewesen war. Ja, er war genau im richtigen Augenblick aufgestanden. Außerhalb des Raumes wurde dieses Ritual geheimgehalten, aber Andrew hatte prompt reagiert. Das war ein gutes Zeichen. Das hieß, daß der neueste Partner in der Lage war, sich Insiderinformationen zu beschaffen, was auf lange Sicht nur größere Gewinne für die Partnerschaft bedeuten konnte. Für diese Männer waren Insiderinformationen nur der Börsenaufsicht gegenüber illegal. Sie waren ein wesentlicher Bestandteil des Geschäfts. Ein Risiko, das man einging. Andrew hätte nie jemandem erzählt, daß ihn Granville Winthrop persönlich gestern in seinem Büro über das Protokoll unterrichtet hatte, denn man gab niemals die Quelle einer Insiderinformation preis. Das war ein Gesetz.
»Mr. President, würden Sie den Partnern bitte einen Überblick geben über die Geschäftsergebnisse von Winthrop, Hawkins & Company, einen Überblick über das vergangene Geschäftsjahr, das wir am einundreißigsten Dezember abgeschlossen haben?«
»Ja, Mr. Chairman«, antwortete Ben Weingarten von seinem Platz aus, rechts von dem Stuhl, den Granville geräumt hatte.
Die Partner, festlich gekleidet in schwarze Smokings und weiße Abendhemden, hielten den Atem an. Falcon konnte das Herzklopfen der Männer förmlich hören.
Weingarten las aus einem alten, in Leder gebundenen Notizbuch

vor. Seine Stimme war voll und klar. »Mr. Chairman, im am einundreißigsten Dezember zu Ende gegangenen Jahr hat die Firma, Zahlungen an Angestellte noch nicht abgezogen, fünfhundertvierundsiebzig Millionen Dollar eingenommen, sechs Prozent weniger als im letzten Jahr.«

Fünfhundertvierundsiebzig Millionen Dollar! Falcon konnte es nicht fassen. Er stellte schnell ein paar Berechnungen an. Die Summe ergab über sieben Millionen Dollar pro Teilhaber. Und das war ein schlechtes Jahr? Selbst wenn sich die fünf Vorstandsmitglieder zwanzig Prozent der Gewinne unter den Nagel rissen und weitere fünfzehn Prozent für die Bonuszahlungen an Partner und Angestellte abzogen, blieben noch fast dreihundertfünfundsiebzig Millionen übrig. Das waren immer noch fast fünf Millionen Dollar für jeden Partner, der nicht dem Vorstand angehörte.

Gewinne wurden niemandem anvertraut, außer den Männern in diesem Raum, den Buchhaltern von Winthrop und dem Finanzamt. Sie gehörten zu den größten Geheimnissen der Wall Street. Soviel Mühe er sich auch gegeben hatte, in den Jahren vor seinem Eintritt bei Winthrop war Falcon nie an diese Information herangekommen. Jetzt, wo er sie kannte, war er fassungslos. Vielleicht sollte er seine Entscheidung überdenken.

Die Partner schienen einen Seufzer der Erleichterung auszustoßen. Die Gewinne waren zurückgegangen, aber nicht so stark, wie sie es erwartet hatten. Vielleicht würde es doch noch ohne Blutvergießen abgehen.

»Danke, Mr. President.« Winthrop machte eine Pause und musterte die Männer vor ihm. »Auf Ihr Wohl, meine Herren.« Der Seniorpartner führte das Glas an die Lippen und trank die blaßgoldene Flüssigkeit in einem Zug aus.

Die anderen Anwesenden taten es ihm nach; sie blieben stehen, bis das letzte Glas geleert war. Dann setzten sich die Männer und warteten, während die weiß behandschuhten Kellner nachschenkten.

»Meine Herren Teilhaber, ich werde heute abend nicht viel von Ihrer Zeit in Anspruch nehmen. Ich weiß, daß Sie sich sehr viel mehr für den Inhalt der Briefe interessieren, die neben mir liegen, als für das, was ich zu sagen habe« – Winthrop deutete auf die sechsundsiebzig versiegelten Umschläge, die sauber gestapelt auf einem Sterlingsilbertablett neben dem Podium auf einem Beistelltischchen lagen –, »aber ich fühle mich genötigt, vor der Verteilung der Umschläge ein paar Worte zu sagen.«

Die Anwesenden rutschten unbehaglich auf ihren Plätzen herum. In Granvilles Stimme schwang etwas Unheilverkündendes mit.

»Wie Sie alle eben gehört haben, sind die Gewinne in diesem Jahr zurückgegangen. Und bedenken Sie« – Winthrop machte der Wirkung halber eine Pause –, »daß Ihr persönlicher Kapitalzufluß noch beträchtlich beschnitten wird, wegen der hohen Steuersätze für die sogenannten Reichen, die von der neuen Regierung im Kongreß durchgepeitscht werden konnten.«

Bei der Erwähnung der hohen Steuersätze durchlief ein angemessenes Grollen den Raum.

Winthrop fuhr fort. »Dennoch stellt der Rückgang der Gewinne eine inakzeptable Entwicklung dar, selbst angesichts einer schwierigen Wirtschaftslage. Eine ganz und gar inakzeptable Entwicklung.«

Jetzt kam's. Die Männer rutschten plötzlich wieder auf die Stuhlkanten, vor allem jene in den mittleren Jahren, die den letzten Hausputz 1981 miterlebt hatten. Damals war die Sanktion über sechs Männer verhängt worden.

»Zusätzlich zum Rückgang der Gewinne mußten wir weitere Geldeinbußen verkraften. Wir haben die Renovierung unserer Büros abgeschlossen. Wir haben mehrere Computersysteme auf dem neuesten Stand der Technik installiert. Schließlich haben wir im Juli die Anlageberatung Bates, Hilgers gekauft. Und weil wir beschlossen haben, die Führungskräfte von Bates, Hilgers nicht als Partner an Winthrop, Hawkins & Company zu beteiligen, waren wir gezwungen, den Kaufpreis bar zu entrichten. Auf lange Sicht wird sich dieser Kauf stattlich für uns auszahlen. Wir sollten unserem neuesten Partner, Mr. Falcon, dafür danken, daß er den Erwerb in unserem Auftrag eingeleitet und die Kaufverhandlungen geführt hat.« Granville nickte in Andrews Richtung.

Sofort senkte Falcon den Blick auf das Tischtuch. Er spürte die Augen der Partner auf sich. Er wußte, daß nicht alle die Transaktion billigten, in erster Linie, weil sie ihnen im laufenden Geschäftsjahr Geld aus der Tasche zog.

»Das alles hat Geld verzehrt. Seien Sie deshalb nicht überrascht, meine Herren, wenn Ihr Bonus niedriger ausfällt als letztes Jahr. Wir vom Vorstand sind äußerst kritisch vorgegangen und haben Ihre Bemühungen strikt auf Leistungsbasis belohnt – ein Prinzip, von dem wir in der Vergangenheit wegen unserer soliden Einnahmen abgewichen sind.«

Es war, als brandete plötzlich eine Sturmflut durch den Raum. Die Männer klammerten sich an die verfleckten Tischtücher, ihre Fingerknöchel wurden weiß, ihre Gesichter ernst: sie verrieten die starke Anspannung, unter der alle standen.

Granville nickte den Kellnern zu, die schnell zu den vorbereiteten Umschlagstapeln griffen und sie rasch und gezielt an die jeweiligen Empfänger verteilten.

Falcon starrte den schlichten, cremefarbenen Umschlag an, der vor ihm auf dem Tischtuch lag. Auf dem Umschlag stand sauber getippt sein Name – jedenfalls der Name, den er Winthrop vor sieben Jahren genannt hatte, der Name, unter dem er sich zwei Jahre davor in der betriebswirtschaftlichen Fakultät von Harvard immatrikuliert und den er vier Jahre früher bei der University of Pennsylvania angegeben hatte. Andrew William Falcon. Nicht sein Geburtsname.

Wie jedermann in der Wall Street wußte, kam es im Leben buchstäblich auf wenige wichtige Sekunden an. Momente, in denen sich die ganzen Recherchen und Vorbereitungen auszahlten oder eben nicht. Der Augenblick, in dem ein Geschäft abgeschlossen wurde oder danebenging. Das hier war ein solcher Moment.

Falcon holte tief Luft, sich seiner Atmung schmerzhaft bewußt. Trotz der Alkoholwirkung waren seine Sinne plötzlich geschärft, und keine Bewegung im Raum entging ihm. Das Adrenalin strömte durch seinen Körper.

Zu Beginn des Abendessens waren hellblaue Etuis von Tiffany neben jedes Gedeck gelegt worden. Im Etui lag ein Brieföffner aus Sterlingsilber, in den der Name des Partners und das Datum

eingraviert waren – ein Datum, das in der Erinnerung aller Männer immer weiterleben würde, positiv oder negativ. Etliche dieser Männer konnten sich kaum ihren Hochzeitstag merken, aber diese Abendessen behielten sie lebhaft im Gedächtnis.
Falcon griff nach dem Etui neben seiner unbenutzten Dessertgabel, nahm den Brieföffner heraus und zog den Schonbezug aus blauem Filz vom polierten Silber ab. Er sah den Brieföffner einen Augenblick lang an. Dann drehte er den Umschlag bedächtig um, schob die scharfe Spitze des Öffners unter die leicht gewölbte Rückenlasche und schlitzte das kleine Päckchen auf. Das Papier teilte sich sauber, und ihm war vage bewußt, daß im selben Augenblick fünfundsiebzig weitere Umschläge genauso sauber aufgeschlitzt wurden. Falcon schluckte und zog den Inhalt heraus – nicht mehr als ein kleines Stück Papier, auf das wiederum sein Name getippt war und direkt darunter eine Zahl. Sein Blick verschwamm leicht, als er versuchte, sich auf die Zahlen zu konzentrieren. In seinem Gehirn pulsierte das Blut. Plötzlich wurden seine Sinne taub. Eine Million Dollar. Er blinzelte und sah die Zahl noch einmal an. Eine Million Dollar!
Es war mehr Geld, als manche Menschen im ganzen Leben verdienten. Mehr Geld, als sich sein Vater, ein Gießereiarbeiter, der immer noch in einem schäbigen Reihenhaus im Westen von Philadelphia wohnte – in dem gleichen Reihenhaus, in dem Falcon aufgewachsen war –, sich je hätte vorstellen können. Es waren nicht die fünf Millionen, die er als Anteil am Nettoeinkommen der Firma für jeden nicht dem Vorstand angehörigen Partner ausgerechnet hatte, aber er war ja auch erst seit einem Jahr Teilhaber. Die Firma hatte im vergangenen Jahr hohe Ausgaben gehabt, und zur Absicherung künftigen Wachstums mußte genügend Firmenkapital zurückgehalten werden. Es gab Seniorpartner in den prestigeträchtigsten New Yorker Anwaltskanzleien, die keinen derart absurden Bonus erhielten – Männer und Frauen, die seit Jahrzehnten als Juristen tätig waren. Es war eine Riesensumme für einen knapp Einunddreißigjährigen. Es war eine Riesensumme für jeden Menschen.
Er empfand keine Schuldgefühle über die Höhe des Bonus. Er hatte ihn verdient. Der Vorstand hatte ihm soviel bezahlt, weil

er gut war. Nein, nicht nur gut. Sie zahlten ihm soviel, weil er sofort einen Raum voller Manager in Bann schlagen konnte, mit seinem brennenden Blick, der glatten Stimme und den umfassenden Kenntnissen im Finanzwesen, im Steuerrecht und in Buchführung, über die er verfügte. Schließlich hatte er für die Firma eine Riesenmenge Geld verdient – das Vierzigfache des Bonus. Sie hatten ihm soviel bezahlt, weil sie ihn behalten wollten. Er hatte keinen Grund gehabt, an einem Riesenbonus zu zweifeln, vor allem angesichts seiner Beziehung zu Granville.

Falcon wurde plötzlich ruhig. Das war die Ruhe, für die er bei Winthrop schon berühmt geworden war. Das Hochgefühl legte sich. Eine Million Dollar war annehmbar, aber er wollte mehr. Viel mehr. Und zwar schnell.

»Ihr gottverfluchten Scheißkerle!« Kunkowski kam brüllend auf die Beine. Der Polsterstuhl krachte lautstark gegen die vertäfelte Wand, als der Mann sich erhob.

Falcons Kopf fuhr schnell herum, als Kunkowski schrie, den Zeigefinger auf den Kopf der Tafel gerichtet. Inzwischen war Winthrop vom Podium zu seinem Platz oben an der Tafel zurückgekehrt.

»Ihr Arschlöcher!« brüllte Kunkowski. Er war offensichtlich betrunken.

Falcon warf einen Blick auf das Stück Papier vor Kunkowskis Platz. Unter dem Namen des Mannes stand keine Zahl. Über ihn war die Sanktion verhängt worden. Die Haie hatten also doch noch angegriffen.

»Ihr glaubt, daß ihr das mit mir machen könnt? Ihr glaubt, daß ihr mich wie ein Spielzeug in die Ecke schmeißen könnt?« Im Raum war es totenstill. Kunkowski starrte Granville aus glasigen Augen an.

Granville winkte dem Oberkellner. Er schien dabei leicht zu lächeln, als amüsierte er sich. Vielleicht bildete sich Andrew das Lächeln aber auch nur ein.

Kunkowski stolperte um das Tischende herum, an dem Falcon saß, und ging auf Granville zu. Mehrere Seniorpartner standen auf, als Kunkowski näher kam, aber Granville blieb gelassen sitzen und rauchte eine riesige Zigarre.

Kunkowski blieb drei Meter vom Kopf der Tafel entfernt stehen. Er war groß, über einsneunzig, und kräftig gebaut. Er benützte seine Körpergröße dazu, Menschen einzuschüchtern – Falcon hatte das schon oft beobachtet. Er mochte Menschen nicht, die sich so benahmen, und er sah fasziniert zu, witterte, daß Kunkowskis Auftritt dieses Mal keinen Eindruck machen würde.

»Ihr habt mich immer gehaßt, weil ich Pole und Katholik bin.« Plötzlich wurde Kunkowskis Stimme leise. »Ihr verabscheut Minderheiten.«

»Das ist absurd.« Granville zog weiter an der Zigarre. »Sie wissen bestens, daß der Herr zu meiner Rechten, Ben Weingarten, Direktor unserer Firma, Jude ist.«

»Halbschjude.« Kunkowski sprach das Wort lallend aus.

»Sie sind sehr betrunken, Mr. Kunkowski. Setzen Sie sich.« Zum ersten Mal schwang in Winthrops Stimme eine Spur Zorn mit. Es war ein guter Rat, dachte Falcon. Er musterte schnell die Gesichter der Partner und entdeckte drei weitere, darunter Roland Thompson, über die eindeutig ebenfalls die Sanktion verhängt worden war. Ihre benommenen Mienen verrieten, was sie verzweifelt zu verbergen suchten. Aber die drei waren nicht so mutig wie Kunkowski – oder nicht so dumm. Sie saßen da wie festgenagelt. Es war tollkühn, sich mit dem Vorstand anzulegen. Sobald die Sanktion verhängt worden war, gab es an der Entscheidung nichts mehr zu rütteln. Man konnte weiter bei Winthrop arbeiten, so lange man wollte, das Hunderttausenddollargehalt beziehen, das jeder Partner bezog, aber man würde nie wieder einen Bonus erhalten. Und hunderttausend Dollar im Jahr reichten bei den meisten Partnern nicht einmal für die Garderobe ihrer Ehefrauen aus, ganz zu schweigen von den Schulden für das Haus, die Autos, Boote und den auf Kredit gekauften Schmuck. Wenn man sich beschwerte oder den Vorstand beleidigte, konnte er einem beim Rückkauf der Partnerschaftsanteile große Schwierigkeiten machen, die Rückkaufphase über viele Jahre hinziehen und den Kaufpreis ständig weiter herunterhandeln, obwohl man das Geld doch dringend brauchte. Es war besser, in aller Stille zu gehen, das Geld für den Partnerschaftsanteil schnell zu kassieren und bei einer anderen, weniger prestigeträchtigen Investmentbank weiterzumachen.

»Nein, ich werde mich nicht setzen. Ich werde nicht in aller Stille gehen, wie Sie das wollen!« Kunkowski wandte sich den anderen Partnern zu. »Laßt's schon raus. Wem ist sonst noch eben der Stuhl unterm Arsch weggezogen worden? Ich weiß, daß ich nicht der einzige bin.«

Die drei Männer mit den aschfahlen Gesichtern, die Falcon gerade eben ausgemacht hatte, wagten es nicht, Kunkowskis Blick zu erwidern. Alle anderen im Raum sahen ihm direkt in die Augen. Falcon beglückwünschte sich zu seiner Fähigkeit, in den Gesichtern anderer lesen zu können, aber sie überraschte ihn nicht. Schließlich hatte er sich während seines Studiums einen großen Teil seines Lebensunterhalts mit Pokergewinnen finanziert.

»Ihr müßt euch mir anschließen. Wenn wir zusammenhalten, können wir uns gegen diese Scheißkerle wehren.«

Keine Reaktion.

»Bitte ...«

Immer noch nichts.

Plötzlich begriff Kunkowski, daß er mit seiner emotionalen Kurzschlußreaktion einen Riesenfehler gemacht hatte. Die Schultern des Hünen sackten langsam zusammen, als er sich wieder den Seniorpartnern zuwandte. Sie erwiderten seinen Blick, und Falcon konnte den Haß spüren. Niemand sprach mit den Vorstandsmitgliedern, wie Kunkowski das getan hatte. Sie waren Götter. Und sie waren keine vergebenden Götter.

Einen Augenblick lang sah Kunkowski Granville aus blutunterlaufenen Augen an, dann schlug er die Hände vor das Gesicht. Im Raum herrschte atemlose Stille, bis auf Kunkowskis Schluchzer und das leise Geräusch, mit dem Granville den Zigarrenrauch ausstieß.

Vier kräftige Wachmänner, die auf Granvilles Handzeichen hin zum Oberkellner getreten waren, brachen das Schweigen durch ihre Schritte. Aber sie waren überflüssig. Kunkowski war ein geschlagener Mann.

Und Falcon beobachtete, wie er sich völlig auflöste.

Granville Winthrop saß allein in einem kleinen Nebenzimmer des Racquet Club mit Blick auf die Park Avenue. Er beobachtete die Scheinwerfer der Autos, die unter dem Fenster vorbeifuhren, während er die dritte Zigarre an diesem Abend rauchte. Nachts um diese Zeit wirkte New York City so friedlich, vor allem unter dem leisen Rieseln des jetzt fallenden Schnees.
Falcon zögerte auf der Schwelle. Das würde nicht einfach werden. Vielleicht sollte er lieber bis Montag warten. Er trat einen Schritt von der Tür weg.
»Kommen Sie herein, Andrew«, sagte Winthrop ruhig. »Machen Sie die Tür hinter sich zu.«
Zu spät. Mit einundsiebzig hatte Winthrop immer noch scharfe Sinne. Dem alten Mann entging nichts, dem vielen Alkohol zum Trotz. Falcon holte tief Luft und trat ein. Der Umschlag mit dem Bonus steckte sicher verwahrt in der Innentasche des Smokingjacketts.
»Wie fanden Sie Ihr erstes Partnerschaftsdiner?«
»Interessant. Hm, aber es war ein ziemlich schwieriger Abend für Mr. Kunkowski und ein paar andere.« Die Tür fiel ins Schloß.
»Ja, aber notwendig.« Granvilles Ton wurde verhalten. Er wollte nicht über Kunkowski sprechen. Was ihn anlangte, hätte Kunkowski ebensogut tot sein können. »Zufrieden mit Ihrem Bonus, Andrew?« Granvilles Stimme war gedämpft, aber seine Augen funkelten.
Falcon senkte den Blick auf den dunkelblauen Teppich des Zimmers. Typisch Granville, höllisch direkt. »Selbstverständlich. Mein Gott, das ist mehr Geld, als manche Leute im ganzen Leben verdienen.«
Er dachte an seinen Vater in dem alten, zweistöckigen Reihenhaus. Vermutlich saß er eben jetzt vor dem Schwarzweißfernseher und sah sich einen alten Film an, in Decken gewickelt, weil er es sich nicht leisten konnte, das zugige Haus im Winter über fünfzehn Grad zu heizen.
»Wo das herkommt, ist noch mehr zu holen. Jede Menge mehr.« Granville wedelte mit der Hand, als wäre eine Million Dollar ein Taschengeld. »Ich habe versucht, weitere fünfhunderttausend für Sie herauszuschlagen, aber die anderen Vorstandsmit-

glieder waren nicht einverstanden. Die Firma trägt meinen Namen, aber manchmal muß ich mich diplomatisch verhalten.« Er machte eine Pause und schnaubte, als wäre das die schlimmste Seite seines Berufs. »Es ist fast doppelt soviel wie das, was je ein Teilhaber in seinem ersten Jahr bei Winthrop bekommen hat.« Granville machte wieder eine Pause. »Aber Sie haben es verdient. Jeden Cent.« Er zischte die letzten Worte in Erinnerung an den unerfreulichen Streit mit seinen Vorstandskollegen über die Bonushöhe.

»Ich kann Ihnen gar nicht sagen, wie sehr ich es zu schätzen weiß.« Falcon verlagerte unbehaglich das Gewicht, während er vor Winthrop stand.

Der alte Mann sah seinen jungen Star an. »Eigentlich sollte ich Ihnen das gar nicht sagen, Andrew.« Granville schaute aus dem Fenster auf die Park Avenue und sah dann wieder Falcon an. »Sie erinnern mich sehr an mich, als ich jung war. Hoch intelligent, aggressiv, einschüchternd und natürlich unbestreitbar ein Mann, auf den die Frauen fliegen.« Winthrop lächelte breit; die Falten in seinem Gesicht bildeten schemenhaft umrissene Furchen an beiden Mundwinkeln. »Ich glaube, an all den Wochenenden, an denen Sie auf dem Gut zu Besuch waren, haben Sie nie die gleiche Frau mitgebracht.«

Sie lachten gemeinsam, lauter als nötig. Nicht wegen Winthrops Witzelei, sondern weil beiden Männern plötzlich nicht wohl bei Winthrops Eingeständnis seiner Zuneigung zu Falcon war. Männer wie Winthrop machten selten solche Eingeständnisse.

Er holte tief Luft. »Sie könnten eines Tages Seniorpartner hier werden, Andrew. Und in nicht allzu ferner Zukunft. Vielleicht regt sich die alte Garde darüber auf, aber das Investmentbankgeschäft ist heutzutage ein Spiel für junge Männer. Die Technik geht an uns alten Männern vorbei. Wir leben immer noch von den Beziehungen zu jenen Kunden, die unsere Firma seit hundert Jahren hat. Eine Zeitlang wird sich das noch für uns auszahlen, aber von einem bestimmten Punkt an brauchen wir mehr. Wir brauchen Sie.«

Wieder sah Falcon zu Boden.

»Ich mache Sie verlegen, Andrew. Das weiß ich. Aus mir spricht der Alkohol – und die Eindrücke des Abends. Es steigt einem ganz schön zu Kopf, wenn die Firma fast sechshundert Millionen Gewinn im Jahr macht. Vor allem dann, wenn fast die Hälfte davon mir gehört.«

Falcons Blick hob sich sofort vom Teppich. Also gehörten Granville immer noch so viele Anteile. Unglaublich.

Die beiden Männer sahen sich mehrere Augenblicke lang an, mit steinernem Gesicht. Dann löste sich Granvilles Miene wieder auf zu einem breiten, sorglosen Lächeln. »Ist noch jemand unten, Andrew, mein Junge?«

Falcon schüttelte den Kopf. Er wußte die Tatsache zu schätzen, daß Granville ihn immer mit dem Vornamen ansprach. Alle anderen in der Firma nannten ihn Falcon. Dem Anschein nach instinktiv.

»Nein. Sie sind alle fort. Es ist drei Uhr morgens.«

»Was mich natürlich auf die nächste Frage bringt. Weshalb sind Sie hier?«

»Ich weiß es nicht. Ich wollte wohl einfach noch ein bißchen hier herumtrödeln. Wollte noch nicht gehen.«

»Andrew, ich habe noch nie erlebt, daß Sie herumgetrödelt hätten. Sie sind kein Mensch, der Zeit vergeudet. Sie stehen ständig unter Druck. Eines Tages wird das Ihr Verderben sein. Ich habe Ihre Aggressivität in den ersten drei Minuten unseres Einstellungsgesprächs in Harvard gespürt, und natürlich habe ich Sie deshalb genommen. Jede Ihrer Handlungen ist zielgerichtet. Alles, was Sie tun, hat einen Grund. Es hat einen Grund, daß Sie als letzter noch hier sind.«

Falcon musterte den alten Mann. In den letzten Jahren war Granville sein Mentor und Freund gewesen, war einem Vater näher gekommen als jeder andere, den Falcon seit langer Zeit gekannt hatte. Und plötzlich wurde Falcon bewußt – obwohl er wirklich alles andere als sentimental war –, daß ihm Granville Winthrop fehlen würde. Aber Granville würde es verstehen. Sie würden immer gute Freunde bleiben.

»Ich werde aus der Firma ausscheiden.« Falcon kannte keine andere Methode als Direktheit. Das lag in seiner Natur, genau wie in der Granvilles. Er durchforschte Winthrops Gesicht nach

einer Reaktion, aber da war keine. Er sprach weiter, voller Unbehagen wegen Winthrops anfänglicher Gleichgültigkeit. »Mir bietet sich eine Chance. Eine unternehmerische Chance. Mein Partner und ich haben eine Software entwickelt, von der wir glauben, daß sie auf medizinischem Gebiet weite Verbreitung finden wird. Sie könnte ein wirtschaftlicher Glückstreffer sein.«
Plötzlich ging ein wachsames Lächeln über Winthrops Gesicht. »Eine Million Dollar an einem Abend ist nicht genug?« fragte er ruhig.
Falcon ignorierte Granvilles Bemerkung und sprach schneller. Das wachsame Lächeln war kein gutes Zeichen. »Es ist eine Chance für mich, selbst etwas zu leiten. Eine Chance für mich, Geld in solchen Mengen zu verdienen, die selbst Sie nicht für unerheblich halten. Wenn alles so läuft, wie wir das glauben, könnte das Unternehmen in zwei bis drei Jahren fünfzig bis sechzig Millionen Dollar wert sein. Fünfzig bis sechzig Millionen bei vorsichtiger Schätzung. Vielleicht viel mehr. Und natürlich würde ich Winthrop als Makler wählen, wenn das Unternehmen an die Börse geht.«
Granville wandte sich wieder dem Fenster zu.
»Ich weiß alles zu schätzen, was Sie für mich getan haben, Granville. Ich habe die Kredite zurückgezahlt, die ich für mein Studium aufgenommen hatte, habe mir ein paar hübsche Sachen gekauft und den Start des Unternehmens finanziert. Alles dank der Großzügigkeit von Winthrop, Hawkins. Und der von heute abend. Ich kann die Höhe der Summe noch immer nicht fassen, die ich von der Firma – die ich von Ihnen bekommen habe. Aber ich muß diesen Versuch machen. Sonst würde ich mich immer fragen, warum ich es nicht wenigstens versucht habe. Ich weiß, es ist riskant, aber zum Teufel, ich habe noch keine Familie. Niemand hängt von mir ab. Für mich ist der Zeitpunkt genau richtig. Und ich will nicht zehn oder fünfzehn Jahre darauf warten, Seniorpartner bei Winthrop zu werden. Vielleicht kommt es nie dazu. Ich weiß, daß Sie hinter mir stehen, aber für etliche von den anderen gilt das nicht. Wenn Sie nicht wären ...« Falcon sprach den Satz nicht zu Ende.
Sein Herz klopfte heftig in seiner Brust. »Natürlich ist es durch-

aus möglich, daß nichts daraus wird. Neun von zehn neuen Unternehmen scheitern im ersten Jahr. Und falls das passiert – falls das Geschäft danebengeht, meine ich –, komme ich mit eingekniffenem Schwanz zurück, und ich hoffe, es wird für mich noch einen Platz ...«

»Den Gedanken, zu Winthrop, Hawkins & Company zurückzukommen, sollten Sie nicht mal in Erwägung ziehen, Falcon.«

Winthrops Stimme war unmenschlich kalt. Als wären die letzten vier Jahre urplötzlich aus seinem Gedächtnis ausradiert worden. Er wandte sich vom Fenster ab und sah Falcon direkt in die Augen.

Falcon wich ein Stück zurück, als hätte er gespürt, wie ein eisiger Wind sein Gesicht streifte. Er witterte den plötzlichen Haß.

»Entschuldigen –«

»Verlassen Sie auf der Stelle diesen Club.« Winthrops Stimme war völlig ruhig, genau wie sie es Kunkowski gegenüber gewesen war. »Und versuchen Sie nicht, sich am Montag morgen Zutritt zu unseren Büros zu verschaffen, denn Sie haben Hausverbot. Ich werde die Wachmänner persönlich instruieren. Ihre Sachen werden verpackt und an Ihre Adresse geschickt. Weil Sie nur ein Jahr lang Partner gewesen sind, haben Sie nach den Statuten keinen Anspruch auf Geld aus Ihren Partnerschaftsanteilen. Falls Sie mir nicht glauben, sehen Sie im Vertrag nach. Alles Gute für Ihre Vorhaben. Leben Sie wohl, Mr. Falcon.«

Falcon dachte an einen Versöhnungsversuch, an eine Geste, die den alten Mann erreichte. Aber er wußte, daß es sinnlos war. Was Winthrop anlangte, war er plötzlich in derselben Kategorie wie Kunkowski. Tot.

1

Februar 1996

Falcon starrte die Zahlen auf der Tabellenkalkulation an. Man mußte kein Finanzgenie sein, um sie zu analysieren. MD Link Limited Partnership, das Unternehmen für Computersoftware, das er und Reid Bernstein vor erst vier Jahren gegründet hatten, verfügte nur noch über zehntausend Dollar in bar – das reichte nicht einmal für die Gehaltszahlungen am Freitag. Gutschriften waren zumindest in den nächsten zwei Wochen nicht zu erwarten, und im besten Fall würden sie mager ausfallen, auf keinen Fall die laufenden Geschäftskosten abdecken oder für die nächsten Gehaltszahlungen ausreichen.

Er lehnte sich in seinem bequem gepolsterten Schreibtischsessel zurück und fing damit an, die winzigen Löcher in den durchgesackten Deckenplatten zu zählen. Falls sich nicht schnell etwas Spektakuläres tat, würde MD Link untergehen. Wie es in der Wall Street hieß: »Pleite und aus, Baby. Pleite und aus.«

Falcon zählte fünfzig Löcher in einer Deckenplatte. Er merkte, wie schwachsinnig sein Unterfangen war und fuhr im Sessel herum, um aus dem großen Fenster hinter seinem Schreibtisch einen Blick auf Princeton zu werfen. Von seinem Büro an der Route 1 im vierten Stock konnte er den Turm der Universitätskapelle von Princeton sehen. Er ragte majestätisch in den wolkenlosen, azurblauen Himmel eines frischen Spätwinternachmittags. Es war ein schöner Tag mitten in New Jersey.

Er stieß langsam den Atem aus. MD Link hätte inzwischen an der Börse vertreten sein sollen, und die von ihm investierten fünfhunderttausend Dollar müßten jetzt eigentlich Multimillionen wert sein. Aber der junge Mr. Bernstein, Gottes vermeintliches Geschenk an die Computerwelt und der Produkterfinder des Unternehmens, war nicht in der Lage gewesen, das katastrophale Virus in der Software zu beseitigen. Und seine Unfähigkeit, das System zu neuem Leben zu erwecken, machte aus Falcons Plänen ein Hirngespinst und verwandelte seine Investition von fünfhunderttausend Dollar in das, was man gemeinhin als wertlose Aktien bezeichnet.

Langsam wandte sich Andrew wieder seinem Schreibtisch zu. Durch die offene Bürotür beobachtete er, wie seine neue Chefsekretärin auf dem Wortprozessor einen Brief zu Ende schrieb. Jenny Cagle war hübsch. Sehr hübsch. Ihr langes rotbraunes Haar fiel ihr offen auf die Schultern, rahmte ihr zartes Gesicht ein. Die Wimpern um Jennys dunkelblaue Augen herum waren lang und dunkel, ihre Lippen waren weich und voll, ihre Haut war glatt. Er holte tief Luft.

Aber es gab auch eine Kehrseite. Jenny hatte drei Ohrlöcher im linken Ohrläppchen und trug eine Halskette mit ihrem Namen darauf. Manchmal legte sie zuviel Rouge auf die Wangen auf und trug knallige Lippenstiftfarben. Außerdem war ihre Wimperntusche viel zu dick aufgetragen. Nicht das Aussehen eines erstklassigen Fotomodells, an das er sich in New York so sehr gewöhnt hatte. Die meisten Unvollkommenheiten hätten sich natürlich schnell in einem Salon in der Fifth Avenue beheben lassen. Er durfte ohnehin nicht zuviel verlangen. Schließlich war sie nur eine junge Frau aus der Arbeiterklasse von New Jersey. Und obwohl er sie eben erst kennengelernt hatte, war sie ihm so vertraut, als kenne er sie schon sein Leben lang.

Sein Blick verirrte sich zum tiefen Ausschnitt ihres leichten Pullovers. Das V reichte bis zu ihren vollen Brüsten. Eine Art sich zu kleiden, über die Falcon irgendwann einmal mit Jenny sprechen mußte. Sie verwirrte die Softwaretechniker bei MD Link bis zur Hilflosigkeit.

Er senkte rasch den Blick, als sie sich von ihrem Arbeitsplatz erhob und mit einem Stapel von Briefen in sein Büro kam.

»Andrew?«

Falcon tat, als wäre er in die Akten vertieft.

»Andrew«, wiederholte sie und änderte nichts an der Dringlichkeit ihres Tons.

Er sah von den Zahlen auf. »Ja, Jenny.«
»Hier sind die Briefe, die Sie wollten.«
»Immer her damit. Ich unterschreibe sie sofort.«
Jenny musterte ihn gründlich, während er die Unterschriften auf das Papier setzte. Sie hatte noch nie einen Mann wie Andrew Falcon gekannt. Er war groß, über einsfünfundachtzig, mit langem, lackschwarzem Haar, gemeißelten Gesichtszügen und breiten Schultern. Aber es lag nicht nur an seinen körperlichen Vorzügen, daß sie Falcon so attraktiv fand. Er hatte das, was sie »Schliff« nannte – ein zurückhaltendes, aber unumstößliches Selbstvertrauen, das sich in seiner Stimme ausdrückte, seinem Gang, seinem leicht schiefen Lächeln und der Art, wie er ständig und methodisch die linke Hand durchbog. Während sie dastand und ihm beim Unterschreiben der Briefe zusah, wurde Jenny plötzlich bewußt, wie stark er sie anzog. Aber das war idiotisch, und sie wußte es.
»Möchten Sie Kaffee?« fragte sie, als sie die Briefe an sich nahm.
»Ja, sehr gern.«
Jenny zögerte einen Augenblick. Andrews Antwort war so förmlich, so distanziert. »Alles in Ordnung?«
Falcon nickte, ohne von der Tabellenkalkulation aufzuschauen. Im äußeren Blickfeld beobachtete er, wie ihr kurzer Rock locker um ihre Schenkel schwang, als sie zur Bürotür ging. »Jenny?«
Sie blieb an der Tür stehen. »Ja?«
Falcon widerstand der Versuchung, ihre Beine wieder anzustarren. »Haben Sie Reid finden können?«
Jenny wirkte leicht enttäuscht über die Frage, als hätte sie mit etwas anderem gerechnet. Sie schüttelte den Kopf, wobei ihr das lange rotbraune Haar ins Gesicht fiel. »Nein. Ich habe es mehrmals bei ihm zu Hause versucht. Ich habe es über sein Autotelefon versucht. Ich habe es sogar in Professor Bryants Büro in der Universität versucht. Kein Glück.«
»Okay. Versuchen Sie es bitte weiter. Es ist äußerst wichtig, daß er bei unserem Termin um halb fünf mit Lord Froworth hier ist.«
»Klar.« Wieder zögerte Jenny auf der Schwelle, als wollte sie ihn etwas fragen. Aber sie verwarf den Gedanken und verschwand.

Andrew kehrte zu der düsteren Finanzprognose zurück. MD Link war weit hinter der Finanzplanung zurück; das Geld war zwar nicht ganz verschwunden, floß aber in Strömen vom Geschäftskonto ab. Das Konzept war ganz einfach gewesen: eine direkte Verbindung zwischen den Arztpraxen und den Versicherungsgesellschaften durch ein Computersystem, damit die Arzthonorare noch durchgegeben werden konnten, bevor der Patient die Praxis verließ. Die Ärzte hätten ihr Honorar innerhalb von Tagen statt von Monaten erhalten und sich eine beträchtliche Menge Schreibkram erspart. Die Versicherungen hätten jede Menge Nebenkosten abbauen und Gehälter einsparen können. MD Link hätte die Software für das System geliefert, sie an die Versicherungen und an die Ärzte verkauft und ordentlich verdient, nicht nur am Verkauf der Software, sondern auch an ihrer Wartung und Modernisierung.

Es klang nach einer Situation, in der alle nur gewinnen konnten, ausgenommen die armen Schweine, die von den Versicherungen hätten entlassen werden müssen. Und natürlich die Patienten, die sich keine kostenlose medizinische Betreuung mehr erschwindeln konnten. Aber zum Teufel mit den Schmarotzern und mit den Versicherungsangestellten. Kostensenkung und Abspecken waren die Modewörter in der Wirtschaft der neunziger Jahre. Überschüssige Arbeitsplätze waren eine Chance für Unternehmer, weil sie die Menschen durch Software ersetzen konnten – Software, die nicht auf unerhörte Arbeitsverträge pochte, nicht wegen Krankheit fehlte und keine häuslichen Probleme bekam, die sich in Ausfallzeiten und Ineffizienz äußerten. Winzige Softwarefirmen hatten es über Nacht zu riesigen Gewinnen gebracht, weil aufgeblähte Firmen viele Millionen Dollar für solche »Lösungen« bezahlten. Dann gingen die Softwarefirmen an die Börse, und die Unternehmer wurden reicher, als sie es sich je hätten träumen lassen.

Einnahmen in der Höhe von Hunderten von Millionen Dollar. Das hätte MD Link inzwischen einbringen müssen. Aber so war es nicht gekommen. Im letzten Herbst war in der Software ein Virus aufgetreten. Anfangs nannte Reid Bernstein, der Techniker, der bei der Gründung von MD Link Falcons

Partner gewesen war, das Problem eine kleine Panne, die sich schnell beheben lasse. Aber der Oktober war vergangen, dann der Dezember, und jetzt war es Februar, und das Virus war immer noch da, irgendwo versteckt im riesigen Programm. Das Problem hatte sich sogar verschlimmert, trotz der Hilfe mehrerer Professoren von der Princeton University, die Bekannte Falcons waren. Bernstein lehnte den akademischen Beistand ab, aber es war Falcons Geld, das durch die Klospülung floß, nicht Bernsteins, deshalb war Bernstein gezwungen, die Hilfe anzunehmen.

Letzte Woche hatten die größten Kunden der Firma, zwei riesige Versicherungsgesellschaften, das System wegen des Virus abgeschaltet. Diese beiden Kunden brachten fünfundsiebzig Prozent der Jahreseinnahmen von MD Link ein. Daß sie das Produkt nicht mehr benützten, schloß Verkäufe an andere Unternehmen so gut wie ganz aus. Beide Gesellschaften waren bereit, das Produkt wieder in Gebrauch zu nehmen, sobald das Problem behoben war, aber bald würde es MD Link Limited Partnership nicht mehr geben, von einem Produkt ganz zu schweigen, falls es Falcon nicht gelang, mehr Geld aufzutreiben, damit die Firma flüssig blieb, während sie weiter an der Lösung des Problems arbeiteten.

Falcon verlagerte unbehaglich das Gewicht im Schreibtischsessel. Vom Wesen her war er unter Druck ruhig – unmenschlich ruhig. Aber er wurde in die Enge getrieben wie nie zuvor. Sein Blick wanderte langsam zu den Tabellenkalkulationen, die auf dem Eichenschreibtisch lagen. Sein Leben brach auseinander, und er spürte stechende Panik – ein Gefühl, das ihm bis jetzt fremd gewesen war.

»Hier ist Ihr Kaffee, Andrew.« Jenny kam langsam in Falcons geräumiges Büro zurück, hielt den dampfenden Henkelbecher von sich weg.

»Danke.« Er sah nicht von den Zahlen auf.

Jenny stellte den Henkelbecher auf einen Untersetzer. Sie sah Falcon einen Moment lang an, in der Hoffnung, er werde von den blöden Zahlen aufschauen. Aber sie wußte, daß er unter starker Anspannung stand und für so etwas keine Zeit hatte.

Plötzlich merkte Jenny, daß sie direkt in die stahlblauen Augen sah.

»Kann ich etwas für Sie tun?« Falcon zog eine Augenbraue hoch.

»Äh, nein. Nein, ich habe mich nur gefragt, ob wir diesen Sir Frothwith mit einer Limousine vom Bahnhof abholen sollten.«

»Er heißt Lord Froworth, und nein, das ist nicht nötig, aber vielen Dank für die Nachfrage. Er kommt per Hubschrauber aus New York, und ich habe einen Techniker gebeten, ihn abzuholen.«

Dieses Mal sah Falcon ihr nicht nach, sondern schaute statt dessen aus dem Fenster. Nach dem Partnerdiner, das jetzt so lange her zu sein schien, hatte Falcon über siebenhunderttausend Dollar auf der Bank gehabt, nach Abzug der Steuern für den riesigen Bonus. Jetzt hatte er so gut wie gar nichts mehr, bis auf fünfundzwangzigtausend Dollar für Notfälle auf einem Nummernkonto bei der Citibank – einem Konto, das er Bernstein hatte verheimlichen können. Aber mit fünfundzwanzigtausend Dollar kam er nicht länger als ein halbes Jahr über die Runden. Zum Teufel, allein für die Hypothek zahlte er dreitausend Dollar im Monat, und die Ratenzahlungen für den Porsche betrugen weitere sechshundert Dollar.

Falcon rieb sich langsam das Kinn. MD Link konnte überleben. Die Firma brauchte nur eine weitere Finanzspritze. Davon war er überzeugt. Eine weitere Investition würde ihnen über diese schwierige Zeit hinweghelfen, und dann würde es besser werden. In den letzten Monaten hatte Falcon versucht, von Investoren Geld aufzutreiben, um die Firma am Leben zu erhalten, während das Softwareprogramm von dem Virus befreit wurde. Die Probleme innerhalb der Firma hatten es jedoch äußerst schwierig gemacht, Geld aus Quellen außerhalb der Firma aufzutreiben. Von allen Leuten, an die Falcon sich gewandt hatte, war nur ein potentieller Investor übriggeblieben. Das war Lord Froworth, der eine spießige britische Finanzgesellschaft leitete. Froworth dachte seit einiger Zeit über die Investition nach, hatte aber die Finanzspritze in Höhe von fünfhunderttausend Dollar, auf die Falcon aus war, noch nicht zur Verfügung gestellt. MD Link brauchte eine schnelle Entscheidung von Froworth, falls noch etwas gerettet werden sollte, denn die Wölfe standen schon vor der Tür.

Mit über der Brust verschränkten Armen beobachtete Falcon, wie der marineblaue Hubschrauber sanft auf dem riesigen X des Helikopterlandeplatzes auf der anderen Seite der Route 1 aufsetzte. »Jenny!« Er drehte leicht den Kopf, ohne den Hubschrauber aus den Augen zu lassen.

»Ja, ich komme sofort.« Ihre Stimme kam vom Arbeitsplatz im Vorzimmer.

Zwei Gestalten stiegen aus dem Hubschrauber und gingen schnell auf eine wartende Buick-Limousine zu. Sie bückten sich, als sie sich unter den rotierenden Flügeln hindurch dem Auto näherten.

Falcon umklammerte seine Ellbogen, während er den beiden zuschaute. Das war wieder so ein kostbarer Augenblick, der darüber entschied, welche Richtung das Leben nahm. Dieses Treffen mit Lord Froworth würde entscheiden, ob seine Investition von fünfhunderttausend Dollar in MD Link letztlich überhaupt etwas wert war oder ob er sich wieder eine Anstellung in der New Yorker Finanzwelt suchen mußte, ohne für sein riesiges Risiko etwas vorweisen zu können, bis auf ein paar Dollar und eine veraltete Garderobe. Alles hing von diesem Treffen ab – und Bernstein war noch immer nirgends aufzutreiben.

Er folgte der Limousine und ihrer kostbaren Fracht mit dem Blick, als sie zur Ampel an der Route 1 kam. Das Auto hielt kurz und fuhr dann über die Hauptstraße auf den Büroparkplatz von MD Link. Froworth würde gleich im Büro sein. »Jen?«

»Hier bin ich, Andrew.« Jenny stand nur ein paar Schritte hinter Falcon. Seine Stimme klang angespannt, ein Ton, den sie noch nie gehört hatte.

»Wann haben Sie es zum letzten Mal bei Bernstein versucht?«

»Vor fünf Minuten.«

Falcon nahm den Hörer des Schreibtischtelefons ab und tippte die Privatnummer des Technikers. Er fixierte Jenny, während er dem Klingeln bei Bernstein zu Hause lauschte. »Reid wird die ganze Sache auffliegen lassen. Er weiß seit drei Wochen über

dieses Treffen Bescheid. Ich habe ihn jeden Tag daran erinnert. Ich kann die technischen Fragen nicht beantworten.«
»Vielleicht könnte ein anderer Techniker sie beantworten.«
Falcon schüttelte den Kopf. »Lord Froworth will mit Bernstein sprechen.« Er legte den Hörer auf. »Gehen Sie, begrüßen Sie Froworth. Und lächeln Sie ihn ganz besonders nett an, Jenny. Sie wissen, was ich meine.«
Jenny antwortete nicht, als sie ging.
Fünf Minuten später kehrte Jenny mit den beiden Gestalten zurück, die aus dem Hubschrauber gestiegen waren.
Lord Froworth war groß und hager. Er war nach Andrews Schätzung um die Fünfundsechzig, hatte sich aber für sein Alter gut gehalten. Das lange graue Haar war perfekt gestylt, genau wie sein Schnurrbart. Sein teuer aussehender, anthrazitfarbener Anzug mit drei Jackettknöpfen war auf Figur maßgeschneidert, und seine schwarzen Flügelkappenschuhe waren wie mit Spucke auf Hochglanz poliert.
Falcon begrüßte den Mann auf der Schwelle zum Büro. »Willkommen, Lord Froworth. Wie schön, Sie nach so vielen Telefongesprächen endlich persönlich kennenzulernen.« Er sprach in einem etwas unaufrichtigen Ton, während er dem Briten die Hand schüttelte. Falls man zu freundlich oder zu aggressiv war, witterten Risikoanleger, wie alle schlauen Investoren, die verborgene Panik. Und falls sie auch nur eine leise Andeutung von Panik witterten, ließen sie nie wieder etwas von sich hören. Sie mochten einen lieber, wenn man desinteressiert wirkte. Das hieß, daß man das Geld nicht so dringend brauchte, und das machte sie wild darauf zu investieren. »Wir wissen es zu schätzen, daß Sie sich trotz Ihrer vielen Termine in New York Zeit für einen Besuch bei uns genommen haben«, fuhr er fort und führte Froworth ins Büro.
»Ich mußte sowieso nach Princeton kommen«, sagte Froworth mit einem aristokratischen englischen Akzent. Sein Ton war noch unaufrichtiger als der Falcons. »Meine Schwester ist an der Princeton University im Rahmen eines Professorenaustausches mit Oxford, obwohl ich mir beim besten Willen nicht vorstellen kann, warum sie England verlassen hat und vier Jahre in

den Vereinigten Staaten verbringen will.« Froworth ging zum Bürofenster und sah hinaus auf die Route 1.
Falcon schüttelte Froworths Assistentin schnell die Hand, einer kleinen, mausgrauen Frau mit kurzem braunen Haar. Die zierliche Frau lächelte Falcon schüchtern an, aber er schenkte ihr nicht lange seine Aufmerksamkeit. Sie traf nicht die Entscheidungen.
»Möchten Sie nicht Platz nehmen, Lord Froworth?«
»Ja, natürlich.«
Falcon konnte den Akzent kaum ertragen, aber er brauchte Froworth' Geld – dringend. »Möchten Sie Kaffee?«
»Tee. Heißen Tee«, sagte Froworth, als er und seine Assistentin sich auf die Stühle gegenüber von Falcons Schreibtisch setzten. »Ihr Amerikaner scheint ja zu glauben, daß Tee mit Eistee identisch ist.« Froworth und seine mausgraue Assistentin kicherten meckernd über die hirnrissige Bemerkung.
Falcon nickte Jenny zu. Sie verdrehte die Augen und ging mit übertriebenem Hüftschwung hinaus. Er setzte sich in den Schreibtischsessel und bemerkte dabei Froworth' sehnsüchtigen Blick, der Jennys hin- und herschwingendem kurzen Rock folgte.
»Ist das ein Lederstuhl, Mr. Falcon?« fragte Froworth und wandte sich wieder Andrew zu.
»Ja.«
»Teuer, da bin ich mir sicher.«
»Das kann ich Ihnen wirklich nicht sagen.« Falcon wußte, was diese Frage bezweckte. Risikoanleger sahen es nicht gern, wenn auch nur zehn Cent für etwas Überflüssiges verschwendet wurden – jedenfalls nicht, bevor das Unternehmen an die Börse ging. Dann warfen sie mit dem Geld um sich, putzten das Unternehmen heraus, damit es für öffentliche Investoren attraktiver wurde. »Ich habe ihn von einem Freund geschenkt bekommen«, fuhr Falcon fort, vermied mit Bedacht das Wort »Freundin«, damit es nicht so aussah, als hätte er außerhalb von MD Link irgendwelche ernsthafte Interessen.
»Aha.« Froworth machte eine Pause. »Wo ist dieser Bernstein? Das Gehirn der Organisation.«
Falcon ließ die hinterhältige Beleidigung durchgehen. Dann

wurde er sehr ernst. »Ein Verwandter von Mr. Bernstein ist heute morgen ganz plötzlich gestorben, und er ist zu seiner Familie nach Philadelphia gefahren. Er versucht, um halb sechs zurück zu sein.« Falcon schüttelte langsam den Kopf, als wäre er von dem Todesfall auch betroffen. Er konnte überzeugend lügen, wenn es sein mußte.

»Jammerschade, Mr. Falcon, aber sehen Sie, ich habe Miss Mullins mitgebracht, damit sie über die Software und natürlich auch über den Defekt in ihr mit Mr. Bernstein spricht.«

»Froworth nickte der mausgrauen Frau zu. »Ist er übrigens Jude?« Seine Oberlippe ging auf einer Seite leicht nach oben.

»Ich glaube ja.«

Froworth schniefte.

»Ist das ein Problem?« Falcon spürte, wie sich sein Puls ganz leicht beschleunigte. Er war nicht besonders religiös und stand Bernstein auch nicht besonders nahe, obwohl sie MD Link gemeinsam gegründet hatten. Aber Falcon hatte seinen der Arbeiterklasse entstammenden Haß auf Snobismus nie abgelegt.

»Selbstverständlich nicht. Mr. Bernsteins religiöse Überzeugung geht mich nichts an.«

Froworth war kein annähernd so guter Lügner – eine Tatsache, die Falcon zur Kenntnis nahm.

Jenny kam mit Tee für Lord Froworth und seiner Assistentin zurück und stellte die Untertassen behutsam auf Falcons Schreibtischplatte. »Heißer Tee. Auf amerikanische Art.« Jenny lächelte Froworth überschwenglich an, während sie darauf wartete, daß er den Tee kostete.

Froworth nahm einen kleinen Schluck.

»Ist der in Ordnung?« fragte sie verführerisch.

»O ja, ganz in Ordnung.« Froworth war plötzlich nervös.

Falcon unterdrückte ein Lächeln. Jenny tat, was sie konnte, um zu helfen.

Sie zwinkerte Falcon kurz zu, als sie hinausging.

Froworth sah ihr mit dem Verlangen eines alten Mannes nach, aber als sie fort war, änderte sich sein Verhalten schnell. »Was für ein Auto fahren Sie, Mr. Falcon?«

Dieser Typ ist unglaublich, dachte Falcon. Er will sich vergewissern, daß ich lebe wie ein armer Hund, damit ich motiviert bin. Damit ich alles tue, die Firma zum Erfolg zu führen. Was für ein Arschloch. Aber seine Miene verriet nicht, was er empfand. »Einen Toyota Corolla. Er hat über hundertfünfzigtausend Kilometer auf dem Buckel.« Er würde Bernstein umbringen, weil er ihn dazu zwang, das allein durchzustehen.

»Wirklich?« Froworth klang überrascht.

Falcon nickte.

Seit Froworth das Büro betreten hatte, war Falcon bewußt gewesen, daß die mausgraue Assistentin ihn nicht aus den Augen gelassen hatte. Plötzlich, aus dem Augenwinkel, meinte er, ihm sei aufgefallen, daß sie wegschaute.

»Und in welcher Art von Behausung leben Sie?«

»Ich bin mir nicht sicher, was Sie damit meinen.« Falcon wußte genau, was Froworth meinte.

»Leben Sie in einem Haus oder in einer Wohnung?«

»Ich habe ein Stadthaus mit drei Zimmern gemietet. Ich benutze eins davon als Arbeitszimmer.«

Wieder meinte Falcon, er habe beobachtet, wie die mausgraue Assistentin wegschaute.

»Erzählen Sie mir etwas von Ihrer Familie.«

Falcon holte tief Luft. »Mein Vater wohnt in einem winzigen Haus in einem Unterschichtviertel von Philadelphia. Meine Mutter ist vor vierundzwanzig Jahren gestorben. Ich habe keine Geschwister.«

Froworth nahm einen Schluck aus der Teetasse, stellte sie auf die Untertasse zurück und sah Falcon dann direkt an. »Schön, endlich haben wir eine der Wahrheit entsprechende Antwort aus Ihnen herausbekommen. Haben Sie das Talent zum Lügen von Ihrem Vater geerbt?«

Falcon zögerte nicht. »Nein, von meiner Mutter.« Falcon war, als hätte er die Spur eines Lächelns erhascht, das über das Gesicht des alten Mannes ging.

»Ich gebe Ihnen noch eine Chance, Mr. Falcon. Wieviel Geld haben Sie auf der Bank?«

Es gab keinen Grund, weitere Täuschungsmanöver auszuprobieren. Lord Froworth oder – was wahrscheinlicher war – seine gräßliche Assistentin hatte die Hausaufgaben gemacht. Vermutlich wußte sie mehr als er über sein Haus und seinen Porsche. »Knapp über viertausend Dollar auf einem hiesigen Girokonto und fünfundzwanzigtausend auf einem Nummernkonto bei der Citibank.«

»Sehr gut, Mr. Falcon. Jetzt nähern wir uns den Tatsachen.« Froworth lehnte sich im Stuhl zurück. »Sie wollen also, daß ich fünfhunderttausend Dollar von meinem guten Geld nehme und Ihren fünfhunderttausend hinterherwerfe. Ist das korrekt?«

Falcon hatte plötzlich den aufgeblasenen Lord Froworth und seine wortlose Assistentin satt. Er hatte das alles in den letzten drei Monaten schon oft mit verschiedenen Investoren durchexerziert, von denen die meisten nicht annähernd so bombastisch gewesen waren wie das hochmütige Individuum, das ihm jetzt gegenübersaß. Aber im Grunde waren sie alle gleich. Sie stellten eine Menge Fragen, damit sie sich intelligent vorkamen, und entschieden sich dann letztlich dagegen, Geld in MD Link zu stecken: »Zu riskant. Eine gute Gelegenheit, aber nicht für uns. Das ist eine Branche, in der wir einfach nicht Fuß fassen können.« Falcon hatte schon alle Ausreden gehört. Mit Froworth würde es nicht anders laufen. Er brauchte also wieder eine Stelle in der Wall Street. Am besten fand er sich gleich mit dieser Tatsache ab.

»Ja, Lord Froworth, das ist genau das, was ich mir von Ihnen erhoffe.«

Froworth schien bereit, die nächste Frage zu stellen, zögerte aber. Ein paar Augenblicke lang sah er aus dem Fenster hinter Falcon, dann schüttelte er langsam den Kopf. »Mr. Falcon, ich wollte Ihnen eine Menge Fragen stellen, wissen Sie, wollte mit der Fleißarbeit anfangen. Aber ich muß Ihnen sagen, nachdem ich die Zahlen gesehen habe und Einblick habe in die Probleme mit der Software, glaube ich nicht, daß es sich lohnt, meine Zeit oder die Ihre zu vergeuden. Sie können ja nicht einmal Ihren Partner ausfindig machen ...«

Falcon hörte den Rest von Froworth' Satz nicht. Der zunehmende Lärm vor der geschlossenen Bürotür lenkte ihn ab. Er hörte heftiger werdende Stimmen, einen Knall, dann das Krachen, mit dem eine Tür zugeschlagen wurde. Froworth verstummte und starrte zur Tür. Die mausgraue Frau duckte sich gegen die Wand.

Genau da schrie Jenny. Falcon stand instinktiv vom Schreibtischstuhl auf. Gleichzeitig flog die Bürotür auf, Jenny wankte herein und fiel auf die Knie. Sie weinte hysterisch. Ruhig kam Reid Bernstein herein und machte die Bürotür hinter sich zu. Er hatte ein großes Gewehr dabei. Falcon erkannte darin sofort die Waffe, die er Bernstein vor ein paar Wochen für eine angebliche Entenjagd geliehen hatte.

»Reid, was in Gottes Namen ...« Falcon ging auf Jenny zu, um zu sehen, ob sie verletzt war.

»Halt's Maul, Falcon. Dein ganzer Quatsch mit Soße kommt mir sonstwo raus. Zum Teufel, halt's Maul!« Bernstein hob drohend das Gewehr in Richtung Falcon, der instinktiv einen Schritt zum Fenster zurückwich.

Jenny schluchzte, die Hände vor dem Gesicht.

»Halt's Maul, du blöde Schlampe. Ich bin so nett zu dir gewesen, und du hast mich nicht mal zur Kenntnis genommen. Aber natürlich hast du dich für Falcon immer überschlagen. Ich hasse dich!« Bernstein trat sie in die Rippen, und sie sackte auf dem Boden zusammen. Wieder ging Falcon auf Jenny zu. Wieder richtete Bernstein das Gewehr auf Falcon. Aber dieses Mal zog er den Abzug durch. Das Fenster hinter Falcons Schreibtisch barst.

»Herr und Heiland, du Idiot!« Falcon hatte die Hitze des Schusses gespürt, der an ihm vorbeigegangen war. Er richtete sich auf und ging auf Bernstein zu.

»Falcon, bleib, wo du bist!« zischte Bernstein. Er richtete den Gewehrlauf direkt auf Falcons Brust. »Ist das klar?«

Falcon blieb stehen und starrte die Mündung des Gewehrlaufs an. Ihm ging in diesem Augenblick durch den Kopf, daß er sich immer gefragt hatte, wie er reagieren würde, wenn er direkt mit einer Schußwaffe bedroht würde. Jetzt wünschte er sich, er hätte es nie herausfinden müssen.

Bernstein wandte sich langsam Lord Froworth zu. »Sie müssen also der britische Risikoanleger sein, der unser Retter sein sollte.

Stehen Sie auf.« Bernstein grinste den älteren Mann höhnisch an. Es war das Lächeln eines Wahnsinnigen.
Falcon begriff, daß der Druck der letzten Monate und sein Scheitern bei der Lösung des Softwareproblems Reid um den Verstand gebracht hatten. Falcon warf einen schnellen Blick auf Froworth. Es war klar: Auch er war noch nie direkt mit einer Schußwaffe bedroht worden.
Der ältere Mann stand langsam auf. »Ich bin Lord Froworth.« Seine versnobte Stimme bebte merklich. »Ich bin der Geschäfts...«
»Es ist mir gleich, ob Sie Mahatma Gandhi oder sonstwer sind.« Bernstein grinste Falcon an. »Ich frage mich, warum mir in diesem Augenblick Gandhi einfällt. Darüber werde ich demnächst einmal nachdenken müssen.« Seine Stimme wurde plötzlich ernst. Dann brach er in schallendes Gelächter aus.
»Reid.«
»Ich hab' dir gesagt, du sollst die Klappe halten, Falcon.« Bernstein sah sich im Raum um. »Sprich nur, wenn du etwas gefragt wirst. Das hat meine Mutter immer zu mir gesagt. Kinder soll man sehen, nicht hören. Was war sie doch für eine wunderbare alte Schachtel.«
Falcon sah die Schweißperlen, die über Bernsteins Gesicht liefen, unter der schmutzigen Baseballmütze der Boston Red Sox, die fast sein ganzes lockiges schwarzes Haar bedeckte.
»Hat der Tommy gelöhnt, oder ist der genau wie alle anderen? Investiert er Geld in MD Link, oder sagt er, wir sollen ihn am Arsch lecken?«
Falcon spürte Froworths Blick, erwiderte ihn aber nicht. »Warum fragst du ihn das nicht selber, Reid?«
»Zum Teufel, warum bin ich nicht darauf gekommen?« Bernstein schwenkte das Gewehr Richtung Froworth. »Stecken Sie also Geld in meine kleine Erfindung, obwohl's ein klitzekleines Problem gibt? Also ... tun Sie's?« Bernsteins Stimme nahm eisigen Ernst an.
»Ich ... ich weiß es noch nicht.«
»Lassen Sie sich etwas Besseres einfallen, alter Mann«, höhnte Bernstein.

»Ich bin mir sicher, daß wir zu einer Art von Übereinkunft kommen können.« Froworths Stimme bebte unkontrolliert. Miss Mullins stieß einen hörbaren Schluchzer aus.
»Sie lügen!« Ohne zu zögern zielte Bernstein auf Froworth und schoß. Stahlkugeln durchschlugen Froworth' Brust und traten an seinem Rücken wieder aus, bespritzten die Wand mit Blut. Der Mann flog rückwärts vom Stuhl zu Boden.
Falcon drückte sich gegen die Wand. Die beiden Frauen schrien vor Panik laut auf.
»Maul halten, sag' ich!« Bernsteins Blick jagte durch den Raum. Der Reihe nach richtete er das Gewehr auf Jenny, Falcon und die mausgraue Frau. »Haltet das Maul!«
»Leg das Gewehr weg, Reid.« Falcons Stimme durchschnitt den Raum. Er hörte, wie Froworth auf der anderen Seite des Schreibtischs keuchend die letzten Atemzüge tat.
»Hey, was zum Kuckuck ist da drin denn los?« rief eine nicht auszumachende Stimme vor der geschlossenen Tür.
Ehe Falcon antworten konnte, drehte sich Bernstein um und schoß noch eine Salve ab, dieses Mal durch die Tür in Richtung Stimme. Unter dem Stahlhagel löste sich die Tür auf. Wieder schrien die Frauen.
Bernstein fuhr sofort herum und richtete den Gewehrlauf auf Falcon. Bernstein ignorierte die Schreie der Frauen. Aus seinen Augen starrte der Tod.
Langsam ging Falcon auf Bernstein zu, sah am Lauf entlang in die flammenden Augen des Wahnsinnigen.
»Komm mir nicht näher, Andrew!«
»Willst du mich auch umbringen?« Falcon schob sich an Bernstein heran. Er konnte die Leiche von Troy Hudson sehen, einem Techniker – die unglückselige Stimme vor der Tür –, die mit dem Gesicht nach unten in einer Blutlache im Vorzimmer lag.
»Ich sollte es tun. Wenn du mich nicht dazu überredet hättest, meine Stelle bei Microsoft aufzugeben, wäre ich jetzt vermutlich bei Verstand und glücklich.«
»Gib mir das Gewehr, Reid«, flüsterte Falcon. Er konnte näherkommende Sirenen auf der Route 1 hören. »Es ist vorbei, und du weißt es.«

»Ach, weiß ich das?«
»Ja, du weißt es. Das ist das Gewehr, das ich dir für die Entenjagd geliehen habe. Drei Salven, Reid. Mehr gibt das Gewehr nicht her.« Die Sirenen wurden lauter. »Und du hast alle drei schon abgefeuert.«
»Das Gewehr schießt fünf Salven ab, Andrew.«
»Das könnte es, wenn es keine Sperre hätte, Reid. Aber es hat eine Sperre. Gesetzliche Vorschrift in New Jersey. Drei Salven. Das war's.«
Bernstein warf einen Blick auf die beiden Frauen am Boden. Sie starrten ihn an, wagten nicht zu atmen. Er sah wieder Falcon an. Das Gewehr sackte leicht nach unten, und Bernsteins Miene wurde plötzlich traurig. Sein Blick senkte sich zu Boden.
Falcon entspannte sich. »Es ist vorbei, Reid.« Seine Stimme war sanft. »Gib mir das Gewehr.«
Bernstein nickte. »Ja, es ist vorbei.« Seine Stimme war kaum hörbar. Er hob den Blick und sah Falcon in die Augen. »Weißt du, vielleicht verstehe ich nicht soviel von Software, wie ich geglaubt habe. Aber über Gewehre weiß ich alles, was ich wissen muß. Ich habe die Sperre entfernt, Andrew.«
Mit einer einzigen Bewegung schlug Bernstein den Gewehrkolben gegen Falcons Schläfe, dann hob er den Lauf. Und schoß.

2

Granville Winthrop stand am bis zur Decke reichenden Fenster seiner Suite im Hotel Plaza, die Hände fest hinter dem Rücken verschränkt, und schaute hinaus in den Sonnenschein, der den Central Park überflutete. Wie oft hatte er schon an diesem Fenster gestanden und nach Lösungen gesucht, darüber nachgedacht, wie eine feindselige Übernahme am besten zu bewerkstelligen war, die Taktik des Geschäfts geplant? Hunderte von Malen? Und jetzt stand er wieder hier. Mit dem Unterschied, daß die Planung dieses Mal nichts mit Geschäften zu tun hatte. Jedenfalls nicht direkt.

Er warf einen Blick auf die schweren, bodenlangen Vorhänge zu beiden Seiten des Fensters. Die Suite war teuer, aber das Wohnen hier war einfacher, als etwas an der Park Avenue zu kaufen. Die Suite war kein Besitz, den er instandhalten mußte, damit er ihn eines Tages verkaufen konnte, kein Eigentum, bei dem er sich Gedanken darüber machen mußte, ob er billig gekauft hatte und teuer verkaufen konnte. Sie gehörte ihm nicht. Über Besitz verfügte er reichlich. Die Suite war einfach für ihn da, wenn er sie brauchte. Er konnte den Mietvertrag fristgemäß jährlich kündigen. Aber das tat er nie.

Granville übernachtete nicht mehr oft in der City. Er flog lieber die fünfundvierzig Minuten vom Helikopterflugplatz in Manhattan zu seinem Gut. Je älter er wurde, desto weniger machte er sich aus New York City. Aber es war praktisch, daß er an Abenden, wenn er bis spät in die Nacht Gäste bewirtete, die Suite zur Verfügung hatte.

Er beobachtete, wie Tausende von Menschen am Sonntag durch den Central Park strömten. Er beobachtete, wie sie die Enten fütterten, an Imbißständen Hot dogs kauften und Arm in Arm spazierengingen – die typischen Dinge, die Menschen in dieser

Oase in der Betonwüste taten. Sie waren so ahnungslos. Völlig ahnungslos. Winthrop hielt die Amerikaner im großen und ganzen für schrecklich naiv. Sie glaubten, solange das Land die stärkste Militärmacht der Welt sei, werde es in alle Ewigkeit frei sein. Sie begriffen nicht, daß die größte Gefahr für die Sicherheit jeder Gruppe oder Nation von innen kam. Amerika war da keine Ausnahme.

Granville löste die Hände und wandte sich dem zweiten Mann im Raum zu. William Rutherford saß kerzengerade in einem Plüschsessel gegenüber dem Fenster, in militärisch korrekter Haltung. Die anderen waren sich nicht sicher, was Rutherfords Talente anlangte. Sich nicht sicher, was seine Fähigkeit anlangte, Befehle auszuführen. Sich nicht sicher, ob es überhaupt notwendig war, ihn an der Sache zu beteiligen. Aber Winthrop war sich völlig sicher, und nur darauf kam es an. Winthrop war der Boß.

Winthrop setzte sich langsam in den Ledersessel neben dem Fenster. Rutherford war anders als die anderen. Das mußte Granville zugeben. Rutherford war bei der Army und bei der CIA gewesen. Hatte vor nichts Angst. Die anderen waren Geschäftsleute, die nichts vom Töten verstanden. Rutherford verstand sich darauf, eine Mission zu Ende zu führen, jede Art von Mission, und dabei würde er alle verfügbaren Mittel einsetzen – das erforderte der Plan, das schüchterte die anderen ein. Und was sie vorhatten, war kein Haufen Hühnerkacke. Es war eine ernste Sache. Sie konnte durchaus schlecht ausgehen. Und manchmal, wenn man aus einer schwierigen Lage siegreich hervorgehen wollte, brauchte man knallharte Typen in der Ringecke.

»Wie fühlen Sie sich heute morgen, Bill?« fing Winthrop an.

»Bestens, Sir!« erwiderte Rutherford begeistert mit seiner rauhen Militärstimme.

Winthrop lächelte Rutherford an. Er war ein Fels von einem Mann, knapp über einsachtzig und mindestens zwei Zentner schwer. Sein Haar war so kurz gestutzt, daß er blond wirkte, aber seine Augenbrauen waren dunkel und verrieten seine wahre Haarfarbe. »Gut, Bill. Gut.« Winthrop sprach beruhigend, in der Hoffnung, Rutherford werde sich entspannen, wohlwissend, daß er es nicht tun würde. »Sie erledigen diese Kleinigkeit für mich, die Spende.«

»Ja. Morgen überweise ich das Geld.«

»Danke.« Granville nahm die Lesebrille vom Nasenrücken und steckte sie in die Jackentasche des Anzugs. »Und Sie nehmen an dem Sportfest teil?«

»Ja.«

»Gut.« Er beobachtete, wie Rutherford methodisch und langsam die Beine übereinanderschlug. Es hatte den Anschein, als täte Rutherford alles mit Methode, als wäre jede Körperbewegung, jeder Plan, den er ausführte, jeder Teil seines Lebens berechnet und zielgerichtet. Wenn er sich einmal entschieden hatte, wich er keinen Schritt vom Weg ab, und er ließ sich von nichts daran hindern, diesen Weg zu Ende zu gehen. Er war durch und durch rational. Das respektierte Winthrop am meisten an Rutherford. Nichts war dem Zufall überlassen. Für Persönliches hatte er keinen Platz. Es ging nur darum, eine Mission auszuführen. Die anderen hätten von diesem Mann viel lernen können. Was für ein Gedanke, daß sie sich gegen Rutherfords Aufnahme gesträubt hatten. Lächerlich.

Rutherford lenkte das Gespräch in eine andere Richtung. »Granville, wieviel von der Firma haben wir bis jetzt gekauft?«

»Etwa sieben Prozent.«

Rutherford drückte beide Zeigefinger gegen die Nasenflügel. Als er einatmete, klang es wie ein Pfeifgeräusch. »Heißt das nicht, daß wir das irgendeiner Regierungsbehörde melden müssen? Mir war, als hätte ich so was gelesen.«

Winthrop schüttelte den Kopf. Rutherford und sein fotografisches Gedächtnis! Natürlich hatten die besten CIA-Agenten alle ein fotografisches Gedächtnis. Und Rutherford war ein Spitzenmann in Europa gewesen, ehe er zu ihnen gestoßen war. »Ja. Sobald einem Unternehmen oder einer Unternehmensgruppe über fünf Prozent der Aktien einer an der Börse notierten Firma gehören, wird von dem Unternehmen verlangt, der Börsenaufsicht ein Formular vorzulegen, 13-D genannt. Damit wird die Geschäftsleitung der betreffenden Firma darauf aufmerksam gemacht, daß möglicherweise jemand Absichten auf das Unternehmen hegt.«

»Ihre Stimme klingt so, Granville, als hätten wir kein Formular 13-D vorgelegt.«

»Nein, haben wir auch nicht.«

»Aber die Börsenaufsicht wird das früher oder später rauskriegen. Oder nicht?«

»Nein. Vertrauen Sie mir. Ich mache das seit vierzig Jahren. Wir haben zwanzig verschiedene Unternehmen aus zehn verschiedenen Ländern, die Aktien kaufen. Die Börsenaufsicht könnte nur dahinterkommen, wenn sie Insiderinformationen hätte. Nur wir sieben wissen, was läuft. Wenn wir uns nicht trauen können, wem dann?«

»Wie hat sich der Aktienpreis entwickelt, seit wir mit den Käufen angefangen haben?«

»Bei unserem ersten Kauf vor einem halben Jahr war der Stückpreis pro Aktie vierundzwanzig Dollar. Beim Börsenschluß am Freitag waren es fünfundzwanzig Komma eins zwo fünf Dollar. Das ist ein Anstieg von etwa fünf Prozent. In derselben Zeitspanne hat sich der Dow-Jones-Index um knapp über vier Prozent erhöht. Der durchschnittliche Tagesumsatz der Aktien der Zielfirma unterscheidet sich nicht dramatisch von dem Preis von unseren Käufen, weil unsere Broker sich an die Umlaufrendite halten – an die Prozentsätze anderer Kaufaufträge, die mit uns nichts zu tun haben. Wir kaufen also nur, wenn auch andere kaufen. In diesem Rahmen sollten unsere Käufe keinerlei Aufmerksamkeit auf sich ziehen. Und es ist auch niemand darauf aufmerksam geworden.«

»Woher wissen Sie das?«

»Bei der New Yorker Börse gibt es einen internen Wachhund namens Stockwatch, der ungewöhnliche Kaufentwicklungen bei bestimmten Aktien aufspüren soll. Wir kennen einen Insider in diesem Gremium. Er meldet, daß unsere Aktienkäufe keinerlei Interesse ausgelöst haben.«

»Aber unser Kontaktmann hat keine Ahnung, warum uns das interessiert. Stimmt das?« Rutherford war von Natur aus auf Sicherheit bedacht.

»Nicht die geringste Ahnung. Er meldet uns einfach die Namen der Aktien, die im Auge behalten werden. Von unserem besonderen Interesse weiß er nichts.«
»Wieviel haben wir bis jetzt für die Aktienkäufe ausgegeben?«
»Grob geschätzt eine Milliarde.«
»Allmächtiger, Granville! Ich hab' nicht gewußt, daß wir soviel haben.«
»Ja. Wir haben sogar noch eine Milliarde übrig, aber die werden wir als Stammkapital brauchen, sobald wir unser Kaufangebot öffentlich bekanntgeben.«
»Wir werden also keine weiteren Aktien kaufen?«
»Nicht viele, falls überhaupt.«
»Zu welchem Preis werden wir die Aktien an der Börse anbieten?«
»Genau läßt sich das schwer voraussagen. Vermutlich für etwa fünfundsiebzig Dollar pro Aktie.«
»An dem, was wir bis jetzt gekauft haben, verdienen wir also etwa fünfzig Dollar pro Aktie.«
»Ja. Insgesamt etwa zwei Milliarden, und wir bekommen die Milliarde zurück, die wir in den Aktienkauf investiert haben. Aber bedenken Sie, diesem Gewinn von zwei Milliarden Dollar steht die Milliarde gegenüber, die wir beim Aufkauf der Stammaktien verlieren werden.«
»Trotzdem schließen wir mit drei Milliarden ab, mit einer Milliarde mehr, als wir am Anfang hatten.«
»Bei diesem Geschäft ist das Geldverdienen nicht unser Hauptziel, Bill.«
»Das versteht sich von selbst. Aber es ist eine hübsche Nebeneinnahme. Außerdem werden wir eine Stange Geld brauchen, um uns um unsere Leute zu kümmern, wenn alles vorbei ist.«
Winthrop faltete die Hände im Schoß und sah aus dem Fenster.
»Ich hoffe, die Mission heute nacht verläuft gut.«
»Bestimmt. Phoenix Grey hat mich noch nie im Stich gelassen.«
Rutherfords rechter Fuß zuckte unwillkürlich.
Die Bewegung war winzig, aber Winthrop bemerkte sie.
»Was ist mit Falcon?« fragte Rutherford. Er wollte nicht über die Mission sprechen.

Winthrop sah in Rutherfords kalte, schwarze und scharfe Augen. »Was soll mit ihm sein?«
»Ist er schon bei der NASO?«
»Nein, noch nicht. Alles zu seiner Zeit.«
»Woher wissen Sie, daß er das Angebot von NASO annehmen wird?«
»Ich weiß es.« Winthrops Stimme wurde eiskalt. »Er wird zu uns stoßen, ohne es zu wissen.«
Rutherford zögerte, bevor er die nächste Frage stellte. Normalerweise zögerte er nie, bevor er eine Frage stellte – nicht einmal dem Direktor der CIA gegenüber. Andererseits war der Direktor nicht in Winthrops Gewichtsklasse. Das waren nur sehr wenige. Rutherford hatte Erkundigungen eingeholt. »Das zwischen Ihnen und Falcon ist doch nichts Persönliches, oder?«
Winthrop forschte in Rutherfords Blick. »Nein. Das wäre irrational.«
Rutherford klopfte mit dem Finger gegen einen seiner großen Vorderzähne. »Wann ist das nächste Treffen?« Rutherford wollte nicht länger auf der Frage beharren – oder auf der Antwort. Er wollte nur, daß Winthrop wußte, was er dachte.
»In drei Wochen. Das vorletzte Treffen, bevor das Projekt Plejade in Gang kommt.«

Anwar Ali lehnte sich gegen die Backsteinmauer und nahm einen langen, beruhigenden Zug an seiner Camel. Töten war der einfachste Beruf der Welt, vorausgesetzt, man wußte, was man tat. Ali blies langsam Rauch in die kalte Nachtluft. Der Schlüssel zum Beruf bestand darin, keinen bedeutenden Menschen umzubringen. Eine ganz simple Regel. Die internationalen Killer, die Politiker, Richter und schmierige reiche Großindustrielle umbrachten, waren geisteskrank. Sicher, sie verdienten an jedem Auftragsmord Millionen, aber danach wurden sie von Geheimdienstagenten der Weltklasse bis ans Lebensende gejagt, von Agenten, die mit der neuesten Technik und den neuesten Waffen ausgestattet waren, und, was noch schlimmer war, von Agenten, die von der Technik und von den Waffen Gebrauch machen konnten, ohne Fragen zu stellen. Ali hakte die Geheimdienste schnell im Kopf ab: der israelische Mossad, die CIA, die Überbleibsel des alten KGB und eine neue, kooperative Einheit aus der Europäischen Union. Von ihren Regierungen mit einem Freibrief versehene Killer, die ihren Beruf liebten. Eine gefährliche Mischung.

Ali zog es vor, unauffällig Drohnen aus der Mittelschicht umzubringen. Anstelle von hochtechnologisch ausgerüsteten Geheimdiensten verfolgten ihn unfähige einheimische Behörden, die häufig erst Wochen nach dem Auftragsmord die Leiche des Opfers fanden. Aber dann war die Leiche kalt, und es gab kaum noch Spuren. Seine Kunden waren in erster Linie kleine Gangster, kleine Geschäftsleute und verschmähte Liebhaber. Natürlich wurde Ali schlechter bezahlt als seine hochrangigen Gegenstücke – ehrlich gesagt, sehr viel schlechter. Im allgemeinen bekam er pro Auftragsmord nicht mehr als zwanzigtausend Dollar. Aber er hatte ein geräumiges Zuhause in Carmel ohne Hypotheken darauf und ein stattliches Hamsterkonto auf der Bank. Er brachte seit neunzehn Jahren Menschen um und wäre nur einmal beinahe erwischt worden.

Dieser Auftrag hatte ihn nach Temperance in Michigan geführt, in einen Vorort von Toledo in Ohio. Ali war seit Sonntag hier, und er hatte den Ort jetzt schon satt. Das Vorfrühlingswetter war seit seiner Ankunft kalt und rauh gewesen, und deshalb hatte er eine Grippe bekommen. Aber das schlimmste an diesem Ort war seine Langeweile. Die Prostituierten waren häßlich und vulgär, und von einer Spielmöglichkeit war nichts zu sehen. Jedenfalls hatte er nichts dergleichen entdecken können.

Ali zitterte in der Nachtluft und zog die Daunenjacke enger um sich. Er wollte zurück in die Wärme Kaliforniens und zu seinem vertrauten Nuttenstall. Es war wunderbar, jede Nacht mit einer anderen Frau zu schlafen. Männer waren nicht für die Monogamie geschaffen. Und er hatte nicht vor, die natürliche Ordnung zu durchbrechen.

Ali zog noch einmal an seiner Zigarette, ließ die Kippe auf das Pflaster fallen und trat sie dann mit dem Schuh aus. Er sah im trüben Schein der Nachtbeleuchtung einer Reinigungsannahme am Nordende der Einkaufsstraße auf seine Uhr. Kurz nach ein Uhr morgens. Die Zielperson verspätete sich.

Ali wollte dringend wieder auf die Straße, die nach Carmel zurückführte. Wenn er hätte fliegen dürfen, wäre er bei Tagesanbruch wieder im eigenen Bett gewesen. Aber natürlich mußte er mit dem Auto fahren, weil er Waffen bei sich führte. Er stöhnte angesichts dieser Aussicht. Die Autofahrt von Kalifornien aus nach Toledo war brutal gewesen.

Er sah sich wieder auf der Einkaufsstraße um. Kleine Gangster. Das waren die besten Kunden. Sie empfanden nie Reue wegen des Mords. Sie versuchten nicht, sein Honorar zu beschneiden. Sie zahlten in kleinen Scheinen, und sie wollten einen nie wiedersehen. Kleine Gangster wahrten das Schweigen, ganz gleich, was passierte.

Kleine Geschäftsleute waren fast genauso verläßlich, wenn es darum ging, den Mund zu halten. Und man konnte sich darauf verlassen, daß niemand die Zahlung zurückverfolgen konnte. Sie nahmen das Geld aus der Portokasse, Scheinchen um Scheinchen, über mehrere Monate, so daß keine Spur entstand. Manchmal versuchten sie, das Honorar herunterzuhandeln, aber Ali ließ sich nicht darauf ein.

Liebende, die verschmäht worden waren, waren die schlimmsten und riskantesten Kunden. Ihre Wut wurzelte in Leidenschaft, und sie reagierten irrational. Selbst wenn sie oberflächlich rational wirkten, waren sie, wie Ali im Lauf der Jahre begriffen hatte, ständig kurz vor dem Explodieren. Vor allem die verschmähten Männer waren nie dazu in der Lage, das geistige Bild ihres geliebten Partners mit einer neue Liebe auszuradieren. Nach der Hinrichtung war die Wahrscheinlichkeit groß, daß der Verschmähte Reue empfand. Das brachte Ali in eine gefährliche Lage, weil er jederzeit in den Fall hineingezogen werden konnte. Wenn es ganz schlimm kam, brachten die übergroßen Schuldgefühle ihn dazu, ein Geständnis abzulegen.

Das war nur einmal vorgekommen. Zum Glück hatte ihn in diesem Fall die Kundin gar nicht zu sehen bekommen. Der Bruder der Frau hatte den Mord arrangiert und hätte Ali mühelos identifizieren können; deshalb hatte Ali den Mann ermordet, ehe die

Polizei ihn ausfindig machen konnte. Nie wieder würde er für einen enttäuschten Liebenden arbeiten, es sei denn, es sprang viel Geld dabei heraus. Ali liebte Geld, und es gab schließlich jede Menge verschmähte Liebende auf der Welt.
Ali sah hinüber zu dem kleinen Parkplatz. Um diese Zeit beleuchteten ihn nur zwei Straßenlaternen; Autos waren keine zu sehen. Alis Auto war zwei Kilometer weiter an einem Wohnblock geparkt. Der Rückweg würde ein ziemlich schneller Sprint durch einigermaßen dichtes Gehölz werden, aber er hatte die Strecke in den letzten beiden Nächten zweimal ausprobiert, und sie war unproblematisch. Ali dachte an eine zweite Zigarette, entschied sich aber dagegen. In wenigen Augenblicken würde er sich mit seiner Zielperson treffen, und er wollte keinerlei Ablenkung. Ablenkung konnte ins Gefängnis führen, und Ali würde Selbstmord begehen, ehe er sich in ein Gefängnis sperren ließ. Diesen Pakt mit sich selbst hatte er vor langer Zeit geschlossen. Unglücklicherweise war der Kunde von dieser Nacht ein verschmähter Ehemann, ein reicher alter Mann, dessen überaus attraktive junge Frau sich herumtrieb. Ihr Liebhaber lag auf der faulen Haut, hing in einem Sportclub herum und spannte anderen Männern die Frauen aus – jedenfalls behauptete das der Ehemann. Ein Muskeltyp mit Spatzenhirn. Da war nur ein Problem: Offenbar wußte der Muskelprotz, daß der alte Mann reich und eine Säule der Gemeinde war. Er hatte den alten Herrn wissen lassen, es sei ihm gelungen, Bilder von sich und seiner attraktiven Gattin zu machen, in verschiedenen sexuellen Stellungen, ohne dabei die eigene Identität preiszugeben. Der Muskelprotz war entschlossen, diese Bilder an diverse indiskrete Abnehmer zu verteilen, falls er nicht eine finanzielle Entschädigung in angemessener Höhe bekam. In seinem Fall eine Million Dollar. Der Muskelprotz glaubte, er treffe sich heute nacht mit Ali, um die Bilder gegen Bargeld auszutauschen.
Zwei Scheinwerfer näherten sich langsam dem Parkplatz in der kleinen Einkaufspassage. Ali ging hinter der chemischen Reinigung in Deckung und warf einen Blick um die Backsteinmauer herum. Als das Auto unter der ersten Straßenlampe vorbeifuhr,

sah er, daß es kein Streifenwagen der Polizei war. Aber Ali blieb vorsichtig. Die Polizei überprüfte die Einkaufsstraße mindestens dreimal pro Nacht – jedenfalls hatte sie das in den letzten beiden Nächten getan –, und einmal war es eine Zivilstreife gewesen.
Ali warf schnell einen Blick über die Schulter auf das Gebüsch am Rand des Parkplatzes, in das er nach der Hinrichtung rennen würde. Den Bruchteil einer Sekunde lang glaubte Ali, ihm sei etwas Ungewöhnliches aufgefallen, eine Bewegung, die irgendwie unnatürlich wirkte, die nicht hierhergehörte. Er spähte mit zusammengekniffenen Augen in die Finsternis, aber da war nichts. Nur Zweige, die sich durch den Wind bewegten.
Das Auto rollte langsam über den Parkplatz bis zu der überdachten Passage vor den Läden. Es hielt drei Häuser vor der Pizzeria neben der chemischen Reinigung. Die Fahrertür ging auf, und ein Mann stieg aus. Er schlug die Tür leise zu und pfiff einmal. Ali entspannte sich. Es war die Zielperson. Das Pfeifen war das Signal. Ali preßte den linken Arm gegen seine Flanke, tastete nach der .22er Pistole in dem Schulterhalfter. Es war tröstlich, die Waffe dort zu spüren. Wie einen alten Freund. Er hatte die .22er gewählt, weil sich der Schalldämpfer leichter an ihr anbringen ließ als an seiner .38er oder an seinem .44er Magnum-Revolver. Und das Hohlkugelkaliber 22 war aus der Nähe genauso tödlich.
Alis Herz schlug schneller. Auch nach neunzehn Jahren und so vielen Auftragsmorden strömte das Adrenalin noch immer vor einer Tat. Das war ein gutes Zeichen. Wenn die Erregung sich nicht mehr einstellte, würde er wissen, daß es Zeit zum Aufhören war.
Die Zielperson trat in den schwachen Schein Ultraviolettlichts, das aus dem Kartenladen neben der Reinigung kam, und blieb stehen. Ali drückte die .22er noch einmal der Beruhigung halber gegen seine Flanke, dann pfiff er zweimal.
Der Kopf der Zielperson wandte sich schnell in die Richtung des Geräuschs.
»Kommen Sie hierher«, flüsterte Ali laut, trotz der vielen Jahre in den Vereinigten Staaten immer noch mit starkem iranischen

Akzent. Er spähte durch das trübe Licht, versuchte, das Gesicht des Mannes zu sehen, aber das Licht war zu schwach. Es war immer besser, das Gesicht eines Menschen zu sehen, ehe man ihn tötete.
Die Zielperson ging fünf Schritte auf Ali zu.
»Bleiben Sie dort stehen.«
Die Zielperson tat genau, was ihr aufgetragen wurde.
Ali kam ein Stück hinter der Gebäudeecke hervor. Der andere war jetzt keine drei Meter mehr entfernt. Alis Herz schlug heftig. »Haben Sie die Bilder?«
»Was?« Die Stimme der Zielperson brach ab. Der Mann war schrecklich nervös.
»Das Päckchen.«
»Ja, ja, ich habe das Päckchen. Haben Sie das Geld?«
»Sicher. Schieben Sie mir erst das Päckchen zu.« Ali sah sich auf dem Parkplatz um.
Die Zielperson griff in die Jackentasche.
»Langsam.« Ali ging an der Backsteinmauer in Deckung für den Fall, daß die Zielperson versuchte, eine Schußwaffe zu ziehen. Er nahm die .22er aus dem Schulterhalfter und brachte schnell den Schalldämpfer an, schraubte ihn auf den Lauf.
Die Zielperson nahm einen Umschlag heraus, ging in die Knie und schob den Umschlag über das Pflaster in Alis Richtung. Mit einer geübten Bewegung kam der Iraner hinter der Gebäudeecke hervor, kniete nieder, hob das Päckchen auf, stand auf, zielte auf die Brust des Opfers und schoß. Der Schalldämpfer erstickte den Knall. Ali schoß noch zweimal in die Brust der Zielperson, als der Mann rückwärts auf das Pflaster kippte.
Ali stürzte sich wie eine Katze auf den Mann. Der keuchte und umklammerte Brust und Magen. Ali griff nach dem Handgelenk und merkte sofort, daß es nicht so kräftig war, wie es hätte sein sollen, wenn dieser Mann Hanteln stemmte. Der Puls hatte nicht mehr viel Leben. Ali trat gnadenlos auf den Hals des Mannes, achtete darauf, nicht in die flehenden Augen zu schauen, und schoß noch einmal: dieses Mal direkt ins Herz des Mannes. Er war beim Zielen vorsichtig, damit die Kugel ihn beim Abprall nicht selbst traf. Die Finger des am Boden Liegenden zuck-

ten unwillkürlich, dann drehten sich die Augen nach hinten, und seine Finger lagen reglos da.
Ali stopfte den Umschlag schnell in seine Jackentasche. Er stand auf und sah plötzlich eine 9-mm-Pistole direkt vor sich. Ali versuchte, zur Verteidigung die eigene Waffe zu heben, aber er hatte keine Chance. Die Pistole explodierte in seinem Gesicht. Einen kurzen Augenblick lang empfand er einen brennenden Schmerz, dann war nur noch Dunkelheit um ihn.
Der Iraner kippte seitlich auf die Leiche von Jeremy Case. Phoenix Grey zögerte einen Moment lang, wollte sehen, ob sich einer der beiden Männer noch einmal rührte, aber es gab keinen Grund zu warten. Beide waren tot.
Phoenix griff nach den Polaroidfotos in seiner Anoraktasche. Er streute Bilder einer Prostituierten in verschiedenen Entkleidungsstadien über beide Leichen. Grey hatte die Fotos vor zwei Tagen auf einer abgelegenen Wiese in Kansas aufgenommen, der Frau dafür fünftausend Dollar versprochen. Dann hatte er sie erschossen und ihre Leiche in einen Sumpf geworfen. Er hatte nicht einmal daran gedacht, sie laufenzulassen. Er war nicht der Typ, der seine Geschäfte nicht zu einem sauberen Ende brachte.
Grey bückte sich nach der .22er Pistole, die dem Iraner aus der Hand gefallen war, entfernte den Schalldämpfer und steckte ihn in seinen Anorak. Dann legte er die Waffe auf das Pflaster zurück. Der Schalldämpfer hätte professionell gewirkt, und das wollte er nicht. Grey ging zur zweiten Leiche und drückte die 9-mm-Pistole in die tote, ausgestreckte rechte Hand. Jeremy Case war Rechtshänder. Das wußte er. Er wußte alles über Jeremy Case.
Ein Doppelmord wegen einer Frau. Die Polizei würde Lücken in der Geschichte entdecken, aber keine andere Erklärung finden und schließlich zufrieden sein. Grey streifte die Gummihandschuhe ab, steckte sie in die Tasche und ging dorthin, wo der Umschlag auf das Pflaster gefallen war. Er hob ihn auf, darauf bedacht, nicht in Kontakt mit Alis Blut zu kommen, das den Umschlag verfleckte.
Grey starrte den gestürzten Iraner einen Moment lang an. Ali hatte ihm die Geschichte vom verschmähten Ehemann so ein-

fach abgekauft. Er hatte keine Ahnung, was das Päckchen tatsächlich enthielt – oder von dem, was auf dem Spiel stand. Er hatte nicht gewußt, wer der andere Mann tatsächlich war, wer der alte Mann war, und er hatte nicht einmal versucht, es herauszufinden. Billige Lohnkiller waren so leichtgläubig, so dumm.

Grey verschwand um die Ecke der Reinigung herum und ging schnell auf die Bäume zu. Es war glatt gelaufen. Sie würden es zu schätzen wissen.

3

Das Krankenhaus stank nach Desinfektionsmitteln. Mehrere Schwestern und Ärzte in grünen Operationskitteln schoben eine auf einer verchromten Rollbahre liegende Gestalt eilig den Flur entlang in die Ambulanz. Sie trugen enganliegende Kopfbedeckungen und schrien, während sie rannten und krachend die Flügeltür aufstießen. Jenny erschauerte, als sie vom Flur in das Einzelzimmer ging. Sie haßte Krankenhäuser. Sie erinnerten sie zu sehr an die Wochen, in denen sie ihrer Mutter dabei zugesehen hatte, wie sie sich langsam in nichts auflöste.

Falcon lag schlafend auf dem sterilen Bett. Sein Kopf war immer noch stark bandagiert, aber trotz der Gaze und der Woche, die er schon im Princeton Medical Center verbracht hatte, kam es Jenny immer noch so vor, als versprühe er Leben, fand sie ihn immer noch ungeheuer charismatisch. Sie sah sein Gesicht an, während sie durchs Zimmer ging. Zum Glück hatte der Gewehrkolben seine Kopfhaut getroffen, nicht sein Gesicht. Die Wunde mußte mit dreiundzwanzig Stichen genäht werden, und Falcon hatte viel Blut verloren, aber zu einem dauerhaften Schaden würde es nicht kommen.

Jenny stand neben dem Bett und schaute ihm beim Atmen zu. Sie hatte mit angesehen, wie er vom Schlag mit dem Gewehrkolben zu Boden geschleudert worden war, wie das Blut aus der Wunde strömte. Es war schlimm – das war sofort deutlich. Aber sie konnte ihm nicht helfen, weil Bernstein die Waffe sofort auf sie gerichtet hatte. Mehrere Sekunden lang, was ihr wie eine Ewigkeit vorkam, hatte er sie nur angestarrt. Dann hatte sein Blick geflackert. Erst langsam, dann schnell, dann rasend. Sie hatte noch nie in ihrem Leben solche Angst gehabt. Ihr Entsetzen war in Grauen umgeschlagen, als sich Bernstein den Gewehrlauf in den Mund schob und Selbstmord beging.

Sie hatte Schädelteile und graue Fetzen gegen die Decke spritzen sehen.
Noch während die Blutspritzer aus Bernsteins Gehirn auf sie und Froworths Assistentin niedergingen, war sie zu Falcon gekrochen und hatte die klaffende Wunde mit der Hand zugehalten, hatte der anderen Frau zugeschrien, sie solle 911 rufen. Ein paar Augenblicke lang war Falcon noch bei Bewußtsein gewesen; er hatte ihr in die Augen geschaut, unfähig zu sprechen, und sie hatte nicht aufgehört, die Hand fest auf die Wunde zu pressen. Dann fielen seine Augen zu. Sie hielt ihn für tot, aber sie nahm ihre Hand nicht weg, sie weinte auch nicht – bis die Sanitäter ihn in den Notarztwagen luden.
Falcon machte die Augen auf. »Hallo. Sind Sie ein Engel?« Seine Stimme war kräftig.
»Ja. Sie sind gestorben und in den Himmel gekommen.« Sie drehte sich um und ging zu dem einzigen Fenster im Zimmer.
Falcon sah sich um. »Hm. So habe ich mir die Einrichtung im Himmel eigentlich nicht vorgestellt. Vielleicht könnten Sie mit dem Oberengel sprechen und alles ein bißchen verschönern lassen. Zum Beispiel wäre eine Hausbar kein schlechter Anfang.«
Er fühlte sich also besser. »Oh, hören Sie auf damit!« Ihr Ton war zu vorwurfsvoll, aber Jenny konnte nicht anders. Sie wollte nicht, daß er ihre Erleichterung hörte. Das hätte sie verletzlich gemacht.
»Was ist denn mit Ihnen los?« Falcon stöhnte, als er sich in eine Sitzhaltung hochzog.
»Nichts! Und ist es wirklich nötig, so zu stöhnen, Andrew? Übertreiben Sie nicht ein bißchen? Ich meine, so schwer verletzt sind Sie nun auch wieder nicht.« Sie zog die Jalousie hoch. Draußen fiel Schneeregen. In diesem Jahr erreichte der Frühling den Osten spät. »Sie sind einfach ein großes Baby«, fuhr sie fort, »genau wie alle anderen Männer. Jemand gibt Ihnen einen Klaps auf den Kopf, und Sie ächzen und stöhnen und müssen eine Woche ins Krankenhaus.«
Falcon grinste. Er musterte sie gründlich, während sie hinaus-

schaute. Sie war dem Notarztwagen zum Krankenhaus nachgefahren. Die Schwestern hatten darauf bestanden, daß sie um Mitternacht ging, aber sie hatte nicht darauf gehört, hatte ihm bis zum Morgen weiter das Gesicht mit einem feuchten Tuch abgewischt. Und seither hatte sie ihn jeden Tag besucht, weil sie wußte, daß sonst niemand kam. Er hatte ihr halbherzig gesagt, das sei nicht nötig; sie hatte nur genickt und war am nächsten Morgen wieder dagewesen. Und er war froh. Allmählich begriff er, daß die knallige Aufmachung nur eine Seite ihres Wesens war. Sie schien in Wirklichkeit ein warmherziger, guter Mensch zu sein.

»Wenn Ihnen mein Gejammer nicht gefällt, können Sie ja gehen.« Falcon schob sich ein drittes Kissen in den Rücken, damit er aufrechter sitzen konnte.

Jenny wandte sich langsam vom Fenster ab, zog eine Augenbraue hoch und ging zur Tür.

»Hey, lassen Sie das. Das ist doch bloß ein Scherz!«

Jenny blieb am Fußende des Bettes stehen und sah auf ihn hinunter.

»Entschuldigung, Jenny.«

»Bitten Sie mich zu bleiben.«

»Bleiben Sie.« Falcon sagte es sofort. Er versuchte, es beiläufig klingen zu lassen, aber sein Blick strafte seinen Ton Lügen. Er grinste breit. »Bitte.«

Jenny erwiderte das Lächeln. Sie konnte ihm nicht widerstehen. Falcon legte den Kopf schief. »Mir fällt ein, daß ich nicht einmal weiß, von wo aus Sie Ihre wohltätigen Besuche à la Mutter Teresa machen. Wohnen Sie in der Nähe?«

»Nein. Ich wohne in New Brunswick. Das liegt etwa dreißig Kilometer nördlich von hier.« Sie machte eine Pause. »Ich habe mein Leben lang dort gewohnt. Es gefällt mir dort. Es ist eine Arbeiterstadt.« Sie sagte die letzten Worte sachlich. »Nicht wie Princeton.«

Sie hatte also keinen Minderwertigkeitskomplex, weil sie in einer Arbeiterstadt wohnte, es aber unbedingt weiter nach oben schaffen wollte. Obwohl sie das mit ihrem Aussehen und ihrem Verstand eindeutig hätte schaffen können, dachte Falcon. »Wollen

Sie Ihr Leben lang Sekretärin, Entschuldigung, Assistentin der Geschäftsleitung bleiben?«

»Sie klopfen nicht lange auf den Busch, nicht wahr, Andrew Falcon?« fragte Jenny.

Er hob die Hände zu einer ironischen Entschuldigung.

»Ich versuche, Geld zu sparen, damit ich zurück aufs College und einen Abschluß machen kann. Ich habe zwei Jahre am Montclair State College studiert.«

»Warum haben Sie das Studium abgebrochen? Ach, ich weiß schon, zu viele Partys.«

Jenny schüttelte den Kopf. »Dad konnte sich nicht mehr um meine kleine Schwester kümmern, als er krank wurde. Also mußte ich mich um sie kümmern. Eins kam zum anderen, und es hat mit dem Weiterstudieren nicht geklappt.«

»Aber Ihre Mom ...« Er wünschte sich sofort, er hätte das nicht gesagt. Wie hatte er so blöd sein können?

Jenny antwortete nicht sofort. »Sie ist an Lungenkrebs gestorben, als ich noch klein war.«

»Das tut mir leid.«

»Ist schon okay, Andrew. Dad hat mir erzählt, daß Mom zwei Päckchen Zigaretten am Tag geraucht hat.«

»Sie rauchen nicht, oder?«

Jenny schüttelte den Kopf. »Und Sie?«

»Nein.«

Sie schwiegen ein paar Augenblicke lang.

»Was ist mit Ihnen, Andrew? Erzählen Sie etwas von sich.« Jenny wollte ihn dazu bewegen, daß er sich öffnete.

»Oh, ich bin ziemlich langweilig. Ich arbeite gern. Das ist fast schon alles.«

Jenny wartete ein paar Augenblicke, aber er sagte nicht mehr. Sie spielte kurz mit dem Klemmbrett, das am Fußende des Bettes hing, dann sagte sie wieder etwas. »Andrew, ich weiß, es ist schwierig für Sie, aber was werden Sie jetzt machen, nachdem MD Link ...« Sie beendete den Satz nicht.

»Bankrott ist. Kaputt. Ruiniert. Wollten Sie das sagen?«

Sie nickte zögernd, suchte in seinem Gesicht nach einer Gefühlsregung. Aber da war nichts.

Falcon starrte einen Moment lang die Decke an, dann grinste er. »Sie glauben also nicht, daß Froworths Assistentin trotz der kleinen Extravorstellung in MD Link investiert?«
Jenny schüttelte den Kopf. »Ernsthaft, Andrew.«
»Ernsthaft, Sie wollen, daß ich ernsthaft bin?« Er atmete lautstark aus. »Ich habe immer daran gedacht, nach Vermont zu ziehen. Es ist ein schöner Staat, und ich laufe gern Ski. Vielleicht kaufe ich mir dort oben ein Haus und verbringe mein Leben mit Skilaufen. Der Haken ist bloß, daß sie vermutlich Geld für das Haus und für die Liftgebühren haben wollen.«
»Haben Sie überhaupt noch Geld übrig?«
»Ein bißchen.« Falcon zog eine Grimasse und faßte sich wieder an den Kopf. »Komisch, wie der bloße Gedanke an Geld körperliche Schmerzen auslösen kann.« Er sah sie an. »Mögen Sie Vermont?«
»Ich war noch nie dort.« Jenny lächelte. »Eigentlich bin ich noch nirgends gewesen.«
»Würden Sie gern mal hinfahren?«
Jenny sah Falcon sofort in die Augen, fragte sich, ob er mit diesen Worten gemeint hatte, was sie sich so sehr wünschte.
Falcon erwiderte den Blick. Ihr lag also etwas an ihm. Er witterte es sofort in ihrem Gesicht.
»Ja, das möchte ich. Natürlich möchte ich das.«
Er reagierte nicht sofort auf ihre Antwort. Er sah sie nur weiter an. Sie war so schön. Und liebevoll. Falcon biß sich auf die Lippe. Aber sie war ein Mädchen aus Jersey. Und in der High School war er mit jeder Menge solcher Mädchen ausgegangen.
»Großartig.« Er lächelte. »Sie sollten sich mit Ihren Freundinnen zusammentun und irgendwann hinfahren. Ich könnte Ihnen die richtigen Orte nennen. Entlegene Orte, die normale Touristen nicht finden.«
Jennys Mund ging leicht auf, dann sah sie auf das Bett hinunter.
»Mr. Falcon!« Es klopfte laut an der Tür. »Zeit für die Visite.«
»Ich muß sowieso gehen.« Jennys Stimme war heiser.
Die Tür ging auf. Ein Assistenzarzt mit einem Stethoskop um

den Hals kam herein. Er sah Jenny und blieb stehen. »Oh, Entschuldigung.«

»Nein, schon in Ordnung.« Jenny drehte sich um, nahm ihre Handtasche vom Nachttisch und ging an dem jungen Arzt vorbei zur Tür.

»Jenny! Warten Sie! Mann, Sie sind doch eben erst gekommen!« Aber sie war fort. Falcon warf dem Assistenzarzt einen Blick zu. Der Mann zuckte die Achseln.

»Tut mir leid, Andrew.«

Falcon schüttelte den Kopf.

»Ist schon gut.« Er sah die Tür an, die langsam ins Schloß fiel. »Manchmal kann ich ein richtiges Arschloch sein«, murmelte er.

»Meine Damen und Herren, eben ist mir eine besondere Ankündigung ausgehändigt worden!« Die Stimme des Stadionsprechers dröhnte, als er die Halbzeit des Basketballspiels Harvard gegen Penn ankündigte. »Vor wenigen Augenblicken ist dieser Brief in der Presseloge gefunden worden. Ich lese ihn vor.«

Die Menge wechselte wissende Blicke. Sie konnten sich gut vorstellen, was gleich verkündet werden würde. Seit der Jahrhundertwende war das jedes Jahr während einer bedeutenden Harvard-Veranstaltung vorgekommen.

»Hier steht: ›*Guten Tag. Könnte die Person in Sektion sieben, Reihe sieben, Platz sieben des Stadions bitte den Umschlag entfernen, der unter dem Sitz klebt, und ihn der Universitätsverwaltung von Harvard übergeben?*‹ *Der Brief ist mit* ›*Die Sieben*‹ *unterzeichnet.*«

Ein Glatzkopf in einem karierten Sportjackett griff unter seinen Sitz, während die Menge zu jubeln anfing. Er fand den Umschlag sofort, löste ihn von seinem Versteck und hielt ihn hoch. Das Stadion brach in donnernden Applaus aus. Schnell wurde der Umschlag von Hand zu Hand bis zur Presseloge weitergereicht. Im Stadion wurde es still, als der Umschlag beim Sprecher ankam.

Mit lauter Stimme verkündete er:

»Meine Damen und Herren, ich halte einen auf die Harvard University ausgestellten Scheck in der Hand. Die angehefteten Anweisungen besagen lediglich, daß die Universitätsverwaltung das Geld nach ihrem Gutdünken verwenden soll. Die Höhe des Schecks beträgt sieben Millionen siebenhundertsiebzigtausend-siebenhundertsiebenundsiebzig Dollar und sieben Cent!«
Die Menge explodierte, und als sich der Beifallssturm gelegt hatte, war William Rutherford verschwunden.

4

Devon Chambers schüttelte den Kopf. »Er wird uns vernichten, Granville. Er hat den Einkommensteuersatz für Leute wie uns schon auf achtzig Prozent erhöht und die Erbschaftsteuer für alle Nachlässe im Wert von über sechshunderttausend Dollar auf siebzig Prozent. Und meine Informanten innerhalb der Regierung sagen mir, daß er jetzt in Erwägung zieht, den Erbschaftsteuersatz auf neunzig Prozent anzuheben und den steuerfreien Betrag von sechshunderttausend Dollar auf dreihunderttausend zu senken. Und wissen Sie was? Als Populist, der er ist, könnte er durchaus damit durchkommen.« Chambers machte eine Pause. »Das wäre das Ende des kapitalistischen Systems, wie wir es kennen. Ein solcher Erbschaftsteuersatz würde jeden nach zwei Generationen wieder auf Feld eins zurückwerfen. Er würde jeden Leistungsanreiz im Keim ersticken. Das wäre das Ende der Oberschicht.«

Winthrop nickte langsam. »Rutherford empfiehlt eine Politik der verbrannten Erde.« Er lächelte bösartig.

Chambers schauderte und verschränkte die Arme vor der Brust. Wieder schüttelte er den Kopf. Er wußte, was Winthrop meinte. »Ich habe Ihnen gesagt, daß es ein Fehler war, Rutherford in die Sieben aufzunehmen.« Chambers' Stimme war kaum lauter als ein Flüstern – etwas, was er als Folge chronischer Halsschmerzen abtat. »Er ist bloß einer von diesen Militärtypen, die glauben, daß sich alles durch Gewalt lösen läßt.«

Granville Winthrop trank einen Schluck Scotch mit Soda und stellte das Glas dann auf den Mahagonitisch vor dem Sessel zurück. »Muß ich Sie an Ihren Schwur erinnern, niemals ein anderes Mitglied der Bruderschaft zu kritisieren?«

Chambers' schmales Gesicht nahm einen überheblichen Ausdruck an. Als wollte er sich an das, was Winthrop gesagt hatte, lediglich aus Respekt vor der Tradition halten – nicht wegen Rutherford oder Winthrop. Er schüttelte den Kopf und hustete. Es klang tief und verschleimt. »Nein, daran brauchen Sie mich nicht zu erinnern.«

Winthrop sah sich im kleinen Kartenzimmer des Harvard Club um. Es war ein angenehmer Ort, wenn man fern der Wall Street ein vertrauliches Gespräch führen mußte. Die Wände waren dunkelrot gestrichen, der Stuck in einem glänzenden Weiß. An den Wänden hingen Drucke von Fuchsjagdszenen: schöne Drucke mit Pferden, Reitern und Hunden, die auf der Suche nach der Beute durch Wiesen und über Hindernisse jagten. Es war nicht gut, im Leben der Fuchs zu sein. Aber ohne Füchse hätte es keine Pferde gegeben, keine Hunde, keine Reiter – und keine Jagd. Und ohne die Jagd wäre das Leben entsetzlich langweilig, dachte Winthrop bei sich.

Er inhalierte. Im Zimmer roch es schwach nach Rauch. Die Eichenscheite im Kamin brannten langsam. Die orangeroten Flammen züngelten gegen den geschwärzten Ofenschirm vor dem Kamin. Draußen war es kalt und grau. Hier drin war es warm und gemütlich. Winthrop dachte kurz an den Obdachlosen, der auf der 44th Street gelegen hatte, als er zu Fuß von der Park Avenue aus zum Club gekommen war. Der Arme hatte eine eisige Nacht vor sich. Dann griff er nach seinem Glas und vergaß den Mann. »Rutherford hat gesagt, vielleicht müßten wir Sie auch umbringen, wenn Sie nicht in der Lage sind, Ihren Teil beizutragen.« Winthrop hatte Chambers' überhebliche Miene bemerkt.

Chambers sah schnell auf. Die kleinen braunen Augen huschten zu Winthrop. Der überhebliche Ausdruck wich aus seinem Gesicht.

Winthrop sah Chambers über den Glasrand hinweg an, als er trank. »Das ist natürlich nicht ernst gemeint, Devon.« Winthrop stellte das Glas auf den Tisch zurück.

Chambers sank erleichtert in den Sessel zurück. Einen Augenblick lang hatte er tatsächlich geglaubt, Winthrop meine es ernst. Er war klein, klapperdürr und verfügte körperlich über keinerlei Mut. Seine Macht im Leben stammte einzig und allein aus seiner Autorität in der Firma. Seine Haut war bleich, fast ohne Pigmentierung, und das wenige, was von seinem Haar übrig war, schwarz. Auf die Seite gekämmt, bildete es einen scharfen Kontrast zu seiner blassen Stirn.

Wie war ein solcher Mann, ein wirklich ganz gewöhnlicher Mann, zum Vorstandsvorsitzenden von DuPont geworden? fragte sich Winthrop müßig. Natürlich kannte er die Antwort schon. Chambers wußte alles über die Chemieindustrie, was es zu wissen gab, kannte jeden, den man kennen mußte. Und er war der geborene Diplomat. Was nicht anders zu erwarten war. Wegen seiner schwächlichen Statur war er als Kind immer aufgezogen worden, und so war er gezwungen gewesen, zum Überleben seinen Verstand zu benutzen. »Ich würde Bill mit etwas mehr Respekt behandeln, vor allem in meinem Beisein, Devon. Ich hege viel Bewunderung für das, was er in seinem Leben geleistet hat, und zufällig glaube ich, daß die Fähigkeit, andere körperlich einschüchtern zu können, auf der Welt eine Rolle spielt. Eine wichtige Rolle. Im Hinblick auf das Projekt hat er eine der schwierigsten Aufgaben von uns allen. Vergessen wir das nicht.«

Chambers erkannte den ernsten Ton und nickte unterwürfig. Er hatte einen schweren Fehler gemacht, und das würde ihm nicht noch einmal passieren, ganz gleich, wie sehr er Rutherford verabscheute. Er durfte Winthrop nicht reizen.

Granville schnaubte. Chambers mochte in der Industrie ein mächtiger Mann sein, aber Winthrop hatte die Macht auf dem Gebiet der Investmentbanken. Und für Winthrop war das Investmentbankgeschäft viel bedeutender als jede andere Branche der Welt.

»Es tut mir leid, Granville«, flüsterte Chambers.

Jetzt verhielt er sich kriecherisch. Winthrop trank den Scotch mit Soda aus. Chambers war alt und schwach, und es war Jahre her, daß er tatsächlich ein mächtiger Mann in der Chemieindustrie gewesen war – er hatte sich vor sechs Jahren im vorgeschriebenen Alter von fünfundsechzig von DuPont zurückgezogen. Obwohl er hoffte, das alles werde Chambers' Fähigkeit, seinen Beitrag zu leisten, nicht beeinträchtigen, verlor Winthrop von Gespräch zu Gespräch mehr von seiner Zuversicht; aber jetzt ließ sich nichts mehr daran ändern. Alles war schon in Gang, und Chambers war der Strohmann. »Ich möchte noch eine Weile bleiben, und wir sollten nicht zusammen gesehen werden, wenn wir gehen.«

Erst begriff Chambers nicht.

»Devon, passen Sie auf, daß Ihnen beim Hinausgehen die Tür nicht gegen den Hintern knallt.«

Chambers stand sofort auf und ging hinaus. Wortlos schloß er die Tür hinter sich.

Granville lächelte dem ältlichen Mann in der Garderobe des Harvard Club zu, als der Mann Winthrop seinen Kamelhaarmantel reichte. Er schob ihm einen Zwanzigdollarschein zu. Das war wenigstens jemand, der versuchte, mit ehrlicher Arbeit seinen Tageslohn zu verdienen, im Gegensatz zu dem Obdachlosen, der vermutlich immer noch mit dem Gesicht nach unten auf dem Trottoir der 44. Straße lag. Wintrhop drehte sich um und wollte in den Mantel schlüpfen, als er sich von Angesicht zu Angesicht Falcon gegenübersah.

»Hallo, Granville.« Andrews Stimme verriet keinerlei Emotion.

»Mr. Falcon.« Winthrop hielt kurz beim Anziehen des Mantels inne und machte dann vorsichtig weiter, ließ den jüngeren Mann nicht aus den Augen. Er mißtraute Falcons Motiven.

»Wie geht es der Abteilung für Fusionen und Übernahmen bei Winthrop, Hawkins & Company?«

»Bestens. Danke der Nachfrage.« Winthrop knöpfte den Mantel zu.

Ein eisiger Windstoß fegte durch den kleinen Vorraum, als zwei Männer den Club betraten. Sie blieben stehen, wollten grüßen, wie es üblich war, spürten jedoch, daß die Situation alles andere als freundlich war; sie gingen eilig an Winthrop und Falcon vorbei in den mit Pokalen gesäumten Saal nebenan.

»Ich habe vor einer Woche im *Wall Street Journal* einen Artikel gelesen, in dem es hieß, daß die Fusions- und Übernahmegeschäfte der Firma in diesem Jahr um vierzig Prozent rückläufig sind.« Falcon fuhr sich beim Sprechen leicht über die Kopf-

haut. Er hatte von dem Schlag auf den Kopf immer noch leichte Kopfschmerzen.
Winthrops Blick folgte Andrews Fingern, als sie nach der Narbe unter dem Haar tasteten, das jetzt wieder um die Verletzung herumgewachsen war. Dann lächelte er wachsam. »Man soll nicht alles glauben, was man in der Zeitung liest. Sie müßten das wissen, Mr. Falcon. Wenn Sie mich jetzt bitte entschuldigen ...«
Winthrop ging die Treppe hinunter auf die Glastür zu.
»Ich kann Ihnen morgen fünf Abschlüsse auf den Tisch legen.«
Winthrop blieb stehen und drehte sich um. Er sah Falcon einen Moment lang an und ging dann langsam wieder auf Falcon zu, bis nur noch Zentimeter ihre Gesichter trennten.
»Warum werden Sie dann nicht bei Merrill Lynch vorstellig?«
Falcon ließ sich keine Gemütsbewegung anmerken. Er hatte sich auf diese Reaktion vorbereitet. »Das soll wohl heißen, daß wir uns nicht wiedersehen werden.«
Winthrop sah Falcon zornig an, dann verzog sich seine Miene langsam zu einem finsteren Lächeln. Wortlos machte er kehrt und verließ den Club. Alles lief so, wie er es erwartet hatte. Falcon als Bittsteller. Jetzt war er genau da, wo Winthrop ihn haben wollte.

5

Für das Büro eines Abteilungsleiters war Glen Malleys Office nicht gerade eindrucksvoll, dachte Falcon. Es war geräumig, aber die Möbel waren altmodisch und etwas verstaubt. Nirgends im Büro war ein Bloomberg-Terminal zu sehen, mit dessen Hilfe man den neuesten Stand von Aktien und Obligationen erfragen konnte. Wie zum Teufel hielt dieser Typ Verbindung mit allem, was sich auf der Welt tat? Bis jetzt hatte die National Southern Bank noch keinen Eindruck auf Falcon gemacht, und das war schon sein viertes Einstellungsgespräch. Aber hatte er eine andere Wahl? Das Geld war so gut wie ganz weg, sogar das auf dem Hamsterkonto, das der Konkursrichter nicht gefunden hatte.

Falcon beobachtete, wie Malley ins Telefon quasselte. Er war weit über vierzig, völlig ergraut und kämpfte gegen seine Gewichtsprobleme an, indem er überweite Anzüge trug. Zum Mittagessen hatte Malley ein Vierhundertgrammsteak verputzt, eine große, gebackene Kartoffel mit Sauerrahm, mehrere üppig gebutterte Brotscheiben und ein Riesenstück Schokoladentorte – zusätzlich zu zwei Martinis. Sein Gesicht war knallrot, und das hatte nichts damit zu tun, daß er Ire war. Falcon fragte sich, wie lange es dauern würde, bis Malley an einem Herzinfarkt starb.

Malley legte den Hörer auf. »Entschuldigen Sie, Andrew. Das war der Anruf, auf den ich gewartet habe. Meine Sekretärin wird nicht zulassen, daß wir noch einmal gestört werden.«

»Das macht doch nichts, Glen.«

Malley lächelte. »Haben Sie noch Fragen zur National Southern Bank? Über die Entwicklung der NASO? Über die künftige Geschäftspolitik der Bank? Fragen dieser Art.«

Falcon hatte den Jahresbericht gelesen und wieder gelesen. Die National Southern Bank oder die NASO, wie sie in der Wall

Street genannt wurde, war die viertgrößte Handelsbank der Vereinigten Staaten, mit über hundertfünfundsiebzig Milliarden in Sachwerten und fast fünfzehn Milliarden Dollar Kapital. Sie war 1991 entstanden, durch die Fusion der beiden größten Handelsbanken im Südosten, der First Atlanta und der Trust Company of Alabama. Nach der Fusion hatte die neuentstandene Firma die Bank of Manhattan gekauft, die BOM, wie sie in Finanzkreisen liebevoll genannt wurde. Die BOM war im Bankgeschäft nicht sehr erfolgreich, aber sie hatte ein schönes Verwaltungsgebäude und war im Staat New York ins Handelsregister eingetragen, was der NASO ermöglicht hatte, ihre Hauptverwaltung nach New York City zu verlegen. Sie saßen jetzt dort, im vierzehnten Stock der Park Avenue 350. »Nein, Glen, ich habe keine weiteren Fragen.«
Malley nickte. »Okay.«
Falcon lachte. »Es ist komisch, wie sich manchmal der Kreis schließt.«
Malley sah auf. »Was meinen Sie damit?«
»Winthrop, Hawkins & Company haben die Bank of Manhattan vertreten, als die NASO sie gekauft hat.«
»Im Ernst?« Der andere wirkte ehrlich interessiert. »Erzählen Sie mir davon. Ich war damals noch nicht bei der NASO.«
»Na ja, es war eine feindselige Transaktion, deshalb wußten die Führungskräfte bei der Bank of Manhattan, daß sie einen Tritt in den Hintern bekommen würden, wenn es der NASO gelang, die BOM zu erwerben. Sie haben sich dagegen gewehrt – jedenfalls so lange, bis Winthrop für die fünf Spitzenmanager ein nettes Abfindungssümmchen ausgehandelt hatte. Vielleicht interessiert es Sie, Glen, daß sie insgesamt eine Abfindungszahlung von dreißig Millionen Dollar erhalten haben, die natürlich direkt aus der Tasche der Aktionäre kamen.« Falcon erwähnte dieses Detail nur, um Malley zu zeigen, daß er früher in heikle Informationen eingeweiht gewesen war.
Malley war beeindruckt. Er lächelte nicht mehr.
»Die Summe tauchte nirgendwo auf. Sie wurde getarnt als diverse Honorare, die angeblich an uns – ich meine Winthrop, Hawkins & Company – und an verschiedene Anwaltskanzleien

gezahlt worden waren. Und sie wurde im Lauf von vier Jahren ausbezahlt. Aber Winthrop, Hawkins und die Anwaltskanzleien schickten das Geld, das sie bekamen, einfach an die fünf Spitzenmanager weiter.«

»Das kann nicht Ihr Ernst sein.« Malley war ungläubig. »Aber das ist ill–«

»Illegal? Nein, im Grunde nicht. Vielleicht unmoralisch. Aber nicht illegal. Ich habe die Taktik gemeinsam mit den Anwälten überprüft. Wir mußten wegen der Steuern aufpassen, aber alles war ganz legal. Obwohl es natürlich hart an der Grenze war. Aber damals war alles so. So hart an der Grenze wie irgendmöglich. Winthrop hat als Beratungshonorar zehn Millionen Dollar kassiert. Wir sollten außerdem weitere zehn Millionen Dollar erhalten, falls es uns gelang, die BOM mindestens ein Jahr lang, nachdem die NASO das Formular 13-D vorgelegt hatte, als unabhängiges Unternehmen am Leben zu erhalten. Verstehen Sie, die Spitzenmanager der BOM konnten ihre Pensionen beträchtlich erhöhen, wenn wir es schafften, die Abwicklung über ein Jahr lang hinauszuzögern. Wissen Sie noch, wie lange es gedauert hat, bis die NASO die BOM gekauft hatte, vom Anfang bis zum Ende?«

Malley schüttelte langsam den Kopf.

»Dreiundfünfzig Wochen. Winthrop verdiente die zusätzlichen zehn Millionen, und die Spitzenmanager der BOM erhöhten ihre Pensionen um etwa fünfzigtausend Dollar pro Jahr.«

Malley lachte. »Sie waren der bei Winthrop für dieses Geschäft zuständige Partner?«

Falcon nickte.

»Das muß eine ganz schön aufregende Zeit gewesen sein. Himmel, dauernd kam es zu Fusionen und Übernahmen. Dem Anschein nach jeden Tag. Man konnte das *Wall Street Journal* nicht aufschlagen, ohne etwas über die nächste Übernahme zu lesen.«

»Es war eine interessante Zeit, obwohl damals, 1991, die Fusionsaktivitäten den Höhepunkt schon überschritten hatten.«

Malley sah ein Gemälde des Hafens von New York aus der Kolonialzeit an, das an der Wand gegenüber hing. »Die späten Achtziger waren wirklich aufregende Jahre. Auch für Handelsbanken.« Malley wirkte wehmütig, als erinnerte er sich an einen liebevollen Moment mit einem Kind. »Gott, wie wurde da mit dem Geld herumgeworfen, bei Aktienaufkäufen und feindseligen Übernahmen. Wir haben jede Menge Geld an den Gebühren und an den Zinsen verdient. Und die Bonuszahlungen waren auch nicht schlecht. Was ist aus alldem nur geworden?«

»Wissen Sie, ein paar Leute wurden ein bißchen zu gierig. Drexel, Burnham mußten den Laden dichtmachen, und die Regierung hat im großen und ganzen den Hahn zugedreht. Natürlich haben die Investmentbanken bei der Auflösung dessen, was sie geschaffen hatten, weiter riesige Geldsummen verdient.«

»Andrew, glauben Sie, daß diese Zeiten je wiederkehren? Ich meine, die feindseligen Übernahmen, die Aktienaufkäufe und die riesigen Geldsummen?«

»Ich glaube, dazu bräuchten wir einen Regierungswechsel. Der jetzige Präsident wird jedenfalls nicht zulassen, daß die alten Zeiten wiederkehren. Soweit ich weiß, hat die Bundesbank die Aufgabe, streng mit jeder Bank ins Gericht zu gehen, die versucht, Kapital für Übernahmen durch Aktienaufkäufe zur Verfügung zu stellen. Und dieser Filipelli, der Vorstandsvorsitzende der Bundesbank, ist ein knallharter Typ. Er hält die Wall Street für ein notwendiges Übel. Er wird nicht zulassen, daß die Investmentbanken die Handelsbanken wieder auf diese Weise benutzen, damit sie sich die Taschen vollstopfen können und dadurch das nationale Bankensystem gefährden.«

»Also ist es mit der Aufregung ein für allemal vorbei.«

»Jedenfalls für lange Zeit.«

Malley trank einen Schluck Kaffee. Er wurde nach dem Mittagessen allmählich wieder nüchtern und konzentrierte sich auf das Einstellungsgespräch. »Andrew, wenn Sie mir gestatten, das zu sagen, falls Sie zu uns stoßen sollten, macht mir Sorge, daß die Stelle nicht interessant genug für Sie ist. Ich meine, so aufregend wie bei Winthrop kann es gar nicht werden. Handelsbankgeschäfte ohne Übernahmen durch Aktienaufkäufe können, nun ja, manchmal ganz schön langweilig sein. Natürlich, wir versuchen, in das Investmentgeschäft einzusteigen, mit Versicherungsaktien und Obligationen, in die Anlageberatung und so weiter, aber es kann Jahre dauern, bis wir am Ziel sind. Wie Sie wissen, haben Firmen wie Winthrop dieses Geschäft im Griff, und sie werden es sich nicht so einfach wegnehmen lassen.« Malley musterte Falcon gründlich, als schätze er ihn ab. »Ich glaube, diese Stelle ist nur ein Behelf für Sie. Sie brauchen Geld, weil Sie alles in der Softwarefirma verloren haben, deshalb werden Sie unser Angebot annehmen. Aber sobald sich Ihnen die Gelegenheit bietet, zu einer Investmentbank abzuspringen, werden Sie uns verlassen. Bitte nehmen Sie mir das nicht übel, aber ich muß ehrlich sein. Wenn ich darüber zu entscheiden hätte, würde ich Ihnen die Stelle vermutlich nicht anbieten.« Malley machte eine Pause. »Aber die Entscheidung liegt nicht bei mir.«

Falcon machte sich nicht die Mühe, ihm zu erzählen, daß er es schon bei so gut wie jeder Investmentbank in der Wall Street versucht hatte – sogar bei den ganz kleinen Firmen – und daß keine ihn wollte. Anfangs waren sie begeistert über die Aussicht, ein solches Talent anzuwerben. Aber dann, nach dem dritten oder vierten Einstellungsgespräch, wenn eigentlich die Gehaltsfrage fällig gewesen wäre, kühlte sich die Lage ab, und die Personalabteilungen schickten ihm einen kurzen Brief, in dem sie erklärten, er entspreche nicht dem, was sie suchten. Es fiel ihm schwer, das zu verstehen. Es war, als würde er verfolgt, als gäbe jemand den Firmen Informationen, damit sie davon Abstand nahmen, ihn einzustellen. Aber das war absurd. Reine Paranoia, entstanden durch seine finanzielle Notlage.

Falcon sah Malley direkt in die Augen. »Was meinen Sie damit, daß die Entscheidung nicht bei Ihnen liegt? Sie sind der zuständige Abteilungsleiter für alle Kreditgeschäfte östlich vom Mississippi. Sie haben darüber zu entscheiden.«

»In diesem Fall nicht, Andrew. Sie müssen auf jemand in der Chefetage gewaltig Eindruck gemacht haben, denn ich hab' so ein Gefühl, daß ich rausgeworfen werde, falls Sie die Stelle nicht annehmen. Mit wem zum Teufel aus dem Vorstand haben Sie gesprochen?«

Falcon schüttelte den Kopf. »Mit niemandem.«

»Sie kennen weder Boreman noch Barksdale?«

»Sie meinen den Vorstandsvorsitzenden und seinen Stellvertreter?«

Malley nickte.

»Nein. Ich habe mit einem Manager aus der Personalabteilung gesprochen, aber das war alles.«

»Die Fusion ist wie lange her ... fünf Jahre? Damals war Boreman noch nicht bei der NASO. Barksdale schon. Vielleicht erinnert er sich von der Fusion her an Sie«, sagte Malley.

»Vielleicht.«

»Wie haben Sie von dieser Stelle erfahren, Falcon?«

Da kam es – zum ersten Mal nannte ihn Malley schlicht Falcon, nicht Andrew. Es war eine typische Entwicklung bei allen seinen Geschäftspartnern, und es störte ihn nach so vielen Jahren immer noch. Sie nannten ihn höflichkeitshalber eine kurze Zeit lang Andrew und gingen dann instinktiv dazu über, ihn Falcon zu nennen. Freunde nannten ihn Andrew. Geschäftspartner nannten ihn Falcon. Aber war das nicht genau das, was er wollte? Ein Name, der sich einprägte. Hatte er sich nicht deshalb nach der High School den neuen Namen gegeben?

Falcon beantwortete die Frage. »Ein Headhunter hat mich aus heiterem Himmel angerufen. Ein Mann, von dem ich noch nie etwas gehört hatte. Er wollte mir nicht sagen, woher er meinen Namen wußte, aber das ist typisch für diese Leute.«

»Es ist erstaunlich, wie schnell Ihr Headhunter vom Freiwerden dieser Stelle erfahren hat. Wir haben die Frau, die Leiterin der Abteilung, die Sie übernehmen sollen, erst vor zwei Wochen entlassen.« Malley warf einen Blick auf den aufgeschlagenen Terminkalender auf seinem Schreibtisch. »Am Mittwoch, dem Dreiundzwanzigsten.«

»Wirklich? Dann hat der Typ schnell gearbeitet.« Seltsam, dachte Falcon. Der Headhunter hatte ihn am Montag jener Woche angerufen, zwei Tage *bevor* die NASO die Frau entlassen hatte. Und der Mann hatte ausdrücklich erwähnt, welche Stelle die Frau innegehabt hatte, und von ihrer Kündigung gesprochen, obwohl er natürlich ihren Namen nicht genannt hatte.

»Wann hat der Headhunter Sie angerufen?«

»Am Freitag jener Woche. Das muß dann der Fünfundzwan-

zigste gewesen sein.« Aus bestimmten Gründen wollte Falcon das Datum lieber für sich behalten.
»Hm.« Malley sah Falcon weiterhin an. »Schön, es läuft darauf hinaus, daß wir Sie einstellen wollen. Wir sind bereit, Ihnen ein Jahresgehalt von hundertzwanzigtausend Dollar zu bezahlen und einen Bonus, der fünfzig Prozent Ihres Jahresgehalts betragen könnte.«
Hundertachtzigtausend Dollar. Das war alles. Das Maximum, womit er rechnen konnte. Es hieß nicht gerade, daß er von Lebensmittelmarken leben mußte, aber es waren nicht annähernd die 1,1 Millionen Dollar, die er bei Winthrop, Hawkins & Company verdient hatte. Und es war gar nichts im Vergleich zu dem, was MD Link inzwischen hätte wert sein müssen.
»Wir wollen, daß Sie Team 2 leiten, das zuständig ist für das Marketing der Kreditgeschäfte der NASO in Maryland, Delaware, Pennsylvania und Ohio. Ihr Status ist der eines stellvertretenden Abteilungsleiters; Ihnen unterstehen fünf Fachkräfte, vier Verwaltungsangestellte und drei Sekretärinnen – darunter eine Chefsekretärin.«
Nur stellvertretender Abteilungsleiter. Davon gab es vermutlich zweitausend bei der NASO. »Ich erstatte Ihnen Bericht?«
»Ja.«
Schön, das war eine Chance. Er wünschte ihm nichts Böses, aber vermutlich war er in einem Jahr an einem Herzinfarkt gestorben. Vielleicht würde ihn die Bank auf Malleys Posten befördern. »Meine Chefsekretärin möchte ich gern selbst einstellen.«
Falcon dachte an Jenny. Sie hatte auch noch keine Arbeit gefunden.
»Ich glaube, das ist kein Problem. Soll das heißen, daß Sie das Angebot annehmen?«
»Das heißt, ich hätte gern ein paar Tage Bedenkzeit.«
Malley nickte beklommen.

Die Frau wiegte sich geschmeidig im Rhythmus der Musik, die aus riesigen über den ganzen schicken Nachtclub in der Upper East Side verteilten Lautsprechern dröhnte. Mehrere Männer tanzten um sie herum, obwohl sie keinen dazu aufgefordert hatte.

Sie versuchten, ihre Aufmerksamkeit zu erregen, aber sie nahm nichts um sich herum wahr. Sie ging völlig in der Musik auf.
Falcon beobachtete, wie sie sich zwischen ihren ungebetenen Verehrern bewegte. Sie war hinreißend, absolut hinreißend. Sie war groß, etwa einsdreiundsiebzig, und durch das auf dem Kopf festgesteckte lange, seidige, ebenholzschwarze Haar wirkte sie noch größer. In ihrem schönen Gesicht dominierten riesige, dunkle Augen, hohe Wangenknochen und volle rote Lippen. Ihr langes schwarzes Kleid hatte einen tiefen Ausschnitt und mündete zwischen kleinen, aber wohlgeformten Brüsten. Sie war dunkelhäutig, aber im schwachen Licht des Clubs war schwer auszumachen, wie dunkelhäutig sie tatsächlich war. Griechin? Vielleicht auch Spanierin. Ihm war es gleich.
Von allen schönen Frauen im Club war sie diejenige, die von den Männern am gründlichsten beobachtet wurde. Sie verschlangen jede ihrer Bewegungen mit Blicken. Die unsicheren Typen zeigten auf sie und stießen sich gegenseitig an. Sie gaben sich ihren Phantasien hin, weil sie wußten, daß sie bei ihr keine Chance hatten. Die selbstbewußten Männer hielten sich abtaxierend zurück. Und die Dummen versuchten, mit ihr zu tanzen.
Es war nicht nur ihre körperliche Schönheit, die Falcon und die anderen Männer an ihr anzog. Es lag daran, wie dieses Geschöpf sich bewegte. Sie tanzte wunderbar, nie zu schnell, nie zu langsam. Sie war eins mit der Musik. Als gäbe sie sich einem Liebesakt hin. Sie ignorierte die Männer um sie herum völlig, auch wenn bei jedem Song neue Verehrer auftauchten und diejenigen, die kurz versucht hatten, ihre Aufmerksamkeit zu erhaschen, auf der Suche nach leichterer Beute wieder im Getümmel untertauchten. Hypnotisiert starrte Falcon sie an.
Er lehnte an einer Säule, in der Nähe der Frau. Ihm wurde bewußt, daß er sie nicht aus den Augen lassen konnte. Es war, als hätte ihn ein Blitz getroffen, und er war inzwischen zu betrunken, als daß er sich noch um seinen Stolz geschert hätte. Er hätte schwören können, daß sie ihn immer wieder aus unschuldigen Augen ansah. Aber er wußte, daß das nur am Alkohol und an seiner Einbildung lag.
Plötzlich schob sich ein großer, dunkler Mann zielstrebig durch

die Menge. Er tanzte nicht, um in ihre Nähe zu gelangen. Er ging direkt auf sie zu, bahnte sich seinen Weg durch die Verehrerschar, die den neuen Rivalen unwillig registrierte. Die Männer wichen allerdings schnell zurück, als sie merkten, was für ein Hüne er war.

Falcons Puls beschleunigte sich, als der Mann die Frau am Handgelenk packte und zu einer Tür auf der Rückseite des Clubs zog. Er richtete sich auf und sah den beiden nach, als sie gingen. Sie beschwerte sich nicht, aber sie ergab sich auch nicht klaglos in ihr Schicksal, zerrte leicht an dem Mann. Als sie zur Tür kamen, drehte sich die Frau um und warf einen Blick auf die Tanzfläche zurück. Und dann war sie fort, wurde von dem dunklen Mann in ein Nebenzimmer gezogen. Falcon beobachtete, wie sich die Tür schloß. Einen Augenblick lang starrte er die Tür an. Als offensichtlich war, daß die Frau nicht zurückkommen würde, wandte er sich wieder der Tanzfläche zu. Da war nichts zu sehen, was sich mit der dunkelhaarigen Vision hätte vergleichen lassen. War es nur das gewesen? Eine Vision?

Falcon gab einer vollbusigen Blondine, die ihn zum Tanzen aufforderte, höflich einen Korb. Sie war hübsch, aber ihm ging die Schönheit mit den dunklen Augen nicht aus dem Kopf. Er beobachtete, wie die Blondine zur Tanzfläche zurückging, während er den Scotch an die Lippen setzte. Es war sein sechster Drink in den letzten drei Stunden.

Hundertzwanzigtausend Dollar Gehalt. Ein Bonus von fünfzig Prozent. Insgesamt hundertachtzigtausend Dollar im Jahr. Die meisten Menschen wären begeistert gewesen. Falcon nicht. Es war ein Fehler gewesen, Winthrop zu verlassen. Es ließ sich nicht länger leugnen. Er hatte nach dem Zusammenstoß im Harvard Club zweimal versucht, Granville zu erreichen, in der Hoffnung, der alte Mann werde sich erweichen lassen und sein Verdikt zurücknehmen, Falcon nie wieder bei Winthrop, Hawkins & Company arbeiten zu lassen. Aber Falcons Anrufe waren nicht erwidert worden. Heute nachmittag, nach dem Gespräch bei der NASO, hatte er es ein letztes Mal versucht. Aber nichts. Inzwischen hätte er mehrere Millionen Dollar im Jahr verdient anstelle der schäbigen Entlohnung, die ihm die NASO anbot. Er

hatte Granville eine Nase gedreht, und jetzt zahlte Granville es ihm heim.
Die Musik schien lauter zu werden. Falcon warf einen Blick auf seine Uhr. Viertel vor drei Uhr morgens. Sobald er in dem Einzimmerloch in Queens aufwachte, das er gemietet hatte, um leichter Arbeit suchen zu können, würde er Malley anrufen und das Angebot der NASO annehmen. Was hatte er für eine andere Wahl? Er aß Hot dogs zum Frühstück, zum Mittag- und zum Abendessen. In einem weiteren Monat würde er nicht einmal mehr die Miete bezahlen können. Übermorgen, wenn sich der schreckliche Kater gelegt hatte, würde er sich mit dem Zehntausenddollarbonus bei Vertragsabschluß, den ihm die NASO anbot, eine ordentliche Wohnung in Manhattan mieten.
Falcon wandte sich zum Gehen, wollte ein Taxi auftreiben, das ihn den langen Weg zurück nach Queens fuhr. Aber als er sich umdrehte, war sie da, versperrte ihm den Weg. Zu seiner Überraschung schaute er in die gleichen dunklen Augen, die ihn auf der Tanzfläche so fasziniert hatten. Sie war sogar noch schöner, als er zunächst geglaubt hatte.
Falcon war der Kreis ihrer Verehrer – ihr ständiger Hofstaat – vage bewußt, aber sie waren jetzt belanglos, und der dunkle Mann war nirgends zu sehen. Ihre Aufmerksamkeit konzentrierte sich auf Falcon. Sie lächelte leicht, neigte den Kopf nach hinten, dann zur Seite und nahm seine Hand. Und plötzlich lösten sich Winthrop, die NASO, die bankrotte MD Link und seine Geldprobleme auf.
Phoenix Grey setzte das Limonadenglas an den Mund, während er in einer dunklen Ecke des Clubs stand. Er beobachtete Falcon seit zwei Wochen und hatte das Gefühl, den Mann in- und auswendig zu kennen. Er witterte den jähen Wandel in Falcons Verhalten. Die junge Frau hatte ihn mit einem Blick aus seiner Depression herausgerissen. Sie konnte ein Problem werden. Er mußte Rutherford diese Entwicklung melden.

6

Die Macht des Vorstandsvorsitzenden der Bundesbank der Vereinigten Staaten von Amerika kannte keine Einschränkung und war unwiderruflich. Sobald er vom Präsidenten ernannt und vom Senat bestätigt worden war, mußte er niemandem mehr Rechenschaft ablegen. Seine Amtszeit dauerte nur vier Jahre, und an ihrem Ende konnte er durch einen anderen Kandidaten des Präsidenten abgelöst werden, aber das war nicht oft der Fall. Jeder Präsident, der es wagte, einen amtierenden Vorstandsvorsitzenden der Bundesbank gegen seinen Willen abzulösen, riskierte den Zorn der »I«-Banken, die daraufhin den Aktien- und Obligationenmarkt untergraben hätten. Die Wall Street legte großen Wert auf einen unabhängigen Vorstandsvorsitzenden der Bundesbank, und das war jedem Präsidenten schmerzlich bewußt.

Carter Filipelli saß allein am Kopf des riesigen Mahagonitisches in der Mitte des förmlichen Vorstandszimmers der Bundesbank. Er wartete auf die Ankunft der neunzehn Personen, die an dieser Sitzung des Federal Open Market Committee teilnehmen sollten, des Bundesausschusses für freie Marktwirtschaft, in der Wall Street schlicht FOMC genannt. Der Ausschuß wäre eigentlich ein mächtiges Organ gewesen, aber Filipelli ließ nicht zu, daß es seine Autorität ausspielte.

Der Vorstandsraum war kalt und eindrucksvoll, einem regen Gesprächsaustausch zwischen den Teilnehmern wenig förderlich, und Filipelli nützte die sterile Kulisse zu seinem Vorteil. Stirnrunzelnde Messingadler, so poliert, daß sie selbst im trüben Licht des großen Raums glänzten, hockten auf dem obersten Rand des Kronleuchters, der die Decke über dem langen Tisch dominierte. An den Wänden hingen Karten der zwölf Bundesbankdistrikte, die das Land in merkwürdige, asymmetrische

Gebilde aufteilten. Hinter Filipelli war ein riesiger Kamin mit mehreren großen Scheiten darin, die schon mindestens seit einem Jahrzehnt dort lagen. Über dem Kamin hing ein weiterer Adler, viel größer als die Vögel auf dem Kronleuchter. Eine Klaue umklammerte Pfeile, die zweite einen Ölzweig. Die Luft in dem großen Raum roch wie die in einer alten Bibliothek: muffig und nach Büchern.

Filipelli lachte laut, und das Geräusch hallte in dem riesigen Raum wider. Er war der Vorstandsvorsitzende der Bundesbank, unbestreitbar einer der mächtigsten Menschen der Welt. Mit nur sporadischem Widerstand des einen oder anderen Mitglieds des FOMC bestimmte er die Finanzpolitik der Vereinigten Staaten, indem er die Zinssätze festlegte und die riesigen Geldreserven der Bundesbank ins Spiel brachte. Er konnte die Zinssätze erhöhen, um einer Inflation vorzubeugen, was zu einer Rezession führte, zu Schmerz und Leid; er konnte aber auch die Zinsen senken, das Wirtschaftswachstum ankurbeln und Milliarden für die Staatskasse scheffeln.

Viele Amerikaner begriffen nicht, wie uneingeschränkt die Macht des Bundesbankvorsitzenden war, daß er unabhängig und ohne Zwänge handeln konnte, daß er ganz allein über Wohlstand oder Armut entschied. Das war ein Schlag ins Gesicht der Demokratie und ihrer Glaubenssätze. Ihre krasse Mißachtung in diesem Punkt wurde weder von den beiden politischen Parteien noch von der Wall Street an die große Glocke gehängt. Vielleicht war es das einzige auf der Welt, worüber sich diese drei Größen einstimmig einigen konnten. Und aus gutem Grund. Falls die Bevölkerung begriffen hätte, daß die Struktur der Bundesbank sich jeder Kontrolle entzog, hätte sie vielleicht eine Veränderung gefordert. Das aber wäre einer Katastrophe für das Land gleichgekommen. Es war nicht möglich, daß der Vorstandsvorsitzende der Bundesbank durch den demokratischen Prozeß in seiner Handlungsfreiheit beeinträchtigt wurde und gleichzeitig im Bruchteil von Sekunden auf die sprunghafte Entwicklung auf dem modernen Finanzmarkt reagierte.

Weil seine Macht so gewaltig war, versuchten Beobachter der Finanzmärkte und Investoren auf der ganzen Welt, jeden Schritt

Filipellis zu deuten. Eine Bemerkung, ein unbedachtes Wort, sogar ein Niesen konnte auf den Börsen rund um den Erdball beim Kauf oder Verkauf Panik auslösen. Er lachte wieder. Was für ein unglaubliches Land, in dem eine arme italienische Familie, die erst seit zwei Generationen aus dem Zentrum Brooklyns weggezogen war und jetzt in einer hinterwäldlerischen Kleinstadt in Alabama lebte, einen Sohn hervorbringen konnte, der ohne den Einsatz militärischer Gewalt in eine derart einflußreiche Position aufgestiegen war. Vielleicht spielte es wirklich eine Rolle, mit wem man in den Kindergarten gegangen war. Normalerweise hielten der Vorstandsvorsitzende der Bundesbank und der Präsident bei der Arbeit Distanz zueinander. Aber Präsident Buford J. Warren, ehemaliger demokratischer Senator von Alabama und eigener Aussage nach ein Außenseiter in Washington, hatte sich als untypischer Präsident erwiesen, als Mann, der nicht bereit war, nur um der Tradition willen an ihr festzuhalten. Als er die Regierungsgeschäfte übernahm, war seiner Meinung nach hartes Durchgreifen erforderlich, um dem von einer wirtschaftlichen Malaise – ausgelöst durch das riesige Haushaltsdefizit – gebeutelten Land auf die Beine zu helfen.
Als drei Monate nach Warrens Wahl die Amtszeit des amtierenden Vorstandsvorsitzenden der Bundesbank zu Ende ging, hatte der Präsident dem System getrotzt und den Mann entlassen. Er hatte seinen alten Freund Carter Filipelli ernannt, der damals Geschäftsführer der größten Sparkasse in Alabama gewesen war, der Great Southeastern Savings. Der Präsident brauchte Filipelli, damit er die Bundesbank fest im Griff hatte und sie ihm bei der Durchsetzung seiner Innen- und Außenpolitik half. Jetzt, nach drei Jahren am Ruder, nachdem alle Finanzexperten den Untergang des Landes vorhergesagt hatten, weil der Präsident für eine derart wichtige Aufgabe einen so unerfahrenen Mann ausgewählt hatte, war er einer der am meisten respektierten Männer in Washington. Natürlich hatte die Wall Street unmittelbar nach Filipellis Ernennung zum Vorstandsvorsitzenden eine Baisse an der New Yorker Börse und im Handel mit Regierungsobligationen herbeigeführt, aber die Wogen hatten sich mittlerweile geglättet. Filipelli war vielleicht

nicht beliebt, aber respektiert. Und das hatte er dem Präsidenten zu verdanken. Filipelli würde dem Mann gegenüber bis zu seinem Tod loyal bleiben.

Die anderen Mitglieder des FOMC kamen in Zweier- und Dreiergrüppchen in den Vorstandsraum. Ihre Gespräche brachen vor der großen Eichentür unvermittelt ab. Sie gingen schweigend zu den ihnen zugewiesenen Plätzen. Selbst auf diese bedeutenden Menschen wirkte der Raum einschüchternd; deshalb verstummten sie, sobald sie den Raum betraten. Schließlich hatten bis auf eine Ausnahme alle Delegierten auf den Stühlen Platz genommen.

Der FOMC tagte regelmäßig achtmal im Jahr im Vorstandsraum in Washington und trat ad hoc zusammen, wenn es die Marktbedingungen erforderlich machten. Die Hauptaufgabe der Ausschußmitglieder bestand darin zu entscheiden, welche Schritte eingeleitet werden mußten, um das Wirtschaftswachstum der Vereinigten Staaten anzukurbeln oder zu verzögern. Sie waren außerdem verantwortlich für die Bonität der Mitgliedsbanken im nationalen Bankensystem und für die Beruhigung nervöser Finanzmärkte in turbulenten Zeiten. Der Ausschuß bestand aus Filipelli und den sechs Bundesbankgouverneuren, den zwölf Geschäftsführern der Bundesbankdistrikte der Vereinigten Staaten und dem Vorstandssekretär. Nur acht Mitglieder – Filipelli, die sechs Gouverneure und der Geschäftsführer der New Yorker Bundesbank, Wendell Smith – hatten im Ausschuß ein ständiges Stimmrecht. Und bei jeder Sitzung gaben nur zwölf Mitglieder ihre Stimme ab – die restlichen vier Stimmen entfielen auf Rotationsbasis auf die elf Bankgeschäftsführer außerhalb New Yorks.

Filipelli sah sich im Raum um, stellte mit jedem einzelnen Ausschußmitglied Blickkontakt her. Jedes Mitglied mußte dem Vorstandsvorsitzenden förmlich zunicken, ehe sein durchdringender Blick von ihm abließ. Theoretisch hatte jede Stimme das gleiche Gewicht, aber Filipelli dominierte das Verfahren so, daß die Abstimmung im Grunde nur noch Formsache war. Er herrschte mit eiserner Faust über den zwanzigköpfigen Ausschuß und ließ wenig Verhandlungsspielraum. Seine Art war schroff, und er fürchtete sich nicht davor, den anderen auf die Füße zu treten. Es wurde zwar nicht offen ausgesprochen, aber der Präsident hatte Filipelli versprochen, die Autorität jedes FOMC-Mitglieds zu untergraben, das sich dem Vorstandsvorsitzenden gegenüber nicht loyal verhielt, und alle Mitglieder wußten es.

Wenn ein FOMC-Mitglied eine Erklärung abgab, die Filipelli nicht gefiel, reagierte er spontan und heftig. Er schlug mit seinem riesigen schwarzen Hammer auf den Tisch, lächelte höhnisch oder unterbrach den Sprecher einfach. Seine Redezeit sei um, teilte er ihm mit. Filipelli war es gleich, ob er für einen ungehobelten Kerl gehalten wurde. Er hatte in Washington eine Aufgabe, und bis jetzt lief alles verdammt gut.

Die große alte Standuhr neben der Tür schlug neunmal. Als der letzte Schlag verhallte, stand Filipelli auf, zog das schlichte Anzugjackett aus, hängte es über die Stuhllehne und rollte die Ärmel seines blauen Hemdes hoch. Dann setzte er sich wieder. Die anderen Mitglieder sahen wachsam zu. Niemand sonst hätte auch nur daran gedacht, das Jackett auszuziehen, vom Hochrollen der Ärmel ganz zu schweigen.

Filipelli hatte körperlich nichts Eindrucksvolles an sich – er war nur einsdreiundsiebzig groß und nicht besonders kräftig gebaut. Aber er hatte scharfe, ausgeprägte Gesichtszüge, die einschüchternd wirkten. Das rabenschwarze Haar lag völlig glatt am Schädel an, mit Gel nach hinten gekämmt, so daß eine breite, gewölbte Stirn zu sehen war. Unter dünnen, rasierklingenscharfen Augenbrauen funkelten braune Augen. Seine Nase war lang und spitz, und sein Mund war ständig so finster verzogen wie die Miene des riesigen Adlers über dem Kamin, vor dem er jetzt saß. Er lächelte selten in diesem Raum.

Der schwarze, mit Goldverzierungen versehene Hammer schlug auf den Tisch. »Die Sitzung ist eröffnet.« Trotz seiner Kindheit und Jugend im Süden verriet Filipellis nasaler Akzent noch immer seine Brooklyner Wurzeln.

Die achtzehn anwesenden Mitglieder richteten sich in den Stühlen auf und versuchten, Filipellis finstere Miene nachzuahmen. Niemandem gelang es.

»Es ist neun Uhr, und die Sitzung wird abgehalten wie geplant.«

Filipelli sprach mit Nachdruck. »President Smith vom New Yorker Bundesbankdistrikt hat sich entschieden, heute nicht zu uns zu stoßen.« Filipelli zeigte auf den leeren Stuhl am Tischende. »Er hat sich nicht die Mühe gemacht, mich über seine Abwesenheit zu informieren. Wie dem auch sei, wir widmen uns jetzt der Tagesordnung. Ich danke allen anderen für das pünktliche Erscheinen. President Obrecht von der Bundesbank Minneapolis, Sie werden das Stimmrecht von President Smi...«

»Ich bin hier, Chairman Filipelli.« Wendell Smith betonte das Wort »Chairman« sarkastisch. Er kam geschmeidig herein und lächelte den anderen FOMC-Mitgliedern weltmännisch zu. Dann blieb er stehen, schüttelte Obrecht die Hand und flüsterte ihm eine Entschuldigung zu. Obrecht war sichtlich erleichtert über Smith' Auftauchen im letzten Augenblick. Schließlich ging Smith zu seinem Platz.

Die anderen Ausschußmitglieder sahen sich an und lehnten sich in den Stühlen zurück. Obrecht war nicht der einzige, der erleichtert war. Smith war das zweitmächtigste Mitglied im FOMC, und in seiner Abwesenheit wäre Filipelli wie eine Dampfwalze durch die Sitzung gerollt.

Filipelli beobachtete, wie Smith seinen ledernen Diplomatenkoffer öffnete und eine Reihe von Papieren vor sich auf dem bombastischen Tisch ausbreitete. Er verabscheute Smith. Er gehörte zum Yankee-Establishment und brüstete sich damit. Smith, ein entfernter Verwandter von John D. Rockefeller, wohnte mit seiner Frau Traci in einer luxuriösen Villa in Darien, Connecticut. Smith besaß mindestens vierzig Millionen Dollar – mehr als der restliche Ausschuß zusammengenommen – und hatte keine Hemmungen, mit seinem Reichtum zu protzen. Filipelli hatte mehr als einmal mit angehört, wie Smith bei einem offiziellen Anlaß der Bundesbank von seinem Chalet in der Schweiz erzählt hatte, der Jacht in West Palm oder von seinem Rolls. Er war blond, blauäugig, einsachtzig und ständig braungebrannt. Seine Kleidung war teuer und konservativ, bis auf die Krawatten und Hosenträger, die knallig und auffallend waren. Seine Anzüge hatten geknöpfte Ärmel und waren niemals zweireihig. Bis auf eine schlichte Uhr und einen noch schlichteren dicken goldenen Ehering trug er keinen Schmuck. Wendell Smith war ein angelsächsischer Protestant wie aus dem Bilderbuch.

Filipelli klopfte mit den Fingernägeln gegen die gewachste Tischplatte, als sich Smith in seinem Stuhl in der Nähe des Vorstandsvorsitzenden zurücklehnte. »Sind Sie soweit, daß wir anfangen können?« fragte Filipelli unaufrichtig.

Smith nickte höflich, ließ sich keinerlei Emotion anmerken. Er konnte Filipelli ebensowenig leiden wie Filipelli ihn. Aber er ließ sich seinen Haß nicht so unverhohlen anmerken wie Filipelli. Das wäre würdelos gewesen.

Smith' Lippen kräuselten sich leicht, als er den kleinen Italiener ansah. Für ihn war Filipelli nicht mehr als ein kleiner Gangster. Er trug billige Anzüge, Haargel, Eau de Cologne, ein Armband und sogar einen gottverfluchten Ring am kleinen Finger. Smith verzog das Gesicht. Und er war Vorstandsvorsitzender der Bundesbank. Amerika war zu weit gegangen. Viel zu weit.

»Vielen Dank für Ihre Kooperation, President Smith.« Filipelli verdrehte die Augen. »Der erste Tagesordnungspunkt heute morgen ist die Transtar Savings Bank in Boston. Wie Sie alle wissen, ist Transtar bei einem Immobiliengeschäft in New England baden gegangen. Die Bank ist in jeder Hinsicht insolvent. Wir müssen die Lage in den Griff bekommen, ehe sie sich verschlimmert. Stimmen Sie dieser Einschätzung zu, President Flynn?« Filipelli warf Mary Flynn, Geschäftsführerin der Bundesbank im Distrikt Boston, einen grimmigen Blick zu. Es war eindeutig, daß er keine Diskussion über diesen Tagesordnungspunkt wollte.

Flynn räusperte sich. »Ich bin Ihrer Meinung. Eine kleine Sicherheitsleistung wird reichen. Im Höchstfall drei- bis vierhundert Millionen.«

»Ist es klug, sich so schnell einzumischen?« warf Smith ein, nicht bereit, so rasch zuzustimmen. »Aus meinen Quellen habe ich erfahren, daß die Transtar durchaus in der Lage sein könnte, Kapital von außen aufzutreiben. Vielleicht könnten wir die drei- bis vierhundert Millionen für die Steuerzahler sparen, wenn wir noch ein paar Wochen warten.« Er sprach mit einer gepreßten, aristokratischen Stimme. Die restlichen Ausschußmitglieder sahen Smith an. Als Geschäftsführer der New Yorker Bundesbank hatte er einen viel engeren Kontakt zu den Investmentbanken und den Finanzmärkten als alle anderen FOMC-Mitglieder – Filipelli inklusive. Und weil er reich war, gingen die anderen davon aus, er werde schon wissen, was zu welchem Zeitpunkt eine gute Investition darstellte.

Filipelli trommelte wieder auf den Tisch. Er wollte das Thema nicht vertiefen. »Und ich nehme an, Sie werden zu den neuen Investoren bei der Transtar gehören.«

Harold Butler, Geschäftsführer der Bundesbank in Atlanta, kicherte. Er war im FOMC der einzige unverhohlene Anhänger Filipellis, und die anderen hatten ihm den Spitznamen »Lieutenant« verpaßt. Filipelli und Butler waren seit langer Zeit befreundet.

Smith atmete tief ein und schürzte die Lippen. Es war eine Taktik Filipellis, mit Unterstellungen um sich zu werfen. Keinem Mitglied war erlaubt, auf eigene Rechnung zu investieren, um einen Interessenkonflik zu vermeiden, und Filipelli wußte das. Er versuchte nur, Smith aus der Reserve zu locken. Das versuchte er bei jeder Sitzung. »Das mißfällt mir, Chairman Filipelli.«

Filipelli lachte. »Ihnen mißfällt sowie alles an mir, deshalb überrascht mich das nicht.«

»Sie haben recht. So ist es«, sagte Smith. Es machte ihm nichts aus, mit diesem ungehobelten kleinen Kerl Spielchen zu treiben. Es machte ihm auch nichts aus, ihm die Wahrheit zu sagen.

Die anderen Ausschußmitglieder sahen nach unten. Noch nie war eine Sitzung so schnell persönlich geworden. Es war den Mitgliedern bestens bekannt, daß Filipelli und Smith sich nicht leiden konnten, aber im allgemeinen waren sie in der Lage, ihre Emotionen in Schach zu halten.

»Müssen wir die Sache weiter besprechen?« Filipelli hämmerte auf den Tisch. Er war ungeduldig, wollte fortfahren.

»Ich glaube nicht«, sagte Butler. »Von mir aus ist der Fall erledigt.«

»Ich ziehe meinen Einspruch zurück«, sagte Smith. Es gab für

ihn keinen Grund, in dieser Sache Pulver zu verschießen. Er warf Butler einen Blick zu; Butler lächelte zurück. Was für ein Esel.
»Gut. Wer ist für die Übernahme der Transtar Bank? Wer ist dagegen?« Filipelli machte sich nicht einmal die Mühe, von seinem Notizbuch aufzuschauen, als er das Abstimmungsergebnis zur Kenntnis nahm. »Mr. Secretary, bitte halten Sie im Protokoll ein Ergebnis von elf zu eins zugunsten der Übernahme fest.« Filipelli sah auf. »Zinssätze. Bringen wir eine Diskussion in Gang.«
Niemand sagte sofort etwas. Smith sah sich um, in der Hoffnung, er müsse nicht den Anfang machen. Heute war es besser zu reagieren, als zu agieren. Dann hatte er eine bessere Chance, Stimmen zu sammeln.
Schließlich fing Flynn an. Sie hatte heute schon einmal im Schußfeld gestanden und fühlte sich etwas wohler als die anderen bei dem Gedanken, wieder hineinzugeraten. »Mr. Chairman, aufgrund Ihrer gewichtigen Anweisung sind wir in den letzten drei Jahren restriktiv vorgegangen, um die hohe Inflation zu bekämpfen, die zum Zeitpunkt Ihrer Ernennung die Finanzmärkte aufwühlte. Aber angesichts der Inflationsrate im letzten halben Jahr – sie ist so gut wie nicht vorhanden – sollten wir vielleicht dem System eine Finanzspritze verpassen, um das Wachstum zu fördern. Meinem Gebiet täte das auf alle Fälle gut.« Flynn sah sich nach Unterstützung um.
Smith hielt sich die Hand vor das Gesicht, um ein Lächeln zu verbergen. Flynns Bemerkungen wären Musik in Granvilles Ohren gewesen. Wenn die Bundesbank den Geldhahn aufgedreht hätte, wären die Investmentbanken wieder im Geschäft gewesen und hätten richtig Geld verdient. Smith fuhr sich mit dem Finger über die Lippen. Selbst wenn sie Filipelli hätten überstimmen können, was die Zinssätze anlangte, blieb immer noch das Thema der Übernahmen durch Aktienaufkäufe. Filipelli dachte nicht daran zuzulassen, daß dieses Spielchen wiederkehrte. Er und der Präsident der Vereinigten Staaten hatten das deutlich ausgesprochen.
Filipelli warf Smith einen Blick zu und konzentrierte sich dann wieder auf Flynn. Er witterte, was auch Smith gewittert hatte,

daß die anderen nachgeben und für schnelleres Wachstum stimmen könnten. »Soll das heißen, President Flynn, daß Sie beabsichtigen, die Bundesbank zu verlassen und eine Ausbildung als Investmentbanker machen wollen?«

»Das ist nicht fair, Chairman«, mischte sich Smith ein, ehe Flynn antworten konnte. Er konnte sich nicht länger zurückhalten. »Jedesmal, wenn wir hier sind, ziehen Sie über die Investmentbanker her. Aber sie erfüllen eine nötige Funktion in unserer Wirtschaft«, sagte Smith ruhig.

»Sie sind geldgierig. Es ist ihnen egal, was sie der Wirtschaft antun, solange sie sich die Taschen vollstopfen können«, gab Filipelli schnell zurück.

Smith überhörte Filipellis Kritik. »Lassen Sie uns den Zapfhahn aufdrehen und diesem Land wieder Wachstum bescheren, Carter.«

Die anderen sahen zu Smith auf. In diesem Raum waren Vornamen als Anrede selten. Auf seltsame Weise war das zu einer förmlicheren Methode geworden als der Gebrauch des Titels der Ausschußmitglieder. Das hieß, daß der Sprecher es äußerst ernst meinte.

Filipelli beugte sich über den schimmernden Tisch und zeigte mit dem Finger auf Smith. »Es liegt an mir, daß dieses Land so dasteht, stark und stabil. Es kann sein, daß das Bruttosozialprodukt nicht astronomisch wächst, aber die Inflationsrate ist seit Präsident Warrens Amtsübernahme von acht auf zwei Prozent gesunken. Und wissen Sie, warum? Weil ich bereit war, mich von der Presse verprügeln zu lassen, als ich die Zinssätze hoch gehalten und die Inflation aus dem System vertrieben habe. Damals haben Sie alle sich hinter mir versteckt.« Er bohrte sich theatralisch einen Finger in die Brust. »Jetzt hat sich die Wirtschaft stabilisiert, die Inflation ist fast nicht mehr vorhanden, und ich lasse nicht zu, daß es wieder dazu kommt! Ich habe zu hart daran gearbeitet, sie zu bekämpfen!« Filipelli richtete sich im Stuhl auf. Er spürte, daß er die Selbstbeherrschung verlor, und das wäre peinlich für Präsident Warren gewesen. »Ich werde nicht zulassen, daß Sie die Wirtschaft für das Volk wieder ruinieren, nur damit Ihre Kumpel im New

Yorker Investmentbankgeschäft mehr Geld verdienen können.« Er sprach sachlich, faltete dann die Hände auf dem Tisch.

Smith haßte Filipelli mit jeder Faser seines Wesens, aber er würde nicht zulassen, daß er diesem Mann gegenüber den kürzeren zog. Nicht in diesem Raum. Er setzte in gemessenem Ton neu an. »Mr. Chairman, versuchen wir, unsere persönlichen Meinungsverschiedenheiten beiseite zu schieben und das Beste für das Land zu tun. Lassen Sie uns versuchen, zum Wohle des Ganzen –«

Aber Filipelli ließ Smith nicht ausreden. »Kommen Sie mir nicht mit diesem scheinheiligen Scheißdreck!« Er konnte sich nicht länger beherrschen. Smith hatte den Nervenkrieg gewonnen. »Sie interessieren sich überhaupt nur für eine Sache, Wendell. Eine einzige Sache. Und das ist Wendell Smith. Sie sind zum Kotzen, Sie Scheißkerl!« Die letzten Worte hallten in dem großen Raum wider. Filipelli bereute den Ausbruch sofort. Ein Fehler. Das hätte er auf keinen Fall sagen dürfen.

Wendell Smith stand langsam auf. Er nickte höflich allen bis auf Filipelli zu, dann ging er wortlos zur Tür. Seine Schritte auf dem Holzboden waren ein Nachhall von Filipellis Beleidigung.

Der Vorstandsvorsitzende sah Smith nach, dann wandte er sich dem restlichen Ausschuß zu. Die Mitglieder waren entsetzt. Er sah es daran, wie sie ihn jetzt musterten. In wenigen Augenblicken würde es auf den Bildschirmen des Bloomberg-Systems zu sehen sein, und dann würde ihm die Hölle heiß gemacht werden. Dieses Mal war er zu weit gegangen.

7

Falcon stand auf, als der steif aussehende Oberkellner Jenny durch das Chez Martin führte, ein schickes neues französisches Restaurant in der Upper East Side von Manhattan. Er musterte sie gründlich, als sie näher kam. Sie sah so hübsch wie eh und je aus, in einem schulterfreien, knielangen Kleid, das ihren zart gebauten Oberkörper zeigte und nur eine Andeutung des Brustansatzes. Falcon atmete tief durch. Er mußte sich zusammenreißen. Er wollte sie als Sekretärin, nicht als Geliebte.

»Hi.« Sie küßte ihn leicht auf die Wange, als sie den Tisch erreichte.

Er erwiderte den Kuß und fing dabei einen Hauch eines geschmackvollen Parfüms auf. »Ebenfalls hi. Sie sehen hinreißend aus. Ist das ein neues Kleid?« Er führte sie in die Nische. Sie wirkte nervös und verunsichert in dieser Umgebung.

»Was?« Jenny sah sich schnell um, nahm die Atmosphäre und die Geräusche des Restaurants in sich auf.

Falcon lachte. »Ich habe gefragt, ob das ein neues Kleid ist.«

»Was, dieser alte Fetzen?« Jenny fuhr über den Stoff und sah Falcon dann direkt in die Augen. »Natürlich ist es ein neues Kleid, Andrew. Ich habe für heute abend alles ausgegeben, was ich mein Leben lang gespart habe. Schließlich werde ich nicht jeden Abend von einem gutaussehenden Investmentbanker in ein Fünfsternerestaurant eingeladen.« Sie machte eine Pause und lächelte dann. »Ich habe nicht wirklich mein ganzes Erspartes ausgegeben.« Sie berührte leicht seine Hand. »Machen Sie kein so besorgtes Gesicht.«

»Ich bin nicht besorgt.« Er merkte, daß er sie angestarrt hatte. Sie sah heute abend schöner aus, als er sie in Erinnerung gehabt hatte. Als der Oberkellner sie durch das Chez Martin führte, hatten sich mehrere Köpfe nach ihr umgedreht. Ihm gefiel, wie ihr Mund sich kräuselte, wenn sie lächelte. Und es gefiel ihm, daß das Restaurant Eindruck auf sie machte. Er trank einen Schluck Scotch und sah sich um. Er sollte heute abend nicht zuviel trinken. Nicht wenn er wollte, daß die Situation unkompliziert blieb.

»Gefällt Ihnen mein Kleid?« fragte sie.

Falcon sah sie wieder an, antwortete aber nicht sofort. Er war in seine Gedanken vertieft.

»Andrew?« Jenny fuhr ihm wieder über den Handrücken.

»Ja. Ja, es gefällt mir.«

»Gut. Ich weiß, daß Sie nicht viel von meiner Garderobe halten. Das hier habe ich im Hinblick auf Sie gekauft.«

»Madam, möchten Sie einen Cocktail?« unterbrach der Oberkellner Jenny unhöflich. Er wollte wieder zum Eingang des Restaurants zurück.

Jenny sah Falcon an. »Was möchte ich?«

Sie wollte, daß er für sie bestellte. Irgendwie fand er das reizvoll. »Was Sie trinken möchten? Wir nehmen die gute Flasche Bordeaux, den, den Sie mir vorhin empfohlen haben, René.«

Der Mann nickte und verschwand schnell.

Als Falcon einen Schluck aus seinem Wasserglas trank, beugte sich Jenny zu ihm hinüber. »Danke, daß Sie die Limousine nach New Brunswick geschickt haben. Mein Vater war tief beeindruckt, genau wie die ganze Nachbarschaft.«

»Natürlich. Ich habe mir gedacht, daß Ihnen das Spaß macht. Ich hatte keine Zeit, Sie abzuholen, wegen des neuen Jobs, und schließlich ging es doch nicht, daß Sie den Zug aus New Jersey hätten nehmen müssen, oder?«

»Ich wäre auf jeden Fall gekommen, ganz egal wie.«

»Und hat der Chauffeur den Champagner mitgebracht, den ich bestellt habe?« Er ignorierte ihr Eingeständnis.

Jenny nickte. »Bitte, fragen Sie mich nicht, wieviel ich getrunken habe. Es ist mir peinlich.«

Falcon grinste. Sie war also schon beschwipst. Sie hatte auf dem Weg durch das Restaurant etwas wacklig auf den Beinen gewirkt, aber er hatte das für Einbildung gehalten.

»Lächeln Sie mich nicht so an«, sagte sie, als sie sich näher zu ihm hinüberbeugte. »Sie sehen aus wie ein Kater, der den Kanarienvogel gefressen hat. Dieses Lächeln macht mich nervös.«
Er warf einen Blick auf ihre perfekt manikürten Fingernägel. Sie war nicht so wie die anderen Frauen. Ihre Aufmerksamkeit galt einzig und allein ihm. Sie versuchte nicht, herauszufinden, auf wen sonst im Lokal sie Eindruck machte. Sie war hier, um Eindruck auf ihn zu machen, und nur auf ihn. Und sie war so verletzlich, was sie noch anziehender machte. »Sie brauchen nicht nervös zu sein.« Er roch wieder ihr Parfüm, das in der Luft hing. Jetzt war der Geruch viel stärker. Er mußte aufpassen. Ihm lag etwas an ihrer Freundschaft, das war alles. Eine Beziehung zu Jenny hätte ihn in eine Richtung geführt, in die er nicht wollte.
»Ihr Wein, Sir.«
Falcon drehte sich schnell um. »Ja! Ah, ja. Der Wein.« Er warf einen Blick auf das Etikett. »Laffitte-Rothschild. Sehr schön.«
Jenny löste sich ein Stück von Falcon und lächelte das Paar am Nebentisch an.
Als der Kellner den Wein eingeschenkt hatte, wandte Falcon seine Aufmerksamkeit wieder Jenny zu. »Sie genießen den Abend, nicht wahr?«
»Und wie. Ich hoffe, Sie genießen ihn auch.« Sie zog fragend eine Augenbraue hoch und hob ihr Weinglas. »Auf Ihren neuen Job.« Ihre Stimme wurde ernst. »Sie werden mir sehr fehlen. Sie fehlen mir jetzt schon.«
Falcon brach das kurze Schweigen. »Auf Sie, Jenny.« Er hob ebenfalls das Weinglas. »Sie waren eine wunderbare Chefsekretärin bei MD Link. Ich bedaure nur, daß Sie diese scheußliche Szene mit Reid miterleben mußten. Daß Ihr Job ein solches Ende nahm.«
Jenny machte eine wegwerfende Bewegung mit der Hand, während sie einen Schluck Wein trank. »Keine Sorge. Ich bin erwachsen. Das mit Reid machte mich nur traurig.« Sie machte eine Pause. »Aber ich kann mich um mich selbst kümmern. Ich werde eine neue Stelle finden.«
»Das ist einer der Gründe, aus denen ich Sie heute abend hierher eingeladen habe.«

Sie sah ihn neugierig an.
»Ich möchte, daß Sie meine Chefsekretärin bei der Bank werden, in der ich arbeite. Die National Southern Bank. Mit meinen Vorgesetzten ist das schon abgesprochen. Ich kann Ihnen fünfundvierzigtausend Dollar im Jahr anbieten und außerdem einen Zuschuß zu den Fahrtkosten.«
Jenny starrte Falcon ungläubig an. »Ist das Ihr Ernst?«
»Ja.«
Ihr Blick hellte sich auf. »Gut, meine Antwort lautet: Ja. Ich muß nicht einmal darüber nachdenken. Mein Gott, Sie sind ein wunderbarer Mann.« Sie beugte sich über den Tisch und küßte ihn sanft auf die Wange. »Fünfundvierzigtausend. Ich kann mir gar nicht vorstellen, wie es ist, so viel Geld zu verdienen. Ich glaube, das ist mehr, als mein Vater verdient. Fünfundvierzigtausend Dollar? Wirklich?«
Falcon lächelte. »Wirklich.« Er sah ihr in die Augen. Sie war so spontan, so voller Leben. So schön. Reiß dich zusammen, Andrew, sagte er sich immer wieder. Reiß dich zusammen!

8

Buford J. Warren, Präsident der Vereinigten Staaten von Amerika, saß hinter dem großen Schreibtisch im Oval Office und sah Carter Filipelli streng an. Etliche Augenblicke lang sagte er nichts, dann fing er an zu lachen. »Mein Gott, Carter. Ich hab' ja gewußt, daß Sie ein bißchen heißblütig sind, aber um Himmels willen mußten Sie ihn denn unbedingt vor dem ganzen FOMC einen Scheißkerl nennen? Hätten Sie ihn nicht in Ihr Büro zitieren und dort zur Schnecke machen können?«

»Ich bedaure es sehr. Sonst kann ich nichts dazu sagen. Ich habe völlig die Beherrschung verloren. So etwas ist mir noch nie passiert. Der Kerl ist einfach so verdammt besessen von sich und seinen Yankee-Kumpeln, daß er mich rasend macht. Er macht mich wirklich rasend. Er ist millionenschwer, und auf der ganzen Welt interessiert ihn nur, wie er aus seinen Millionen noch mehr Millionen machen kann. Die Gier steht ihm ins Gesicht geschrieben. Und wer nicht seinesgleichen ist, hat sowieso verschissen. Katholiken, Juden, Italiener, Schwarze. Er haßt sie alle. Wenn man nicht zu den oberen Zehntausend gehört, will er gar nicht erst mit einem reden. Er ist ein Heuchler aus dem Establishment, der sich auf Kosten anderer eine goldene Nase verdient. Der Typ, den Sie und ich vernichten wollen. Deshalb sind wir nach Washington gekommen.«

»Warum sagen Sie mir nicht, was Sie tatsächlich von ihm halten? Nur kein Süßholz, Carter, für den Fall, daß die Republikaner mithören.« Der Präsident zwinkerte.

Filipellis Blick huschte durch den Raum. »Ich weiß, daß ich Sie in eine üble Lage gebracht habe. Sie können meine Kündigung haben, falls Sie mich deshalb herbestellt haben.« Filipelli sprach in Salven, wie eine Maschinenpistole.

»Unsinn. Ich brauche Sie dort, wo Sie sind. Ich habe zu hart daran gearbeitet, Sie bestätigen zu lassen. Ich verstehe Ihren Zorn und Ihre Frustration wegen eines Mannes wie Wendell Smith. Ich bin nach Washington gekommen, um gegen die Macht und den Einfluß von Männern wie seinesgleichen zu kämpfen; denn Sie haben recht, er ist ein Heuchler aus dem Establishment, der sich reichlich auf Kosten anderer bedient, und dieses Land kommt nicht weiter, solange solche Leute nicht verdrängt worden sind. Ja, verdrängt. *Vernichtet* ist vielleicht ein zu hartes Wort.« Der Präsident sah ein paar Augenblicke lang zur Decke. »Vielleicht ist *vernichtet* doch das richtige Wort. Wie auch immer, ich will nicht, daß Sie zurücktreten. Aber ich will, daß Sie sich bei ihm entschuldigen.«

Filipelli sah aus dem Fenster auf den Rosengarten des Weißen Hauses hinaus. Die Büsche standen in voller Blüte. Es war eine eindrucksvolle Frühlingspracht, aber er konnte sie nicht würdigen. Ihm ging zu vieles durch den Kopf.

»Ich weiß, Carter, das wird schwierig für Sie, aber Sie müssen es tun. Ich brauche Sie in dieser Stellung, und es ist wichtig für mich, daß Sie in dieser Stellung einflußreich sind. Verstehen Sie?«

»Ja, Mr. President.« Widerspruch wäre fehl am Platz gewesen.

»Falls Sie nicht sofort etwas unternehmen, könnte Wendell beim nächsten Mal, wenn er den Vorstandsraum betritt, eine Riesenchance haben. Alle FOMC-Mitglieder werden mit Freuden schon aus Mitgefühl wegen Ihrer Beleidigung wie er abstimmen, und vielleicht könnte er deshalb mehr Einfluß auf sie nehmen als bisher. Verstehen Sie mich nicht falsch, sie werden nach wie vor Angst vor Ihnen haben. Aber die Chance bleibt ihm, falls Sie nicht auf ihn zugehen und sie ihm verbauen.«

Filipelli seufzte. »Okay, ich werde mich öffentlich bei ihm entschuldigen.«

Der Präsident zeigte mit einem langen Finger auf Filipelli. »Sie werden sich nicht nur entschuldigen. Sie werden ihn im Beisein der gesamten Presse zum Mittagessen einladen. Sie werden ihn mit Komplimenten überschütten, von seinen Manschettenknöpfen bis zu den Haaren in seiner Nase. Sie werden seiner fi-

nanzpolitischen Meinung nicht direkt beipflichten, aber Sie werden seine Einsicht loben.«
Filipelli lächelte schwach.
»Sehen Sie, Carter. Es ist gar nicht so schwer zu lächeln.« Der Präsident strahlte. Der verlorene Sohn war heimgekehrt. »Kommen Sie schon, ein bißchen breiter. Ja, so! Ich lächle am Tag mindestens tausendmal. Ich finde es scheußlich, aber ich mach's, weil die Leute gern von lächelnden Menschen umgeben sind.«
»Finanzleuten, die dauernd lächeln, kann man nicht trauen.«
Der Präsident überhörte Filipellis Bemerkung. »Bitte recht freundlich, Carter. Es wird Zeit für Ihre Verwandlung. Von einem Pitbullterrier in einen Diplomaten. Es könnte für Sie andere Aufgaben in meiner Regierung geben, aber dazu müßten Sie sich mäßigen. Ich brauche jetzt keinen Kämpfer mehr – ich brauche einen Politiker. Verstehen Sie?«
Filipelli zuckte zusammen bei dem Gedanken, Politiker zu werden. »Ja, Sir.«
»Und übrigens, in den nächsten sechs Wochen werden Sie jedes Ausschußmitglied zu einem besonderen Mittag- und Abendessen einladen. Einzeln.«
Filipelli wollte widersprechen, aber der Präsident hob die Hand. Keine weiteren Einwände mehr.
»Ist das alles, Mr. President?« Fillipelli stand auf.
»Nein. Ich möchte Ihre Meinung zu etwas hören.«
Filipelli ließ sich wieder in den Kapitänsstuhl vor dem großen Schreibtisch fallen. »Zu was?«
»Ich halte mich gern für einen ziemlich bescheidenen Mann.« Beide grinsten bei dem Gedanken an die vermeintliche Bescheidenheit des Präsidenten. »Für einen Egomanen.« Sie gluckston.
»Pragmatisch gesprochen meine ich, meine Chancen, die Wahlen in diesem Herbst wieder zu gewinnen, stehen recht günstig.«
»Angesichts Ihrer Beliebtheitsquote halte ich Sie für unschlagbar.«
»Stimmt. Und warum zum Teufel wollen mir dann die Republikaner im November einen ihren jungen, aufsteigenden Stars zum Fraß vorwerfen? Dieser Bob Whitman ist das Beste, was

der republikanischen Partei seit langer Zeit passiert ist. Er war mit vierunddreißig Gouverneur von Connecticut und hat eine Amtszeit im Kongreß und eine im Senat hinter sich. Er hat beim Militär gedient. Er kommt aus einer Aufsteigerfamilie. Er verfügt über eine wahrhaft charismatische Persönlichkeit. Er ist klug für sein Alter und ein richtiger Saubermann. Er hat nichts zu verbergen. Keine Weibergeschichten, keine Drogen, keine Bestechungsgelder – gar nichts. Meine Leute durchleuchten ihn seit Monaten. Sie können nicht das Geringste finden. Ich habe mich ein paarmal mit ihm getroffen. Ich kann machen, was ich will, ich kann ihn einfach nicht unsympathisch finden. Er wird die Nominierung zum republikanischen Präsidentschaftskandidaten mit links schaffen. Mühelos.« Der Präsident machte eine Pause. »Aber er hat keine Chance gegen mich. Warum sollten die Republikaner zulassen, daß er gegen mich antritt und geschlagen wird? Die sind schließlich auch nicht blöd.«

»Sie wollen, daß er Erfahrungen sammelt«, versuchte Filipelli lahm, das Rätsel zu lösen.

»Sehen Sie, deshalb sind Sie nicht mein Wahlkampfmanager, Carter.« Der Präsident lachte kurz über seinen Scherz und sprach dann weiter. »Nehmen wir mal an, ich bin ein republikanischer Guru. Ich lasse Whitman noch ein paar Jahre im Senat, setze ihn im Innenfeld ein, wo er jeden Gegner ins Aus spielen kann, Selbstbewußtsein gewinnt und sich Tag für Tag einen größeren Namen macht. Ich stelle ihn nicht im neunten Durchgang gegen Babe Ruth auf, wenn die Mannschaft sowieso schon hinten liegt und Babe nur noch für die Galerie spielt, um seine Statistik für die Vertragsverhandlungen im Frühjahr ein bißchen aufzubessern. Ich lasse ihn 1996 nicht kandidieren. Ich warte ab, was im Jahr 2000 passiert. Whitman hat bestimmt keine Schwierigkeiten, 1998 für die nächste Amtszeit im Senat wiedergewählt zu werden. Es läuft darauf hinaus, daß es politischer Selbstmord ist, wenn er dieses Jahr gegen mich antritt. Er hat keine Chance. Die Leute werden von ihm nur im Gedächtnis behalten – falls sie sich überhaupt an ihn erinnern –, daß er ein Verlierer ist.«

Filipelli zuckte die Achseln. »Ich weiß nur, daß wir das Establishment an der empfindlichsten Stelle getroffen haben – bei den enormen Profiten, die sie rund ums Börsengeschäft gemacht haben. Und wenn wir im November gewinnen, werden wir so weitermachen. Ich kann's nicht erwarten, Wendells Gesicht am Tag nach der Wahl zu sehen. Ich habe für diesen Morgen schon eine Sitzung eingeplant.«

Der Präsident strahlte. »Die sind stocksauer auf uns, stimmt's?«

»Ja, Mr. President, und ich genieße das. Ich bin arm aufgewachsen, und ich gebe gern zu, daß es mir Spaß macht, was für Sorgen um ihr Geld sich Wendell und seinesgleichen machen. Er hat begriffen, daß wir wieder gewinnen werden, und er weiß, daß wir eine dicke Scheibe von seinem Nettovermögen abschneiden, wenn er stirbt.«

Ein Schweigen hing über dem Raum.

Schließlich sagte der Präsident etwas. »Sie fahren also nächste Woche in Urlaub, Carter.«

»Ja. Ich fahre zum Angeln. Fliegenfischen in Montana.«

»Wo hat ein Mann wie Sie Fliegenfischen gelernt?«

»Ich bin ein Weltmann mit Schliff, Mr. President.« Filipelli lächelte wieder.

Der Präsident gluckste. »Das ist ein guter Witz. Sie haben weniger Schliff als ein Blatt Schmirgelpapier. Selbstverständlich brauche ich Sie gerade deshalb.« Er biß sich auf die Lippe. »Hinterlassen Sie eine Telefonnummer. Und vergessen Sie nicht, Wendell vor Ihrer Abreise zum Mittagessen einzuladen.«

9

Wie üblich kam Falcon Punkt 7.15 Uhr ins Büro. Es war lächerlich, derartig zeitig bei der NASO zu erscheinen, weil es nicht einmal von neun bis fünf genug Arbeit für ihn gab. Das Bankgeschäft war sogar noch einfacher, als er es sich vorgestellt hatte. Aber er konnte nach sechs Uhr morgens nicht mehr schlafen. Das hatte er noch nie gekonnt.

Als er das Anzugjackett über die Lehne eines Besucherstuhls vor seinem Schreibtisch hängte, sah Falcon aus dem Fenster seines Büros im vierzigsten Stock. Über den Gebäuden des Zentrums von Manhattan hing der Dunst wie über einem Zirkuszelt. Es würde ein langer, heißer Sommer in New York City werden. In den U-Bahn-Schächten stand jetzt schon die stickige Hitze, und es war erst Mai.

Jenny betrat mit einem Stapel Papieren das Büro. Auch sie kam früh, aber nicht mehr, um auf Andrew Falcon Eindruck zu machen, sondern auf andere Leute in der Bank. Die Verliebtheit in Andrew war vorbei, das sagte sie sich immer wieder. Sie schüttelte den Kopf. Sie hätte klüger sein müssen, denn sie war nicht der Frauentyp, der sich verknallte. Sie hätte wissen müssen, daß es ihm nichts bedeutet hatte, nach dem Abendessen im Four Seasons mit ihr ins Bett zu gehen. Es hätte sie stutzig machen sollen, warum sie nicht in seine Wohnung gefahren waren.

Falcon warf einen Blick auf den Lebenslauf, den er verfaßt hatte, und schob schnell einen Aktendeckel darüber, als Jenny hereinkam. Er wollte sie nicht merken lassen, daß er immer noch versuchte, wieder ins Investmentbankgeschäft einzusteigen und diese langweilige Handelsbankkarriere hinter sich zu lassen. Im Augenblick hätte sie es vermutlich mit Freuden der Personalabteilung erzählt.

»Hallo, Miss Cagle!« Seine Stimme dröhnte unnatürlich durch

das Büro, als er sich um unverhohlene Freundlichkeit bemühte. »Wie geht es Ihnen heute morgen?«

»Bestens, Andrew.« Sie legte die Papiere auf seinen Schreibtisch. »Ich brauche Ihre Unterschrift.« Ihre Stimme war tonlos und gleichgültig.

»Essen wir heute zusammen zu Mittag? Nur Sie und ich. Ich glaube, das ist nötig.«

»Geht nicht, zuviel zu tun.« Sie ließ ein schnelles, kühles Lächeln aufblitzen.

»Dann morgen.«

»Morgen hab' ich auch zuviel zu tun.«

»Jenny ...«

»Könnten Sie bitte die Papiere unterschreiben?«

»Wir müssen miteinander reden.«

»Nein, das müssen wir nicht!« Ihre Stimme war schneidend.

Falcon sah sie einen Moment lang an. Er wollte ihr sagen, wie schlecht er sich fühlte, weil er sie nach dem Abendessen in das Hotel mitgenommen hatte. Wie sehr er sich wünschte, es wäre nicht dazu gekommen, weil ihre Beziehung jetzt angespannt war, genau wie er es erwartet hatte. Er wollte ihr sagen, daß ihm wirklich etwas an ihr lag. Daß sie eine starke Anziehungskraft auf ihn ausübte. Und daß sie unter anderen Umständen vielleicht eine sinnvolle Beziehung zueinander hätten aufbauen können. Aber er sagte es ihr nicht. Es war nicht seine Art, bei persönlichen Beziehungen so direkt zu sein. Geschäftlich schon. Aber nicht Freunden oder seinen Geliebten gegenüber. Vielleicht war es gut, daß sie die Einladung zum Mittagessen abgelehnt hatte. Er nahm den Füller aus der Hemdtasche und unterschrieb die Papiere. Sie nahm sie vom Schreibtisch und stolzierte hinaus. Er sah ihr nach, bis sie, ohne ihn zu fragen, die Bürotür hinter sich zumachte. Jenny hätte ihn von ihrem Arbeitsplatz aus sehen können, aber genau das wollte sie nicht.

Falcon starrte auf die geschlossene Tür. Sie waren beim Abendessen so ein gutes Paar gewesen – und im Hotelbett.

Er holte tief Luft, langte dann über den Schreibtisch und schaltete das Bloomberg-Terminal ein. Sofort erwachte der Bildschirm flackernd zum Leben, und Andrew lächelte. Es war ein erstaunliches Gerät. Es übermittelte in Sekundenbruchteilen jedes der Menschheit zugängliche Fitzelchen an Information – jedenfalls dem erfahrenen Benutzer. Es zeigte den allerneuesten Stand von Aktien, Obligationen und Währungsnotierungen der Börsen rund um die Welt an. Es informierte über die üblichen Courtagesätze, die Finanzlage von Firmen und über Flugpläne – und wenn man es höflich fragte, konnte es einem sogar sagen, was für ein Ausstellungsstück der Louvre eben neu erworben hatte. Es war Falcons verläßlichster Ansprechpartner im Büro. Die Leute bei der NASO, zumindest diejenigen, mit denen er bis jetzt in Berührung gekommen war, waren Trottel, verglichen mit den Fähigkeiten dieses Geräts.

Falcon machte es sich in dem Ledersessel bequem, den er von MD Link mitgebracht hatte, und breitete den *Financial Chronicle* auf der Schreibtischplatte aus. Der *Chronicle* brachte in erster Linie Wirtschaftsnachrichten, genau wie das *Wall Street Journal.* Er unterschied sich jedoch in zwei wichtigen Punkten vom *Journal.* Erstens enthielt der *Chronicle* einen ausführlichen Sportteil. Geschäftsmänner brauchten also keine zwei Zeitungen zu kaufen, wenn sie auf den beiden für sie besonders wichtigen Gebieten unterrichtet werden wollten. Zweitens kostete der *Chronicle* bei weitem nicht soviel wie das *Journal.* Dadurch war es dem *Chronicle* gelungen, in nur zwei Jahren seit seinem Erscheinen eine stattliche Auflage zu erreichen – auf Kosten des *Journal.*

Falcon verstand ein bißchen vom Verlagsgeschäft, weil er bei Winthrop, Hawkins & Company mit mehreren Medienkonzernen zusammengearbeitet hatte, und er begriff nicht, wie der *Chronicle* bei seinem augenblicklichen Kioskpreis einträglich wirtschaften konnte. Er war dennoch ungeheuer erfolgreich geworden. Es ergab zwar keinen Sinn, aber man konnte eben nicht alles im Leben ergründen, sonst landete man bald in der psychiatrischen Abteilung des Bellevue Hospital. Das hatte er früh in seiner Karriere gelernt.

Das Telefon klingelte, und er drückte den Sprechknopf.

»Andrew Falcon.«

»Mr. Falcon, hier ist Eddie Martinez aus der Überweisungsabteilung.« Eddies Brooklyner Akzent war so stark, daß jedes »e« wie ein »äh« klang.

»Hi, Eddie.« Die Überweisungsabteilung war in den Hinterzimmern der Bank zu Hause, verantwortlich dafür, daß die Milliarden Dollar, die täglich durch das Unternehmen flossen, auf den richtigen Konten landeten. Das Personal bestand aus Unterschichtstypen, die aus Brooklyn und Queens kamen. Sie verdienten nicht viel, und es gab wenig Hoffnung auf nennenswerte Beförderungen innerhalb des Unternehmens. Falcon hatte etwas Mitleid mit Martinez, aber er konnte nicht viel für ihn tun. »Bitte, nennen Sie mich nicht Mr. Falcon. Einfach Andrew.«

»Ja, okay. Ich ruf' nur an, um mich für den Kasten Bier zu bedanken.«

Letzte Woche hatte Falcon Martinez einen Kasten Bier schicken lassen, weil er bei einer telegrafischen Überweisung auf ein Konto, das Falcon betreute, besonders hilfsbereit gewesen war. Die Überweisung war im System verlorengegangen, und Martinez hatte sie schnell ausfindig gemacht. Die Überweisungssumme war riesig, und der Buchhaltungschef des Kunden hatte durchgedreht, als er erfuhr, daß das Geld nicht auf dem Konto eingegangen sei. »Es war mir ein Vergnügen. Sie haben mir sehr geholfen.« Es war wichtig, den Leuten zu sagen, daß sie gute Arbeit geleistet hatten.

»Sagen Sie mir Bescheid, wenn Sie wieder mal Hilfe brauchen.«

»In Ordnung, Eddie.«

Falcon beendete das Gespräch durch einen Druck auf den Sprechknopf. Fast sofort klingelte das Telefon wieder. »Andrew Falcon.«

»Ich bin's.«

»Alexis?«

»Ja.« Ihr leises Lachen klang angenehm in seinen Ohren. »Manchmal bist du zu steif, Andrew. Du mußt dich entspannen.«

»Werd' mir Mühe geben.«

»Bitte, tu das.«

Falcon lächelte. Er konnte nicht genug bekommen von ihrem italienischen Akzent.

Alexis hatte ihn so überwältigt, wie das keine andere Frau bisher geschafft hatte. Sie hatten in jener Nacht bis fünf Uhr morgens im Club getanzt. Es war ihm zu peinlich gewesen, sie in seine Einzimmerwohnung in Queens mitzunehmen. Statt dessen hatte er ein Hotelzimmer im Waldorf gemietet. Ein Zimmer, das er sich damals nicht leisten konnte. Seither waren sie so gut wie unzertrennlich gewesen.
Seine Gedanken schweiften zum Vorabend zurück. Wie in jeder Nacht seit seiner Begegnung mit Alexis hatten sie sich auch in der vergangenen Nacht geliebt. Es war nicht unbedingt der beste Sex, den er je erlebt hatte, denn sie war nicht so leidenschaftlich wie Jenny. Aber was machte das schon? Sie war aufregend, verhielt sich bestens den Leuten gegenüber, auf die er Eindruck machen mußte, und sie schien ihm völlig ergeben zu sein. Außerdem war sie eine umwerfend schöne Begleiterin. Und im übrigen war Sex nicht alles, sagte er sich.
Alexis hatte ihm dabei geholfen, die neue Wohnung in der Upper West Side zu finden, hatte ihm beim Einrichten geholfen und dann erklärt, sie wolle auch dort wohnen. Falcon hatte nichts dagegen. Alexis tanzte und trank liebend gern. Und sie bestand darauf, durch ihre Aufträge als Fotomodell zu den Lebenshaltungskosten in Manhattan beizutragen. Es hätte nicht besser kommen können.
Außerdem war sie eine perfekte Begleiterin. Bei gesellschaftlichen Anlässen der NASO bewegte sie sich leichtfüßig zwischen den Managern, die er für sich gewinnen wollte, beeindruckte sie mit ihrer Schönheit, ihrem Charme und ihrer Intelligenz. Innerhalb weniger Wochen hatte er ihretwegen mehrere wichtige Abschlüsse getätigt, obwohl er das ihr gegenüber niemals zugegeben hätte.
»Was machst du?« fragte Falcon.
»Ich liege nackt in deinem Bett, und mir ist langweilig. Warum hast du mich nicht geweckt, bevor du gegangen bist?«
Falcon nahm schnell den Hörer ab. Man konnte nie wissen, was Alexis sonst als nächstes durch den Lautsprecher sagte. Sie war liebenswürdig und feminin. Und sie war direkt. Sie nannte das

ihre europäische Art. »Ich hab' gedacht, du bist müde. Gestern hast du eine lange Nacht eingelegt.«

Alexis streckte sich, und Falcon konnte ihr Seufzen hören. Er hielt sich den Hörer dicht ans Ohr.

»Ich bin nur dein kleines Spielzeug, nicht wahr? Eigentlich liegt dir überhaupt nichts an mir, stimmt's, Falcon?«

»Überhaupt nichts.«

»Komm sofort zu mir nach Hause zurück«, insistierte sie.

»Alexis, ich ...«

»Komm nach Hause, Andrew. Ich brauche deinen Körper. Komm nach Hause.«

»Du hast doch einen Fototermin im Central Park?«

»Erst heute nachmittag um zwei.«

Falcon zögerte. Ihr Angebot war verlockend, und in letzter Zeit war er verführbar. Er hatte heute keine Kundentermine, überhaupt keine geschäftlichen Verpflichtungen bis nach dem Mittagessen, und ihr übliches Zwischenspiel vor der Arbeit hatte ihm heute morgen gefehlt.

»Vielleicht.«

»Muß ich betteln? Es gefällt dir, wenn ich bettle, stimmt's? Ich lass' alles mit mir machen, wenn du sofort nach Hause kommst.«

»Alles?«

»Alles.«

Falcon warf einen Blick auf seine Uhr: 7.35 Uhr. Wenn er jetzt ging, konnte er um elf wieder in der NASO sein. Jenny würde ihn decken. Vielleicht auch nicht. Aber ihn würde sowieso niemand vermissen. Das war das Schlimmste an diesem Job. Niemand vermißte ihn je. Malley kam selten vorbei, weil er zu eingeschüchtert war, und die großen Bosse stiegen in einer riesigen Handelsbank nie aus dem Elfenbeinturm herunter. »Ich bin gleich da.«

Falcon legte den Hörer auf, stand auf, zog die Brieftasche aus dem Anzugjackett, ließ das Jackett aber über der Stuhllehne hängen und ging zur geschlossenen Bürotür. Als er sie aufmachte, wäre er fast mit Jenny zusammengestoßen.

»Was zum ...?«

»Ich habe da noch was für Sie zum Unterschreiben.« Ihre Stimme war eiskalt.

Er fragte sich, ob sie über den Nebenanschluß mitgehört habe.
»Ich unterschreibe, sobald ich zurück bin. Hören Sie, ich habe in der Wohnung was vergessen. Es könnte eine Weile dauern, bis ich es gefunden habe.« Er sah sie an. »Seien Sie keine Spielverderberin, decken Sie mich.«
Und fort war er, trabte den Flur zum Aufzug entlang.
Jenny sah ihm nach. Sie wußte genau, warum Falcon nach Hause fuhr. Und sie haßte ihn aus diesem Grund. Sie sollte kündigen, sagte sie sich. Es war nicht nötig, daß sie das Tag für Tag durchstand. Sie seufzte. Aber wo in aller Welt hätte sie eine andere Stelle gefunden, die ihr so viel Geld einbrachte, wie sie jetzt verdiente? Nirgends. So einfach war das.

Der Deckenventilator kreiste langsam über dem Messingbett. Falcon sah den Drehungen ein paar Augenblicke lang zu und warf dann einen Blick auf seine Uhr. Viertel vor elf. Zeit zum Gehen.
»Nimmst du die Uhr denn niemals ab, Falcon?« Alexis stand nackt auf der Schwelle zum Bad.
Falcon legte beide Hände hinter den Kopf und betrachtete ihre dunklen Brustwarzen, über die ein paar Strähnen des langen Haares fielen. »Nur zum Sex.«
Alexis warf ihm einen seltsamen Blick zu. »War das eben etwa kein Sex?«
»Ach, so nennt man das.« Er sprach die Worte aus, als hätte er eben eine grandiose Entdeckung gemacht.
Sie verdrehte die Augen. »Tut mir leid, wenn ich mit deinen früheren Eroberungen nicht mithalten kann. Eines Tages werd' ich das vielleicht schaffen.«
»Sollte doch bloß ein Scherz sein.« Aber es war keiner gewesen.
Mit verführerischen Schritten kehrte Alexis zum Bett zurück. Sie zog die Laken weg, kniete sich auf die Matratze und küßte ihn direkt über der dunklen Linie seines Schamhaars. Sie glitt an seinem Körper entlang, streckte die Zunge in seinen Bauchnabel, dann schmiegte sie sich an ihn, den Kopf auf seiner Brust, und sah zu ihm auf. Sie lächelte, was ihre erlesenen Wangenknochen betonte. »Ich versuche, sexy zu sein.«

Falcon sah ihr in die Augen. Sie waren weich und sanft, wie die Jennys, aber sie hatten außerdem etwas Stahlhartes an sich. Jennys Augen verrieten selbst dann, wenn sie sich eiskalt gab, ihre Verletzlichkeit. In Alexis' Augen gab es keine verräterische Verletzlichkeit. »Das merke ich.« Er wollte mehr über sie wissen, aber bis jetzt war sie nicht bereit gewesen, mehr preiszugeben als ein paar vage Bemerkungen über eine unglückliche Kindheit in Mailand. Und falls er sie gedrängt hätte, wäre sie natürlich davon ausgegangen, daß er offener über die eigene Vergangenheit sprach, was er nicht wollte.

»Gefällt dir das?« fragte Alexis.

»Ja. Mach's noch einmal.« Vielleicht mußte er doch nicht so schnell ins Büro zurück.

Alexis schüttelte den Kopf und rollte sich weg. »Ich muß mich auf den Fototermin im Central Park vorbereiten.«

»Komm schon. Wir könnten ein bißchen rumexperimentieren.« Sie stieg aus dem Bett und ging zu dem Fenster mit Blick auf die 82nd Street. »Nein.« Ihre Stimme klang entschieden.

Da lag das Problem, dachte er. Sie experimentierte nicht gern. Sie wollte einfach, daß er sie bestieg und es hinter sich brachte. Während des Vorspiels konnte sie sinnlich und einigermaßen phantasievoll sein, obwohl sie nicht viel über die erogenen Zonen des männlichen Körpers wußte. Aber sobald sie miteinander schliefen, wurde sie gleichgültig, fast frigid. Es war seltsam.

»Wann mußt du bei dem Fototermin sein?«

»Um eins. Es geht um zwei los, aber ich muß zeitig dort sein.« Sie fuhr sich mit den Fingern durch das Haar und lehnte sich nach hinten. Die schwarzen Locken fielen ihr fast bis ins Kreuz. »Falcon, warum schmeißt du deine Sekretärin nicht raus? Mir gefällt gar nicht, wie sie sich mir gegenüber verhält, wenn ich dich im Büro anrufe.«

Falcon setzte sich sofort im Bett auf. »Was soll das heißen?« Sie wandte sich vom Fenster ab und stolzierte ins Bad, warf die Tür hinter sich zu.

Er starrte die Tür mit offenem Mund an. Was zum Teufel hatte das zu bedeuten?

»Wie geht es Falcon?«
»Er wird nicht gefordert.«
»Verschickt er immer noch Lebensläufe?«
»Natürlich, aber niemand will ihn einstellen.«
»Das liegt auf der Hand. Dafür hat Granville gesorgt. Falcon muß Verdacht geschöpft haben.«
»Das glaube ich nicht. Das hätten wir gemerkt.«
»Arbeitet er fleißig, oder schlägt er einfach die Zeit tot?«
»Er arbeitet schwer. Er hat sogar ein paar gewinnbringende Geschäfte für die NASO an Land gezogen. Er macht sich Kontakte aus seiner Zeit bei Winthrop, Hawkins & Company zunutze. Ich glaube, er hat es geschafft, der Chemical Bank die Vertretung von Black & Decker wegzuschnappen. Aber im großen und ganzen verabscheut er, was er macht. Ihm gefällt weder das gemächliche Tempo noch die schlechte Bezahlung.«
»Er ist also weichgeklopft für unser Projekt, Bill?«
»Mehr als nur weichgeklopft, Turner. Er wird sofort alles liegen- und stehenlassen, natürlich mit dem Segen der NASO. Und er ist so ausgehungert nach einer großen Sache, die ihn geistig fordert, daß er nicht einmal Zweifel am scheinbaren Übereifer der NASO an der Transaktion zulassen wird. Noch wichtiger ist natürlich, daß wir es uns etwas kosten lassen werden, damit ihm keine Zweifel wegen des riesigen Beitrags der NASO kommen.«
»Mir gefällt das trotzdem nicht. Ich halte es für ein großes Risiko, Falcon in die Sache reinzuziehen, nur weil Granville einen Groll gegen ihn hegt. Und ich glaube, wir hätten damit rechnen müssen, daß der andere junge Mann – wie hieß der noch gleich?«
»Bernstein.«
»Ja, Bernstein. Wir hätten damit rechnen müssen, daß Bernstein Selbstmord begeht, nachdem unsere Leute an der Software herumgepfuscht hatten. Sie war sein Lebensinhalt.«
»Wie hätten wir damit rechnen sollen? Das war schlicht und einfach eine bedauerliche Nebenwirkung.«
»Nebenwirkung? Herrgott noch mal, Rutherford! Glauben Sie, daß seine Angehörigen das schlicht und einfach für eine bedauerliche Nebenwirkung gehalten haben? Erst West, dann Jeremy

Case, jetzt Bernstein. Dazu sind wir nicht angetreten. Wo soll das enden? Die Sache entgleitet uns, meinen Sie nicht auch?«

»Keineswegs. Manchmal müssen Dinge erledigt werden, die ekelhaft sind. Manchmal müssen Menschenopfer gebracht werden. Das gehört zum Geschäft. Wir haben alles im Griff.«

»Und was wäre gewesen, wenn Bernstein während seiner kleinen Schimpfkanonade Falcon umgebracht hätte?«

»Dann hätten wir einfach einen anderen benützt. Laut Boreman gibt es andere, die dem Projekt einen legalen Anstrich verleihen können.«

»Wir hätten von Anfang an einen anderen als Falcon auswählen sollen. Am Ende müssen wir vielleicht für Granvilles Spaß in der Sache büßen. Man sollte nicht zulassen, daß Gefühle die Geschäfte beeinflussen. Ich werd' nervös. Hier steht eine Menge auf dem Spiel. Und alles mögliche könnte schiefgehen.«

»Alles wird bestens laufen.«

»Was ist mit dieser Frau, mit der sich Falcon eingelassen hat, Bill? Könnte Sie ein Problem werden?«

»Nein. Sie ist nur ein Zeitvertreib. Glauben Sie mir, er ist reif für dieses Projekt.«

»Ich habe gehört, daß Carter Filipelli heftig auf Wendells Kritik reagiert hat.«

»Stimmt. So heftig, daß er versucht hat, die Börse auf eigene Faust zu beeinflussen, ohne die Zustimmung der anderen im FOMC.«

»Das ist Wahnsinn. Das darf er gar nicht. Filipelli hat sich nicht mehr im Griff.«

»Ja, das stimmt, und das gilt auch für den Präsidenten und für den Finanzminister.«

»Filipelli ist von unserem Vorhaben sicher nicht begeistert.«

»Das halte ich für eine todsichere Wette.«

»Wie haben Sie rausbekommen, daß Filipelli auf eigene Faust gehandelt hat?«

»Haben Sie das nicht gewußt?«

»Was gewußt?«

»Chambers' Sohn arbeitet für Filipelli.«

»Wir haben die Augen überall, was, Bill?«

»Ja, stimmt, Turner.«

10

»Falcon?«
»Ja.«
»Phil Barksdale am Apparat, der stellvertretende Vorstandsvorsitzende der NASO.«
»Ja.«
»Kommen Sie bitte so schnell wie möglich in mein Büro.«
»Dürfte ich erfahren, worum es geht?«
»Das sage ich Ihnen, wenn Sie hier sind. Falls Sie es nicht schon wissen: Mein Büro ist im siebenundzwanzigsten Stock. Ach, übrigens, es wäre mir lieb, wenn Sie mit niemandem über Ihr Kommen sprechen. Ihre Sekretärin eingeschlossen.«
Falcon legte den Telefonhörer auf. »Falls Sie es nicht schon wissen.« Was für ein Arschloch. Und worum zum Teufel ging es überhaupt? Wußten sie, daß er Lebensläufe im ganzen Land verschickte? Hatte Barksdale angerufen, weil die Bank darüber stocksauer war? Aber warum hätte Barksdale deswegen anrufen sollen? In seinen ersten Wochen bei der Bank hatte Falcon Barksdale oder Wallace Boreman, den Vorstandsvorsitzenden, nicht einmal kennengelernt. Warum hätte Barksdale also anrufen sollen? Das wäre die Aufgabe eines Mitglieds der Personalabteilung gewesen oder der »Mitarbeiterbetreuung«, wie diese Leute jetzt genannt werden wollten. Plötzlich war Falcon neugierig. Er ging sofort zum Aufzug.
Barksdale begrüßte Falcon auf der Schwelle seines riesigen Büros. Er war groß, über einsneunzig, wurde kahl auf dem Schädel und hatte graue Haarbüschel über den großen Ohren und dunkle, buschige Augenbrauen über den traurigen haselnußbraunen Augen.
»Hallo, Falcon.« Seine Stimme war tief und melodisch. Sie erinnerte Falcon an einen Diskjockey, dem er in seiner Jugend in

Philadelphia gelauscht hatte. Die Stimme war freundlich, das Gesicht war es nicht. Barksdale lächelte nicht, als sie sich die Hand gaben.

»Guten Morgen.« Falcons Hände waren nicht klein, aber in Barksdales Griff gingen sie unter.

Barksdale beugte sich ins Vorzimmer. »Grace, keine Anrufe.« Er schloß schnell die Tür, wartete die Antwort der alternden Frau nicht ab, die wie ein Wächter vor seinem Büro postiert war.

»Gehen wir dort rüber, Falcon.« Er deutete auf die bequemen Sessel, in einer Büroecke um einen Couchtisch herum gruppiert.

Falcon sah sich im Raum um. Im Lauf seiner Karriere hatte er tausend Büros gesehen, die diesem hier genau glichen. Überall Bilder. Barksdales Familie, seine Freunde, das Segelboot, der Hund, ein paar Politiker. Auf der Anrichte hinter seinem Schreibtisch standen jede Menge Erinnerungsstücke an Abschlüsse – in Acryl eingesiegelte Denkmäler von Geschäften –, an denen Barksdale vermutlich nicht einmal in der Hälfte der Fälle mitgearbeitet hatte. Falcon sah sich um. Mindestens neunzig Quadratmeter, schätzte er. Was für eine Platzverschwendung.

Sie saßen sich gegenüber. »Kaffee, Falcon?« Barksdale zeigte auf ein Tablett auf dem Tisch.

»Nein, danke.«

»Ich trinke eine Tasse.«

Andrew sah dem Älteren dabei zu, wie er sich eine dampfende Tasse Kaffee einschenkte und ließ schnell im Kopf seine Informationen über Barksdale Revue passieren. Barksdale war schon vor der Fusion mit der First Atlanta bei der Trust Company of Alabama gewesen. Man hatte ihn als Vorstandsvorsitzenden des fusionierten Unternehmens ausgewählt, bis die Bank vor drei Jahren ernste Schwierigkeiten in Brasilien bekommen hatte. Diese Schwierigkeiten waren Barksdale zur Last gelegt worden, weil er damals für die Auslandsgeschäfte der NASO verantwortlich gewesen war. Deshalb hatte ihn der Vorstand abgeschoben, indem er ihn zum stellvertretenden Vorstandsvorsitzenden ernannte, und dann einen Außenstehenden, Wallace Boreman, zum Leiter der Bank gemacht. Boreman galt in der

Wall Street als gerissener Manager, bereit, im Namen beträchtlicher Gewinne kalkulierbare Risiken einzugehen. Boreman hatte Lorbeeren dafür geerntet, daß er die Probleme in Brasilien schnell bereinigt und das schwerfällige, konservative Südstaatenunternehmen in eine solide Handelsbank verwandelt hatte, auf dem Weg zu größeren und besseren Vorhaben. Wegen der Sache in Brasilien hätte er Barksdale rauswerfen können. Der Vorstand hätte beide Augen zugedrückt. Aber er hatte es nicht getan. Barksdale verdankte Boreman seine Karriere.

Barksdale war dabei auf der Strecke geblieben, aber alles in allem war es kein schlechtes Leben, dachte Falcon: morgens ab halb zehn im Büro, abends nicht später als halb sechs wieder draußen; im Sommer zwei- bis dreimal pro Woche eine Runde Golf; an drei bis vier Abenden pro Woche die besten Restaurants von Manhattan – und der Stellung entsprechend ein Jahresgehalt von mehr als einer halben Million Dollar. Es war nach New Yorker Maßstäben kein gigantisches Einkommen, aber es reichte jedenfalls für einen guten Lebensstandard aus.

Barksdale nahm einen Schluck aus der Tasse und stellte sie auf die Porzellanuntertasse zurück. »Was macht die Arbeit?«

«Es läuft gut. Genau wie ich es erwartet habe.« Falcon gab sich nicht sonderlich begeistert, aber er war über den Zeitpunkt im Leben hinaus, wo er über alles und jedes Aufregung hatte heucheln müssen.

»Sie langweilen sich, nicht wahr?«

Falcon holte Luft. Ihm gefiel nicht, wie das klang. Es klang so, als wollte ein Vorgesetzter ausdrücken, er sei nicht zufrieden mit der Leistung eines bestimmten Angestellten. Falcon lag nichts daran, wieder arbeitslos zu werden, vor allem weil niemand auf seine Bewerbungen reagierte. »Ich langweile mich nicht. Nein, so würde ich das nicht sagen.«

»Sie lügen.« Trotz der melodischen Stimme war Barksdales Art schroff.

»Ich lüge nicht.« Wollte Barksdale ihn entlassen? Falcon empfand ein plötzliches Unbehagen.

»Lassen wir das. Ich würde mich an Ihrer Stelle auch langweilen.« Barksdale wedelte mit der Hand, als wäre er angewidert.

»Hören Sie, ich brauche Ihre Hilfe. Die NASO hat die Chance, sich an einer sehr interessanten Transaktion zu beteiligen. Sie haben auf dem Gebiet von Transaktionen Erfahrung. Das gilt nicht für viele von uns hier. Zum Teufel, ich will ehrlich sein. Niemand hier verfügt über Ihre Erfahrung auf diesem ganz bestimmten Gebiet.«

Falcon lehnte sich in dem breiten Sessel zurück. Er war erleichtert. »Um was für eine Transaktion geht es?«

»Um eine Übernahme durch Aktienaufkäufe.«

Falcons Puls beschleunigte sich. Eine Übernahme durch Aktienaufkäufe? Das konnte tatsächlich interessant werden. »Sie sagen, die NASO hat die Chance, sich an dieser Transaktion zu beteiligen. In welcher Eigenschaft?«

»Als Finanzberater, Vermittler, Kreditgeber, Emissionsgarant. In jeder Eigenschaft, die wir wollen. Ich halte es für eine Chance, die NASO tatsächlich als Konkurrenz zu den Investmentbanken ins Spiel zu bringen. Und falls die Sache klappt, möchte Boreman hier bei der NASO eine Abteilung für Fusionen und Übernahmen aufbauen. Boreman wünscht sich Sie als Leiter dieser Abteilung. Es ist eine Riesenchance.«

Die Worte waren Musik in Falcons Ohren: Abteilungsleiter für Fusionen und Übernahmen. »Erzählen Sie mehr über die Transaktion.«

»Sie werden alles streng vertraulich behandeln –«

»Phil, es ist kein Mangel an Respekt, wenn ich Sie unterbreche. Sie kennen doch meine Vorgeschichte, wissen, daß ich Teilhaber bei Winthrop war und die Abteilung für Fusionen und Übernahmen geleitet habe. Stimmt das?«

Barksdale nickte. »Ich weiß sogar darüber Bescheid, daß Sie etwas damit zu tun hatten, als die NASO die Bank of Manhattan gekauft hat.«

»Stimmt. Ich habe die Instruktionen schon mal gehört. Ich verstehe mich darauf, Dinge vertraulich zu behandeln.«

»Natürlich, natürlich. Ich hatte nur das Gefühl, das sagen zu müssen.« Er machte eine Pause. »Wir – mit ›wir‹ meine ich Boreman. Im Grunde ist es seine Geschäftsbeziehung. Boreman hat sehr gute Beziehungen zu einer Investorengruppe aus Deutschland.«

»Zu welcher?« Falcon kannte die Gruppe bestimmt. Er spürte, wie plötzlich das Adrenalin durch seinen Körper strömte. Vermutlich handelte es sich um ein kleines Geschäft, aber was machte das schon. Es war eine Gelegenheit, wieder ins Spiel zu kommen. Mein Gott, es war so lange her. Wenn das hier eine echte Chance war, würde er dafür sorgen, daß die Transaktion zustande kam. Er würde dafür sorgen, daß Boreman ihm erlaubte, danach eine Fusionsabteilung bei der NASO aufzubauen. Und er würde dafür sorgen, daß Granville den Tag bereute, an dem er ihn nicht zurückgerufen hatte.

»Sie werden die Leute kennenlernen. Bald. Aber im Augenblick möchte ich keine Namen nennen. Boremans Anordnung. Das müssen Sie verstehen.«

Falcon gefiel das nicht. »Okay.« Seine Stimme verriet seine Gereiztheit.

»Hören Sie, ich kann nicht gegen eine direkte Anweisung von Boreman verstoßen.«

»Schön. Diese Gruppe möchte also etwas hier in den Vereinigten Staaten aufkaufen. Vermutlich eine Fabrik für Autoersatzteile, Spezialstahl oder Chemie. Irgend etwas in dieser Richtung.«

Barksdale zögerte. »Das stimmt. Woher wissen Sie das?«

»Die Deutsche Mark hat in letzter Zeit beträchtlich an Stärke gegenüber dem US-Dollar gewonnen, was den Aufkauf einer amerikanischen Firma durch ein deutsches Unternehmen von der Kaufkraft der D-Mark her relativ billig macht. Was die Branchen anlangt, von denen ich gesprochen habe, handelt es sich um die Branchen, für die sich die Deutschen von jeher besonders interessieren. Fabriken für Grundbedarf. Welches Unternehmen ist also das Ziel?«

»Penn-Mar Chemicals.«

Falcon starrte Barksdale an. »Was?«

»Ja.« Barksdale trank einen Schluck Kaffee.

»Penn-Mar Chemicals? Penn-Mar Chemicals mit Hauptsitz in Toledo, Ohio?«

»Ja.«
»Penn-Mar ist der zweitgrößte Chemiekonzern in den Vereinigten Staaten, Phil. Ein Gigant.« Falcon stand auf und ging zu dem Bloomberg-Terminal hinüber, das er auf einem Tisch neben Barksdales Schreibtisch bemerkt hatte. Er tippte den Börsencode von Penn-Mar in die Tastatur ein und wartete. Fast sofort zeigte der Bildschirm die gewünschte Information. »Mein Gott, Penn-Mar hat fast vierhundert Millionen Aktien, und der Aktienpreis steht bei dreißig Komma fünf. Dadurch beläuft sich der Marktwert auf über zwölf Milliarden Dollar.« Er sah Barksdale unsicher an. »Und wenn man ein Unternehmen aufkaufen will, jedes an der Börse notierte Unternehmen, geht man nicht einfach hin und kauft die Aktien zum augenblicklichen Handelswert. Wenn wir das Unternehmen in den Griff bekommen wollen, müssen wir eine Erwerbszulage bezahlen. Der erfolgreiche Abschluß einer solchen Transaktion würde diese Leute sechzig bis fünfundsiebzig Dollar pro Aktie kosten.« Wie schon sooft stellte er beim Sprechen Berechnungen an. »Das sind insgesamt fünfundzwanzig bis dreißig Milliarden Dollar für den Aufkauf der Stammaktien von Penn-Mar. Unter der Voraussetzung, daß das Management von Penn-Mar nichts gegen die Übernahme hat, was ich stark bezweifle. Eine widerstrebende Geschäftsleitung könnte einen noch höheren Übernahmepreis bedeuten.«
»Ich will doch sehr hoffen, daß die Deutschen nicht dreißig Milliarden bezahlen müssen. Allmächtiger!« Der Ältere hätte fast seinen Kaffee verschüttet.
»Das werden sie zahlen müssen. Verlassen Sie sich darauf. Ich hoffe, sie haben eine Menge Geld, das sie in diese Sache stecken können.« Andrew kehrte zum Sessel zurück.
»Eine Milliarde. Sie wollen eine Milliarde in die Übernahme von Penn-Mar stecken.«
Falcon sah auf den Teppich und schüttelte den Kopf. »Glauben Sie mir, Phil, ich will wirklich nicht den Teufel an die Wand malen, aber das reicht nicht annähernd für die Anbahnung der Übernahme aus. Die Deutschen – unter der Voraussetzung, daß sie echt sind und Geld für die Transaktion zur Verfügung haben – könnten sich einen *Teil* des Kaufpreises leihen, aber ich be-

zweifle, ob wir für eine Sicherheit von nur einer Milliarde einen Kredit in der Höhe von zwanzig bis dreißig Milliarden Dollar bekommen könnten. Die Banken sind nervös. Sie haben sich in den Achtzigern die Finger an Kreditgeschäften für den Aufkauf von Aktien zu überhöhten Preisen verbrannt. Und falls Sie es noch nicht gehört haben sollten: Der Vorstandsvorsitzende der Bundesbank, Carter Filipelli, ist nicht scharf darauf, daß Banken riskante Transaktionen durch Aktienaufkäufe finanzieren. Und ›nicht scharf darauf‹ ist noch milde ausgedrückt. Er hat eine Menge Erklärungen dazu nach der anderen darüber abgegeben, daß er den Banken nicht erlauben wird, wieder in das Übernahmegeschäft durch Aktienaufkäufe einzusteigen. Daß er und der Präsident nicht zulassen werden, daß die Laissez-faire-Mentalität der Achtziger auf den Markt zurückkehrt.«
»Sie meinen, er wäre nicht begeistert, wenn die NASO eine Übernahme von Penn-Mar durch Aktienaufkäufe finanzieren würde?«
»Natürlich meine ich das.« Falcon schüttelte den Kopf. »Es ist sowieso egal. Uns fehlt es an Munition, wenn die Deutschen nur eine Milliarde haben.«
»Die NASO wird die Transaktion mit aller Kraft unterstützen, ganz gleich, was nötig ist, damit sie erfolgreich abgeschlossen werden kann.« Barksdale sprach die Worte ruhig, fast unhörbar.
Falcon sah zu Barksdale auf. »Was haben Sie gesagt?«
Barksdale erwiderte Falcons Blick unverwandt. »Ich habe gesagt, die NASO ist bereit, eine beträchtliche Summe zu dieser Transaktion beizutragen.«
»Über wieviel reden wir? Was ist eine ›beträchtliche Summe‹?«
»Was auch immer erforderlich ist.«
Falcon ließ die Worte ein paar Augenblicke lang zwischen ihnen in der Luft hängen. »Es ist Ihnen natürlich klar, daß es im Bankgeschäft gesetzliche Kreditrahmen gibt.«
»Vielen Dank für die Information. Wie schön, daß ich nach vierzig Jahren in diesem Geschäft endlich etwas über gesetzliche Kreditrahmen lerne.«
Falcon ignorierte Barksdales Sarkasmus. »Im Ernst, die NASO

kann bei einer Transaktion höchstens fünfzehn Prozent des Geschäftskapitals als Kredit zur Verfügung stellen. Wieviel Kapital hat die Bank im Moment?«

»Etwa fünfzehn Milliarden Dollar.«

»Also kann die NASO etwas über zwei Milliarden zur Verfügung stellen. Das ist nicht annähernd, was wir brauchen.«

»Ich habe Ihnen doch schon gesagt, wir sind bereit, alles Erforderliche zu tun. Erstens haben wir eine Tochtergesellschaft, die für die Emission von Ramschaktien haften kann. Ich glaube, wir können allein über die Tochtergesellschaft fünf bis sechs Milliarden aufbringen. Ich habe schon mit Hennings gesprochen, der sie leitet. Er hält das für möglich.« Barksdale merkte, daß Falcon skeptisch war. »Zweitens verwalten wir dank der neuen Wettbewerbsfreiheit mehrere Stammkapitalfonds. Ich glaube, wir könnten aus diesen Fonds weitere drei Milliarden herausnehmen. Und schließlich haben sich Wallace Boreman und Carter Filipelli nicht gerade ins Herz geschlossen. Ich bezweifle, daß Boreman sich große Sorgen machen wird, wenn wir den gesetzlichen Kreditrahmen ein bißchen überschreiten. Außerdem kann uns die Bundesbank nicht viel tun. Wir sind zu groß.«

»Sie könnte Ihnen die Hölle heiß machen.«

»Nur wenn sie's rauskriegt.« Barksdale trank einen Schluck Kaffee. »Addieren wir also mal die Zahlen. Sagen wir spaßeshalber, wir stellen vier Milliarden als Bankkredit zur Verfügung, sechs Milliarden in langfristigen Ramschaktien und drei Milliarden Stammkapital. Das sind dreizehn Milliarden Dollar. Mit der einen Milliarde der Deutschen haben wir insgesamt vierzehn Milliarden für den Aufkauf. Wir brauchen mehr, aber bedenken Sie, das Übernahmeinstrument verfügt jetzt über vier Milliarden Stammkapital und sechs Milliarden in Ramschaktien. Mit zehn Milliarden Eigenkapital sollten wir einen riesigen Bankkredit auftreiben können.«

»Ist das Ihr Ernst?« Falcon sah Barksdale ungläubig an. Nicht einmal Winthrop hätte soviel Geld in ein Geschäft stecken können. »Hat Boreman das dem Vorstand der NASO vorgetragen? Ich denke mir, eine solche Verpflichtung hängt von der Zustimmung des Vorstands ab.«

»Sicher. Natürlich hat er das getan.«
»Sie waren bei der Sitzung dabei?« Falcon war nicht überzeugt.
»Selbstverständlich war ich dabei.«
Barksdale log, und Falcon wußte es. »Ihnen ist doch klar, daß die NASO, falls Penn-Mar aus irgendeinem Grund in Konkurs ginge, während die NASO dreizehn Milliarden Dollar in den Konzern investiert hätte, sofort aus dem Geschäft wäre. Vor der Banktür würden sich kilometerlange Schlangen bilden, alles Leute, die versuchen, ihr Geld zu kriegen. Und ein Zusammenbruch der NASO würde zu einem Chaos auf den Finanzmärkten führen. An der Börse, auf dem Obligationenmarkt, auf den Devisenmärkten. Alles würde einbrechen.«
Der Ältere stellte die Kaffeetasse ab und sagte aalglatt: »Die Bundesbank würde einschreiten. Sie würde das nötige Geld zur Verfügung stellen, damit die Bank solvent bleibt. Zum Teufel, die Krise bei Savings and Loan hat die Regierung der Vereinigten Staaten dreihundert Milliarden Dollar gekostet. Verglichen damit sind dreizehn Milliarden ein Pappenstiel.«
»Aber bei der Krise bei Savings and Loan ging es um Tausende von Sparkassen, die nicht alle gleichzeitig zusammengebrochen sind«, widersprach Falcon. »Und diese Institute waren keine Hauptakteure auf den Devisenmärkten, im Gegensatz zur NASO. Die NASO hat buchstäblich Tausende von Verträgen mit anderen Geldinstituten rund um die Welt, die sie zu Devisenlieferungen an bestimmten Daten verpflichtet. In Tausenden von Fällen ist die Bank der Partner bei Optionsverträgen und Zinssatzfestlegungen. Falls es einen Ansturm auf die NASO gäbe, weil sich herumgesprochen hat, daß wir unseren Einlageverpflichtungen nicht mehr nachkommen können, müßte die Bundesbank buchstäblich innerhalb von Sekunden reagieren. Bei der winzigsten Verzögerung könnte sich das System auflösen. Das ganze Banksystem. Andere Geldinstitute bekämen sofort Liquiditätsschwierigkeiten, weil wir unsere Verpflichtungen ihnen gegenüber nicht mehr einhalten könnten. Investoren würden ihre riesigen Einlagen abheben, und überall würden Banken zusammenbrechen. Das wäre nicht nur ein Problem in Höhe von dreizehn Milliarden Dollar. Es wäre eine Katastrophe.«

»Sie übertreiben.«
»Blödsinn! In diesem Land ist noch nie eine große Bank zusammengebrochen. Sicher, Anfang der achtziger Jahre gab es ein paar Probleme bei der Continental Bank in Chicago, aber die Bundesbank war vorgewarnt. Die Lage hat sich über einen längeren Zeitraum hinweg entwickelt. Die Bundesbank hatte Zeit zum Einschreiten. Und damals war das System auch noch nicht so vernetzt. Die Institute hingen nicht so stark voneinander ab. Jetzt gleicht das System einem Kartenhaus. Alle Institute hängen voneinander ab. Die Kette ist tatsächlich nur so stark wie ihr schwächstes Glied. Phil, falls wir dreizehn Milliarden Dollar in Penn-Mar investieren und Penn-Mar aus irgendeinem Grund pleite geht, könnten wir ein Chaos auf den amerikanischen Finanzmärkten anrichten. Eine Bank darf nicht ihr ganzes Kapital in ein einziges Geschäft investieren. Aus guten Gründen.«
»Hören Sie, Falcon, ich schlage ja nicht vor, daß die NASO die ganzen dreizehn Milliarden investiert. Wir könnten in Vorlage gehen und dann die meisten Sicherheiten an anderne Institute verkaufen, das Risiko über das ganze System verteilen und gleichzeitig einen hübschen Gewinn einfahren.«
»Wir würden also das Geschäft durch einen Vorverkauf finanzieren?«
»Was meinen Sie mit ›Vorverkauf‹?« fragte Barksdale.
»Ich meine, daß wir das Geld für die Aktien überweisen, danach aber sofort Geld von den anderen Instituten bekommen würden. Mit anderen Worten, wir würden uns an Hunderte von anderen Banken und Versicherungsgesellschaften wenden und uns ihre Beteiligung sichern, ehe wir das Geld für die Aktien überweisen. Damit wir wissen, daß wir nicht tatsächlich für dreizehn Milliarden haften.«
»Nein! Das geht nicht. Wir werden mit ein paar Unternehmen sprechen, aber nur, um an das Geld zu kommen, das wir nicht aus eigener Kraft aufbringen können. Die Deutschen und Boreman haben sich in diesem Punkt sehr deutlich geäußert. Sie wollen nicht, daß jemand von dem Geschäft erfährt, ehe wir unser Kaufangebot bekanntgeben, bis auf die Leute, die es unbedingt

wissen müssen. Sie sind paranoid, befürchten, daß jemand wie DuPont oder Hoechst ihnen zuvorkommt, falls sich das Geschäft herumspricht. Die Deutschen wollen, daß ein voll finanziertes Angebot vorliegt, bevor wir die Übernahme bekanntgeben. Sobald die Übernahme abgeschlossen ist, können wir die Aktien an andere Institute verkaufen.«

»Dann gehen wir also ein Risiko ein. Ein riesiges Risiko. Der Verkauf der Aktien wird mindestens dreißig Tage dauern. Vermutlich sechzig. Und das ist äußerst optimistisch. Was ist, falls während dieser Phase etwas passiert? Was ist, wenn wir die Aktien nicht weiterverkaufen können, nachdem wir das Geld überwiesen haben, weil Penn-Mar plötzlich die Schwindsucht bekommt?«

»Deshalb ziehen wir ja Sie hinzu, Falcon. Um sicherzustellen, daß Penn-Mar sauber ist. Um sicherzustellen, daß wir und die Deutschen nicht zuviel dafür bezahlen. Und um sicherzustellen, daß die NASO sechzig Tage nach Abschluß der Transaktion nur noch über Aktien im Wert von zwei Milliarden verfügt. Sie können den Bankkredit, die Ramschaktien und die Stammaktien verkaufen. Sobald wir das Geschäft durchgezogen haben, können Sie Ihre Kontakte nutzen. Hennings wird das auch tun. Arbeiten Sie zusammen. Arbeiten Sie getrennt. Schalten Sie die Leute aus unserer Verkaufsabteilung ein. Mir ist das gleich. Aber verkaufen Sie das Zeug. Wir müssen es schnell loswerden!«

»Das ist eine Riesenarbeit.«

»Soll das heißen, Sie trauen es sich nicht zu? Wollen Sie mir erzählen, daß Sie jetzt, wo Sie eine richtige Aufgabe haben, das ganze Gerede darüber, wie tüchtig Sie sind, zurücknehmen?«

»Sie können mich nicht einschüchtern, Phil. Es wird nicht klappen.«

»Gehen Sie so hart an die Grenze wie möglich. Haben Sie Malley bei Ihrem Einstellungsgespräch nicht erzählt, genau das hätten Sie bei Winthrop, Hawkins & Company getan?« Barksdale ließ nicht locker. »Jetzt zeigen Sie mir mal, wie Sie bis hart an die Grenze gehen, Mr. Falcon.«

»Ich brauche einen Spitzenanwalt. Ich habe einen guten Freund bei Davis, Polk, der genau der richtige –«

»Nein. Wir arbeiten mit Dunlop & Latham zusammen.« Er trank den Kaffee aus und zog ein Päckchen Salem aus der Tasche. »Zigarette?« Barksdale schob Falcon das Päckchen zu. Falcon ignorierte die angebotenen Zigaretten. »Dunlop & Latham? Das soll wohl ein Witz sein! Das ist eine hervorragende Kanzlei für Arbeitsrecht, aber die Typen dort können eine Übernahmedokumentation nicht von einem Groschenroman unterscheiden.« Falcon wahrte die äußerliche Ruhe, aber innerlich kochte er. Er konnte nicht darauf hoffen, eine Transaktion in dieser Größenordnung ohne erfahrene juristische Hilfe abzuschließen.

Barksdale zog eine Zigarette aus dem Päckchen, zündete sie an und warf das Päckchen auf den Schreibtisch. Er verfehlte ihn. Mehrere Zigaretten fielen auf den Teppich, als das Päckchen zu Boden ging. »Das ist kein Witz. Es ist schon beschlossen. Und wir wollen außerdem, daß die Kanzlei erst im letzten Augenblick hinzugezogen wird. Erst wenn Sie das Kaufangebot vorlegen müssen. Kurz bevor wir die Bombe platzen lassen. Nächste Frage.«

»Wir müssen einen Antrag beim Kartellamt stellen.«

»Darum kann sich auch Dunlop & Latham kümmern.«

»Ich sage Ihnen doch, die verstehen davon nichts.« Falcon war entnervt. »Erlauben Sie mir eine Frage. Wollen Sie tatsächlich gewinnen? Wollen Sie, daß die Deutschen, wer zum Teufel die auch sein mögen, Penn-Mar bekommen? Denn falls Sie das wollen, gehen Sie verdammt seltsam an die Sache heran. Es ist ein Riesenspiel. Ich bin ein erstklassiger Quarterback. Aber Sie geben mir eine Mannschaft aus der zweiten Liga, mit der ich gewinnen soll.«

»Nächster Punkt.« Barksdale stieß den Rauch aus, und der Dunst hüllte den Raum ein.

»Ich kann Rauch nicht ausstehen.«

»Es ist mein Büro. Nächster Punkt.«

»Ich brauche einen Analysten als Helfer. Einen Partner, der die Zahlen im Computer verarbeitet und die Recherchen übernimmt.«

»Kommt überhaupt nicht in Frage. Wie ich Ihnen schon gesagt

habe, wollen wir, daß sowenig Leute wie möglich darüber Bescheid wissen. Ich möchte sogar, daß Sie von morgen an zu Hause arbeiten. Ich versorge Sie mit allem, was Sie dazu brauchen. Ab morgen nachmittag haben Sie in Ihrer Wohnung einen PC samt Laserdrucker und ein Bloomberg-Terminal. Falls Sie Unterlagen von der Börsenaufsicht brauchen, rufen Sie bei der dortigen Pressestelle an und lassen sich die Auskünfte direkt an Ihre Adresse schicken. Auf keinen Fall an die NASO.«
Damit hatte Falcon nicht gerechnet. »Wo halte ich mich offiziell auf?«
»Bei einem Seminar.«
»Sie können nicht von mir erwarten, daß ich dabei nicht mit der Abteilung für Sicherheit zusammenarbeite, ehe wir das Angebot machen. Sie haben von über sechs Milliarden Dollar in Ramschaktien gesprochen.«
»Alles, was Sie mit Hennings zu besprechen haben, läuft über mich. Nehmen Sie das nicht persönlich, Falcon, aber Boreman und ich wollen die Sache unbedingt vertraulich behandeln, bis wir damit an die Öffentlichkeit gehen. Wir wollen, daß alle Informationen über uns laufen, damit wir das Leck sofort ausmachen können, falls etwas durchsickern sollte. Sie sind noch nicht besonders lange bei der NASO. So gut kennen wir Sie noch nicht.« Barksdale blies weiteren Rauch ins Büro. »Ziehen Sie diese Sache für uns durch, dann kennen wir Sie bestens. Für Sie sind dabei fünf Millionen Dollar drin, Falcon. Ich meine, für Sie persönlich. Eine Position als Geschäftsführer und die Chance, der Leiter unserer Abteilung für Fusionen und Übernahmen zu werden, sind fünf Millionen wert. Würde es Ihnen keinen Spaß machen, Granville Winthrop damit vor der Nase herumzufuchteln?« Barksdale machte eine Pause, wußte, daß er ins Schwarze getroffen hatte. »Morgen gegen Mittag ist die Computerausrüstung in Ihrer Wohnung. Ich glaube, Sie wohnen 232 West 82nd Street, Wohnung 1004. Stimmt das?«
Falcon reagierte auf Barksdales Frage nur, indem er eine Augenbraue hochzog. Diese Leute hatten ihn gründlich überprüft. Äußerst gründlich. Sie wußten, wann sie auf welche Knöpfe zu drücken hatten. Er hatte sie unterschätzt, und das ärgerte ihn.

Aber er ärgerte sich nicht über fünf Millionen. Und auch nicht über die Chance, wieder ins Spiel zu kommen.

Der Waschraum für die Geschäftsleitung der NASO war prächtig, mit Mosaiken an den Wänden, Duschen, Sauna und einem älteren Mann, der den ganzen Tag lang nur Handtücher austeilte und Dollarscheine entgegennahm. Falcon wusch sich im warmen Wasser die Hände. Er ließ sich Zeit. Er wollte nicht zurück in Barksdales verrauchtes Büro. Aber sie hatten noch jede Menge Arbeit vor sich.

Im Spiegel bemerkte Falcon, wie die Marmortür zu einer Kabine aufging. Der Mann, der herauskam, war dunkelhaarig und groß. Sein Gesicht war tiefgebräunt, so daß es durch den Spiegel vor Gesundheit zu strotzen schien. Er trug ein weißes Hemd, einen blauen Nadelstreifenanzug und eine schmale Krawatte. Wallace Boreman. Falcon kannte den Mann von einem Foto auf dem Innendeckel des NASO-Jahresberichts.

Boreman nickte Falcon fast unmerklich im Spiegel zu, sagte aber nichts. Sein Gesicht blieb ausdruckslos, als er zu dem Waschbecken neben Falcon trat. Boreman rollte sich die Hemdsärmel über die Ellbogen hoch, dann hielt er die Hände unter das laufende Wasser.

Falcon warf im Spiegel einen unauffälligen Blick auf Boremans linke Hand, um zu sehen, ob er einen Ehering trug. Er wußte, daß Boreman verheiratet war, aber ein Ehering sagte eine Menge über einen Mann aus, und wenn er ihn nicht trug, war das noch viel aufschlußreicher. Aber ehe Falcons Blick Boremans Hand erreichte, fiel ihm etwas Besonderes an der Innenseite von Boremans Unterarm auf. Erst wirkte es wie ein kleines Muttermal. Andrew sah genauer hin. Es war kein Muttermal. Zu scharf umrissen und keine Hautunebenheiten. Etwas anderes. Eine Tätowierung? Falcon merkte, daß Boreman ihn im Spiegel ansah. Falcon senkte schnell den Blick auf den Boden des Waschbeckens. Und irgendwo ganz weit hinten in seinem Hinterkopf murmelte eine schwache, ferne Stimme Worte, die noch unverständlich waren.

11

Sharon Cruz setzte sich ruhig an ein Ende des langen Konferenztisches. Bald würde sie den Mittelpunkt der Aufmerksamkeit bilden. Das war eine Auszeichnung, die sie nicht gerade genoß. Ungewöhnlich für eine Anwältin, denn Strafverteidiger bildeten von Berufs wegen ständig den Mittelpunkt der Aufmerksamkeit. Wie seltsam, daß es ihr so leicht fiel, vor einem unbekannten Richter zu stehen, vor feindseligen Geschworenen, vor der Presse und vor einem parteiischen Publikum, daß sie hartnäckig die Unschuld ihres Mandanten oder die Schuld des Mandanten der Gegenseite vertreten konnte, ohne die leiseste Spur von Befangenheit. Doch wenn sie ihren Partnern etwas vortragen sollte, packte sie solche Angst, daß sie kaum sprechen konnte, wenn sie aufgerufen wurde.

Ihr Streß entstand, weil sie zuviel um die Meinung ihrer Partner gab. Sie wollte akzeptiert werden. Falls die Geschworenen ihren Mandanten schuldig sprachen, dann war es eben so. Sie hatte ihr Bestes getan, das war alles. Aber wenn die Partner nicht sofort begeistert waren, war sie am Boden zerstört.

Von ihrem Platz aus konnte Sharon sehen, wie das Wasser im Hafen von Baltimore in der Nachmittagssonne glitzerte. Der Hafen lag einunddreißig Stockwerke unterhalb des Konferenzraums der renommierten Anwaltskanzlei Cleveland, Miller & Prescott. Sharon wünschte sich, dort unten zu sein und die Nachmittagssonne genießen zu können. Sie wünschte sich, heute nicht zu den Partnern sprechen zu müssen.

Sie war zwar schon seit neun Jahren in der Kanzlei, aber sie war sich immer noch unsicher, welche Gefühle die Partner in Wahrheit für sie hegten. Sie war Hispanic, und die anderen – bis auf Grover Tipton – waren weiß. Plötzlich sehnte sich Sharon nach New York City, wo Menschen leichter akzeptiert wurden. Aber nach drei Jahren Partnerschaft war sie süchtig nach dem Geld geworden. Noch zwei bis drei Jahre, dann hatte sie die Mittel, eine eigene Kanzlei aufzumachen. Sie versprach sich, mindestens die Hälfte ihrer Zeit der Vertretung von Minderheiten zu widmen, die nicht das Geld für einen ordentlichen Anwalt hatten. Sharons Blick wanderte zurück zu dem blaugrünen Wasser tief unten. Wem wollte sie etwas vormachen? Falls sie in zwei bis drei Jahren nicht mehr aus dem gleichen Fenster schaute, würde das nur daran liegen, daß die Kanzlei Cleveland, Miller & Prescott in der Zwischenzeit umgezogen war.

»Miss Cruz?« Turner Prescotts beherrschte Stimme durchschnitt vom anderen Tischende aus den Raum.

»Ja, Sir.« Das Bild des blaugrünen Wassers löste sich auf. Prescott sah sie streng über die Nickelbrille hinweg an, die ihm schief auf der Nase hing. »Ja, Sir.« Sharon sagte die Worte noch einmal, langsamer, vergewisserte sich, daß sie jede Silbe sorgfältig artikulierte. In ihren ersten Jahren hier hatten die Partner sich beklagt, sie spreche so schnell, daß sie ihr nicht folgen könnten. Sie war sogar zu einem Logopäden gegangen, um das Problem in den Griff zu bekommen, und sie hatte es beheben können – zum größten Teil. Aber von Zeit zu Zeit, wenn sie sich nicht konzentrierte, kehrte das Tempo zurück, in dem ihre spanische Muttersprache gesprochen wurde.

»Bitte, bringen Sie uns auf den aktuellen Stand im Fall Bradlee.« Jeden Freitag gingen die zweiundzwanzig Partner jeden Fall durch, für den die Kanzlei ein Mandat bekommen hatte. Sharon hatte das Gefühl, es sei ein Vorteil einer kleineren Kanzlei, daß sie alle in ein Konferenzzimmer paßten. In den letzten fünf Minuten hatte ein anderer Partner gesprochen. Jetzt war sie an der Reihe.

Sharon sah Prescott einen Augenblick lang an. Er war vierundsechzig, wirkte aber viel jünger und sehr gepflegt mit der Fliege und den passenden Hosenträgern. Als Seniorpartner und Geschäftsführer der Kanzlei war er für die taktische Planung und für die Verwaltung verantwortlich. Trotz seiner zusätzlichen Pflichten schaffte es Prescott immer noch, mehr Mandanten an Land zu ziehen als jeder andere Anwalt bei Cleveland,

Miller & Prescott, und außerdem verbrachte er mehr Zeit im Gerichtssaal, als es eigentlich seine Pflicht gewesen wäre. Prescott, der hoch intelligent, unermüdlich und auf ruhige Weise autoritär war, hatte die Kanzlei innerhalb der letzten zwanzig Jahre zu bundesweitem Ansehen geführt. Er mochte Sharon, aber was noch wichtiger war, er akzeptierte sie, und er überließ ihr ständig verantwortungsvolle Aufgaben.

Sharon spürte, wie sich die Blicke der Partner auf sie richteten.

»Moment mal.«

Sharon sah von ihren Notizen auf. Der Sprecher war Lyle Frames, ein übergewichtiger, kahl werdender Mann, der älter wirkte als seine vierundvierzig Jahre. Er jaulte beim Sprechen und war bei den anderen Partnern nicht besonders beliebt. Aber er war detailbesessen und gehörte stets zu den Spitzenverdienern in der Kanzlei.

»Worum geht es, Lyle?« mischte Prescott sich ein.

»Turner, ich kann mich nicht an eine Diskussion im Fall Bradlee erinnern.«

»Darüber hat keine Diskussion stattgefunden, Lyle. Ich habe die Entscheidung allein getroffen. Es ist ein ungeheuer wichtiger Fall, und es war unbedingt erforderlich, die Vertraulichkeit bis zu diesem Augenblick zu wahren. Ist das ein Problem für Sie, meine Herren?« Prescott ließ den Blick durch den Raum schweifen.

Aber Frames ließ nicht locker. »Ich glaube, es hätte wenigstens eine Aussprache darüber geben sollen, wer den Fall bearbeitet, falls er derart wichtig ist.«

»Stellen Sie mein Urteilsvermögen in Frage, weil ich Miss Cruz mit dem Fall beauftragt habe?« In Prescotts normalerweise glatter Stimme schwang eine Spur Schärfe mit.

Frames hörte die Schärfe, und obwohl er ein Verfechter von Verfahrensfragen war, war er nicht so dumm, daß er Prescott herausgefordert hätte. Cleveland, Miller & Prescott war nur dem Namen nach eine Partnerschaft. In Wahrheit war die Kanzlei eine Diktatur – im großen und ganzen eine milde Form der Diktatur. Frames schüttelte den Kopf.

»Bitte, fahren Sie fort, Miss Cruz.« Die Schärfe war fort. Prescott lächelte Sharon höflich an.

Sie erwiderte das Lächeln und fing an. »Cleveland, Miller & Prescott sind von der Bradlee Company beauftragt worden, die Firma in einem Rechtsstreit zu vertreten, bei dem es um Umweltprobleme geht.« Langsam trocknete der Schweiß, der sich auf ihren Handflächen gebildet hatte.

Sie sah von den Unterlagen auf. Die Partner sahen sie an, wie sie das erwartet hatte. Besser gesagt, sie verschlangen sie mit den Augen. Sie war attraktiv. Weil sie klein und schlank war und eine gute Figur hatte, gab sie Anlaß zu Phantasien. Sie wußte das. Die Hälfte der Männer hörte ihr vermutlich überhaupt nicht zu, starrte nur ihren Körper an. Männer waren so berechenbar. Sharon wandte sich wieder den Unterlagen vor ihr zu. »Bradlee liegt an der Ostküste von Maryland. Bis vor einem Jahr war das Unternehmen eine Molkereifarm, betrieben von einem Ehepaar – eine kleine Farm, mit nur hundert Stück Vieh.«

»Ich erinnere mich daran, etwas darüber gelesen zu haben«, unterbrach Ann Pfeifer, der zweite weibliche Partner bei Cleveland, Miller & Prescott. »Die ganze Herde wurde vergiftet. Niemand bekam heraus, was passiert war. Die Farm liegt in der Nähe von Centreville, dreißig Kilometer südlich von Chestertown. Stimmt das?«

Sharon lächelte die andere Frau an. Sie waren aus reiner Not heraus eng befreundet. »Das stimmt.«

»Bitte, fahren Sie fort«, sagte Prescott ungeduldig.

»Wie Ann schon gesagt hat, verendete die ganze Herde innerhalb weniger Tage. Mit Hilfe der örtlichen Behörden gelang es den Bradlees, die Katastrophe auf Gift in den Viehtränken zurückzuführen. Zum Glück wurden die Stalltränken aus einer anderen Unterwasserquelle gespeist als das Haus der Bradlees. Wie auch immer – die Behörden haben festgestellt, daß das Grundwasser, aus dem die Tränken gespeist wurden, vergiftet war. Sie konnten jedoch nicht ermitteln, woher das Gift stammte.

Die Bradlees waren ruiniert. Sie hatten eine Versicherung gegen Geschäftsausfall abgeschlossen, aber die Versicherung hatte Bankrott gemacht, und wie sich herausstellte, hatte der Versicherungsmakler die Schecks der Bradlees einfach in die eigene

Tasche gesteckt. Er hatte ihnen nichts davon gesagt, daß die Versicherung pleite gegangen war.

Der Versicherungsmann sitzt jetzt im Gefängnis, aber die Bradlees konnten bei ihm nichts holen. Sie waren gezwungen, ihrerseits Bankrott anzumelden. Danach waren sie völlig am Ende.« Sharon machte eine Pause und sah auf.

Die Partner waren atemlos. Sie vertrauten Prescott. Sie wußten, daß an dem Fall mehr dran war als bloß der Ruin einer Molkereifarm. Sie witterten eine Geldquelle, aus der die Bradlees eine riesige Geldsumme abschöpfen konnten und bei der auch – was noch wichtiger war – Cleveland, Miller & Prescott richtig absahnen konnte.

Sharon sprach weiter. »Mehrere Monate nach dem Verenden des Viehs bekam Roger Bradlee einen anonymen Anruf. Er kam nachts und dauerte nur etwa dreißig Sekunden. Der Anrufer teilte ihm einfach mit, sie müßten an einer bestimmten Stelle auf dem Grundstück der Nachbarfarm graben. Falls sie das täten, bekämen sie Antwort auf ihre Gebete.«

Im Raum herrschte Grabesstille.

»Bradlee und seine beiden Söhne fuhren sofort mit einem Kultivator zu der Stelle. Offenbar hatte der Anrufer genaue Angaben über den Fundort gemacht. Sie ließen es bleiben, die Familie Parker, die Eigentümer des Grundstücks, darüber zu informieren, denn sie befürchteten, falls sie die Parkers anriefen, könne das verschwinden, wovon auch immer der anonyme Anrufer gesprochen haben mochte. Wie sich herausstellte, hätten sie sich keine Sorgen zu machen brauchen. Die Bradlees brauchten nur etwa eine Viertelstunde bis sie gefunden hatten, wonach sie suchten.« Sharon sah wieder auf.

Die Partner waren auf die Stuhlkanten gerutscht.

»Zweihundertfünfzigliterfässer mit Giftmüll.« Allgemeines Gemurmel unter den anwesenden Partnern. Sharon sprach weiter. »Sobald sie auf die ersten Fässer stießen, war Roger Bradlee so vernünftig, das Graben einzustellen. Er schickte einen seiner Söhne nach Centreville, um die Behörden zu holen. Er schickte den zweiten nach Hause, um Gewehre herzubringen. Er ahnte, daß er auf eine große, üble Angelegenheit gestoßen war. Auf etwas, woran wahrscheinlich mehrere Personen beteiligt gewesen waren, die vermutlich alles getan hätten, um die Sache zu vertuschen. Ihm war außerdem klar, daß es sich hier möglicherweise um die Rettung seiner Familie handelte, und er wollte sich die Gelegenheit nicht entgehenlassen. Die Fundstelle lag am äußersten Rand des Parkergrundstücks, deshalb hatte sie niemand bei der Arbeit gesehen.

Der zuständige Sheriff war nach einer halben Stunde am Grabungsort. Er stellte fest, hier liege tatsächlich ein Anlaß für weitere Ermittlungen vor, und erlangte um drei Uhr morgens vom örtlichen Untersuchungsrichter einen Durchsuchungsbefehl, so daß er die Arbeit fortsetzen konnte. Er rief daraufhin Mitglieder des Bundesamts für Umweltschutz und der Umweltschutzbehörde von Maryland zu Hause an. Weckte sie aus dem Tiefschlaf. Um fünf Uhr morgens waren die Umweltschützer zu Stelle, und um vier Uhr nachmittags hatten sie über fünfhundert Zweihundertfünfzigliterfässer entdeckt, gefüllt mit den schädlichsten der Menschheit bekannten Giftstoffen.«

Grover Tinton mischte sich ein. »Die Parkers haben also mindestens einen Teil ihres Grundstücks als Giftmüllkippe benützt.«

»Jedenfalls hat irgend jemand das Grundstück dazu benützt. An der Ostküste ist das zu einer weitverbreiteten Praxis geworden. Dort draußen ist es immer noch ziemlich einsam. In erster Linie Milchvieh, Hühnerfarmen, Getreideanbau. Die Einheimischen haben herausgefunden, daß sie mit einem Giftmülldepot auf ihren Grundstücken in einer Nacht mehr verdienen können als mit einem Jahr Landwirtschaft. Und mit viel weniger Mühe.«

Lyle Frames unterbrach. »Die Parkers haben also irgend jemandem erlaubt, gegen Geld Giftmüll auf ihrem Grundstück zu deponieren?«

»Den Parkers gehört das Land seit Jahren. Sie haben behauptet, sie wüßten nichts von der Deponie. Ihnen gehören etwa sechzehnhundert Hektar außerhalb von Centreville, und sie haben behauptet, irgend jemand müsse Lastwagen zu dieser Stelle dirigiert und den Giftmüll ohne ihr Wissen deponiert haben. Es scheint nicht sehr glaubwürdig, daß sie nichts davon gewußt haben wollen, denn für den Transport von fünfhundert Fässern sind jede Menge Lastwagen erforderlich. Aber zu ihren Gunsten muß gesagt werden, daß es sich tatsächlich um einen sehr abgelegenen Ort handelt. Ich habe der Farm einen Besuch abgestattet. Natürlich glaubt das Bundesamt für Umweltschutz nicht, daß die Parkers nichts davon gewußt haben. Die haben das gesamte Grundstück mit Metalldetektoren abgesucht, bis jetzt aber sonst nichts gefunden. Das Bundesamt für Umweltschutz hat außerdem weitere achthundert Hektar Land abgesucht, die den Parkers gehören – weiter südlich an der Ostküste, in der Nähe von Cambridge. Aber auch dort sind die Umweltschützer nicht fündig geworden. Das Finanzamt führt eine Steuerprüfung durch, um festzustellen, was für Bareinnahmen die Parkers in den letzten Jahren hatten. Die Steuerprüfer achten auf ungewöhnlich hohe Einzahlungen.«

»Das Gift in den Viehtränken der Bradlees – stammte das aus diesen Fässern?« fragte Frames.

»Die vom Bundesamt durchgeführten Tests bestätigen, daß das Gift in den Viehtränken das gleiche war wie das in den Fässern auf dem Land der Parkers. Und es kommt noch besser: Das Bundesamt für Umweltschutz hat das Grundwasser untersucht, das als Tränke für die Viehherde der Bradlees diente. Der Bach verläuft direkt unterhalb der illegalen Mülldeponie, nicht einmal dreißig Meter tief.«

»Hatten die Fässer ein Leck?«

»Ja.«

»Wer hat den Giftmüll auf der Farm der Parkers deponiert?« Es war Tipton, der die alles entscheidende Frage stellte. Cleveland, Miller & Prescott würde an einem Urteil gegen die Parkers kein Riesenhonorar verdienen – selbst wenn sie beweisen konnten, daß der Giftmüll mit dem Wissen der Parkers deponiert worden war. Es klang, als wären sie Großgrundbesitzer, mit zweitausendvierhundert Hektar an der Ostküste, aber möglicherweise hatte das nichts zu bedeuten. Vielleicht war Farmland außerhalb von Centreville und Cambridge nicht besonders wertvoll, und möglicherweise war der Grundbesitz mit einer riesigen Hypothek belastet, die erst zurückbezahlt werden mußte, bevor die Parkers mit dem Nettogewinn des Landverkaufs die Bradlees entschädigen konnten. Was die Bradlees brauchten – und deshalb auch Cleveland, Miller & Prescott –, war ein riesiges Firmenvermögen: ein Multimillionenindustriekonzern, vorzugsweise mit Sitz außerhalb des Staates Maryland, der für das Verschicken der Fässer auf das Land der Parkers und deshalb auch für das Sterben der Herde der Bradlees verantwortlich war. Selbst wenn der Konzern eine Legion von Anwälten aufmarschieren lassen würde, die für die Unschuld ihres Mandanten plädierten, würden die einheimischen Geschworenen schließlich den angeklagten Konzern für schuldig befinden und den Bradlees eine riesige Abfindung zugestehen. Der Konzern würde das Urteil anfechten, und Cleveland, Miller & Prescott würde den Bradlees empfehlen, sich im Vergleich auf eine niedrigere Abfindung einzulassen. So lief das immer. Je nach der Größe und den Finanzmitteln des Konzerns konnte Cleveland, Miller & Prescott eine Abfindung zwischen zehn und zwanzig Millionen Dollar für die Bradlees herausholen. Und ein Drittel dieser Summe bekam Cleveland, Miller & Prescott – das war üblich. Drei bis sieben Millionen Verdienst an einem einzigen Fall. Vielleicht viel mehr, sofern der für die Giftmülldeponie verantwortliche Konzern riesig war. Die Partner leckten sich die Lippen. Aber alles hing davon ab, das verantwortliche Unternehmen ausfindig zu machen.

»Haben Sie herausbekommen können, wer den Giftmüll auf die Farm der Parkers geschickt hat?« Tipton stellte die Frage noch einmal.

»Ja. Aber ehe ich weiterspreche, gestatten Sie mir eine Zwischenbemerkung. Eine einstweilige Verfügung verbietet allen Beteiligten, den Fall in der Öffentlichkeit zu diskutieren. Deshalb hat niemand von Ihnen aus der Presse etwas davon erfahren. Die Verfügung bleibt bis zum Prozeßbeginn in Kraft, aber weil Sie alle Partner sind, wollte Turner, daß Sie Bescheid darüber wissen, vor allem in Anbetracht der Tatsache, daß wir nächste Woche vor Gericht gehen.«

Sie machte der Wirkung halber eine Pause und ging dann auf Tiptons Frage ein. »Von den etwa fünfhundert Fässern waren nur zwei gekennzeichnet. Auf den restlichen Fässern waren die

Namen abgekratzt oder abgeschmirgelt. Zwei Fässer trugen jedoch den Namen Penn-Mar Chemical Corporation.«

»Könnten Sie denjenigen, denen Penn-Mar Chemical Corporation möglicherweise kein Begriff ist«, warf Prescott ein, »ein bißchen Nachhilfe geben, Sharon?« Er wollte sicherstellen, daß es auf die Partner den gebührenden Eindruck machte.

»Penn-Mar ist ein multinationaler Chemiekonzern mit Niederlassungen rund um die Welt. Im am einunddreißigsten Dezember zu Ende gegangenen Geschäftsjahr gab Penn-Mar einen weltweiten Umsatz in Höhe von über vierzig Milliarden Dollar an und einen Nettogewinn von einer Milliarde nach Abzug der Steuern. Dem Umsatz nach ist Penn-Mar der zweitgrößte Chemiekonzern in Amerika.«

Wieder wurde hörbares Gemurmel im Konferenzzimmer laut. Die Partner steckten die Köpfe zusammen und nickten sich zu. Eine Abfindung von weit über zehn bis zwanzig Millionen Dollar schien durchaus möglich zu sein.

»Aber ehe wir alle über neue Ferienhäuser auf den Jungferninseln und so weiter nachdenken, sollten Sie meiner Meinung nach erfahren, daß es in dem Fall ein paar Probleme gibt.« Sharon sprach laut, um die Ruhe wiederherzustellen. »Wir konnten nur die beiden Fässer mit dem Namen Penn-Mar darauf eindeutig diesem Konzern zuordnen. Der Inhalt der anderen Fässer ist zwar völlig identisch mit dem der beiden Penn-Mar-Fässer, aber diese Art Giftmüll fällt häufig bei der Produktion verschiedener chemischer Stoffe an, die von vielen amerikanischen Chemieunternehmen hergestellt werden. Dazu kommt noch, daß keines der gekennzeichneten Fässer ein Leck hatte. Nur etwa die Hälfte der Fässer auf der Deponie hatte ein Leck, und die beiden, die sich zu Penn-Mar zurückverfolgen lassen, gehörten nicht dazu.«

Die Partner lehnten sich wieder in den Stühlen zurück. Plötzlich wirkte der Vergleich von zehn bis zwanzig Millionen Dollar sehr fraglich.

»Trotzdem ist noch nicht alles verloren.« Sharon fuhr mit den Partnern Achterbahn und genoß es. »Penn-Mar besitzt eine große Fabrik am Stadtrand von Wilmington, Delaware – eine Fabrik, die bei der Herstellung ihrer Chemikalien exakt den Giftmüll produziert, der auf der Deponie bei Centreville gefunden worden ist. Wir glauben, daß der auf Parkers Grundstück gefundene Giftmüll aus dieser Fabrik stammt. Die nächste Fabrik von Penn-Mar ist bei Pittsburgh, und wir sind uns ziemlich sicher, daß der Giftmüll nicht von dort kommt. Wie auch immer – wir haben einen Lastwagenfahrer gefunden, der aussagen wird, er habe mindestens drei Fahrten von der Penn-Mar-Fabrik in Wilmington zum Grundstück der Parkers bei Centreville durchgeführt. Das sind mindestens hundert Fässer. Ihm ist Straffreiheit zugesichert worden. Deshalb ist er bereit auszusagen.«

»Es wäre besser, ihn außerdem rund um die Uhr unter Polizeischutz zu stellen«, sagte Tipton nachdrücklich.

»Wir haben tatsächlich mehrere Leibwächter für ihn angeheuert. Obwohl wir im Grunde nicht meinen, daß Penn-Mar versuchen wird, seine Aussage zu vereiteln. Alles in allem glauben wir, daß unser Fall hieb- und stichfest ist. Penn-Mar hat den Bradlees eine Entschädigung angeboten.«

»Wieviel?« fragte Frames.

»Eine Million«, antwortete Sharon. »Ehrlich gesagt, es war nicht schwer für uns, den Bradlees zu empfehlen, daß sie das Angebot ablehnen. Damit könnten sie allenfalls die Schulden bezahlen, die im letzten Jahr aufgelaufen sind, und hätten sonst nichts übrig.«

»Wo ist der Hauptsitz von Penn-Mar?« wollte Frames wissen.

»Toledo, Ohio.«

»Haben Sie herausbekommen können, ob die Geschäftsleitung über diese Giftmülldeponie Bescheid wußte?«

»Bis jetzt konnten wir noch keine Verbindung zwischen der Geschäftsleitung und der illegalen Müllagerung herstellen. Wenn wir Beweise dafür hätten und wenn wir beweisen könnten, daß alle Fässer auf dieser Deponie aus dem Penn-Mar-Werk in Wilmington stammen, könnten wir vermutlich eine Riesenentschädigung herausholen. Im Moment sieht es so aus, als könnten wir lediglich nachweisen, daß mehrere verantwortungslose Mitarbeiter des Werks in Wilmington zwei Container auf das Grundstück der Parkers geschickt haben.«

»Har jemand rausgekriegt, wer der anonyme Informant war? Wer der Anrufer war, der den Bradlees in jener Nacht den Tip mit dem Giftmüll gegeben hat?«
Sharon schüttelte den Kopf. »Das wissen wir nicht.«

Der braune Aktendeckel lag auf Prescotts Schreibtisch. Er war der Schlüssel zum Projekt Plejade. Ohne seinen Inhalt konnten sie den Präsidenten nicht stürzen. Mit seiner Hilfe konnten sie den Finanzmarkt in ein Chaos versetzen und diese widerwärtige Regierung vernichten.
Prescott schüttelte den Kopf. Einschließlich seines Partnerschaftsanteils besaß er etwa fünfzig Millionen Dollar. Es kam dem, was Granville zu verlieren hatte, nicht annähernd nahe, aber es reichte. Durch die Steuererhöhung, die der Präsident als eines seiner Hauptziele für seine zweite Amtszeit angekündigt hatte, würden sich diese fünfzig Millionen Dollar Nettovermögen, für das er ein Leben lang geschuftet hatte, nach seinem Tod in so gut wie nichts auflösen, vom Finanzamt geschluckt werden. Sie hatten vor, alle Schlupflöcher zu verstopfen und die Erbschaftssteuer auf alle Vermögen im Wert über dreihunderttausend Dollar auf neunzig Prozent zu erhöhen. Und alles Geld, das von Privatkonten auf Konten ins Ausland floß, würde mit Bußgeldern belegt werden, die gleich hoch oder höher als der Erbschaftssteuersatz waren. Er hatte über diese Möglichkeit schon Erkundigungen eingezogen. Es war Wahnsinn. Aber der Präsident würde das neue Steuergesetz im Kongreß durchbringen. Die meisten Amerikaner brachten es nicht einmal annähernd zu einem Nettovermögen von dreihunderttausend Dollar, wenn sie starben. Für sie war das eine schmerzlose Methode, das Haushaltsdefizit zu verringern. Für Prescott war es eine Katastrophe.
Der Aktendeckel vor ihm würde das alles ändern. Er würde Prescotts Sicht der amerikanischen Lebensart retten. Prescott legte nicht viel Wert auf Wahrheit und Gerechtigkeit. Dafür hatten seine Jahre im Justizsystem gesorgt. Aber es mußte einem Mann möglich sein, den Reichtum, den er sein Leben lang zusammengetragen hatte, an seine Erben weiterzugeben.
Der Aktendeckel enthielt ungeheuer wertvolle Informationen,

die ihnen Jeremy Case geliefert hatte. Sie bewiesen schlüssig, daß die Geschäftsleitung von Penn-Mar genau darüber Bescheid gewußt hatte, daß Giftmüll aus der Fabrik in Wilmington auf Parkers Land in Centreville, Maryland, geschickt worden war. Tatsächlich lagerten siebzehn Penn-Mar-Fabriken in den Vereinigten Staaten und in Europa systematisch Fässer mit Giftmüll auf illegalen Deponien und sparten dabei mehrere zehn Millionen Dollar pro Jahr. Die legale Lagerung von Giftmüll erforderte den Bau von Anlagen und deren ständige Überwachung bei der Entsorgung. Das wäre auf Ausgaben in Höhe von Hunderten von Millionen hinausgelaufen – die Penn-Mar so einsparte.
Die Beweise waren eindeutig vernichtend. Jeremy Case hatte ihnen Aktennotizen gegeben, in denen die illegalen Deponien aufgelistet waren, die Namen der für die illegale Lagerung Verantwortlichen in den Werken von Penn-Mar, und die außerdem verzeichneten, wieviel Geld pro Jahr auf diese Weise eingespart wurde. Dabei war sogar eine Aktennotiz des Generaldirektors an den Geschäftsführer, in der er schrieb, wie besorgt die Geschäftsleitung wegen der ständigen illegalen Lagerungen sei. Es war wunderbar. Prescott hätte sich keinen stichhaltigeren Fall wünschen können.
Die Informationen in dem Aktendeckel – dem Aktendeckel aus dem Päckchen, das Phoenix Grey nach dem Mord an Anwar Ali vom Pflaster der Einkaufsstraße in Temperance, Michigan, aufgehoben hatte – würden Penn-Mar vernichten und in der Folge die Regierung. Jammerschade, daß sie Jeremy Case hatten umbringen müssen, nachdem er ihnen so viele Informationen geliefert hatte, aber es war unvermeidbar gewesen. Wie Rutherford sagte: Manchmal mußten Menschen einer Mission zum Opfer fallen. Es durfte keine Spuren geben, die sich zu ihnen zurückverfolgen ließen.
Wer hatte in jener Nacht anonym bei den Bradlees angerufen? Prescott lachte. Er war den ganzen Weg von Balitmore nach Wilmington gefahren und hatte von einer Telefonzelle vor der Penn-Mar-Fabrik in Wilmington aus angerufen. Falls die Behörden also auf die Idee kämen, die bei den Bradlees ein-

gegangenen Telefongespräche zu überprüfen, würden sie feststellen, daß der Anruf aus Wilmington gekommen war. Prescott würde dieses Detail als Beweis vor Gericht vortragen. Möglicherweise wurde es als reiner Zufall verworfen, aber auf die Geschworenen würde es auf jeden Fall Eindruck machen. Er hatte angerufen, aber erst, nachdem Rutherford ihm versichert hatte, die beiden Fässer, die deutlich mit dem Namen Penn-Mar beschriftet waren, seien ganz oben auf den nicht gekennzeichneten Fässern gelagert worden. Die Leute in der Fabrik in Wilmington würden nie etwas davon erfahren.
Prescott lachte laut. Rutherford war unglaublich. Er hatte keine Ahnung, wie Rutherford solche Dinge deichselte. Er wollte es auch gar nicht wissen. Es war richtig gewesen, daß Granville Rutherford rekrutiert hatte. Anfangs hatte Prescott Einwände gegen ihn gehabt. Sie hatten alle Einwände gehabt. Aber Granville hatte recht gehabt. Sie brauchten Rutherford.
Prescott hatte außerdem zunächst skeptisch reagiert, als Winthrop den anderen sechs vor zwei Jahren den Plan vorgetragen hatte. »Projekt Plejade«, nannte es Winthrop. *Pléiade* hatte sich ursprünglich eine französische Dichterschule aus sieben Mitgliedern in der Renaissance genannt, nach den Plejaden, den sieben Töchtern des Atlas. Jetzt war damit auch ein Siebengestirn gemeint – ein Gestirn aus sieben hochintelligenten Köpfen. Granville liebte das Wort *hochintelligent.*
Anfangs waren sie alle skeptisch gewesen. Jetzt aber waren sie zum Glauben bekehrt worden. Sie waren weiter gekommen, als sie es sich je hätten träumen lassen. Jetzt war es an Boreman, den Sack zuzumachen.
»Turner?«
Prescott sah schnell auf. »Sharon, was in aller Welt tun Sie denn noch hier? Es ist nach halb zehn.« Er war nicht auf sie gefaßt gewesen. Das Dossier von Case lag offen auf dem Schreibtisch, und er wollte nicht, daß sie es sah.
»Ich wollte mich nur vergewissern, daß ich mich so gut wie möglich auf den Montag vorbereitet habe. Ich habe gehofft, daß Sie auch noch hier sind.«
»Schöner Abend, nicht wahr?« Prescott nickte in Richtung des

Bürofensters mit Blick auf den jetzt erleuchteten Innenhafen von Baltimore.

»Wunderschön.« Sharon folgte wie erwartet seiner Geste.

Prescot schlug schnell den Aktendeckel zu und ließ ihn lautlos auf den Teppich hinter seinem Schreibtisch fallen. »Sharon, warum gehen wir nicht gemeinsam essen? Zur Feier des Prozeßbeginns, auf den wir solange gewartet haben. Ich glaube, wir können mit Sicherheit davon ausgehen, daß die Gegenseite ihn jetzt, im letzten Augenblick, nicht noch einmal verzögern kann.«

»Ich würde sehr gern mit Ihnen zum Essen ausgehen, Turner. Aber ich möchte nicht, daß Ihre Frau auf Sie warten muß.«

Prescott lächelte. »Sie ist in unserem Sommerhaus auf Martha's Vineyard. Ich fahre wegen des Prozesses dieses Wochenende nicht hin.«

»Oh.« Sharon spürte, wie sie weiche Knie bekam. »Schön.« Plötzlich war sie nervös. Sie hatten bei den Vorbereitungen des Prozesses in den letzten Monaten viel Zeit miteinander verbracht, aber sie hatten nie allein zu Abend gegessen.

»Gut. Ich mache nur noch ein paar Sachen fertig, dann bin ich soweit. Wir gehen in den Brass Elephant. Wie hört sich das an?«

»Großartig.« Sie zögerte kurz und fragte sich, was in der hellbraunen Akte sein mochte, die Prescott unauffällig zugeschlagen und auf den Boden geworfen hatte.

12

Falcon saß auf dem Schreibtischstuhl in seiner Wohnung und musterte die technischen Geräte. Barksdale hatte Wort gehalten. Die Männer hatten alles installiert: Faxgerät, PC, ein Bloomberg-Terminal, ein Modem, damit er sich in das System der Bank einschalten konnte und Zugang zu den Börsenberichten hatte, LEXIS/NEXIS und Lotus. Die Bank hatte sogar für eine separate Telefonleitung gesorgt, damit Alexis kein Anruf entging, der ihre Arbeit als Model betraf. Barksdale mußte sehr gute Beziehungen zur New Yorker Telefongesellschaft haben, denn normalerweise dauerte es mindestens zwei Wochen, bis in der City eine neue Leitung gelegt wurde.

Falcon rieb sich die Augen und gähnte. Er hatte das ganze Wochenende lang gearbeitet. Gestern abend war es Alexis schließlich gelungen, ihn dazu zu überreden, eine Arbeitspause einzulegen und am Sonntag abend auszugehen. Sie hatten in Henry's End gegessen, einem Lokal in Brooklyn Heights, das abgelegen war und als Geheimtip gehandelt wurde, dann waren sie zu Fuß zur Promenade gegangen und hatten über den East River hinweg das Lichtermeer Manhattans angeschaut. Falcon genoß das Essen nicht besonders und den Spaziergang überhaupt nicht. Er war mit den Gedanken anderswo. Er hatte zuviel zu tun.

Alexis wollte danach noch in einen Club gehen, aber Falcon erstickte den Gedanken im Keim. Er mußte wieder an die Arbeit. Er hatte schon durch das Ausgehen zum Essen wertvolle Zeit verloren. Das erste Treffen mit der deutschen Investorengruppe war für Ende der Woche angesetzt, und er war mit der Arbeit weit im Rückstand. Alexis hatte auf dem Rückweg in die Upper West Side im Taxi geweint, hatte gesagt, sie werde mit seinem Mangel an Aufmerksamkeit nicht fertig. Jetzt begriff Falcon, warum er in New York nie eine ernsthafte Beziehung einge-

gangen war. Er begriff jedoch auch, daß er Alexis nicht verlieren wollte.
Sie gingen also doch noch aus, seinem Widerwillen zum Trotz. Und Alexis hielt ihn bis vier Uhr morgens fern von der Wohnung. In einem neuen argentinischen Szenenachtclub flirtete und tanzte sie mit mehreren Männern – es war das erste Mal, daß sie in seinem Beisein mit einem anderen geflirtet hatte. Schließlich schleppte er sie, während sie schrie und um sich trat, von der Tanzfläche ab. Sie waren schweigend im Taxi nach Hause gefahren und hatten nach der Ankunft in der Wohnung kein Wort miteinander gesprochen. Alexis war sofort ins Schlafzimmer gegangen und hatte die Tür hinter sich abgeschlossen, und er hatte sich auf der Ledercouch im Wohnzimmer ausgestreckt. Sein Hemd, die Hosen, die Socken und die Schuhe lagen als zerknitterter Haufen neben dem Sofa auf dem Boden. Jetzt trug er nur ein Paar blaue Boxershorts. Er war müde, verkatert und gereizt. Er rieb sich wieder die Augen. Was für eine tolle Verfassung für den Beginn der wichtigsten Woche in seinem Leben, eine Woche, die vielleicht fünf Millionen Dollar wert war.
Plötzlich stürmte Alexis aus dem Schlafzimmer. »Ich gehe!« erklärte sie.
Falcon hielt sich die Hände vors Gesicht. Ihre Stimme durchschnitt seinen Kopf wie ein starker Laserstrahl. »Schön.« Er war nicht in der Stimmung für solche Geschichten.
»Was soll das heißen, ›schön‹?« Sie blieb mit den Händen in den Hüften auf der Schwelle stehen und starrte ihn an.
Er nahm die Hände vom Gesicht. Sie sah umwerfend aus in einem engen Top mit kurzem Rock. »Das soll heißen, geh nur«, sagte Falcon ruhig. »Ich habe jede Menge Arbeit und nur vier Tage Zeit dafür. Bleib ruhig den ganzen Tag weg und den größten Teil der Nacht dazu.« Er gestikulierte großspurig Richtung Tür, als verbeuge er sich vor ihr, während sie einen Ballsaal betrat.
»Manchmal kann ich deine überhebliche Art nicht ausstehen. Falcon, der alles im Griff hat.«
Er lehnte sich im Stuhl zurück, verschränkte die Arme, hob langsam die linke Augenbraue und grinste sarkastisch.

Sofort fuhr Alexis herum, nahm ihre Handtasche vom wackligen Holzstuhl neben der Tür und schleuderte sie in seine Richtung. Falcon duckte sich, um dem Geschoß auszuweichen, dann sprang er vom Stuhl auf und packte Alexis, als sie aus der Wohnung stürzen wollte.

»Laß mich los!« Alexis wehrte sich, wollte sich aus Falcons Griff befreien, aber es gelang ihr nicht. Er war viel zu stark.

Mit einer einzigen Bewegung hob Falcon sie hoch wie ein Baby und warf sie auf die Couch. Sofort lag er auf ihr, hielt ihre Hände über ihrem Kopf fest. Sie wehrte sich noch ein paar Augenblicke lang und ließ es dann bleiben, weil sie merkte, daß es sinnlos war.

Ihre Gesichter waren nur Zentimeter voneinander entfernt. »Du flirtest nie wieder mit einem anderen Mann, wenn ich dabei bin. Hast du mich verstanden?« zischte Falcon.

Alexis starrte ihn an. So entflammt hatte sie seinen Blick noch nie gesehen. »Laß meine Hände los«, flüsterte sie. Er tat es, und sie legte sie um seinen Nacken. »In Ordnung. Ich hab's doch bloß gemacht, damit du mal von mir Notiz nimmst und nicht nur von deinem verdammten Computer.« Falcon lächelte, dann zog er ihre Lippen an die seinen.

Eine Viertelstunde später war sie fröhlich zu einem Einkaufsbummel gezogen, und Falcon saß wieder am Schreibtisch. Er starrte den Computer an. Es gab noch so vieles zu tun: Berechnungen, Cash-flow-Analysen auf Diskontbasis, Analysen des Kreditrahmens, Untersuchungen vergleichbarer Transaktionen, eine Überprüfung der Übernahmegesetze in Delaware und Ohio, das Nachlesen aller wichtigen Zeitungsartikel über den Konzern und eine gründliche Überprüfung von Penn-Mar, um sich darüber klarzuwerden, was sich verkaufen ließ, falls der unwahrscheinliche Zufall es wollte, daß sie den Konzern aufkaufen konnten. »Verdammt noch mal.« Falcon lehnte sich im Stuhl zurück. Er mußte etwas gegen seine Kopfschmerzen unternehmen.

Das schnurlose Telefon auf seinem Schreibtisch surrte ekelhaft. »Halt's Maul«, sagte er, dann nahm er den Hörer ab und drückte auf den Sprechknopf. »Ja.«

»Andrew?«
»Ja.«
»Ich bin's, Jenny.«
»Hi.« Falcons Miene hellte sich sofort auf. Er stand auf und ging in die Küche, um sich noch ein Glas mit Alka-Seltzer zu machen. »Schön, deine Stimme zu hören.«
»Danke.« Ihr Ton verriet keinerlei Gefühl.
Falcon atmete tief aus. Sie verhielt sich immer noch »professionell«, wie sie das nannte. »Bißchen fröhlicher, Jen. Komm schon. Mir fehlt die alte Jenny Cagle. Die hier ist zu förmlich.«
»Tut mir leid. Eine andere gibt es nicht. Wie soll ich mich Ihrer Meinung nach verhalten?«
»Wie du selbst.« Falcon warf die Tabletten in kaltes Wasser.
»Ich hab' gedacht, das tu' ich.«
Es war zwecklos, das merkte er. Schön, zum Teufel mit ihr. Heute morgen konnte alle Welt der Teufel holen. »Was willst du?« Er sprach so kurz angebunden mit ihr wie noch nie zuvor. Vielleicht löste das eine Reaktion aus.
»Ich habe zwei Nachrichten für Sie.« Die Schärfe in ihrer Stimme war deutlicher zu hören.
Falcon leerte das ganze sprudelnde Glas mit einem Schluck. Sie konnte also stur sein. Das hatte sie mit ihm gemeinsam. »Wer hat angerufen?«
»Gill Raines von Goodyear und Helen Drages von H. J. Heinz. Brauchen Sie die Telefonnummern?«
»Nein. Hör mal, Jenny ...«
»Wiederhören, Falcon. Ich sag' Ihnen Bescheid, sobald sich was Wichtiges tut.«
»Jenny!« Die Leitung wurde unterbrochen. »Herrje, das hat mir jetzt gerade noch gefehlt.« Er legte den Hörer langsam auf, kämpfte gegen den Impuls an, ihn aufzuknallen. Plötzlich wurde ihm bewußt, daß Jenny ihn zum allerersten Mal Falcon genannt hatte. Sie hielt ihn also nicht mehr für einen Freund. Wahrscheinlich besser für sie. Alexis war wütend auf ihn, Jenny auch. Mit der Zeit würden sie beide darüber hinwegkommen.
Fast sofort surrte das Telefon wieder.
»Ja, Jenny?« sagte er in einem gönnerhaften Ton.

»Falcon?«
»Ja?«
»Hier ist Barksdale.«
»Oh, Verzeihung.«
Barksdale ignorierte die Entschuldigung. »Ich hoffe, die ganze teure Computerausrüstung ist an der Arbeit. Was haben Sie für mich? Wieviel können wir für Penn-Mar bezahlen?«
Falcon atmete tief durch. »Die ganze Sache ist sechzig Dollar pro Aktie wert ... allerhöchstens fünfundsechzig.«
»Mit einem derart niedrigen Angebot können wir nicht gewinnen. Bei diesem Preis werden DuPont oder Hoechst in die Auktion einsteigen. Wir müssen mehr bezahlen.«
Jetzt ist der also ein Experte für Fusionen und Übernahmen, dachte Falcon. »Mehr ist die Aktie nicht wert. Jedenfalls nicht nach den öffentlich zugänglichen Informationen, die ich zusammengetrage habe. Hören Sie, warum versuchen wir nicht, mit der Geschäftsleitung von Penn-Mar ins Gespräch zu kommen? Vielleicht gibt's da was, was mehr wert ist als sechzig Dollar pro Aktie. Vielleicht haben die ein neues Produkt oder ein neues Verfahren, das den Umsatz beträchtlich steigern wird. Vielleicht haben die auch Grundstücke weit unter dem Marktwert in der Bilanzaufstellung. Ein Gespräch mit der Geschäftsleitung könnte mich dazu bewegen, einen höheren Angebotspreis festzulegen.«
»Die wollen sich ganz bestimmt nicht mit uns treffen.« In Barksdales Stimme schwang Ungeduld mit.
»Das können Sie doch nicht wissen. Vielleicht sind die überglücklich über ein Treffen mit uns, falls Sie tatsächlich glauben, daß DuPont oder Hoechst in die Bresche springen wollen. Die Geschäftsleitung von Penn-Mar wird doch auf keinen Fall wollen, daß einer dieser beiden Konzerne als Sieger aus einer Versteigerung hervorgeht. Diese Konzerne kennen sich im Chemiegeschäft bestens aus. Als erstes werden sie das Management von Penn-Mar hinauswerfen, um Geld zu sparen. Wir dagegen brauchen das Management. Wir verstehen überhaupt nichts von Chemie.«
»Tatsächlich verstehen wir eine Menge von der chemischen In-

dustrie. Damit meine ich, daß die Deutschen und ihre Vertreter etwas davon verstehen. Außerdem hat Penn-Mar vermutlich alle möglichen goldenen Fallschirme und Mauschelfonds parat, um diese Typen im Fall einer feindseligen Übernahme abzusichern. Die wären bestimmt überglücklich, wenn der Preis steigt, weil dann ihre Optionen auf die Aktien mehr wert sind.« Barksdale warf mit ein paar Ausdrücken um sich, die er auf einer Cocktailparty aufgeschnappt hatte, als hätte er tatsächlich eine Ahnung von Fusionen und Übernahmen.

»Penn-Mar hat nichts dergleichen parat. Eine Gruppe, die für die Rechte der Aktionäre eintritt, hat sie letztes Jahr dazu gezwungen, das alles rückgängig zu machen«, sagte Falcon und schmetterte Barksdales Versuch ab, ins Spiel einzusteigen.

»Das ist mir gleich.« Jetzt war Barksdale in der Defensive und wurde autoritär. Er war stellvertretender Vorstandsvorsitzender, Falcon nur stellvertretender Abteilungsleiter. »Wir nehmen keinerlei Kontakt mit ihnen auf, bevor wir unser Kaufangebot bekanntgeben. Sonst hätten sie Zeit, einen Mitbieter aufzutreiben. Vielleicht eine andere Käufergruppe, die ihnen alle möglichen Zulagen und Optionen verspricht, die wir ihnen nicht geben wollen. Ich will ihnen nicht mehr Zeit lassen als unbedingt nötig.«

»Phil, falls wir mehr als sechzig Dollar pro Aktie bezahlen, können die Stammaktionäre nach dem Aufkauf mit nicht mehr als zwanzig bis fünfundzwanzig Prozent an Ertrag pro Jahr rechnen, und das ist optimistisch geschätzt. Wer in Stammaktien investiert, braucht meistens vierzig bis fünfzig Prozent pro Jahr. Es würde unserer Glaubwürdigkeit schaden –«

»Falcon, wir werden fünfundsiebzig Dollar pro Aktie bezahlen.«

»Was?«

»Fünfundsiebzig pro Aktie. Als wir letzte Woche zum ersten Mal darüber gesprochen haben, da haben Sie das selbst gesagt. Wir können nur gewinnen, wenn wir fünfundsiebzig pro Aktie zahlen.«

»Das war bevor ich wußte, was für eine vertrackte Geschichte das ist. Ich kann nicht guten Gewissens dazu raten, fünfundsiebzig pro –«

»Das zahlen wir aber, verdammt noch mal.«
»Warum fangen Sie nicht mit sechzig an? Das ist ein stattlicher Aufschlag auf den gegenwärtigen Preis. Verschießen Sie doch nicht das ganze Pulver auf einmal.«
»Ich will die in den Würgegriff nehmen. Ich will kein Risiko eingehen und uns das Unternehmen entgehen lassen.«
Falcon hörte den Streß in Barksdales Stimme und schlug einen anderen Kurs ein. »Treibt Boreman Sie dazu? Sagt er Ihnen, daß der Preis fünfundsiebzig pro Aktie betragen muß? Schließlich ist er derjenige, der mit den Deutschen befreundet ist, stimmt's?«
Barksdale ignorierte das und fragte: »Was haben Sie sonst noch herausgefunden, Falcon?«
Über den Preis war ausgestritten. Falcon konnte entweder zum Aktienpreis von fünfundsiebzig zum Team gehören oder es bleibenlassen. Er hatte die Wahl. Und diese Party wollte er nicht versäumen. Zum Teufel, das kam überhaupt nicht in Frage. Es war eine Chance, wieder ins große Geschäft einzusteigen, seine Chance, bei der NASO eine Abteilung für Fusionen und Übernahmen aufzubauen, und außerdem waren da noch die fünf Millionen, die sie ihm bezahlen würden, wenn das Geschäft klappte. Er wollte diese fünf Millionen. Dazu kam noch der zusätzliche Anreiz, Granville mit der größten Übernahme in der Geschichte eins auszuwischen – direkt vor seiner Nase. Was machte es schon, wenn Boreman und Barksdale mit der Bundesbank russisches Roulette spielen wollten? Das war ihre Sache, solange er seine fünf Millionen bekam und Zeit hatte, sie bei J. P. Morgan oder einer Schweizer Bank anzulegen. Was zum Teufel war schon dabei? Und warum machte er sich eigentlich solche Sorgen wegen fünfundsiebzig Dollar pro Aktie? Vielleicht wußten die Deutschen mehr über Penn-Mar als er. Vielleicht hatten sie Insiderinformationen. Das hätte ihn überhaupt nicht überrascht.
»Was ich sonst noch herausgefunden habe? Moment mal. Der Hauptsitz von Penn-Mar ist in Ohio, aber das Unternehmen ist in Delaware ins Handelsregister eingetragen, was für viele Firmen auf der Liste der fünfhundert umsatzstärksten von Fortune gilt. Falls der Vorstand von Penn-Mar unser Angebot nicht begrüßt – mit anderen Worten: Wenn es sich um ein feindseliges

Angebot handelt, müssen wir mindestens fünfundachtzig Prozent der Aktien sofort erwerben, sonst dürfen die Deutschen Penn-Mar drei Jahre lang nicht anrühren.«

»Was meinen Sie mit ›nicht anrühren‹?«

»Finger weg. Keinerlei Einmischung. Das Management führt Penn-Mar nach Belieben weiter, obwohl das Unternehmen den Deutschen gehört. Im Fusionsjargon wird das als Delaware-Statut bezeichnet.«

»Und was hat das für uns zu bedeuten?«

»Es bedeutet, daß wir ein Angebot in bar machen müssen. Kein Handel mit Sicherheiten gegen Sicherheiten. Bei solchen Geschäften stehen die Chancen, sofort über fünfundachtzig Prozent zu erwerben, viel schlechter, weil die Aktionäre Sicherheiten gegenüber mißtrauisch sind. Alle Welt weiß, was Bargeld wert ist. Vor allem die Risikoanleger wissen das. Und am Schluß werden die als einzige übrigbleiben. Sie werden sie brauchen.«

»Es ist also ein reines Bargeldgeschäft. Gut, das gefällt mir. Davon bin ich sowieso von Anfang an ausgegangen. Was noch?«

»Ich habe die Penn-Mar-Unterlagen bei der Börsenaufsicht auf irgendwelche Haken überprüft, auf gestaffelte Amtszeiten für Direktoren und Sperrklauseln, die üblichen Abschreckungsmittel gegen Haie. Sie haben nichts dergleichen. Das ist gut. Ich habe mich außerdem damit beschäftigt, was wir nach der Transaktion verkaufen könnten, um die Schuldenlast zu verringern. Sie haben mehrere Tochtergesellschaften außerhalb der chemischen Industrie. Das ist das Gute an Großkonzernen. Wenn man erst mal buddelt, haben sie überall die Finger drin. Jedenfalls glaube ich, wir könnten vermutlich drei bis vier Milliarden beim Verkauf der Tochtergesellschaften, die nichts mit Chemie zu tun haben, einfahren. Und wir könnten es schnell tun, innerhalb von vier bis sechs Monaten. Ich kenne Leute, die diese Tochtergesellschaften kaufen würden.«

»Falcon, Sie haben gute Arbeit geleistet. Ich bin beeindruckt.« Barksdale entspannte sich. Falcon hatte sich mit dem Preis abgefunden. Es würde keinen weiteren Ärger geben. »Ich hab' doch gewußt, warum ich Sie dabeihaben wollte. Noch was?«

»Im Augenblick nicht.«

»In Ordnung. Ich lasse Sie wieder an die Arbeit. Am Freitag sind Sie soweit?«
»Ja, Phil. Aber ehe Sie auflegen, habe ich noch ein paar Fragen.«
»Ja?«
»Die Finanzierung muß stehen – intern und extern.«
»Darum kümmere ich mich. Das Eigenkapital ist abrufbereit. Die Deutschen haben ihre Milliarde schon bei der NASO deponiert, und Boreman hat Vorkehrungen für die drei Milliarden aus den Fonds, die wir verwalten, getroffen. Hennings glaubt, daß er mindestens sechs Milliarden in Ramschaktien lockermachen kann. Und ich bin im Gespräch mit Ron Jones, dem Chef der Kreditabteilung, über die Verschuldung, die wir eingehen werden.«
»Vier Milliarden?«
»Was soll das heißen?«
»Vier Milliarden. Sie haben letzte Woche gesagt, die NASO kann sich in Höhe von vier Milliarden verschulden. Vier Milliarden.«
»Stimmt, vier Milliarden.«
»Und Ron Jones wird vier Milliarden Dollar billigen, zusätzlich zu sechs Milliarden in Ramschaktien, obwohl vier Milliarden unseren Kreditrahmen bei weitem sprengen?«
»Lassen Sie das meine und Boremans Sorge sein.«
»Okay. Aber damit sind erst dreizehn bis vierzehn Milliarden Dollar zur Finanzierung gesichert. Falls wir wirklich fünfundsiebzig Dollar pro Aktie von Penn-Mar zahlen wollen, brauchen wir viel mehr. So etwa weitere achtzehn Milliarden.«
»Wir sind mit zehn anderen Banken im Gespräch. Mit mehreren hier in den Vereinigten Staaten, mit zwei in Europa und ein paar in Tokio. Wir sprechen nur auf höchster Ebene mit diesen Instituten. Wir rechnen mit jeweils drei Milliarden pro Bank. Sie sind alle interessiert. Sehr interessiert. Aber sie brauchen Ihre Analyse für den Aktienaufkauf und Ihre Erläuterungen dazu. Sie müssen diese Analyse so schnell wie möglich abschließen.«
»Dann lassen Sie mich wieder an die Arbeit.«
»Ganz Ihrer Meinung, Falcon.«
»Noch was, Phil.«
»Und zwar was?« Barksdale war allmählich entnervt.

»Was für Gebühren setzen wir in diesem Geschäft fest?«
»Sagen Sie mir das, Falcon. Sie sind der Investmentbanker.«
»Die Handelsbanken werden mindestens zwei Prozent vorab verlangen. Ich bin mir sicher, daß Hennings für die Ramschaktien drei bis vier Prozent vorab verlangen wird. Bleibt noch die Beratungsgebühr. Mein Honorar für die Bank.«
»Was ist üblich?«
»Ein Prozent.«
»Ein Prozent von was?«
»Ein Prozent der Abschlußsumme – Verschuldungen eingeschlossen.«
»Das wäre ein Prozent von zweiunddreißig Milliarden Dollar. Soll das heißen, daß das Ihr Honorar ist?«
»Ja. Das ist der übliche Honorarsatz.«
»Das wären dreihundertzwanzig Millionen Dollar. Das ist unerhört. Außerdem habe ich Ihnen doch schon gesagt, daß für Sie persönlich fünf Millionen herausspringen, falls die Sache klappt. Keinen Penny mehr.«
Falcon war erleichtert. Sie hatten immer noch vor, ihm die fünf Millionen zu zahlen. Vor allem deshalb hatte er die Honorarfrage angeschnitten. »Ich weiß. Den Rest bekäme die NASO.«
»Ich glaube, es wäre für Boreman schwierig, die Deutschen davon zu überzeugen, daß Ihre Beratung oder die durch die NASO dreihundertzwanzig Millionen wert ist. Wie wär's mit fünfzig Millionen?«
»Sie sind der Boß.«
»Sonst noch was, Falcon?«
»Nein.«
»Gut. Falls Sie mich brauchen, haben Sie keine Hemmungen, mich anzurufen. Ich bin bis gegen halb fünf hier. Ich habe eine Verabredung zum Abendessen bei Remi.«
»Sie führen ein hartes Leben, Phil.«
»Jemand muß ja die Dreckarbeit machen. Also, bis zum nächsten Mal, Falcon.«
»Wiedersehen, Phil.«
Falcon schaltete das Telefon ab. Als er aus dem Fenster auf die

82nd Street hinunterschaute, flüsterte ihm die Stimme, die er bei seiner Begegnung mit Boreman im Waschraum der Geschäftsleitung schwach vernommen hatte, wieder etwas zu. Jetzt allerdings hartnäckiger. Irgend etwas war hier faul.
Falcon nahm das Telefonverzeichnis der NASO aus der linken oberen Schreibtischschublade. Er fand die Nummer, die er suchte, und wollte sie eintippen. Unvermittelt hielt er inne. Das war blöd. Barksdale hatte ausdrücklich darauf bestanden, daß er nicht mit Hennings sprach und mit sonst niemandem bei der NASO, ausgenommen Jenny. Wie Barksdale gesagt hatte, kannten sie ihn noch nicht besonders gut – was hieß, daß sie ihm nicht trauten. Die Leitung konnte leicht angezapft werden, vielleicht war auch in den gelieferten Bürogeräten eine Wanze versteckt.
Fünf Minuten später stand Falcon in einer Telefonzelle in der Halle des Hotels Portland gegenüber von seinem Appartementhaus.
»National Southern Bank, Überweisungsabteilung.«
»Eddie Martinez, bitte.«
»Augenblick bitte.«
Als sich Falcon lässig in der Halle umsah, fiel ihm ein Mann auf, der ihn anschaute. Oder hatten sich ihre Blicke vielleicht rein zufällig gekreuzt? Falcon beobachtete den Mann, als er sich umdrehte und mit einem Wesen, das einer Barbie-Puppe glich, hinter dem Rezeptionstresen sprach. Nichts am Verhalten des Mannes wirkte ungewöhnlich.
»Eddie Martinez.«
»Eddie, hier ist Andrew Falcon.« Er sprach mit gedämpfter Stimme, war sich nicht ganz sicher, warum.
»Mr. Falcon. Wie geht's Ihnen?«
»Eddie, nennen Sie mich Andrew.«
»Klar.«
»Eddie, Sie müssen mir einen Gefallen tun.«
»Für Sie tu' ich alles, Mr. Falcon.«
Falcon machte sich nicht die Mühe, Martinez wieder zu verbessern. »Ich hasse diese Heimlichtuerei, aber Sie müssen die Sache streng vertraulich behandeln. Es muß zwischen uns beiden bleiben. Geht das?«

»Selbstverständlich.«
Falcon achtete genau darauf, ob in Eddies Stimme auch nur eine Spur von Unbehagen wegen der Vertraulichkeit mitschwang. Aber da war nichts. »Ich meine das sehr ernst.«
»Kein Problem«, sagte Martinez schnell.
»Okay. Hören Sie, ich muß eine telegrafische Anweisung finden, die im letzten Monat bei der Bank eingetroffen ist. Die Summe beläuft sich auf eine Milliarde Dollar. Es würde mich nicht überraschen, wenn das Geld auf mehrere Anweisungen verteilt angekommen wäre, vielleicht über viele Anweisungen. Damit es nicht so auffällt.«
»Würde mich auch nicht überraschen, Mr. Falcon. Eine telegrafische Anweisung über eine Milliarde Dollar. Zum Teufel, ja. Da hatte jemand was drüber gesagt. Woher kam das Geld?«
»Angeblich aus Deutschland. Aber auch da gilt, daß es mich nicht überraschen würde, wenn es aus mehreren verschiedenen Orten gekommen wäre. Hören Sie, ich kann Ihnen nicht viele Anhaltspunkte geben, aber ich brauche dabei Ihre Hilfe.« Falcon sah wieder zum Rezeptionstresen, aber der Mann war fort.
»In Ordnung. Ich tu', was ich kann. Ich hab' da so ein paar Ideen. Was genau wollen Sie über das Geld wissen, falls ich es finde?«
»Ganz einfach: die Quelle der Anweisung. Wer das Geld geschickt hat. Ich hab' nichts dagegen, wenn Sie mit Leuten bei anderen Banken sprechen, aber reden Sie mit niemandem bei der NASO darüber. Okay?«
»Ja, sicher. Hab' kapiert. Ich ruf' Sie an, wenn ich was finde.«
»Nein. Ich bin ein paar Wochen lang nicht in der Bank. Ich bin ... äh, bei einem Seminar. Rufen Sie mich nicht an, ich melde mich bei Ihnen. In Ordnung?«
»Mhm.«
Falcon konnte hören, wie sich eine Spur Angst in Eddies Stimme schlich. Eddie wollte Fragen stellen, ließ es aber bleiben. »Danke, Eddie. Ich lass' von mir hören.«
Falcon legte den Hörer auf. Er schlug im Telefonverzeichnis der NASO nach, das er aus der Wohnung mitgebracht hatte. Er wollte Hennings und Jones anrufen, um herauszufinden, ob

Barksdale und Boreman tatsächlich mit ihnen zusammenarbeiten. Aber das war zu riskant. Falls sie tatsächlich mit Barksdale zusammenarbeiten, hätten sie ihn sofort angerufen und ihm von Falcons Verstoß gegen die Vertraulichkeit berichtet. Er sah sich noch einmal in der Halle um und ging zur Tür.

Jenny eilte die Seventh Avenue entlang zur Penn Station. Sie warf einen Blick auf die Uhr, als sie an der Kreuzung der 39th Street darauf wartete, daß die Ampel umsprang: 17.32 Uhr. Noch acht Minuten bis zur Abfahrt des Zugs nach New Brunswick.

In letzter Zeit hatte ihr Falcon im Büro gefehlt. So schwer es ihr fiel, das zuzugeben – ohne seine knisternde Energie wirkte es dort leer. Die meisten Leute im Gebäude liefen herum wie Zombies. Zum hundertsten Mal fragte sie sich, warum er plötzlich zu Hause arbeitete. Es war so merkwürdig. Schließlich arbeitete er noch nicht lange für die NASO.

Die Ampel schaltete auf Grün, und sie rannte über die Straße. Auf dem Gehweg wimmelte es von Büroangestellten, die Züge, Busse und Taxis erreichen wollten. Es war schwierig, in dem Gewühl voranzukommen.

Plötzlich stieß ein Mann mit ihr zusammen, und ihre große schwarze Handtasche flog aufs Pflaster. Der Inhalt der Tasche verteilte sich auf dem Gehweg.

»Verdammt noch mal!« Es war kein guter Tag gewesen. Als sie in die Knie ging, um ihre Sachen einzusammeln, drehte sie sich um und wollte den Mann beschimpfen, aber dann merkte sie, daß er stehengeblieben war, um ihr zu helfen.

Er ging neben ihr in die Knie.

»Entschuldigen Sie vielmals«, sagte er mit einer rauhen Stimme.

Jenny musterte den Mann. Er war unauffällig: Durchschnittsgröße, durchschnittlich gebaut, in jeder Hinsicht Durchschnitt.

»Ist schon okay.«

Sekundenschnell hatten sie alles wieder in Jennys Tasche verstaut. Jenny wandte sich zum Gehen, aber der Mann packte sie am Arm. »Wir wollen Bescheid über Falcon wissen. Über alles, was er macht. Alles darüber, wohin er geht. Ihr Telefon im Büro und bei Ihnen zu Hause ist angezapft. Falls Falcon versucht, Sie auf andere Weise zu erreichen, wollen wir das wissen. Sofort. Versuchen Sie nicht, die Wanzen zu finden, und reden Sie außerdem mit niemandem über dieses Gespräch. Das heißt, falls Ihnen etwas an Ihrem Leben liegt. Hier ist eine Nummer.« Der Mann drückte ihr einen Zettel in die Hand. »Rufen Sie diese Nummer an, wenn Sie meinen, daß sich etwas tut, was uns auch nur annähernd interessieren könnte. Sagen Sie Falcon nichts von diesem Gespräch. Und versuchen Sie nicht, bei der NASO zu kündigen. Denn dann bringe ich Sie um.« Sie schnappte erschrocken nach Luft, und Phoenix Grey lächelte kalt. »Übrigens, falls Sie kooperieren, könnte sich das Ganze für Sie als sehr einträglich erweisen. Sie hassen ihn schließlich sowieso. Das sollten Sie jedenfalls tun. Er hat Ihnen übel mitgespielt.«

Jenny sah dem Mann nach, als er in die Menge eintauchte. Sie warf einen Blick auf das Papier, das er ihr in die Hand gedrückt hatte. Ihr fiel das vertraute Muster auf, die vertraute Farbe. Es war ein Dollarschein. Nein, kein Dollarschein. Sie faltete es ganz auf. Ein Tausenddollarschein! Jenny musterte die Menge. Aber der Mann war fort.

»Denn dann bringe ich Sie um.« Er hatte das ganz beiläufig gesagt – wie: »Ich wünsche Ihnen noch einen schönen Tag.« Sie zitterte. In was war Falcon da hineingeraten? Sie warf einen Blick auf den Tausenddollarschein. In was war *sie* da hineingeraten?

»Falcon hat heute morgen seine Wohnung verlassen, um ein Telefongespräch zu führen. Er ist in das Hotel auf der anderen Straßenseite gegangen.«

»Was?«

»Ja.«

»Warum zum Teufel hat er das getan? Ist es möglich, daß er die Wanze gefunden hat? Das muß es sein. Es ist die einzige Erklärung.«

»Er kann die Wanze nicht gefunden haben. Völlig ausgeschlossen. Sie steckt im Computer. Er versteht nichts von Elektronik.«

»Warum hat er dann die Wohnung verlassen?«

»Das weiß ich nicht.«

»Was hat er am Telefon gesagt?«

»Ich bin mir nicht sicher. Ich kam nicht so nahe heran, daß ich hätte mithören können. Aber als er gegangen war, habe ich das Telefon angezapft.«

»Gut. Sagen Sie mir Bescheid, wenn sich wieder was tut.«

»In Ordnung.«

Rutherford zog eine finstere Miene, als er den Hörer auflegte. Vielleicht hatte Turner Prescott recht. Vielleicht hätte er sich gegen Granvilles Entscheidung wehren sollen, Falcon bei dieser Sache ebenfalls zu ruinieren. Er sah hinaus auf den Sonnenuntergang über dem Süden von Boston. Jetzt konnte ihm die Zeit nicht schnell genug vergehen.

13

»Glauben Sie im Ernst, daß die Aktie von Penn-Mar gewinnbringend ist?« Victor Farinholt sah an Peter Lane vorbei aus dem Fenster, hinaus auf die riesige Kuppel des Kapitols, die sich über Washington erhob.

»Ja, sicher.« Lane ließ nicht locker. Er machte zuviel Druck. Farinholt würde das seiner Stimme anhören. »Im Ernst«, sagte er sanfter. Der Verkauf mußte friedlicher ablaufen. Sonst wäre Farinholt vielleicht mißtrauisch geworden.

»Und Sie meinen, Penn-Mar sollte zum Portfolio des Präsidenten gehören?«

»Ich meine sogar, es sollte nicht nur zu seinem Portfolio, sondern auch zu dem einer Reihe von Senatoren gehören. Hören Sie, Sie wissen, daß es äußerst strenge Bestimmungen darüber gibt, was diese gewählten Volksvertreter kaufen dürfen und was nicht. Die Liste ist endlos: keine ausländischen Aktien, keine Aktien aus der Rüstungsindustrie, dieses nicht und jenes nicht. Aber gegen Penn-Mar ist nichts zu sagen. Es ist bloß ein Hersteller von Grundversorgungsgütern, ein Chemiekonzern mit Sitz hier in den guten alten Vereinigten Staaten von Amerika. Klar, der Konzern hat ein paar Tochtergesellschaften im Ausland, aber fast achtzig Prozent des Umsatzes werden hier in diesem Land erwirtschaftet. Der Hauptsitz liegt in Toledo, Ohio. Gott im Himmel, geht's denn noch amerikanischer?«

»Schön, aber ist es eine gute Investition?«

»Ich glaube schon. In den letzten beiden Monaten ist der Aktienpreis ein bißchen gestiegen, aber da ist nach oben noch jede Menge Luft.«

»Was soll das heißen, ›ein bißchen gestiegen‹?«

»Anfang des Jahres kostete die Aktie etwa vierundzwanzig

Dollar pro Stück. Gestern bei Börsenschluß war sie bei einunddreißig.«

»Peter, das ist ein Zuwachs von zwanzig Prozent innerhalb eines halben Jahres. Das ist eine Menge. Und wir sprechen hier nicht über Aktien eines Konzerns für Computertechnik. Penn-Mar kann nicht die aufregenden Wachstumsraten verzeichnen, die für eine Computerfirma möglicherweise gelten könnten. Vielleicht ist Penn-Mar inzwischen das Benzin ausgegangen.«

»Ich verstehe Ihre Reaktion. Aber die Geschäftsleitung von Penn-Mar hat die Herstellungskosten gesenkt und die Leistung gewaltig gesteigert. Sie könnten den Aktienpreis um weitere fünfzehn Prozent steigern, ohne einen weiteren Fabrikarbeiter einzustellen oder in teure Anlagen zu investieren. Es ist verblüffend und noch kaum an die Öffentlichkeit gedrungen. Noch nicht. Aber ich glaube, allmählich wird es sich herumsprechen. Und weil die Wirtschaft sich langsam wieder erholt, wird Penn-Mar eine beträchtliche Umsatzsteigerung erleben. Nicht zuletzt weil Chemiekonzerne schon immer Wirtschaftsführer waren.«

»Ich weiß ... ich weiß.« Farinholt hatte Argumente wie diese schon hundertmal gehört. Er war seit dreißig Jahren Anlageberater, seit seinem Abschluß 1966 in Yale. Er warf einen Blick auf die Diagramme, die Lane mitgebracht hatte. »Moment mal, seit dem ersten Januar ist der Dow-Jones-Index um acht Prozent gestiegen, der S&P-Index um neun Prozent. Gütiger Himmel, Sie haben recht. Penn-Mar ist um über zwanzig Prozent gestiegen. Ich weiß nicht, Peter ...«

»Aber werfen Sie mal einen Blick auf DuPont und Dow. Beide Aktien sind über fünfzehn Prozent gestiegen. Und vergleichen Sie das Preis-Leistungs-Verhältnis von DuPont und Dow mit dem von Penn-Mar. Penn-Mar ist eine großartige Gelegenheit, Victor.«

Farinholt entspannte sich im Sessel und dachte über den Vorschlag nach. Er hatte Lodestar Investment Management vor zwanzig Jahren gegründet, nachdem er zehn arbeitsreiche Jahre bei einer großen Anlageberatung in Boston verbracht hatte. Den größten Teil dieser zwanzig Jahre hatte Lodestar träge vor sich hin gedümpelt, hatte gerade soviel Umsatz gemacht, um im Geschäft zu bleiben. Aber vor drei Jahren hatte der Präsident Farinholt damit beauftragt, sein Geld zu verwalten. Laut Gesetz durften gewählte Volksvertreter nicht selbst investieren – wegen möglicher Interessenkonflikte –, deshalb vertrauten sie ihr Geld Dritten an. Im Fachjargon wurden sie blinde Treuhänder genannt. Der Präsident und Farinholt waren Anfang der sechziger Jahre gemeinsam auf eine Vorbereitungsschule für das College gegangen und seither befreundet geblieben. Aber trotzdem war es ein Schock für Farinholt gewesen, als der neugewählte Präsident, bejubelt von ganz Washington, ihn um seine Hilfe bat.

Es sprach sich herum, daß Lodestar das Geld des Präsidenten verwaltete, und plötzlich wollte alle Welt Farinholt ebenfalls als Anlageberater. Farinholt hatte das Büro vor zwei Jahren von Atlanta nach Washington verlegt, um der steigenden Nachfrage gerecht zu werden. Jetzt gehörten zu den Klienten von Lodestar außer dem Präsidenten sieben Senatoren, zweiunddreißig Kongreßabgeordnete, ein Richter vom Obersten Gerichtshof und unzählige Institutionen. Farinholt war heute ein millionenschweres Unternehmen. Er war zufrieden mit seinem plötzlichen Erfolg und hatte nicht die Absicht, seine Milchkuh leichtsinnigerweise zum Schlachten freizugeben.

»Hat diese Sache irgendeinen Haken, Peter?« Farinholt klopfte auf den Tisch. Er hatte Lane vor einem Jahr von Merrill Lynch abgeworben. Er war ein verteufelt guter Analyst, was Sicherheiten anlangte. Aber Peter gegenüber mußte man aufpassen. Manchmal erzählte er Halbwahrheiten. Natürlich galt das für die gesamte Sicherheitsbranche. Alle erzählten Halbwahrheiten – und dachten sich nichts dabei.

»Nichts Wesentliches. Im Augenblick sind sie in ein schwebendes Verfahren wegen Umweltvergiftung verwickelt. Heute vormittag habe ich es in den Nachrichten gehört, daß heute der Prozeß gegen sie in Baltimore eröffnet worden ist. Aber scheiß drauf, Penn-Mar ist nun mal ein verdammt großer Chemiekonzern. Klar, daß die Umweltprobleme haben.«

Farinholt zuckte zusammen. Lane hatte ein großes Mundwerk. Das mochte er auch nicht an den Leuten im Sicherheitsgeschäft.

»Worum geht es bei dem Prozeß, von dem Sie gesprochen haben?«
Im Grunde waren Farinholt die Einzelheiten der Klage egal. Wer konnte schon wissen, wie ein Prozeß ausging, der eben erst angefangen hatte? Aber er wollte herausbekommen, wie gut Lanes Recherchen über Penn-Mar waren.
Lane war erregt. Sein Bein hüpfte unter dem Tisch auf und ab. »Irgendwas über Leute an der Ostküste von Maryland, deren Milchviehherde an vergiftetem Wasser eingegangen ist. Sie behaupten, daß Penn-Mar illegal giftige Chemikalien auf der Farm gelagert hatte, daß die Fässer undicht waren und der Scheißdreck in die Viehtränken geflossen ist. Also machen sie die Deponie sauber, zahlen den Leuten eine Entschädigung für den Verlust von Elsie und der restlichen Herde, die vermutlich zu Hundefutter verwurstet worden ist, und alle Welt lebt weiter wie bisher. Die Geschichte wird mit einem Vergleich enden, ehe die Geschworenen eingeschaltet werden. Solche Geschichten enden immer mit einem Vergleich. Penn-Mar zahlt ein paar Millionen Eier, und alles ist vorbei. Ganz gleich, wie es läuft, auf den Aktienpreis hat das sowieso keinen Einfluß. Penn-Mar ist zu groß. Außerdem rate ich nicht zu einer Langzeittaktik. Ich würde die Aktien ein halbes Jahr lang im Portfolio des Präsidenten lassen. Bis dahin ist die Luft sowieso raus.«
Farinholt holte tief Luft und atmete dann laut aus. Es gefiel ihm nicht, bei der Zusammensetzung des Portfolios des Präsidenten Risiken einzugehen. Es bestand nur aus sicheren Wertpapieren, denn er wollte auf keinen Fall, daß die Aktien des Präsidenten Problemfälle waren. Sie sollten nur mit dem Dow-Jones-Index mithalten. Mehr hatte er mit diesem Portfolio nicht im Sinn. Aber in Wahrheit hatte das Portfolio des Präsidenten nicht mit dem Dow Jones Schritt gehalten. Es hatte seit Anfang des Jahres nur vier Prozent an Wert gewonnen, halb soviel wie der Dow Jones. Er brauchte etwas Einträgliches. »In Ordnung. Kaufen Sie Aktien für zwangzigtausend Dollar – und ein paar Optionen auf Abruf. Das sind zehn Prozent aus dem Portfolio des Präsidenten, ausreichend für eine Wertsteigerung, falls Sie recht

haben. Es tut uns aber nicht allzu weh, falls Sie sich irren. Und es wäre besser für Sie, sich nicht zu irren, Lane. Verkaufen Sie IBM, um das Geld flüssig zu machen. Über Alex Brown. Haben Sie mich verstanden?«
»Sicher doch.« Lane stand auf.
»Was können wir maximal von dieser Aktie erwarten, Peter? Kurzfristig gesehen.«
»Bis Weihnachten wird sie fünfundvierzig Dollar wert sein. Das garantiere ich.«

»Zwanzigtausend Dollar pro Aktie à einunddreißig sind notiert!« brüllte der Broker von Alex Brown in Lanes Ohren. »Das sind sechshundertfünfundvierzig Aktien. Die schriftliche Bestätigung reiche ich nach.«
»Und ich brauche noch was von Ihnen.«
»Was?«
»Optionen auf Abruf. Wie sieht es im September damit aus?«
»Hm, Moment mal.« Im Hintergrund brüllten Leute. »Ja, für fünfunddreißig.«
»Preis?«
»Drei Komma sieben fünf.«
»Immer noch hundert Optionen pro Abschluß?«
»Stimmt.«
»Kaufen Sie mir fünfzig Optionen. Vom selben Konto.«
»Erledigt. Ich bestätige Ihnen diese Transaktion ebenfalls schriftlich.«
»Hat keine Eile.«
»Auf Wiederhören.«
»Ja. Einen schönen Tag noch«, sagte Lane sarkastisch. Er legte den Hörer auf. Erleichterung machte sich breit. Einen Augenblick lang war er besorgt gewesen, Farinholt werde dem Kauf der Aktien von Penn-Mar nicht zustimmen. Dann hätte er die fünfhunderttausend Dollar möglicherweise nicht bekommen. Falls diese Leute wollten, daß Penn-Mar im Portfolio des Präsidenten enthalten war, dann ging das von ihm aus in Ordnung. Ihm war es gleich. Er hatte keinerlei politische Neigungen – einmal abgesehen davon, daß er sich allmählich der Einkommens-

grenze näherte, von der an die neuen Steuersätze des Präsidenten griffen.
Selbst falls Farinholt mit seinem Rat nicht einverstanden gewesen wäre, hätte er einfach lügen und der Frau erzählen können, sie hätten den Präsidenten mit Aktien von Penn-Mar versorgt. Aber etwas am Blick der Frau hatte ihm verraten, daß das vielleicht keine gute Idee gewesen wäre. »Wir bleiben auf Draht«, hatte sie gesagt. Lane wußte nicht genau, was sie damit meinte, aber er konnte es sich vorstellen. Abhörvorrichtungen waren in Washington alltäglich.
Fünfhunderttausend Dollar. Bar. Steuerfrei. Er würde kündigen und sich irgendwo an den Strand legen. Lane wischte sich eine Schweißperle von der Stirn. Farinholt hatte ihm den Scheißdreck über die Kostensenkungen bei Penn-Mar so einfach abgekauft. Mein Gott, wie leichtgläubig die Leute doch waren.

Geld bewegt sich mühelos; dazu gehört nicht mehr als ein elektronischer Impuls aus einem der riesigen Computer, die in den Hinterzimmern von Geldinstituten rund um die Welt installiert sind. Solange der Bestimmungsort mit dem korrekten Schlüsselwort versehen ist, werden keinerlei Fragen gestellt, und das Geld fließt an seinen Bestimmungsort. Manchmal durchläuft es mehrere Institute, bis es seinen endgültigen Bestimmungsort erreicht. Das hängt davon ab, wer mit wem eine Geschäftsbeziehung unterhält. Aber es kommt immer an.
Es war keine hohe Summe, dreißigtausend Dollar. Ein winziger Betrag im Vergleich zu den Milliarden, die täglich kommen und gehen. Viel zuwenig, als daß auch nur der leiseste Verdacht geschöpft worden wäre. So wollten sie es haben.
Die telegrafische Anweisung schlich sich so in die NASO ein wie eine Schlange in den Keller eines Hauses. Lautlos. Geschmeidig. Durch die finstersten Flure. Auf der Suche nach Beute. Aber die dreißigtausend Dollar blieben nicht lange bei der NASO.
Die Anweisung blieb nur so lange bei der NASO, bis sie auf einem Konto, das erst am Vortag für Falcon eingerichtet worden war, verbucht wurde. Ein Konto, von dem er keine Ahnung hatte. Die Anweisung lief auf dem Konto ein und ging dann fast

sofort weiter auf das Nummernkonto bei der Citibank – das Hamsterkonto, das beim Bankrott von MD Link nicht einmal der Konkursrichter hatte finden können. Falcon hätte das Konto schon vor Monaten auflösen sollen, aber er hatte es nicht getan. Seine Gegner wußten seine untypische Achtlosigkeit, was Details anlangte, zu schätzen. Das Geld blieb auch nicht lange auf diesem Hamsterkonto. Nur so lange, daß die Citibank den Betrag verbuchen konnte.

Dann wurde das Geld weitertransferiert, dieses Mal auf ein Konto bei der Chase Manhattan Bank. Dieses Konto wurde von Winthrop, Hawkins & Company geführt und als Depot für Mandantengelder benutzt. Die Gelder wurden von großen Instituten und reichen Einzelpersonen dazu benutzt, Aktien und Obligationen von den Brokern aufkaufen zu lassen, die für Winthrop arbeiteten.

Winthrop, Hawkins & Company kaufte und verkaufte Sicherheiten nur für große Firmen und schwerreiche Einzelpersonen. Im Normalfall hätte Falcon nicht dem Minimaleinkommen entsprochen, für das die Broker von Winthrop, Hawkins & Company tätig wurden. Aber heute bot sich ihm eine besondere Chance – eine Chance, von der er wiederum keine Ahnung hatte. Er hätte alles darum gegeben, Bescheid darüber zu wissen und darüber, wer hinter dem Geldtransfer und dem »Geschenk« steckte. Denn wenn er Bescheid darüber gewußt hätte, wäre es ihm möglicherweise gelungen, die Katastrophe abzuwenden.

Zweiunddreißig Dollar pro Aktie. Neunhundertsiebenunddreißig Aktien. Ein Geschenk an Falcon von einem unbekannten Wohltäter. Ein Geschenk, das ihm möglicherweise einen Gewinn zwischen vierzig- und fünfzigtausend Dollar einbringen konnte – oder Gefängnis zwischen fünf und sieben Jahren. Eine Haftstrafe, die er nicht überlebt hätte.

Die Blitzlichter der Kameras fingen Carter Filipelli und Wendell Smith ein, als die beiden Männer auf der Treppe des Federal Building standen, gegenüber der Börse an der Wall Street. Es war das Federal Building, von dem aus George Washington seine erste Rede an die Nation gehalten hatte, als er zu ihrem ersten

Präsidenten gewählt worden war. Als Zeichen des Respekts und auf Präsident Warrens Weisung hin war Filipelli eigens nach New York gereist, in Smith' Revier, um ihn zu einem Versöhnungsessen in Smith' Lieblingsrestaurant einzuladen. Anwesend waren weitere Angehörige der New Yorker Bundesbank, hiesige Politiker und Investmentbanker der Spitzenklasse.

Nach dem Nachtisch hielt Filipelli eine kurze Rede, lobte Smith' Dienste für die Bundesbank, sein Wissen über das Marktgeschehen und seine ökonomische Weitsicht. Dann waren sie gemeinsam in einer Limousine zur Wall Street gefahren, zum Fototermin mit der Presse. Die beiden Männer standen dicht nebeneinander, die Hände zu einem nicht enden wollenden Händedruck ineinandergelegt.

»Jede Menge Leute hier!« Smith schrie die Worte über den Lärm der gebrüllten Reporterfragen hinweg. Er nickte anerkennend, während um sie herum die Blitzlichter explodierten.

»Ja, morgen früh werden sie das hier das Bundesbankendspiel nennen«, erwiderte Filipelli schreiend.

»Wissen Sie, Sie sind gar kein so übler Typ!« brüllte Smith Filipelli an.

Filipelli lächelte breit in die Kameras und beugte sich an das Ohr von Smith. »Ja, aber Sie sind trotzdem ein Scheißkerl!«

14

Der rechteckige Vorstandsraum im obersten Stockwerk der NASO-Zentrale, siebenundvierzig Stockwerke über der Park Avenue, bot mühelos Platz für die sechzehn Direktoren und die geladenen Gäste zu den vierteljährlichen Vorstandssitzungen. Die Decke war mindestens sechs Meter hoch und mit exotischen philippinischen Meermuscheln überzogen. Die Muscheln spiegelten alle Regenbogenfarben wider, während im Stuck verborgene Punktstrahler langsam rotierten.

Wie die Wände des Raumes war auch der Tisch ganz mit beigefarbenem Filz überzogen. Auch er war rechteckig. Durch die Form war die Tischmitte völlig nutzlos, dachte Falcon, als er die schöne Tischdekoration aus frischen Rosen musterte. Es war der falsche Raum für diese Sitzung. Heute würden nur vier Personen teilnehmen. Der Raum war zu wuchtig für die Präsentation, und Falcon war bewußt, wie wichtig die ästhetische Seite bei einer erfolgreichen Präsentation war. Aber Barksdale wollte, daß die Sitzung hier stattfand, deshalb war nicht daran zu rütteln. Er hatte ihn vor allem deshalb gewählt, weil ein Aufzug direkt, ohne Zwischenstopp, vom Keller in den siebenundvierzigsten Stock fuhr. Die Sitzungsteilnehmer – Falcon eingeschlossen – konnten unbeobachtet kommen und gehen.

Falcon ging zu dem riesigen Fenster an der Südseite des Raumes. Trotz der schweren Mittagsschwüle konnte er die ganze City sehen. Nur das Chrysler Building und das Empire State Building dahinter versperrten ihm leicht die Sicht. Die Türme des World Trade Center ragten rechts in der Ferne himmelwärts und wirkten aus so weiter Entfernung nicht viel höher als das NASO-Gebäude. Links, inmitten der City, standen die Türme der AIG-Zentrale und das auf untypische Weise moderne J.-P.-Morgan-Gebäude in der Wall Street 60.

New York. Es war eine ungewöhnliche Stadt. Eine Stadt, in der man entweder glücklich oder unglücklich war. Heute himmelhochjauchzend, morgen zu Tode betrübt. Es gab nichts dazwischen. Und Falcon hatte diese Sprunghaftigkeit in seiner Jugend genossen, weil die kurzen Phasen der Niedergeschlagenheit die Hochstimmungen noch verstärkten. Er war stolz darauf gewesen, in New York zu überleben. Jetzt ermüdete ihn diese Stadt nur noch.

In den letzten Tagen, als er über den Computer gebeugt gearbeitet hatte, war ihm eine Frage immer wieder durch den Kopf gegangen: Falls er Geld hätte, zum Beispiel fünf Millionen Dollar, wäre er dann in dieser gottverlassenen Stadt geblieben? In einer Stadt, die er abfällig den *Bad Apple* nannte, den faulen Apfel? Die Antwort lautete immer wieder: Nein. So schnell wie möglich würde er die Flucht ergreifen. Er würde die zwei Millionen nach Abzug der Steuern nehmen, eine halbe Million in eine behagliche, konservative Farm auf dem Land in Vermont stecken, vom Rest des Geldes leben und von dem, was er möglicherweise dort verdienen könnte.

Alexis wäre vermutlich mit einem solchen Leben nicht einverstanden gewesen. Sie wäre entsetzt gewesen bei dem Gedanken, weiter als ein paar Kilometer von einem Großstadtzentrum entfernt zu sein, entsetzt von der Vorstellung, die Fifth Avenue nicht in wenigen Minuten erreichen zu können. Aber was machte das schon? Vielleicht wollte er gar nicht, daß sie mitkam. Er bog die rechte Hand durch. Vielleicht sollte er sich tatsächlich für Jenny entscheiden. In Vermont hätte ihre Herkunft keine Rolle gespielt.

Falcon schaute hinaus auf die Betonwüste und fing plötzlich an zu lachen. Es war ein Traum, eine gottverfluchte Schnapsidee, sich einzubilden, nach Vermont ziehen zu können. Er würde bis zu seinem Tod in New York leben und Jagd auf den allmächtigen Dollar machen. Nicht weil er unbedingt gebraucht hätte, was man sich für diese Dollar kaufen konnte, sondern weil Geld in dieser Gesellschaft der Maßstab für Erfolg und Scheitern war. Geld war die Meßlatte, an der jeder einzelne objektiv gemessen werden konnte. Und der Teufel sollte ihn holen, wenn er bei die-

ser Messung nicht zur Spitzengruppe gehörte. Er war zu besessen. Eines Tages würde das sein Verderben sein. Granvilles Worte klangen ihm wieder in den Ohren. Bisher hatte er nicht gewußt, was der alte Mann gemeint hatte.
»Falcon.« Barksdales melodische Stimme füllte den Vorstandsraum.
Falcon drehte sich um. Er hatte nicht gehört, daß die Fahrstuhltür aufgegangen war. Hinter Barksdale kamen zwei Männer auf ihn zu, die nicht nach rechts oder links schauten, sondern den Blick unverwandt auf Falcon richteten. Sie blieben neben ihm stehen, und seltsamerweise ärgerte es ihn, daß sie in den Bereich eindrangen, in dem er sich Phantasien über die idyllische Farm in Vermont hingegeben hatte.
»Falcon, das sind Devon Chambers und Werner Prausch. Werner ist Partner bei der Investmentfirma Westphalia Nord mit Sitz in Deutschland. Devon vertritt die amerikanische Tochtergesellschaft der Westphalia, Veens & Company. Veens ist das Unternehmen, das die Übernahme durchführen wird.«
»Guten Tag.« Falcon gab dem Deutschen zuerst die Hand. Der Mann war blond, blauäugig und mittelgroß. Falcon schätzte ihn auf etwa vierzig. »Ich habe noch nie etwas von Westphalia Nord oder von Veens & Company gehört«, sagte er.
Chambers trat vor den Deutschen, ohne Falcon die Hand zu reichen. »Das Unternehmen ist vor zwei Jahren gegründet worden. Es ist spezialisiert auf die Übernahme von Chemiekonzernen in Europa und in den Vereinigten Staaten. Wir sind sehr diskret und scheuen Publicity. Wir haben seit unserer Gründung mehrere kleine Aufkäufe durchgeführt. Unser Geld stammt hauptsächlich aus Instituten in Deutschland, zu denen unser Vorstandsvorsitzender gute Beziehungen hat.« Chambers sprach mit Flüsterstimme, dazwischen mühsame Atemzüge. »Sie werden später weitere Informationen zur Durchsicht erhalten.«
Falcon versuchte, sein Markenzeichen, das schiefe Lächeln, heraufzubeschwören, als er auf Chambers hinunterschaute, aber es gelang ihm nicht. Chambers war klein und gebrechlich, und der anthrazitgraue Anzug wirkte, als wäre er an manchen Stellen mit Stecknadeln an seinem Körper festgesteckt. Das elegante

Hemd saß locker um seinen Hals, als hätte er es zu einer Zeit gekauft, als sein Hals noch gesünder gewesen war. Die Haut des Mannes war bleich, fast ohne Pigmentierung, und das dunkle Haar bildete einen starken Kontrast zu seinem blassen Teint. Er sah aus wie ein wandelnder Leichnam.

Schließlich nahm Chambers Falcons ausgestreckte Hand. Chambers' Hand fühlte sich kalt an, und Falcon mußte sich anstrengen, um nicht zusammenzuzucken.

»Guten Tag, Devon.« Es kam ihm unnatürlich vor, diesen Mann mit dem Vornamen anzureden, aber Falcon zwang sich dazu. Es war eine schnelle Methode, sich bei einer geschäftlichen Besprechung auf eine Stufe mit wesentlich Älteren zu stellen. Das hatte er schon vor langer Zeit gelernt. Aber es mußte mit Bestimmtheit geschehen.

»Guten Tag.« Wieder das leise Flüstern. Chambers' Lippen, schmal und trocken, bewegten sich kaum. Er strahlte nicht die geringste Freundlichkeit aus.

Chambers ließ Falcon nicht aus den Augen und zuckte nicht mit den Wimpern. Der Blick entnervte Falcon, und er spürte, wie sich ihm die Nackenhärchen sträubten. Aber er ließ sich keinerlei Emotion anmerken.

»Warum setzen wir uns nicht?« Barksdale gab sich zu freundlich. Er war sichtlich erregt, das fiel Falcon auf. Chambers schüchterte ihn ein. »Trinken wir eine Tasse Kaffee.« Barksdale führte die beiden Kunden an eine Ecke des riesigen Vorstandstisches.

Falcon folgte ihnen zum Tisch und setzte sich ihnen gegenüber.

»Falcon, wie Sie wissen, kann Wallace heute nicht an unserem Gespräch teilnehmen.« Barksdale wandte sich den anderen zu. »Wallace ist in Tokio und spricht mit dem Vorstandsvorsitzenden der Long Term Credit Bank über die Transaktion.«

Die beiden anderen Männer nickten ernst.

»Warum kommen wir nicht sofort zur Sache?« sagte Chambers unverblümt.

»Eine ausgezeichnete Idee.« Falcon schlüpfte in seine Präsentationsrolle. »Aber gestatten Sie mir zunächst, Sie nach Ihrer Laufbahn zu fragen, Devon.«

»Falcon, das alles werden Sie –«
»Das geht schon in Ordnung.« Chambers schnitt Barksdale das Wort ab. Sein Blick war zum ersten Mal unverhohlen unfreundlich. »Ich war bis vor sechs Jahren, als ich in den Ruhestand ging, Vorstandsvorsitzender von DuPont. Danach bin ich eine Zeitlang gereist und habe Golf gespielt, aber das hat mich nicht ausgefüllt.« Chambers machte eine Pause zum Luftholen. »Zum Glück habe ich Werner und seine Partner kennengelernt. Das war für mich eine Chance, wieder ins Geschäft einzusteigen.«
Falcon sah den Mann an. »Natürlich. Sie haben von Zeit zu Zeit Vorträge in der betriebswirtschaftlichen Fakultät von Harvard gehalten. Sie haben eine Rede vor meinem zweiten Semester in Wirtschaftsrecht gehalten.«
Chambers nickte. »Das habe ich jedes Jahr getan. Wir bei DuPont legten großen Wert darauf, in Harvard weiterhin stark vertreten zu sein. DuPont ist sehr aktiv im Anwerben von Studenten und Absolventen der Betriebswirtschaft in Harvard.«
»Haben Sie einen Abschluß in Harvard gemacht?«
Chambers nickte. »Außerdem habe ich von Anfang an in Harvard studiert. Könnten wir jetzt bitte über Penn-Mar sprechen?«
Falcon warf Werner einen Blick zu. Er hätte gern auch nach Prauschs Laufbahn gefragt, ließ es aber bleiben. Chambers war eindeutig am Drücker, und vermutlich spielte Prauschs Laufbahn sowieso keine Rolle.
Falcon reichte allen Männern eine kleine, gebundene Broschüre. »Devon, ich wüßte Bemerkungen Ihrerseits jederzeit zu schätzen.«
»Nichts könnte mich daran hindern.« Als hätte es ihn zu sehr angestrengt, die Worte auszusprechen, faßte sich der Ältere an die Brust.
Falcon holte tief Luft, aber ehe er mit der Präsentation anfangen konnte, bekam Chambers einen Hustenanfall – erst war es nur ein kurzes, harmloses Hüsteln, als räusperte er sich. Chambers nahm ein Taschentuch aus der Anzugtasche, hielt es sich vor den Mund und gestikulierte Richtung Falcon, er solle mit der Präsentation anfangen. Aber das Husten entwickelte sich zu

einem unangenehmen Geröchel, das klang, als würde Chambers' Lungengewebe in Stücke gerissen. Der ältere Mann stützte sich auf den Tisch, ließ das Taschentuch fallen und klammerte sich im Krampf an den Filzbezug. Seine Fingergelenke wurden schneeweiß, weil die Blutzirkulation unterbrochen war. »Katherine! Katherine, hilf mir!«

Barksdale und Prausch standen schnell auf. Sie sahen sich verzweifelt um, aber der Anfall lähmte sie.

»Katherine, die Tabletten!«

Barksdale und Prausch sahen sich an, begriffen aber nichts.

Falcon kam Chambers schnell zu Hilfe. Er beugte sich dicht über die bleiche Wange des alten Mannes. »Wo?« fragte er dringlich.

»Tasche.« Mehr brachte Chambers nicht heraus.

In der Seitentasche von Chambers' Anzugjacke entdeckte Falcon ein kleines Röhrchen. Er zog es schnell heraus, warf einen Blick auf die Dosierung und wandte sich Barksdale zu. »Wasser! Sofort!«

Aber Barksdale stand immer noch erstarrt da. Es war, als wären seine Schuhe an dem dicken Perserteppich festgeschraubt. Sein Mund ging auf und zu, aber kein Laut kam heraus.

Schließlich reagierte Prausch. Er rannte zur anderen Seite des Raumes, wo ein Teewagen mit einem Krug Wasser stand. Er packte den Krug und ein Glas und rannte zu Chambers zurück. Falcon zog Chambers in Sitzhaltung hoch, schob ihm zwei der hellgrünen Tabletten in den Mund und schüttete ihm Wasser in die Kehle. Als Chambers wieder den Mund aufmachte und hustete, sah Falcon, daß er die Tabletten geschluckt hatte.

»Rufen Sie einen Notarztwagen!« schrie Falcon Prausch an.

»Nein!« Chambers hustete wieder. »Nein, ich komme schon wieder in Ordnung.« Er richtete sich am Tisch auf.

Prausch zögerte.

»Worauf warten Sie? Los!« Falcon schrie Prausch wieder an.

Chambers packte Falcon am Haar und zog sein Gesicht direkt vor das seine. »Ich hab' Ihnen doch gesagt, Sie sollen keinen Notarztwagen rufen!«

Falcon sah in die gelben Hornhäute der Augen. Es konnte nicht mehr lange dauern, bis der Tod diesen Menschen holte. Und obwohl er sofort eine Abneigung dem Mann gegenüber empfunden hatte, konnte er Chambers' Hartnäckigkeit im Kampf gegen das Unvermeidliche nur respektieren. »Schon gut. Es ist Ihr Leben.«

Auf Chambers' Bitte hin halfen ihm die drei Männer auf die Beine. Ein paar Augenblicke lang stand er da, lehnte sich gegen den Tisch, trank Wasser und wischte sich das Gesicht ab. Dann setzte er sich und behauptete, ihm fehle nichts. Er zeigte mit dem Finger auf Falcon. »Fangen Sie an.«

Falcon zögerte.

»Ich hab' gesagt, fangen Sie an, Junge. Was ist denn los, haben Sie denn noch nie jemanden mit einem kleinen Bronchialkatarrh gesehen?«

Falcon sah den Mann ein paar Augenblicke lang an, dann setzte er sich und fing an.

In den nächsten vierzig Minuten erklärte er den Übernahmeprozeß, angefangen damit, daß Veens & Company das Kaufangebot bekanntgab – lange, fachliche Ausführungen, als Kleingedrucktes veröffentlicht im Wirtschaftsteil der *New York Times*, im *Wall Street Journal* und im *Financial Chronicle* –, bis hin zu dem Zeitpunkt, an dem Veens die Kontrolle über Penn-Mar übernehmen würde. Er erklärte, es gäbe keine bedeutsamen Aktienkonzentrationen – keine Einzelpersonen oder miteinander verbundene Gruppen, denen mehr als fünf Prozent der Aktien von Penn-Mar gehörten. Ein Vorteil, weil Großaktionäre den Preis noch höher treiben könnten. Er erklärte die Gesetze, die für den öffentlichen Aufkauf von Unternehmen galten, die Bestimmungen des Kartellamts und die ellenlangen Unterlagen, die sie bei der Börsenaufsicht vorlegen mußten. Er erklärte, was seiner Einschätzung nach das Maximum pro Unternehmensaktie war und wie er zu dieser Einschätzung gelangt war. Er brachte potentielle Mitbieter zur Sprache, das Delaware-Statut und die Unterabteilungen, deren Verkauf er unmittelbar nach Abschluß der Transaktion empfahl. Er erklärte, wie Veens & Company die Aktien bezahlen würde; in welcher Höhe Verschuldung und Stammkapital lägen; was für Zinssätze und Gebühren die Banken und die

Investoren in Ramschobligationen für ihr Geld verlangten; womit Veens & Company die Aktien bezahlten und was die Firma von der riesigen Investition in den Chemiekonzern Penn-Mar zu erwarten hatte.

Die drei Männer unterbrachen ihn kein einziges Mal. Sie saßen da und hörten zu – wie hypnotisiert. Falcons Präsentation war pragmatisch und knapp, und als er fertig war, schlug er den Aktendeckel zu, aus dem er vorgetragen hatte, und sah sich im riesigen Raum um. »Die Akustik hier drin ist besser, als ich erwartet hatte.« Schließlich kam sein Blick auf den drei Männern zur Ruhe. Sie waren beeindruckt, das merkte er. Er hatte diese Miene schon auf zahllosen Gesichtern gesehen. »Fragen?«

Endlich machte Chambers den Mund auf. Er schien sich völlig von dem Hustenanfall erholt zu haben. »Falcon, Sie haben ausgeführt, daß Ihrer Meinung nach der Höchstwert pro Aktie bei fünfundsiebzig Dollar liegt.«

»Ja. Und das ist großzügig.« Falcon warf Barksdale, der seine Fingernägel musterte, einen Blick zu. Es war mehr als großzügig. Es war zuviel. Aber Barksdale hatte es so gewollt.

»Das basiert auf einer Barwertrechnung?«

»Ja. Ich habe die Firmenaktivitäten für die nächsten zehn Jahre hochgerechnet und von den Zuflüssen den Diskontsatz abgezogen, bin von einem Gesamtwert aller Zuflüsse nach dem zehnten Jahr ausgegangen.«

»Mit welchem Diskontsatz haben Sie gearbeitet?«

»Zehn Prozent.«

»Und mit welcher Wachstumsrate?«

»Vier Prozent.«

»Da liegt Ihr Problem. Deshalb haben Sie nur einen Wert von fünfundsiebzig Dollar pro Penn-Mar-Aktie errechnet. Die Wachstumsrate für den Gesamtwert müßte viel höher liegen als bei vier Prozent. Penn-Mar hat ein neues Düngemittel entwickelt, was noch streng geheim ist. Das Produkt wird den Jahresumsatz von Penn-Mar schnell um eine halbe Milliarde Dollar steigern. Ich weiß außerdem, daß Penn-Mar mit der russischen Regierung einen Langzeitvertrag über die Lieferung bestimmter Stoffe für die chemische Industrie aushandelt. Dazu gehört der

Bau von vier Fabriken in Rußland. Das könnte das Geschäftsvolumen in fünf Jahren verdoppeln.«
»Wollen Sie damit sagen, daß wir mehr als fünfundsiebzig Dollar pro Aktie für Penn-Mar bezahlen sollten?«
»Ich will damit sagen, daß wir uns darauf vorbereiten sollten, höher zu gehen«, sagte Chambers. »Ich glaube, fünfundsiebzig sind ein faires Angebot, und wir sollten bei diesem Preis einsteigen. Aber es sollte uns nicht überraschen, wenn unser erstes Angebot überboten wird. Ich glaube nicht, daß DuPont oder Hoechst kampflos zulassen werden, daß Penn-Mar zu diesem Preis weggeht. Beide Konzerne hätten Riesenvorteile durch die Übernahme von Penn-Mar. Sie könnten im mittleren Management Tausende entlassen, außerdem Leute aus der Verwaltung, und jede Menge neue Produkte in ihre Palette aufnehmen, ohne auch nur einen Cent für die Forschung ausgegeben zu haben.« Chambers' Stimme war fast unhörbar. Er hustete wieder.
Sofort beugten sich die anderen drei vor, aber dieses Mal bestand kein Grund zur Sorge.
Falcon wartete, bis er sich sicher war, daß Chambers keinen neuerlichen Hustenanfall bekam. »Das Justizministerium würde niemals zulassen, daß DuPont oder Hoechst Penn-Mar aufkauft. Diese Konzerne würden auf bestimmten Gebieten hundert Prozent des Marktes kontrollieren, wenn sie Penn-Mar übernähmen. Für die Kartellexperten im Justizministerium wäre das ein gefundenes Fressen.«
»Mr. Falcon, Sie und ich wissen, daß das Justizministerium fast so unberechenbar ist wie unser Präsident. Wir können uns nicht darauf verlassen, daß es uns schützt. Machen Sie da keinen Fehler. Wir brauchen dieses Unternehmen. Wir müssen es haben. Deshalb müssen wir darauf vorbereitet sein, mehr als fünfundsiebzig Dollar pro Aktie zu bezahlen.«
»Ich muß Ihnen widersprechen –«
»Widersprechen Sie mir niemals, Junge.« Chambers zeigte mit einem knochigen Finger auf Falcon. »Sie sind nur ein angestellter Handlanger. Sie nehmen meine Befehle entgegen.«
Falcon lehnte sich im Stuhl zurück. Ihm mißfiel das Wort Junge.
»Sie haben mich als Berater angestellt.«

»Falcon –« fing Barksdale an.
»Halten Sie die Klappe, Barksdale!« Barksdale senkte sofort den Kopf, und Chambers wandte sich wieder Falcon zu.
»Als Berater«, fuhr Falcon fort. »Dazu bin ich angestellt worden. Obwohl mir nicht klar war, daß zu dem Auftrag auch gehört, Ihnen das Leben zu retten.« Falcon kniff die Augen zusammen.
Den Bruchteil einer Sekunde lang lächelte Chambers, dann verfinsterte sich sein Gesicht sofort wieder. »Wann geben wir die Übernahme bekannt?«
»Boreman kommt morgen abend aus Tokio zurück.« Barksdale sprach laut, erpicht darauf, seine Anwesenheit bei dieser Sitzung zu rechtfertigen. »Er hat mir gesagt, alles laufe bestens. Auf dem Weg nach Japan hat er in Europa Station gemacht und mit mehreren französischen und italienischen Banken Kontakt aufgenommen, die ebenfalls sehr interessiert sind. Wir haben uns nicht die Mühe gemacht, bei den Deutschen vorstellig zu werden. Die sind so verflucht vorsichtig. Nichts gegen Sie.« Barksdale nickte Prausch zu. »Die Banken werden etwa einen Tag lang brauchen, Mr. Falcons Zahlen durchzugehen, aber nach seinen bisherigen Gesprächen glaubt Boreman, sie werden uns die Kredite in Höhe von etwa zwanzig Milliarden einräumen, die wir brauchen. Die NASO kann dreizehn Milliarden zur Verfügung stellen – aus verschiedenen Geschäftsbereichen der Bank und ihrer Tochtergesellschaften.« Barksdale sah Falcon an und zog eine Augenbraue hoch. »Ich glaube, am Mittwoch nächster Woche sollten wir loslegen können.«
»Schön.« Chambers wandte sich Falcon zu. »Ich glaube, es ist an der Zeit, daß Sie sich mit den Anwälten zusammensetzen und die Verträge ausarbeiten.«
Falcon nickte. Das war voreilig, aber er hatte nicht vor, erneut zu widersprechen. Er wollte die fünf Millionen und konnte Chambers' überheblichen Scheißdreck nicht mehr ertragen.
»Falcon, wir müssen Kopien Ihrer Präsentation an die Banken in Europa und Japan schicken, die Interesse daran haben, in das Geschäft einzusteigen. Ich gebe Ihnen die Liste, sobald wir hier fertig sind.« Barksdale räusperte sich. »Dann müssen Sie dar-

auf vorbereitet sein, mit diesen Anlegern zu sprechen. Gehen Sie Ihre Analyse mit ihnen durch. Sie haben ein paar arbeitsreiche Tage vor sich.« Er gab sich Mühe, wichtigtuerisch zu klingen, aber Chambers nahm es nicht zur Kenntnis.

»Kein Problem. Ich freue mich darauf.« Falcon warf Chambers einen Blick zu. Der Mann starrte ihn an, als wollte er seinen Verstand durchbohren. Er machte fast einen unmenschlichen Eindruck.

»Ich rufe bei Dunlop & Latham an und sage denen, daß Sie morgen früh als erstes dort vorbeikommen, um die Verträge aufzusetzen.« Barksdale schlug auf den Tisch. »Die Kanzlei steht seit vierzehn Tagen Gewehr bei Fuß.«

»Und Sie sind sich sicher, daß die Leute dort die Vertraulichkeit wahren können?« Chambers wirkte, als wäre ihm nicht recht wohl dabei.

»Unbedingt. Wir haben enge Geschäftsbeziehungen zu der Kanzlei. Sie ist vertrauenswürdig.«

»Gut.«

»Es gibt noch etwas, worüber wir sprechen sollten«, sagte Falcon.

»Und zwar was?« fuhr Chambers ihn an.

»Die Bundesbank. Besonders über den Vorstandsvorsitzenden, Carter Filipelli.«

»Weshalb sollten wir uns wegen Filipelli Sorgen machen?« Chambers machte einen gereizten Eindruck.

»Wenn Filipelli erst mal Wind von der Sache kriegt, würgt er sie schnell ab. Und als Vorstandsvorsitzender der Bundesbank kann er das. Mal davon abgesehen, daß er die NASO wegen des Verstoßes gegen das Kreditrahmengesetz gerichtlich belangen könnte, hat Filipelli jede Menge Möglichkeiten, der NASO das Leben zur Hölle zu machen.«

Chambers winkte mit der Hand ab, als wäre Falcons Bemerkung völlig unerheblich. »Gibt es noch etwas, was wir Ihrer Meinung nach unbedingt über Penn-Mar wissen sollten?«

Falcon lehnte sich im Stuhl zurück und lächelte Chambers an. Er konnte ihn mal. Die Bundesbank würde gegen sie vorgehen. Es war nicht die Frage, *ob* sie es tat – die Frage war, *wann*. Wenn

Chambers nicht hören wollte, schön. »Na ja, Penn-Mar ist für Spitzenmanager nicht gerade ein sicherer Arbeitsplatz. Vor allem nicht für solche, die für den Außendienst verantwortlich sind.« Falcon lachte und streckte sich.

»Was soll das heißen?« Chambers beugte sich im Stuhl vor.

Falcon war, als entdeckte er etwas Merkwürdiges, leicht Angespanntes in Chambers' Stimme. »Ich bin mir sicher, daß es reiner Zufall ist, aber die beiden Männer, die im letzten Jahr diese Position innehatten, sind beide tot. Beide Todesfälle hatten merkwürdige Begleiterscheinungen.«

»Fahren Sie fort.« Chambers schlug den Aktendeckel vor sich zu.

»Vor etwa einem Jahr kam ein Mann namens Tom West bei einem grauenhaften Autounfall in Toledo, Ohio, ums Leben. West war der für den Außendienst zuständige Abteilungsleiter bei Penn-Mar.«

»Ein bedauerlicher Unglücksfall, aber ich begreife nicht, was daran so merkwürdig sein soll«, zischte Chambers.

»Das Auto raste an einem Juniabend im letzten Jahr einen Abhang in Toledo hinunter. Unten am Abhang gab es eine Haarnadelkurve, die West nicht schaffte. Das Auto kippte um und fiel aufs Dach.«

»Ich begreife immer noch nicht –«

Falcon ignorierte ihn. »Als die Polizei kam, war Tom immer noch mit dem Gurt im Fahrersitz festgeschnallt. Überall war Blut. Sehr viel Blut in der Rückenlehne. Es gab bloß ein kleines Problem. Das Blut war getrocknet und vom Sitz auf den Autoboden gelaufen. Aber das Auto stand auf dem Kopf. Mr. West war eindeutig schon vorher gestorben und dann in das Auto gesetzt worden. Die Polizei hat den Täter jedoch nicht ausfindig machen können. Sie nannte es einen Unfalltod, aber es war keiner.«

»Woher wissen Sie das alles?« fragte Barksdale.

»Bloomberg brachte die Meldung. Das mit dem Blut habe ich von einem sehr netten Kriminalbeamten bei der Polizei von Toledo erfahren. Ich hab' spaßeshalber dort angerufen. Manchmal war die ganze Arbeit am Computer langweilig, und ich brauchte

Abwechslung. Eigentlich hatte ich gar nicht geglaubt, daß ich aus denen was rauskriegen kann. Aber Kleinstadtpolizisten können sehr entgegenkommend sein, wenn man ihnen die richtigen Fragen stellt.«

»Sie haben von zwei Todesfällen gesprochen«, sagte Chambers scharf.

»Der zweite Abteilungsleiter ist vor kurzem in Temperance, Michigan, ermordet worden, nur ein Stück hinter der Staatsgrenze von Ohio bei Toledo. Er hieß Jeremy Case. Er war der Nachfolger von Tom West. Die Begleitumstände beim Tod von Case waren noch absurder als im Fall von West. Case war ein wiedergeborener Christ. Wenn er nicht arbeitete, war er mit seiner Frau und seinen zwei Kindern in der Kirche. Wie auch immer – er wurde in der Nähe der Leiche eines nicht identifizierten Iraners in einer Einkaufsstraße tot aufgefunden. Über die Leichen waren Fotos einer nackten Frau verstreut, von zwei Schußwaffen ganz zu schweigen. Es sollte danach aussehen, als hätten sich die beiden Männer gegenseitig umgebracht, vielleicht wegen der Frau, aber das paßte nicht ins Bild von Case. Ein wunderbarer Vater, beliebt in der ganzen Gemeinde, der um ein Uhr morgens eine Stunde von seinem Haus entfernt in einer abgelegenen Einkaufsstraße umgebracht wird. Das ergab keinen Sinn. Sie haben den Iraner und die Frau auf den Fotos nicht identifizieren können. Das alles hat Bloomberg auch gemeldet. Merkwürdig, was?«

Chambers antwortete nicht. Er sagte kein Wort. Er sah Falcon nur an. Aber hinter der steinernen Miene verfluchte er Granville Winthrop.

Die Spätnachmittagssonne schien auf die 82nd Street, warf lange Schatten auf das Trottoir. Falcon ging langsam, die Anzugjacke über die Schultern gehängt. Warum machte ihm die Tatsache, daß diese Leute für Penn-Mar zuviel bezahlen wollten, solche Sorgen? Es war doch der Traum aller Investmentbanker. Es war ihnen egal, ob sie zuviel bezahlten. Sie wollten nur Penn-Mar – um jeden Preis. Aber warum? Warum war das so wichtig?

Falcon lachte. Jetzt fange ich schon wieder damit an. Nimm dir doch Chambers' Rat zu Herzen. Halt die Klappe und spiel den

Handlanger. Dann verdienst du fünf Millionen Dollar, und Granville wird grün vor Neid. Sobald das Geschäft öffentlich bekanntgegeben wird, steht es im ganzen Land im Wirtschaftsteil, und mein Name wird genannt werden, weil ich der beteiligte Investmentbanker bin. Granville wird sich von einem seiner Assistenten die bei der Börsenaufsicht eingereichten Übernahmedokumente besorgen lassen, und wenn er das Honorar von fünfzig Millionen Dollar sieht, dreht er durch. Er wird an jenen Abend im Harvard Club denken und sich wünschen, er hätte mein Angebot akzeptiert. Er wird sich wünschen, er hätte mich zurückgerufen. Auch wenn er sich nur darüber ärgert, daß ihm das Geld durch die Lappen gegangen ist.

Und was war Chambers doch für ein Scheißtyp. Er hatte sich nicht einmal bei ihm dafür bedankt, daß er ihm die Tabletten in den Mund gestopft und ihn vor einem Herzinfarkt bewahrt hatte.

Falcon sah vom Trottoir auf. Jenny Cagle lehnte neben dem Eingang zu seinem Appartementhaus an der Wand. Sie trug ein leichtes Sommerkleid, das ihr nur bis auf halbe Schenkelhöhe reichte. Sie hatte nicht den gertenschlanken Körper von Alexis, aber plötzlich gefiel ihm Jennys üppige Figur besser. Seine Gedanken schweiften zurück zu der Nacht im Four Seasons. Es war wunderbar mit Jenny gewesen.

Als Jenny ihn näher kommen sah, mit gelockerter Krawatte, der Anzugjacke über der Schulter, die Augen geschützt mit einer Wayfarer-Sonnenbrille, lächelte sie und kam schnell auf ihn zu. Als sie bei ihm war, faßte sie ihn leicht am Arm. »Tut mir leid, wie ich mich am Telefon benommen hab'. Wie ich mich überhaupt benommen hab'. Ich möchte, daß du meine Entschuldigung annimmst.«

Falcon ergriff den rettenden Strohhalm sofort. »Eigentlich müßte ich mich entschuldigen.«

Sie standen sich gegenüber, wußten beide nicht, was sie sagen sollten.

Jenny senkte den Blick. »Das ist alles. Ich sollte wohl gehen. Ich will nicht, daß du Ärger mit Alexis kriegst, falls sie auftaucht.«

Falcon schüttelte den Kopf. »Nein, sie ist bis heute abend in

Connecticut. Es kann sehr spät werden.« Er wußte, das hätte er nicht sagen sollen. Er hätte ihr einfach beipflichten und im Appartementhaus verschwinden können. Sie hatten Waffenstillstand geschlossen. Sie waren wieder Freunde. Er hätte es dabei belassen können.

Jenny sah vom Trottoir auf und lächelte unsicher. »Hast du Lust auf ein Bier? Nur ein kaltes Bier auf die Schnelle, am Ende einer langen, heißen Woche, auf unsere Versöhnung. Komm schon, es schmeckt bestimmt ganz toll.«

»Ich habe noch jede Menge Arbeit vor mir.« Aber in Wahrheit hatte er keine Arbeit vor sich. Die Päckchen würden erst morgen am späten Abend bei den Banken in Europa und Japan eintreffen, und die Bankiers würden erst am Tag danach über den Inhalt sprechen können, frühestens am Sonntag mittag. Er mußte erst morgen früh um zehn in der Kanzlei von Dunlop & Latham sein, und es gab nichts, womit er sich auf diese Marathonsitzung hätte vorbereiten können.

Jenny ließ nicht locker. »Nur ein Glas. Ich bin so durstig.«

Sie war ihm also nicht mehr böse. Er nahm die Sonnenbrille ab und grinste breit. »Okay.«

»Toll.« Sie nahm seine Hand und zog ihn sanft die 82nd Street entlang. »Eine Sekretärin bei der NASO hat mir von einem tollen mexikanischen Schuppen erzählt. Ich glaube, der ist in der Nähe.«

Falcon hielt sie fest. »Ich habe eine bessere Idee.«

Mannys Pool Hall war finster und mysteriös. Jenny sah von ihrem Barhocker aus zum Eingang. Das einzige Fenster neben der Tür war mit einem dichten Vorhang zugezogen, so daß die helle Nachmittagssonne nicht in diesen winzigen Winkel von Trenton eindringen konnte.

Jenny strich sich mit den Fingern das Haar zurück. Es sah bestimmt verheerend aus. Aber sie hatte nicht vor, sich vor einem vermutlich angeschlagenen und dreckigen Spiegel auf Mannys widerlichem Damenklo frischzumachen, wenn es nicht unbedingt sein mußte. Jedenfalls nicht ohne einen bewaffneten Wächter neben der Tür.

Falcon war mit einem Affenzahn den New Jersey Turnpike entlanggerast, hatte die achtzig Kilometer von Manhattan nach Trenton in kürzester Zeit zurückgelegt, war den anderen Autos ausgewichen, als wäre es ein Videospiel. Er hatte ihr angst machen wollen, aber sie hatte überhaupt keine Angst gehabt. Sie fuhr gern schnell. Und sie spürte sofort, daß Falcon das Auto voll im Griff hatte, merkte es daran, wie er am Lenkrad hantierte und daß er zum Abbremsen schnell herunterschaltete, statt jedesmal voll auf die Bremse zu treten. Jenny war außerdem aufgefallen, daß Falcon direkt zur Poolhalle gefahren war, ohne nach dem Weg zu fragen. Als wäre er sein Leben lang hierhergekommen.

»Na, Kleine, was darf's denn sein?« Der Barmann brüllte herablassend über die laute Rockmusik aus den Lautsprechern an der Decke hinweg. Der Mann hatte einen Brustkasten wie ein Faß und behaarte Arme. Er starrte unverhohlen die bloße Haut zwischen Jennys Brüsten an und grinste lüstern. Diese Frau gehörte hier nicht hin. Für Mannys Kneipe war sie viel zu schick angezogen. Und er hatte nicht vor, ihr den Aufenthalt hier angenehmer zu machen.

»Wie wär's mit einem Bier?«

»Oh, wie originell«, sagte der Barmann sarkastisch. »Können Sie sich nicht ein bißchen genauer ausdrücken?«

»Heineken.«

Der Mann schüttelte den Kopf. »Budweiser oder Miller. Kein ausländisches Bier.«

»Schön, Budweiser.«

Der Barmann ging zum Kühlschrank.

Jenny fuhr langsam auf dem mit Vinyl bezogenen Barhocker herum. Andrew war am Pooltisch ganz hinten in der schwülen Kneipe in einen schwierigen Stoß vertieft. Er hantierte mühelos mit der Queue. Die weiße Kugel rollte über den ganzen Tisch, berührte die achte Kugel, die in das Loch in der Ecke fiel, und kam dann mitten auf dem grünen Filz zur Ruhe.

Falcons Gegner, ein junger Typ in weißem T-Shirt und dunklen Jeans, schüttelte niedergeschlagen den Kopf. Der Junge – Jenny schätzte ihn auf nicht älter als sechzehn – stellte seinen Billardstock in die Wandhalterung zurück und griff nach einem Päckchen Marlboro, das unter dem Hemdsärmel steckte. Er nahm eine Zigarette heraus, zündete sie an und zückte dann seine Brieftasche – sie hing an einer knalligen Silberkette an einer Gürtelschlaufe seiner Jeans –, warf mehrere Scheine auf den Pooltisch und marschierte ab. Falcon sammelte grinsend das Geld ein und zählte es. Er steckte die Scheine sorgfältig in seine Lederbrieftasche, lächelte Jenny an und kam auf sie zu.

»Wieviel hast du dem armen Jungen abgeknöpft, Andrew?«

Falcons Gesicht verzog sich zu einer angewiderten Grimasse, als er sich auf den Barhocker neben Jenny setzte. »Armer Junge? Daß ich nicht lache. Der Typ ist kein Junge. Vermutlich hat er ein Vorstrafenregister so lang wie deine Beine. Und zu deiner Information, ich hab' achtzig Dollar gewonnen.«

»Er hat dich für eine leichte Beute gehalten, stimmt's?«

Falcon ließ das schiefe Lächeln aufblitzen. »Willst du wissen, ob ich ihn reingelegt hab'?«

»Danach brauche ich dich gar nicht zu fragen. Ich weiß es.«

Falcon zuckte die Achseln. »Wenn man in dieser Gegend in eine Poolhalle geht, muß man auf alles gefaßt sein. Er hat mich zum Spielen aufgefordert.«

»Ja, nachdem er gesehen hatte, wie du beim Üben dauernd danebengetroffen hast.«

»Das war gut, nicht wahr?« Falcon grinste breit. »Aber ich hab' ihn nicht damit geködert. In der ersten Runde haben wir nur um zwanzig Dollar gespielt. Es lag daran, daß ich beim ersten Spiel nur ganz knapp danebengetroffen habe.« Andrew spreizte leicht Daumen und Zeigefinger. »So knapp. Deshalb hat er beim zweiten Spiel um hundert Dollar gewettet.«

»Schön, wenn du so gut bist, kannst du doch einer Anfängerin wie mir das Spielen beibringen.«

Falcon schüttelte den Kopf und trank sein Bier aus. »Lieber nicht.«

»Komm schon«, sagte Jenny. Sie spürte den Alkohol und wollte nicht, daß der Nachmittag schon jetzt zu Ende ging. Sie witterte, daß er gehen wollte. »Bitte.« Sie lächelte lieblich und versuchte es mit einem Augenaufschlag.

Falcons Gesicht nahm eine gequälte Miene an. Er stellte das Glas ab. »Schon gut, aber irgendwann müssen wir zurückfahren.«
Sie gingen von den Barhockern zum nächsten Tisch. Falcon legte die Kugeln zurecht und ging dann zu Jenny, um ihr zu zeigen, wie sie die Queue halten mußte.
»Ist schon okay. Ich komme zurecht.«
»Was?« Falcon warf ihr einen Blick zu.
»Ich weiß, wie ich das Ding halten muß. Die Frage ist, wie hoch ist der Einsatz?« Sie beugte sich über den Tisch und ließ den Stab durch ihre Finger gleiten.
Falcon lachte. »Nicht nötig, Jenny. Wirklich.« Ihm gefiel nicht, wie geschmeidig sich die Queue in ihren Händen bewegte.
»Du glaubst, ich kann nicht stoßen?«
Falcon zuckte die Achseln. »Vielleicht kannst du ein bißchen spielen, aber mich kannst du nicht schlagen. Du verschwendest nur dein Geld.«
»Wie wär's, wenn du die achtzig Dollar gegen mich wettest, die du dem Jungen abgenommen hast?«
»Jenny, laß das.«
»Gilt die Wette?«
»Nein.«
»Hast du Angst?« Sie wußte, daß das die einfachste Methode war, einen Mann auf sich aufmerksam zu machen, indem man Zweifel an seiner Männlichkeit anmeldete. Sie hatte zwei ältere Brüder – nach denen Andrew längst hätte fragen sollen –, die ihr das Spielen beigebracht hatten.
»Hast du ältere Brüder?« fragte er.
»Nein.«
Falcon musterte sie, spürte, daß er einen Fehler machte. Er wußte, daß eine Poolhalle nicht der Ort war, an dem man eine ehrliche Antwort erwarten konnte, nicht einmal von Jenny Cagle. Von der lieben, bezaubernden Jenny Cagle. Er nickte Richtung Tisch. »Okay. Achtzig Dollar. Du fängst an.«
Es war schnell vorbei. In nicht einmal fünf Minuten hatte Jenny alle gestreiften Kugeln und auch die achte Kugel eingelocht. Sie ging langsam auf Falcon zu und nahm die vier Zwanzigdollarscheine, die er in der rechten Hand hielt. »Du hast was darüber

gesagt, wie es ist, in Trenton in eine Poolhalle zu gehen. Mach' dich auf alles gefaßt.« Sie zwinkerte und ging lässig zur Tür.
Falcon sah ihr nach. Eine Superfrau. Es gab kein anderes Wort für sie. Was hatte Granville Winthrop eines Nachts auf dem Gut zu ihm gesagt? »Wenn Sie mit den ganzen gelackten Weibern durch sind, dann suchen sie sich was Richtiges.«
Falcon warf dem Barmann einen Blick zu, der sich über den Tresen beugte, um den letzten Sonnenstrahl, der durch Jennys Kleid fiel, zu erhaschen. »Hey, Freddie! Paß auf, daß dir die Augen nicht aus dem Kopf fallen.«
Freddie hob die Hände, um zu zeigen, daß es harmlos gemeint war.
»Und grüß deine Mutter von mir.«
Freddie nickte.

Sie betraten das winzige Hotelzimmer in einen leidenschaftlichen Kuß vertieft. Jennys Zunge erforschte Falcons Mund, während ihre langen Finger durch sein Haar fuhren. Falcon drehte sich um, machte die Tür zu und löste dabei seine Lippen von ihren.
Ihre Zunge und ihr Mund wanderten zu seinem Hals, und er spürte, wie sie sein weißes Hemd aufknöpfte. Innerhalb von Sekunden stand es offen. Sie zog es auseinander und reizte ihn mit den Spitzen ihrer Fingernägel. Langsam fuhr sie mit den Händen von seiner Brust zu seinem Bauchnabel und wieder zurück. Falcon fühlte die wachsende Erregung. Er stand in dem verdunkelten Zimmer, mit zurückgelehntem Kopf, und ließ zu, daß er sich Jennys Zauber hingab. Alexis hätte das niemals für ihn getan. Sie hätte nicht gewußt, wie, und sie wollte es nicht lernen.
Jenny strich mit den Händen über Falcons Schultern und fuhr in die Ärmel des Hemdes. Es fiel gleichzeitig mit der Anzugjacke zu Boden. Sie beugte sich über ihn und biß ihn zärtlich in die Brust und den Bauch. Ihre Zunge fuhr in winzigen Kreisen über seine straffe Haut.
»Jenny.«
»Fühlt sich das gut an?« fragte sie kurzatmig.

»Ja. Und du weißt es.« Falcon atmete so schnell wie sie.
Sie kniete sich vor ihn. Seine Hosen rutschten ihm schnell von den Beinen. Er spürte ihre Lippen an der Innenseite seiner Schenkel, und der kühle Speichel erregte ihn stark. Sie half ihm aus der Anzughose und den Boxershorts. Dann küßte und leckte sie ihn.
Ihre Hände und ihr Mund arbeiteten im Einklang, und er hätte sofort loslassen können ..., aber das wollte er jetzt noch nicht. Er zog Jenny hoch, schob sie an die Wand und drückte seinen nackten Körper an sie.
»Mmm.« Sie stöhnte, als sein Mund ihren zarten Hals berührte. Seine Hände fuhren unter ihr loses Sommerkleid und umfaßten ihren Hintern, während er leicht in ihren Hals biß. »Oh, Andrew. Weißt du ... mmm ... weißt du noch, daß ich's grob mag?«
»Ja.« Er zog ihr das Kleid über den Kopf und ließ es zu Boden fallen. Heftig küßte er sie auf den Mund, drehte sie dann mit dem Gesicht zur Wand. Er öffnete den BH, riß ihr dann mit einer einzigen Bewegung den Tangaslip von den Hüften und ließ ihn fallen. »Ich kauf' dir einen neuen.« Er biß sie sanft ins Ohr, während er die Worte flüsterte.
»Das ist mir gleich. Aber mach weiter, mach weiter ...« Sie atmete jetzt mühsam. »Ja, so.« Sie stellte sich auf die Zehenspitzen und schob ihren Po weit nach oben. Jetzt war er in ihr.
Es fühlte sich so unglaublich wunderbar an. Wie war es möglich, daß es mit ihr so anders war? Körper gegen Körper, Haut auf Haut. Das war alles. Nichts sonst. Warum war es mit Jenny soviel besser als mit Alexis?
»Härter, Andrew. Ja ... so!«
Schnell zog Falcon sie auf das Bett. Er war über ihr, und innerhalb von Sekunden wand sie sich in einem gewaltigen Orgasmus. Sie schrie und rollte sich schließlich unter ihm weg. Es war mehr, als sie ertragen konnte. Falcon glitt an ihrem Körper entlang und drang erneut in sie ein. Ihr Mund packte seine Zunge und ließ sie nicht los. Nach wenigen Augenblicken explodierte Falcon und brach erschöpft auf ihrem Körper zusammen.

Jenny lag ruhig unter dem Laken, den Kopf auf Falcons Brust.

Sie streichelte sanft seinen Schenkel, während er zwischen Bewußtsein und Bewußtlosigkeit hin und her trieb. Sie liebten sich jetzt seit zwei Stunden, und es war ihre erste Ruhepause, die länger als fünf Minuten gedauert hatte. »Alles in Ordnung mit dir?«
Er lachte. Es hallte in seiner Brust wider. »Nein. Ich hab' das Gefühl, gleich einen Herzinfarkt zu bekommen.«
Jenny küßte ihn auf die Brust. »Gut.«
Sie schwiegen ein paar Augenblicke lang.
»Andrew.«
»Ja?«
»Hast du bei ihr auch so ein Gefühl?«
»Nein.« Seine Stimme war kaum hörbar. Da war sie wieder, die Wahrheit.
Jenny fuhr ihm über das Gesicht. »Für dich die ideale Situation, nicht wahr? Zwei Frauen, wann immer du sie willst. Es ist ungerecht.«
»Jenny ...«
Sie hielt ihm einen Finger an die Lippen. »Wenn ich's nicht wollte, würde ich's nicht tun. Macht es dir Spaß?«
»Ja.«
»Dann möchte ich mich weiter mit dir treffen. Und mach dir keine Sorgen. Wenn du ins Büro zurückkommst, verhalte ich mich absolut professionell. Niemand wird es je erfahren. Versprochen. Keine albernen Wutanfälle mehr.« Sie machte eine Pause. »Aber das hat seinen Preis.« Sie heuchelte eine ernste Miene.
»Was meinst du damit?«
»Ich meine, daß ich ein bißchen mehr an deinem Leben teilhaben möchte als bisher.«
Das klang seltsam. »Wieso?« Plötzlich fragte er sich, warum sie so verständnisvoll geworden war.
»Ich biete dir ein Geschäft an. Du kannst mich haben, wann immer du willst, aber wir reden mindestens einmal am Tag miteinander. Solange du zu Hause arbeitest, rufst du mich an. Wenn du ins Büro zurückkommst, reden wir einmal am Tag in deinem Büro miteinander. Sagen wir mal, so um die zehn Minuten. Ist das machbar?«

Falcon lächelte. »Ja. Ich glaube, das könnte ich schaffen.«
»Und noch was. Ich möchte mehr über dich erfahren. Ich glaube, du bist der größte Geheimniskrämer, den ich je kennengelernt habe.« Sie küßte ihn wieder auf die Brust.
»Das muß wohl an meiner Art von Geschäften liegen. Dadurch werde ich so. In Wahrheit gibt es nicht viel zu wissen. Ich bin ziemlich langweilig.«
»Laß mich das beurteilen.«
»Schön. Falls du mich für so interessant hältst, dann stell mir deine Fragen. Schieß los.«
Jenny legte ihren Kopf wieder auf seine Brust und fuhr mit der Hand zwischen seine Beine. Sie spürte, wie sich seine Bauchmuskeln unwillkürlich anspannten. »Fangen wir damit an: Warum erzählst du mir nichts über dieses Projekt, an dem du so fleißig arbeitest?«

15

Die Sonne ging am Horizont auf und wurde mit jedem Augenblick heißer. Filipelli sah auf seine Uhr. Kurz nach halb zehn. Er zog den Wollpullover aus, den er am frühen Morgen als Schutz vor der Kälte in Montana übergestreift hatte. Selbst im Juli konnte der Morgen in Montana frostig sein.

Filipelli betrachtete den Himmel. Er war wolkenlos. »Glauben Sie, das Wetter hält heute, Bugsy?« Gestern, an Filipellis erstem Tag auf dem Fluß, war es zunächst klar und warm gewesen, aber gegen Mittag war es kühl und regnerisch geworden. Jetzt war wieder schönes Wetter.

»Weiß nicht, Mr. Filipelli.« Bugsy war damit beschäftigt, eine drei Meter lange Angelrute für das Fliegenfischen zu bestücken und wollte eindeutig nicht gestört werden. Aber hier bot sich eine gute Gelegenheit, einem Städter ein Ammenmärchen aufzutischen. Das war unwiderstehlich. »Es gibt hier draußen in Montana ein altes Sprichwort, Mr. Filipelli: Wenn dir das Wetter nicht gefällt, warte eine Stunde. Bis dahin hat es sich geändert. Das sagen sie in Wyoming natürlich auch und in Idaho ebenso. Ich war viele Jahre lang im Osten, in Maine. Da haben sie das auch gesagt.« Bugsy lachte einen Augenblick lang meckernd, dann konzentrierte er sich wieder auf seine Aufgabe, die lange Angelrute zu bestücken.

Filipelli lächelte. Im Grunde genoß er die Tatsache, wie scheißegal es seinem knorrigen alten Angelführer war, daß sein heutiger Kunde der Vorstandsvorsitzende der Bundesbank war. Von dieser knorrigen alten Wasserratte konnte er ein paar Hänseleien einstecken. Es war sogar erfrischend, daß sich die Leute nicht vor ihm duckten. Zum Teufel, hätte er in Washington eine solche Frage gestellt, dann wären Berichte geschrieben oder Direktleitungen zum nationalen Wetterdienst geschaltet worden.

Nein, Bugsy hätte die Bundesbank nicht kälter lassen können. Oder die Tatsache, daß Filipelli ein großes Tier im Weltgeschehen war. Bugsy lebte in einer realen Welt. Montana. Wo Männer Männer waren und Regierungsbeamte schlicht und einfach Glück hatten, wenn sie am Leben waren.

Die Luft war kristallklar. Filipelli atmete tief ein. Es war gut, ein paar Tage weg von Washington zu sein, außerhalb des Rampenlichts. Er mußte am Dienstag zurückfahren, aber in den nächsten beiden Tagen wollte er alles vergessen – Wendell Smith, den FOMC, sogar den Präsidenten – und sich einfach amüsieren.

Filipelli sah vom Flußufer aus hinüber zu dem unverdorbenen Wasser des Bighorn River, das etwa vierhundert Meter flußabwärts durch den Yellowtail-Damm strömte. Der Bighorn entsprang in der gleichnamigen Gebirgskette, die steil am südlichen Horizont aufragte, und schlängelte sich hundertsechzig Kilometer durch die Täler, bis er mit dem Yellowstone River zusammenfloß. Auf ihrem langen Weg vereinten sich beide Flüsse mit dem Missouri und dann mit dem gewaltigen Mississippi, ehe sie schließlich südlich von New Orleans in den Golf von Mexiko mündeten.

Er beobachtete die Strömung des Gewässers und fragte sich, ob General Custer auf seinem Weg zum Little Bighorn diesen Ort wohl gesehen haben mochte. Schon hier, nahe seiner Quelle, war der Bighorn ein großer Fluß, etwa dreißig Meter breit und an den meisten Stellen so seicht, daß man darin waten konnte, an manchen Stellen aber auch sehr tief. Der Bighorn gehörte zu den ergiebigsten Forellenflüssen in allen fünfzig Bundesstaaten; es wimmelte in ihm nur so von riesigen Bach- und Regenbogenforellen. Filipelli war cin eifriger Forellenfischer, wenn er Gelegenheit dazu hatte. Wegen seines vollgepackten Terminkalenders war das in den letzten Jahren leider selten der Fall gewesen. Freunde, die diesen Sport ebenfalls betrieben, hatten Filipelli diesen Fluß immer wieder empfohlen; aber bisher hatte er noch nie die Gelegenheit gehabt herzukommen. Endlich war er am Bighorn, und er hatte vor, seinen Aufenthalt voll zu genießen. Seine Mitarbeiter hatten strenge Anweisung, ihn nur anzurufen, falls etwas Unvorhergesehenes eintrat.

Filipellis Jagdhütte gehörte zu Fort Smith, einer Ortschaft mit nur dreihundert Einwohnern, zwei Stunden südöstlich von Billings. Als der Westen erobert wurde, war Fort Smith ein Außenposten für die Regierungstruppen auf dem Bozeman Trail gewesen. Jetzt war es nicht viel mehr als ein Marktplatz für die Farmer und die Crow-Indianer in diesem trostlosen Winkel des Staates. Und außerdem ein Quartier für Angler wie Filipelli, die auf der Suche nach den riesigen Regenbogenforellen im Bighorn herkamen.
Bugsy machte den Knoten zu, der die mit Ködern bestückte Angelrute mit der breiteren, hellgrünen Wurfangel verband. Er legte die graphitgraue Angelrute auf eine Seite des viereinhalb Meter langen Ruderboots und sah zu Filipelli auf. »Fahren wir los. Wir vergeuden nur Zeit.«
Die beiden Männer stießen das schwerbeladene Boot in das klare Wasser des Bighorn. »Steigen Sie ein, Carter!« schrie Bugsy, um das Geräusch strudelnden Wassers, verursacht durch den Damm ein Stück flußaufwärts, zu übertönen.
Filipelli hievte sich linkisch über die Bootskante. Das Einsteigen fiel ihm schwer, weil er zum Schutz vor dem acht Grad kalten Wasser uralte Gummistiefel trug. Einen Augenblick lang balancierte er auf dem Dollbord, hätte das Boot dabei fast zum Kentern gebracht und fiel schließlich alles andere als elegant in das Innere des Bootes. Er richtete sich schnell auf und setzte sich ins Heck, den Blick nach achtern.
Bugsy stieß das Boot ab und schwang sich mühelos über den Bug. Er stieg über die Angelausrüstung auf dem Boden und nahm seinen Platz auf der Bank in der Mitte ein. Dann legte er die Ruder ein und steuerte das Boot zur Flußmitte. Filipelli staunte über die Geschicklichkeit, mit der dieser Mann das ganze Manöver vollzogen hatte. Bugsy war mindestens siebzig.
Bugsy lächelte Filipelli an. »War nicht gerade leicht für Sie, ins Boot zu kommen, was, Chef?« Bugsy ruderte methodisch, während er ein so gut wie zahnloses Grinsen aufblitzen ließ.
»Stimmt.« Filipelli erwiderte das Lächeln nicht. Eine kleine Hänselei war in Ordnung, durfte aber nicht zur Regel werden. Schließlich war er einer der mächtigsten Männer der Welt. Es

war an der Zeit, daß er als solcher wahrgenommen wurde. Wo sollte das alles enden, wenn Leute wie Bugsy ihn immer ironisch »Chef« nannten.

Der Ältere sah über die Schulter weg zum zweiten Ruderboot, das sich hinter ihnen in dem Fluß bewegte. »Müssen die Typen den ganzen Tag lang bei uns bleiben?«

Filipelli nickte. »Befehl des Präsidenten. Mindestens zwei Männer vom Secret Service müssen ständig um mich sein.«

Bugsy stöhnte. »Einer von den Scheißkerlen hat mir den Colt weggenommen, mit dem ich Klapperschlangen erschieße. Hat mir gesagt, ich krieg' ihn wieder, wenn der Tag rum ist. Ich will die Knarre unbedingt wiederhaben. Die hat meinem Urgroßvater gehört.«

»Sie kriegen sie wieder. Keine Bange.«

»Die haben also geglaubt, ich könnt' versuchen, Sie zu erschießen?« Bugsy lachte hysterisch auf. Es klang, als hätte er einen Asthmaanfall.

»Sie sehen aus wie ein knallharter Typ. Ich wär' nicht überrascht, wenn Sie ein paar Ihrer Kunden erschossen hätten.«

»Bloß diejenigen, die keine Fische fangen, obwohl ich sie mit der Nase draufgestupst hab'.« Bugsy spuckte Tabaksaft ins Wasser. »Will bloß hoffen, daß wir nicht auf Klapperschlangen stoßen.«

»Gibt es hier am Fluß Klapperschlangen?« Filipelli musterte nervös die Ufer.

»Jede Menge.«

Filipelli wußte nicht, ob der Alte nur witzelte. Bugsy beugte sich so weit vor, daß die Krempe seiner schmierigen Chevy-Truck-Mütze sein Gesicht verbarg. Filipelli hatte den Eindruck, als bebten Bugsys Schultern wie bei jemandem, der sich vor Lachen schüttelt, aber genau konnte er es nicht ausmachen. Zum Kuckuck mit Bugsy. Solange sie große Fische fingen, gönnte er dem Zwerg seinen Spaß.

Das Rauschen des Wassers durch den Damm in der Nähe wurde leiser, als das Ruderboot flußabwärts fuhr, im Fall des Bighorn River Richtung Norden. Filipelli lehnte sich gegen das hochgezogene Heck, atmete wieder tief ein und nahm die Landschaft in sich auf. Die Prärie, leicht überzogen von einem Teppich aus hellgrünem Gras, lag oberhalb der Böschung. In der Ferne erhoben sich Hügel und Anhöhen, und hinter ihnen ragten die schneebedeckten Gipfel der Bighorn-Berge in den dunkelblauen Himmel. Land unter weitem Himmel. Von hier aus konnte man bis in die Unendlichkeit sehen.

»Wo ist Custer massakriert worden, Bugsy?«

»Die Schlacht hat am Little Bighorn stattgefunden, einem Nebenfluß dieses Stroms. Sie sind etwa fünfundvierzig Kilometer nördlich von hier aufeinandergestoßen.«

»Gegen welche Indianer hat er dort gekämpft?«

»Die Sioux.«

»Aber die Indianer hier in dieser Gegend sind Crows, stimmt's?«

Bugsy nickte. »Stimmt. Dieser Teil des Bighorn fließt direkt durch das Zentrum des Crow-Reservats. Beide Flußufer gehören dem Stamm und werden von ihm verteidigt. Kleiner Rat an Sie, Chef: Falls Sie mal pinkeln müssen, überschreiten Sie die Wasserstandsmarke am Ufer nicht.«

»Warum?«

»Dem Gesetz nach haben die Crows das Recht, Sie wegen unbefugten Eindringens in ihr Land festzunehmen. Wir dürfen vom Ufer aus angeln, aber es ist nicht erlaubt, auf ihren Wiesen herumzutrampeln. Auf Befehl der Bundesregierung der Vereinigten Staaten von Amerika.« Bugsy sprach den letzten Satz sarkastisch. Er wußte mehr über Filipelli, als er sich anmerken ließ.

»Nehmen die tatsächlich Leute fest?«

»Sicher. Würden Sie das nicht auch tun? Ich meine, versetzen Sie sich mal in deren Lage. Sie sehen, wie ein Witzbold auf Ihrem Land herummarschiert, ausgerüstet mit Angelzubehör, das vermutlich mehr gekostet hat, als Sie Ihr Leben lang sparen können. Dann läßt er die Hosen runter und pinkelt auf Ihr Land, und Sie sehen nur seinen lilienweißen Arsch, den er Ihnen entgegenstreckt. Und dieser lilienweiße Arsch ist vermutlich verwandt mit einem Typ, der vor hundert Jahren hergekommen ist und Ihnen Ihr Land gestohlen hat. Sicher, natürlich tun die alles, um Sie zu piesacken.«

Filipelli lachte. »Das Land ist so unverbaut, man kann sie ja kilometerweit kommen sehen. Ich würde einfach zum Boot zurückgehen.«

»Erstens wird ein Stückchen weiter flußabwärts das Dickicht am Ufer viel dichter. Pyramidenpappeln, hohes Schilf und so weiter. Dann können Sie die ums liebe Leben nicht mehr kommen sehen. Zweitens könnte sich ein Indianer hinter einem Schilfrohr verstecken, wenn's sein müßte. Drittens, und das ist am wichtigsten, ein Indianer hat meistens zwei Dinge bei sich: eine Flasche Whisky und ein Gewehr. Oft beides zusammen. Und lassen Sie sich das von mir gesagt sein: Das ist keine tolle Kombination. Er sieht, wie Sie auf sein Land pissen, und aller Wahrscheinlichkeit nach benützt er uns als Zielscheibe, ganz gleich, ob wir im Boot sind oder nicht. Das kann ich heute gar nicht brauchen. Tun Sie mir also einen Gefallen: Bleiben Sie am Ufer, und gehen Sie nicht weiter!«

»Ich bin ein hoher Regierungsbeamter und gehe, wohin ich will. Außerdem haben wir zwei bestens ausgebildete Agenten vom Secret Service dabei. Es wird keinerlei Probleme geben.«

Bugsy sah über die Schulter weg die beiden Agenten an, die sich abmühten mitzuhalten. »Diese Typen würden die Indianer niemals kommen sehen«, schnaubte er. »Die wären tot, bevor die kapiert hätten, was vor sich geht.«

»Ihrem Ton entnehme ich, daß Sie Mitgefühl für die Weise haben, wie die amerikanischen Eingeborenen behandelt worden sind, Bugsy. Das ist gut.«

»Persönlich gebe ich keine Furz auf die, Mr. Filipelli. Ich leb' seit fünfzig Jahren hier und hab' noch keinen gesehen, der auch bloß 'nen Schuß Pulver wert wär'. Gottverfluchte Nervensägen sind die, sonst nichts. Aber ich denke pragmatisch. Sie sind hier und werden nicht von hier verschwinden, also muß ich mit ihnen leben. Und wissen Sie, warum die keinen Schuß Pulver wert sind, Mr. Filipelli? Weil ihr Liberalen mit den blutenden Herzen in Washington wegen dem, was vor hundert Jahren hier passiert ist, 'nen Riesenschuldkomplex habt, genau wie ihr ein schlechtes Gewissen habt, weil ihr die Bomben auf Japan geschmissen habt. Also denkt ihr, wir müßten denen alles geben: Land, Autos, monatliche Unterstützung und so weiter. Ich will gar nicht behaupten, daß es richtig war, was wir diesen Leuten angetan haben. Kein Mann mit Verstand im Kopf könnte das behaupten. Etliche Geschichten über das Gemetzel und die Vergewaltigungen, die diese Soldaten angerichtet haben, sind unglaublich. Abscheulich ist das bessere Wort. Wenn mir jemand einreden will, der weiße Mann soll die überlegene Rasse sein, lach' ich dem ins Gesicht. Das Problem ist bloß, wenn Sie jemandem alles geben, was er zum Überleben braucht, nehmen Sie ihm jeden Leistungsanreiz. Sie nehmen ihm die Entschlußkraft. Diese Indianer geben das Geld, das sie von uns bekommen, für Whisky aus. Sie sind ständig besoffen, verprügeln ihre Frauen und bauen Autounfälle. Mit der Zeit werden sie Alkoholiker. Ein Mann braucht ein Ziel. Sonst taugt er nichts. Mir ist egal, ob er Indianer ist, Weißer, Chinese oder Schwarzer.«

Filipelli wollte darauf antworten. Er diskutierte von Natur aus gern. Aber plötzlich, als das Boot in eine Flußbiegung trieb, kam es schneller in Fahrt.

»Festhalten, Chef.« Bugsy legte sich kräftig in die Ruder.

Filipelli drehte sich im Heck um. Vor ihm war weißschäumendes Wasser, das rauschte und gegen große Felsbrocken schlug. Bugsy lotste das Boot geschickt in die Stromschnellen. Er stand im Boot, die Ruder im Griff, und bahnte sich einen Weg durch die Felsen. Er war bestens vertraut mit dem trägen Gewässer, aber die Stromschnellen veränderten sich ständig.

Über dem dahinschießenden Wasser wurde die Luft kühler. Filipelli umklammerte das Dollbord und versuchte, dem Schaukeln und Schwanken des Boots zuvorzukommen. Die Stromschnellen erreichten den Gipfel, und plötzlich glitt das Boot in sanftere Gewässer. Filipelli sackte in seine Sitzhaltung im Heck zurück.

»Das war großartig!« Er war freudig erregt, auf alles gefaßt, isoliert in der Wildnis, unerreichbar für die Bürokraten.

»Das war ein Klacks. Dieser Fluß hat keine richtigen Stromschnellen. Jedenfalls nicht so weit im Süden.« Bugsy nahm ein Bier aus der Kühltasche hinter seinem Sitz, machte es auf und nahm einen großen Schluck. Danach wischte er sich mit dem Ärmel den Mund ab. »Auch eins?«

»Nein. Zu früh.«
Bugsy seufzte und schüttelte den Kopf. »Schauen Sie mal dort rüber, Chef.«
Filipelli folgte Bugsys knorrigem Finger. Erst sah er überhaupt nichts. Der gleißende Sonnenschein auf der Wasseroberfläche blendete zu sehr, selbst durch die dunklen Polaroidgläser seiner Sonnenbrille. Aber nach einer Weile paßten sich seine Augen dem Licht an, und er sah, worauf Bugsy zeigte. Es waren Rückenflossen. Forellenflossen. Sie durchschnitten zu Hunderten das Wasser, während die Fische nach Insekten schnappten. »Unglaublich! Das müssen ja hundert Fische sein.«
»Mindestens dreihundert.«
»Das ist unfaßbar. Und das, obwohl die Sonne so hoch am Himmel steht. Ich hätte nicht damit gerechnet, daß es vor Sonnenuntergang so fette Beute gibt.«
»Ach, stimmt ja. Hatte ich ganz vergessen. Sie haben noch nie im Bighorn geangelt. Freuen Sie sich auf einen Hochgenuß. Die Fische sind den ganzen Tag lang so unterwegs, bis das Wetter schlecht wird.«
»Was für welche sind es? Bach- oder Regenbogenforellen?«
»Bachforellen.« Bugsy sah über die Schulter zurück nach den beiden Männern vom Secret Service, die eben den Tiefpunkt der Stromschnellen erreichten. Er bedeutete ihnen, ans Ufer zu rudern. Er wollte nicht, daß sie den Schwarm nach Insekten schnappender Fische aufstörten. Auf der Fahrt durch die Stromschnellen waren die Agenten dreimal fast gekentert, deshalb folgten sie Bugsys Anweisung.
»In Ordnung, Chef. Ich rudere uns hinüber.« Bugsys Stimme hatte sich zu einem Flüstern gesenkt. Das war seine Stimme als Angelführer. Er musterte das Wasser um das Boot herum. »Sie schnappen nach blauen Libellen und nach Mücken. Auch nach kleinen. Höchstens Größe achtzehn.«
Bugsy war jetzt aufgeregt. Filipelli sah es an seinen Augen, hörte es in seiner Stimme. Er war fast so aufgeregt wie Filipelli.
»Nehmen Sie eine Adams-Kette, Chef. Fliegen Größe achtzehn. Behalten Sie Ihre Fliege im Auge, während sie durch die lebenden Insekten schwebt. Das kleine Holzstück, der Flieger, ragt

wie ein Daumen aus der Wasseroberfläche. Sie können dann sehen, wenn so ein fetter Mistkerl nach dem Köder schnappt. Hier.« Bugsy reichte Filipelli aus einem kleinen Köderkästchen, das in seiner zerfetzten Anglerweste gesteckt hatte, eine Adams-Köderkette.

Filipelli nahm die Köderkette von Bugsy entgegen. Seine Hände zitterten, und er holte tief Luft. Das war albern. Es waren doch nur Fische. Aber er konnte die Hände nicht ruhig halten, als er die dünne, durchsichtige Plastikleine durch die winzigen Ösen der Köderkette fädelte.

Bugsy steuerte das Boot geräuschlos zum Flußufer. Etwa drei Meter vom Ufer entfernt glitt er über das Dollbord in sechzig Zentimeter tiefes Wasser, zog das Boot zum Ufer, bis es halb aus dem Wasser heraus war, und machte das Heck mit einem schweren Metallanker fest.

Filipelli warf einen Blick stromaufwärts. Die Männer vom Secret Service hatten ihr Boot siebzig Meter stromaufwärts an Land gezogen, unmittelbar hinter der tiefsten Stelle der Stromschnellen. Sie ließen ihn nicht aus den Augen.

Filipelli packte die Wurfangel und ließ sie schnell ausfahren. Die winzige Fliege, zusammengesetzt aus Federn, Tierhaar und Draht, schwebte träge über die Oberfläche. Es war eine Trockenfliege, die schlicht und einfach ein Insekt mit Flügeln imitieren sollte, ein Insekt, das über der Oberfläche schwebte, bevor es aufflog.

Filipelli starrte gebannt auf den winzigen Köder, während er zwischen den an der Oberfläche wimmelnden Forellen trieb. Er wartete auf das Zuschnappen eines hungrigen Fischs. Die Fliege näherte sich dem Rand des Futtergebiets, aber noch hatte kein Fisch angebissen.

»Noch mal.« Bugsy flüsterte die Worte von dem Platz aus, auf den er sich fünf Meter oberhalb des Uferrands gehockt hatte.

Filipelli hob die lange Wurfangel aus Graphit, und die hellgrüne, schwere Fliegenleine folgte. Diese Fliegenleine ermöglichte es dem Angler, das fast gewichtlose Insektenimitat über weite Entfernungen zu werfen.

Die Fliege machte einen Satz aus dem Wasser. Filipelli zog die

Fliegenleine erst mit einer gezielten Bewegung hinter seinen Körper zurück und warf sie dann über das Wasser aus, was die Fliege wieder trocknete und erneut in Position auf der Wasseroberfläche brachte. Es war eine elegante Bewegung. Es war ein eleganter Sport. Aber nichts für Ungeduldige. Der Trick bestand darin, die Fliege stromaufwärts an den Rand der Futterstelle der Fische zu werfen, sie durch die Futterstelle schweben zu lassen, in der Hoffnung, sie werde unterwegs einen großen Fisch anlocken.

»Jetzt.« Bugsy krächzte das Kommando.

Filipelli warf die Angel wieder kräftig aus, und Fliege sowie Leine schossen über den Bighorn. Die Fliege landete perfekt auf dem Wasser, inmitten des Insektenschwarms, der im Zickzack über die Oberfläche schwirrte. Die Kunstfliege glitt glatt in die Futterstelle.

»Sieht appetitlich aus.« Bugsy folgte der Fliege über das Wasser.

»Hoffen wir's.« Filipellis Stimme war heiser.

Rückenflossen schwammen um den Köder zwischen den lebendigen Insekten herum, aber die riesigen Fische schenkten Filipellis Adams-Köder keine Beachtung. Wieder näherte sich der Köder dem Ende der Futterstelle.

»Verdammt.« Filipelli hob wieder die Angel, um sie auszuwerfen. Im selben Augenblick schloß sich ein riesiges Maul um die Adams-Fliege. Sofort spannte sich die Leine.

»Peng!« Bugsy stand auf und warf die geballte Faust in die Luft. »Sie haben eine am Haken.«

Die Forelle merkte sofort, daß etwas nicht stimmte. Mit einer blitzartigen Schwanzbewegung schleuderte sich der Fisch aus dem Wasser, warf den Kopf hin und her und versuchte, sich vom Haken zu befreien. Aber der Haken blieb im Fischmaul stecken. Die Forelle fiel mit einem gewaltigen Aufplatschen ins Wasser zurück. Wieder sprang sie aus dem Wasser, mit gekrümmtem Körper, rüttelte und zog an der Leine, der Angel und Filipellis Händen. Wieder fiel der Fisch ins Wasser zurück.

»Himmel, beim zweiten Sprung muß sie einen Meter über der Oberfläche gewesen sein!« Bugsy brüllte, in Hochstimmung an-

gesichts des Kampfes, der sich vor ihm im Fluß abspielte. »Das ist ein Riesenfisch! Immer mit der Ruhe, Chef. Ganz ruhig!«
Filipelli spürte, wie das Adrenalin durch seinen Körper strömte. Es war doch bloß ein verdammter Fisch. Kein Grund, sich derart aufzuregen. Aber er konnte nicht anders. Er wurde kurzatmig, und plötzlich ertappte er sich dabei, daß er zu welchem Gott auch immer betete, der Fisch möge an der Leine bleiben. Er wollte diesen Fisch unbedingt fangen.
»Was für eine Forelle ist es, Bugsy?« rief Filipelli dem Älteren zu, ohne das Wasser aus den Augen zu lassen.
»Eine Regenbogenforelle! Ich kann's nicht fassen. Ich hab' gedacht, hier gibt es nur Bachforellen. Es ist ein wunderschöner Fisch. Muß zwischen sieben und neun Pfund wiegen. Ein großer Fisch, sogar für diesen Fluß, Chef.«
Plötzlich ruckte die Leine quietschend an der Spule.
»Sie taucht tief ab, Chef. Aufrollen. Aufrollen!«
Filipellis Hände bewegten sich wild, als er die Spule wieder aufrollte, damit es für den Fisch schwerer wurde, die Leine wegzuziehen.
»Nicht zu straff. Heiliger Strohsack! Dieser Fisch schluckt Ihre Hakenaufhängung. Es ist eine ziemlich dünne Aufhängung.«
Die Regenbogenforelle sprang wieder aus dem Wasser, dieses Mal weit draußen auf dem Fluß. Sie hatte ein langes Stück Leine abgerollt.
»Sie schwimmt stromabwärts, Chef. Bleiben Sie dran. Bleiben Sie stromabwärts dran, sonst verlieren Sie den Fisch!«
Filipelli watete durch das seichte Wasser in Ufernähe, hielt die Angel hoch, damit die Leine straff blieb und weiter Druck auf das Fischmaul ausübte. Der Schlick erschwerte das Vorankommen, und Filipelli kämpfte um das Gleichgewicht, tastete nach den Steinen und Stöcken im Flußbett. Allmählich drang er in den Fluß vor, bis ihm das Wasser zur Hüfte ging. Hier kam er besser voran. Im tieferen, schneller fließenden Wasser lag weniger Strandgut.
Die Forelle schwamm weiter stromabwärts, obwohl sie die Leine nicht mehr abspulte. Filipelli sah sich um, stromaufwärts. In wenigen Minuten hatte er eine beachtliche Strecke stromabwärts

zurückgelegt. Er konnte die Agenten vom Secret Service, die entspannt im Boot saßen, kaum noch sehen. Auch Bugsy wurde im Hintergrund immer kleiner.

Das Seil schlang sich schnell um Filipellis Knöchel. Erst begriff er nicht, was geschah. Dann wurde er plötzlich unter die Oberfläche gezogen und völlig unter Wasser getaucht. Einen Moment lang dachte er daran, die Angelrute festzuhalten, glaubte, er sei über ein Hindernis im trüben Wasser gestolpert, das er nicht hatte sehen können und daß er schnell wieder das Gleichgewicht erlangen werde. Aber dann merkte er, daß er in das sehr tiefe Wasser in der Mitte des Bighorn gezogen wurde, geschleppt von einem unsichtbaren Angreifer.

Filipelli ließ die Angelrute los und versuchte, sich an die Oberfläche zu kämpfen. Aber der Angreifer hatte Filipelli schon drei Meter tief unter Wasser gezogen, und Filipellis Finger erreichten die Oberfläche nicht. Er versuchte, nach dem Angreifer zu treten, den er in dem aufgewühlten Wasser kaum sehen konnte, aber das Seil hinderte ihn daran. Der Schlick zog ihn noch tiefer hinunter, und Filipelli geriet in Panik, begriff, daß er ertrinken würde, falls er sich nicht energisch wehrte.

Verzweifelt bückte er sich nach seinen Knöcheln, wollte sich von dem Seil befreien. Seine Lungen brannten. Sein Körper brauchte dringend frischen Sauerstoff. Er kämpfte mit dem Seil, und plötzlich bekam er einen Fuß frei. Filipelli trat, traf auf etwas, und plötzlich bekam er auch den zweiten Knöchel frei. Er stieß sich hoch, dem Licht entgegen, sich windend und schreiend. Die Oberfläche war nahe. Noch eine Sekunde, dann hatte er sie erreicht.

Die Tauchermaske hing jetzt um Phoenix Greys Hals, weil Filipelli ihn heftig ins Gesicht getreten hatte. Aber Grey machte sich nicht die Mühe, sie zurechtzurücken. Er griff nach Filipelli und bekam einen seiner Stiefel zu packen. Er hielt ihn fest. Das mußte er. Falls Filipelli die Oberfläche erreichte, hieß das, daß die ganze Operation gescheitert war. Und es hieß, daß Grey sterben mußte. Dafür hätte Rutherford gesorgt.

Filipelli trat wieder. Die Oberfläche war so nahe. Zentimeter entfernt. Nur Zentimeter. Er hatte das Gefühl, sein Kopf müsse

explodieren. Ein Hämmern. Ein höllisches Hämmern. Ein Schmerz, den er noch nie erlebt hatte. Er schrie. Er brauchte die Luft so dringend. Gott, laß mich nur noch einmal Luft holen. Warum passiert gerade mir so etwas?
Filipellis Finger durchstießen die Oberfläche. Er spürte die kalte Luft an den Händen. Bestimmt würden ihn die Agenten vom Secret Service in wenigen Sekunden erreichen. Sie mußten gemerkt haben, wie er im Fluß verschwunden war.
Phoenix Grey nahm seine ganze Kraft zusammen und schlug Filipelli mit der Faust in den Solarplexus.
Das reichte. Filipelli konnte dem natürlichen Drang, Luft zu holen, nicht länger widerstehen, obwohl er wußte, daß das den Tod bedeutete. Das Wasser strömte in seine Lunge, und er würgte. Grey zog Filipelli in die Tiefe zurück.
Filipelli fuhr sich mit den Händen an den Hals. Gott, bitte schenk mir Luft. Bitte, schenk mir Luft. Der Schmerz ist unerträglich. Ich möchte meine Familie wiedersehen. Nur noch einmal! Es gibt noch so vieles zu sagen. Bitte, Gott! Er schluckte wieder eine Menge Wasser.
Allmählich verschwand das Licht an der Oberfläche. Und Carter Filipelli, Vorstandsvorsitzender der Bundesbank, sank leblos auf den Grund des Bighorn River.

16

Seit dem Bürgerkrieg gibt es die berühmte Vereinigung der Sieben an der Universität Harvard. 1863 bildete sich eine Studentengruppe, die unter dem Namen Föderalisten bekannt wurde. Was sie einte war der Gedanke, an erster Stelle müsse das Land stehen; es könne nicht überleben, wenn es auseinandergerissen würde. Deshalb unterstützten sie auf unvergleichliche Weise die Unionsbestrebungen und verurteilten die rebellischen Konföderierten.

Die Föderalisten waren so fanatisch, wie junge Menschen es nur sein können. Sie nagelten Plakate für die Union an jeden Baum auf dem Campus. Sie organisierten riesige Kundgebungen, zu denen sie auf dem Gelände neben Winthrop Hall offene Befürworter der Union als Redner einluden, und sie schikanierten gnadenlos jedermann auf dem Campus – Studenten, Professoren, wen auch immer –, der es wagte, die Sache der Rebellen zu vertreten. Sie schrieben Drohbriefe, warfen Fensterscheiben mit Steinen ein, kurz, benutzten alle Mittel der Einschüchterung gegen jene, die nicht ihrer Ansicht waren.

Der Bürgerkrieg ging zu Ende; die Föderalisten lösten sich auf. Aber sieben Gruppenmitglieder blieben aktiv. Sie arbeiteten von nun an heimlich, weil sie glaubten, anonym könnten sie wirkungsvoller arbeiten und gründeten eine neue Gesellschaft. Sie hatten schon eine wichtige Lektion gelernt: Männer, die einmütig handeln, zielstrebig eine gemeinsame Sache verfolgen, können die Massen beeinflussen. Diese kleine Gruppe führte das Werk der Föderalisten weiter und wurde im Lauf der Jahre als die Sieben bekannt.

1893 starb Dr. Franklin Pearse nach einem langen Kampf gegen den Krebs in Boston. Er hinterließ keine Erben. Seine beiden Kinder waren jung an Scharlach gestorben, und seine Frau hatte

im Winter vor seinem Tod eine Lungenentzündung nicht überlebt. Im Lauf seines Lebens war es ihm gelungen, zweihundertfünfzigtausend Dollar zu sparen, für die damalige Zeit ein Riesenvermögen. Weil er keine Erben hatte, vermachte Dr. Pearse seine Ersparnisse seinerAlma mater, der Universität Harvard.
In einem Begleitschreiben zu der Hinterlassenschaft bekannte er sich dazu, einer der Sieben gewesen zu sein. Das Geld war damals die größte Einzelspende in der Geschichte der Universität und wurde auf Dr. Pearses Wunsch in einen Stipendienfonds für Minderheiten investiert.
In der Todesnacht von Dr. Pearse schlug genau sieben Minuten vor Mitternacht die Turmuhr der Universitätskapelle siebenmal. Harvard hatte die Sieben anerkannt.
Die restlichen sechs Mitglieder der Gesellschaft warben ein neues Mitglied an: einen Studenten im dritten Jahr, der aktiv die politische Richtung der Universität vertrat. Der junge Mann begriff sofort, was für eine Gelegenheit sich ihm bot.
Die Älteren waren allesamt Prominente; etliche von ihnen hatten gute Beziehungen zur Wall Street. Das jüngste Mitglied überredete die Senioren dazu, diese Beziehungen spielen zu lassen, um heimlich Geld für die Sieben aufzutreiben. Denn er hatte begriffen, daß ehemalige Harvard-Absolventen an der Wall Street mit Freuden für eine Geheimgesellschaft spenden würden, die es schaffte, Einfluß auf die Politik ihrer Alma mater zu nehmen. Er verdeutlichte die Allgegenwart der Sieben in der Universität schlicht und einfach, indem er die Zahl Sieben in weißer Farbe auf die efeuüberwucherten Backsteingebäude malte.
Bei der Abschlußfeier im Jahr 1896 leisteten die Sieben ihre erste offizielle Spende an Harvard: eine Million Dollar und sieben Cent – damals eine unvorstellbare Summe. Die Festgemeinde war vor Ehrfurcht wie vom Donner gerührt. Die Zahl Sieben im Spendenbetrag sollte fortan nie mehr fehlen.
Nach dem Zweiten Weltkrieg wurden die Sieben politisch aktiver und verbündeten sich dauerhaft mit der konservativen Ideologie. Sie hielten die Tradition aufrecht, der Universität spektakuläre Geldgeschenke zu machen, konzentrierten sich aber vor allem darauf, politisch Einfluß zu nehmen.

Die Gesellschaft hatte nie mehr als sieben Mitglieder. Wenn ein Mitglied starb, wurde es innerhalb weniger Tage durch einen Spitzenkandidaten auf einer langen Liste potentieller Nachfolger ersetzt, die ständig überprüft wurden. Die neuen Mitglieder der Sieben wurden seit 1945 nicht mehr aus der Studentenschaft rekrutiert, denn die Operationen, mit denen sich die Sieben jetzt befaßten, waren zu heikel, um sie einem jungen Menschen, der sich seiner politischen Überzeugung noch nicht sicher war, anzuvertrauen. In aller Regel hatten es die Neuankömmlinge schon zu Führungspositionen in großen Unternehmen, angesehenen Anwaltskanzleien oder hohen Regierungsämtern gebracht. Oder sie zählten zu den Topmanagern der besten Investmentbanken an der Wall Street. Sie waren steinreich, ihre politische Überzeugung war erzkonservativ, und sie waren Harvard-Absolventen gewesen – das waren die Voraussetzungen.

Granville Winthrop sah sich im Raum um, während er an der dicken Zigarre zog. Turner Prescott, geschäftsführender Partner von Cleveland, Miller & Prescott; Devon Chambers, ehemaliger Vorstandsvorsitzender von DuPont de Nemours & Company; Wallace Boreman, Vorstandsvorsitzender der National Southern Bank; William Rutherford, ehemaliger Leiter aller europäischen Operationen der CIA; Wendell Smith, Direktor der New Yorker Bundesbank, und Bailey Henderson, Herausgeber und Generalbevollmächtiger des *Financial Chronicle*. Mächtige Männer. Allesamt.

Es war eine homogene Gruppe. Weiß, reich und konservativ. Jeder hatte Frau und Kinder. Keiner war geschieden, obwohl etliche Geliebte hatten. Ausnahmslos alle gehörten einer langen Liste von Wohltätigkeitsverbänden an. Und sie stammten aus privilegierten Verhältnissen. Bis auf Rutherford.

Rutherford hatte Harvard mit Hilfe eines Stipendiums besucht. Es war eine Art Footballstipendium, wenn auch dem Namen nach die Eliteuniversitäten keine Sportstipendien vergaben; sie nannten das Geld statt dessen Sporthilfe. Nach einer Bilderbuchkarriere als Verteidiger in der Liga der Eliteuniversitäten hatte sich Rutherford zur Armee gemeldet, wo er schnell in den

Rang eines Lieutenant Colonel aufstieg. Er wurde zur CIA überstellt und vier Jahre später zum Leiter aller europäischen Operationen der CIA befördert. Rutherford sprach fließend Spanisch, Russisch, Französisch und Deutsch. Er war versiert im Kampfsport und in allen Techniken zum Beschaffen von Geheiminformationen. Er war knallhart, und es machte ihm nicht das Geringste aus, einen Menschen umzubringen.

1981 war Richard Seale, damals der Leiter der Sieben, bei einem Flugzeugabsturz der Air Florida ums Leben gekommen. Die Sieben wandten sich an Rutherford, der ihr großzügiges Angebot, Mitglied der Gesellschaft zu werden, sofort annahm. Seine Lebensaufgabe bestand von nun an darin, die täglichen Aktivitäten der Sieben zu leiten, Granville Winthrop, der Nummer eins, zu assistieren. Und er würde mehr Geld verdienen, als er während seiner Laufbahn bei der Army und für die CIA bekommen hatte. Rutherford reichte sofort seinen Abschied bei der CIA ein, schloß sich den Sieben an und brachte die Dienste von Phoenix Grey in die Gruppe ein, einem Mann, der vom Töten mehr verstand als Gott oder Satan.

Die Sieben trafen sich an diesem Abend auf Prescotts zehn Hektar großem Gut im Worthington Valley, einem Zuchtgebiet für Vollblutpferde, dreißig Kilometer nördlich von Baltimore. Sie kamen diesmal in Prescotts Haus zusammen, weil seine Frau noch auf Martha's Vineyard war und sie deshalb ungestört tagen konnten und weil Prescott am nächsten Morgen um neun wieder im Gericht von Baltimore sein mußte.

»Meine Herren, die Sitzung ist eröffnet.« Winthrops tiefe Stimme war von Natur aus gebieterisch. Im Raum wurde es still. »Ich habe es für wichtig gehalten, daß wir uns noch ein letztes Mal treffen, ehe das Projekt Plejade an die Öffentlichkeit tritt.« Winthrop machte eine Pause. »Ich gehe davon aus, daß Sie alle von dem schrecklichen Unfall gehört haben, der dem Vorstandsvorsitzenden Filipelli am Samstag in Montana zugestoßen ist.«

Die anderen sechs Männer nickten und schnippten mit den Fingern. Ursprünglich waren sie sich nicht einig gewesen, daß die Ermordung von Carter Filipelli ein Schritt in die richtige Richtung war. Aber als deutlich wurde, daß der Präsident und Filipelli im Ernst planten, die Erbschaftssteuer auf neunzig Prozent zu erhöhen, hatten sich die Männer darauf geeinigt, das Projekt Plejade müsse erfolgreich sein – um jeden Preis. Er und der Präsident wollten ihnen stehlen, was sie und ihre Familien seit Generationen aufgebaut hatten.

»Gut. Devon, berichten Sie uns bitte wie weit die Übernahme von Penn-Mar gediehen ist.«

Chambers atmete lange und mühsam ein. Der bösartige Krebs in seinen Lungen verschlimmerte sich täglich. Unter den Männern im Raum wußten nur Winthrop und Rutherford, wie schlimm die Krebserkrankung tatsächlich geworden war. Rutherford hatte auf Winthrops Geheiß Phoenix Grey befohlen, in die Praxis von Chambers' Arzt einzubrechen und seine Krankenakte zu kopieren. Im Oktober würde Chambers tot sein. So stand es in der Akte. Nicht einmal Chambers wußte, wie wenig Zeit ihm noch blieb. Der Arzt hatte es ihm bis jetzt noch nicht sagen wollen.

Chambers fing an. »Wir werden unser Kaufangebot am Mittwoch öffentlich bekanntgeben. Im *Wall Street Journal*, im Wirtschaftsteil der *New York Times* und natürlich im *Financial Chronicle*.« Chambers nickte Bailey Henderson zu. »Wir eröffnen das Kaufangebot mit fünfundsiebzig Dollar pro Aktie.«

»Glauben Sie, daß DuPont oder Hoechst ein Gegenangebot machen werden?« Prescott sah über seine Halbbrille hinweg. Er sah mit der gestreiften Seidenfliege und den dazu passenden Hosenträgern richtig extravagant aus.

Chambers wandte sich steif Prescott zu. Selbst diese winzige Bewegung tat furchtbar weh. »Ich weiß es nicht, Turner. Ich habe Kontakt mit meinen alten Freunden bei DuPont aufgenommen. Die dortige Planungsabteilung hat sich in den letzten zwanzig Jahren mehrmals mit Penn-Mar befaßt. Das Unternehmen wäre eine perfekte Ergänzung zu DuPonts Geschäften. Im Augenblick steht Penn-Mar zwar nicht zur Debatte, aber sobald ein Angebot auftaucht, wäre es durchaus möglich, daß sie einsteigen.« Er machte eine Pause, um Luft zu holen. »Sie haben drei Milliarden Dollar auf der Habenseite und dadurch die Möglich-

keiten, langfristige Kredite aufzunehmen. Meiner Meinung nach werden sie sich große Mühe geben, unser Angebot von fünfundsiebzig zu überbieten. Natürlich würde eine Fusion von DuPont mit Penn-Mar auf gravierende Einwände des Kartellamts stoßen. Was Hoechst anlangt, bin ich mir nicht sicher. Es ist eine unbekannte Größe. Wahrscheinlich können sie nicht so schnell Geld auftreiben wie DuPont. Und sobald wir unser Angebot vorlegen, haben sie nur noch zwanzig Tage Zeit zu reagieren.«
Winthrop ergriff das Wort.
»Da ist noch etwas«, unterbrach ihn Chambers. »Ich möchte Sie alle darauf aufmerksam machen. Bei der Sitzung mit Barksdale, Prausch und Falcon in der NASO hat Falcon die Tatsache erwähnt, daß West und Chase unter verdächtigen Umständen gestorben sind.«
Alle anderen sahen Winthrop an. Falcons Beteiligung war ihnen ein Dorn im Auge, aber ihre Angst vor Winthrop war größer.
»Na und?« Winthrop blieb stur.
»Ich glaube, er könnte versuchen, mehr über diese Unglücksfälle herauszufinden.«
»Soll er doch.«
»Aber ...«
Winthrop stieß eine große Rauchwolke in Richtung Chambers aus, der sofort nach Atem rang. »Sie halten sich an die Abmachungen, Freundchen. Das ist meine Hauptsorge.«
Chambers nickte und griff nach den grünen Tabletten in seiner Jackentasche. Sein Gesicht lief scharlachrot an, während er den Husten unterdrückte. Zu diesem Zeitpunkt durfte er keine Schwäche zeigen.
»Wie sieht es mit der Finanzierung aus, Wallace?« Winthrop zeigte auf Boreman, der sich ein Schinkensandwich in den Mund schob.
Boreman grinste verlegen. »Entschuldigung. Es war ein langer Tag heute. Ich bin um halb sechs in der Frühe aus Japan zurückgekommen. Das ist das erste, was ich zu essen bekomme, seit ich im Flugzeug ein beschissenes Omelett runtergewürgt habe.« Boreman wischte sich mit einer Stoffserviette den Mund ab. »Im großen und ganzen steht die Finanzierung. Das Eigenkapital und

die Ramschaktien sind abrufbereit. Der Bankkredit auch. Es sind nur noch ein paar Einzelheiten mit zwei Banken in Tokio zu regeln. Am frühen Abend haben wir Zusagen von drei amerikanischen Banken bekommen, drei französischen und den zwei japanischen Instituten jeweils in Höhe von drei Milliarden Dollar. Das sind zusätzlich zu den vier Milliarden von der NASO weitere vierundzwanzig Milliarden Dollar Bankschulden. Mit den Japanern sind nur noch ein paar Details auszubügeln. Wie auch immer – insgesamt stehen jetzt achtunddreißig Milliarden Dollar zur Finanzierung der Transaktion zur Verfügung. Mit soviel Geld könnten wir fast bis zu neunzig Dollar pro Aktie gehen, wenn wir es müßten. Und von zwei weiteren Banken – Crédit Suisse und Crédit Lyonnais – haben wir noch nichts gehört.« Boreman machte eine Pause. »Wir mußten mit Eigenkapital bürgen, um die schnelle Zusage der Banken zu erwirken, aber was zum Teufel soll's. Wenn Turner vor Gericht erst einmal fertig ist, dann ist das Eigenkapital von Penn-Mar sowieso keinen Pfifferling mehr wert.« Boreman deutete mit dem Rest des Sandwichs in Winthrops Richtung. »Ich muß vor Granville in diesem Punkt den Hut ziehen. Falcon hat hervorragende Arbeit geleistet, um diese Leute davon zu überzeugen, daß es eine starke Transaktion ist.« Boreman wollte nicht denselben Fehler machen, den Chambers eben begangen hatte.

Winthrop nickte anerkennend, als er wieder Zigarrenrauch in Chambers' Richtung blies. Die anderen waren so klug, sich nicht über den Qualm zu beschweren. Winthrop war alles andere als glücklich. Er war es nicht gewohnt, selbst zu fahren – im allgemeinen übernahm das sein Chauffeur, aber heute abend war das wegen der strikten Geheimhaltung nicht gegangen –, und er hatte sich mit dem Mietwagen auf dem Weg vom Bahnhof Baltimores zu Prescotts Landsitz verfahren.

»Könnten wir noch einmal durchgehen, was das alles für die Finanzlage der NASO bedeuten wird?« Bailey Henderson war damit an der Reihe, Boreman Fragen zu stellen.

»Selbstverständlich.« Boreman biß noch ein Stück von dem Sandwich ab. »Im Augenblick verfügt die NASO schätzungsweise über fünfzehn Komma zwei Milliarden Dollar Eigenkapital und entsprechende Kredite. Die NASO wird dreizehn Milliarden zu der Penn-Mar-Transaktion beisteuern, die über Nacht wertlos werden, sobald Turner mit den Informationen über die Umweltprobleme von Penn-Mar an die Öffentlichkeit geht. Erlauben Sie mir, Sie alle daran zu erinnern, daß die NASO außerdem weitere sechs Milliarden Verbindlichkeiten gegenüber Immobiliengesellschaften hat, in denen die Sieben die Mehrheit haben. Die NASO wird nur Stunden, nachdem Turner vor dem Bundesgericht die Bombe wegen Penn-Mar platzen läßt, bekanntgeben, daß sie zahlungsunfähig ist. Das bedeutet neunzehn Milliarden an geplatzten Krediten und verlorenen Investitionen innerhalb weniger Stunden. Nach Ablauf eines Tages steht die Bank mittellos da und wird zusammenbrechen. Leute auf der ganzen Welt werden nach ihrem Geld schreien, und die Bank kann ihnen nicht mal zehn Cent geben. Wir werden die Bundesbank um Nothilfe bitten, aber sie wird nicht sofort reagieren.« Boreman nickte Smith zu, der breit lächelte. »Wendell ist jetzt de facto der Vorstandsvorsitzende, und er wird zögern, der NASO unter die Arme zu greifen. Dieses Zögern wird die Panik an den Börsen bis zum Zusammenbruch steigern. Und Bailey wird natürlich über das alles berichten –«

»Und alles höllisch übertreiben«, warf Henderson ein. »Mein Reporter wird deutlich machen, daß Banken, die Firmen mit Umweltproblemen Kredite geben, für die Umweltschäden haftbar gemacht werden können – und daß sich die von Penn-Mar verursachten Umweltschäden in der Höhe von Hunderten von Milliarden Dollar bewegen könnten. Das sollte die Anleger bei der NASO noch glücklicher machen. Und die Anleger bei den anderen beteiligten Banken ebenfalls.«

Winthrop konnte seine Erregung kaum zügeln. Sie waren ein perfekt aufeinander eingespieltes Team. Jeder kannte seine Aufgabe. Es lief wie ein Uhrwerk.

Henderson fuhr fort. »Am nächsten Tag, am Tag, nachdem wir den Zusammenbruch der NASO gemeldet haben, wird der *Financial Chronicle* berichten, daß die Investmentfirma, die das Geld des Präsidenten verwaltet – Lodestar Investment Management –, kurz vor der Übernahme durch Veens & Company fragwürdige Käufe von Penn-Mar-Aktien getätigt hat. Ein eindeutiges Insidergeschäft. Der Aktikel wird so abgefaßt werden, daß der Leser daraus schließt, der Präsident habe Lodestar zu den Käufen gedrängt, weil er über Insiderinformationen verfügt habe. Ist die Order schon in den Computer von Lodestar eingegeben worden?«

Rutherford nickte.

»Die Quintessenz: Innerhalb von vierundzwanzig Stunden ist der Präsident ruiniert, meine Herren«, sagte Winthrop. »Die Finanzmärkte werden ein Chaos sein, die Wirtschaft wird aus den Fugen geraten. Und der Präsident wird wegen Insidergeschäften angeklagt werden. Daraus folgt, daß unser Kandidat, Mr. Whitman, ein paar Wochen später die Präsidentschaftswahl gewinnt, und dann wird es uns allen bessergehen. Die Zukunft unseres Landes und unseres Besitzes ist gesichert.« Winthrop drückte den Zigarrenstummel in einem Kristallaschenbecher auf dem Tisch aus. »Und was ist mit unseren beiden Freunden hier, Rutherford?« Winthrop zeigte auf Boreman und Chambers.

»Das ist alles schon vorbereitet«, sagte Rutherford. »Die Welt wird glauben, daß Wallace Boreman den Bankrott der NASO nicht verkraften konnte und deshalb Selbstmord begangen hat, indem er über eine Klippe gefahren ist. Das Auto wird explodieren, wenn es auf dem Grund der Schlucht aufschlägt, und die Leiche wird so verbrannt sein, daß sie nicht wiederzuerkennen ist. Das Nummernschild wird das von Boremans Wagen sein. Nur die Leiche wird eine andere sein. Mit unseren gehorteten drei Milliarden Dollar werden wir lebenslänglich für ihn sorgen. Eine Art Zeugenschutzprogramm, mit dem Unterscheid, daß Wallace wie ein König leben wird. Die Ranch in Wyoming ist schon gekauft.«

Winthrop wußte das, aber er wollte, daß es die anderen hörten.

»Was Devon anlangt«, fuhr Rutherford fort, »glaube ich nicht, daß er Schwierigkeiten bekommt. Turner ist sich sicher, daß er juristisch nicht belangt werden kann. Vermutlich werden die Gläubiger Penn-Mar wegen Betrugs verklagen, aber Devon wird nicht belangt werden. Vielleicht wird er als Zeuge vor Gericht geladen, vielleicht aber auch nicht.« Rutherford sah Chambers durchdringend an.

Chambers warf Rutherford einen Blick zurück. Rutherford wußte also über den Krebs Bescheid. Mistkerl. Aber Geheiminformationen waren sein Geschäft. Deshalb hatten sie ihn an Bord geholt, als Seale bei dem Flugzeugabsturz ums Leben gekommen war.

Winthrop zündete sich die nächste Zigarre an und wandte sich Prescott zu. »Was ist mit Veens & Company? Sind Sie sicher, daß alle Spuren verwischt werden können?«

»An dem Tag, an dem wir Penn-Mar übernehmen, geht Veens & Company in Penn-Mar auf, und Penn-Mar ist die einzige überlebende Firma. Alle Akten über Veens werden verschwinden.«

»Und Falcon?« Bailey Henderson beugte sich vor. »Was genau wird aus Falcon?«

Rutherford hustete. Der Rauch aus Winthrops Zigarre füllte den Raum. »Wir haben dafür gesorgt, daß Andrew Falcon für schuldig befunden wird, Insidergeschäfte getätigt zu haben. Am letzten Mittwoch hat Mr. Falcon Penn-Mar-Aktien im Wert von dreißigtausend Dollar gekauft, obwohl er davon nichts weiß. Das wird ihn ins Gefängnis bringen. In ein Gefängnis mit rauhen Sitten. Ein anderer Insasse wird ihn umbringen.«

»Wozu die Mühe? Warum wird er nicht einfach umgebracht, sobald die Übernahme abgeschlossen ist? Warum kann er nicht einfach wie Filipelli an einem schrecklichen Unfall sterben? Ich bin mir sicher, daß Phoenix Grey das deichseln kann.« Devon Chambers atmete beim Sprechen schwer.

»Keine Fragen mehr. Keine einzige. In diesem Fall muß es natürlich aussehen. Er muß entehrt werden. Und er muß leiden. Körperlich und seelisch.« Winthrop stand auf und schlug auf den Tisch. »Ich will, daß der kleine Scheißer leidet!«

Im Raum wurde es totenstill.

17

Heftige Windböen peitschten den Regen gegen die Fenster von Falcons Dreizimmerwohnung. Er öffnete das Wohnzimmerfenster, so weit es aufging, kniete sich auf den Parkettboden und preßte die Nase gegen die feuchte Jalousie. Er sah hinunter auf die 82nd Street zehn Stockwerke tiefer. Weit unten hetzten die Leute zur Arbeit. Unter Schirme in allen Größen und Farben geduckt, rempelten sie sich in dem irrwitzigen Gedrängel gegenseitig an.

Während er auf sie hinunterschaute, erinnerte sich Falcon an Momente seiner Kindheit. Er war von seinem Vater bestraft worden und durfte das Haus nicht verlassen, weil er gegen irgendeine winzige Hausregel verstoßen hatte. Nun mußte er seinen Spielkameraden durch das Fenster seines Zimmers zuschauen. Charlie Richards. Sein Vater. In der Gießerei hatten sie ihn Buddy genannt. Buddy, den Saukerl. Der niemals lächelte, niemals versuchte, sich mit anderen anzufreunden. Deshalb waren nur so wenige zur Beerdigung seiner Frau gekommen. Niemandem lag etwas an ihm.

Falcon schluckte. Seine Mutter war eine liebevolle Frau gewesen, deren einzige Sorge die Familie gewesen war – Buddy, Andrew und die kleine Tochter Sara. Aber sein Vater war brutal. Dazu bösartig. Er hatte seine Frau ständig mißhandelt. Vielleicht war es besser gewesen, daß sie in der Nacht, in der sie von einem Besuch bei ihrer Mutter in Trenton zurückkehrte, von der Straße abgekommen war. Falcon hatte sich immer gefragt, ob es wirklich ein Unfall gewesen war. Vor dem Baum hatte es keine Rutschspuren gegeben. Aber sie hätte wissen müssen, daß sie Sara ebenfalls umbringen würde – und das hätte sie niemals getan.

Auch Jennys Mutter war früh gestorben, eine von den vielen Gemeinsamkeiten, die sie teilten. Sie erzählte oft, welche Auswirkungen das auf ihre Jugend hatte. Daß es sie in mancher Hinsicht stärker, in anderer verletzlicher gemacht hatte. Daß sie glaubte, ihr eines Tages – im Leben nach dem Tod – wiederzubegegnen. Während dieser Gespräche hatte Falcon Jenny gegenüber kein Wort über den schrecklichen Unfall seiner Mutter verloren. Er konnte einfach nicht zulassen, daß ein Mensch ihm je so nahekam.

Falcon konzentrierte sich auf eine der Gestalten unten auf der Straße. Der Mann hatte keinen Schirm und es offenbar nicht eilig, irgendwo anzukommen. Er lag ausgestreckt auf einer blauen Limousine, die Arme gen Himmel gereckt und lachte hysterisch. Der Regen ergoß sich wie aus Kübeln über ihn. Falcon erkannte den Mann. Es war West Side Willy, ein obdachloser Hüne, der ständig die Einwohner der Upper West Side mit seinen Geldforderungen und seiner verdreckten, verwahrlosten Erscheinung einschüchterte. Einmal pro Woche nahm die Polizei West Side Willy wegen Ruhestörung oder Exhibitionismus fest. Aber innerhalb von vierundzwanzig Stunden war er wieder auf freiem Fuß, weil er ja kein Verbrechen beging – und das hieß in New York: Vergewaltigung oder Mord.

Plötzlich – ohne Vorwarnung – sprang der Hüne von der Kühlerhaube, brüllte wie ein Irrer und raste wie wahnsinnig auf eine zusammengedrängte Menschenmenge an einer Bushaltestelle zu. Die Leute stoben auseinander, ließen ihn durch und drängten sich dann wieder zusammen. Eine Spur enger, des besseren Schutzes wegen. West Side Willy blieb stehen, sah sich nach der Gruppe um, warf die Hände in die Luft und brüllte noch lauter als vorher. Dann ging er in aller Seelenruhe davon, im Vorbeigehen lässig gegen diverse Autotüren tretend. Falcon schüttelte den Kopf und lachte. Irre gab es überall. Und in New York City gab es sie reichlich.

Falcon erhob sich unter Stöhnen von seinen Knien. Er war erschöpft. Er hatte rund um die Uhr gearbeitet, um Chambers' Termin am Mittwoch einzuhalten. Er und die Anwälte hatten ganze Papierstapel bearbeitet: Dokumente für die Börsenaufsicht, Papiere für das Kartellamt, Bankkreditformulare, die

Wertpapierabsicherungen für die Ramschaktien und natürlich das Kaufangebot – das zum Teil morgen früh in allen Zeitungen veröffentlicht werden würde und dessen voller Wortlaut noch heute jedem Aktionär von Penn-Mar als abschließender Geschäftsbericht zugestellt werden würde. Falcon mußte das Kaufangebot noch einmal überprüfen, ehe es heute morgen an den *Financial Chronicle,* an das *Wall Street Journal* und an die *New York Times* zum Abdruck verschickt wurde.
Morgen früh würde die Meldung in diesen Zeitungen erscheinen, der Welt berichten, daß Veens & Company die Absicht hatte, alle Aktien von Penn-Mar Chemicals zu erwerben. Dabei handelte es sich um den größten Aktienaufkauf aller Zeiten; er würde den Verkauf von KKR an R. J. Reynolds im Jahr 1989 in den Schatten stellen. Genau gesagt, es handelte sich um die größte Übernahme aller Zeiten. Falcon lachte. Sie hatten das in nicht einmal drei Wochen gedeichselt. Es war Wahnsinn. Noch viel wahnsinniger war, daß er kurz davor stand, fünf Millionen Dollar zu verdienen. Bitte, lieber Gott, falls es dich irgendwo dort oben gibt, laß es geschehen. Seltsam, wie ein Mann so plötzlich religiös werden konnte.
Falcon ging in die kleine Küche. Zweitausenddreihundert Dollar pro Monat, und die Kühlschranktür ging nur halb auf. Aber so war New York. Man mußte es lieben oder verlassen, denn die Stadt kannte keine Gnade mit ihren Einwohnern.
Er nahm eine halbvolle Milchpackung aus dem Kühlschrank, registrierte kurz die Unordnung, die Alexis zu verdanken war, und schloß die Tür. Er goß die Milch über einen Teller Rice Krispies, und während er das Knacken der Frühstücksflocken hörte, durchlief ein Schauer der Aufregung seinen Körper. Morgen würde er die größte Übernahme in der Geschichte der Wall Street bekanntgeben.
Es war die Stunde Null. So nannte er diesen Moment. Den Punkt, an dem die Transaktion ein Eigenleben bekam. Man reagierte nur noch, agierte nicht mehr. Das Tempo des Geschäfts nahm Überschallgeschwindigkeit an, und man konnte sich nur noch festhalten. Gleichzeitig tat sich so vieles, daß es schwierig wurde, am Drücker zu bleiben. Aber genau dabei verdiente sich ein Invest-

mentbanker sein üppiges Honorar, indem er jeden Aspekt des Geschäftsverlaufs im Griff behielt. Er wurde zu einer Mischung aus einem Psychiater, einem General und einem Pokerspieler. Aber in erster Linie bewahrte er die Ruhe. Händler durften hochgehen wie Vulkane, aber niemals Investmentbanker. Deshalb war diese Laufbahn Falcon so einfach in den Schoß gefallen. Er besaß die Fähigkeit, Ruhe zu bewahren.

Die Stunde Null. Die Penn-Mar-Transaktion war an diesem Punkt angekommen. Sobald das Geschäft morgen der Wall Street mitgeteilt wurde, würde alles explodieren. Falcon, Barksdale, Chambers und alle auch nur am Rand damit Beteiligten würden in diesem Strom durcheinandergewirbelt werden ...

Er witterte Alexis' Gegenwart und sah von den Frühstücksflocken auf. Sie stand nackt vor ihm. So fühlte sie sich in der Wohnung am wohlsten. Ihr Exhibitionismus hatte etwas Unverfrorenes. Falcon vermutete, daß sich alle Models voll bekleidet genauso wohl fühlten wie nackt. In jeder Situation.

»Guten Morgen, Falcon.« Ihre Stimme war weder freundlich noch unfreundlich. Alexis kam auf ihn zu, streifte mit einem flüchtigen Kuß seine unrasierte Wange und quetschte sich dann an ihm vorbei zum Kühlschrank.

Er sah ihr zu, als sie sich bückte, um Speck und Eier herauszunehmen. In den letzten Tagen war sie hilfsbereit gewesen, das mußte er zugeben. Sie war ihm aus dem Weg gegangen und hatte ihn arbeiten lassen, hatte gemerkt, wie wichtig sein Vorhaben war. Sie hatte sogar zweimal ein Abendessen gekocht, obwohl sie es verabscheute, irgend etwas zu kochen. Die Ausnahme bildete das Frühstück.

Alexis stellte die Zutaten auf den Küchentresen und nahm dann mit viel Geschepper und Gepolter die Pfannen heraus, die sie für die Zubereitung brauchte. Sie warf Falcon einen Blick zu. »Willst du auch was?«

Falcon schüttelte den Kopf und lächelte.

Sie schaltete eine Gasflamme ein. »Was ist denn so komisch?«

»Du solltest in einem der fünfhundert Kabelkanäle, die uns so teuer zu stehen kommen, mit einer Kochsendung anfangen. Du wärst bestimmt ein Volltreffer. Wir müßten dir natürlich das richtige Outfit verpassen. Vielleicht eine durchsichtige Schürze mit der Aufschrift: ›Die Köchin sieht zum Anbeißen aus‹. Die Sendung würde jede Menge Kohle einbringen. Ganz bestimmt hätte ich als Investmentbanker ausgesorgt.«

Alexis lachte. »Wie würdest du die Sendung nennen?« Sie warf ein großes Stück Butter in die Pfanne.

»Wie wär's mit ›Godiva Gourmet‹?«

»Ooooh, das gefällt mir. Würdest du mich als Agent vertreten?« Sie warf das ganze Päckchen Speck in die Pfanne, ohne die Scheiben auseinanderzuziehen.

Falcon staunte immer über die Tatsache, daß sie essen konnte, soviel sie wollte, ohne zuzunehmen. Andere Models, die er kannte, litten psychisch schwer, weil sie ständig Diät halten mußten. Für Alexis galt das nicht. »Wenn du die Scheiben auseinandernimmst, garen sie gleichmäßiger.«

»Gleichmaß ist mir schnuppe, Mr. Saubermann.« Der spielerische Ton wich aus ihrer Stimme. »Wir haben nicht alle einen Analkomplex, der mit 'nem Ordnungsfimmel einhergeht. Ich meine, Herr im Himmel, jeder Anzug in deinem Schrank hat seinen speziellen Kleiderbügel und seinen speziellen Platz. Und das gilt auch für deine Schuhe, deine Hemden, deine Socken und Krawatten.«

Er konnte mühelos mit ihr mithalten. »Wir können nicht alle als totale Schlampen funktionieren. Ich wüßte es zu schätzen, wenn du mal den Kühlschrank aufräumen würdest, sobald du mit der Fresserei fertig bist. Da drin liegt eine Avocado, die vergammelter aussieht als die englische Königinmutter.«

Alexis schmiß den Pfannenwender auf den Tresen, sah Falcon aber nicht an. Falcon wich rückwärts aus der Küche. Er konnte jetzt keinen Streit brauchen. Er hatte gesagt, was er zu sagen hatte – das reichte.

Er ging mit seinem Teller Frühstücksflocken zum Schreibtisch und musterte kurz die Platte. Tadellos aufgeräumt, dachte er voller Stolz, und das inmitten der größten Übernahme aller Zeiten. Organisation. Das war der Schlüssel zum Erfolg. Außerdem tausend weitere Dinge. Darunter eine Riesenportion Glück.

Falcon stellte den Teller auf den Schreibtisch und überflog die

Titelseite der Morgenausgabe der *New York Times*. Er zog sich den Stuhl heran, damit er sich setzen konnte, nahm aber nicht Platz. Sein Blick ruhte gebannt auf der Schlagzeile: VORSTANDSVORSITZENDER DER BUNDESBANK IN MONTANA ERTRUNKEN.

Falcon blinzelte, und während er die Worte anstarrte, kroch ihm langsam ein unheimliches Gefühl das Rückgrat hoch. Er zitterte unwillkürlich, als die Empfindung langsam seinen Hals und seinen Hinterkopf erreichte. Falcon hatte Filipelli für den größten Stolperstein beim Abschluß der Übernahme von Penn-Mar gehalten. Filipelli hätte die Banken einschüchtern können, die sich verpflichtet hatten, das Geschäft zu finanzieren, hätte sie zum Aussteigen zwingen können, und dann wären Veens und die NASO abgesoffen, hätten kein Geld für den Aufkauf der Aktien gehabt. So mächtig war Filipelli gewesen.

Er hatte sich ständig Sorgen wegen Filipelli gemacht und hatte das Chambers gegenüber auch ausgesprochen. Immer wieder hatte Chambers seine Sorge als belanglos abgetan, hatte statt dessen seine Bedenken wegen eines Konkurrenzangebots von einem anderen Chemiemulti geäußert. Falcon hatte sich gefragt, warum Chambers die Bedrohung durch die Bundesbank so unbekümmert abtat. Vielleicht hatte er jetzt die Antwort vor Augen.

Falcon starrte die Seite an, und die Worte verschwammen vor seinen Augen. Carter Filipelli war tot. Es war kaum zu glauben.

Der grünweiße Golfschirm war hinderlich, weil er so riesig war. Aber er hielt Falcon unter dem Ansturm des prasselnden Regens trocken. Einige Fußgänger mit normalen Regenschirmen bedachten Falcon mit spitzen Bemerkungen, weil sie ihm ausweichen mußten.

Falcon ging am Portland Hotel vorbei. Er hätte wie früher von der dortigen Halle aus anrufen können, aber er hatte Hunger. Gleich drei Türen weiter gab es ein Lebensmittelgeschäft mit Telefon und Imbißstand. Dort wurde ein köstliches Frühstück aus Eiern, Speck und Toast serviert, dazu die besten hausgemachten Fritten in der Stadt. Falcon hatte heißhunger, weil ihn der Teller mit Rice Krispies nicht gesättigt hatte.

Carter Filipelli war tot, ertrunken in Montana, wenige Tage vor der öffentlichen Bekanntgabe der Übernahme von Penn-Mar. Das kam mehr als gelegen. Vielleicht war er ja einfach paranoid. Trotzdem wollte er nicht von der Wohnung aus anrufen. Die fünf Millionen waren jetzt zum Greifen nahe, und falls Boreman oder Barksdale herausbekamen, daß er versuchte, die Herkunft der Milliarde Dollar – den Beitrag der Deutschen zum Geschäft – aufzuspüren, hätten sie ihn vielleicht gefeuert. Oder ihm Schlimmeres angetan. Und dann wäre es aus gewesen mit der Farm in Vermont, mit der finanziellen Sicherheit und allem anderen.
Falcon hatte beide Telefone in der Wohnung gründlich auf Abhörvorrichtungen überprüft und nichts gefunden, mußte jedoch zugeben, daß er eine Wanze vermutlich gar nicht als solche erkannt hätte. Er wußte sowenig über Elektronik, Technik oder ganz einfach Mechanik und all die anderen Dinge des täglichen Lebens. Das war der Fluch der meisten Investmentbanker. Sie wußten über so vieles wenig Bescheid.
Sie hätten eine Wanze in den Computer oder in das Bloomberg-Terminal einbauen können, ehe ihm beides geliefert worden war. Es war eine sichere Wette, daß sie irgendwo in der Wohnung eine Abhörvorrichtung installiert hatten. Sie kannten ihn nicht gut und vertrauten ihm deshalb nicht. Das hatten sie ihm sogar gesagt.
Die Deutschen. Er hatte versucht, ihnen auf die Spur zu kommen, genau wie den telegrafischen Geldanweisungen – aber ohne Erfolg. Nirgends gab es einen Eintrag über eine Investmentfirma namens Westphalia Nord mit Sitz in Deutschland, die angebliche Tochtergesellschaft von Veens. Seine Freunde suchten immer noch, aber sie rechneten nicht damit, fündig zu werden. Ein Werner Prausch tauchte ebenfalls nirgends auf. Falcon hatte ihn seit der Sitzung am Freitag weder gesehen noch etwas von ihm gehört.
Über Veens & Company hatte er Unterlagen gefunden, obwohl das Unternehmen die Käufe, von denen Chambers gesprochen hatte, nicht getätigt hatte. Veens hatte vor drei Monaten eine kleine Kunststoffabrik für sechs Millionen Dollar gekauft. Das war alles. Nichts Astronomisches.

Falcon ging durch die Tür des Lebensmittelladens, heraus aus dem Regen. Er schüttelte das Wasser aus dem Schirm auf den Boden, sehr zum Befremden des Mexikaners hinter dem Imbißtresen.

»Zwei beidseitig gebratene Spiegeleier, Speck, Toast und hausgemachte Fritten«, gab Falcon seine Bestellung auf. Es war fast zehn, und es war ruhig im Laden – eine Atempause zwischen dem Gedrängel beim Frühstück und dem Mittagessen.

Der Mexikaner sah ihn an. »Wollen Sie Kaffee?« Der Mann näselte. Seine Miene blieb ausdruckslos.

»Ja.«

Der Mann drehte sich um und rief etwas in gebrochenem Englisch, was überhaupt nicht nach dem klang, was Falcon bestellt hatte. Aber so war es immer, und meistens bekam er das Richtige. Der Mann am Grill ächzte, ließ seine Zigarette auf den Fliesenboden fallen, nahm ein riesiges Stück weißen Speck aus einem uralt aussehenden Topf und legte es auf den Rost. Falcon schaute schnell weg. Es war, wie es immer von Würstchen hieß: Wenn man bei der Zubereitung zusah, hatte man keine Lust, sie zu essen.

Nachdem er das Essen bestellt hatte, ging Falcon zur Telefonzelle. Der Apparat war glitschig vom Fett, und Falcon bereute plötzlich, nicht das Telefon in der Halle des Portland benutzt zu haben. Er warf einen Vierteldollar in den Schlitz, tippte die Nummer ein und lauschte dem Klingeln am anderen Ende der Leitung.

»Eddie Martinez, Überweisungsabteilung.«

»Eddie, hier ist Andrew Falcon.«

»Hi, Mr. Falcon.«

»Haben Sie die telegrafischen Anweisungen schon gefunden?«

»Noch nicht, und ich hab' gründlich nachgeschaut.«

»Mist.« Falcon sah sich nach etwas oder nach jemandem um, der vage verdächtig wirkte. »Okay, aber versuchen Sie es weiter.«

»Natürlich. Sagen Sie mal, sind Sie von Ihrem Seminar zurück und wieder in der Bank?«

»Noch nicht.«

»Ganz schön langes Seminar.«
»Ja. Hören Sie, Eddie, bitte geben Sie nicht auf. Es ist sehr wichtig.«
»Geht in Ordnung.«
Martinez legte den Hörer auf. Er mochte Falcon. Nicht viele Leute in Falcons Position, leitende Angestellte in der Bank, behandelten ihn mit Respekt. Aber hier tat sich was, womit er vielleicht besser nichts zu tun haben sollte. Er mußte für Frau und Kinder sorgen. Vielleicht war es an der Zeit, mit seinem Chef über diese Sache zu sprechen.

18

Veens & Company, eine New Yorker Investfirma, spezialisiert auf Partnerschaften zwischen Kunststoff- und Chemieherstellern, hat heute morgen in einer Presseerklärung an alle großen Presseagenturen bekanntgegeben, ein öffentliches Kaufangebot für alle Aktien der Penn-Mar Chemical Corporation abgegeben zu haben. Der Angebotspreis beträgt 75 Dollar pro Aktie. Ein Sprecher von Veens bestätigte, daß die Investfirma über Bankkredite, Obligationen und Eigenkapital zur Finanzierung des Erwerbs verfüge. Die Übernahme ist also finanziell abgesichert. Veens' Hauptberater und Coinvestor bei der Transaktion wird die National Southern Bank sein. Der Sprecher erklärte, die Firmenleitung rechne damit, die Aktien Anfang August zu erwerben, sobald die Bedingungen des Kartellgesetzes erfüllt seien.

Die New Yorker Börse. Die Mutter aller Börsen. Ihre Existenz ermöglicht es der amerikanischen Wirtschaft, pro Jahr Milliarden von Dollar zur Finanzierung von Arbeitskapital, langfristigen Finanzprojekten und Übernahmen aufzutreiben. Außerdem liefert sie Millionen von cleveren Einzelpersonen langfristige Renditen – weit über denen aus Obligationen und Finanzfonds. Sie ist das profitabelste Spielkasino der Welt. Auch wenn sich im Lauf der Jahre viele andere Börsen- und Finanzmärkte entwickelt haben – keiner kommt an Macht, Einfluß und Prestige der New Yorker Börse gleich.
Jeder Investor betritt das Börsenparkett auf die gleiche Weise: mit Hilfe eines Börsenmaklers, eines Brokers. Von Mitgliedern des mittleren Managements mit Kindern, die vor dem Collegebesuch stehen, über blauhaarige Witwen, die ihren Erben etwas hinterlassen wollen, zu Pensionsfondsverwaltern, denen Milliarden an Ruhestandsgeldern anvertraut sind, bis hin zu den Portfoliobe-

treuern derjenigen, die zu ängstlich sind, sich selbst um ihr Geld zu kümmern. Natürlich werden der Pensionsverwalter und der Portfoliobetreuer von den Brokern aufmerksamer behandelt als der Mann aus dem mittleren Management oder die Witwe. Diejenigen, die viel Geld verwalten, ordern vergleichsweise riesig, und der Broker verdient mit dem gleichen Energieaufwand viel höhere Provisionen als an einem kleinen Geschäft. Eigentlich sollte es nicht so sein. Jeder sollte fair behandelt werden. Aber in der Finanzwelt ist das Leben selten fair.

Sobald der Börsenmakler die Aufträge in das Computersystem der Börse eingibt, werden sie an die Laufburschen weitergegeben – schlechtbezahlte Angestellte, die hoffen, das Geheimnis der Wall Street zu lüften, indem sie in der Börse herumlungern. Die Laufburschen sitzen an bunten Telefonen am Rand des großen Saals. Sobald einer von ihnen über Telefon einen Auftrag erhält, durchkämmt er den Raum, bis er den Händler der betreffenden Firma auftreibt, dem er die Order übermittelt. Der Händler geht dann zum jeweiligen Spezialisten und gibt die Order weiter. Aufträge werden nicht immer der Reihe nach bearbeitet. Dieses Kasino bedient Großausgeber – was für die meisten Kasinos gilt.

Die Spezialisten machen buchstäblich den Markt für bestimmte Aktien. Sie haben im Saal eigene Plätze, »Posten« genannt, ganz ähnlich wie die Kaufleute auf den Märkten im antiken Griechenland. Wenn ein Händler IBM-Aktien oder andere Wertpapiere kaufen oder verkaufen will, muß er den jeweils zuständigen Spezialisten aufsuchen und durch lautes Zurufen den Marktpreis erfragen. Der Spezialist führt eine Liste aller, die eine Transaktion vornehmen wollen, inklusive der Preisangebote. Dadurch kennt er beide Seiten des Marktes. Falls es einen kleinen Spielraum gibt, kann er die Differenz einstecken. Im Börsenjargon wird das Arbitrage genannt. In der Welt der Spieler würde man von gezinkten Karten sprechen. Die Aktivitäten der Spezialisten gehören zu den strenggehüteten Geheimnissen der Wall Street.

In den Sommermonaten bewegen sich die Laufburschen und die Händler zielstrebig, aber mit gemessenem Schritt über den mit

Papieren übersäten Fußboden. Die hektische Geschäftigkeit während des Frühlings legt sich zwischen Juni und August, wenn die Welt sich in den Sommerferien entspannt.
An diesem Junimorgen war es jedoch anders. Im Börsensaal herrschte eine gewisse Spannung. Während sie den Saal durchquerten, warfen Händler, Laufburschen, Spezialisten und das Aufsichtspersonal gleichermaßen beklommene Blicke auf den Stammplatz, der dem Eingang von der Wall Street aus am nächsten war. Das war der Stammplatz von Grumman Brothers, Incorporated, den Spezialisten für Penn-Mar Chemicals. Angestellte von Grumman sprachen mit gedämpften Stimmen miteinander und mit Leuten von der Börsenaufsicht. Etliche Händler, die glaubten, zu jemandem bei Grumman gute Beziehungen zu haben, versuchten, diese Spezialisten auszuhorchen. Aber bei Grumman sagte niemand etwas.
Alle in der Börse wußten über die Presseerklärung vom heutigen Morgen Bescheid, in der die dem Anschein nach größte Übernahme aller Zeiten bekanntgegeben worden war. Und in der Börse breitete sich mit rasender Eile das Gerücht aus, die fünfundsiebzig Dollar pro Aktie, die Veens geboten hatte, waren vom Penn-Mar-Vorstand als unzureichend und folglich als feindselig eingeschätzt worden. Angeblich traf sich der Vorstand eben jetzt im Konferenzzimmer von Morgan Stanley in der City, um das Angebot zu bewerten. Es gab erste Hinweise darauf, daß die Geschäftsleitung und die Investmentbanker von Morgan Stanley dem gesamten Vorstand von Penn-Mar empfohlen hatten – teils per Konferenzschaltung –, das Angebot nicht anzunehmen. Niemand wußte, wie diese Teilinformation in die Börse durchgesickert war – oder niemand verriet es –, aber zum gegenwärtigen Zeitpunkt wurde sie als Tatsache hingenommen.
Es galt ebenso als Tatsache, daß Morgan Stanley vom Vorstand den Auftrag erhalten würde, nach einem weißen Ritter zu suchen – einem freundlichen Bieter. Und das konnte nur eins bedeuten: Möglicherweise würde der Aktienpreis weit höher liegen als bei fünfundsiebzig Dollar pro Stück, selbst bevor ein Konkurrenzangebot auftauchte – falls es dazu überhaupt kommen sollte.

Eine riesige feindliche Übernahme eines der ältesten und konservativsten Unternehmen Amerikas – das war seit einiger Zeit nicht mehr vorgekommen. Und plötzlich passierte es, platzte wie eine Bombe aus dem Nichts. Fiel allen in den Schoß wie ein riesiges Weihnachtsgeschenk. Auch wenn es keiner zugeben wollte: Alle, vom seriösesten Händler bis zum kleinsten Angestellten, waren aufgeregt. Der Geruch von schnellem Geld lag in der Luft, ein Geruch, den es seit längerer Zeit an der Börse nicht mehr gegeben hatte. Alle im Saal wirkten berauscht, als stünden sie unter Drogeneinfluß. Die Droge hieß Euphorie, und sie waren alle süchtig danach.
Die New Yorker Börse hatte an jenem Tag wie immer um halb zehn geöffnet. Jetzt war es elf, und noch immer hatten keinerlei Penn-Mar-Aktien den Besitzer gewechselt. Die Börsenaufsicht hatte alle Geschäfte mit Penn-Mar-Aktien verboten, im Jargon mit der roten Karte belegt, bis sie herausbekam, was sich abspielte. An einem normalen Tag belief sich der Umsatz von Penn-Mar-Aktien auf etwa vierhunderttausend Stück. Zu diesem Zeitpunkt, nach nur anderthalb Stunden, hatten die Händler über sechs Millionen Kauf- und Verkaufsaufträge erhalten.

Die rote Karte war zurückgezogen worden, und das Chaos brach los.
»Ich kaufe fünftausend für vierundsiebzig Komma zwo fünf!« schrie Ken Howard, Händler für Smith Barney, einen der Spezialisten von Grumman Brothers an.
»Zu diesem Gebot hab' ich nichts zu verkaufen!« schrie der Spezialist zurück.
Sie konnten sich über den Lärm hinweg kaum hören. Innerhalb von Sekunden hatten sich mindestens siebzig Händler vor den Spezialisten von Grumman versammelt.
»Runde fünfundsiebzig!«
»Von wegen! Wir eröffnen bei sechsundsiebzig! Die Leute sind überzeugt davon, daß Penn-Mar sich wehren wird. Die Aktie ist eine Rakete!«
Howard warf einen schnellen Blick auf das Bleistiftgekritzel in

seinem Notizbuch. »Geben Sie mir zwanzigtausend zu sechsundsiebzig! Ich brauche jede Aktie, die ich kriegen kann.«
Der Spezialist nickte. »Zwangzigtausend zu sechsundsiebzig! Abgemacht!«
Howard spürte, daß jemand mit ihm zusammenstieß und dann umfiel. Jack Wagner, der grauhaarige Broker von Paine Webber, lächelte Howard vom Fußboden aus an. »Das wird ein toller Tag, Ken! Ein toller Tag!«
»Und ob!« Howard streckte die Hand aus. »Stehen Sie lieber auf, ehe Sie niedergetrampelt werden.«

Victor Farinholt beugte sich bei Lodestar Investment Management über seinen Schreibtisch und wedelte wütend mit einem Stück Papier Richtung Peter Lane.
»Wie in Gottes Namen sind Sie an den Tip herangekommen, Lane?« brüllte Farinholt.
Peter Lane verlagerte unbehaglich das Gewicht auf dem Ledersessel in Farinholts Büro. »Was?« Plötzlich hörte Lane ein Klingeln in den Ohren, aber er wußte nicht, warum.
»Dann haben Sie die Presseerklärung noch nicht gelesen?«
»Wovon reden Sie eigentlich?« Lane verzog das Gesicht zu einer forschenden Miene. »Ich habe heute morgen den *Financial Chronicle* gelesen.« Das stimmte nicht ganz. »Dabei ist mir nichts aufgefallen, was mir die Augen geöffnet hätte.«
»Dann haben Sie die Zeitung nicht besonders gründlich gelesen.«
»Was?«
»Sie haben es also noch nicht gehört?«
»Was noch nicht gehört?« Lane war entnervt.
»Eine Investmentfirma hat eben bekanntgegeben, daß sie es auf Penn-Mar Chemicals abgesehen hat. Sie will fünfundsiebzig Dollar pro Aktie dafür bezahlen.«
Lane sah Farinholt ausdruckslos an. Die Erkenntnis, die ihm schon längst hätte kommen müssen, traf ihn mit der Wucht eines Vorschlaghammers vor den Kopf. Sie benutzten ihn, und obwohl er noch nicht genau wußte wozu, war er sich sicher, daß das für ihn nichts Gutes zu bedeuten hatte.

Er kämpfte um seine Fassung, darum, das innere Chaos zu überspielen. »Na ja ... das ist großartig. Wir haben in ganz kurzer Zeit das Geld des Präsidenten mehr als verdoppelt.« Lane brauchte Zeit zum Nachdenken.

»Haben Sie total den Verstand verloren? Wissen Sie, was passiert, wenn die Presse Wind davon kriegt, was wir getan haben? Was die aus der Tatsache machen wird, daß wir zugunsten des Präsidenten ein paar Wochen, bevor das Unternehmen das Ziel einer Übernahme wurde, in eine Aktie investiert haben?«

»Gar nichts wird passieren. Wir haben nichts Unrechtes getan. Und was gehen unsere Investitionsentscheidungen die Presse überhaupt an?«

Farinholt schüttelte den Kopf. »Wir müssen alle Geschäfte melden, die wir für Staatsdiener tätigen, und alle Zeitungen prüfen diese Meldungen geradezu fanatisch. Das sollten Sie eigentlich wissen.« Seine Stimme hatte sich plötzlich zu einem Flüstern gesenkt. »Ich habe fast mein ganzes Erwachsenenleben damit verbracht, diese Firma aufzubauen, und Sie ruinieren Sie innerhalb weniger Tage.«

»Was soll denn das Theater? Penn-Mar ist ein großes amerikanisches Unternehmen. Was ist verkehrt daran, wenn der Präsident ein paar Aktien kauft? Ich meine, es wäre geradezu unamerikanisch, wenn er keine Anteile an diesem Unternehmen hätte. Stimmt's?« Lane stand auf. »Ich halte Ihre Aufregung für übertrieben.«

Farinholt schlug mit der Faust auf den Schreibtisch. »Meine Aufregung ist nicht übertrieben!« Er holte tief Luft. »Sie werden uns Insidergeschäfte vorwerfen.«

»Warum zum Teufel sollten sie das tun?«

Farinholt sah Lane direkt in die Augen. »Weil ich davon überzeugt bin, daß wir Geschäfte aufgrund von Insiderinformationen getätigt haben. Ich habe Ihnen nie getraut. Sie sind ein Schleimscheißer, ich hätte Sie niemals einstellen sollen. Ich hätte auf die Leute in der Branche hören sollen, die mir gesagt haben, ich soll Ihnen soweit wie irgend möglich aus dem Weg gehen.«

»Ich habe Penn-Mar nach einem Riesenaufwand an Recherchen

ausgesucht, Victor, und ich habe etwas dagegen, daß Sie Rufmord an mir begehen!«
»Ach, Sie haben jede Menge Recherchen gemacht? Schön, dann zeigen Sie sie mir. Zeigen Sie mir Ihre Berechnungen und Ihre Computeranalysen, aus denen Sie geschlossen haben, Penn-Mar sei eine gute Investition für den Präsidenten.«
Lane schluckte schwer. Er hatte keinerlei Berechnungen, noch Computeranalysen vorzuweisen, keine überzeugende Begründung dafür, in Penn-Mar zu investieren. Er hatte schlicht und einfach Geld genommen – vierhunderttausend Dollar der ursprünglichen halben Million lagen auf einem Grand-Cayman-Konto –, als Prämie für die Bitte, Lodestar solle für den Präsidenten Penn-Mar-Aktien kaufen. Er hatte keine Ahnung, wer die Bittsteller waren. Er hatte sich nur mit einer sexuell sehr anziehenden jungen Frau getroffen, die Kontakt zu ihm aufgenommen, den Wunsch geäußert und ihm schließlich die fünfhunderttausend Dollar übergeben hatte. Sie hatte behauptet, sie vertrete gewichtige Interessenten. Und sie hatte über das Geld verfügt, das ihre Behauptung unterstrich.
Lane verwünschte sich. Er hätte vorsichtiger sein müssen. Aber er hatte unbedingt seine Spielschulden bezahlen müssen, weil ihm die Kredithaie die Pistole auf die Brust gesetzt hatten. Sie hatten mehr als deutlich zum Ausdruck gebracht, daß sie ihm beim Überschreiten des Zahlungstermins die Knochen brechen würden.
»Haben Sie wirklich Recherchen angestellt, Peter?«
»Ja. Sie sind in meinem Büro.«
»Peter, Sie lügen mich an. Wer hat Ihnen den Tip gegeben? Ich muß es wissen. Sobald die Öffentlichkeit Wind davon bekommt, werde ich eine Menge Erklärungsarbeit leisten müssen. Ich lasse nicht zu, daß sich Ihretwegen die ganze Firma in Rauch auflöst.«
Lane ging zur Tür. Er ging rückwärts, deutete mit dem Finger auf Farinholt. »Geben Sie mir fünf Minuten für das Zusammenstellen der Informationen. Ich muß sie aus dem Computer ausdrucken.«
»Fünf Minuten, Lane!«

Lane drehte sich um und ging hinaus, machte die Tür hinter sich zu. Sein Büro lag auf der linken Seite des Flurs, aber er wandte sich nach rechts, zum Empfangsbereich. Als er den Flur entlang zum Firmeneingang ging, verfiel er vom Gehen ins Laufen, dann rannte er.

Falcon saß an einem kleinen Schreibtisch in einer Ecke des Konferenzraums der Kanzlei Dunlop & Latham, dem Hauptquartier des Geschäftsteams. Er sah auf das Bloomberg-Terminal. Es war eigens auf seinen Wunsch hin installiert worden, damit er ständig im Kontakt mit dem Markt bleiben konnte, während das Team taktierte. Das einzige Problem war: Ihm gefiel nicht, was er auf dem Monitor sah.

Das restliche Geschäftsteam – Chambers, Barksdale und Scott Bartholemew, der Transaktionspartner bei Dunlop & Latham – saß an einem Ende des langen Tisches, der den Raum ausfüllte. Sie sprachen mit gedämpften Stimmen. Hin und wieder schlichen sich Juniorpartner herein, die eine Nachricht überbrachten oder eine Unterschrift brauchten. Die Männer nahmen die Nachricht entgegen oder leisteten die Unterschrift, im allgemeinen, ohne den Überbringer zur Kenntnis zu nehmen. Sie waren völlig vertieft in das Geschäft. Denn es ging um insgesamt zweiunddreißig Milliarden Dollar.

»Irgendwas Neues auf dem Schirm, Falcon?« Barksdale stellte diese Frage alle Viertelstunde. Pünktlich alle Viertelstunde. Das war seine Methode, gegen starke Nervosität anzukämpfen. Chambers hatte ein Veto gegen Barksdales Dunhill-Zigarren eingelegt, deshalb mußte er sich an etwas anderes klammern.

»Nicht das geringste.« Falcon sah auf seine Uhr. Es war zehn vor vier – zehn Minuten vor Börsenschluß. »Ich glaube nicht, daß wir vor Börsenschluß um vier noch etwas zu sehen bekommen. Das ist der typische Verlauf. Die andere Seite wartet den Börsenschluß ab, ehe sie eine Erklärung abgibt. Sie will keine Informationen preisgeben, die den Markt noch instabiler machen, als er ohnehin schon ist. Das ist natürlich ziemlich blöd, weil das Bieten außerhalb der Börse ja weitergeht.«

»Wo liegt der Preis?« frage Bartholemew.

Falcon drückte auf ein paar Knöpfe. »Penn-Mar wird jetzt bei einundachtzig Dollar pro Aktie gehandelt.«

»Wo lag heute bis jetzt der Höchstpreis?«

»Bei einundachtzig Komma sieben fünf. Das war gegen drei. Der Preis ist in den letzten fünfzig Minuten leicht gesunken, aber die Größenordnung seit drei ist unglaublich gewesen, fast fünf Millionen Aktien. Den Tag über haben fast zwanzig Millionen Aktien den Besitzer gewechselt.«

Bartholemew atmete tief durch. »Die Käufer, die heute morgen bei fünfundsiebzig Dollar eingestiegen sind, werden nervös, weil Penn-Mar noch keine offizielle Erklärung abgegeben hat. Sie glauben, daß Penn-Mar unser Angebot möglicherweise annimmt. Dann würde der Aktienpreis wieder auf fünfundsiebzig fallen. Und sie würden Geld verlieren.«

Falcon sah über die Schulter und nickte Bartholemew zu. »Stimmt genau. Sie sagen sich: ›Ich hab' innerhalb von ein paar Stunden fünf Dollar pro Aktie verdient. Warum sollte ich das Risiko eingehen, diesen Profit zu verlieren, wenn kein Gegenangebot auftaucht?‹« Bartholemew hatte Falcon überrascht. Er war viel versierter im Übernahmespiel, als Falcon erwartet hatte. Er hatte alle erforderlichen Unterlagen korrekt zusammengestellt.

»Aber der Preis von einundachtzig Dollar pro Aktie liegt sechs Dollar über unserem Angebot von fünfundsiebzig. Die Leute müssen glauben, daß ein anderes Angebot bevorsteht.« Barksdale klopfte mit einem knalligen Füller auf den Tisch.

»Natürlich glauben sie das.« Chambers' Stimme war kaum zu hören. Es reizte ihn, daß Barksdale aussprach, was auf der Hand lag.

Krebs. Die Ursache dieser krächzenden Stimme mußte Krebs sein. Falcon schaute Chambers ein paar Augenblicke lang an. Der Ältere sah schlechter aus als bei ihrer ersten Sitzung im Vorstandsraum der NASO. Falcon empfand eine plötzliche Trauer. Chambers würde nicht mehr lange unter ihnen sein. Er kannte den Mann nicht besonders gut, aber es bedrückte ihn immer, wenn der Tod so offensichtlich gegenwärtig war.

»Stößt Werner Prausch zu uns?«

Chambers kniff die Augen zusammen, als er sich Falcon zuwandte. »Nein. Er bleibt in Deutschland.«
»Andrew, glauben Sie, wir sollten jetzt schon versuchen, mit der Geschäftsleitung von Penn-Mar Kontakt aufzunehmen?« fragte Bartholemew.
Falcons Blick wanderte von Chambers zu Bartholemew. Ihm fiel auf, daß die Verwandlung noch nicht stattgefunden hatte. Bartholemew nannte ihn immer noch Andrew. Aber es würde nicht lange dauern. Es dauerte nie lange.
»Noch nicht, Scott«, antwortete Falcon. »Warten wir noch die paar Minuten bis zum Börsenschluß ab, damit wir herausbekommen, was passiert.«
Bartholemew antwortete nicht sofort. Er saß im großen Sessel mit zusammengelegten Händen und den Fingerspitzen an den Lippen, als betete er.
Das mochte Falcon an Bartholemew. Er dachte über die Dinge nach. Er war nicht anfällig für überstürzte Reaktionen und sprach nicht nur, um sich reden zu hören. Wenn er den Mund aufmachte, hatte Bartholemew auch etwas sagen. Es gab nicht viele Menschen wie ihn.
Falcon ging vom Schreibtischstuhl zu einem großen Ledersessel neben Barksdale. »Wir wissen, daß sie alle bei Morgan Stanley getagt haben«, sagte Falcon und warf einen Blick aus dem großen Fenster des Konferenzraums. Er lag vierundfünfzig Stockwerke über der 5th Avenue und bot einen spektakulären Blick auf das Zentrum von Manhattan am Nachmittag. »Und ich gehe jede Wette ein, daß sie noch lange dort sitzen werden. Sehr lange.«
Plötzlich ging die Tür zum Konferenzraum auf, und eine Juniorpartnerin, Rachel Conway, stürmte herein. Die vier Männer richteten sich in den Sesseln auf.
»Entschuldigen Sie, daß ich so hereinplatze, aber ...«
Falcon war schon wieder unterwegs zum Bloomberg-Terminal. Er hörte den Rest ihres Satzes nicht. Er gab einen Zahlencode in die Tastatur ein, und dann kam sie, die öffentliche Erklärung. Kurz und bündig. Falcon las den anderen drei Männern die Wörter auf dem Bildschirm vor:

»Heute nachmittag hat der Vorstand von Penn-Mar Chemicals das Übernahmeangebot von Veens & Company als inadäquat und als ›feindselig‹ bezeichnet. Der Vorstand hat beschlossen, sich im Interesse der Aktionäre nach anderen, höheren Geboten umzusehen, und deshalb seine Finanzberater Morgan Stanley & Company angewiesen, Kontakt mit anderen Unternehmen aufzunehmen, die möglicherweise am Kauf von Penn-Mar interessiert sind.«

Falcon wandte sich den Männern zu. »Ich glaube nicht, daß wir Kontakt mit der Geschäftsleitung von Penn-Mar aufnehmen sollten. Wir sind jetzt die Braut, die am Altar versetzt worden ist. Nun herrscht Krieg.«

Falcon ging mit einer dampfenden Tasse schwarzen Kaffees in den Konferenzraum zurück. Es war elf Uhr nachts. Chambers döste in einem Sessel; Barksdale erledigte in einem anderen Büro Anrufe, und Bartholemew war weg, arbeitete an einem anderen Geschäft.

Falcon ging leise zu dem großen Fenster und sah hinaus auf die grellen Lichter der City. Vielleicht konnte er für ein paar Stunden mit Jenny entkommen. Sie hatten nach ihrer Liebesnacht vor drei Tagen oft miteinander gesprochen, aber seither war er nicht mehr mit ihr zusammengewesen. Er lachte. Verdammt noch mal, plötzlich interessierte sie sich so sehr für alles, was er tat. Wo er jeden Augenblick steckte. Andrew führte den Kaffeebecher zum Mund. »Au!«

»Noch heiß?« fragte Chambers.

Falcon drehte sich schnell um, hätte fast den Kaffee verschüttet. »Ja, ja und ob.«

Chambers' Augen waren nur noch Schlitze. Der lange Tag hatte ihn eindeutig geschwächt. »Ich sollte mich bei Ihnen dafür bedanken, daß Sie mir damals bei der NASO geholfen haben. Aber ich werde es nicht tun.«

Falcon lächelte und fuhr mit dem Daumen der linken Hand an der Unterseite seiner knallroten Hosenträger entlang. »Das ist schon in Ordnung.« Er ging zum Tisch und setzte sich in den

Sessel neben Chambers. »Aber eine Frage möchte ich trotzdem stellen.«
»Was für eine?« erkundigte sich Chambers schroff bei seinem Gegenüber.
»Als Sie den schrecklichen Hustenanfall bekommen haben, da haben Sie einen Namen gerufen. Sie haben gesagt: ›Katherine. Katherine, hilf mir.‹ Ich habe Ihren Lebenslauf überprüft. Ihre Frau heißt nicht Katherine. Gibt's da was, was wir wissen müßten?« Falcon zwinkerte.
»Was wollen Sie da unterstellen, Mr. Falcon?« zischte Chambers.
»Eine Sekretärin, die Freundin einer Tochter.« Falcon versuchte, unschuldig zu lächeln.
Chambers stand langsam auf. »Ich brauche Ihnen gar nichts zu erklären, Falcon. Aber ich sag's Ihnen trotzdem. Katherine ist der Name meiner Schwester.« Chambers funkelte Falcon böse an. »Da sitzen Sie mit diesem verdammt dreckigen Grinsen im Gesicht, und kommen sich mit fünfunddreißig – oder wie alt Sie auch sein mögen – so unendlich souverän vor. Versuchen Sie doch mal mit einer riesengroßen Windel in der Anzughose herumzulaufen, weil Sie nicht wissen, wann Sie die Windel brauchen werden. Versuchen Sie mal, auf einem Filet Mignon herumzukauen. Versuchen Sie mal, bei Nacht Auto zu fahren. Probieren Sie das alles mal aus, und erzählen Sie mir dann, daß Sie noch Selbstvertrauen haben. Ich bedaure nur, daß ich es nicht mehr erleben werde, wenn Sie sich dabei so wunderbar amüsieren. Aber wenn es soweit ist, bin ich glücklich. Dann bin ich tot.«
Chambers ging langsam hinaus, ohne ein weiteres Wort.
Falcon saß da und starrte die dampfende Kaffeetasse an. Chambers hatte recht. Das Alter war bestimmt kein Vergnügen. Das konnte er nachfühlen. Trotzdem hatte Chambers' Schmährede einen Haken: Er hatte keine Schwester, nur einen Bruder in Florida. Falcon hätte darauf gewettet, daß Katherine eine ehemalige Sekretärin war.
Er legte den Kopf zurück und schloß die Augen. Heute hatte er Geschichte gemacht. Er hatte das Eröffnungsangebot für die

größte Übernahme aller Zeiten gedeichselt. Er wollte sich seinen Platz im Geschichtsbuch sichern. Dann schüttelte er den Kopf und machte die Augen auf. Draußen lauerten andere Bieter. Er witterte sie. Jetzt mußte er verteidigen, was ihm gehörte. Und er wollte Penn-Mar.

19

Der Konferenzraum von Dunlop & Latham glich einem Kriegsschauplatz. Sie saßen jetzt seit drei Tagen darin, und den großen Tisch übersäten alte Pizzaschachteln, in denen noch Reste steckten, halbvolle Dosen mit allen möglichen alkoholfreien Getränken, Handtücher, Unterlagen mit den Vorschriften der Börsenaufsicht und Papierberge. Der Teppich und die Vorhänge stanken nach Zigarrenrauch. Barksdale hatte es nicht geschafft, von den vier Dunhill-Zigarren zu lassen, die er gestern morgen eingeschmuggelt hatte. Schließlich hatte er heute nachmittag, als die anderen drei zu einer hastig arrangierten Konferenzschaltung mit einem Kartellexperten der Kanzlei Davis & Polk in Bartholemews Büro gegangen waren, einen Stumpen geraucht. Chambers war bei seiner Rückkehr auf Barksdale losgegangen, aber der Schaden war angerichtet: Der Raum stank nach Rauch.

Draußen grollten Donner über Manhattan, und zwischen den Wolkenkratzern leuchteten die Blitze auf.

»Verdammter Mist.« Falcon warf schnell einen Blick vom Computermonitor zum Fenster.

»Was ist denn los?« Barksdale machte sich nicht die Mühe, die Hand vom Gesicht zu nehmen.

Falcon tippte schneller auf der Tastatur. Das Gerät war erst heute morgen angeschlossen worden. »Falls durch das Gewitter der Strom im Gebäude ausfällt und wir einen Stromstoß bekommen, wenn sich der Generator einschaltet, könnte mir meine ganze Arbeit verlorengehen.« Frustriert speicherte er die Daten auf einer Diskette.

»Was machen Sie da?« fragte Bartholemew. Keiner der Männer war gestern abend nach Hause gegangen, deshalb hatten sie keine Gelegenheit gehabt zu duschen oder sich umzuziehen. Aber Bartholemew wirkte so frisch wie eh und je. Das Hemd war nicht zerknittert, die Hosen hatten immer noch exakte Bügelfalten, und die Schatten unter den Augen waren ganz schwach.

Falcon stellte kurz die Arbeit am Computer ein. Gegen drei Uhr am heutigen Morgen war er zu dem Schluß gekommen, Bartholemews ruhige Art sei keine Schauspielerei. »Werden Sie denn nie müde?« Bartholemew war der einzige der vier, die letzte Nacht nicht wenigstens ein paar Stunden Schlaf auf einer Bürocouch von Dunlop & Latham bekommen hatte.

Bartholemew lächelte. Er war ein guter Typ. Wie die meisten Anwälte hatte er eine schnelle Auffassungsgabe, war schlagfertig und hatte meist eine ironische Bemerkung parat. Deshalb hatte er Stunden, die sonst quälend langweilig gewesen wären, eine gewisse Leichtigkeit verliehen. »Wie mein Vorbild Napoleon komme ich mit fünf Stunden Schlaf pro Nacht aus, und wenn ich mal eine Nacht lang ohne Schlaf auskommen muß, macht es mir nichts aus«, sagte er.

»Was tun Sie da eigentlich?« fragte Chambers. Er sprach den Satz so aus, als kränkte es ihn, daß Falcon noch nicht auf Bartholemews Frage geantwortet hatte. Aber inzwischen sprach er immer in diesem Ton mit Falcon.

»Ich versuche auszurechnen, was Hoechst, der deutsche Chemiekonzern, möglicherweise für Penn-Mar bezahlen könnte.«

»Vergessen Sie Hoechst, die stehen nicht gut da. Konzentrieren Sie sich auf DuPont«, sagte Chambers.

»Nein, Hoechst steht nicht besonders gut da, aber der Haken ist, daß die D-Mark dem Dollar gegenüber sehr stark geworden ist. Vielleicht können sie Penn-Mar, in D-Mark gerechnet, ganz billig kaufen.«

Chambers setzte wieder zum Sprechen an, aber eines der Telefone auf dem Konferenztisch klingelte schrill und schnitt ihm das Wort ab.

»Hallo.« Bartholemew war sofort am Apparat. »Moment. Falcon, es ist für Sie.«

Jetzt war es soweit. Bartholemew nannte ihn nun beim Nachnamen.

Falcon ging zum Telefon. »Hallo ... ja ... Jetzt? ... Sofort? In Ordnung. Und vielen Dank.« Falcon legte den Hörer auf.

»Was gibt's denn?« Barksdale beugte sich im Sessel vor.
Falcon griff zur Fernbedienung und schaltete den kleinen in die Wand eingebauten Fernseher ein. Das Bild flimmerte, als er CNN einstellte. »Das war ein Freund von mir, ein Händler an der Börse. Er hat gesagt, wir sollen uns CNN ansehen. Etwas über eine Erklärung.«
»Was für eine Erklärung? Was zum Teufel ist denn los?« Barksdale griff nach der nächsten Zigarre.
»Bitte, lassen Sie das Rauchen hier drin«, sagte Bartholemew, offensichtlich gereizt.
Falcon hatte Bartholemew noch nie so erlebt. Vielleicht gingen ihm jetzt doch noch die Nerven durch.
Barksdale riß sich zusammen. »Verdammt noch mal, halten Sie die Klappe. Ich bezahle Sie, und –«
»Unsinn! Ich bezahle ihn.« Chambers sah Barksdale wütend an. »Zünden Sie das Ding ja nicht an. Haben Sie mich verstanden?«
Barksdale sah Chambers einen Moment lang an, dann steckte er die lange Dunhill in das weiße Etui zurück und klappte den Deckel zu.
Falcon lächelte, als er den Ton des Fernsehers lauter stellte. Barksdale war der Prügelknabe, der Hund, der getreten wurde, jemand, an dem Chambers seinen Ärger abreagieren konnte. Das war seine Rolle bei der Transaktion.
Der CNN-Sprecher sah direkt in die Kamera. »Ich wiederhole, DuPont de Nemours & Company hat eben bekanntgegeben, daß das Unternehmen hundert Prozent der Aktien von Penn-Mar Chemicals zu übernehmen bereit ist – für zweiundachtzig Dollar pro Aktie. Es handelt sich um ein Angebot in bar. Erst vor zwei Tagen hat Veens & Company, eine New Yorker Investmentfirma, ein Barangebot in Höhe von fünfundsiebzig Dollar pro Aktie abgegeben –«
»Verdammte Scheiße!« Barksdale warf eine Pepsidose gegen die Wand neben dem Fernseher.
»Halten Sie das Maul, Phil!« Im Augenblick war es Falcon egal, was Barksdale von ihm hielt. Die Welt explodierte, und er mußte unbedingt hören, was der Reporter sagte. Der Alptraum war wahr geworden. Chambers hatte den Nagel auf den Kopf ge-

troffen. Andrew warf Chambers einen schnellen Blick zu. Zu seiner Überraschung blieb der Ältere ruhig, fast gelassen.
»Was zum Teufel haben Sie da zu mir gesagt, Falcon?« Barksdale kläffte die Worte.
»Er hat Ihnen gesagt, Sie sollen das Maul halten, damit wir alle zuhören können. Ich hab' das für einen verdammt guten Rat gehalten.« Chambers bedachte den stellvertretenden Vorstandsvorsitzenden der NASO mit einem wütenden Blick.
Falcon lächelte Chambers ungläubig an. Wie war es dazu gekommen?
»... die Gesamtsumme für das Unternehmen wird bei diesem Preis pro Aktie um die dreiunddreißig Milliarden Dollar betragen. Rechnet man die Außenstände von Penn-Mar hinzu, übertrifft das Gesamtgeschäft fünfunddreißig Milliarden Dollar. Es wird dadurch zum größten Übernahmeangebot in der Geschichte. Ein Sprecher von DuPont hat erklärt, zunächst könne Penn-Mar unabhängig weiter operieren, aber im Lauf der Zeit solle Penn-Mar mit DuPont vereinigt werden. Der Sprecher räumte ein, daß das Justizministerium kartellrechtliche Bedenken gegen die Fusion der beiden Unternehmen geltend machen könne. Zum gegenwärtigen Zeitpunkt sei es jedoch verfrüht, Spekulationen über Entscheidungen des Justizministeriums anzustellen.«
Ein Telefon im Konferenzraum klingelte. Falcon stellte den Fernseher leiser.
Bartholemew nahm ab. »Bleiben Sie dran.« Er deutete auf Falcon.
»Wer ist es?«
»Bhutto.«
Kiran Bhutto war der Leiter der Abteilung für Fusionen und Übernahmen bei Morgan Stanley. Sein Aufstieg bei Morgan, nachdem er vor zwölf Jahren seinen Abschluß in Wharton gemacht hatte, war legendär. Er war erst achtunddreißig. Falcon hatte während seiner Jahre bei Winthrop, Hawkins & Company mehrmals mit Bhutto und einige Male gegen ihn gearbeitet, aber damals war Bhutto noch kein Abteilungsleiter gewesen.
Falcon griff nach dem schnurlosen Telefon und ging zum Fenster mit Blick auf die 5th Avenue. »Hallo, Kiran.«

»Falcon, wie geht es Ihnen?« Bhutto war immer so gottverflucht freundlich – wie alle Inder, die Falcon je kennengelernt hatte. Freundlich und hochintelligent.
»Bestens, Kiran.« Er mochte den Akzent und die Art, wie Kiran manchmal beim Sprechen den Satzbau umstellte. »Wie geht es Ihnen?«
»Bestens. Falcon, inzwischen wissen Sie bestimmt, daß DuPont beabsichtigt, Penn-Mar zu kaufen.«
»Wir haben es eben in CNN gehört. Herzlichen Glückwunsch. Es hat nicht lange gedauert, bis Sie den weißen Ritter gefunden haben, stimmt's?«
»Wir geben uns eben Mühe. Wie auch immer, ich rufe an, um Ihnen zu sagen, daß mein Klient, Penn-Mar, der Lage nicht unvernünftig gegenübersteht.«
»Reden Sie offen mit mir, Kiran. Was soll das heißen?« Falcon sah zurück zum Tisch, sah die anderen drei Männer an. Sie ließen ihn nicht aus den Augen. Er wandte sich wieder dem Fenster zu. Die Schachpartie hatte also angefangen. Bhutto konnte das Angebot nicht einmal fünf Minuten lang im Raum stehenlassen. Er mußte genau wissen, wie Falcon auf die Neuigkeit reagierte, damit er die Risiken einer Gegenattacke einschätzen konnte.
»Penn-Mar ist klar, daß Sie und Ihre Klienten eine Riesenarbeit in dieses Projekt gesteckt haben. Wir wollen, daß Sie fair behandelt werden.«
»Schön, dann sorgen Sie dafür, daß DuPont das Angebot zurückzieht.«
»Falcon, Sie sind schon immer ein Spaßvogel gewesen.«
»Dann sagen Sie mir, was Sie mit fair meinen.«
»Wir verkaufen Ihnen die Unternehmensbereiche von Penn-Mar, die sich Ihre Klienten am meisten wünschen. Welche das auch sein mögen. Ich weiß ja nicht, ob sie Unternehmensbereiche in Europa wollen oder bestimmte Produktbereiche. Ich weiß es wirklich nicht. Aber wir setzen uns zusammen und reden darüber. Montag, Dienstag – wann immer Sie wollen, wir reden darüber.«
»Meine Klienten wollen das ganze Unternehmen.«
»Falcon, Sie wissen, was DuPont an Munition zu bieten hat.

Warum wollen Sie solche Schwierigkeiten machen? Schneiden Sie sich ein Stück vom Kuchen ab, freuen Sie sich darüber. Und gehen Sie dann nach Hause.«

»Wir werden für Penn-Mar höher bieten.«

»Die Geschäftsleitung von DuPont will das Unternehmen um jeden Preis. Sie können nicht gewinnen. Die gehen so hoch wie Sie und setzen noch einen drauf. Die sind entschlossen. Sie können bis zu neunundachtzig, vielleicht bis zu neunzig Dollar pro Aktie gehen. Ich hab' das in den letzten Tagen nachgeprüft. Ich kenne Ihre Banken.«

»Kiran, wissen Sie, woher das Stammkapital für unser Geschäft kommt?«

Am anderen Ende der Leitung entstand ein kurzes Schweigen. Das sagte Falcon alles, was er wissen mußte. Bhutto hatte seine Hausaufgaben nicht gründlich gemacht oder war vielleicht auf dieselben Straßensperren gestoßen wie Falcon bei seiner Fleißarbeit.«

»Selbstverständlich weiß ich das.«

»Woher?«

»Halten Sie mich für blöd? Glauben Sie, ich lege die Karten auf den Tisch?«

»Nur das Land. Sagen Sie mir, aus welchem Land das Stammkapital kommt.«

»Lassen Sie das. Warum sollte ich Ihnen das sagen?«

»Schon gut, Kiran, mein Junge. Ich gebe Ihnen einen kleinen Hinweis, weil Sie nicht den blassesten Schimmer haben, und diesen Hinweis kann ich Ihnen ohne Probleme geben. Ich nenne Ihnen den Kontinent: Es ist Europa. Und niemand – Sie nicht, nicht das *Wall Street Journal* oder der *Financial Chronicle* noch CNN – weiß, wer der Hintermann ist, der dieses Geschäft abdeckt.«

Falcon warf Chambers einen schnellen Blick zu. Der Ältere lächelte.

»Stochern Sie ein bißchen bei den europäischen Chemiekonzernen herum, dann wird's vielleicht etwas wärmer. DuPont ist groß. Sehr groß. Aber es ist dem Konsortium nicht gewachsen, das wir zusammengebracht haben.« Nichts davon stimmte, aber zum Teufel damit, es war an der Zeit, Poker zu spielen. »Ersparen Sie sich und DuPont eine peinliche Situation. Überbieten Sie unser nächstes Angebot nicht. Wir verkaufen DuPont ein paar Optionen, damit die Leute dort nicht wie Vollidioten dastehen. Und dann flüstern Sie der Geschäftsleitung von Penn-Mar was ins Ohr, damit Sie und alle anderen bei Morgan Stanley nicht wie Vollidioten dastehen. Erzählen Sie dem Management von Penn-Mar, daß wir es nach der Übernahme behalten wollen. Und erzählen Sie denen, daß sie von DuPont etwa einen Monat nach Abschluß der Übernahme einen Fußtritt bekämen. Herr im Himmel, haben Sie die Meldung in CNN denn nicht gehört? Ich zitiere: ›Anfangs könne Penn-Mar unabhängig weiter operieren, aber im Lauf der Zeit solle Penn-Mar mit DuPont vereinigt werden.‹ Oder so ähnlich. Gestatten Sie mir, mich deutlich auszudrücken. Falls DuPont gewinnt, sind Ihre Leute weg vom Fenster. Wo wird denn Ihrer Meinung nach DuPont als erstes versuchen, einen Teil der Investition wieder hereinzuholen, falls sie gewinnen? Als erstes sind die Typen dran, die vermutlich jetzt mit selbstgefälligen Mienen um Sie herumsitzen und Ihnen bei diesem Telefongespräch zusehen. Die Geschäftsleitung. Die Typen mit dem dicken Gehalt. Und DuPont wird denen den Stuhl unter dem Arsch wegziehen. Schalten Sie doch den Lautsprecher ein, und lassen Sie mich mit denen kurz reden.«

»Das ist nicht nötig.«

»Dann reden Sie mit denen, Kiran. Tun Sie ihnen einen Gefallen. Erleuchten Sie sie. Und wir alle haben eine Menge Geld gespart.«

»Ich melde mich wieder bei Ihnen, Falcon.«

Falcon legte das schnurlose Telefon weg und wandte sich dem Rest des Geschäftsteams zu. Sie waren schon aufgestanden und applaudierten. Sogar Chambers.

Rutherford wollte nicht lang mit der Frau sprechen. »Bis jetzt haben Sie sich uns gegenüber sehr hilfsbereit gezeigt, äußerst hilfsbereit. Und ich hoffe, weiterhin solche Informationen über Falcon zu bekommen.«

»Das werden Sie. Ich meine, ich … ich werde Ihnen weiterhin Informationen liefern. Wir haben eine Abmachung.«

Rutherford konnte die Anspannung in ihrer Stimme hören. Sie war vor Angst von Sinnen. Genau das wollte er hören. »Ja, wir haben eine Abmachung, und wir haben die Absicht, uns an unsere Seite der Abmachung zu halten. Sie kümmern sich weiter um uns, und wenn alles vorbei ist, kümmern wir uns um Sie.«

Die Worte waren schlecht gewählt. Er wünschte sich sofort, er hätte sich anders ausgedrückt.

»Davor habe ich ja gerade Angst.« Die Frau versuchte, Rutherfords Bemerkung auf die leichte Schulter zu nehmen. Sie lachte, als sie den Satz beendete, aber die letzten Worte verschluckte sie.

»So sind wir nicht. Falls ich Ihnen einen falschen Eindruck vermittelt habe, bitte ich um Entschuldigung.«

Sie erwiderte nichts.

Ach, zum Teufel mit ihr. Sie hatte recht. Wenn das hier vorbei war, würde Phoenix seine Belohnung bekommen, und nach ein paar Stunden, von denen Rutherford wußte, daß sie in einer entsetzlichen, unvorstellbaren Folter bestanden, würde Grey sie in winzige Stücke schneiden, die Überbleibsel in ein Zweihundertliterfaß stecken und mitten im Ozean versenken. Es würde nie auch nur die geringste Spur gefunden werden. Phoenix arbeitete einwandfrei. Er war die perfekte Killermaschine.

Er wurde ungeduldig. »Danke für Ihre Kooperation. Ich bin mir sicher, daß wir bald wieder voneinander hören. Auf Wiedersehen.«

»Auf Wiederhören.« Ihre Stimme bebte immer noch.

Rutherford legte den Hörer auf. Die Dinge entwickelten sich besser, als er je zu hoffen gewagt hatte.

20

Byron Mitchell, stellvertretender Vorstandsvorsitzender der Bundesbank, schlug sacht mit dem schwarzen Hammer auf den riesigen Tisch. Er war jetzt amtierender Vorsitzender und von seinen neuen Pflichten nicht sonderlich begeistert. Aber die Senatsanhörungen des vom Präsidenten für die Nachfolge von Carter Filipelli nominierten Kandidaten hatten noch nicht angefangen. »Die Sitzung ist eröffnet«, sagte Mitchell. Er war ein ruhiger Mann, dessen Stimme sich am Ende seiner Sätze senkte.
Allmählich beendeten die FOMC-Mitglieder ihre Gespräche und richteten sich in den Stühlen auf. Ohne Filipelli wirkte der Raum viel weniger einschüchternd.
»Lassen Sie uns eine Schweigeminute für den verstorbenen Gouverneur Filipelli einlegen«, sagte Mitchell und senkte den Kopf. Sofort senkten alle Anwesenden die Köpfe. Im gut isolierten Raum war kein Laut zu hören.
Schließlich sah Mitchell aus seiner respektzollenden Haltung auf. Er hatte Filipelli nicht sonderlich gemocht – außer Butler hatte ihn keiner von ihnen gemocht –, aber diese letzte Anerkennung waren sie ihm schuldig. Ja, und sie sollte im offiziellen Protokoll erscheinen, falls Präsident Warren einen Adjutanten nachsehen ließ. »Der erste Geschäftsordnungspunkt heute morgen ist der Übernahmekrieg um Penn-Mar Chemicals.« Von Filipelli würde ab sofort nicht mehr die Rede sein. »Falls es Ihnen allen recht ist.« Die Mitglieder lehnten sich entspannt zurück. Die Sitzungen würden jetzt ganz anders ablaufen – mindestens bis der neue Vorsitzende bestätigt war.
Wendell Smith ergriff zuerst das Wort. »Persönlich glaube ich, daß die Sache mit Penn-Mar sich positiv auf die Wirtschaft auswirken wird. Sehr positiv«, sagte er und zog seinen Stuhl näher an den Tisch. »Genau darum geht es in diesem Land. Um Kon-

kurrenz. Ich weiß, daß Gouverneur Filipelli – möge Gott seiner Seele Frieden schenken – möglicherweise nicht dieser Meinung gewesen wäre, aber es ist wahr. Die Aktionäre werden belohnt, und Penn-Mar wird ein wirtschaftlicheres Unternehmen sein.«

»Falls diese Investmentfirma, Veens & Company, beim Bieten gewinnt, wird – nach allem, was ich gehört habe – die National Southern Bank stark an dem Geschäft beteiligt sein«, sagte President Flynn. »Es geht nicht, daß eine so große Bank wie die NASO sich zu derart hohen Krediten verpflichtet und sich in einer solchen Übernahmeaktion völlig mit ihrem Stammkapital verausgabt. Wir alle wissen, was für ein wichtiger Akteur die NASO auf den Auslandsmärkten ist. Ein Schluckauf bei der NASO könnte zu einem Erdbeben an der Börse führen.«

»Ich begreife Ihre Sorge, President Flynn.« Smith erkannte die Gelegenheit, den Ausschuß in den Griff zu bekommen, und um dieses Ziel zu erreichen, würde er so diplomatisch wie irgend möglich sein. »Aber Wallace Boreman, der Vorstandsvorsitzende der NASO, gehört zu den respektiertesten Männern in New York. In der Finanzwelt steht er im Ruf, ein kluger Mann zu sein. Ich weiß, daß er die Bank niemals in eine kompromittierende Lage bringen würde. Meine Mitarbeiter haben mir versichert, daß er die Entwicklung aus nächster Nähe verfolgt.«

»Er ist eine wandelnde Zeitbombe«, warf Harold Butler ein. Er hatte kein Wort gesprochen, seit er hereingekommen war, sah jetzt aber seine Chance, Smith zu unterminieren. »Er hat sich Ende der siebziger Jahre bei der North Carolina National Bank, die jetzt Nations Bank heißt, zuerst die Zähne ausgebissen. Ich war damals auch dort. Mitte der achtziger Jahre ist er als stellvertretender Abteilungsleiter für das Kreditwesen bei der NCNB jede Menge Risiken eingegangen, um seine Karriere voranzutreiben. Ich würde die Risiken, die er eingegangen ist, nicht als ›klug‹ bezeichnen. Und ich bin mir sicher, daß er sich nicht verändert hat. Sie müssen Ihre New Yorker Wachhunde auf ihn hetzen und herausfinden, was genau bei der NASO läuft. Sie müssen sich gegen diesen Mann wehren.«

Smith sah die anderen Mitglieder der Reihe nach an. Er lächelte ironisch. »Sie haben alle miterlebt, daß ich keine Schwierigkei-

ten damit habe, Tyrannen entgegenzutreten.« Smith ließ die Worte wirken.
Die anderen Mitglieder wandten sich Butler zu. Er war Filipellis Getreuer gewesen, sein Leutnant. Aber jetzt war Filipelli nicht mehr da. Smith war ihr Mann. Sie kniffen die Augen zusammen, und Butler zog den Kopf ein wie eine Schildkröte. Sein Einfluß war im Bighorn River ertrunken.
»Ich kann Ihnen versichern, daß Mr. Boreman kein Tyrann ist«, fuhr Smith fort. »Er ist äußerst kompetent. Außerdem hat er etliche hochbegabte Leute unter sich, und ich habe gehört, daß er ein demokratisches Management praktiziert. Er trifft mit Sicherheit keine Entscheidung allein. Dazu kommt, daß der Vorstand sich aktiv um die Geschäftsinteressen der NASO kümmert. Er würde nie zulassen, daß die Bank unnötige Risiken eingeht. Aber ich verspreche Ihnen, sobald ich auch nur wittere, daß bei der NASO etwas nicht stimmt, werden meine Leute dagegen vorgehen wie ein Sturmtrupp.« Die anderen Mitglieder nickten zustimmend. Smith war jetzt über jeden Tadel erhaben. De facto war er inzwischen der Vorsitzende. »Davon abgesehen, sieht es im Augenblick so aus, als ob DuPont den Übernahmekrieg um Penn-Mar ohnehin gewinnen würde. Falls es dazu kommt, brauchen wir uns um die NASO keine Sorgen mehr zu machen.«
»Ja, sieht ganz danach aus«, sagte President Flynn. »Mein Gott, wie hoch ist inzwischen das Gesamtvolumen des Geschäfts, über fünfunddreißig Milliarden Dollar?«
Die anderen Ausschußmitglieder schüttelten den Kopf. Es war nicht zu fassen.
Wendell Smith beugte sich über den Tisch. »Wie wäre es mit einer Diskussion über die Zinssätze?« Er wollte schnell das Thema wechseln.
»Ich glaube, wir sollten die Bundesbankzinsen um fünfzig Basispunkte senken«, meldete sich Flynn schnell zu Wort.
Byron Mitchell legte den Hammer auf die Tischplatte und lehnte sich im Stuhl zurück. Sollte doch Smith das Kommando übernehmen. Von ihm aus ging das in Ordnung. Es machte ihm ohnehin keinen Spaß, Sitzungen zu leiten.

»Ich finde es sehr romantisch, daß du das gleiche Zimmer wie beim ersten Mal reserviert hast.« Jenny fuhr mit den Händen über Falcons Brust, während sie nebeneinander im übergroßen Bett des Four Seasons Hotel lagen.
Falcon küßte sie auf die Stirn. »Es war schön, daß du so kurzfristig hergekommen bist. Du hast mir gefehlt.« Er setzte sich auf.
»Was ist denn los?« fragte Jenny. »Warum willst du aufstehen?« Sie setzte sich ebenfalls auf, machte sich nicht die Mühe, das Laken über ihre Brüste hochzuziehen.
»Ich muß zurück zu Dunlop & Latham.«
»Nein, Andrew.« Sie schlang beide Hände um seinen Hals. »Ich lasse dich einfach nicht gehen! Es ist halb drei Uhr morgens. Was kann es denn um diese Zeit so Wichtiges zu tun geben?«
»Kannst du ein Geheimnis für dich behalten?«
»Selbstverständlich.«
Falcon sah sie an. Es war nicht klug, eine solche Information jemandem anzuvertrauen, aber Jenny war vertrauenswürdig, interessiert, und ihm war nach Reden zumute. »Wir werden DuPonts Angebot überbieten.«
Jenny fuhr sich mit beiden Händen an den Mund. »Das glaube ich nicht.«
»Morgen geben wir ein Angebot über fünfundachtzig Dollar pro Penn-Mar-Aktie ab. Das sind drei Dollar mehr, als DuPont bietet. Kurz bevor ich hierhergekommen bin, habe ich die letzte Bank davon überzeugt, die Preiserhöhung zu billigen. Einschließlich der Gebühren ist es jetzt ein Geschäft über achtunddreißig Milliarden Dollar.«
Jenny küßte ihn auf den Hals, dann auf die Wange. »Na schön, du Finanzexperte. Achtunddreißig Milliarden Dollar. Woher weißt du, wie man ein solches Geschäft deichselt?«
Falcon ließ sein schiefes Lächeln aufblitzen. »Dafür hab' ich halt ein Händchen.« Er löste sich sanft von ihr, stand auf und ging vom Bett zum Fenster. Eigentlich hätte er erschöpft sein sollen. Er hatte in den drei letzten Nächten nur je zwei Stunden geschlafen, und Jenny hatte ihn seit neun Uhr abends in Atem gehalten. Aber er war überhaupt nicht müde. »Jenny, du darfst dir die Information, die ich dir eben gegeben habe, nicht per-

sönlich zunutze machen. Du machst dich sonst strafbar.« Er sah sie an und zog eine Augenbraue hoch.
Jenny grinste ihn verschlagen an. »Soll das ein Witz sein? Sobald du weg bist, rufe ich meinen Broker an und hole ihn aus dem Bett.« Sie dachte kurz über die Ironie nach, die in dieser Bemerkung lag, dann folgte sie ihm zum Fenster und umarmte ihn. »Bitte bleib.«
»Es geht wirklich nicht.«
Sie sah über die Schulter hinweg aus dem Fenster und flüsterte ihm ins Ohr. »Vorhin wolltest du mir etwas erzählen.«
»Was?«
»Du wolltest mir etwas über das Geschäft erzählen. Ich weiß nicht genau, was – aber es hat so geklungen, als ob du dir wegen irgend etwas Sorgen machst. Vielleicht ging es nur um das neue Angebot.«
»Ja.« Falcon zögerte. »Es war bloß alberne Paranoia. Mitten in einem Geschäft geht mir das immer so. Das ist meine Art, Streß abzulassen.«
»Nicht zu glauben, daß du manchmal tatsächlich unter Streß leidest. Man merkt dir nämlich nichts an.« Sie schloß ihn in die Arme. »Erzähl mir von deiner Paranoia. Das interessiert mich.« Sie lachte.
Falcon wandte sich vom Fenster ab, umarmte und küßte sie. »Bloß ein paar Sachen, die nicht zusammenpassen oder merkwürdige Zufälle sind.«
»Zum Beispiel?«
Falcon zögerte. Wie im Fall des erhöhten Angebots war es keine gute Idee, ihr das zu sagen. »Veens & Company, die Investmentfirma, die versucht, Penn-Mar zu kaufen, hat angeblich einen deutschen Partner. Ich kenne den Namen, aber er taucht in keinem Handelsregister auf. Ich habe Freunde in Düsseldorf, die das überprüft haben.«
»Deutschland ist groß«, sagte Jenny. Sie küßte ihn auf die Schulter.
»Die Geschäftswelt nicht. Sie ist ein kleiner Kreis. Wenn es eine Westphalia Nord gäbe, würden meine Freunde sie kennen oder innerhalb weniger Stunden alles darüber herausfinden.«

»Sei nicht beleidigt, aber für mich klingt das nicht besonders wichtig. Könnte das der Penn-Mar-Transaktion schaden? Ich hab' gedacht, ihr hättet das Geld beisammen.«

»Haben wir auch.«

»Und wo liegt dann das Problem?«

Falcon schob die Oberlippe vor.

»Da ist doch noch was?« fragte Jenny. Sie kannte diesen Gesichtsausdruck.

»Vor kurzem sind zwei leitende Angestellte von Penn-Mar unter rätselhaften Umständen ums Leben gekommen. Beide ermordet. Ein Todesfall wurde offiziell zum Unfall erklärt, aber es war keiner.«

»Wenn die Übernahme vorbei ist, dann fang bloß nicht an, bei Penn-Mar zu arbeiten!« Sie kicherte.

Falcon lächelte nicht. »Da ist noch was.«

»Was?«

Falcon machte eine Pause. »Ich weiß, es ist ein verrückter Gedanke. Vermutlich bloß ein Riesenzufall.«

»Was?«

»Ein Mann in Washington, der uns das Geschäft hätte vermasseln können, der die Übernahme von Penn-Mar durch Veens & Company tatsächlich hätte verhindern können, war Carter Filipelli, Vorstandsvorsitzender der Bundesbank. Letzte Woche ist er bei einem Angelausflug in Montana ertrunken. Zu einem unglaublich gelegenen Zeitpunkt. Und der Spitzenmann bei Veens hat sich nie Sorgen wegen Filipelli gemacht. Kein einziges Mal. Ich habe ihm immer wieder gesagt, Filipelli könne ein Problem werden, aber er hat es immer ignoriert.«

Jenny sah Falcon in die Augen und fing an zu lachen. »Du glaubst, daß ... daß er in Wahrheit gar nicht ertrunken ist. Daß ihn jemand umgebracht hat?«

»Ich weiß es nicht.«

Sie legte wieder die Arme um ihn und küßte ihn innig. »Geh unter die Dusche, aber eine kalte. Vielleicht macht dich das wieder wach und bringt dich in die Realität zurück.«

Falcon lachte. »Du hast vermutlich recht. Das sind wilde Phantasien. Es liegt einfach an dem Geschäft. Meine Phantasie spielt meinem Verstand Streiche, weil ich erschöpft bin, ohne etwas davon zu merken«, sagte er. »Eigentlich müßte ich gehen. Aber erst mal geh' ich duschen.«

Jenny packte ihn am Arm. »Was dagegen, wenn ich vor dir ins Bad gehe?«

»Überhaupt nicht.« Falcon sah ihr nach, bis sie die Tür hinter sich zumachte. Er holte tief Luft. Sie war eine tolle Frau.

Falcon streckte sich und stieß dabei Jennys Handtasche, die auf dem kleinen Mahagonischreibtisch unter dem Fenster gestanden hatte, zu Boden. Der Inhalt – Lippenstift, Wimperntusche, zerknüllte Papiertaschentücher, jede Menge Kleingeld und Jennys Brieftasche – ergoß sich auf den dicken Teppich. Falcon bückte sich sofort, um die Sachen in die Handtasche zurückzustecken. Als er nach der Brieftasche griff, flatterte ein Zettel träge zu Boden. Er hob ihn auf, und als er ihn in die Brieftasche zurückstecken wollte, fiel ihm auf, daß die Brieftasche vollgestopft war mit Hundertdollarscheinen. Er zählte sie. Acht. »Nicht schlecht!« Falcon warf einen Blick auf den Zettel, den er vom Boden aufgehoben hatte. Zehn Zahlen standen darauf. Kein Name, nur die Zahlen. Eine Telefonnummer. Mit der Vorwahl 617, der Vorwahl von Boston. Wen kannte Jenny in Boston?

Die Klospülung ging. Hastig schob Falcon den Zettel in die Brieftasche und steckte sie und all die anderen Sachen vorsichtig in Jennys Handtasche zurück, stellte sie wieder auf den Schreibtisch und streckte sich dann auf dem Bett aus.

Die Badezimmertür ging auf, und Jenny kam wieder ins Bett. Sie legte sich auf Andrew, küßte ihn und sah ihm dann in die Augen. Sie hoffte, diese Leute würden heute nacht nicht versuchen, sie zu erreichen.

Auf den Fluren von Dunlop & Latham war es still, als Falcon den schwach beleuchteten, von Büros gesäumten Korridor entlangging. Es war halb vier. Sogar die Putzkolonne hatte für heute nacht die Arbeit eingestellt. Er hätte zu Hause sein sollen, im Bett, aber das hier war das größte Geschäft seines Lebens, und er wollte das neue Kaufangebot noch einmal lesen, ehe es zur Veröffentlichung an die drei Zeitungen geschickt wurde. Er

wollte sich vergewissern, daß es perfekt war. Es würde ein Schock für die Arbitragehändler sein, die überzeugt davon waren, daß DuPont mit dem Angebot von zweiundachtzig Dollar pro Aktie Penn-Mar schon in der Tasche hatte.
Falcon blieb unvermittelt stehen, als er einen Lichtschein aus einem der Büros vor ihm sah. Er schmunzelte. Es war vermutlich Bartholemew. Er war in der ganzen Kanzlei der einzige, der Schwerarbeit leistete. Mit Ausnahme seines Partners natürlich. Falcon ging weiter über den dicken Teppich. Als er sich der Tür näherte, erkannte er die flüsternde Stimme: Chambers! Was zum Teufel hatte der hier verloren? Er war heute abend um acht gegangen, ehe Falcon zu dem Treffen mit Jenny in das Four Seasons aufgebrochen war.
»Ja, ich weiß. Sind Sie sicher, daß Rutherford seinen Auftrag ausgeführt hat? Keinerlei Einmischung mehr von dieser Seite? Gut. Ja, Sie hatten recht. Er war eine wertvolle Bereicherung für das Team. Sie haben immer recht.«
Falcon lauschte angespannt, aber Chambers war hinter der nur einen Spalt weit geöffneten Tür kaum zu hören.
»Was hat Smith Ihnen gesagt? Wie haben die restlichen FOMC-Mitglieder reagiert? Sie sind Butler in die Parade gefahren. Gut. Ich nehme an, wir sind auf dem richtigen Weg. Ja, ja, der arme Mr. Filipelli. Möge er in der Hölle schmoren. Ich gehe jetzt nach Hause. Ja – gute Nacht.«
Es klickte beim Auflegen.
Falcon schlich in das dunkle Büro neben dem, das Chambers benutzt hatte. Er ließ die Tür einen Spalt weit offen und lauschte mit angehaltenem Atem. Chambers verließ das Büro, ging den Flur entlang zum Empfangsbereich und zu den Aufzügen. Falcon hörte, wie der Aufzug klingelte, wartete aber volle fünf Minuten ab, ehe er sich regte.
Schließlich ging Falcon aus dem völlig dunklen Büro und in den Raum, den Chambers eben verlassen hatte. Er schaltete das Deckenlicht aus und ließ sich nur vom trüben Schein der Flurbeleuchtung leiten. Ihm saß das Herz im Hals, als er das Telefon anschaute. Er nahm den Hörer ab und drückte dann den Knopf für die automatische Wahlwiederholung. Sofort wurde

die Nummer angewählt. Falcon starrte die Zahlen an, die auf dem Telefondisplay aufleuchteten. Vorwahl 516. Es war nicht möglich!

»Hallo.«

Falcon sah das Telefon an. Seine Hände zitterten.

»Hallo! Devon, sind Sie das noch mal?«

Falcon legte den Hörer langsam auf. Was hatte Devon Chambers mit Granville Winthrop zu besprechen? Und was hatte es zu bedeuten, daß Filipelli in der Hölle schmoren sollte?

21

Das Telefon vor ihnen klingelte schrill. »Bartholemew. Ja, Moment.« Bartholemew warf Falcon einen Blick zu. »Für Sie. Es ist Bhutto.«

Falcon spürte, wie sich sein Puls sofort beschleunigte. »Da haben wir's. Wenigstens ruft er an und teilt uns mit, was DuPont als nächstes bieten wird.« Er schüttelte den Kopf. »Wir haben das Angebot doch erst heute morgen um neun auf fünfundachtzig Dollar pro Aktie erhöht. Man sollte meinen, daß Bhutto wenigstens zwei Tage abwartet, bis er das Gebot erhöht.« Falcon nahm dem Anwalt den Hörer ab. »Hallo?«

»Falcon, hier ist Kiran Bhutto.«

»Hallo, Kiran. Hören Sie, haben Sie etwas dagegen, wenn ich den Lautsprecher einschalte? Unser Anwalt von Dunlop & Latham, Scott Bartholemew, ist anwesend, außerdem sind Devon Chambers, der Leiter von Veens & Company, und Phil Barksdale, der stellvertretende Vorstandsvorsitzende der NASO, hier. Ich möchte, daß sie hören, was Sie uns zu sagen haben.«

Bhutto machte eine Pause. »In Ordnung. Schalten Sie schon ein.«

Falcon schaltete den Lautsprecher ein und legte den Hörer auf. »Schießen Sie los, Kiran.«

»Okay. Sie wollen also Penn-Mar kaufen. Schön, ich habe Neuigkeiten für Sie. Wenn wir uns über ein paar Kleinigkeiten einigen können, sind Sie vielleicht im Geschäft.« Bhuttos Stimme war laut und deutlich.

Ein riesiger Adrenalinstoß schoß durch Falcons ganzen Körper, als ihn Bartholemew am Arm packte. Die Geschäftsleitung von Penn-Mar gab sich geschlagen. Bhutto rief an, um einen Handel vorzuschlagen. Es hätte nicht besser kommen können. DuPont stieg bei fünfundachtzig aus. Das hieß nicht, daß der Kampf vorbei war. In diesem Spiel war er so lange nicht zu Ende, bis ein Gebot für die erforderliche Aktienmehrheit vorlag *und* bezahlt war. Es war immer noch möglich, daß ein anderes Unternehmen ein Angebot machte, genau wie Veens & Company das getan hatte. Aber dieser Anruf bedeutete zweierlei: Erstens war die Geschäftsleitung von Penn-Mar bereit, sich auf das höhere Angebot von Veens einzulassen, was die Erfolgschancen eines Konkurrenzangebots beträchtlich minderte. Zweitens bedeutete der Anruf, daß DuPont einen Rückzieher machte, und das war die einzige echte Konkurrenz.

»Wollen Sie mir erzählen, daß die Geschäftsleitung von Penn-Mar das Angebot von Veens annimmt?« Falcons Stimme klang beherrscht. Er warf Chambers, der gelassen auf der anderen Seite des Tisches saß, einen Blick zu.

»Genau das will ich Ihnen sagen.«

»Und außerdem erzählen Sie mir, daß DuPont aussteigt?«

»Ja.«

»Warum, Kiran? Warum macht DuPont einen Rückzieher? Die haben noch jede Menge mehr Munition auf Lager. Sie könnten weiterbieten.«

»Ich weiß es nicht, Falcon. Ehrlich. Am Telefon haben sie nur gesagt, der Preis wird ihnen zu hoch.«

»Aber wir haben das erste Angebot von DuPont um nur drei Dollar überboten ...«

Chambers langte über den Tisch und drückte die Schweigetaste. »Haben Sie den Verstand verloren, Falcon? Der Mann hat eben gesagt, daß DuPont nicht höher bieten will. Lassen Sie es dabei bewenden. Versuchen Sie nicht, Bhutto einzureden, er solle mehr Druck auf DuPont ausüben. Finger weg! Wir haben gewonnen. Wen zum Teufel schert es, daß DuPont entschieden hat, nicht höher zu bieten? Nehmen Sie es, wie es ist.« Chambers schaltete den Lautsprecher wieder ein.

Falcon sah Chambers einen Moment lang an. Er hätte Chambers gern gefragt, woher er Winthrop kannte, warum sie so früh am Morgen über Filipelli gesprochen hatten, was den beiden leitenden Angestellten von Penn-Mar zugestoßen war und warum es nirgends in Deutschland eine Westphalia Nord gab. Das alles

hätte er gern gefragt, aber er ließ es bleiben. Fünf Millionen Dollar waren schon fast in seiner Tasche.
»Falcon, wir müssen das Geschäft aushandeln.« Bhuttos Stimme knisterte im Lautsprecher.
»Das Geschäft ist schon ausgehandelt, Kiran. Sobald wir das Übernahmeangebot offiziell eingereicht haben, treffen wir uns in Toledo mit der Geschäftsleitung von Penn-Mar. Sagen Sie denen, daß sie bis dahin das Unternehmen weiter so führen sollen, als wäre nichts passiert.«
»Was ist mit DuPont? Denen müssen wir was abgeben.«
»Ich bin mir sicher, daß denen ein Aktienpaket von Penn-Mar gehört, stimmt's?«
»Vermutlich.«
»Dann sind die fein heraus. Sie haben schon eine Menge Geld verdient. Halten Sie DuPont in Schach. Haben Sie verstanden?«
»Ja.« Kiran gab sich geschlagen.
»Noch was, Kiran. Lassen Sie mich die Presseerklärung schreiben, in der wir bekanntgeben, daß Penn-Mar unser Angebot angenommen hat. Sie bekommen sie zu lesen, bevor wir sie veröffentlichen.«
»In Ordnung.«
»Ich melde mich später bei Ihnen.« Falcon schaltete das Telefon aus. Es war geschafft. Sie hatten Penn-Mar! Vielleicht kroch ein weiterer Bieter aus dem Gebüsch, aber das war zu diesem Zeitpunkt eine unwahrscheinliche Entwicklung. Er hatte seine Spione darauf angesetzt, und sie hatten nichts gehört.
Jetzt fing die ganze Arbeit erst richtig an. Die NASO hatte sich verpflichtet, dreizehn Milliarden Dollar zu dem Geschäft beizutragen; also mußte er mit Überschallgeschwindigkeit den größten Teil dieser Verpflichtung loswerden. Sonst ging er das Risiko ein, daß die Bank zusammenbrach, falls es bei Penn-Mar zu einem Problem kam, bevor er die Aktien an andere Investoren weiterverkaufen konnte. Endlich konnte er sich Hilfe holen. Die Übernahme war offiziell; er konnte in die Bank zurückkehren, mußte seine Wohnung nicht mehr als Büro benützen. Er würde Leute in das Team aufnehmen, die ihm dabei halfen, die Aktien und Obligationen zu verkaufen. Es war unmöglich, ganz

allein elf Milliarden Dollar zu verkaufen, die Summe, von der sich Boreman und Barksdale entlasten wollten, und noch dazu unter Zeitdruck.
Er hätte berauscht sein müssen. Sie hatten Penn-Mar. Sobald die Übernahme abgeschlossen und die Verschuldung weiterverkauft worden war, würde die NASO fünf Millionen Dollar auf sein Konto überweisen. Aber ihm war nicht wohl. Irgend etwas stimmte nicht. DuPont hätte nicht so einfach aufgeben dürfen. In seinen Jahren als Spezialist für Fusionen und Übernahmen hatte er nie erlebt, daß ein Geschäft so ablief. Er hatte nie erlebt, daß ein riesiger multinationaler Konzern so schnell bei einem feindseligen Übernahmeangebot ausstieg.
Falcon sah die anderen drei Männer ernst an. Als sich sein Blick auf Devon Chambers richtete, machte sich ein ironisches Lächeln auf seinem Gesicht breit. »Mr. Chambers, erlauben Sie mir, daß ich Ihnen den Schlüssel zu Penn-Mar Chemicals überreiche!«
Die anderen drei Männer standen sofort auf, gratulierten sich, schüttelten sich die Hände, hämmerten auf den Tisch. Sogar Chambers. Falcon saß ruhig da und beobachtete sie. Solche Erregung konnte er nicht zeigen. Das lag ihm nicht.

Alexis' Bewegungen waren fließend und folgten ganz dem Rhythmus der Musik im Tatou Club. Falcon saß an einem Nischentisch und sah ihr zu, während er an einem Martini nippte. Sie tanzte mit mehreren Männern, die sich ihr geil näherten. Vor vierzehn Tagen hätte ihn das vor Eifersucht um den Verstand gebracht. Jetzt war es ihm gleichgültig.
Sie schaute immer wieder durch die tanzende Menge zu ihm hin, im Bewußtsein, daß er sie beobachtete, und im Bewußtsein, daß ihm ihre Eskapaden gleichgültig zu sein schienen. Falcon konnte alle Gefühle verbergen – außer Eifersucht. Wenn er eifersüchtig gewesen wäre, hätte er sie energisch von der Tanzfläche gezerrt und sie nach Hause gebracht, wie er das früher getan hatte. Aber heute nacht stimmte etwas nicht. Er saß ruhig in der Ecke, während die Männer sie begrapschten. Sie warf ihm wieder einen Blick zu. Da stimmte ganz eindeutig etwas nicht, und es ver-

letzte sie tief – tiefer, als sie es sich am Anfang dieser Geschichte je hätte vorstellen können.

Falcon wandte den Blick von der Tanzfläche weg und sah durch den Raum. Ihm gefiel diese Discothek nicht. Als sie zu Anfang der neunziger Jahre eröffnet hatte, war es ein Szenelokal gewesen, aber jetzt wimmelte es hier nur so von Schleimis und kleinen Angestellten. Die Musik war ein einziges Gedudel, nichts, was er kannte, schon gar nicht das, was er mochte. Aber Alexis war wild auf das Tatou, und deshalb kamen sie hierher.

Er fühlte sich betrunken, sehr betrunken. Und warum auch nicht? Er hatte es in weniger als drei Wochen geschafft, die größte Übernahme der Geschichte zu bewerkstelligen. Er hatte Penn-Mar Chemicals auf dem sprichwörtlichen Silbertablett an Chambers und Veens & Company überreicht. Er hatte geschafft, was er nicht einmal selbst für möglich gehalten hatte. Er hatte es verdient, sich zu betrinken.

Barksdale war ekstatisch gewesen, unfähig, sich zu beherrschen. Sie hatten nach dem Gespräch mit Bhutto mehrmals miteinander geredet, und jedesmal war Barksdale ihm wie ein Kind vorgekommen. Er hatte sogar am anderen Ende der Leitung gekichert. Bestimmt bekam er von Boreman einen Riesenbonus für das Geschäft, dachte Falcon. Er mußte noch ein paar Wochen lang den Buckel vor Barksdale machen, bis die fünf Millionen Dollar auf seinem Konto bei der NASO eingingen und dann telegrafisch auf ein Konto bei J. P. Morgan überwiesen wurden, das er heute nachmittag eröffnet hatte.

Nach dem ersten Jubel hatte Chambers fast traurig über die Siegesnachricht gewirkt, als bedaure er, daß der Kampf so schnell zu Ende gegangen war. Vielleicht lag es daran, daß der Mann nicht mehr lange zu leben hatte, und vermutlich war das Bieten für Penn-Mar der letzte große Meilenstein in seinem Leben. Er wollte noch nicht vom Leben lassen, aber er hatte keine andere Wahl; der Abschluß der Übernahme würde seinen letzten Tagen wenig Sinn verleihen. Ihm blieb nichts mehr, was ihn antrieb.

Als Falcon aufschaute, stand Alexis direkt vor ihm. Sie trug ein tief ausgeschnittenes Abendkleid, das durch das Tanzen verrutscht war. Ihre rechte Brustwarze war entblößt.

»Bring dein Kleid in Ordnung.« Falcon deutete mit einem Nicken auf Alexis' Brust.

»Was ist los, gefällt dir nicht mehr, was du siehst?« Sie bedachte ihn mit ihrem Geierblick. Sie legte den Kopf schief, so daß ihre dunklen Augen ihn direkt unter ihren Augenbrauen ansahen, und ihr Mund war leicht geöffnet. »Ich hab' gedacht, es macht dich vielleicht an, wenn du mich entblößt in der Öffentlichkeit siehst.«

»Was?« Falcon konnte ein Lächeln nicht unterdrücken. Das war eine Seite von Alexis, die er noch nie erlebt hatte.

Sie setzte sich auf seinen Schoß und schlang die Arme um seinen Hals. »Warum bringst du mich nicht nach Hause und zeigst mir ein paar Sachen?«

»Sachen?«

»Ja, du hast mir doch gesagt, du wünschst dir, daß ich in deinem Bett leidenschaftlicher bin.«

»Es ist auch dein Bett.«

»Nein. Du bist der Hausherr. Es ist dein Bett, und ich bin nur dort, weil du es so willst. Wenn es dir keinen Spaß gemacht hat, muß ich das in Ordnung bringen. Wenn du bereit bist, mir etwas beizubringen, bin ich bereit zu lernen.« Alexis faßte mit beiden Händen nach Falcons Gesicht und küßte ihn heftig.

Jenny starrte die beiden von der anderen Seite des Lokals aus an. Sie kniff die Augen zusammen, während sie beobachtete, wie Falcon auf Alexis reagierte.

22

Die Luft in New York City war zum Ersticken. Es war den ganzen Sommer über höllisch heiß gewesen, und heute war seit langem der schlimmste Tag – mindestens fünfunddreißig Grad und fast hundert Prozent Luftfeuchtigkeit. Dabei war es erst acht Uhr morgens.

Falcon kam aus der U-Bahn, klatschnaß vom Schweiß. Dort war es unerträglich, mindestens fünf Grad heißer als auf der Straße. Alles war natürlich noch schlimmer, weil er von der langen Nacht im Tatou verkatert war. Die Temperatur auf der Straße kam ihm geradezu erfrischend vor. Was hatte er sich bloß dabei gedacht? Er hätte ein Taxi nehmen sollen. Bald würde er Millionär sein, und er sollte damit anfangen, wie einer zu leben.

Fünf Minuten später – nach einem kurzen Fußweg durch die City – erreichte Falcon die Fifth Avenue und ging über den großen Vorplatz vor der Zentrale der NASO. Er war nicht mehr hier gewesen, seit Barksdale ihn auf die Penn-Mar-Transaktion angesetzt hatte. Es war schön, wieder hierzusein. Es war in Ordnung, eine kurze Zeitlang zu Hause zu arbeiten, aber er wollte es nicht zur Gewohnheit werden lassen. Jedenfalls nicht, solange sein Zuhause kein Farmhaus in Vermont war.

»Mr. Falcon!«

Falcon wandte sich in die Richtung, aus der die Stimme kam. Eine attraktive Schwarze saß auf der ein Meter hohen Mauer des riesigen Blumenbeetes vor dem NASO-Gebäude. Falcon nahm die Sonnenbrille ab und ging langsam auf die Frau zu. »Ja, kann ich etwas für Sie tun?«

Die Frau rutschte anmutig von der Granitmauer. »Das hoffe ich.« Sie lächelte, und einen Augenblick lang vergaß Falcon die Hitze.

Er lächelte zurück. »Und was kann ich für Sie tun?«

Die Frau kam mit ausgestreckter Hand auf ihn zu. Als Falcon danach griff, entging ihm der frische Duft nicht, der ihm in die Nase stieg. Es war kein Parfüm, nur ein reiner, natürlicher Geruch, und er war angenehm.

»Ich heiße Cassandra Stone. Ich bin Reporterin beim *Financial Chronicle.*«

»Wow.« Falcons Hand zuckte zurück, als hätte ihn der Blitz getroffen.

»Was haben Sie denn?« Stone sah ihn neugierig an.

Falcon setzte die Sonnenbrille wieder auf. »Meine Mama hat mir gesagt, ich soll nie mit Reporterinnen reden, schon gar nicht mit attraktiven.«

»Ihre Mutter hat mich nicht gekannt.«

»Nein, wohl kaum.« Falcons Blick wanderte langsam unter der Sonnenbrille über ihren Körper. Ihre Haut war dunkelbraun, ihr Haar schulterlang und wellig. Ihr Gesicht war schmal, mit riesigen, dunklen Augen, eingerahmt von langen, geschwungenen Wimpern. Sie war elegant gekleidet, trug eine leichte weiße Bluse, Plisseehosen und Schuhe mit halbhohen Absätzen. Falcon kam zu dem Schluß, daß unter den lockersitzenden Kleidern vermutlich ein äußerst attraktiver Körper steckte.

»Sind Sie damit fertig, mich mit den Augen auszuziehen?« Stone lächelte wieder. Offensichtlich passierte ihr das nicht zum ersten Mal.

»Fast.«

»Und wie schneide ich ab?«

»Sehr gut.« Falcon fuhr sich mit den Fingern durch das Haar.

»Und was ist mit mir? Was halten Sie von mir?«

Stone rieb sich kurz die Lippen. »Eigentlich habe ich für weiße Männer nicht viel übrig, aber eine brave kleine Tochter aus gutem Hause fände Sie zur Not vermutlich ganz annehmbar.« Sie zwinkerte ihm zu.

»Vielen Dank auch.« Falcon sprach mit Sarkasmus, als hätte ihn ihre spitze Bemerkung verletzt, aber er amüsierte sich glänzend. Die Frau war eine angenehme Gesprächspartnerin und wirkte sofort vertrauenswürdig, was natürlich ein Grund dafür war, daß sie als Reporterin arbeitete. Vermutlich konnte sie aus

jedem eine Story herausholen, dachte er. Falcon wich ein Stückchen zurück, dann drückte er ihr ernsthaft die Hand. »Andrew Falcon. Entschuldigen Sie mein Benehmen.«
Stone lächelte breit und machte eine abwehrende Handbewegung, als sie die Falcons losließ. »Soll das ein Witz sein? So was macht mir Spaß. Die meisten Leute, mit denen ich es zu tun bekomme, sind ganz schön steif.«
»Das kann ich mir vorstellen.« Falcon warf einen Blick auf seine Uhr. »Was kann ich also für Sie tun?«
»Der *Financial Chronicle* möchte einen Artikel über Sie bringen – auf der Titelseite, linke Spalte.«
»Warum?«
»Haben Sie denn nicht das Penn-Mar-Geschäft für die NASO geleitet? Sind Sie etwa nicht der Investmentbanker, der Veens & Company berät?«
Falcon zögerte. »Kann schon sein.«
Stone lachte. »Sie tun ja, als hätten Sie *Die Unbestechlichen* zu oft gesehen. Sie brauchen sich wirklich nicht vor der Presse zu fürchten, jedenfalls nicht vor mir. In meiner Branche gibt es jede Menge aggressive Typen, aber ich gehöre nicht dazu.«
Falcon lächelte. »Woher soll ich das wissen? Sie könnten ein Hai sein.«
»Ich will kein dunkles Geheimnis von Ihnen ans Licht zerren. Ehrenwort. Ich will nur einen Artikel über den Mann hinter der größten Firmenübernahme der Geschichte schreiben. Das dürfte doch kein Problem sein! Eigentlich sollten Sie sich geschmeichelt fühlen. Ich könnte Ihnen die Namen von Leuten nennen, über die ich Artikel geschrieben habe. Sie könnten mit ihnen reden. Vielleicht wäre das eine Hilfe.«
»Ich möchte den Artikel sehen, bevor er erscheint.«
»Sie wissen, daß ich Ihnen das nicht erlauben darf.«
Falcon sah am NASO-Gebäude hoch zum Himmel darüber. Ein Artikel auf der Titelseite des *Financial Chronicle*. Es gab keine wirksamere Methode, mit seinem Erfolg vor Granville Winthrops Nase herumzufuchteln. Vielleicht brachte er sogar ein paar Seitenhiebe auf Granville in dem Artikel unter, ohne daß Stone es merkte. »Übermorgen.«

»Wo?«

»Bei Sparks.«

»Ich reserviere einen Tisch und treffe mich um zwölf dort mit Ihnen.« Sie drehte sich um und ging ohne ein weiteres Wort. Falcons Blick folgte ihr, bis sie die Ecke des Gebäudes erreicht hatte. Sie hatte einen hübschen Gang.

23

Peter Lane versuchte sich zu beruhigen, während er unter den Palmen am verlassenen Strand von St. Croix lag. Aber es war ihm nicht gelungen, wirklich abzuschalten, seit Veens & Company das Übernahmeangebot für Penn-Mar bekanntgegeben hatte, nur wenige Tage, nachdem er Farinholt dazu überredet hatte, zwanzigtausend Dollar vom Geld des Präsidenten in das Chemieunternehmen zu investieren. Seither sah er sich ständig nach Verfolgern um. St. Croix war sein drittes Inselversteck innerhalb von vierzehn Tagen.

Er sah hinauf zu der riesigen Palme, die sich in der Nachmittagsbrise wiegte. Er hätte nie auf das Angebot der Frau eingehen dürfen, die auf ihn an jenem Freitag abend im River Club von Georgetown so aalglatt zugekommen war. Sie war sehr attraktiv gewesen. Er hatte ihrem Vorschlag, ihm einen Drink zu spendieren, ebensowenig widerstehen können wie dem Angebot, ihm Geld zu geben. Er hatte das Geld dringend gebraucht, vor allem die Summe, von der sie sprach. Und worum sie bat, hatte so einfach gewirkt.

Nachdem er aus Victor Farinholts Büro weggelaufen war, hatte sich Lane ins Auto gesetzt und war direkt von Washington aus zum Flughafen von Philadelphia gefahren. Er hatte sich nicht die Mühe gemacht, seine spärlich möbilierte Wohnung in Southeast aufzusuchen, weil das zu riskant gewesen wäre. Innerhalb von zehn Minuten mußte Farinholt begriffen haben, daß er nicht mit dem Computerausdruck zurückkommen würde. Farinholt hatte bestimmt einen Wutanfall bekommen und jemand zu Lanes Wohnung geschickt. Zum Glück war er auf einen solchen Notfall vorbereitet gewesen. Der Koffer lag schon seit Wochen gepackt im Kofferraum des BMWs.

Er war aus zwei Gründen die weite Strecke bis nach Philadelphia gefahren. Erstens wären die Inlandsflughäfen Dulles oder BWI zu naheliegend gewesen. Farinholt hätte Leute an die Flughäfen von Washington geschickt, vermutlich auch zum Union-Bahnhof, um ihn aufzuhalten. Zweitens wußte Lane, daß es jeden Tag um vier Uhr nachmittags einen Direktflug von Philadelphia nach St. Thomas gab. Das war sein Flug in die Freiheit.

Farinholt hatte im Grunde nichts gegen ihn in der Hand – jedenfalls noch nicht. Aber Lane wußte, der Alte hatte gewittert, daß etwas nicht stimmte. Farinholt hätte ihn mit nicht legalen Mitteln festhalten können, und die Freunde des Alten waren einflußreich. Sie saßen in den richtigen Positionen. Jedenfalls hatte Lane das gehört.

Lane hatte nicht den leisesten Schimmer, warum die Leute, von denen er die fünfhunderttausend Dollar genommen hatte, wollten, daß er Geld von Lodestar in Penn-Mar investierte. Vielleicht hatten die Kredithaie irgendwie von der Übernahme Wind bekommen und diesen Plan ausgeheckt, um ihn zu vernichten. Aber das war äußerst unwahrscheinlich, weil das nicht ihr Ziel verfolgte – ihr Geld zurückzubekommen. Wahrscheinlicher war es, daß Farinholt einen Feind hatte, der die Gelegenheit beim Schopf packte, es ihm heimzuzahlen. Und er war in diesem Spiel eine Marionette. Aber warum hatte die Frau ausdrücklich darauf bestanden, daß das Geld des Präsidenten in Penn-Mar investiert werden sollte? Und wie hätte der Feind etwas von der Übernahme erfahren können?

Er hatte damals nicht viel gewußt. Aber als er vor Farinholts Büro gestanden hatte, waren ihm zwei Dinge glasklar gewesen: Erstens warteten auf den Caymans fast vierhunderttausend Dollar auf ihn; und zweitens wollte er ein freier Mann bleiben. Diese Freiheit war ernsthaft gefährdet, zumindest wenn er in Washington geblieben und in einen Skandal verwickelt worden wäre.

Lane hatte das Geld seit seiner Flucht aus Washington achtmal transferiert. Insgesamt hatte ihn das dreitausend Dollar gekostet, aber es war jeden Penny wert gewesen. Inzwischen mußte das Geld sauber sein. Trotzdem hatte er jetzt schon weniger als vierhunderttausend Dollar. Wenn er äußerst bescheiden lebte,

konnte er sich mit dieser Summe vielleicht zehn Jahre Anonymität kaufen. Wie blöd war er eigentlich gewesen?
Lane sah hinauf zu den riesigen Blättern. Sie sahen von hier unten wie riesige Elefantenohren aus und bewegten sich sanft mit dem Wind hin und her, hin und her. Gott, war er müde. Er lauschte den Wellen, die rhythmisch auf den weißen Sand am Strand rollten und dann klatschend ins Meer zurückflossen. Er ließ zu, daß er kurz die Augen schloß, riß sich aber schnell ins Bewußtsein zurück. Er konnte sich nicht erlauben einzuschlafen; er war sich nicht sicher, ob nicht jemand nach ihm suchte.
Lane stützte sich auf einen Ellbogen und warf einen Blick über den einsamen Strand. Er blinzelte wegen der grellen Sonnenstrahlen. Nichts war zu sehen außer einem Katamaran, der weit draußen segelte. Lane kniff die Augen noch enger zusammen, versuchte, sich auf das Schiff zu konzentrieren. Es schien nur eine Person an Bord zu sein, aber weil das Boot so weit weg war, konnte er keinerlei Details ausmachen. Er legte sich zurück auf den Sand. Er mußte wach bleiben. Es war zu gefährlich einzuschlafen.

Phoenix Grey schlich leise durch die Palmen, bis er einen Punkt direkt hinter dem schlafenden Peter Lane erreicht hatte. Grey sah sich um, wollte sehen, ob der Katamaran einige hundert Meter entfernt in Strandnähe vor Anker lag. Gut. Das Boot war jetzt außer Sichtweite.
Grey war Lane gefolgt, seit er von der Dominikanischen Republik aus nach Antigua geflogen war. Dort hatte er die Spur des Mannes aufgenommen. Jetzt war es an der Zeit, etwas zu unternehmen.
Es bestand keine Gefahr, daß Lane aufwachte – der Mann hatte seit achtundvierzig Stunden nicht geschlafen –, aber Grey arbeitete trotzdem schnell und zielstrebig. Er ging neben Lane in die Hocke und schlug ihm blitzschnell gegen den Hals. Der Schlag legte Lane lahm, brachte ihn aber nicht um, genau wie Phoenix es gewollt hatte.
Lane riß sofort die Augen auf und schrie vor Schmerz. Ohne große Umstände streckte Grey einen schwammigen Gummiball

in Lanes Mund. Die brutale Kraft, die er dabei einsetzte, renkte Lane den Kiefer aus. Der Ball erstickte Lanes Schreie und würde im Gegensatz zu einem Stoffknebel keinerlei Rückstände in der Kehle oder in den Lungen hinterlassen. Vermutlich war von der Kehle und den Lungen ohnehin nichts mehr übrig, wenn alles vorbei war, aber man konnte nicht vorsichtig genug sein. Es mußte natürlich aussehen.

Phoenix nahm Gummihandschuhe aus einem dunkelblauen, wasserdichten Rucksack, den er vom Katamaran mitgebracht hatte. Er zog die Handschuhe über, dann zog er eine durchsichtige Plastiktüte heraus, der er sorgfältig mehrere Blätter Papier entnahm. Erst ging er zu Lanes rechter Hand, drückte gewissenhaft die schlaffen Fingerspitzen an vielen Stellen gegen das Blatt Papier, dann ging er zur linken und wiederholte die Prozedur. Als er mit der linken Hand fertig war, steckte Grey die Blätter in die Plastiktüte zurück, versiegelte die Tüte und schob sie in den Rucksack. Er zog die Gummihandschuhe aus, stopfte sie in den Rucksack und zog den Reißverschluß des Rucksacks zu.

Lane warf den Kopf hin und her, weil er sonst nichts machen konnte. Der Schmerz war unerträglich.

Grey stand auf und sah auf Peter Lane hinunter. »Eigentlich müßtest du längst tot sein, du blöder Scheißer.« Er kräuselte den Mund und trat dem gelähmten Mann gegen die Schläfe. Der Tritt hatte nur ein Ziel: noch mehr Schmerzen zu bereiten.

Grey sah den Strand entlang. Niemand war zu sehen. Er hängte sich den Rucksack über die Schulter und bückte sich dann, um Lane aufzuheben. »Komm schon, Alter.« Mühelos warf er sich Lane über die Schulter, die schon den Rucksack trug.

Innerhalb weniger Minuten war der Katamaran wieder auf dem Ozean. Peter Lane lag ausgestreckt auf der Persenning des Bootes, kaum bei Bewußtsein. Grey hielt Ausschau in den Wellen, und was er sah, brachte ihn zum Lächeln. Haifischflossen. Jede Menge. Die Geier des Meeres hatten sich weniger Zeit gelassen, als er erwartet hatte, um sich um das Fischblut und die Eingeweide zu versammeln, die er in der letzten Stunde ins Wasser gekippt hatte. Er segelte mitten hinein in die Futterstelle und zog das große Segel ein.

Mit Präzision schnitt Grey mehrmals tief in Lanes Arme und Beine, um die Haifische anzulocken – Einschnitte, die sich als Bisse deuten ließen, falls der Gerichtsmediziner genau hinsah. Dafür gab es kaum einen Grund, schließlich waren sie hier auf St. Croix. Aber er mußte trotzdem vorsichtig sein. Blut strömte aus den Einschnitten.

Phoenix ging über die Persenning zu Lanes Kopf und zog den Gummiball mit einem Eispickel aus dem Mund des Mannes. Lane konnte nicht einmal mehr den Kopf bewegen. Er sah Grey nur an. Der Blick voll Trauer.

Mit einem kräftigen Tritt warf Phoenix Grey Lanes Körper ins Meer. Die Haie kamen sofort auf den Mann zu, der mit dem Gesicht nach oben auf der Oberfläche trieb. Grey hatte darauf geachtet, Lane mit dem Gesicht nach oben ins Wasser zu werfen, weil ihm bewußt war, daß es möglicherweise eine Weile dauern konnte, bis die Haie seinen Körper zerfleischten. Und er wollte nicht, daß der Gerichtsmediziner Ertrinken als Todesursache feststellte, falls die Haie nicht sofort angriffen.

Seine Sorgen waren überflüssig. Die Haie stießen Lane mehrmals mit dem Maul an, dann schloß sich der klaffende Schlund eines großen Blauhais um Lanes Kopf und schüttelte ihn heftig. Die anderen Tiere kamen schnell hinzu, und innerhalb von Minuten war Lanes Körper zerfetzt. Grey betrachtete das Wasser. An der Oberfläche war nichts mehr zu sehen – bis auf eine blutige Hand mit zwei Fingern.

24

Sparks Steak House war eine Männerkneipe, wie sie im Buche steht. Von den obligatorischen Drinks vor dem Essen am Tresen über das ausschließlich männliche sizilianische Personal bis hin zu den einfachen Tischen mit karierten Tischtüchern und den riesigen, blutigen Rindfleischportionen – es strotzte alles vor Machismos. Prominente Sportler waren Stammgäste hier; ihre signierten Porträts schmückten die Wände. Die Mittagessensgemeinde, die drei Martinis vor dem Essen trank, kam hierher, wenn sie bei besonders knallharten Geschäftspartnern Eindruck schinden wollte. Und die Cosa Nostra, die brutalste Geheimbruderschaft von New York, besetzte regelmäßig die Hälfte der Tische. Ein Pate war auf der Eingangstreppe gestorben – mit einem Steak und den Kugeln des Mörders im Bauch.

Es war eines von Falcons Lieblingsrestaurants. Das Essen war unvergleichlich, die Weinkarte lang und köstlich, der Oberkellner ein Freund.

Er kam absichtlich eine halbe Stunde zu spät, und als er durch den Eingang ging, verblaßte der strahlende Sonnenschein zu tröstlicher Finsternis. Er konnte ein Lächeln nicht unterdrücken, während er sich vorstellte, was Cassandra Stone in der letzten halben Stunde erduldet haben mochte.

Cabrelli, der diktatorische Oberkellner, begrüßte Falcon an der Tür. Sie schüttelten sich kräftig die Hände, dann wechselte ein Zehndollarschein unauffällig den Besitzer. Cabrelli trat zurück und ruckte mit dem Kopf nach rechts, Richtung Bar. Ein merkwürdiger Ausdruck verfinsterte sein Gesicht, aber Falcon übersah ihn.

»Sobald Sie einen Tisch wünschen, Andrew, mein Junge, sagen Sie Bescheid«, sagte er mit tiefer, gutturaler Stimme.

»Danke, Pauly.« Falcon lächelte dem Älteren zu, erinnerte sich an die vielen geschlossenen Gesellschaften, bei denen er zur Feier immens einträglicher Transaktionen für Winthrop, Hawkins & Company in diesem Restaurant der Gastgeber gewesen war. Das war seine große Zeit gewesen. Jetzt sah es danach aus, als wäre sie zurückgekommen. Besser als früher.

Falcon wandte sich zur Bar, gefaßt darauf, eine hilflose Seele zu erblicken – eine Cassandra Stone, die in ihm nach einer halben Stunde mitten in der lauten und derben Männergesellschaft am Tresen einen Leuchtturm im Sturm sehen würde. Seine Erwartungen wurden schnell zerstört.

Cassandra saß auf einem Hocker in der Mitte des Tresens und konzentrierte sich mit einem breiten Lächeln auf etwas, was sie in der Hand hielt. Vier große Männer drängten sich um sie herum. Diesen inneren Kreis aus vier Männern umrundete eine Menschenmenge, die angespannt beobachtete, was sich um Cassandra herum abspielte. Sowohl die Zuschauer als auch die vier Männer jubelten, während sie über ihren Cocktails die Ereignisse verfolgten. Auch der Barmann war in die Vorgänge vertieft. Falcon sah sich das Schauspiel einen Augenblick lang an, aber ihm fiel nichts auf. Er warf einen Blick zurück auf Cabrelli, aber Cabrelli zuckte lediglich die Achseln.

Er ging zur Bar, schob sich durch die Zuschauer und dann durch den Innenkreis. »Cassandra.« Er packte sie am Unterarm.«

»Andrew! Wie geht es Ihnen?«

»Bestens. Was zum Kuckuck machen Sie da?«

»Ich spiele nur ein bißchen Lügenpoker.« Sie zeigte auf die vier Männer.

Mit den Seriennummern von Dollarscheinen – den acht grünen Zahlen auf der Vorderseite des Scheins, eingerahmt von zwei Großbuchstaben – konnte man Poker spielen. Falcon sah hinunter und bemerkte einen Zwanzigdollarschein in Cassandras Hand. Ihm fiel auf, daß die vier Männer ebenfalls Zwanzigdollarscheine in der Hand hielten. Sie war also eine Spielerin. Und sie spielte mit hohem Einsatz, sogar im Lügenpoker. Diese Frau mußte er genau im Auge behalten. »Kommen Sie.« Er zog sanft an ihr.

»Ich bin mitten im Spiel.« Aber sie wehrte sich nicht gegen Falcon, gab nach und glitt lachend vom Barhocker.
Die anderen Spieler buhten sie aus.
»Tut mir leid, Jungs.« Cassandra winkte ihnen im Weggehen zu.
»Wieviel haben Sie verloren?« fragte Falcon, als er sie vom Tresen weg ins Restaurant führte.
»Ich habe dreihundert Dollar gewonnen. Ich hab' mir schon gedacht, daß Sie mich warten lassen, also bin ich gewappnet hergekommen. Als Frau können Sie Männer jederzeit zu einer Partie Lügenpoker bewegen. Die halten eine Frau für eine leichte Beute. Ich hab' mich zunächst mit Einern und Fünfern geschlagen gegeben, damit sie leichtsinnig wurden. Nach ein paar Runden hatte ich sie am Haken. Dann haben wir um größere Beträge gespielt.« Cassandra nahm ein Bündel Scheine aus ihrer Hosentasche und wedelte ihm damit vor der Nase herum. »Toll, was?«
Er sah sie an und schüttelte den Kopf. »Richtige Spieler machen das mit ihren Kreditkarten.«
Sie warf den Kopf zurück und lachte. Geschäftsleute von der Wall Street. Die setzten immer noch eins drauf.
Sie kamen zum Oberkellner.
»Andrew, wollen Sie vor dem Essen denn gar nichts trinken?« Cabrelli machte einen besorgten Eindruck.
»Nein, Pauly, ich glaub', wir setzen uns erst mal an den Tisch.«
»Okay. Hier entlang.« Cabrelli ging durch das Labyrinth aus Tischen. »Hey, Andrew, mir war so, als hätten Sie gesagt, ich soll auf die Dame aufpassen, als Sie heute morgen angerufen haben«, sagte er über die Schulter weg.
Falcon versuchte, laut zu husten, um Cabrellis Worte zu übertönen, aber Cassandra hatte die Bemerkung gehört. Sie sah Falcon mit hochgezogenen Augenbrauen an, als sie sich auf den Stuhl setzte, den Cabrelli für sie zurechtrückte.
Cabrelli ging, um dem zuständigen Kellner Bescheid zu sagen. Falcon wandte sich Cassandra zu, gefaßt darauf, daß sie ihm Fragen nach der Übernahme stellte oder ihm wenigstens einen Rüffel verpaßte, weil er sie absichtlich eine halbe Stunde lang

an der Bar hatte warten lassen. Aber beides blieb aus. Statt dessen bekam er eine angenehme Mahlzeit vorgesetzt. Eine Stunde lang aßen sie, tranken und redeten über Weltereignisse, Sport, Mode und Orte, die sie bereist hatten. Falcon war beeindruckt von ihr. Wirklich beeindruckt.

»Möchten Sie einen Nachtisch?« Die Kellner hatten sich auf Cabrellis Zeichen hin auf den Tisch gestürzt und schnell die Reste des Hauptgangs abgeräumt. »Hier gibt es ein großartiges Tiramisu.«

Cassandra holte tief Luft. »Das schaffe ich nicht mehr.« Sie sah zum Kellner auf. »Nur einen Espresso bitte.«

»Für mich auch einen.«

Der Kellner nickte Falcon zu und ging.

»Okay, Andrew, jetzt ist es an der Zeit, daß Sie sich Ihr Mittagessen verdienen. Beim *Financial Chronicle* gibt es nichts umsonst.«

Falcon lehnte sich zurück. »Da haben wir's. Jetzt werd' ich durch die Mangel gedreht.«

Cassandra ignorierte die Bemerkung. »Erzählen Sie mir etwas über sich. Etwas, was nichts mit der Übernahme von Penn-Mar zu tun hat, nichts mit dem Geschäft und auch nichts mit New York.«

»Ist das Ihre Methode, die Perle aus der Auster herauszuholen?«

»Natürlich, eine der einfachsten Methoden. Lassen Sie sich darauf ein. Erzählen Sie mir etwas. Zum Beispiel ein Geheimnis.«

Falcon grinste. »Was?« Er sah sie an. Sie hatte beim Weintrinken mit ihm mitgehalten, Glas um Glas.

»Sie wirken auf mich wie jemand, der vermutlich ein paar Geheimnisse hat. Verraten Sie mir eins.«

»Wissen Sie was, Sie bringen mich zum Lachen. Das muß ich Ihnen lassen.« Falcon trank den letzten Schluck Wein in seinem Glas. »Tun wir mal so, als ob ich ein paar Geheimnisse hätte, was nicht heißen soll, daß ich welche habe. Warum sollte ich sie einer Zeitungsreporterin anvertrauen, die ich eben erst kennengelernt habe?«

»Weil Sie mir vertrauen. Vermutlich gibt es nicht allzu viele Menschen, von denen Sie das Gefühl haben, Sie können sich ihnen anvertrauen, und Sie brauchen einen solchen Menschen. Das merke ich. Sie können sich mir also anvertrauen. Danach werden Sie sich besserfühlen. Das weiß ich. Trauen Sie mir«, sagte Cassandra sachlich.

»Sie gewinnen innerhalb von zwanzig Minuten dreihundert Dollar in einem Spiel namens Lügenpoker, Sie sind außerdem Zeitungsreporterin, die eine Story wittert, und ich soll Ihnen trauen? Da bin ich anderer Ansicht. Ich sollte statt dessen mit Ihnen nach Atlantic City fahren.«

Cassandra lächelte. »Sie haben recht, das sollten Sie. Ich habe dort viel Erfolg.«

»Machen wir's andersrum. Sie erzählen mir etwas über sich.«

Falcon war nicht leicht zu knacken. Das merkte sie. »Gut. Ich bin vor vierunddreißig Jahren in der Rose-Hill-Sozialsiedlung in der Innenstadt von Atlanta geboren. Ich habe am Emory-College ein Stipendium für Publizistik bekommen. Nach sieben Jahren bei der *Minneapolis Star Tribune* habe ich vor vier Jahren mit der Arbeit für den *Chronicle* angefangen. Meine Lieblingsmannschaft sind die Los Angeles Raiders, obwohl ich sie lieber mochte, als sie noch Oakland Raiders hießen. Und ich investiere nicht in Unternehmen. Ich lebe nur von dem, was ich verdiene. Was halten Sie davon?«

Falcons Augen funkelten. Diese Frau war wirklich intelligent, hatte einen rasiermesserscharfen Verstand. Sie sollte im Investmentbankgeschäft sein, dachte er. »Sind Sie verheiratet?«

»Ich hab' jung geheiratet. Es hat nicht funktioniert.«

»Geschieden?«

»Mhm.«

»Kinder?«

Cassandra wandte sich dem Tresen zu. »Ja. Ein Junge.«

»Wie alt?«

»Er wäre jetzt achtzehn.«

»Tut mir leid.« Falcons Blick senkte sich auf das Tischtuch.

»Was tut Ihnen leid?«

»Als Sie gesagt haben ›wäre‹, bin ich davon ausgegangen, daß er tot ist.«

Cassandra zögerte. »Nein. Ich habe ihn zur Adoption freigege-

ben.« Sie sah ihn an, versuchte herauszubekommen, ob er sie verurteilte, wie so viele andere das taten, wenn sie davon erfuhren. Aber Falcon war nichts dergleichen anzumerken.
Der Kellner brachte den Espresso. Sie saßen schweigend da, während er die Tassen mit dem starken Kaffee abstellte und verschwand. Er ging schnell wieder, weil er spürte, daß seine Anwesenheit unerwünscht war.
»Sie wollen also etwas über mich wissen?« fing Falcon an und brach das Schweigen. Er merkte, daß Cassandra keine Lügen über ihre Vergangenheit erzählte, um ihrem Opfer Vertrauen einzuflößen. Er merkte, daß sie die Wahrheit sagte. Er konnte in Gesichtern lesen, und er hatte den Schmerz in ihren Mundwinkeln gesehen, als sie an den Sohn dachte, den sie seit so langer Zeit nicht mehr gesehen hatte.
»Sie brauchen kein Mitleid mit mir zu haben, Andrew. Ich war zu jung und hab' einen Fehler gemacht. Aber es geht mir jetzt gut.«
Falcon machte eine wegwerfende Handbewegung. »Ich habe kein Mitleid mit jemandem, der beim Spielen innerhalb von einer halben Stunde dreihundert Dollar gewinnt. Und eigentlich sind wir ja hier, um über mich zu reden, oder?«
»Ja.« Sie lachte.
»Brauchen Sie keinen Notizblock oder so was?«
»Ach, stimmt ja, ihr außerhalb der Presse glaubt, daß alle Reporter braune Schlapphüte tragen und Notizblöcke mit sich herumschleppen. Ihr fühlt euch beim Reden nicht wohl, solange kein Notizblock in Sicht ist. Etwa so wie bei einem Psychiater ohne Couch. Eigentlich hab' ich gedacht, Sie wollen nicht, daß ich mitschreibe.«
»Es reicht.« Falcon hob die Hände. »Ich bin aus dem Osten von Pennsylvania. Ich habe an der Universität von Pennsylvania und dann in Harvard Betriebswirtschaft studiert. Danach bin ich direkt zu Winthrop, Hawkins & Company gegangen. Ich habe Winthrop verlassen –«
»– um mit Reid Bernstein MD Link aufzubauen«, unterbrach ihn Cassandra.
»Das weiß ich. Das mit Winthrop weiß ich auch. Ehrlich gesagt,

ich kann Ihren Lebenslauf sogar bis zu Ihrem zweiten Studienjahr an der Universität von Pennsylvania zurückverfolgen. Aber über die Zeit davor kriege ich nichts raus. Aus keinem meiner Informationssysteme. Es ist, als hätte Ihr Leben in jenem Jahr angefangen.«

»Da müssen Sie tiefer bohren.«

»Was ist mit Ihrer Familie?«

»Ich habe einen Schlußstrich gezogen, als ich aufs College gegangen bin.«

»Was ist passiert?«

»Ich hatte Streit mit meinem Vater.«

»Jede Menge Achtzehnjährige haben Streit mit ihren Vätern«, wandte Cassandra ein.

»Mehr sage ich nicht dazu.«

»Sie machen es mir nicht leicht.«

»Ich glaube einfach, es gibt keinen Grund, in dem Artikel etwas über meine Herkunft zu schreiben. Das interessiert die Leute doch nicht.«

»Ich glaube, wenn wir eine Zeichnung von Ihnen bringen, könnten Sie Fanpost von ein paar Frauen bekommen.«

Falcon lächelte sie an.

»Bekomme ich also meine Story?« fragte Cassandra.

»Machen wir einen Spaziergang im Central Park. Ich erzähle Ihnen alles, was Sie über das Penn-Mar-Geschäft und die Wall Street im allgemeinen wissen wollen. Das reicht für einen sehr guten Artikel. Da steckt jede Menge spannendes Material drin.«

Cassandra lächelte und nickte. »Schön, gehen wir.«

Falcon stand auf und half ihr vom Stuhl. »Und wir können das mit einem Abendessen abrunden.«

Cassandra schüttelte den Kopf, immer noch lächelnd. »Oh, Andrew«, seufzte sie.

»Was?« Er machte ein Gesicht wie ein kleiner Junge, der mit der Hand in der Keksdose erwischt wird.

»Ihnen spukt Sex zwischen den Rassen im Kopf herum.«

»Das stimmt nicht!« protestierte Falcon vehement.

»Außerdem habe ich schon eine private Verabredung zum Abendessen.«

»Sagen Sie ab. Ich bin viel interessanter«, entgegnete Falcon selbstbewußt.
»Wirklich?« Sie schmunzelte über sein Draufgängertum.
»Unbedingt.«
Cassandra lachte. »Das wird meine Freundin aber sehr überraschen.«

25

»Andrew Falcon, das ist Henry Landon, der Direktor von Penn-Mar Chemicals«, sagte Chambers, als er beide Männer miteinander bekannt machte.
Falcon warf einen Blick auf Chambers. Der Mann sah sehr viel besser aus als in New York. Seine hohlen Wangen hatten sogar etwas Farbe. Vielleicht waren die wenigen Tage als neuer Vorstandsvorsitzender von Penn-Mar und das Ende der stressigen Übernahme das beste Rezept für ihn gewesen. Falcon hatte noch immer nicht herausbekommen können, was genau Chambers fehlte. Er hatte Barksdale heute morgen auf dem Flug von New York danach gefragt, aber Barksdale wußte es nicht oder wollte es nicht sagen.
Landon schüttelte Falcon die Hand. Falcon spürte, daß die Hand verschwitzt war. Chambers war schon seit einer Woche hier. Warum zum Teufel war der Typ so nervös?
»Freut mich, Sie kennenzulernen, Mr. Falcon. Nennen Sie mich Dutch.« Seine Aussprache war perfekt, er artikulierte jede Silbe.
»Okay, Dutch.« Falcon schätzte Landon auf etwa sechzig. Er war mittelgroß, hatte eine Stirnglatze, und sein Bauch hing über dem breiten Gürtel, der seine braunen Polyesterhosen hielt. Landon kam aus dem technischen Bereich des Unternehmens. Falcon kannte Landons Vorgeschichte schon aus dem Jahresbericht des Unternehmens und aus Artikeln von Bloomberg und LEXIS/NEXIS. Aber wenn man einen Menschen kennenlernte, erfuhr man viel mehr über ihn, als alle Berichte hätten sagen können.
Landon trug ein gelbes, kurzärmeliges Mischfaserhemd – die winzigen Stoffkügelchen am Kragen verrieten Falcon, daß es kein Hemd aus reiner Baumwolle war. In einem Plastiketui in der Hemdtasche steckten verschiedenfarbige Stifte und ein klei-

ner Taschenrechner. Landons Brillengläser waren dick, verschmiert und mit Schuppen übersät. Körperlich war er etwa so eindrucksvoll wie ein Marienkäfer. Er mußte ein höllisch guter Ingenieur gewesen sein.

»Das ist Lex Sotos, der Leiter der Finanzabteilung.«

Falcons Aufmerksamkeit wandte sich Sotos zu. Sotos sagte nichts, als sie sich die Hand gaben. Seine Hand war völlig trocken, kein bißchen verschwitzt. Und sie war kalt.

Das also war das Führungsgespann von Penn-Mar Chemicals. Wenn Landon der zuständige Mann für innere Angelegenheiten war, war Sotos die Präsentationsfigur für offizielle Anlässe. Er war groß, um die einsneunzig, und in hervorragender körperlicher Verfassung. Er hätte fünfundvierzig, aber auch fünfundsechzig sein können. Der dunkle Anzug mit dem dünnen Nadelstreifen saß perfekt. Das weiße Hemd war gestärkt, und er trug eine auffällige rote Krawatte mit einem blauen Giraffenmuster. Die Anzugjacke war zugeknöpft, die Hosen hatten Aufschläge. Sein Gesicht und seine Hände waren braun gebrannt. Dieser Mann ließ eindeutig nur selten die Gelegenheit aus, auf dem Golfplatz des Unternehmens zu spielen, der die Zentrale von Penn-Mar umgab.

Sotos löste seine Hand schnell aus der Falcons. Er war bis zur Unverschämtheit arrogant. In seiner Stellung als Finanzchef glaubte er offenbar, die NASO brauche ihn mehr als er sie. Er wußte, wo die Hamsterguthaben und die Fußangeln lagen. Er wußte alles über die Unternehmensfinanzen – Dinge, die niemand den öffentlichen Verlautbarungen entnehmen konnte. Er konnte der NASO das Leben zur Hölle machen, falls die Bank und Veens sich nicht entgegenkommend verhielten. Das war seine Sicht der Dinge.

»Und das ist Phil Barksdale, stellvertretender Vorstandsvorsitzender der National Southern Bank«, schloß Chambers die Bekanntmachungszeremonie.

Nach dem Austausch der Höflichkeiten setzten sich die fünf Männer an den schlichten Vorstandstisch. Landon und Sotos nahmen auf einer Seite Platz, Chambers, Barksdale und Falcon auf der anderen. Sie gehörten noch nicht zum selben Team. Das würde Zeit brauchen. So war es immer, dachte Falcon.

Falcon beobachtete Landon und Sotos, als sie sich setzten. Landons Blick war ständig in Bewegung, als er sich über den Tisch mit der Resopalplatte beugte, die Hände vor sich zu Fäusten geballt. Sotos lehnte sich zurück und sah etwas an der Wand über Falcons Kopf an. Falcon lächelte. Das versprach, amüsant zu werden.

»Wir wissen es sehr zu schätzen, daß Sie sich heute die Zeit genommen haben, sich mit Falcon und mir zu treffen.« Barksdales Stimme dröhnte durch den Raum. »Und ich möchte meinem Freund Devon Chambers dafür danken, daß er den Termin vereinbart hat.« Barksdale deutete auf Chambers.

»Ich darf Ihnen sagen, daß Lex und ich in den letzten Tagen die Gelegenheit hatten, Devon näher kennenzulernen«, sagte Landon, »und wir sind überzeugt davon, daß er und Veens viel Wissen und Erfahrung in Penn-Mar einbringen werden. Wir freuen uns auf die Partnerschaft mit Veens und auf die mit der National Southern Bank.«

Falcon konnte nur mit Mühe ein Lächeln unterdrücken. Der Mann war so gestreßt, daß er die Worte nur spuckend herausbrachte. Er wollte sich vergewissern, daß sie ihn mochten. Diesen Fall hatte Bhutto wirklich falsch eingeschätzt. Als das feindliche Angebot bekanntgegeben worden war, mußte er diesen Männern jede Menge Scheißdreck erzählt haben. Falcon stellte sich vor, wie der Inder Landon und Sotos eingeredet hatte, es sei ausgeschlossen, daß Veens den Kampf gewinne, daß sie sich keine Sorgen zu machen bräuchten, als Speichellecker irgendwelcher Clowns von einer obskuren Investmentfirma zu enden. Vermutlich hatten sie alle lange und herzlich gelacht. Nicht einmal in ihren wildesten Träumen hatten diese beiden Männer geglaubt, daß es zu diesem Treffen kommen würde. Falcon spürte das. Jetzt hatte sie die Tatsache, daß sie nicht mehr die Herren über Penn-Mar waren, wie ein Schlag vor den Kopf getroffen. Sie begriffen allmählich, daß sie wieder Chefs hatten – Chambers und Barksdale. Sie konnten das Unternehmen nicht mehr als ihr persönliches Imperium betrachten, ohne Rücksicht auf die Aktionäre, wie sie es vermutlich seit langer Zeit getan hatten. Es war interessant, die verschiedenen Reaktionen zu studieren. Landon machte sich Sorgen um seine Stelle, Sotos um seinen Stolz.

Barksdale räusperte sich. »Wie Ihnen beiden bekannt sein dürfte, ist die National Southern bei der Transaktion nicht nur ein Coinvestor von Veens. Wir sind außerdem der Mittelsmann für das Konsortium aus nationalen und internationalen Banken, das achtundzwanzig Milliarden Dollar für das Geschäft zur Verfügung gestellt hat. Wir haben es für wichtig gehalten, so schnell wie möglich herzukommen, damit wir uns von Angesicht zu Angesicht kennenlernen. Deshalb sind wir hier.«

»Ja, Sie sind hier.« Sotos' Ton war zynisch. »Wieviel Prozent der Aktien haben Sie bei der Übernahme erworben?«

»Achtundneunzig Komma sechs Prozent.« Falcon lieferte das Detail. »Die restlichen eins Komma vier Prozent haben wir gestern an einen Fusionspartner abgegeben, einen Hintermann.«

»Wie passend ausgedrückt.« Sotos lachte sarkastisch. »Hintermann. Wie Hintern.« Sein Ton war bitter.

»Immer mit der Ruhe, Lex.« Landon lächelte die Männer auf der anderen Seite des Tisches nervös an.

»Wie auch immer, wir planen für nächste Woche ein Treffen aller Banken hier in Toledo. Andrew wird die Sitzung leiten.« Barksdale zeigte mit der Hand Richtung Falcon. »Und in der Woche darauf wird ein Treffen aller potentiellen Ramschaktien-Investoren stattfinden.«

»Wieviel hat die NASO in dieses Geschäft gesteckt, Barksdale?« Zum ersten Mal beugte sich Sotos im Stuhl vor.

Barksdale warf Chambers, der diskret nickte, einen schnellen Blick zu. »Zum gegenwärtigen Zeitpunkt dreizehn Milliarden. Drei aus Fonds, die wir verwalten, sechs in Ramschaktien und vier aus Bankkrediten.«

»Veens ist also nur ein Strohmann. Die eigentlichen Eigentümer sind Sie.«

»Veens verfügt über fünfundsiebzig Prozent der stimmberechtigten Aktionäre. Die meisten Sicherheiten, die wir eingebracht haben, erlauben uns kein Stimmrecht.«

»Das ist ein ganz hübsches Geschäft für Ihren Freund da drüben.« Sotos nickte Richtung Chambers.

»Wir glauben, daß es für uns alle ein gutes Geschäft ist«, sagte Barksdale.
»Okay, was ist für die Geschäftsleitung von Penn-Mar drin?« fragte Sotos, jetzt in einem provozierenden Ton.
»Lex, bitte.« Landon war sichtlich erschüttert.
»Das geht schon in Ordnung, Dutch.« Chambers atmete schwer, aber es gelang ihm trotzdem, Sotos locker anzulächeln.
Falcon sah diesen Ausdruck jetzt zum zweiten Mal. Es war ein Ausdruck, der ihm gar nicht gefiel.
Chambers fuhr fort. »Dutch, wir bieten Ihnen einen sehr ordentlichen Arbeitsvertrag an. Die Einzelheiten gehen wir später mit Ihnen durch. Jedenfalls ist es uns ein Vergnügen, daß Sie bei uns bleiben.«
Es wurde kurz still im Raum.
Sotos sah sich um. »Und ich?«
»Falcon.« Chambers zeigte auf ihn.
Falcon zögerte nicht. »Lex, mein Junge, sind Sie Golfer?«
Sotos' Blick richtete sich auf Falcon. In seinen Augen stand Verachtung. Falcon hatte seinen Spaß daran.
»Ja.« Sotos' Stimme war plötzlich heiser. Die Kühle war verschwunden, geschmolzen wie ein Eisblock in der Hölle. Er begriff plötzlich, daß er die ganze Situation falsch eingeschätzt hatte.
»Gut so. Denn ab sofort haben Sie jede Menge Zeit zum Spielen. Aber nicht auf dem Platz von Penn-Mar. Sie sind entlassen«, sagte Falcon kalt.
Barksdale hatte ihm im Flugzeug mitgeteilt, daß Sotos entlassen werden sollte. Chambers hielt ihn für inkompetent und arrogant. Falcon hatte protestiert. Das würde den Verkauf der Bankverschuldungen und Obligationen erschweren. Wenn man den Chef der Finanzabteilung entließ, konnte man nicht damit rechnen, potentielle Investoren anzulocken. Aber Barksdale war das gleich, er nahm von Chambers die Befehle entgegen. Chambers war der General, Barksdale nur ein Feldwebel. Weil er aber an dem Auftrag wenig Vergnügen hatte, tief in seinem Inneren Konfrontationen verabscheute, hatte er den Schwarzen Peter an Falcon weitergegeben. Das stand in seiner Macht. Er war der stellvertretende Vorstandsvorsitzende.

»Was?« Sotos stand auf, und sofort verzog sich sein Gesicht zu einer ungläubigen Miene.
»Entlassen.« Falcon hatte jetzt nichts mehr gegen den Auftrag. Dieser Typ war ein Arschloch. Er wäre bei den Investoren sowieso nicht gut angekommen. »Sie haben eine halbe Stunde Zeit, Ihr Büro zu räumen. Ein Mann vom Werkschutz wird Sie im Auge behalten, während Sie Ihre Sachen packen.«
Sotos sah Falcon mit offenem Mund an. »Sie Scheißkerl haben wohl den Verstand verloren!« schrie er.
»Vermutlich, aber das gehört zum Geschäft.« Falcon lächelte Sotos an. Er hatte recht behalten. Es machte ihm Spaß.
Sotos wandte sich hilfesuchend Landon zu, aber Landon verweigerte seinem ehemaligen Partner den Blickkontakt.

Die Zentrale von Penn-Mar erinnerte Falcon an die Reifenfirma Goodyear in Akron auf der anderen Seite des Bundesstaates. Als er bei Winthrop, Hawkins & Company gewesen war, hatte er viel mit Goodyear zu tun gehabt. Das Penn-Mar-Gebäude war nur vier Stockwerke hoch, aber es war lang und breit und verfügte über mehrere tausend Quadratmeter an Büroräumen. Wie so viele Unternehmenszentralen im Mittleren Westen, war es in den fünfziger Jahren gebaut worden, als Platzverschwendung noch in Mode gewesen war und das Wort Verschlankung noch nicht zum Vokabular von Spitzenmanagern gehörte. Jetzt brauchte Penn-Mar nur noch die Hälfte der Büroräume. Eine Folge mehrerer Wirtschaftskrisen innerhalb der letzten Jahre. Der ganze Flügel, den Falcon gerade erforschte, war so gut wie leer.
Die langen, gefliesten Flure erstreckten sich endlos, führten zu Hunderten von Büros, von denen nur wenige besetzt zu sein schienen. Bombastische Kronleuchter, bestückt mit schwachen Glühbirnen, warfen ein trübes Licht auf den Flur. Große, in dunkles Holz gefaßte Glasvitrinen säumten die Wände. Die Vitrinen enthielten Schwarzweißfotos alter Fabriken, Nachbildungen früher Produkte, die Pokale der siegreichen, firmeninternen Kegelmannschaft und Urkunden für musterhafte Firmenführung.

Falcon sah das Bild einer Softballmannschaft an. Ein Mitglied hielt eine Plakette in die Höhe, auf der stand: *Meister 1964 bei der Indianwood Summer League*. Er lächelte. Alle Männer trugen Bürstenschnitte. Er holte tief Luft. Der ehrwürdige Flur roch modrig. Er erinnerte ihn an seine High-School in Philadelphia. Falcon wandte sich von dem Bild ab und ging langsam den Flur entlang. Seine Schritte hallten in dem verlassenen Korridor wider. Sotos' Entlassung hatte eine unerfreuliche Wende genommen. Er hatte gebrüllt, er werde Veens verklagen, und sie hatten einen Mann vom Werkschutz gerufen, der ihn sofort abführte. Sie hatten ihm nicht einmal die Zeit gelassen, seine Sachen zu packen. Falcon wußte, was das für ein Gefühl war, aber er empfand kein Mitleid mit Sotos.

Chambers hatte vorgeschlagen, eine Pause einzulegen, als Sotos fort war, und alle hatten ihm schnell zugestimmt. Deshalb hatte Falcon einen Spaziergang unternommen. Er mochte die Architektur dieser Zeit, wollte sich entspannen, seine überschüssige Energie loswerden. Und er wollte Chambers' Büro finden.

Falcon ging weiter einen langen, dunklen Flur entlang. Cassandras Artikel im *Financial Chronicle* würde bald erscheinen. Er hatte nach dem Mittagessen drei Stunden mit ihr im Central Park verbracht. Während dieser Zeit hatte er ihr Einblick in die größte Übernahme aller Zeiten und in die Wall Street gewährt. Sie wußte es zu schätzen und hatte ihm wider besseres Wissen versprochen, ihm kurz vor der Veröffentlichung den Entwurf des Artikels zu zeigen.

Er hatte gestern ihre Referenzen überprüft, Leute angerufen, mit denen sie zusammengearbeitet hatte, und wie erwartet war sie sauber. Die Leute hatten nur Gutes über sie zu sagen: ehrlich, vertrauenswürdig, fair, gründlich.

Falcon blieb stehen und sah sich ein weiteres Foto an. Er wollte nicht zu zielstrebig wirken und den Verdacht von irgendwelchen Angestellten, die ihn zufällig sahen, auf sich lenken. Gelegentlich kam jemand aus einem Büro in diesen fast verlassenen Gebäudetrakt. Er schaute das Bild in der Vitrine interesselos an. Es gab so viele Fragen. Er hätte die Sachen ruhen lassen sollen. Sie vergessen. Aber das konnte er nicht. Das war nicht seine Art.

Und er wußte nur von einem Ort, an dem er nach Antworten suchen konnte, ohne gleich die rote Karte gezeigt zu bekommen. Aber er mußte äußerst vorsichtig sein.
Chambers' Büro war noch nicht im Firmenwegweiser verzeichnet. Falcon hatte sich beim Hereinkommen bei der Empfangsdame danach erkundigt. Er mußte es also selbst finden. Er war Chambers nach der Unterbrechung der Vorstandssitzung in sicherem Abstand gefolgt, aber weil er sich nicht verraten wollte, war er, als Chambers sich zum zweiten Mal umsah, in eine Toilette abgebogen. Jetzt hatte er sich im Labyrinth des Mammutgebäudes verlaufen.
Aus einem Büro am Ende des gebohnerten Flurs kamen Schreibmaschinengeräusche. Sie waren wie eine Leuchtbake mitten in der Nacht, und er ging darauf zu.
»Hallo.«
Eine Sekretärin in mittleren Jahren hielt im Tippen inne und sah ihn über eine Hornbrille hinweg an.
»Guten Tag.« Er versuchte, den harmlosen Jungen von nebenan zu spielen, aber seine knallige Krawatte verriet ihn. Die Frau wußte, daß ein Einheimischer nie den Mumm gehabt hätte, so etwas zu tragen.
»Kann ich Ihnen helfen?«
»Ja. Ich suche die Toilette.«
»Und dabei sind Sie ein bißchen auf Abwege geraten, nicht wahr?« Sie war mißtrauisch. Dieser Teil des Gebäudes stand so gut wie leer. Niemand suchte hier nach einer Toilette.
»So muß es wohl sein.« Er machte eine Pause. »Außerdem bin ich auf der Suche nach dem Büro von Mr. Chambers. Wir brauchen ihn wieder bei der Vorstandssitzung.«
»Warum haben Sie ihn dann nicht einfach angerufen?«
Falcon lächelte sie an. Er war nahe dran. Das mußte Chambers' Sekretärin sein. Hätte sie sich sonst so beschützend verhalten? »Ich wollte mir ein bißchen Bewegung verschaffen. Ich muß wirklich sagen, das hier ist ein schönes Gebäude. Sind Sie das auf dem Foto am anderen Ende des Flurs? Die Frau, die den Kegelpokal für die Mannschaft aus dem letzten Jahr hochhält.«

Plötzlich veränderte sich ihre Miene, als hätte jemand das Licht eingeschaltet. »Stimmt, das bin ich.«
Dreißig Sekunden später wußte er genau, wo Chambers' Büro war.

Falcon spähte durch die Dunkelheit hinüber zum Penn-Mar-Gebäude. Es tauchte undeutlich in der Nacht auf, wie ein Schiff, das lautlos durch eine windstille See treibt. Falcon drückte einen Knopf an seiner Digitaluhr. Die Anzeige leuchtete grünlichblau auf: 22.15 Uhr. Zwei Scheinwerfer kamen die lange Einfahrt entlang, die sich um den Golfplatz und das Gebäude herumschlängelte. Falcon duckte sich tiefer in die riesige Buchsbaumhecke. Das Auto umkreiste langsam den Haupteingang und hielt vor der riesigen Flügeltür. Falcon war fünfzig Meter vom Eingang entfernt, konnte aber die Gesichter der beiden Wachmänner sehen, als sie im Lichtbogen am Eingang aus der Limousine stiegen. Ein Mann lehnte sich gegen das Auto und zündete sich eine Zigarette an, während der zweite hastig mit einer starken Taschenlampe um das Gebäude herumging. Der Lichtstrahl hüpfte im Rhythmus seines Gangs.
Etliche Minuten später tauchte der Mann mit der Taschenlampe wieder im Licht des Haupteingangs auf. Falcon sah wieder auf die Uhr. Der Mann hatte genau acht Minuten dazu gebraucht, das Gebäude zu umrunden, genau wie vor einer halben Stunde. Es war ausgeschlossen, daß er während dieser Runde das Gebäude betreten hatte. Sonst hätte er länger als acht Minuten für die Inspektion gebraucht.
Die Männer stiegen wieder ins Auto und fuhren ab – zum Pförtnerhaus am Fuß des Abhangs. Das Pförtnerhaus war schätzungsweise achthundert Meter vom Hauptgebäude entfernt und stand an der Kreuzung zwischen der Zufahrt zu Penn-Mar und der Straße. Eine riesige Hecke direkt hinter dem Maschendrahtzaun, der das gesamte Grundstück umgab, dämpfte die Geräusche der vorbeifahrenden Autos auf der Hauptstraße, so daß sie kaum zu hören waren. Hecke und Zaun hatten sich vor fast zwei Stunden als Hindernisse für Falcon erwiesen.
Die roten Schlußlichter der Limousine verschwanden in der

Ferne. Wenn er wirklich ausführen wollte, was er vorhatte, mußte er es jetzt tun. Er hatte etwa zwanzig Minuten Zeit, bis die Wachmänner zurückkamen – unter der Voraussetzung, daß sie sich an ihren Dienstplan hielten.

Falcon kroch unter der Buchsbaumhecke hervor, stand auf und rannte an einer Reihe von Ahornbäumen vorbei, die parallel zum Fairway verlief. Nach mehreren hundert Metern hatte er die Ostseite des Gebäudes erreicht – die Rückseite, vom Haupteingang aus gesehen. Hier war es völlig dunkel, die sicherste Stelle für das Eindringen. Falcon stellte sich hinter eine große Eiche, zögerte, sah sich um und sprintete dann über den kurzgeschorenen Rasen zur Backsteinmauer des Gebäudes, etwa dreißig Meter entfernt.

Er war gut in Form, stellte aber fest, daß er schwer atmete. Die Nacht war heiß und zum Glück wolkenverhangen – es war Vollmond. Das mit dem Vollmond wußte er, weil er sich beim nationalen Wetterdienst in Washington erkundigt hatte. Manchen wäre das als eine banale Einzelheit erschienen. Aber Falcon wußte, daß es sich lohnte, jedes Detail abzuklären. Gründlichkeit konnte darüber entscheiden, ob ein Geschäft erfolgreich war oder danebenging. In diesem Geschäft wollte er nicht verlieren.

Falcon hatte den nationalen Wetterdienst von einer Telefonzelle in einer kleinen Einkaufsstraße in der Nähe angerufen. Dieselbe Einkaufsstraße, in der er auch die dunklen Jeans, das Hemd und die Stiefel, die er jetzt trug, gekauft hatte. Anzug, Hemd und Schuhe hatte er dem Wohlfahrtsbüro am Ende der Einkaufsstraße gespendet. Die Hermès-Krawatte, die auf Chambers' Sekretärin solchen Eindruck gemacht hatte, hatte er in die Hosentasche gesteckt. Es war eine seiner Lieblingskrawatten, und was zum Teufel hätte die Wohlfahrt mit einer Krawatte angefangen?

Falcon zögerte ein paar Augenblicke lang, bis er wieder normal atmete. Er schwitzte stark in der schwülen Luft. Nach dreißig Sekunden zog er eine kleine Taschenlampe aus der Tasche und schlüpfte zwischen der dunklen Mauer und der akkurat gestutzten Hecke, die um das Gebäude herum verlief, hindurch.

Schließlich machte er im schwachen Licht das dicke Papierbündel aus, das er am Nachmittag unter das von ihm entriegelte Fenster geworfen hatte. Falcon stieg auf die starken Äste einiger Büsche und konnte sich zu dem alten Fenster hochhieven. Die Simse der Erdgeschoßfenster waren hoch, fast drei Meter über dem Boden. Er langte nach oben und drückte dagegen. Das Fenster ging mühelos auf. Niemand hatte etwas gemerkt. Gott sei Dank.

Falcon schob sich durch die Öffnung und sprang auf den Teppichboden des Büros. Er richtete sich auf und schloß das Fenster. Dann verließ er schnell den Raum und ging über den dunklen Flur zu Chambers' Büro. Er wußte nicht, was er dort finden würde – falls überhaupt etwas –, aber er wußte, daß es der einzige Ort war, an dem er nach Erklärungen suchen konnte.

Barksdale war schon wieder in New York. Jedenfalls hoffte Falcon das. Das Flugzeug war pünktlich gestartet, heute nachmittag um halb fünf. Falls es auf dem Flughafen La Guardia keine größeren Probleme gegeben hatte, lehnte sich Barksdale eben jetzt in seiner Wohnung in der Park Avenue zurück und sah sich seine geliebten Yankees an.

Im letzten Augenblick, als die Passagiere an Bord gingen, war Falcon von den Telefonzellen aus auf Barksdale zugerannt und hatte ihm gesagt, er habe in Dallas ein weiteres Übernahmegeschäft im Auge und fliege von Toledo aus direkt nach Dallas. Er melde sich am nächsten Morgen. Es war offensichtlich, daß Barksdale so schnell wie möglich nach Hause wollte, und er hatte nicht widersprochen.

Falcon verließ den Wartebereich erst, als das Flugzeug von der Gangway wegrollte, zur Startbahn fuhr und abhob. Er ging erst, als er sicher war, daß Barksdale in der Luft war und mit niemandem Kontakt aufnehmen konnte. Es war ein kleines Flugzeug mit Anschluß an einen Flug von Cleveland aus, und es gab an Bord kein Telefon, weil es eine ältere Maschine war. Barksdale hätte vom Cockpit aus eine Nachricht durchgeben können, aber das war unwahrscheinlich.

Auf dem Flughafen mietete sich Falcon mit seiner privaten Kreditkarte ein Auto und fuhr dann durch ganz Toledo, um sich zu

vergewissern, daß er nicht verfolgt wurde. Es war wie in einem Thriller, und manchmal kam er sich blöd vor, aber er wollte kein Risiko eingehen.
Ehe er den Flughafen verließ, rief er Jenny an, damit sie im Dallas Hilton ein Zimmer für ihn reservierte. Er unterstrich, er habe die Reise mit Barksdale abgesprochen. Jenny beschwerte sich, weil sie ihn einen weiteren Tag lang nicht zu sehen bekommen würde, versprach aber, die Reservierung sofort zu erledigen. Dann rief er Alexis an und sagte ihr, er komme nicht nach Hause, er fliege nach Dallas. Es schien ihr gleichgültig zu sein.
Falcon ging schnell und leise die Treppe zum ersten Stock hinauf. Er hatte in der Mittagspause der Sitzung mit Landon das ganze Gebäude auf Kameras, Infrarotalarmanlagen und andere Sicherheitssysteme abgesucht. Aber es gab keine. Schließlich war das hier Toledo, war Penn-Mar nur ein Chemiekonzern. Die Forschungsabteilung, das einzig mögliche Ziel für Industriespionage, war in Seattle. Außerdem war das Gebäude durch den viereinhalb Meter hohen Zaun und das Pförtnerhaus geschützt. Das reichte. Falcons Hände schwitzten stark in den Arbeitshandschuhen, die er im Haushaltswarengeschäft in der Einkaufsstraße gekauft hatte. Er wollte keine Fingerabdrücke hinterlassen.
Falcon erreichte Chambers' Büro. Die Tür war abgeschlossen, aber damit hatte er gerechnet. Deshalb nahm er einen langen, starken Schraubenzieher vom Gürtel, den er im gleichen Geschäft wie die Handschuhe gekauft hatte. Das Schloß sprang mühelos auf, und der altersschwache Türknauf fiel scheppernd auf den Fliesenboden.
»Scheiße!« Seine Nerven standen in Flammen.
Er drückte gegen die Tür, sie gab nach, und er ging durch das verstaubte Vorzimmer zum Büro. Auch diese Tür war abgeschlossen. Wieder benützte er den langen Schraubenzieher, aber dieses Schloß war nicht so einfach zu knacken. Er hielt mit aller Kraft dagegen. Schließlich gab es nach. Er sah auf die Uhr. Es war zwölf Minuten her, seit die Wachmänner weggefahren waren. Es war ausgeschlossen, daß er es bis zur nächsten Überprüfung schaffte. Wenn die Stoppuhr seiner Armbanduhr acht-

zehn Minuten anzeigte, mußte er die Taschenlampe ausschalten und sich ganz still verhalten.
Die ganze Geschichte war idiotisch. Falls er hier drin erwischt wurde, wäre es schwierig, ja unmöglich, seine Anwesenheit zu erklären. Vermutlich würden sie ihn hinauswerfen, und die fünf Millionen waren dahin. Und weshalb? Weil er einen dummen, unbegründeten Verdacht hatte. Vielleicht sollte er so schnell wie möglich von hier verschwinden. Falcon sah sich im Büro um. Nein, das kam nicht in Frage. Er hatte es bis hierher geschafft. Jetzt würde er keinen Rückzieher machen.
Er ging zu dem alten Metallschreibtisch. Wonach suchte er? Er hatte keine Ahnung. Er brach den Schreibtisch mit dem Schraubenzieher auf und sah in den Schubladen nach. In der untersten rechten Schublade fand er einen Holzkasten. Er wußte sofort, daß er ihn inspizieren mußte.
Er stellte den Holzkasten auf die Schreibtischplatte. Im schwachen Licht der kleinen Taschenlampe sah er nach einer Antiquität aus. Die Kanten waren schräg abgeschliffen, die Scharniere mit Schwalbenschwanzverbindungen angebracht. Eine Goldplakette auf dem Deckel trug die Initialen DCC – die von Chambers, vermutete Falcon. Ein winziges silbernes Vorhängeschloß sicherte den Verschluß. Er fand ein großes Heftklammergerät auf dem Schränkchen neben dem Schreibtisch und zerschlug das Schloß, während er den Kasten auf der Schreibtischunterlage festhielt. Der Deckel sprang sofort auf. Falcon sah hinein und nahm vier Aktendeckel heraus.
Der erste Aktendeckel trug die Aufschrift *»Die Sieben«*. Falcon hielt den Atem an. Die Sieben waren eine Geheimgesellschaft der Harvard University. Unter allen Geheimbünden der Universität waren sie der älteste und mächtigste. Er hatte in der Universitätsbibliothek von den Sieben gelesen – von ihren sagenhaften Spenden an die Universität, ihrer strikten Geheimhaltung und ihrer Geschichte. Er hatte zwei Jahre lang die Zahl Sieben jeden Tag in weißer Schrift an der Wand der Betriebswirtschaftlichen Fakultät gesehen. Aber konnte es sich hier um diese Gruppe handeln?
Das Herz saß ihm im Hals, als er den Aktendeckel in die Hand

nahm. Im Aktendeckel steckte ein einziges Blatt Papier, und darauf stand nur eine Namensliste mit zehnstelligen Zahlen hinter jedem Namen. Eine Hitzewelle durchschoß seinen Körper, als er den ersten Namen sah: Granville Winthrop. Und da war Chambers' Name ... Boremans ... und der von Wendell Smith, von dem er wußte, daß er der Direktor der New Yorker Bundesbank war. Mein Gott! Es waren die Sieben. Sie *mußten* es sein.

Er sah die letzten drei Namen auf der Liste an, konnte aber nichts mit ihnen anfangen, dann überflog er die zehnstelligen Zahlen. Es waren Telefonnummern. Es konnte nichts anderes sein. Falcon warf einen Blick auf die Nummer hinter dem letzten Namen: William Rutherford. Der Name sagte ihm nichts, aber die Nummer kam ihm bekannt vor.

Falcon legte den Aktendeckel auf den Schreibtisch und wandte sich dem zweiten Ordner zu, auf dem stand: *»PM – Umweltinformationen«*. Der Aktendeckel war dick, und er blätterte ihn schnell durch. Plötzlich erregte eine handschriftliche Notiz auf einer Seite seine Aufmerksamkeit: *»J. Case, Crossings Strip Male, 10/28«*. Er bekam große Augen.

Falcon beleuchtete die Etiketten der beiden restlichen Aktendeckel mit der Taschenlampe. Auf ihnen stand: *»Immobilien«* und *»Lodestar«*. Was zum Teufel hatte er da gefunden?

Plötzlich flog die Bürotür auf, und die Deckenbeleuchtung ging an.

»Keine Bewegung!«

Falcon erstarrte, gelähmt vom Anblick der Pistole, die der Wächter auf ihn richtete.

»Hände hoch, so daß ich sie sehen kann!« Der Wächter kam langsam herein, die Waffe in beiden Händen.

Der Schreibtisch stand zwischen Falcon und dem Wächter, und Falcon konnte die Taschenlampe und die Handschuhe auf den Teppichboden werfen, ohne daß der Wächter es sah, ehe er die Hände hob. Wie hatte er nur so blöd sein können? Der Wächter war zeitig dran, aber er hätte mit dieser Möglichkeit rechnen müssen. Der Mann mußte die Taschenlampe durch das Fenster gesehen haben.

»Officer, ich arbeite an einem Projekt, das Mr. Chambers bis morgen früh erledigt haben will.« Der Mann war kein Polizist. Das war klar. Aber er wollte den Wächter in dem Glauben wiegen, der Eindringling fühle sich ihm unterlegen. Deshalb nannte er den Mann »Officer«. »Sie wissen, wer Devon Chambers ist?« Der Wächter nickte, wirkte aber nicht beeindruckt.
»Gut. Ich bin ein Mitarbeiter von Veens & Company, dem Unternehmen, das eben Penn-Mar gekauft hat. Devon gehört diesem Unternehmen ebenfalls an.« Falcon versuchte, streng zu klingen, aber nicht übertrieben streng. Er sah dem anderen direkt in die Augen.
»Wir haben keinerlei Aufzeichnungen darüber, daß jemand das Gebäude so spät noch betreten hat. Alle, die sich in unsere Kontrolliste eingetragen hatten, haben das Firmengelände heute abend um halb acht verlassen. Das Gebäude sollte leer sein.«
»Hören Sie, ich –«
»Ruhe!«
Falcon merkte, daß der Wächter nervös war. Der Mann hatte vermutlich noch nie einen Eindringling in der Firma gestellt. Falcon warf einen Blick zur Tür, wollte sehen, ob der zweite Wächter in der Nähe war, aber er sah nichts. Wenn diese Überprüfung so verlief wie die anderen, stand der zweite neben der Limousine, rauchte eine Zigarette und wartete auf die Rückkehr seines Kollegen. Aber in wenigen Minuten würde ihm auffallen, daß sein Kollege sich verspätete.
Falcon hielt am Gürtel des Wächters nach einem Sprechfunkgerät Ausschau, sah aber keins. Das war gut.
»Name bitte.«
»Was?«
»Wie heißen Sie?«
Falcon sah den Wächter an. Es gab noch keinen Grund, seinen richtigen Namen zu nennen. »Frank Scudder.« Er sagte das schnell und überzeugend.
»In Ordnung, Mr. Scudder, obwohl ich mir nicht sicher bin, warum Sie im Dunkeln in Mr. Chambers' Büro herumschnüffeln, wenn Sie sind, wer Sie behaupten, will ich Ihnen erst mal glauben. Aber Sie müssen auch meine Lage bedenken.«

»Natürlich.« Falcon lächelte glatt. Erfahrung. Darüber ging nichts. Er war zwar nicht froh darüber, schon einmal mit einer Schußwaffe bedroht worden zu sein, damals, als Bernstein mit dem Gewehr in sein Büro gestürmt war und Froworth und Hudson umgebracht hatte, aber dieses Erlebnis ermöglichte es ihm, ruhig zu bleiben, statt in Panik zu geraten. Er hatte den Blick eines Wahnsinnigen gesehen, dem gleich war, wen er tötete. Der Mann hier hatte nicht diesen Blick. Weit davon entfernt. Im Gegenteil – Falcon war klar, daß dieser Mann tun würde, was in seiner Macht stand, damit er nicht schießen mußte.

»Ich rufe im Pförtnerhaus an und sage meinen Leuten, was hier los ist.«

Falcon und der Wächter sahen gleichzeitig das Telefon auf dem Schreibtisch an. Wenn der Wächter telefonieren wollte, mußte er sehr nahe an Falcon herankommen. Mit etwas Glück konnte er dem anderen die Pistole abnehmen. Es war ein lächerlicher Gedanke, aber Falcon war verzweifelt. Es war durchaus möglich, daß er erschossen wurde. Aber falls die Wachmänner ihn festhielten, würden Chambers und die restlichen Sieben erfahren, daß er diese Akten gesehen hatte. Und dann war er vermutlich ohnehin ein toter Mann.

Auch der Wächter begriff, wie nahe sie sich kommen würden. »Gehen Sie ein Stück zurück, Mr. Scudder.«

»Selbstverständlich.« Falcon lächelte und trat einen Schritt zurück.

Der Wächter ging auf das Telefon zu, den Blick auf Falcon geheftet, und griff nach dem Hörer.

Im selben Augenblick, in dem die Hand des Wächters das Telefon berührte, trat Falcon mit aller Kraft gegen die hinter dem Schreibtisch auf dem Boden liegende Taschenlampe. Sie flog über den altersschwachen Teppichboden und prallte gegen die Wand gegenüber. Der Wächter drehte sich sofort nach dem Geräusch um, und in einem Sekundenbruchteil warf sich Falcon auf den Mann. Sie gingen gemeinsam zu Boden, und dabei ging die Pistole los.

Falcon sprang sofort auf. Er starrte auf den Wächter hinunter.

Schon jetzt sickerte Blut aus einem Loch in dem weißen Hemd. Die Kugel hatte den Mann in die Brust getroffen.
»Helfen Sie mir«, flüsterte der Mann. Aus einem Mundwinkel lief ein dünnes Rinnsal Blut.
Falcon zitterte. Der Mann hatte die Kugel in die Lunge bekommen. Es war eine schwere Verletzung, aber vielleicht nicht tödlich. Falcon starrte den Mann wie gelähmt an. Falls er überlebte, konnte er Falcon identifizieren. Dieser Mann mußte sterben. Es war ein grauenhafter Gedanke. Im Bruchteil einer Sekunde war das geschehen, und sein Leben hatte sich für immer verändert.
»Bitte, helfen Sie mir.« Der Mann streckte beide Hände nach Falcon aus. Jetzt strömte aus beiden Mundwinkeln Blut. Er fing an zu husten, spuckte die rote Flüssigkeit auf den Boden.
Falcon wich instinktiv zurück. Die Pistole lag neben dem Wächter. Falcon sah sie, ging schnell auf sie zu und beförderte sie mit einem Fußtritt aus seiner Reichweite. Der Wächter bekam Falcons Bein zu packen und hielt ihn fest. Falcon schüttelte sein Bein, aber der Mann ließ nicht locker. »Lassen Sie mich los. Zum Teufel, lassen Sie mich los!« Falcon langte hinunter und versuchte, die Finger des Wachmanns von seinem Bein zu lösen, aber sie umklammerten es fest.
Krämpfe erschütterten den am Boden liegenden Körper. Während er sich krümmte, bohrten sich seine Finger tief in Falcons Wade. Plötzlich rollte er auf die Seite und riß Andrew zu Boden. Sie kämpften verzweifelt, stießen gegen eine Stehlampe, die auf den Teppichboden krachte. Die Glühbirne platzte beim Aufprall, versprühte blaue Funken im Raum.
Falcon löste sich von dem Mann und sah voller Entsetzen zu, wie sich die Krämpfe verstärkten. Er würde sterben. Falcon war kein Arzt, aber nach der Menge Blut, die aus der Wunde und aus dem Mund strömte, würde es nicht mehr lange dauern. Aber wie lange? Das war die Frage. Inzwischen wußte sein Kollege bestimmt, daß etwas nicht stimmte. Vielleicht hatte er sogar den Schuß gehört und war schon unterwegs hierher.
Ein weiterer gewaltiger Krampf erschütterte den Körper des Wachmanns, und er griff sich an die Brust. Laut stöhnend riß er an dem Hemd und der schwarzen Uniformkrawatte. Er ver-

suchte aufzustehen, kam aber nur auf die Knie. Die Adern an den Schläfen pulsierten, während er kämpfte, und dann die Hauptschlagader. Ein Gurgellaut entwich der Kehle des Mannes, und er fiel nach hinten auf den Boden. Er sah Falcon noch eine Sekunde an, dann rollten seine Augen langsam nach hinten.

Falcon atmete mühsam. Er war schweißnaß, und auf seinen dunklen Jeans war Blut. Er fiel neben dem Wächter auf die Knie, griff nach dem Handgelenk, fühlte nach dem Puls. Aber da war keiner. Der Mann war tot.

Schnell schob Falcon die Taschenlampe und die Handschuhe in die Tasche. Er packte die vier Aktendeckel, machte das Bürolicht mit der Handfläche aus und lief den Flur entlang. Jetzt wollte er nur noch zurück nach New York. Er hatte nicht für möglich gehalten, daß er sich noch so sehr nach dieser Stadt sehnen konnte.

Das kleine zwölfsitzige Flugzeug hob steil vom Flughafen in Toledo ab. Falcon sah aus dem Fenster hinunter auf die grünen und blauen Bodenlichter, die unheimlich in der pechschwarzen Nacht leuchteten. Die Lichter wurden immer kleiner, je mehr das Flugzeug an Höhe gewann. Falcons Nerven waren zum Zerreißen gespannt. Vielleicht kehrte das Flugzeug um. Vielleicht ging plötzlich die Tür vom Cockpit auf. Oder – was am wahrscheinlichsten war – er wurde auf dem Flughafen Pittsburgh beim Umsteigen in ein Flugzeug nach New York festgenommen. Die ganze Geschichte war verrückt. Absoluter Wahnsinn.

Falcon sah den Gang entlang, zu dem einzigen Passagier außer ihm. Es war eine Frau Mitte Vierzig, die jetzt schon schlief. Es gab nicht den geringsten Grund, ihr zu mißtrauen, aber im Moment konnte er nicht klar denken.

Eine kleine Tasche, die er im rund um die Uhr geöffneten Flughafenladen gekauft hatte, stand zwischen seinen Füßen auf dem Boden. Die fette Frau hinter der Kasse, die kaum in die blaue Uniformhose paßte, hatte ihn mit einem merkwürdigen Blick bedacht. Er hatte versucht, das Blut aus den Jeans zu waschen, aber Falcon kam es so vor, als starre die Frau die dunklen Was-

serstreifen zu lange an, bis sie ihm das Wechselgeld auf den Zehndollarschein herausgab.
Die Tasche hatte einen Reißverschluß in der Mitte und war auf beiden Seiten mit dem Abzeichen der Baseballmannschaft Cleveland Ohio geschmückt. Er langte langsam nach unten und zog den Aktendeckel mit der Aufschrift »*Die Sieben*« heraus. Er schlug ihn auf und sah im schwachen Kabinenlicht lange und gründlich die Telefonnummer hinter William Rutherfords Namen an. Plötzlich hatte er es! Es war die Nummer, die auf dem Zettel gestanden hatte, der im Hotel Four Seasons aus Jennys Handtasche geflattert war.

26

»Gut. Halten Sie hier«, sagte Falcon, als das Taxi in der 82nd Street zum Stehen kam, mehrere hundert Meter östlich vom Eingang zu seinem Appartementhaus. Er wollte nicht direkt vor dem Gebäude aussteigen. Er wollte Zeit haben, sich auf der Straße umzusehen, ehe er das Hochhaus mit seinen eingeschränkten Fluchtmöglichkeiten betrat.

»Danke.« Falcon ächzte, als er sich aus dem Taxi hievte. Er war müde, und ihm war heiß. Die Wirkung der vier Tassen Kaffee, die er auf dem Flug von Pittsburgh aus getrunken hatte, ließ nach, und obwohl es erst Viertel vor acht morgens war, hatte die Temperatur schon zweiunddreißig Grad erreicht. Die Fahrt vom Flughafen La Guardia aus war unangenehm gewesen, weil die Klimaanlage des Taxis kaputt war.

Falcon nahm die Nylonreisetasche mit den vier Aktendeckeln aus dem Taxi und ließ einen Zwanziger und einen Zehner durch das offene Fenster auf den Beifahrersitz neben dem mürrischen Araber fallen. Der Fahrer knurrte und fuhr mit quietschenden Reifen ab, ohne Wechselgeld anzubieten.

Falcon sah die Straße entlang und dann zum Gebäudeeingang. Von La Guardia aus war ihm niemand gefolgt, dessen war er sich sicher. Und er sah nichts Verdächtiges auf der Straße, obwohl es schwer gewesen wäre, unter den Hunderten von Pendlern, die schon zur U-Bahn strömten, jemanden auszumachen, der sich auf ihn konzentrierte. Er sah sich noch einmal um und ging dann vorsichtig auf den Eingang zu.

Inzwischen wußten sie Bescheid. Sie mußten es wissen. Der tote Wächter war vermutlich keine zehn Minuten, nachdem Falcon mit den Akten unter dem Arm aus dem Penn-Mar-Gebäude gerannt war, gefunden worden. Als er den Flughafen erreicht hatte, wimmelte es wahrscheinlich schon im Gebäude und auf dem

Grundstück von Polizisten, die nach Spuren suchten. Und als das winzige Flugzeug in Toledo abhob, waren Landon und Chambers vermutlich schon bei Penn-Mar eingetroffen, um bei den Ermittlungen zu helfen. Chambers mußte sofort gemerkt haben, daß die Akten verschwunden waren. Falcon hatte halb damit gerechnet, bei der Landung in New York von einer Gruppe Polizisten im Empfang genommen zu werden. Aber La Guardia war ruhig gewesen, wappnete sich noch für den morgendlichen Ansturm von Anwälten, Bankangestellten und Managern, die zu weit entfernten Zielen reisten.

Er war paranoid. Das wußte er. Die Behörden mußten zunächst Landon angerufen haben. Er war immer noch der Direktor von Penn-Mar, deshalb war vermutlich so verfahren worden. Landon mußte als erstes Mitglied der Geschäftsleitung am Tatort gewesen sein. Dadurch gewann Falcon etwas Zeit. Es war ausgeschlossen, daß Landon von sich aus zu der Schlußfolgerung kam, Falcon habe das Verbrechen begangen. Völlig ausgeschlossen. Der Unfall hatte sich in Chambers' Büro ereignet; also war logisch, daß Landon sofort bei Chambers angerufen hatte – aber was machte das schon? Weshalb hätte Chambers sofort davon ausgehen sollen, daß Falcon der Verantwortliche war? Chambers hatte Barksdale und ihn nach dem Ende der Sitzung bei Penn-Mar zu Fuß zum Auto begleitet. Soweit Chambers wußte, waren sie gemeinsam nach New York zurückgeflogen. Vielleicht hatte Chambers nach Barksdales Rückkehr mit ihm telefoniert, aber das war eher unwahrscheinlich. Barksdale war keiner der Sieben – jedenfalls stand er nicht auf der Liste –, deshalb gab es keinen Grund zu der Annahme, daß Barksdale nach seiner Ankunft in New York bei Chambers angerufen hatte.

Und wenn sie doch miteinander telefoniert hatten, was dann? Vielleicht hatte Barksdale von Falcons Reise nach Dallas berichtet, das war aber dann auch schon alles. Chambers hatte keinen Grund, mißtrauisch zu werden, weil sich Falcon im letzten Augenblick zur Reise nach Texas entschlossen hatte. Er war eindeutig paranoid, aber es war sicherer, paranoid zu sein, dann blieb der Kopf hellwach.

Falcon kam zum Eingang seines Appartementhauses. Er versuchte, durch die Glastür in die Halle zu sehen, aber die Morgensonne war hell und blendete.
Plötzlich ging die Tür auf. »Was zum Teufel –«
»Morgen, Mr. Falcon!«
»Hi, Johnnie.« Falcon atmete schwer, und sein Herz raste plötzlich wie verrückt. Er würde an einem Herzinfarkt sterben, ehe ihn die Polizei oder die Sieben fanden.
»Alles okay? Sie sehen heute morgen ein bißchen mitgenommen aus.« Der Portier schloß die Glastür auf Knopfdruck, als Falcon hereinkam.
»Bestens, Johnnie. Mir geht's bestens.« Die Klimaanlage war erfrischend. Plötzlich fühlte sich Falcon hundemüde; er hätte sich auf den Hallenteppich legen und einschlafen können. Er war bis zum äußersten erschöpft. Falcon wandte sich wieder dem Portier zu. »Ich erwarte heute morgen einen Freund. Ist schon Besuch für mich gekommen?«
»Bis jetzt noch niemand. Jede Menge Leute haben das Haus verlassen – auf dem Weg zur Arbeit, Sie wissen schon. Aber niemand ist hereingekommen.«
»Und es hat auch niemand nach mir gefragt?«
»Nein.« Johnnie schüttelte den Kopf.
»Wann sind Sie gekommen?«
»Ich habe diese Woche Nachtschicht. Ich habe um Mitternacht angefangen. In etwa fünf Minuten löst Carmine mich ab.« Johnnie hielt das dicke Handgelenk hoch und warf einen Blick auf seine Rolex.
Falcon schaute auf die Rolex. Sie war eine Imitation. Der zweite Zeiger schwebte nicht, sondern tickte. »Wann ist Alexis gestern nacht nach Hause gekommen?«
Johnnies Gesicht erhellte sich zu einem breiten Grinsen. »Spionieren Sie ihr nach, Mr. Falcon? An Ihrer Stelle würde ich diese Frau schnell heiraten, ehe es ein anderer tut.«
Falcon zwang sich zu einem Lächeln. »Stimmt, ich spioniere ihr nach. Wann ist sie nach Hause gekommen?«
Das Grinsen des Portiers wurde schwächer. »Ziemlich spät. Vielleicht gegen drei.« Er zögerte.

»Was gibt's, Johnnie?«
»Na ja, ich sollte das wohl nicht sagen, aber ...«
»Aber Sie werden es mir sagen, weil Sie wissen, wer zu Weihnachten Ihren Bonusscheck ausstellt.«
»Richtig.« Der Portier senkte die Stimme. »Ich glaube, sie hatte ein bißchen was getrunken.«
Falcon nickte und bemühte sich um eine verdrossene Miene. »Danke, Johnnie.« Er tätschelte dem Mann die Schulter und ging zum Aufzug.
»Sagen Sie ihr nicht, daß ich es Ihnen erzählt habe, Mr. Falcon«, rief Johnnie hinter ihm her.
»Bestimmt nicht«, sagte Falcon leise, als er in den wartenden Fahrstuhl stieg. Er drückte den Knopf für den zehnten Stock. Sofort schloß sich die Tür, und der Aufzug fuhr nach oben.
Falcon warf einen Blick auf die Nylontasche unter seinem Arm. Er hatte die vier Akten auf dem Flug von Pittsburgh nach New York im menschenleeren hinteren Teil der Maschine immer wieder gelesen und die Papiere sofort verdeckt, wenn sich eine Stewardeß näherte. Der Inhalt der Akte mit der Aufschrift *Die Sieben* war eindeutig – es war die Mitgliedsliste der Geheimgesellschaft. Es konnte nichts anderes sein. Falcon lachte, als er sein Spiegelbild in der verchromten Fahrstuhltür musterte. Granville war einer der Sieben. Chambers war einer der Sieben, Boreman und Wendell Smith gehörten zu den Sieben. Es war nicht zu fassen. Natürlich konnte Boreman mit der NASO machen, was er wollte. Die New Yorker Bundesbank war der Gesetzeshüter, und der Sheriff war bestochen. Und Barksdale hätte alles getan, was Boreman von ihm verlangte. Er verdankte Boreman seine Karriere.
Am dicksten war der Aktendeckel mit der Aufschrift *PM – Umweltinformationen*. Sie enthielt alle Einzelheiten über Penn-Mars massive Verstöße gegen die Umweltschutzvorschriften und über die illegale »Entsorgung« des Giftmülls. Jeremy Case und Tom West hatten den Sieben Informationen geliefert und schließlich mit ihrem Leben dafür bezahlt – auch das ging aus den Unterlagen hervor.
Falcon warf wieder einen Blick auf die Tasche. Der Aktendeckel

mit der Aufschrift *Immobilien* listete lediglich Objekte überall in den Vereinigten Staaten auf, mitsamt ihres geschätzten Verkaufswertes – fast sechs Milliarden Dollar. Die Akte *Lodestar* war noch weniger hilfreich. Sie enthielt nur einen Artikel über die Investmentfirma und ihre hochkarätigen Kunden. Außerdem stand ein Name in der Akte: Peter Lane.
Aber was hatte das alles zu bedeuten? Worauf wollten sie hinaus? War an dem allen, was er gefunden hatte, überhaupt etwas dran? Oder war es nur ein Sammelsurium harmloser Informationen? Nein. Inzwischen gab es zu viele Zufälle.
Der Aufzug wurde langsamer. Warum hatte Jenny Rutherfords Telefonnummer? Er schüttelte den Kopf. Es gab nur eine Schlußfolgerung, und die wollte er nicht ziehen: Sie arbeitete für sie. Sie wollten ihn im Auge behalten und benutzten Jenny dazu. Kein Wunder, daß sich ihr Verhalten ihm gegenüber so gewaltig verändert hatte. Er dachte an die acht Hundertdollarscheine, die er im Four Seasons in ihrer Brieftasche gezählt hatte.
Die Tür ging auf, und Falcon trat auf den Flur. Plötzlich blieb er wie angewurzelt stehen. Vielleicht arbeitete Alexis auch für sie. Warum nicht? Im Rückblick erschien ihm ihre Begegnung im Club inszeniert. Sie hatte sich zu schnell in ihn verliebt. Vielleicht ging er den Spinnen jetzt direkt ins Netz. Aber Johnnie hatte gesagt, es seien keine Besucher dagewesen, seit Alexis nach Hause gekommen war. Überhaupt keine. Schließlich war das Gebäude gut gesichert. Er würde vorsichtig sein. Und nicht lange bleiben.
Falcon schob den Schlüssel ins Schloß und betrat leise die Wohnung. Er ging lautlos ins Schlafzimmer. Alexis schlief fest, wie er es erwartet hatte. Er merkte, daß sie letzte Nacht eine Menge Alkohol getrunken hatte. Ihre Kleider lagen über das Bett und den Fußboden verstreut da. Ihr Mund stand weit offen, und ein Speichelfleck auf dem Kissen wurde immer größer. Sie atmete nur so schwer durch den Mund, wenn sie getrunken hatte. Im Zimmer roch es sogar nach Alkohol. Sie würde noch eine Weile hinüber sein. Das war gut.
Der Computer und das Bloomberg-Terminal erwachten flackernd zum Leben. Er hatte noch nicht genug Material, um

sich an die Behörden zu wenden. Vermutlich hätte er ein paar Prüfer von der Bundesbank auf den Fall ansetzen und Boreman vom Dienst suspendieren lassen sollen, aber er konnte den Sieben nichts beweisen. Im Moment konnte er noch nicht einmal beweisen, daß sie überhaupt existierten. Er hatte die Akten, aber er brauchte mehr. Er mußte eine konkrete Verbindung zwischen den Sieben und dem Mord an Jeremy Case herstellen. Er brauchte Unterlagen über Telefongespräche. Er mußte die eine Milliarde Dollar finden, die der NASO vor einem Monat zugeflossen war, das Geld, das angeblich aus Deutschland gekommen war, von dem er aber jetzt wußte, daß es von den Sieben stammte. Vor allem mußte er das Rätsel lösen.

Und wie hätte er sich überhaupt an die Behörden wenden können? In Toledo, Ohio, war ein Wachmann von Penn-Mar gestorben. Wenn er mit den Akten aus Chambers' Büro irgendwo auftauchte, hätten sie schnell herausbekommen, daß er etwas mit dem Tod des Wächters zu tun hatte. Falcon hielt den Atem an. Der Wächter war tot. Seinetwegen. Er hatte beobachtet, wie das Blut aus dem Mund des Mannes gesickert war, und darum gebetet, daß er starb. Er schüttelte den Kopf. Es war ausgeschlossen, daß er jetzt daran dachte. Aber er würde sich später damit auseinandersetzen müssen.

Falcon gab die Kennziffer für Penn-Mar in das Bloomberg-Terminal ein. Er rief die Nachrichtenrubrik ab und fand den Artikel über den Prozeß. Er überflog den Ausdruck schnell. Und da war es. Der Name der Kanzlei. Cleveland, Miller & Prescott. Und Turner Prescott leitete das Anwaltsteam der Kläger. Genau der Turner Prescott auf der Liste im Aktendeckel. Falcon hatte keinen Zweifel daran. Er starrte eine Weile den Monitor an. Und dann traf ihn die Ungeheuerlichkeit des ganzen Planes mit voller Wucht.

Plötzlich klingelte das Telefon. Er hörte, wie Alexis verschlafen brummte. Scheiße! Er hätte das Telefonkabel aus der Wand reißen sollen. Jetzt war es zu spät. Falcon starrte den Monitor an. Er mußte Rutherford und Henderson überprüfen. Unbedingt. Er schaltete das Terminal ab und stürzte zur Tür.

»Boreman?«
»Ja?«
»Hier ist Winthrop.«
»Was gibt's?«
»Wie geht es Ihnen?«
»Eigentlich recht gut, angesichts der Tatsache, daß ich demnächst sterbe.«
Winthrop fand Boremans Anspielung auf den Unfall, den Phoenix Grey inszenieren sollte, nicht komisch.
»Hat Prescott immer noch vor, morgen im Gericht von Baltimore die Bombe platzen zu lassen?«
»Ja.«
Boreman lachte. »Ich kann's nicht fassen, daß das Projekt Plejade fast abgeschlossen ist.«
»Wir nähern uns dem Ziel. Hören Sie, ich will, daß Sie heute nachmittag um drei mit Grey New York City verlassen. Sobald Prescott morgen den Geschworenen die Umweltinformationen vorlegt, sind Sie ein heißes Thema.«
»Ich verschwinde. Keine Sorge. Ich gehe heute morgen in die Bank und verlasse sie um eins, damit ich um zwei einen Flug nach Los Angeles von La Guardia aus bekomme. Jedenfalls werden die Leute glauben, daß ich dorthin fliege, um unsere Filiale in L. A. zu besuchen. Aber natürlich tauche ich nicht dort auf.«
»Gut. Und haben Sie Ihre Autoschlüssel an einem Ort hinterlassen, an dem Grey sie sich beschaffen kann?«
»Ich habe mit Phoenix gesprochen. Es ist für alles gesorgt.«
»Boreman, ich lebe jetzt seit vier Jahren für dieses Projekt. Haben Sie Verständnis mit mir.«
»Hat Phoenix die Leiche schon besorgt? Als ich mit ihm gesprochen habe, hatte er sie noch nicht beschafft.«
»Er hat sie.« Winthrop machte eine Pause. »Wie ist Barksdales und Falcons Besuch in Toledo gestern gelaufen?«
»Bestens, nehme ich an. Ich habe gestern abend, als er nach Hause gekommen war, mit Barksdale gesprochen. Sie haben Sotos rausgeworfen und haben jede Menge besprochen. Angesichts der Tatsache, daß Prescott morgen an die Öffentlichkeit geht, war der Besuch fast überflüssig. Aber es lag nahe,

daß die NASO schnell hinfährt, deshalb nehme ich an, es war richtig so. Und natürlich wissen Barksdale und Falcon nicht, was läuft.«

»Wie geht es Falcon?«

»Okay. Er ist gestern im letzten Augenblick von Toledo aus direkt nach Dallas geflogen. Er hat eine weitere Fusionsmöglichkeit entdeckt und wollte sich sofort darum kümmern.«

In Winthrops Kopf ging eine Alarmklingel los. »Wirklich?« Vermutlich war Falcons Reise harmlos.

»Ja. Übrigens – wann geben wir die Information über Falcons angebliche Insidergeschäfte bekannt?« fragte Boreman.

»Erst nächste Woche. Bailey Henderson enthüllt morgen im *Financial Chronicle* Lodestars Geschäfte und druckt dann am Freitag oder vielleicht am Samstag Lanes Aktennotiz ab. Wir wollen nicht zuviel auf einmal aufdecken.«

»Ja, ich bin Ihrer Meinung ...«

»Boreman, ich erhalte gerade einen Anruf. Ich weiß nicht, wer zum Teufel das sein könnte, aber es ist besser, wenn ich mich melde. Wie lange sind Sie noch zu Hause?«

»Zehn Minuten.«

»Vielleicht rufe ich Sie zurück. Falls ich Sie nicht mehr zu Hause erreiche, rufe ich Sie bei der NASO an.«

»Ich hab' gedacht, Sie wollten alle Anrufe bei der NASO vermeiden.«

»Ja, wahrscheinlich lasse ich es auch, aber wir sind der Stunde Null so nahe, daß es wohl keine große Rolle mehr spielt. Nach dem morgigen Tag werden Sie als tot gelten. Hören Sie, ich muß auflegen.«

»Ja. Wiederhören, Granville.«

Winthrop schaltete auf die andere Leitung um, ohne sich zu verabschieden. »Ja?« Er konnte den Anrufer atmen hören. »Hallo? Wer ist da?«

»Chambers.«

Winthrop wußte sofort, daß etwas nicht stimmte. Er machte sich nicht die Mühe, den Mann zu beschimpfen, weil er ihn unter dieser Nummer anrief, was er Chambers und den anderen fünf ausdrücklich untersagt hatte. »Devon, was gibt's?«

»Etwas sehr ... sehr Schlimmes ist passiert.« Chambers konnte kaum sprechen.
»Was?«
»Ich kann es kaum glauben.« Seine Stimme bebte entsetzlich.
»Was?«
»Es hat einen Einbruch gegeben.«
»Einen Einbruch? Wo?«
»Hier bei Penn-Mar.«
»Devon, sagen Sie mir, was passiert ist. Sagen Sie es mir. Ich habe keine Zeit, um den heißen Brei herumzureden.«
»Ich hab's eben selbst entdeckt. Erst haben sie Landon angerufen. Landon hat nicht mal gewußt, daß ich den Raum als Büro benütze. Er hat es nicht gewußt. Ich glaube ihm.«
Chambers faselte, redete unzusammenhängend, aber Winthrop begriff soviel, daß er spürte, wie sich ihm die Nackenhärchen sträubten. »Das Büro, das Sie benutzt haben. War es das Büro, in das eingebrochen worden ist?« fragte er Chambers milde. Das mußte er. Der Mann war kaum in der Lage zu sprechen.
»Ja.«
»Haben die Einbrecher etwas mitgenommen?«
»Ein Wachmann ist umgebracht worden. Die Polizei glaubt, daß er den Täter überrascht haben muß. Er ist mit seiner eigenen Pistole erschossen worden. Und ein paar meiner Akten ... sind verschwunden.«
»Was für Akten?«
Chambers schwieg.
»Was für Akten, Devon?« Winthrop verlor die Beherrschung.
»Die Sieben, die Umweltinformationen über Penn-Mar, die Immobilienpartnerschaften, Lodestar.« Seine Stimme war kaum ein Flüstern. »Alles.«
»Machen Sie sich über mich lustig? Sagen Sie mir, daß Sie nicht derart blöd sind, Devon! Sagen Sie mir, daß das ein entsetzlicher Scherz ist, den Sie alle gemeinsam ausgeheckt haben, um mich im letzten Augenblick damit aufzuziehen. Sagen Sie mir, was los ist!«
Vom anderen Ende der Leitung kam keine Antwort.

Eine Hitzewelle ging durch Winthrops Körper und ein einziger Gedanke: Falcon!

»Überweisungsabteilung.«

»Eddie?« Falcon sprach mit leiser Stimme.

»Ja.«

»Eddie, hier ist Andrew Falcon.« Er hätte von der Wohnung aus anrufen können. Aber nach diesem Morgen würde er vorerst nicht dorthin zurückkehren. Falls sie mithörten, falls sie die Wohnung angezapft hatten, woran er jetzt, seitdem er wußte, wer »sie« waren, nicht mehr zweifelte, hätten sie Martinez aufspüren können. Und das ging nicht. Er brauchte Martinez.

»Hey, Mr. Falcon. Freut mich, von Ihnen zu hören.«

Aber Falcon hörte Martinez' Stimme an, daß es ihn überhaupt nicht freute, von ihm zu hören. »Was Neues?«

»Sie meinen, über die telegrafischen Überweisungen?« fragte er.

»Ja.« Natürlich meinte er sie. Martinez hielt ihn hin.

»Nein.« Martinez wollte Falcon nicht sagen, daß er seit ihrem letzten Gespräch nicht einmal mehr versucht hatte, die Überweisungen zu finden.

»Es ist ungeheuer wichtig, daß Sie das Geld finden und dann herausbekommen, woher es stammt. Ich kann Ihnen nicht anvertrauen, warum das so wichtig ist.«

»Vielleicht könnten Sie mir einfach sagen, was das alles soll, Mr. Falcon.«

»Nein! Das wäre keine gute Idee. Es ist eine reine Routinesache, das verspreche ich Ihnen.«

»Mhm.«

Falcon konnte das Zögern in Martinez' Stimme hören. »Eddie, für Sie sind zweitausend Dollar drin. Bar, mein Freund.«

Martinez hielt den Hörer vom Ohr weg und starrte ihn an. Zweitausend Dollar! Hier spielte sich eindeutig etwas nicht ganz Astreines ab. Und er hätte sich nicht daran beteiligen dürfen. Trotzdem konnte er das Geld brauchen. Martinez flimmerte es plötzlich vor den Augen. Ja, sie zahlten ihm wirklich nicht viel für die lange Arbeitszeit bei der Bank, und der Kombi pfiff aus dem letzten Loch. Der Motor und die Kupplung waren hinüber.

Und etwa zweitausend würde er für das Ersatzauto anzahlen müssen, das sie bald kaufen mußten. Er hatte nichts gespart. Überhaupt nichts. Er, seine Frau und die vier Kinder lebten von einem Gehaltsscheck zum nächsten. Martinez hielt sich den Hörer wieder ans Ohr.
»Fünftausend Dollar, Eddie«, sagte Falcon, der ungeduldig wurde. Er feilschte zu seinen Ungunsten, aber Zeit war ein wichtiger Faktor.
Martinez schluckte. »Fünftausend?« Seine Stimme brach.
»Ja. In bar.«
Martinez sah sich im Raum um. Wurde er beobachtet?
»Wenn Sie sofort nachsehen, Eddie!«
»Okay, okay.« Eddies Kollegin am Schreibtisch nebenan warf ihm einen Blick zu. Martinez wandte sich ab. »Okay.«
Falcon holte tief Luft. Jeder hatte seinen Preis. Eddie fünftausend. Er fünf Millionen. Und beide würden vermutlich dafür bezahlen müssen, daß sie diesen Preis akzeptiert hatten. »Überweisungen müssen mit einem Vermerk versehen sein, stimmt's, Eddie?«
»Natürlich. Sonst weiß ja niemand, woher sie kommen.«
»Gut, dann suchen Sie nach Überweisungen mit einem Vermerk über Penn-Mar. Sie wissen schon, Penn, PM oder so ähnlich.« Falcon machte eine Pause und sah sich in der Halle um. »Vielleicht tragen sie auch eine Sieben als Vermerk.«
»Eine Sieben?«
»Ja.«
»Sie meinen, es ist ein Code. Daß die Vermerke verschlüsselt sind.«
»Ja.«
»Was ist hier los?« Seine Stimme war voller Skepsis.
»Fragen Sie nicht, Eddie. Es lohnt sich nicht, das zu wissen. Finden Sie einfach die Überweisungen.«
Aber Martinez stellte sich immer noch zu viele Fragen. Schließlich mußte er an seine Familie denken. Andererseits aber ging es um fünftausend Dollar.
Falcon spürte, daß Martinez seine Entscheidung überdachte. »Hören Sie, Eddie, Sie kriegen deshalb mit niemandem Ärger.

Sie wissen ja, daß ich eine leitende Position habe. Ich kann jederzeit Ermittlungen über Überweisungen anordnen. Sie tun also nichts Unrechtes.«
»Ja, sicher«, sagte Martinez, wenig überzeugt.
»Sie machen es also, Eddie? Sie machen es für fünftausend? Ja?«
Eine lange Pause entstand. »Ich will das Geld heute nachmittag.«
»Die Hälfte heute nachmittag. Die andere Hälfte, wenn Sie die telegrafischen Überweisungen finden.«
Noch eine lange Pause. »Okay.«
»Noch was, Eddie. Sprechen Sie mit niemandem darüber, haben Sie das verstanden?«
»Ja.«
»Ich rufe später wieder an und vereinbare einen Termin für die Geldübergabe.«
»Okay.«
»Wiederhören.« Falcon legte auf. Martinez mußte es schaffen. Das war die Verbindung, die er brauchte, um diese Leute festzunageln.

»Hallo?«
»Wissen Sie, wer am Apparat ist?« Rutherford sprach langsam, damit die Frau ihn an der Stimme erkannte.
»Ja.« Er hatte ein unverkennbare Stimme, und sie hatte sie in letzter Zeit häufig gehört.
»Gut. Ist Falcon in New York?«
In der Stimme des Mannes lag eine Schärfe, die sie bisher noch nie gehört hatte. »Nein, er ist in Dallas. Er hat gestern angerufen und gesagt, daß er von Toledo aus direkt nach Dallas fliegt. Er hat sich im letzten Augenblick dazu entschlossen.«
»Sind Sie sicher, daß er tatsächlich nach Dallas geflogen ist?«
»Ich glaube schon.« Sie zögerte. »Ich habe seit gestern nichts mehr von ihm gehört. Ich rechne damit, daß er mich im Lauf des Vormittags anruft.«
»Wo wollte er absteigen?«
»Im Dallas Hilton.«
»Geben Sie mir die Telefonnummer.«

Sie zögerte, fragte sich, ob sie ihm das sagen solle. Die Stimme am anderen Ende der Leitung klang heute merkwürdig.
»Geben Sie mir die Nummer!«
Sie tat es, stellte aber zwei Zahlen um. Vielleicht würde Falcon die wenigen Sekunden brauchen, die es dauerte, bis der Mann die richtige Nummer herausfand.
»Ich melde mich in einer Stunde wieder bei Ihnen.«
»Ja.« Sie legte den Hörer auf. Etwas Entsetzliches mußte passiert sein.

Falcon wählte Cassandras Nummer.
»Hallo?«
»Cassandra?«
»Ja?«
»Ich bin's.« Er sah aus dem Fenster der Pension hinüber auf die Bodega auf der anderen Seite der 132nd Street. Eine riesige Kakerlake kroch über den Fenstersims. Er schubste sie hinunter, beugte sich dann aus dem offenen Fenster und beobachtete, wie die Kakerlake auf das Pflaster drei Stockwerke tiefer fiel.
»Hi, Andrew. Hören Sie, ich hab' vor etwa einer Stunde versucht, Sie im Büro anzurufen. Ich hatte noch ein paar Fragen wegen des Artikels ...«
»Vergessen Sie den Artikel.«
»Was?« Sie lachte. »Was soll das heißen?«
»Es ist etwas dazwischengekommen.«
»Was ist dazwischengekommen?«
»Ich brauche Ihre Hilfe. Bekomme ich sie?«
Sie schwieg.
»Helfen Sie mir?« Er hob die Stimme.
»Natürlich, natürlich. Aber warum? Andrew, was ist los?« Cassandras Stimme wurde ernst.
»Das will ich Ihnen am Telefon nicht sagen. Ich muß mich mit Ihnen treffen.«
»Wann?«
»Vermutlich morgen.«
»Wo?«
»Ich melde mich. Ich rufe Sie morgen früh an.«

»Gut. Aber was soll das alles?«
»Das sage ich Ihnen morgen. Behalten Sie die Fernsehnachrichten im Auge. Penn-Mar und die NASO werden für die ersten Meldungen sorgen. Nicht gerade positiv.« Er machte eine Pause. »Sie können mir einen Gefallen tun.«
»Was für einen?«
»Sie müssen ein bißchen für mich recherchieren.«
»Okay.«
»Zwei Namen. William Rutherford und Bailey Henderson. Ich muß alles über die beiden wissen.«
Ein Schweigen entstand, während sie die Namen notierte. »Ich kann Ihnen sagen, wer –«
»Ich habe jetzt keine Zeit«, unterbrach Falcon sie. »Ich muß weg. Ich rufe Sie an. Übrigens – Sie können den Artikel nicht veröffentlichen.«
»Was?« Sie regte sich sofort auf. Sie hatte einen Abgabetermin. »Aber Sie haben mir versprochen, daß ich ihn veröffentlichen kann.«
»Ich weiß, aber ich mache mir Sorgen um Sie. Wenn Sie den Artikel bringen, könnte Sie das Ihr Leben kosten.«

27

Das laute, rücksichtslose Klopfen hörte und hörte nicht auf. Einen Moment lang glaubte Turner Prescott, er träume; dann begriff er plötzlich, daß es kein Traum war. Sofort schwang er die Beine über die Bettkante und griff nach der Pistole in der mittleren Nachttischschublade. Er sah auf die Uhr. Vier Uhr morgens. Was zum Teufel war los?

Prescott lief schnell auf den Flur hinaus und die Treppe hinunter. Er kam in die Diele, schaltete die Außenbeleuchtung ein und zog den Vorhang beiseite. »Allmächtiger!« Prescott stürzte zur Tür und riß sie auf. Granville Winthrop schob sich an Prescott vorbei in die Diele des luxuriösen Hauses. »Ist Ihre Frau da?« Winthrop hielt sich nicht mit Höflichkeiten auf.

»Nein. Sie ist auf Martha's Vineyard. Hören Sie, warum haben Sie nicht angerufen und mir gesagt, daß Sie kommen?«

»Ich hab's versucht. Es hat sich niemand gemeldet.«

»Ja, tut mir leid. Ich hab' das Telefon ausgestöpselt, weil ich gearbeitet habe. Jetzt kommen wir bei dem Prozeß wirklich zur Sache. Ich hab' noch die letzten Vorbereitungen für morgen getroffen.« Prescott machte eine Pause. »Schön, kommen Sie herein. Möchten Sie etwas essen oder trinken?«

»Nein.«

Die beiden Männer gingen in Prescotts Wohnzimmer. Es erinnerte Winthrop an den Harvard Club. Jede Menge Pferdedrucke und Antiquitäten. Winthrop und Prescott setzten sich auf die entgegengesetzten Enden einer langen Couch.

»Was zum Teufel tun Sie hier, Granville?«

»Wir haben ein Problem.« Winthrop vergeudete keine Zeit, kam sofort zur Sache. »Ein ernstes Problem.« Winthrops Stimme klang entschlossen, und eine atypische Anspannung schwang in ihr mit.

Prescott hörte die Anspannung. Er musterte Winthrops Gesicht nach weiteren Anhaltspunkten, aber da war nichts. »Worum geht es?«

»Chambers sind mehrere Akten aus seinem Büro bei Penn-Mar gestohlen worden.« Winthrop kniff die Augen zusammen, während er Prescotts Reaktion abschätzte.

»Was? Was für Akten?«

»Akten über die Sieben, über die Umweltinformationen, die Sie morgen dem Gericht vorlegen sollen, über unsere Immobilienpartnerschaften, über Lodestar. Alles.«

Prescott spürte eine plötzliche Hitze in seinem Körper aufsteigen. Sofort bildete sich Schweiß auf seiner Stirn. »Soll das ein Witz sein?« Er stand auf, ging zu dem großen Kamin und legte die Hände auf den Sims, um sich zu stützen.

»Klinge ich, als ob mir nach Witzeleien zumute wäre?«

»Wie zum Teufel ist das passiert?« Prescott explodierte vor Zorn.

»Immer mit der Ruhe, Turner. Ganz ruhig ...« Winthrop kannte Prescott seit dreißig Jahren und hatte noch nie einen derartigen Ausbruch erlebt. Ganz gleich, womit er konfrontiert wurde – Prescott war immer genauso ruhig geblieben wie er. Das schätzte er an Turner am meisten.

»Reicht der Inhalt dieser Akten aus, uns zu ruinieren? Eine Verschwörung zu beweisen? Wir reden über *meine* Karriere. *Mein* Leben. Allmächtiger Gott im Himmel!« Prescott nahm eine Vase vom Kaminsims und schleuderte sie auf den Rost. »Dieser Chambers ist ein Idiot! Wie hat er das zulassen können? Welcher Vollidiot bewahrt derart heikle Akten dort auf, wo jemand sie finden kann? Granville, ich lasse mich deshalb nicht ruinieren! Ich lasse nicht zu, daß seine Blödheit mein Leben zerstört!«

»Beruhigen Sie sich. Hier wird keine Karriere zerstört. Niemand von uns wird ruiniert.« Winthrop war so gelassen wie eh und je. »Hören Sie, im Augenblick können wir gar nichts unternehmen. Wir müssen die Flucht nach vorn antreten. Wir müssen weitermachen, als wäre nichts geschehen, bis wir die Unterlagen zurückbekommen haben.«

»Mein Gott!« Prescott holte ein paarmal kurz Luft. Er spürte einen jähen Schmerz in der Brust. Das durfte nicht wahr sein. Es war unfaßbar. »In Chambers' Büro bei Penn-Mar ist eingebrochen worden, stimmt das?«

»Ja.«

»Und der Einbrecher hat Chambers' Akten mitgenommen.« Er gewann allmählich die Fassung zurück. »Ich meine, ist sich Chambers sicher, daß er die Akten nicht in sein Hotel in Toledo mitgenommen hat?«

»Chambers ist sich sicher, daß die Akten weder im Hotel waren noch dort sind. Er hat sie im Büro aufbewahrt, weil er sie nicht im Hotel haben wollte. Er hat befürchtet, daß jemand von der Putzkolonne sie während seiner Abwesenheit finden könnte. Und er wollte sie nicht jeden Tag hin und her transportieren, weil er meinte, daß er sie dabei hätte leicht verlieren können. Er hat ein leerstehendes Büro bei Penn-Mar benützt und ist deshalb davon ausgegangen, daß sie dort sicher sind.« Winthrop sah die Hausbar in der Ecke neben einem Nußbaumschränkchen. »Vielleicht trinke ich jetzt doch etwas.« Winthrop stand auf und ging auf die Flaschen zu.

»Hat der Einbrecher außer den Akten etwas mitgenommen?« Prescott trat zum Einschenken an die Bar. »Scotch mit Soda?«

Winthrop nickte. »Nein, das war alles. Es sieht danach aus, als hätte er gewußt, wonach er suchen muß. Ein Wachmann hat den Eindringling gestört, deshalb nehme ich an, daß der Täter noch andere Dinge mitgenommen hätte, wenn er die Zeit dazu gehabt hätte. Aber ich glaube, der Eindringling hat bekommen, worauf er es abgesehen hatte.«

»Aber der Wachmann hätte das doch verhindern müssen. Wie ist der Eindringling entkommen?« Prescott reichte Winthrop das Glas.

»Der Wächter ist umgebracht worden.«

»Umgebracht?« Prescott sah von dem Drink auf, den er sich eingoß.

»Ja. Mit der eigenen Waffe erschossen. Wir können also davon ausgehen, daß der Einbrecher unbewaffnet war, dem Wächter aber irgendwie die Waffe abnehmen konnte und ihn damit erschossen hat.«

»Das alles ist gestern nacht passiert?«
Winthrop zögerte. »Vorgestern nacht. Seitdem habe ich versucht, die Akten zurückzubekommen. Ich wollte Ihnen keinen Schreck einjagen, deshalb habe ich nicht sofort mit Ihnen Kontakt aufgenommen. Ich hatte gehofft, sie in der Zwischenzeit wiederzubeschaffen. Aber es ist uns nicht gelungen, und ich weiß, daß Sie vorhaben, das neue Beweismaterial über die Umweltschäden heute vorzulegen.«
»Vorgestern nacht. Dienstag ... Das war der Tag, an dem Barksdale und Falcon in Toledo waren«, sagte Prescott.
»Stimmt.« Granville trank einen Schluck, während er sich auf einen Barhocker setzte.
»Halten Sie das für einen Zufall? Daß Barksdale und Falcon am selben Tag dort waren?«
»Nein, keinesfalls.«
Ein stechender Schmerz fuhr durch Prescotts Brust. »Herrgott!« Er krümmte sich leicht.
»Was ist denn?« Winthrop stand auf.
»Nichts.« Prescott holte tief Luft und winkte dann mit der Hand in Winthrops Richtung. »Hören Sie, Sie haben gesagt, Sie halten es nicht für einen Zufall. Was soll das heißen? Daß Barksdale oder Falcon die Hände im Spiel hatten?«
»Barksdale nicht. Er ist zu blöd. Es war Falcon.«
»Das ist nicht zu fassen. Verdammt noch mal, ich hab' gewußt, daß dieser Typ Ärger machen wird. Ich habe Ihnen das schon vor langer Zeit gesagt. Wenn er etwas damit zu tun hat, wenn die ganze Sache rauskommt, dann ist es Ihr ...« Prescott sprach nicht aus. Er sah weg von Granville und durch ein Fenster hinaus in die Dunkelheit draußen. Nicht einmal zu diesem Zeitpunkt war er bereit, sich mit Winthrop anzulegen.
»Was wollen Sie damit sagen?« Winthrops Stimme wurde merklich lauter.
»Nichts.«
»Genau das hab' ich mir gedacht, Turner.« Winthrop trank einen kräftigen Schluck. «Es ist passiert. Wir können jetzt nichts unternehmen. Wir müssen weitermachen.« Er war wütend.
»Woher wissen Sie, daß es Falcon war?«

Winthrop antwortete nicht. Er konzentrierte sich auf ein Gemälde hinter Prescott, versuchte, seine Gefühle zu unterdrücken. Innerlich schäumte er. Nicht wegen Prescott – obwohl Prescott das volle Ausmaß seines Zorns zu spüren bekommen würde, falls er ihn noch mehr provozierte –, sondern er war wütend auf sich selbst. Plötzlich witterte er, daß Falcon gefährlicher und einfallsreicher war, als er es ihm je zugetraut hatte. Und zum ersten Mal seit seiner Kindheit spürte Granville Panik. Nur eine Spur, aber trotzdem unverkennbar. Sie hatten recht gehabt. Er hätte das Projekt nicht mit seiner persönlichen Vendetta koppeln dürfen. Aber er hatte auf ihren Rat nicht gehört. Weil er das Gefühl gehabt hatte, er sei über jeden Vorwurf erhaben. Er war Granville Winthrop. Über drei Milliarden Dollar schwer. Ein Mann mit ungeheurer Macht. In der Lage, Firmen auf der Fortune-Liste der fünfhundert größten Unternehmen nach Belieben zu schaffen oder zu vernichten. Er brauchte keine Ratschläge. Von niemandem. Aber jetzt zahlte er die Rechnung für diese Einstellung. Und seinetwegen mußten sie vielleicht alle bezahlen. Zum Teufel mit der Anklage wegen Insidergeschäften und einem langsamen Tod im Gefängnis für Andrew Falcon. Zum Teufel mit der grausamen Rache an Falcon, weil er Winthrop, Hawkins & Company und ihm den Rücken gekehrt hatte. Es war an der Zeit, daß Phoenix Grey sein tödliches Talent einsetzte.
»Granville?«
»Ja, ja ... was?«
»Sie wollten etwas über Falcon sagen.«
»Das weiß ich. Sie brauchen mir das nicht zu sagen.« Winthrops Blick bohrte sich in Prescott.
»Schon gut.« Prescott atmete tief durch. Winthrop war außer sich. Das war schlecht. Sehr schlecht. Er hatte ihn noch nie so gesehen.
»Chambers hat sich am Dienstag nachmittag bei Penn-Mar von Barksdale und Falcon verabschiedet. Danach sind Barksdale und Falcon zum Flughafen von Toledo gefahren. Im letzten Augenblick, als sie eben an Bord gehen sollten, erzählt Falcon Barksdale, daß er nach Dallas fliegen und an einem Geschäft, das er eben an Land gezogen hat, arbeiten will. Barksdale denkt sich

nichts dabei, weil er ein Idiot ist. Er sagt einfach okay und steigt ins Flugzeug. Aber Falcon fliegt gar nicht nach Dallas. Er bleibt in Toledo. Er läßt sich von seiner Sekretärin ein Zimmer im Dallas Hilton reservieren; er kauft ein Ticket für einen Flug nach Dallas, eingeplant für halb acht Uhr am Dienstag abend. Mit Anschluß an einen Flug von Memphis aus. Außerdem bucht er einen Flug von Dallas nach New York für gestern abend sechs Uhr. Er war sehr vorsichtig.«

»Aber woher wissen Sie, daß er nicht nach Dallas geflogen ist?«

»Das reservierte Zimmer ist nicht benützt worden. Er hat dort nicht eingecheckt.«

»Vielleicht ist er in einem anderen Hotel abgestiegen. Ist das Ticket nach Dallas benützt worden?«

»Ja.«

»Dann war er also in Dallas, und wir haben nichts in der Hand.«

»So ganz stimmt das nicht. Um 7.24 Uhr hat Falcon mit seiner Firmentelefonkarte den nationalen Wetterdienst in Washington angerufen.«

»Den nationalen Wetterdienst?«

»Ja, ich hab' noch nicht genau herausbekommen warum.«

»Vielleicht hat er sich Sorgen wegen eines Gewitters auf dem Flug nach Dallas gemacht.«

»Vielleicht – abgesehen davon, hat er von einer kleinen Einkaufsstraße in der Nähe von Penn-Mar aus angerufen. Und Penn-Mar ist mindestens eine halbe Stunde Autofahrt vom Flughafen in Toledo entfernt.«

»Dann hatte das Flugzeug in Toledo Verspätung.«

»Es ist achtunddreißig Minuten nach sieben vom Flugsteig weggerollt – acht Minuten verspätet. Das hätte ihm elf Minuten Zeit gelassen, von der Einkaufsstraße zum Flugzeug zu kommen, weil der Anruf drei Minuten gedauert hat. Das hätte nicht geklappt. In diesem Zeitraum hätte er es nie geschafft, von der Telefonzelle aus das Flugzeug zu erreichen. Der nächste Flug nach Dallas ging erst um acht Uhr am nächsten Morgen. Aber um halb zwölf an jenem Abend gab es einen Flug nach New York. Das hätte ihm reichlich Zeit gelassen, in Chambers' Büro einzubrechen und dann zum Flughafen zu fahren.«

»Aber Sie haben gesagt, daß er das Ticket nach Dallas benützt hat.«
»Nein, ich habe gesagt, das Ticket sei benützt worden. Vermutlich hat er es auf dem Flughafen verkauft. Was außerdem erklären würde, warum es keine Belege darüber gibt, daß er ein Auto gemietet oder ein Ticket für einen anderen Flug von Toledo aus gekauft hat. Sehen Sie es so: Er hat nur hundert Dollar in bar für Spesen nach Toledo mitgenommen, jedenfalls nach den Unterlagen bei der NASO. Falcon winkt also dem Idioten Phil Barksdale zum Abschied zu, geht an den Schalter, kauft mit seiner Firmenkreditkarte für fünfhundertfünfunddreißig Dollar das Ticket nach Dallas und verkauft es dann auf dem Flughafen weiter, sagen wir mal, für dreihundert. Das Ticket wird benützt, und er hat Bargeld.«
»Ist sein Ticket von Toledo nach New York benützt worden?«
»Nein.«
»Aber wenn er ein Auto gemietet hat, hätte er denn dazu keine Kreditkarte gebraucht? Die wird doch verlangt.«
»Ja. Aber wenn Sie bar zahlen, wird der Kreditkartenbeleg zerrissen. Genau wie in Hotels.«
Turner seufzte. »Sonst noch was?«
»Ja. Auf dem Flug von Toledo nach Pittsburgh saßen nur zwei Passagiere im Flugzeug. Eine Mabel Taylor und ein John Richards. Phoenix hat mit der Stewardeß über John Richards gesprochen. Sie hat Falcon bis aufs I-Tüpfelchen beschrieben. Hat gesagt, so ein Gesicht vergesse sie nie. Sie hat außerdem gesagt, der Mann habe beunruhigt gewirkt. Und übrigens – das zweite Ticket, das Ticket für den Flug von Dallas nach New York, ist nicht benützt worden.«
Der Schmerz in Prescotts Brust legte sich. Er trank einen Schluck von dem Bourbon, den er sich eingeschenkt hatte. Nachdem sie alles durchgesprochen hatten und der Alkohol seine Wirkung tat, fühlte er sich besser. »Sie haben recht. Er ist unser Mann. Wissen wir, wo er jetzt ist?«
»Er ist wieder in New York.«
»Woher wissen wir das? Vielleicht ist er in Pittsburgh geblieben.«

»Wir wissen, daß er in New York ist. Wir haben unsere Kontakte.«
»Natürlich.« Prescott zögerte, bevor er die nächste Frage stellte. »Sie glauben doch nicht, daß Chambers mit drinsteckt, oder? Es sieht nach einem unglaublichen Zufall aus, daß Falcon – falls es tatsächlich Falcon war – so einfach an diese Akten herangekommen sein soll. Woher sollte er wissen, daß es überhaupt etwas zu finden gab, ganz zu schweigen davon, wo er danach suchen sollte?«
»Daran habe ich auch schon gedacht. Rutherford wird Devon heute abend einem Test mit dem Lügendetektor unterziehen. Devon ist bereit, nach Boston zu kommen. Ich habe ihn darum gebeten, sich dem Test zu stellen, und er war sofort einverstanden. Falls er heute abend nicht auftaucht, hetze ich Phoenix auf ihn.« Winthrops Stimme wurde milder. »Ich glaube nicht, daß Devon dieses Projekt im letzten Augenblick sabotieren würde. Wir haben alle zu hart daran gearbeitet.«
»Ich bin mir sicher, daß Sie recht haben.«
»Turner, Sie müssen heute vor Gericht mit den Informationen hinter dem Berg halten.«
»Das geht nicht!« Prescott regte sich wieder auf. Er schlug mit der Faust auf die Bar. »Das ist ein Bundesgerichtsprozeß, bei dem es um Multimillionen Dollar geht! Hier wird nicht wegen eines Verkehrsdelikts verhandelt. Die Bundesrichter verstehen keinen Spaß!«
Winthrop spürte, daß ein weiterer Vulkanausbruch bevorstand. »Sie müssen den Prozeß verzögern. Erst müssen wir Falcon finden. Wir können nicht an die Öffentlichkeit gehen, bevor wir nicht Falcon haben. Er kann jeden von uns mit der ganzen Sache in Verbindung bringen. Hören Sie, Turner, es ist ganz einfach: Wir müssen Falcon das Handwerk legen, ehe er zwei und zwei zusammenzählt und uns ruiniert. Denn so, wie es im Augenblick aussieht, haben wir nichts Unrechtes getan. Wir haben ein paar Vorschriften der Bundesbank großzügig ausgelegt, aber darum kann sich Wendell kümmern. Sobald Sie allerdings die Informationen publik machen, könnte Falcon eine Verschwörung beweisen und noch eine Menge mehr.«

»Wir haben Jeremy Case und seinen Vorgänger bei Penn-Mar umgebracht. Dann ist da noch Peter Lane und die Kleinigkeit, daß Filipelli ›ertrunken‹ ist.«

»Das alles kann niemand beweisen.«

»Davon dürfen Sie niemals ausgehen.« Prescott war wieder nervös, als er den Bourbon austrank. »Hören Sie, ich kann die Vorlage der Informationen an die Geschworenen nicht hinauszögern. Heute im Lauf des Tages wird mich der Richter irgendwann ansehen und mich fragen, ob wir über weiteres Beweismaterial verfügen. Und sonst habe ich nichts in der Hand.«

»Können Sie das Gericht nicht einen oder zwei Tage lang hinhalten? Beantragen Sie doch eine Vertagung oder so etwas.«

»Ich kann es versuchen. Aber wenn der Richter nein sagt, sitze ich in der Scheiße. Ich muß heute dazu in der Lage sein, die Bombe platzen zu lassen!«

»Wenn Sie keine andere Wahl haben, wenn Sie die Sache publik machen müssen, dann tun Sie es«, sagte Granville ruhig.

Die Männer schwiegen einige Augenblicke, sahen sich an. Es war eine unmögliche Situation.

»Was wird Falcon Ihrer Meinung nach mit dem Material anfangen? Glauben Sie, er wartet nur ab, bis wir die ganze Umweltscheiße publik machen, damit er uns wegen Verschwörung anklagen kann?« fragte Prescott.

»Ich weiß es nicht. Er hat einen Mann umgebracht oder hat irgend etwas mit seinem Tod zu tun, deshalb ist er in gewisser Weise in einer so schlechten Lage wie wir. Ich bezweifle, daß er damit liebäugelt, mit den Behörden einen Kuhhandel auszutüfteln.«

»Er könnte ihnen das Material anonym zuschicken.«

»Das könnte er, aber ich bin mir nicht sicher, was ihm das einbrächte.«

»Chambers hat der Polizei doch nicht gesagt, daß es Falcon war, oder?«

»Selbstverständlich nicht. So blöd ist er nicht.«

Prescott biß sich auf die Unterlippe. »Aber warum zum Teufel sollte Falcon die Unterlagen stehlen? Warum sollte er durch

einen Einbruch in Chambers' Büro alles riskieren? Was hat er für ein Motiv?«
»Darüber habe ich viel nachgedacht. Ich weiß es nicht. Ich hätte gedacht, für fünf Millionen Dollar unternimmt er gar nichts, beschafft uns einfach Penn-Mar, aber ich muß mich wohl ...« Winthrop beendete den Satz nicht.
Prescott goß sich den nächsten Drink ein. »Glauben Sie, daß er das Konto und die telegrafische Überweisung gefunden hat, die ihn mit dem Kauf von Penn-Mar-Aktien belasten? Glauben Sie, er hat irgendwie rausgekriegt, daß wir ihm ein Insidergeschäft anhängen wollten?«
»Vielleicht.«
»Es liegt auf der Hand, daß er das, was er gefunden hat, gegen uns verwenden will. Sonst hätte er den Einbruch nicht riskiert.«
»Ja«, sagte Winthrop. »Ich glaube, es war ein Riesenglück für uns, daß der Wächter ihn überrascht hat und daß der Wächter dabei ums Leben gekommen ist.«
»Und was machen wir?«
»Wir tun gar nichts, bewahren die Ruhe und lassen Phoenix Grey seine Arbeit tun.«
Die beiden Männer sahen sich an. Sie steckten in ernsten Schwierigkeiten, und obwohl sie gegenseitig versuchten, sich das auszureden, ließ es sich nicht abstreiten.

Sharon Cruz sah die Geschworenen an. Sie langweilten sich zu Tode. Der Dicke in der zweiten Reihe der Geschworenenbänke war im Begriff einzuschlafen. Sein Kopf kippte immer wieder nach hinten, während er gegen das Unausweichliche ankämpfte, bis er schließlich reglos an der dunklen Holzvertäfelung des Gerichtssaals ruhte. Sekundenlang saß der Dicke so da, die Arme über der Brust verschränkt und mit weit offenem Mund. Dann rollte sein Kopf langsam auf die Seite. Er wachte erschrocken auf und versetzte dabei der winzigen Chinesin in dem rosa Kleid, die direkt vor ihm saß, einen Fußtritt. Sie kreischte, aber niemand nahm Notiz davon.
Der Dicke sah sich einen Augenblick lang um und schürzte schweigend die Lippen – befürchtete, er sei beim Dösen ertappt

worden. Aber niemand außer Sharon hatte es bemerkt. Er räusperte sich zweimal, setzte eine äußerst ernste Miene auf und versuchte, sich auf die Verhandlung zu konzentrieren. Es war ein Kampf, den er nicht gewinnen konnte. Kurz darauf begann das Schauspiel von vorne. Das war schlecht, dachte Sharon. Sehr schlecht.

Prescott war heute völlig daneben. Der rasiermesserscharfe Verstand, der Sharon und alle anderen im Gerichtssaal seit der Verhandlungseröffnung so hypnotisiert hatte, war plötzlich verschwunden. Im Gegensatz zu den Zauberkunststückchen von früher arbeitete sich Prescott jetzt schwerfällig durch das Verhör des Toxikologen von der Universität Maryland. Manchmal waren die Fragen belanglos oder unschlüssig. Und durch seine gebeugte Haltung und die Tränensäcke unter den Augen sah er wie ein Besiegter aus.

Sharon warf einen Blick auf die Legion der Anwälte von Penn-Mar. Sie saßen aufrecht in den Stühlen, merkten zweifellos, wie unfähig der legendäre Anwalt plötzlich auftrat. Sie witterten eine Chance, obwohl das, was sich da abspielte, sie natürlich genauso verblüffte wie alle anderen.

Was stimmte nicht mit ihm? Der Toxikologe war ihr letzter Zeuge, bevor sie eine Pause einlegen konnten und die Verteidigung an der Reihe war. Abgesehen von dem Lastwagenfahrer, war der Toxikologe Prescotts Starzeuge. Er war der Mann, der das Gift im Blut des Viehs und in den Tränken mit den Fässern in Verbindung bringen konnte, die mit der Aufschrift Penn-Mar auf der Farm der Parkers sichergestellt worden waren. Und Prescott stand stammelnd da, schwafelte, stellte immerzu die falschen Fragen und schien dem Aktendeckel auf dem Tisch des Klägers mehr Aufmerksamkeit zu schenken als dem Zeugen.

Kommen Sie schon, Turner, reißen Sie sich zusammen. Wir verlieren den ganzen Boden unter den Füßen, den wir in den letzten drei Wochen gewonnen haben. Sharon sah erst die Bradlees an, die aufgeregt und besorgt wirkten, und dann wieder die Anwälte von Penn-Mar. Sie witterten plötzlich einen Vergleich. Einen sehr kleinen Vergleich.

»Mr. Prescott!« Der Richter unterbrach Prescotts letzte Frage an den kleinen Mann mit den dicken Brillengläsern.
»Ja, Euer Ehren?« fragte Prescott.
»Worauf wollen Sie eigentlich hinaus? Die guten Damen und Herren Geschworenen haben so etwas wie einen Beruf, wissen Sie. Und irgendwann müssen wir sie wieder an die Arbeit lassen. Wenn es geht, noch vor Weihnachten.«
»Ja ... sie haben Berufe. Und wir müssen sie vor Weihnachten wieder an die Arbeit lassen ...« Prescott sprach langsam, mechanisch.
Sharon fiel auf, daß Prescott auf seine Uhr sah. Er wollte Zeit schinden. Sie sah auf ihre Uhr – elf. Noch eine Stunde bis zur Mittagspause.
Prescott sah den Toxikologen ein paar Augenblicke lang an, überlegte, ob er eine weitere Frage stellen solle. Er entschied sich dagegen und ging langsam auf die Richterbank zu. Er blieb direkt vor dem Richter stehen und fing mit lauter, klarer Stimme an: »Euer Ehren, soeben ist neues Beweismaterial aufgetaucht, von dem wir glauben, daß es diesem Fall eine entscheidende Wende geben wird. Wir hatten jedoch noch keine Zeit –«
Richter Thomas hob eine große, knorrige Hand. »Keine weiteren Fragen an diesen Zeugen, Mr. Prescott?«
Sharon Cruz blinzelte. Worüber zum Geier redete Prescott da? Gab es wirklich neue Informationen, von denen er ihr nichts gesagt hatte, oder war das lediglich einer der Theatertricks, für die Prescott in jüngeren Jahren berühmt gewesen war?
Prescott dachte einen Moment über die Frage nach. »Nein, keine weiteren Fragen an Mr. Koric.«
»Gut.«
Sharon holte tief Luft. Prescott hatte nicht einmal die Hälfte der Fragen an Koric gestellt, die sie sich für heute vorgenommen hatten. Sie kämpfte gegen den Impuls an, aufzustehen und die Fragen selbst zu stellen.
»Mr. Jordan, Sie können mit dem Kreuzverhör beginnen.« Der Richter zeigte mit einem langen Finger auf den Leiter des Anwaltteams von Penn-Mar.

Jordan stand auf. »Zu diesem Zeitpunkt haben wir keine Fragen an Mr. Koric, Euer Ehren.«
Richter Thomas strahlte. »Gut! Jetzt geht es voran. Wir machen Fortschritte. Wie ich Fortschritte liebe.« Er sah hinunter zu dem Zeugen. »Mr. Koric, danke für Ihre Aussage. Sie können den Zeugenstand verlassen.«
Der Toxikologe nickte dem Richter zu, stand im Zeugenstand auf und kehrte schnell zu seinem Platz im Gerichtssaal zurück. Er und alle anderen witterten plötzlich, daß etwas Wichtiges in der Luft lag. Sogar der dicke Geschworene war hellwach.
Der Richter folgte dem Toxikologen mit dem Blick, bis er Platz genommen hatte, dann beugte er sich weit über die Richterbank und musterte Prescott aus Augen, die für seinen gigantischen Kopf viel zu klein wirkten. »Sie haben also neues Beweismaterial, ja?« Der Richter sprach in einem spöttischen Ton. »Sie haben doch nicht etwa die Absicht, mich um eine Vertagung zu bitten, oder?« Der Richter lächelte sarkastisch. »Oder wenigstens um ein paar Tage, bis Sie das Beweismaterial zusammengestellt haben?« Der Richter kannte Prescotts Theatertricks.
Prescott nickte. Er kam sich vor wie ein Mann, der selbst die Schlinge knüpfte, an der er gehängt werden sollte.
»Was war das?« Richter Thomas legte eine Hand an sein Ohr. »Ich habe Sie nicht verstanden.«
»Ja. Wir beantragen zwei Tage, um das neue Beweismaterial zusammenzustellen.«
Der Richter lehnte sich in den Ledersessel zurück, der unter seinem gewaltigen Gewicht knirschte. Er schüttelte langsam den riesigen Kopf. »Das geht nicht. Ich muß einen weiteren Prozeß leiten, der wegen dieser Verhandlung bereits vierzehn Tage verschoben worden ist. Die Terminpläne quellen ohnehin schon über, und das wissen Sie. Ich bedaure es. Ich bedaure es wirklich. Aber Sie hatten monatelang Zeit, Ihr Beweismaterial zusammenzustellen. Zwei Tage werden da keine Rolle spielen.«
»Sie könnten eine große Rolle spielen, Euer Ehren.« Prescott ging einen Schritt auf die Richterbank zu, so daß er und Richter Thomas sich sehr nahe kamen. Prescott brauchte Zeit, brauchte sie dringend. Sie mußten Falcon finden, ehe Prescott

das Beweismaterial in dem Aktendeckel auf dem Klägertisch vorlegen konnte. Es gab jetzt keinen Zweifel mehr daran, daß es tatsächlich Falcon gewesen war, der in Chambers' Büro bei Penn-Mar eingebrochen war und die Akten entwendet hatte. Falcon war weder gestern noch heute morgen zur Arbeit bei der NASO erschienen. Er war auch nicht in seine Wohnung zurückgegangen. Und Phoenix Grey hatte ihn nicht gefunden. »Ich bitte Sie, räumen Sie uns eine zweitägige Verhandlungspause ein ...«
Sharon starrte Prescott an. Er bettelte. Ihr Seniorpartner bettelte. Das durfte nicht wahr sein. Prescott hätte nie um etwas gebettelt.
»Nein!« Der Richter wurde gereizt. »Fahren wir fort.«
Die Anwälte von Penn-Mar lächelten sich an. Richter Thomas war plötzlich auf ihrer Seite. Thomas hätte Prescott mühelos zwei Tage Zeit geben können. Es war kein unerhörter Antrag. Prescott drehte sich um und sah den Aktendeckel auf dem Tisch an, an dem Sharon Cruz saß.
Solange Falcon im Besitz dieser ganzen Informationen frei herumlief, konnte die Vorlage dieser Beweise jetzt gleichbedeutend mit der Unterschrift unter sein eigenes Todesurteil sein. Falls man die Sieben mit dem Tod von Case, Filipelli oder Peter Lane in Verbindung bringen konnte, wurden sie möglicherweise alle unter Mordanklage gestellt. Falls sie Phoenix Grey faßten und Grey zum Reden bringen konnten, waren sie in der Lage zu beweisen, was immer sie wollten.
Sie würden Phoenix niemals fassen. Das hatte Rutherford behauptet. Er sei zu schlau. Und selbst wenn die Polizei oder das FBI Grey wegen einer Pechsträhne festnehmen würden, sie bekämen nichts aus ihm heraus. Rutherford hatte ihnen das von Anfang an versichert. Immer wieder.
Aber wie zum Teufel konnte er sich da sicher sein? Er kannte Phoenix Grey nicht. Prescott spürte, wie ihm der Schweiß von der Stirn lief.
Er ging zu dem Tisch, auf dem die Akte lag. Seine Schritte auf dem Hartholzboden hallten dumpf in dem stillen Gerichtssaal wider. Sonst war kein Geräusch im Raum, bis auf Jordans Rascheln mit den Papieren, der sich darauf vorbereitete, mit der

Verteidigung seines Mandanten im Fall *Bradley Company gegen Penn-Mar* anzufangen.
Wenn er die Beweise nicht jetzt vorlegte, war das Projekt Plejade tot. Prescott sah auf Sharon Cruz hinunter. Jetzt oder nie.
Sharon erwiderte Prescotts Blick. Sein Gesicht drückte Traurigkeit aus. Das Gesicht eines Verurteilten. Was zum Teufel war mit ihm los?
Prescott ließ seinen Blick zu dem Aktendeckel wandern. Alles, wofür die Sieben gearbeitet hatten, hing in der Schwebe. Es war eine Riesenentscheidung. Kein Wunder, daß er den ganzen Morgen lang nur gefaselt hatte. Er griff nach dem Aktendeckel und steckte ihn in seinen Aktenkoffer, der offen auf dem langen Tisch stand.
»Haben Sie weiteres Beweismaterial, Mr. Prescott?« fragte der Richter.
Prescott antwortete nicht, während er den Aktendeckel in den Koffer schob.
»Mr. Prescott!«
»Nein.« Prescott flüsterte das Wort in seinen Querbinder.
»Ich habe Sie nicht verstanden!«
»Nein!« Prescott sprach das Wort laut über die Schulter hinweg.
»Sehr gut.« Richter Thomas wirkte hoch zufrieden. »Anwälte von Penn-Mar. Mr. Jordan, haben Sie Anträge an mich zu stellen, ehe Sie mit der Verteidigung beginnen?«
»Ja, Euer Ehren.«
»Bitte, fahren Sie fort.«
Prescott warf einen Blick in die Menge hinten im Gerichtssaal. Er wußte genau, wo Granville saß. Er hatte an diesem Morgen hundertmal nach hinten gesehen, damit er genau wußte, wohin er schauen mußte, falls es zu diesem Augenblick kam. Prescott starrte Winthrop an. Schließlich nickte Winthrop feierlich.
»Warten Sie!« Prescott zog den Aktendeckel aus dem Koffer.
Richter Thomas sah Prescott kurz an und verdrehte dann die Augen. »Kommen Sie zur Richterbank, Mr. Prescott!« Thomas merkte, daß etwas in der Luft lag, und wollte es verhindern.
Prescott ignorierte Richter Thomas. Er hielt den Aktendeckel

hoch über seinen Kopf, damit alle im Gerichtssaal ihn sehen konnten. »Diese Akte enthält unwiderlegbare Beweise für eine Verschwörung auf höchster Ebene der Geschäftsleitung von Penn-Mar Chemicals!«

»Mr. Prescott!« Thomas schrie jetzt. Er stand auf und ragte wie ein Turm im Gerichtssaal auf. »Ich belange Sie wegen Mißachtung des Gerichts, so wahr mir Gott helfe, Prescott!«

»Eine Verschwörung, in der es darum ging, die Standorte illegaler Müllkippen giftiger Chemikalien zu verheimlichen! Es geht um die illegale Entsorgung von Giftmüll über viele Jahre hinweg!« Prescott setzte die theatralischste Stimme ein, die ihm zur Verfügung stand.

»Kommen Sie zur Richterbank, Mr. Prescott!« Die Stirnadern des Richters schwollen an, während er über den wachsenden Lärm im Gerichtssaal hinweg brüllte.

»Giftmüll aus siebzehn Fabriken in diesem Land und aus Europa!« Prescott sah das Publikum an, während er das rief. Er hielt den Aktendeckel immer noch hoch in die Luft. »Diese Akte wird Penn-Mar Chemicals vernichten. Der durch Penn-Mar entstandene Umweltschaden ist schwindelerregend. Sobald der Fall aufgeklärt ist und die Bußgelder festgesetzt sind, wird Penn-Mar insolvent sein. Deshalb haben wir die Absicht, uns nach Abschnitt 2A-3, Paragraph 4 des Bundesumweltgesetzes von 1995 an die Sicherheiten des Unternehmens zu halten. Meine Damen und Herren, wenn dieser Fall abgeschlossen ist, werden das Unternehmen, seine Geschäftsleitung und seine Banken ruiniert sein. Dafür garantiere ich!«

Der Gerichtssaal explodierte.

Stühle krachten zu Boden.

Reporter strömten zu den Ausgängen, schoben sich an den Wachmännern vorbei, die vergeblich versuchten, die Türen geschlossen zu halten, um die Ordnung zu wahren. Aber die Ordnung ließ sich nicht mehr wahren. Es war zu spät.

Die Anwälte von Penn-Mar – alle fünf – standen auf und starrten das Chaos mit offenem Mund an. Jordan stürzte mit den Armen gestikulierend zur Richterbank. Er schrie den Richter an,

aber sein Gebrüll ging im Höllenlärm des Gerichtssaals unter. Richter Thomas sah Jordan lediglich an und schüttelte den Kopf. Er konnte nichts tun. Turner Prescott hatte im Gerichtssaal eine perfekte Vorstellung geboten. Er war der Meister.
Winthrop beobachtete die Hysterie, die Arme über der Brust verschränkt. Er atmete tief durch. Er hatte Jagd auf Falcon gemacht. Jetzt machte Falcon Jagd auf ihn. Er konnte es spüren. Der Mann hatte den Spieß umgedreht.

»Alexis?«
»Andrew! Wo bist du?«
»Ich bin in New York.«
»Wo? Sag mir, wo.«
»Ich wohne in einer Pension in der 132nd Street in Manhattan. Aber ich werde nicht lange dort bleiben. Nur heute nacht.« Er konnte förmlich hören, wie sie sich die Straßennummer einprägte.
»Ist das nicht in Harlem?«
»Ja.«
»Was in Gottes Namen machst du dort?« fragte sie.
»Es ist viel passiert.«
»Was ist passiert?«
»Das kann ich dir nicht sagen. Ich muß auflegen. Ich rufe dich später wieder an.«
»Andrew!«
Falcon brach das Gespräch ab, wartete auf das Freizeichen und wählte die zweite Nummer.
»Hallo.«
»Jenny?«
»Andrew?«
»Ja.«
»Bist du noch in Dallas?«
»Nein. Ich bin wieder in New York.«
»Barksdale und seine Sekretärin haben den ganzen Vormittag lang versucht, dich anzurufen. Er muß dich unbedingt sprechen.«
Falcon lachte. »Das kann ich mir denken. Hör zu, Jenny. Ich

wohne in einer Pension in der 132nd Street in Manhattan. Ich bleibe nur über Nacht dort. Aber sag's niemandem. Keiner Menschenseele. Hast du verstanden?«

»Ja, aber was ist denn eigentlich los?«

»Das kann ich dir nicht sagen. Ich rufe dich später wieder an.«

»Andrew –«

Er brach auch dieses Gespräch ab. Jetzt gab es keine Zufälle mehr. Freunde waren Feinde, bis das Gegenteil bewiesen war. Geliebte konnten Gift bei sich haben. Und das Spiel hieß jetzt Überleben.

28

»Hallo, schönes Fräulein! Was darf's heute sein?«
»Ein Softeis, bitte.«
»Und welche Sorte wünschen Sie?«
»Vanille.«
Cassandra Stone lächelte. Hier war ein Mann, der glücklich mit seinem Leben zu sein schien. Er lebte davon, Eiskrem zu verkaufen, und verdiente vermutlich nicht viel daran. Aber Geld spielte für ihn keine Rolle. Er arbeitete den ganzen Tag lang an der frischen Luft und brachte die Leute zum Lächeln. Das hätte sie eines Tages auch gern getan. Einfach davon gelebt, andere fröhlich zu machen.
»Bitte schön, meine Schönheit.«
»Danke.« Sie nahm das Hörnchen entgegen.
»Einen wunderschönen Tag noch. Beehren Sie mich bald wieder!«
»Bestimmt.« Cassandra wandte sich ab von dem Eiskremstand, lutschte an der köstlichen Eistüte und sah dann auf die Uhr. Halb vier. Falcon verspätete sich um ein halbe Stunde. Er hatte sie um fünf vor drei angerufen und ihr gesagt, sie solle sofort hierherkommen; falls sie nicht um drei hier sei, gehe er wieder. Folglich war sie von der Redaktion des *Chronicle* in der Water Street hierhergerannt. Und jetzt war er nicht da. Nach dem ganzen Theater. Vielleicht machte es ihm einfach Spaß, Leute herumzukommandieren. Es gab solche Menschen. Ein Machtspielchen. Vielleicht hatte sie ihn falsch eingeschätzt.
Sie ging den Asphaltweg entlang zum Wasser und lehnte sich gegen die Mauer mit Blick auf den Hafen von New York. Battery Park. Eine wunderschöne Grünanlage am südlichsten Zipfel von Manhattan. Bäume, Rasen und Blumen umringten das alte Fort, das in der Frühzeit der riesigen City die Insel beschützt

hatte. Die Luft, die von Staten Island her zum Battery Park wehte, roch herrlich nach Meer in der Nachmittagssonne. Cassandra holte tief Luft. Zum ersten Mal seit Wochen hatte sich die bedrückende Hochsommerschwüle aufgelöst, und die Luft war frisch und klar.

»Hallo, Cassandra.«

Cassandra drehte sich um. Falcon stand sechs Meter von ihr entfernt, lehnte sich gegen die Mauer und sah hinunter auf das Wasser. In dem dunkelblauen Anorak, zugezogen bis zum Hals, und dem australischen Tropenhut, die Krempe tief ins Gesicht gedrückt, hätte sie ihn fast nicht erkannt. Er hatte einen Stoppelbart. »Hallo. Warum kommen Sie zu Ihren Verabredungen immer zu spät?« Sie ging auf ihn zu.

»Urplötzlich muß ich eben ein bißchen vorsichtiger sein.«

»Was dagegen, mir zu sagen, warum?«

»Kommen Sie nicht näher.«

Cassandra blieb drei Meter von Falcon entfernt stehen. »Was?«

»Schauen Sie auf den Hafen hinaus. Sehen Sie mich nicht an, wenn Sie mit mir sprechen.« Er war nervös.

»Andrew, ist das nicht –«

»Tun Sie, was ich sage!«

»Okay.« Cassandra wandte sich dem Hafen zu und sah hinüber zur Verrazano Bridge in der Ferne. Seine schwachsinnigen Forderungen irritierten sie.

Falcon drehte sich um, mit dem Rücken immer noch an die Stützmauer gelehnt. Er verschränkte die Arme über der Brust und hielt hinter der Sonnenbrille Ausschau, ob sie beobachtet wurden. Jetzt waren nur wenige Menschen im Park. Vor ein paar Stunden, während der Mittagspause, hatte es hier vor Bankangestellten und Sekretärinnen nur so gewimmelt.

Er hatte Cassandra eine halbe Stunde lang beobachtet, um herauszubekommen, ob sie verfolgt wurde. Oder mit jemandem zusammenarbeitete. Er konnte jetzt niemandem mehr trauen. Deshalb hatte er sie überraschend angerufen und sie gebeten, sofort zu kommen – auf diese Weise hätte sie nicht einmal mehr Zeit gehabt, jemanden zu benachrichtigen. Noch weniger Zeit, ihn in eine Falle zu locken, falls sie ein Lockvogel war. Er hatte aus vierhundert Metern Entfernung gesehen, wie sie gerannt war. Er hatte gesehen, wie sie nach ihrem Sprint vom *Chronicle* aus auf eine Bank gesackt war und sich die Brust umklammert hatte. Und er fühlte sich mies, weil er ihr das alles zugemutet hatte. Aber im Augenblick konnte er nicht vorsichtig genug sein.

Genau wie Alexis war Cassandra plötzlich in sein Leben getreten – wenn auch nicht ganz so zufällig. Falcon hatte sich vergewissert, daß sie tatsächlich Reporterin beim *Financial Chronicle* war. Er hatte mit ihrem Chefredakteur gesprochen und herausbekommen, daß der *Chronicle* wirklich einen Artikel über ihn veröffentlichen wollte. Er war in die Bibliothek gegangen und hatte Artikel von ihr in älteren Ausgaben des *Chronicle* nachgelesen. Er hatte Reportagen von ihr in der *Minneapolis Star Tribune* gefunden. Er hatte sogar ihr Bild im Jahrbuch für 1984 der Emory University gefunden, das er per Eilboten angefordert hatte. Alles, was sie ihm erzählt hatte, stimmte.

Aber auch das mit Cassandra hätte ein Trick sein können. Sie waren sehr mächtig. Das wußte er jetzt.

»Es tut mir leid, daß ich Ihnen so zur Last falle, aber ich glaube, ich bin in eine ziemlich üble Geschichte verwickelt. Ich weiß, das klingt verrückt, aber ich muß sehr vorsichtig sein.«

»Ich würde es für verrückt halten, wenn ich nicht den ganzen Nachmittag lang die Nachrichtensendungen gesehen hätte, von denen Sie gesprochen haben.«

»Was meinen Sie damit?« fragte er.

»Haben Sie es denn nicht gehört?«

»Nein.«

»Vor dem Bundesgericht in Baltimore ist heute eine Bombe geplatzt.«

Falcon lächelte. »Lassen Sie mich raten, wer der Bombenleger war. Turner Prescott oder die Anwaltskanzlei Cleveland, Miller & Prescott.«

»Sie haben es also doch gehört?«

Falcon schüttelte den Kopf. »Nein.« Er deutete auf die Tasche zu seinen Füßen. »Da ist alles drin. Haben sie das mit den Immobilienpartnerschaften schon bekanntgegeben? Über die dreizehn Milliarden Dollar der NASO aus faulen Krediten und In-

vestitionen in Penn-Mar und die sechs Milliarden Dollar aus faulen Krediten auf bestimmte Immobilienpartnerschaften? Haben sie schon publik gemacht, daß neunzehn Milliarden an faulen Investitionen das Kapital der NASO total schlucken?«
Cassandra starrte ihn an.
»Ich habe Ihnen doch gesagt, Sie sollen mich nicht direkt ansehen.«
Cassandras Blick wanderte sofort zurück zum Hafen.
»Sind alle diese Informationen publik gemacht worden?«
»Ja, aber woher wissen Sie das?«
»Und die NASO ist am Ende, nicht wahr?« Andrew ignorierte ihre Frage.
»Dem Gerücht nach ja.«
»Ich wette, daß die Finanzmärkte verrückt spielen.«
»Der Dow Jones Index war um zwei Uhr um siebenhundert Punkte gesunken. Soviel hat der Dow an einem einzigen Tag noch nie eingebüßt. Es war die Rede davon, die Börse vorzeitig zu schließen, als ich hierhergerannt bin. Alle anderen Märkte haben ebenfalls dichtgemacht. Es heißt, das ganze amerikanische Finanzsystem stehe vor dem Zusammenbruch. Die NASO kann ihren Devisenverpflichtungen nicht mehr nachkommen, hat kein Geld mehr für ihre Einlagen und Obligationen. Die Leute versuchen, Geld von der NASO abzuheben, als gäbe es kein Morgen. Aber sie bekommen es nicht. Die NASO hat keins. Und den Gerüchten nach haben andere Institute ebenfalls Schwierigkeiten. Diejenigen mit hohen Außenständen bei der NASO. Es ist richtig surreal. Die Reporter von CNN können mit der Entwicklung nicht einmal mehr Schritt halten. Alle Welt drängt sich um die Fernseher. Niemand arbeitet. Es ist unglaublich. Als nächstes werden wir zu hören bekommen, wie Menschen auf dem Pflaster aufschlagen, nachdem sie aus dem Fenster gesprungen sind. Für halb fünf wird eine Presseerklärung des Präsidenten erwartet.«
Andrew sah sie an. »Die Bundesbank greift nicht ein, um das System zu stabilisieren, oder?«
»Nein. Bei CNN regen sie sich furchtbar darüber auf, daß sich die Bundesbank nicht blicken läßt. Den Gerüchten nach soll es bei der NASO von Bundesbankleuten wimmeln, aber keiner von

ihnen hat etwas darüber gesagt, daß sie die Bank oder den Markt stabilisieren wollen. Es ist Wahnsinn.«

»Natürlich haben sie nichts darüber gesagt.« Falcon dachte daran, daß Filipelli im Bighorn River ertrunken war.

»Was?«

»Gar nichts.« Falcon suchte die Parkbäume nach jemandem ab, der im Schatten lauerte. »Mein Gott, die sind clever.«

»Wie bitte? ›Die‹, Andrew? Wer sind ›die‹?«

Falcon sah Cassandra an. »Eine Gruppe, die sich die Sieben nennt.«

»Die Sieben?«

»Ja.«

»Wer genau sind die Sieben?« fragte Cassandra zynisch.

»Vergessen Sie im Augenblick die Einzelheiten. Begnügen Sie sich damit, daß es sich um eine kleine Gruppe aus sehr mächtigen Männern mit sehr gewichtigen Verbindungen handelt.«

»Reden Sie über die Mafia?«

»Nein. Ich rede über den Geldadel.«

»Was?«

»Ja.«

»Wie mächtig sind diese Leute?« fragte sie.

»Halten Sie den Direktor der New Yorker Bundesbank für einen mächtigen Mann? Oder den Seniorpartner von Winthrop, Hawkins & Company?«

»Und ob.« Cassandra verstummte. Sie begriff, was er sagen wollte. »Das ist nicht Ihr Ernst.«

»Doch.«

Sie standen ein paar Augenblicke lang schweigend da. Falcon hielt weiterhin in den Schatten des Parks nach etwas Verdächtigem Ausschau. Aber er sah nur ein Liebespaar, das langsam unter den Bäumen entlangspazierte.

»Haben Sie diese beiden Namen überprüft – Rutherford und Henderson?«

Cassandra nickte. »Im Fall von Rutherford recherchiere ich noch. Henderson war ein einfacher Fall.«

»Was meinen Sie damit?« Sein Blick wanderte schnell von den Bäumen zu ihr. Ihre Stimme klang merkwürdig.

»Henderson ist mein Chef. Er ist der Herausgeber und Generalbevollmächtigte des *Chronicle.*«

Falcon starrte Cassandra Stone an, versuchte zu begreifen, was das, was sie eben gesagt hatte, bedeutete. »Was?!« Er schluckte schwer. Er konnte dem Tod ganz nahe sein. Vielleicht wurde sie benützt und wußte nicht einmal etwas davon. Ihre Leitung konnte angezapft sein. Noch schlimmer: Möglicherweise war sie eine Komplizin. Aber diesen Gedanken verwarf er schnell. In diesem Fall wäre er vermutlich schon tot gewesen. »Wollen Sie mir helfen, Cassandra?« Falcon warf wieder einen Blick durch die Bäume.

»Selbstverständlich.«

»Sie könnten sich in große Gefahr bringen, wenn Sie mir helfen.«

»Warum?«

»Ich glaube, diese Männer wissen, daß ich begriffen habe, worauf sie hinaus wollen.«

»Wie kommen Sie darauf?«

Falcon wandte sich Cassandra Stone zu. »Sehen Sie mich an, Cassandra.«

»Ich hab' gedacht, ich soll Sie nicht ansehen.«

»Sehen Sie mich an!«

»Schon gut!« Sie drehte sich um.

Falcon blickte in die dunkelbraunen Augen. »Jemandem muß ich vertrauen können. Stecken Sie mit denen unter einer Decke?«

»Was? Mit wem?«

»Den Sieben.« Es war dumm, die Frage so zu stellen, aber er vertraute absolut auf seine Fähigkeit, in einem Gesicht lesen zu können. Und sie nannte ihn immer noch Andrew, nicht Falcon.

»Haben Sie den Verstand verloren?«

Es waren nicht die Worte, die ihn davon überzeugten, daß sie die Wahrheit sagte. Es waren die Augen. Sie war seinem Blick kein einziges Mal ausgewichen.

»Ich kann nicht glauben, daß Sie so etwas über mich denken!«

»Schon gut. Ich entschuldige mich. Wollen Sie mir helfen?«

Cassandra sah Falcon einen Moment lang an. »Es ist sehr gefährlich, nicht wahr?«

»Ja.«
»Wie sind Sie an die Informationen in der Tasche da herangekommen?« Ihr Gesicht verriet Angst.
»Ich bin vor zwei Tagen, als ich in Toledo, Ohio, war, in das Büro eines der Sieben bei Penn-Mar eingebrochen. Ich hatte schon Informationen, die mich mißtrauisch gemacht hatten, und in diesem Büro bin ich dann fündig geworden.« Falcon sagte ihr nichts von dem Wachmann.
»Alles, was Sie mir erzählt haben, steckt in der Tasche?«
»Und mehr.«
»Werde ich das bereuen?«
»Vermutlich.« Er machte eine Pause. »Wollen Sie mir also helfen?«
»Warum wenden Sie sich nicht an die Behörden?«
»Jetzt noch nicht. Ich habe nicht genug Informationen, und ich kann sie mir nicht beschaffen. Ich brauche Ihre Hilfe, um an die Informationen heranzukommen.« Er kontrollierte mit einem schnellen Blick den Park.
»Sie können nicht in Ihr Büro, um die Systeme zu benützen, stimmt's? Sie haben Angst, daß die Sie finden.«
»Ja zu beiden Fragen.«
»Was brauchen Sie?«
Falcon zog ein gefaltetes Blatt Papier aus der Tasche. Er ging die paar Schritte auf Cassandra zu, faßte sie am Arm und drückte das Blatt in ihre offene Handfläche. »Erstens brauche ich die Telefonrechnungen aller Männer auf der Liste, die ich Ihnen gegeben habe, für das letzte halbe Jahr. Zweitens muß ich wissen, wer William Rutherford ist. Sein Name ist der einzige auf der Liste, den ich nicht einordnen kann. Ich muß alles über ihn wissen. Ich glaube, die Nummer hinter seinem Namen ist seine Telefonnummer. Drittens muß ich wissen, was zum Teufel Lodestar Investment Management ist. Ich muß wissen, ob ein Mann namens Peter Lane dort arbeitet oder irgendwelche Verbindungen zu dieser Firma hat. Und viertens müssen Sie Kontakt mit Jeremy Cases Witwe aufnehmen. Case ist der Mann, den die Sieben meiner Meinung nach für die Umweltinformationen bezahlt haben, bevor sie ihn umgebracht haben. Rufen Sie seine Frau an, und versuchen

Sie, ob Sie etwas über seinen Tod aus ihr herausbringen können. Wie er gestorben ist, können Sie bei NEXIS nachschlagen.«

»Was soll ich aus ihr herausholen?«

»Ich weiß es nicht. Ich weiß es ehrlich nicht. Im Moment stochere ich im Nebel herum.«

»Das alles muß ich mir aufschreiben.«

»Nein. Es steht alles auf dem Blatt Papier, das ich Ihnen gegeben habe. Die vier Dinge, denen Sie nachgehen sollen.«

»Ich hoffe, ich erlebe es noch, die ganze Sache zu bereuen.«

»Das hoffe ich auch.« Falcon spähte noch einmal durch den Park.

»Ich muß weg. Ich muß zweitausendfünfhundert Dollar Vorschuß an einen Informanten zahlen.«

»Was?«

»Machen Sie sich deshalb keine Sorgen. Warten Sie auf meinen Anruf, Cassandra. Oh, und noch was.«

»Was?« fragte sie.

»Einer der Namen auf der Liste, die ich Ihnen eben gegeben habe, ist der von Bailey Henderson, des Herausgebers Ihres *Financial Chronicle.*«

Cassandra sah Falcon mit offenem Mund an, begriff nicht ganz, was er eben gesagt hatte. Sie konnte es nicht fassen.

»Übrigens, Sie brauchen eine Serviette.« Falcon deutete mit einem Nicken nach unten.

Cassandra sah ihre rechte Hand an. »So ein Mist.« Sie hatte das Eis völlig vergessen. Es war geschmolzen und über ihr Handgelenk gelaufen. Sie sah wieder auf, aber Falcon verschwand schon in den Schatten des Parks.

Sie warf einen Blick auf den Stand, an dem sie das Eis gekauft hatte. Ein Mann lehnte am Pfosten und las Zeitung. Las er wirklich Zeitung, oder beobachtete er sie? Sie holte tief Luft. Die Paranoia setzte schon ein.

»¿Dónde está el gringo?«

Der dunkelhäutige Mann hinter dem Tresen der Bodega grinste Phoenix Grey verschlagen an und zeigte dabei einen Goldzahn. Er sagte nichts.

»*¿Dónde está el gringo?*« fragte Phoenix ungeduldig. Er sah auf seine Uhr: 20.20 Uhr. Rutherfords weibliche Kontaktperson hier in New York hatte sich genau ausgedrückt. Falcon würde nur heute nacht in der Pension verbringen, dann würde er ausziehen. Umziehen, weil es ihn nervös machte, mehr als eine Nacht am selben Ort zu schlafen. »*Por favor.*«
Der puertoricanische Ladenbesitzer lächelte triumphierend. Der Weiße war nicht mehr so herablassend. »*Yo sé dónde el ésta.*«
Phoenix atmete tief durch. Der Mann wußte also, wo Falcon war. Jetzt machten sie Fortschritte. »*Diga me. Por favor.*« Phoenix sagte pflichtschuldigst »bitte«. Er hätte den ganzen Tag lang »bitte« zu dem alten Mann gesagt, um diese Information zu bekommen.
»*¡Dinero!*«
Phoenix griff schnell nach dem Geldscheinbündel in seinem Stiefel. Es war durchaus möglich, daß er eine falsche Auskunft bekam, aber er hatte keine Zeit, sich herumzustreiten. Die Zeit lief ihnen davon. Er warf einen Fünfzigdollarschein neben das riesige Glas mit Pickles auf den Tresen. »*¡Diga me!*«
Der Puertoricaner machte große Augen. Er griff nach dem Schein, aber Phoenix packte den Mann am Handgelenk, ehe seine Finger das Geld umschließen konnten.
»*¡Diga me!*«
Der Ladenbesitzer spürte die Kraft des Weißen und war überrascht. Der Weiße wirkte nicht so stark.
»*Dos tres dos.*« Der Puertoricaner ruckte mit dem Kopf nach hinten. »*Entre Avenidas Segunda y Tercera.*«
»*Bueno.*« Phoenix ließ das Handgelenk des Mannes los.
Der Ladenbesitzer raffte den Fünfzigdollarschein an sich und steckte ihn in die Tasche.
»Hoffentlich wissen Sie das auch genau.«
Der Mann bedachte Grey mit einer obszönen Geste, die Phoenix nicht mehr sah. Er ging schon durch die knarrende Tür des kleinen Ladens hinaus.
Obwohl er am liebsten gerannt wäre, ließ Phoenix es bleiben, als er die Südseite der 132nd Street entlangging. Er ging langsam und vorsichtig. Das hier war die puertoricanische Bastion

in New York City, und Weiße waren hier nicht willkommen. Er wollte nicht mehr Aufmerksamkeit auf sich lenken als unbedingt nötig. Phoenix zweifelte nicht daran, daß er vier bis fünf Männer gleichzeitig lahmlegen konnte – falls sie nicht bewaffnet waren. Es gab auf der ganzen Welt keinen Schutz vor einem AK-47-Sturmgewehr oder vor Black Rhinos, nicht den geringsten Schutz vor all den Schußwaffen, wie sie die Banden und Drogenhändler heutzutage in diesem Teil von New York City mit sich herumschleppten.

Grey überquerte die Fifth Avenue. Die Frage hatte gelautet, wo in der 132nd Street die Pension lag. Falcon hatte das nicht erwähnt, und die Frau hatte ihn nicht drängen wollen, aus Angst, Verdacht zu wecken. Also hatte Phoenix nach Falcon suchen müssen. Er war in vier Bodegas gewesen, in denen ihm niemand helfen wollte, ehe er zu dem dunkelhäutigen Ladenbesitzer gekommen war. Alle anderen wußten auch, wo Falcon wohnte, wußten es so genau wie den eigenen Namen, denn Falcon mußte in dieser Gegend auffallen wie ein bunter Hund. Aber sie wollten ihm nicht helfen. Nicht einmal für Geld. Denn in dieser Hölle verpfiff man niemanden. Sowie man jemanden verpfiff, ergriff man Partei für eine Seite. Wenn diese Seite verlor, kam einen das teuer zu stehen, denn es sprach sich immer herum. Es war also besser, wenn man behauptete, nichts zu wissen.

Aber es gab immer einen, der bereit war, sein Leben und seine Knochen für den allmächtigen Dollar aufs Spiel zu setzen. Einen gab es immer. Phoenix lächelte. Die Menschen waren so schwach.

Das Gebäude war nur eine leere Hülse, ein Backsteinskelett. Aber es bot die perfekte Deckung bei der Beobachtung der Pension direkt gegenüber. Falcon kickte einen Stapel rostiger Spritzen über den Boden. Er hatte Zeit. Die Fixer würden frühestens in zwei Stunden auftauchen.

Falcon drehte sich um und sah auf die 132nd Street durch das scheibenlose Kellerfenster. Nichts. Nur ein paar Kinder, die lärmend mit einem kaputten Leiterwagen spielten. Als die Sonne unterging, wurde das Tageslicht schwächer. Falcon starrte wieder auf die Straße. Immer noch nichts. Er sah auf seine Uhr: 8.35 Uhr. Falls die Sieben Jenny oder Alexis benützten oder falls, was noch schlimmer gewesen wäre, Jenny oder Alexis für die Sieben arbeiteten, würde bald jemand nach ihm suchen. Dessen war er sich sicher.

Auf der gegenüberliegenden Wand machte er den Umriß einer riesigen Ratte aus, die am Backstein entlangschlich. In dieser Gegend spielte sich das Leben nachts ab.

Der zweite Weiße ging langsam, aber zielstrebig die 132nd Street entlang auf die Pension zu. Er kam an den Kindern vorbei, die innehielten und ihn ansahen. Sie bekamen so selten Weiße zu sehen. Der Mann nahm sie nicht zur Kenntnis. Falcon kniff die Augen zusammen. Dieser Mann wollte zu ihm. Er witterte es sofort. Der Weiße ging schnell die vier Steinstufen zur Pension hinauf und verschwand im Haus. Falcon heftete seinen Blick auf ein Fenster im dritten Stock. Er wartete ewig, wie ihm schien, aber er wußte, daß es sich nur um Augenblicke handelte. Schließlich beugte sich eine Frau aus dem Fenster und schwenkte ein Kopftuch.

Falcon sah wieder zur Eingangstür der Pension. Der Mann tauchte fast sofort wieder auf und sah sich lange auf der Straße um. Falcon wich hinter den Fensterrahmen zurück, mit rasendem Herzen. Aus dem Augenwinkel beobachtete er um den Fensterrand herum den Mann. Nach ein paar Augenblicken zuckte dieser die Achseln und ging den Weg zurück, den er gekommen war.

Die Prostituierte hatte heute morgen zunächst gedacht, Falcon wolle mit ihr ins Bett, als er ihr die hundert Dollar anbot. Sie lachte, als er nur von ihr verlangte, heute abend seine Tür im Auge zu behalten und das Kopftuch zu schwenken, falls jemand kam oder versuchte, in sein Zimmer einzudringen. Sie hatte das Geld genommen, aber Falcon hatte befürchtet, sie werde nicht Wort halten.

Es gab nur zwei Menschen auf der Welt, denen er von seinem Aufenthaltsort erzählt hatte, nur zwei Menschen, die dem Mann, der in sein Zimmer gekommen war, die Auskunft gegeben haben konnten: Jenny und Alexis. Mindestens eine von ihnen arbeitete für die Sieben. Daran gab es jetzt keinen Zweifel mehr. Falcon atmete schwer und zwang sein Herz, wieder normal zu schlagen – jedenfalls so normal, wie es unter den gegebenen Umständen möglich war.

Falcon beugte sich aus dem Fenster des ausgebrannten Gebäudes und sah die Straße entlang. Der Mann war fort. Er wartete noch fünf Minuten, um ganz sicher zu sein; dann griff er zu der Tasche mit den vier Aktendeckeln, ging durch die offene Hintertür hinaus, überquerte ein leeres Grundstück und ging in die entgegengesetzte Richtung, die der Mann eingeschlagen hatte.

Es war fast finster geworden in der City, und in diesem Stadtteil gab es keine funktionierenden Straßenlampen. Sie waren allesamt zerschossen. Die Straße war dunkel und unheimlich. Er wollte so schnell wie möglich weg von hier. Der Mann, den sie geschickt hatten, machte ihn nervös. Er war körperlich zwar nicht sehr eindrucksvoll, aber die Art, wie er sich bewegte, strahlte etwas Böses aus. Als hätte er sich sein Leben lang in der Finsternis bewegt.

Falcon bog um die Ecke zwischen der 132nd Street und der Second Avenue und sah den Mann sofort. Er blieb wie angewurzelt stehen. Der Mann stand auf der Schwelle einer Pizzeria und kaute an einer Pizza. Er erkannte Falcon sofort. Falcon sah es in seinen Augen. Vermutlich hatten sie dem Mann Fotos gezeigt. Bilder, die aus allen möglichen Quellen stammen konnten, Jenny oder Alexis inklusive. Einen Moment lang musterten sich die beiden Männer. Falcon rannte als erster los, über die Second Avenue, durch den Verkehr. Dann ließ der Mann seine Pizza auf das dreckige Trottoir fallen und sprintete hinter Falcon her. Ein Linienbus scherte aus, um Falcon auszuweichen. Der Fahrer drückte auf die Hupe, aber für einen roten Ford neben dem Bus kam die Warnung zu spät. Falcon hörte den Aufprall, sah ihn aber nicht. Er hielt die Tasche fest in der Armbeuge wie einen Football, wich einem Taxi aus und überquerte die letzten beiden Fahrspuren der Avenue. Er warf einen Blick über die Schulter und konnte im Scheinwerferlicht der Autos seinen Verfolger sehen.

Wenn der Mann auch körperlich nicht eindrucksvoll wirken

mochte, einen Amateur hatten sie bestimmt nicht geschickt. Er würde sich gegen den Mann wehren, falls es soweit kam, falls er eingeholt wurde, aber er rechnete nicht damit, den Kampf zu überleben.

Ein Gedanke blitzte durch Falcons Kopf, während er auf dem Bürgersteig weiterrannte. Der Mann hatte vermutlich eine Waffe. Sofort lief er im Zickzack, damit er kein leichtes Ziel abgab, für alle Fälle. Es kostete ihn wertvolle Zeit, rettete ihm aber vielleicht das Leben. Er fragte sich, was für ein Gefühl es wohl war, wenn Kugeln seinen Körper zerfetzten. Er hatte gesehen, wie die Gewehrkugeln aus Froworths Körper ausgetreten waren. Er hatte gesehen, welchen Schaden eine Gewehrpatrone anrichten konnte. Aber wie fühlte es sich an, wenn man von einer Kugel getroffen wurde? Er senkte den Kopf und rannte schneller, als er je im Leben gelaufen war.

An der 134th Street tauchte Falcon wieder in den Verkehr ein. Er konnte das Keuchen seines Verfolgers hören. Der Mann konnte höchstens sechs Meter hinter ihm sein. Wann würden ihn die Kugeln treffen? Vielleicht hatten sie ihn schon getroffen, und er hatte es nicht gemerkt.

Die Autohupen lärmten. Er winkte im Laufen verzweifelt nach einem Taxi, aber kein New Yorker Taxifahrer, der auch nur halb bei Verstand war, hätte ihn mitgenommen. Er wurde gejagt. Jetzt hatte er nur noch eine Chance.

Falcon raste durch die Scheinwerferlichter auf die Westseite der Second Avenue, merkte, daß er mit seinem Zickzacklauf durch den Verkehr etwas Abstand zu seinem Verfolger gewonnen hatte. Während die Zuschauer *Andale! Andale!* riefen, raste er um die Kurve und Richtung Westen die 135th Street entlang. Adrenalin schoß durch seinen Körper. Er sprintete über die Third Avenue. Die nächste Straße war die Lexington Avenue. Falls er durchhalten konnte.

Phoenix Grey stürmte hinter Falcon her. Er war in hervorragender körperlicher Verfassung, aber nicht schnell zu Fuß. Das war er nie gewesen. Und Falcon war schneller, als Phoenix erwartet hatte. Phoenix spürte, wie die Pistole in dem Schulterhalfter unter seinem leichten Jackett gegen seine Brust schlug.

Laut Rutherfords Anweisungen war die Pistole das äußerste Mittel. Aber falls er schießen mußte, um Falcon zur Strecke zu bringen, würde er es tun. Er würde ihn nicht entkommen lassen. In diesem Punkt hatte Rutherford sich klar und deutlich ausgedrückt.
Noch ein halber Block, wenn er den U-Bahn-Plan genau im Kopf hatte. Falcon schnappte nach Luft. Die Kreuzung zwischen der 135th Street und der Lexington Avenue. Dort war ein U-Bahn-Eingang.
Er versuchte im Laufen, das Gesicht des Mannes einzuordnen. Irgendwo hatte er es schon einmal gesehen. Das wußte er. Aber wo? Und dann fiel es ihm wieder ein. Großer Gott! Das Portland Hotel. Als er das erste Mal mit Martinez telefoniert hatte. Sie hatten ihn von Anfang an beobachtet. Die Angst, er sei paranoid, würde ihm nie wieder zu schaffen machen.
Grey spürte seine Lungen brennen. Der Gejagte war in solchen Situationen immer im Vorteil. Für das Wild geht es um Leben oder Tod. Für das Raubtier geht es nur darum, vielleicht nicht satt zu werden. Er spürte die schwere Waffe an der Brust. Jetzt war es bald an der Zeit, sie zu ziehen. Er war etwa acht Meter hinter Falcon. Bis er die Pistole aus dem Halfter nehmen und zielen konnte, hatte Falcon weitere acht, vielleicht auch fünfzehn Meter Vorsprung gewonnen. Phoenix war über eine Distanz von zwanzig Metern ziemlich treffsicher. Auf fünfzehn Meter schoß er auf keinen Fall daneben. Falcon gewann an Boden unter den Füßen. Also hatte Phoenix jetzt keine andere Wahl. Er blieb stehen, riß die Waffe aus dem Halfter und zielte. Aber als er den Abzug der Pistole Kaliber 38 durchzog, war Falcon verschwunden.
Falcon hörte den Knall der Pistole, als er in die U-Bahn-Station abtauchte. Er hörte, wie die Kugel gegen das gelbe Metallgeländer schlug und krachend abprallte. Falcon nahm drei der verdreckten Stufen auf einmal, wich nur knapp mehreren Leuten aus, die ihm auf der Treppe entgegenkamen.
Grey stürmte los, steckte dabei die Pistole in das Halfter zurück. Er kam zur Treppe und rannte hinunter auf den Bahnsteig, stieß dabei eine ältere schwarze Frau um. Sie verwünschte ihn laut-

hals, aber Phoenix achtete nicht darauf. Er verlor lebenswichtige Sekunden, und die Beute entkam. Er konnte es förmlich spüren.

Grey übersprang die letzten vier Stufen bis zum Bahnsteig und machte einen Satz über das Drehkreuz. Er erreichte die Gleise. In der Station war kein Zug, und nur zehn bis fünfzehn Leute standen herum, warteten auf den nächsten Zug. Er sah nach links und rechts, aber Falcon war nicht auf dieser Seite des Bahnsteigs. Phoenix rannte weiter, sah auf die andere Seite – für den Fall, daß Falcon auf die Gleise und über das Sperrgitter gesprungen war, sich auf der anderen Bahnsteigseite wieder hochgezogen hatte. Er spürte, daß Falcon ihm entschlüpfte. Wo konnte er stecken? Phoenix Grey geriet in Panik. Was sollte er Rutherford erzählen? Er konnte lügen, aber dann mußte er Falcon fassen, bevor Rutherford es tat.

Nichts. Falcon war nicht in der Station. Grey lief zum anderen Ende des Bahnsteigs. Hier gab es nirgends ein Versteck. Er mußte es auf die andere Seite geschafft haben, sich zum Bahnsteig hochgezogen und die Treppe zur Straße hinaufgelaufen sein. Jetzt war er bestimmt längst weg.

Phoenix drehte sich um. Nur drei Meter entfernt standen drei junge Schwarze. Trotz der Hitze trugen sie Skimützen aus Wolle, Sweatshirts und machten außerdem ein finsteres Gesicht.

»Es gefällt uns gar nicht, was du da auf der Treppe mit Mrs. Jones gemacht hast.« Der in der Mitte, der Große, sprach mit einem schweren Ghettoakzent. Er war riesig, über einsneunzig und gut zwei Zentner schwer.

»Schön, dann werd' ich mich eben bei ihr entschuldigen.« Phoenix warf einen Blick auf ihre Hosengurte. Keine Waffen. Vielleicht brauchte er seine Pistole nicht.

»O Mann, weißer Junge, was soll der Scheiß? Es is' 'n bißchen spät für Entschuldigungen.« Das war der Mann rechts neben dem Hünen. Er hatte eine piepsige Stimme, wirkte aber eiskalt.

»Meine Herren, ich schlage vor, Sie gehen, ehe Ihnen was zustößt.«

Die drei Männer lachten und klatschten sich gegenseitig in die Hände, dann machten sie plötzlich Ernst.

Der Hüne holte aus. Sofort traf Phoenix seinen Angreifer mit einem verheerenden Tritt direkt am linken Knie. Der Mann kippte um, und Phoenix griff nach seinem Hals. Er ließ sich Zeit, die weichste Stelle zu finden, dann fühlte er die Luftröhre und riß an ihr. Es war der perfekte Gegenschlag.
Sprachlos machten die anderen beiden kehrt und rannten zur Treppe.

Falcon zog sich auf den Bahnsteig in der 126th Street hoch und blieb auf dem Boden liegen. Er schwitzte stark. Die Hitze, die Angst, die körperliche Erschöpfung und seine Klaustrophobie. Es hatte ihn seine ganze innere Kraft gekostet, durch den Tunnel zu rennen. Er hatte es getan, weil er keine andere Wahl gehabt hatte.
Eine Latina mit gütigem Gesicht ging neben ihm in die Knie. »Sind Sie okay?«
Falcon sah lächelnd zu ihr auf, immer noch nach Luft ringend. »Ja, vielen Dank.« Er stützte sich auf einen Ellbogen, nahm ihre Hand, küßte sie und legte sich dann wieder auf den Boden zurück.
Mindestens eine von ihnen lieferte also den Sieben Informationen. Jenny oder Alexis. Cassandra konnte es nicht sein. Er hatte ihr nicht gesagt, wo er wohnte. Und er war vom Battery Park aus nicht verfolgt worden. Dessen war er sich sicher.
Alexis oder Jenny. Eine von beiden hatte ihre Seele verkauft. Weshalb? Geld? Rache? Falcon rollte sich auf den Bauch und schaffte es dann auf die Knie. Er mußte weg. Phoenix Grey konnte in jedem Moment aus dem Tunnel herausrennen. Er schüttelte den Kopf. Jetzt spielte es keine Rolle mehr, warum eine der beiden Frauen das getan hatte – nur noch, daß sie es getan hatte. Und es war vorrangig herauszufinden, welche von beiden.

29

Falcon lag auf dem Bett und überflog das druckfrische Exemplar des *Financial Chronicle*, das er eben in der Halle des Princeton Hyatt Hotel gekauft hatte. Auf dem Nachttisch lagen noch zusammengefaltete Ausgaben der *New York Times* und des *Wall Street Journal* von heute. Die Schlagzeilen waren überall gleich: Ein Aufheulen über Penn-Mar, die NASO und den bevorstehenden Zusammenbruch des Finanzsystems. Er las den *Chronicle* zuerst. Mit den anderen würde er sich später beschäftigen.

Falcon fing eben mit der Lektüre eines Artikels über den gestrigen Absturz des Dow-Jones-Index um zwölfhundert Punkte an, als ihm eine andere Schlagzeile ins Auge sprang: PRÄSIDENT WARREN IN INSIDERGESCHÄFTE BEI LODESTAR VERWICKELT.

Falcon erstarrte. »Was zum ...?« Er konzentrierte sich sofort auf den Artikel.

Washington, D. C., 16. August.

Heute morgen haben Beamte der Börsenaufsicht, des Finanzministeriums und des FBI das Washingtoner Büro von Lodestar Investment Management gestürmt. Loydestar ist eine angesehene Investmentfirma, die für die einflußreichsten Leute Washingtons arbeitet. Auch der Präsident gehört zu ihrer Klientel.

Offenbar hatten die Behörden Hinweise erhalten, die Lodestar in Zusammenhang mit der Übernahmeschlacht um Penn-Mar Chemicals brachten. Die Firma soll verbotene Insidergeschäfte getätigt haben. Aus den beschlagnahmten Papieren geht hervor, daß Lodestar am 2. Juli 645 Aktien von Penn-Mar zu einem Preis von 31 Dollar pro Aktie gekauft hat, nicht einmal eine Woche bevor Veens & Company das Übernahmeangebot für Penn-Mar zum Preis von 75 Dollar pro Aktie bekanntgegeben hat. Der endgültige Übernahmepreis von Penn-Mar Chemicals betrug schließlich 85 Dollar pro Aktie. Bei einer Investition von 20 000 Dollar läuft das auf einen Reingewinn von 35 000 Dollar innerhalb eines Monats hinaus. Außerdem hat Lodestar Optionen auf Penn-Mar-Aktien erworben, die einen weiteren Reingewinn von 143 000 Dollar eingebracht haben. Diese Geschäfte sollen *zugunsten und mit dem Geld Präsident Buford Warrens getätig*t worden sein.

Bei der Durchsuchung am frühen Morgen wurde offenbar wichtiges Beweismaterial sichergestellt; unter anderem eine vertrauliche Aktennotiz, aus der hervorgeht, daß der Präsident persönlich Victor Farinholt angewiesen hat, in Penn-Mar zu investieren.

Präsident Warren hat das von seinem Pressesprecher Peter Arland offiziell dementieren lassen. Er habe nicht mehr mit Farinholt oder einem Mitarbeiter von Lodestar direkt in Kontakt gestanden, seitdem er vor vier Jahren sein Geld in einem Treuhänderfonds der Firma deponiert habe. Der Präsident hat für heute nachmittag um 16.00 Uhr New Yorker Ortszeit eine Pressekonferenz zur Aussprache über die Lage angesetzt. Die Pressekonferenz wird von allen vier großen Fernsehsendern übertragen.

Ein hoher Beamter im Weißen Haus, der anonym bleiben wollte, räumte ein, die Angelegenheit könne sich als ungeheuer schädlich erweisen, wenn sie nicht sofort bereinigt werde. Bedauerlicherweise sei der Präsident völlig mit der Krise im nationalen Bankwesen beschäftigt gewesen, die durch das Debakel bei der NASO, Penn-Mar Chemicals sowie der anhaltenden Verluste an der Wall Street herbeigeführt worden ist.

Falcon ließ den *Chronicle* auf seine Brust fallen. Lodestar Investment Management. Der vierte Aktendeckel. Er warf einen Blick auf die graue Tasche, die neben den Resten des vom Zimmerservice gebrachten Frühstücks auf einem Tisch stand, und lachte. Das Ziel war also gewesen, die Regierung zu stürzen. Penn-Mar, die NASO, die Sieben, die Immobilien und Lodestar. Alles lief darauf hinaus. Es ging um sieben konservative Yankees, die einen Liberalen aus dem Süden vernichten wollten. Darum, Buford Warren in Unehren nach Alabama zurückzu-

schicken. Darum, die eigenen Leute wieder an die Macht zu bringen. Und sie hatten Erfolg. Die Scheißkerle waren im Begriff zu siegen.
Falcon nahm die Zeitung von seiner Brust und überflog den Artikel über den freien Fall des Dow und den Zusammenbruch des Banksystems. Der Artikel schilderte nicht nur die Ereignisse des Vortags, sondern analysierte auch detailliert das Versagen des Präsidenten im Hinblick auf die Lage. Indem er Carter Filipelli zum Chef der Bundesbank gemacht habe, sei er verantwortlich für eine Situation, in der es zu einem derartigen Absturz habe kommen können. Filipelli habe den Aufsichtsbeamten der Bundesbank die Macht genommen, unabhängig zu agieren. Er und sein persönlicher Stab seien in den letzten vier Jahren derart diktatorisch vorgegangen, daß die Leute an der Front, die Leute, die täglich das nationale Banksystem überwachen, nicht mehr genau wußten, wieviel Flexibilität sie den angegliederten Instituten hätten einräumen dürfen, und sie seien sich ihrer Rolle beim Schutz des Systems nicht mehr sicher gewesen. Folglich sei es zum Mißbrauch gekommen. In diesem Sinne äußerten sich hochrangige Republikaner aus den Bankausschüssen in Senat und Kongreß. Es sei eine Zeitbombe gewesen, deren Explosion absehbar gewesen sei, aber sie seien aufgrund ihres Minderheitenstatus in den Ausschüssen machtlos dagegen gewesen.
Jetzt reagiere der Präsident nicht schnell genug auf die Krisensituation. Er konzentriere sich auf die Enthüllung seiner Beteiligung am Fall Lodestar und auf die Anklage wegen Insidergeschäften, die den Gerüchten nach unmittelbar bevorstehe, und auf das Lane-Memo, wie es genannt wurde. Der Präsident sei völlig damit beschäftigt, persönlichen Schaden abzuwenden, und sein Stab sei wie gelähmt. In der Regierung herrsche Chaos. Und die Wirtschaft der Nation stehe kurz vor dem Zusammenbruch.
Falcon griff nach dem *Wall Street Journal*, überflog es und nahm sich dann die *New York Times* vor. In beiden Zeitungen standen ebenfalls jede Menge Artikel über Penn-Mar, den Prozeß, die überraschenden Enthüllungen von gestern vor dem Bundesgericht in Baltimore, über die Insolvenz der NASO und die

Löcher, die sich im Finanzsystem auftaten; darüber, daß nicht nur die NASO, sondern auch andere Banken über Nacht Solvenzschwierigkeiten bekommen hatten, vor allem diejenigen, die gemeinsam mit der NASO die Übernahme von Penn-Mar finanziert hatten; sie berichteten über lange Schlangen vor den Bankschaltern im ganzen Land und über den Absturz des Dow. Aber es gab nur eine Kurzmeldung über die Durchsuchung bei Lodestar – jene Aktennotiz, die den Präsidenten mit Insidergeschäften in Verbindung brachte, wurde nicht einmal erwähnt. Die Durchsuchung hatte heute morgen um zwei stattgefunden, viel zu spät, als daß das *Journal* oder die *Times* einen ausführlichen Artikel darüber hätten bringen können. Aber der *Chronicle* hatte in aller Ruhe abgewartet. Weil Bailey Henderson, Herausgeber und Generalbevollmächtigter des *Chronicle*, genau wußte, was dabei herauskommen würde. Die Sieben setzten den *Chronicle* als Manipulationsorgan ein. Kein Wunder, daß sein Verkaufspreis so niedrig war. Gewinne waren den Sieben gleichgültig. Sie wollten Marktanteile.

Es war eine Grundregel aller Machthaber: Schalte die Presse gleich. Manipuliere den Informationsfluß an das Volk. Sag den Leuten nur das, von dem du willst, daß sie es hören.

Der *Financial Chronicle* hatte den Enthüllungsartikel gebracht, weil die Sieben die Macht über die Zeitung hatten. Sie benützten den *Chronicle* nicht nur, um die Leute aus der Finanzwelt zu manipulieren, sondern auch, um Macht über jede andere Zeitung im Land zu bekommen. Die Chefredakteure der Konkurrenz würden im *Chronicle* einen Enthüllungsartikel nach dem anderen lesen und ihre Leute anbrüllen, weil sie nicht besser und schneller recherchiert hatten. Sie würden ganze Teams auf diese Sache ansetzen und ihre Leute dazu anhalten, nicht zu lange unabhängigen Bestätigungen hinterherzulaufen, damit sie sich eine Scheibe von dem abschneiden konnten, was zur Story des Jahrzehnts werden würde. Es würde ein Schlachtfest werden, und das Opfer war Buford Warren.

Falcon schaltete CNN ein. Ein Reporter stand vor dem Bürogebäude in Washington, in dem Lodestar seinen Sitz hatte. CNN hatte die Existenz des Lane-Memos bestätigt und meldete, auf

dem Original, das bei Lodestar gefunden wurde, seien Lanes Fingerabdrücke, außerdem gebe es Unterlagen im Zentralcomputer des Unternehmens. Und dann schaltete der Sender plötzlich zurück nach New York, zeigte ein Bild von der NASO-Zentrale in der Park Avenue. Vor dem Eingang zur Halle standen bewaffnete Wachmänner, die nur Leute mit Firmenausweis einließen. Eine riesige Menschenmenge drängte sich um das Gebäude. Plötzlich stieg ein Trupp Polizisten in Schutzausrüstung aus einem Bus, der eben vor dem Gebäude gehalten hatte.
Falcon schüttelte den Kopf. Präsident Buford Warren steckte in ernsten Schwierigkeiten. Das Banksystem war schwer erschüttert, und Warren trug ein Schild um den Hals, auf dem stand: »Ich habe Insidergeschäfte getätigt.« Falcon warf wieder einen Blick auf die Tasche. Es war eine Lüge, aber das wußten nur er und eine Handvoll anderer Leute.
Falcon starrte den Fernseher an. Falls sich nicht sofort etwas Entscheidendes tat, war Buford am Ende. Während Falcon auf dem Bett im Hotelzimmer lag, sich vor den Leuten versteckte, die den infamen Plan ausgeheckt hatten, spürte er, wie Warren die Macht entglitt. Hier war ein Präsident, der das Vertrauen der Menschen gewonnen hatte, ein Mann aus der Mittelschicht, ein Außenseiter. Und plötzlich kam heraus, daß er nicht anders war als alle anderen Politiker, im Grunde noch schlimmer, weil er mit seinem Biedermannscharme alle Welt hereingelegt hatte. Es kam heraus, daß er so aalglatt war wie all diejenigen, denen er das Handwerk hatte legen wollen, daß er sogar noch korrupter war als sie, weil er Riesengewinne mit Insiderinformationen gemacht hatte, weil er in Kauf genommen hatte, daß das nationale Banksystem ruiniert wurde. Der Präsident würde zurücktreten müssen und in einem Flammenmeer untergehen – falls Falcon nichts dagegen unternahm. Falcons graue Tasche auf dem Tisch enthielt den Rettungsring.
Falcon sah auf die Uhr. Viertel nach zehn. Es war Zeit. Er beugte sich über den Nachttisch, nahm den Hörer ab und wählte die Nummer.
»Überweisungsabteilung.«
»Eddie!«

»Mr. Falcon?« Martinez sprach leise.
»Ja. Haben Sie schon etwas gefunden?«
Martinez machte eine Pause. Falcon konnte sein schweres Atmen über das Geschrei im Hintergrund hinweg hören.
»Eddie!«
»Ja, ja. Ich ... ich habe alles gefunden«, flüsterte er.
Falcons Herz schlug schneller. »Was haben Sie gefunden?«
»Ich habe die telegrafischen Überweisungen gefunden.«
Falcon konnte Martinez wegen des Lärms im Hintergrund kaum hören. »Sie müssen lauter sprechen. Ich kann Sie kaum hören. Was zum Teufel ist denn bei Ihnen los?«
»Es ist Wahnsinn. Alle spielen verrückt. Alle Welt will ihr Geld wiederhaben. Ich kann nicht lange sprechen.«
»Was haben Sie gefunden?« fragte Falcon.
»Tausend telegrafische Überweisungen.«
»Tausend?«
»Ja, es ist unglaublich. Sie sind seit Januar eingegangen. Die letzte ist Ende Juni gekommen. Tausend. Können Sie das fassen?«
»Aber woher wissen Sie, was Sie gefunden haben?«
»Ich habe eine Milliarde Dollar gefunden, genau wie Sie gesagt haben. Genau eine Milliarde. Jede Anweisung beläuft sich auf einen bestimmten Dollarbetrag und sieben Cent am Ende. Tausend Anweisungen, und sie summieren sich auf eine Milliarde. Wissen Sie noch, daß Sie gesagt haben, ich soll nach Penn-Mar oder einer Sieben suchen? So habe ich sie gefunden. Bei keiner Überweisung fehlen die sieben Cent. Ich hab' sie addiert, und dabei ist eine glatte Milliarde herausgekommen. Wissen Sie noch, wie Sie mir das gesagt haben?«
»Ich weiß es noch.« Falcon zitterte. Martinez hatte mehr gefunden, als er sich je hätte träumen lassen. Im Hintergrund der Überweisungsabteilung schrie eine Frau. »Eddie!« Falcon sprach laut, um sich Martinez' Aufmerksamkeit zu sichern.
»Was?« Martinez' Stimme brach. Er war höllisch nervös, machte sich Sorgen, er habe seiner ganzen Familie Schaden zugefügt. Falcon witterte es am Telefon.
»Es ist alles in Ordnung, Eddie, ich schwöre es Ihnen.«

»Ich will's hoffen, Mr. Falcon. Bei Gott, ich will's hoffen.«
»Eddie, haben Sie festgestellt, woher die Überweisungen kamen?«
»Ja. Sie kamen von vielen verschiedenen Stellen, aber der ursprüngliche Absender war immer der gleiche. Eine Investmentbank namens Winthrop, Hawkins & Company.«
Falcon wäre fast der Hörer aus der Hand gefallen. »Das haben Sie großartig gemacht, Eddie. Ich brauche Ausdrucke von allen Informationen.«
»Hab' ich schon erledigt. Ich hab' sie in meine Schreibtischschublade eingeschlossen.«
»Wunderbar. Ich hole sie morgen bei Ihnen ab.«
»Wo?«
»Nennen Sie den Ort.«
»Brooklyn Heights. Um zwölf Uhr mittags auf der Promenade. Haben Sie dann auch mein Geld dabei, Mr. Falcon?«
»Zweitausendfünfhundert, Eddie. Zweitausendfünfhundert. Gehen Sie wieder an die Arbeit. Wir treffen uns morgen mittag – Punkt zwölf.«
»Oh, Mr. Falcon.«
»Ja?«
»Da ist noch was.«
»Was, Eddie.«
»Ich hab' noch eine telegrafische Anweisung gefunden.« Martinez' Ton klang merkwürdig.
«Was?«
»Na ja, es ist eine Überweisung von einem Ihrer Konten. Die Überweisung ist auf den neunten Juli datiert. Die Höhe der Summe beträgt dreißigtausend Dollar. Das Geld ist auf ein Konto von Ihnen bei der Citibank gegangen. Als Verwendungszweck steht darauf: ›Für Penn-Mar-Aktien.‹«
Falcon hielt den Atem an. Der neunte Juli war der Tag vor der Bekanntgabe von Veens' erstem Übernahmeangebot für Penn-Mar. Sie versuchten also, auch ihm eine Anklage wegen Insidergeschäften anzuhängen. Diese Schweine hatten aber auch an alles gedacht. Sie hatten sogar sein Hamsterkonto bei der Citibank entdeckt. Er verwünschte sich, weil er es nicht aufgelöst hatte. »Was für eine Nummer hat das Konto bei der NASO?«

Martinez las sie ihm vor.
Falcon lachte in sich hinein. Das war nicht das Konto, das er bei seinem Arbeitsantritt bei der NASO bekommen hatte. Es war ein anderes Konto, eins, von dem er offensichtlich nichts wissen sollte, jedenfalls nicht vor dem Prozeß. »Danke für die Auskunft, Eddie.« Falcon zögerte. »Es ist nicht das, was Sie denken, Eddie.«
»Ich denke gar nichts, Mr. Falcon. Ich denke überhaupt nichts. Ich will nur meine zweitausendfünfhundert. Bis morgen.«
Ein Klicken in der Leitung. Falcon legte auf, griff dann schnell wieder zum Hörer und wählte eine andere Nummer. Es war Zeit für ein paar Antworten.
»Hallo.« Die Stimme war leise.
»Hier ist Andrew.«
»Mein Gott, wo bist du?« Die Frau war plötzlich aufgeregt.
»Es ist besser, wenn ich dir das nicht sage. Das ist sicherer für dich.«
»Sicherer? Sag mir, was los ist. Bitte, sag's mir. Sag mir, wo du bist. Ich will dir helfen. Bitte!«
»Ich kann es dir nicht sagen. Triff dich morgen vormittag mit mir.«
»Wo?«
»Im Transitzug aus New Jersey.«
»Das verstehe ich nicht. Warum können wir uns nicht einfach irgendwo in New York treffen? Warum im Zug?«
»Bitte, tu, was ich sage.« Falcon ließ Gereiztheit in seinen Ton einfließen.
»Tut mir leid, aber ich mache mir solche Sorgen um dich. Das weißt du. Ich liebe dich. Ich will dir helfen. Ich möchte, daß du mir sagst, was los ist. Mein Gott, die Zeitungen sind voll von dieser Penn-Mar-Geschichte. Ist das der Grund für das alles?«
»Ja.«
»O Gott. Wo treffen wir uns?«
»Morgen früh um sechs nach acht kommt ein Zug aus Trenton in Linden an. Steig in Linden in den Zug. Steig in den ersten Wagen – den Wagen hinter der Lokomotive. Dort treffe ich mich mit dir. Hast du verstanden?«

»Ja, natürlich, Linden. Der Transitzug aus New Jersey. Sechs Minuten nach acht. Der erste Wagen. Ich komme.«
»Gut, bis dann.«
»Ich liebe dich«, sagte sie.
»Ich dich auch.« Falcon legte den Hörer auf und starrte den Fernseher an. Granville wollte ihn also mit einer Anklage wegen Insidergeschäften vernichten. Es würde zu einem Prozeß in aller Öffentlichkeit kommen, danach Gefängnis, und dem Richter würde kurz vor der Urteilsverkündung ein kleiner Scheck zugesteckt werden, um zu gewährleisten, daß es zu einer sehr langen, harten Gefängnisstrafe kam. Granville wollte also ein brutales Spiel. Kein Problem für Falcon. Denn Granville wußte nicht, was ein richtiger Straßenkampf war.

»PG, hier ist Rutherford.«
»Ja.« Phoenix Grey schaute aus dem Fenster seines Hotelzimmers im Parker Meridian. Er mußte sich knallhart geben. Als wäre alles in Ordnung. Als wäre ihm Falcon gestern abend nicht entwischt. Er hatte Rutherford heute morgen einfach gesagt, Falcon sei gestern nacht nicht in der Pension aufgetaucht.
»Wie ist es heute gelaufen?«
»Wie am Schnürchen. Ich bin geblieben, bis die Cops gekommen sind. Boremans Tod wird morgen gemeldet werden. Das Auto war zerstört. Aber die Cops haben das Nummernschild gefunden. Dafür habe ich gesorgt.«
»Und die Leiche?«
»So verbrannt, daß sie nicht mehr zu erkennen ist.«
»Wie können Sie sich da sicher sein?«
Grey lachte. »Ich habe sie verbrannt, ehe ich sie ins Auto gesetzt habe.«
»Gut.« Rutherford machte eine Pause. »Wir haben neue Informationen.«
Grey schälte eine Banane. Der starke Geruch stieg ihm sofort in die Nase. »Was für welche?«
»Falcon trifft sich morgen mit unserer Kontaktperson im Transitzug aus New Jersey, der aus Trenton kommt.«

»Woher wissen wir das?« Phoenix stopfte sich die Banane in den Mund.
»Sie hat es mir gesagt.«
»Natürlich, die Frau.« Er brachte die Worte der Banane wegen nur mühsam heraus.
»Was soll das heißen?«
Phoenix schluckte den Rest der Frucht. »Ihre Informationen waren gestern abend nicht ganz korrekt.«
»Mein Freund sagt, sie waren völlig korrekt.«
Phoenix fiel die Eiseskälte in Rutherford Ton auf. »Ihr Freund?«
»Ja. Mein Freund sagt, es sei in der U-Bahn-Station in der 135th Street zu einer häßlichen Szene gekommen. Es ging um einen jungen Schwarzen, dem die Luftröhre herausgerissen wurde.«
»Das hat Ihr Freund gesagt, ja?« Phoenix Grey senkte die Stimme zu einem Flüstern.
»Ja. Bauen Sie dieses Mal keinen Mist, Phoenix. Sonst haben Sie zum letzten Mal Mist gebaut.«
»Ja, Sir.«
»Und lügen Sie mich nie wieder an.«
»Ja, Sir.«
»Falcon wird in einem Zug sitzen, der aus Trenton in New Jersey kommt und in New York City endet. Ich habe allerdings keine Ahnung, wo er zusteigen wird. Er hat unsere Kontaktperson gebeten, sich in Linden mit ihm zu treffen. Sie soll in den ersten Wagen des Zugs steigen, der um sechs nach acht in Linden ankommt. Sie wissen, was zu tun ist.«
»Ja, Sir.« Phoenix Grey schnüffelte an seinen Fingern. Sie stanken nach Banane. »Warum will er sich mit ihr treffen? Sollte er ihr gegenüber nicht ein bißchen mißtrauisch sein?«
»Das sollte er. Aber vielleicht glaubt er, er könne sie gegen uns einsetzen. Vielleicht hat er keine Zeit, mißtrauisch zu sein. Ich weiß es nicht. Aber wir haben nichts zu verlieren, wenn Sie morgen dort auftauchen.«
»Stimmt. Wir haben in der Tat nichts zu verlieren.«
»Phoenix, was haben Sie sich für unseren Freund Mr. Prausch einfallen lassen?«
Phoenix lächelte, während er einen Schluck Pepsi trank. »Er hat

seinen Namen in Boreman geändert und ist mit einem Auto über eine Klippe gefahren.«

Der Präsident ging schnell an seinen Mitarbeitern vorbei, die den kurzen Flur zum Presseraum des Weißen Hauses säumten. Er trat selbstbewußt auf das Podium und bedachte das versammelte Pressekorps mit einem autoritären Lächeln, als er sich hinter das Pult mit dem Siegel des Präsidenten stellte. Die Punktstrahler waren unglaublich heiß, aber er ließ sich kein Unbehagen anmerken. Das wäre Selbstmord gewesen.

»Guten Abend. Es tut mir leid, daß wir etwas spät dran sind, aber wie Sie sich vorstellen können, ist es heute sehr hektisch zugegangen.« Er sprach bedächtig. »Ich werde eine kurze Erklärung verlesen und dann ein paar Fragen beantworten.« Er machte eine Pause und räusperte sich. »Als erstes möchte ich Ihnen sagen, daß das nationale Banksystem intakt ist. Vertreter der New Yorker Bundesbank haben den ganzen Tag mit der Geschäftsleitung der National Southern Bank getagt. Das Institut hat zwar unter Liquiditätsproblemen gelitten, aber wir gehen davon aus, daß für die Anleger kein Schaden entstanden ist.«

»Wann wird die Bank wieder öffnen?« Jemand rief die Frage von hinten.

Der Präsident schirmte seine Augen gegen die grellen Lichter ab, um festzustellen, wer so unverschämt gewesen war, ihn mitten in einem vorbereiteten Text zu unterbrechen. Aber er konnte es nicht ausmachen. Er prägte sich ein, das später von einem seiner Mitarbeiter herausfinden zu lassen, damit er den Reporter in Zukunft von solchen Pressekonferenzen ausschließen lassen konnte. Vermutlich war es der Schwachkopf vom *Chronicle*.

»Wir glauben, daß sie Ende nächster Woche wieder öffnen wird.«

Ein Gemurmel ging durch den Raum. Erst Ende nächster Woche – und nicht einmal dessen schien der Präsident sich sicher zu sein.

Der Präsident hörte das Gemurmel und das Gekritzel auf Notizblöcke. »Hören Sie, die NASO ist ein riesiges Unternehmen. Eine verfrühte Öffnung könnte verheerend …« Buford Warren versuchte, das Wort hinunterzuschlucken. Das war ein dummer Fehler gewesen.

»Verheerend!« rief die gleiche Stimme von hinten. »Was soll das heißen? Verheerend?« Andere Stimmen fielen ein, bombardierten ihn mit Fragen.

»Ruhe!« Der Präsident hob die Arme und sah nervös in die Fernsehkameras. Wie hatte er nur so blöd sein können, das Wort *verheerend* zu benützen? »Bitte Ruhe! Ich beende meine vorbereitete Rede, sonst beantworte ich keinerlei Fragen.«

Das Pressekorps beruhigte sich langsam.

»Unser Banksystem ist nicht so leicht zu erschüttern, und die Bundesbank hat die Lage völlig im Griff. Soviel zu diesem Punkt. Zweitens möchte ich Ihnen sagen, daß ich in keiner Weise in die Ereignisse verwickelt bin, die mit der Durchsuchung bei Lodestar Investment Management in den frühen Morgenstunden zu tun haben. Ich kenne Victor Farinholt seit vielen Jahren, aber er ist kein enger Freund von mir. Meine Frau und ich haben Geld bei ihm angelegt, in einem Treuhänderfonds, genau wie mehrere Richter vom Obersten Gerichtshof und viele Kongreßabgeordnete – sowohl Demokraten als auch Republikaner.« Warren lächelte nach dem letzten Satz, als hätte er sich damit von jeglichem Fehlverhalten freigesprochen. »Es ist ungeheuerlich zu denken, daß ich versucht haben soll, Einfluß zu nehmen oder Informationen für illegale Gewinne zu nutzen.« Warren vermied den Ausdruck »Insidergeschäfte«. Seine Adjutanten hatten ihn in diesem Punkt gut vorbereitet. »Mehr habe ich nicht zu sagen.«

Sofort riefen die Reporter: »Mr. President!«

Buford Warren sah sich durch die um das Wort bittenden Hände hindurch im Raum um, bis er Cynthia Drewes entdeckte, Korrespondentin für das Weiße Haus bei *USA Today*. Sie hatte in keiner ihrer Kolumnen je ein unfreundliches Wort über ihn oder seine Politik geschrieben. Sie hatten eine gutes Einvernehmen. Sie würde den Ton angeben. Er lächelte und deutete auf sie. Das restliche Pressekorps kam zur Ruhe und setzte sich, als sie aufstand.

Cynthia vergeudete keine Zeit. »Mr. President, bitte äußern Sie sich zu der Existenz des Lane-Memos und der Tatsache, daß es

Sie direkt mit Insidergeschäften in Verbindung bringt.« Ihre Stimme klang fest und entschlossen.
Der Präsident starrte sie an und schluckte. Plötzlich war es still im Raum – und furchterregend. Bis heute war dies hier immer ein freundlicher Ort gewesen, ein Ort, an dem er Einfluß nehmen und seinen Charme spielen lassen konnte. Heute war es nicht so. »Ich weiß nichts von diesem Memo und kann mich daher wirklich nicht dazu äußern.« Er sah in den Raum und deutete sofort auf Richard Ellet, Kolumnist bei der *Washington Post* und ihm bisher ebenfalls wohlgesonnen.
Ellet stand langsam auf. »Mr. President, ich möchte die Frage von Miss Drewes aufgreifen. Bitte sagen Sie uns, was Sie über das Lane-Memo wissen, das angeblich Bezug auf Ihren Anruf bei Peter Lane nimmt, in dem Sie ihn wenige Tage vor der Übernahme darum gebeten haben, Penn-Mar-Aktien für Sie zu kaufen.« Ellets Stimme klang feindselig, als hätte es ihn verärgert, daß der Präsident Cynthia Drewes ausgewichen war.
»In der Sache wird ermittelt. Ich darf mich also nicht dazu äußern.« Buford Warren sah hilflos seine Mitarbeiter an, die sich mit den Fingern über den Hals fuhren und immer wieder mit den Lippen das Wort »abwürgen« formten.
»Ermittelt?« Franklin Brenner, ein leitender Redakteur beim *Wall Street Journal*, sprang vom Stuhl auf. »Um was für eine Ermittlung handelt es sich? Ist schon ein Sonderstaatsanwalt ernannt worden?«
»Nein, nein!« Der Präsident winkte verzweifelt ab. Aber es war zu spät. Im Raum brach das Chaos los, als Reporter, Kamerateams, der Präsident und sein Mitarbeiterstab hysterisch losbrüllten. Die Worte *Ermittlung* und *Sonderstaatsanwalt* hatten ins Mark getroffen. Das Schlachtfest hatte begonnen. Und der Reporter vom *Financial Chronicle*, der ganz hinten im Raum saß – ein Platz, auf den er in den ersten Tagen dieser Regierung verbannt worden war –, grinste breit. Der Präsident hatte ihn wegen seiner knallharten Fragen immer wie den letzten Dreck behandelt. Jetzt war der Präsident an der Reihe.

Wendell Smith sah die anderen Mitglieder des FOMC an. Es

war fast Mitternacht, und die meisten waren mit hastig gebuchten Charterflügen vor nicht einmal einer Stunde in Washington angekommen. Der National Airport war länger als üblich geöffnet geblieben, damit diese Flüge landen konnten. Die Gesichter waren grimmig. Bis auf das von Harold Butler. Er lächelte. Smith lächelte zurück.
Butler beugte sich vor. Er würde Smith dieses verdammte Grinsen schon austreiben, und es würde ihm einen Riesenspaß machen. »Soso. Wallace Boreman ist also ein kluger Mann.« Sein Ton verhöhnte Smith. »So klug, daß er heute nachmittag lieber über eine Klippe gefahren ist, als die Suppe auszulöffeln, die er sich bei der NASO eingebrockt hat. Aber vielleicht haben Sie ja die Spätnachrichten nicht gesehen.«
Die anderen Mitglieder des FOMC sahen Wendell Smith an. Sie hatten ihm vertraut. Sie waren abgekocht worden.
»Ich habe sie gesehen«, sagte Smith ruhig. »Und ich entschuldige mich bei Ihnen allen. Ich habe einen Riesenfehler gemacht.«
»Entschuldigungen sind billig, Wendell. Ich will Ihren Rücktritt«, zischte Butler. Etliche der anderen Mitglieder nickten. »Und ich will einen Untersuchungsausschuß im Senat, der sich mit Ihrer Freundschaft zu Wallace Boreman befaßt. Ich glaube, da steckt mehr dahinter, als einem sofort ins Auge springt.« Weitere Mitglieder nickten.
Smith senkte den Blick. »Ich verstehe. Aber es könnte ein bißchen voreilig sein, Harold.«
»Das glaube ich nicht.« Butlers Stimme dominierte.
Smith stand auf und ging langsam zu dem riesigen Kamin. Er blieb unter dem Mammutadler stehen und musterte die um den Tisch versammelten Anwesenden. »Ich glaube, Sie wissen Bescheid darüber, daß Warner James, der Vorstandsvorsitzende und Generalbevollmächtigte von J. P. Morgan & Company, ein enger Freund von mir ist,« begann er. »Vielleicht erinnern Sie sich daran, daß ich dem Vorstand von Morgan angehört habe, ehe ich zur Bundesbank gekommen bin. Ich habe in den letzten Tagen immer wieder mit Warner gesprochen. Im Prinzip hat er sich damit einverstanden erklärt, daß Morgan die NASO aufkauft und einen sehr fairen Preis für die Aktien bezahlt – in An-

betracht der schwierigen Lage der NASO. Investmentbanker von Winthrop, Hawkins & Company werden die Transaktion durchführen. Den Anlegern wird kein Schaden entstehen, und Morgan wird alle Devisenverpflichtungen und Auslandsverträge der NASO übernehmen. Falls Sie heute nacht dieser Entwicklung zustimmen, wird sie morgen früh bekanntgegeben. Die Märkte werden sehr positiv darauf reagieren. Ich gehe davon aus, daß der Dow die meisten Einbußen, die er in den letzten beiden Tagen erlitten hat, wieder wettmacht.« Smith lächelte den anderen FOMC-Mitgliedern zuversichtlich zu. »Warner hätte gern, daß ich meine Stellung behalte. Das ist verständlich, denn er wünscht sich Garantien. Schließlich ist es eine riesige Transaktion, sogar für Morgan. Er macht sich Sorgen, ich könne zurücktreten.« Smith zog eine Augenbraue hoch – eine Warnung an die anderen Mitglieder. Falls sie irgend etwas gegen ihn unternähmen, würde er die Übernahme durch Morgan unterminieren.

Die FOMC-Mitglieder starrten Wendell Smith an, wie er da unter dem großen Adler stand, so ruhig wie eh und je. Aufgrund einer Freundschaft auf hoher Ebene war er in der Lage, die Märkte rund um den Globus zu beruhigen. Mit einem Anruf hatte er das Finanzsystem gerettet, etwas, wozu Carter Filipelli nie in der Lage gewesen wäre. Smith hatte sich geirrt, als er Wallace Boreman nicht gründlich genug auf die Finger geschaut hatte, aber er hatte seinen Fehler gebüßt, indem er Warner James, den Vorstandsvorsitzenden der mächtigsten Bank der Welt, um einen Gefallen gebeten hatte. Sie begriffen die subtile Warnung. Sie würden Butlers Aufruf, Smith solle zurücktreten, nicht unterstützen.

Präsident Flynn ergriff das Wort. »Ich glaube, Sie sollten diesen Kurs weiter verfolgen.«

Die anderen nickten.

Schafe, dachte Smith. Nichts als Schafe. Er holte tief Luft. Es war so einfach gewesen, wie Granville Winthrop es vorhergesagt hatte.

Harold Butler sackte in seinem Stuhl zusammen. Filipelli war ein Narr gewesen, weil er geglaubt hatte, er und der Präsident könnten es mit der Mafia des Geldadels aufnehmen Sie waren mächtiger als jeder Klan auf Erden. Und sie alle profitierten von dieser Sache. Dessen war er sich sicher, obwohl Butler nicht wußte, wie, und nicht mehr die Kraft hatte, es herauszufinden. Er sah den riesigen Adler über dem Kopf von Wendell Smith an. Er schien ihn zu verspotten.

30

Phoenix Grey stieg in den zweiten Wagen des Transitzugs aus New Jersey, als er am Bahnhof in der Jersey Avenue hielt, vier Haltestellen südlich von Linden. Er hatte sein Äußeres so verändert, daß Falcon ihn nicht wiedererkannte. Er trug Schulterpolster unter dem Anorak, damit sein Oberkörper breiter wirkte, und sein Haar unter der Baseballmütze der Los Angeles Dodgers war schulterlang. Ein Vollbart vervollständigte die Verwandlung.

Im Wagen drängte sich eine Gruppe aus Trenton, die einen Tagesausflug nach New York City machte. Die meisten Plätze waren besetzt, die leeren mit Regenhäuten und Schirmen belegt. Regen war vorhergesagt, aber das dämpfte die Stimmung der Gruppe aus Trenton nicht. Sie waren ausgelassen, bereit für einen Tag im Big Apple.

Phoenix Grey suchte sich einen der wenigen unbesetzten Plätze, einen Fensterplatz in der Nähe der Mitteltür des Wagens. Als er sich an einer dicken Frau auf dem Platz am Gang vorbeiquetschte, zog er sich die Baseballmütze tief über die Augen. Mit dieser Feier wollte er nichts zu tun haben.

Ein Penner saß auf dem letzten Platz im Wagen und beobachtete, wie der einzelne Fahrgast in der Jersey Avenue in den Zug stieg und sich auf den Fensterplatz neben der Dicken setzte. Der Penner hatte längeres Haar als Phoenix Grey, aber es war fettig und strähnig. Auch der Penner trug eine Mütze, aber sie war alt und zerlumpt, genau wie der hellbraune Regenmantel. Das Gesicht des Penners war so verschmutzt, daß das Weiße in seinen blutunterlaufenen Augen auf befremdliche Weise daraus abstach. Und er stank entsetzlich nach Straßendreck.

Der Zug fuhr aus dem Bahnhof in der Jersey Avenue ab, wurde kurz schneller und dann wieder langsamer, als er in den Bahnhof von New Brunswick einfuhr. Die beiden Bahnhöfe lagen näher beieinander als die meisten an der Nordostlinie. Als der Zug zum Halten kam, griff der Penner nach seiner Tüte voller Blechdosen und ging langsam durch die Tür neben seinem Sitzplatz hinaus. Er war der einzige Fahrgast, der in New Brunswick ausstieg. Als er auf dem Bahnsteig stand, konnte er die Festgesellschaft aus Trenton im Wagen immer noch hören.

Der Penner hatte den Mann nicht sofort erkannt – die Tarnung war sehr gut, wie er es erwartet hatte. Aber er hatte den Gang erkannt, etwas, was der Mann nicht verbergen konnte. Es war der gebückte, verhuschte Gang eines Mannes, der sein Leben im Schatten verbracht hatte, eines Mannes, der sein Leben lang versucht hatte, nicht aufzufallen.

Falcon sah dem Zug nach, als er anfuhr, Richtung Linden, wo die Frau auf ihn warten sollte. Vermutlich war sie nicht da. Sie hatte vermutlich dem Mörder ihre Aufgabe übertragen. Der Drang, neben dem Zug herzurennen und gegen das Fenster zu hämmern, neben dem Phoenix Grey saß, war fast überwältigend, aber Falcon wußte, daß das dumm gewesen wäre. Grey war brutal und einfallsreich. Vermutlich hätte er noch eine Möglichkeit zum Aussteigen gefunden.

Die Tüte mit Blechdosen platzte auf, als Falcon sie gegen einen Abfallbehälter auf dem Bahnsteig warf. Er sah auf und schaute dem in der Ferne verschwindenen Zug nach. Sie war es also. Die ganze Geschichte war Schauspielerei gewesen. Er hätte es wissen müssen.

Jenny ging langsam über den riesigen Parkplatz des Einkaufszentrums, beladen mit Päckchen. Sie zählte im Gehen die Autoreihen und fand schließlich ihren altersschwachen Toyota Camry. Sie stellte die Päckchen auf die Kühlerhaube, nahm dann die Schlüssel aus ihrer Handtasche und schob den richtigen ins Schloß. Als sie eben aufschließen wollte, sah sie aus dem Augenwinkel den Obdachlosen auf der anderen Seite des Camry, der sie anstarrte.

»Großer Gott!« Sie hielt sich die Hände vors Gesicht und wich schnell gegen die Tür des Autos neben dem ihren zurück. Sie sah den Mann sekundenlang an, gebannt von den Augen, die ihr bekannt vorkamen. Sie bohrten sich in sie. Ihr Herz raste, aber sie konnte sich nicht rühren. Schließlich riß sie den Schlüssel aus dem Schloß, drehte sich um und rannte zum Einkaufszentrum, ohne sich die Mühe zu machen, ihre Päckchen einzusammeln. Falcon ging ruhig zu dem Mietwagen, der nur ein paar Meter entfernt parkte. Der Motor lief im Leerlauf, als er sich hinter das Lenkrad setzte. Er hatte in ihrem Blick gesehen, was er sehen mußte.

Der Blick auf Manhattan von der Promenade aus war trotz des häßlichen Wetters wunderschön. Aber Falcon hatte mit Aussichtspunkten jetzt nichts im Sinn. Er zog Cassandra Stones Privatnummer aus der Hosentasche, nahm den Hörer in der Telefonzelle ab und wählte.
»Hallo.«
»Cassandra?«
»Andrew?«
»Ja.«
»Haben Sie die Informationen von Martinez bekommen?« fragte sie.
»Alles. Ich habe alles hier. Er hat gute Arbeit geleistet. Ich weiß, daß er glaubt, in etwas Entsetzliches verstrickt zu sein.«
»Das stimmt ja auch.«
»Jetzt hat er nichts mehr damit zu tun. Ich habe ihm zweitausendfünfhundert Dollar bezahlt.« Falcon sah sich um. Da war immer noch die Sache mit dem toten Wachmann in Ohio. Er hatte Visionen, in denen ihn die Polizei stellte – wie sie ihn gegen die Wand schleuderte, ihn mit Hand- und Fußschellen fesselte, ihn über seine Rechte aufklärte und ihn dann in eine Zivilstreife steckte. Aber er sah nichts Verdächtiges auf der Promenade. »Was konnten Sie herausfinden, Cassandra?«
»So gut wie alles.«
»Reden Sie mit mir. Sagen Sie mir, was ...«
»Das Wichtigste zuerst. William Rutherford war früher bei der CIA. Er wohnt in Boston. In den letzten Jahren hat er so gut wie nichts getan. Er hat ein Beratungsbüro für Strafverteidiger, was

als Erklärung dafür herhalten könnte, daß er im ganzen Land herumfliegt. Er hat im letzten Jahr laut seiner Kreditkartenabrechnung über dreißigtausend Dollar für Linienflüge ausgegeben. Aber nach seinen Steuererklärungen in den letzten drei Jahren hat er keinerlei Geschäftseinnahmen gehabt. Er bekommt seine CIA-Pension, aber die reicht todsicher nicht für seinen Lebensstil aus. Ich überprüfe noch, ob er eine große Erbschaft gemacht haben könnte.«

»Das ist großartig. Es ergibt auch einen Sinn. Die anderen sind Geschäftsleute. Die haben nicht den Mumm für die Drecksarbeit, die bei dieser Sache nötig war. Und auch nicht die Zeit dazu. Bis auf Chambers. Aber dem fehlt die Kraft dafür.«

»Ich habe auch die meisten detaillierten Telefonrechnungen. Sie rufen sich häufig gegenseitig an, was ja zu erwarten war. Sie waren bei dieser Sache – was auch immer das sein mag – nicht so vorsichtig, wie sie es hätten sein müssen.«

»Sie sind eine Wucht, Cassandra. Mit diesen Telefonrechnungen läßt sich eine Verschwörung nachweisen. Es beweist ihre Kontakte untereinander.«

»Ich habe außerdem mit Jeremy Cases Witwe gesprochen«, fuhr Cassandra fort.

»Und?«

»Zuerst wollte sie nicht viel sagen.«

»Verständlich.«

»Ja. Und ich wußte im Grunde nicht, wonach ich sie fragen sollte, also hab' ich einfach eine Weile mit ihr geredet. Das schien ihr gutzutun. Es war sehr traurig, und sie hat mir leid getan. Schließlich habe ich sie gefragt, ob am Tod ihres Mannes etwas seltsam gewesen sei. Irgend etwas, was keinen Sinn ergeben hat, obwohl damals nichts für sie einen Sinn ergeben haben kann. Übrigens auch jetzt noch nicht.« Cassandra machte eine Pause. »Wie auch immer – sie hat gesagt, besonders habe sich ihr eingeprägt, daß ihr Mann kurz vor seinem Tod eine hohe Lebensversicherung abgeschlossen habe. Sie hätten nie darüber gesprochen, obwohl sie viel mit den gemeinsamen Geldangelegenheiten zu tun gehabt habe. Sie findet es seltsam, daß er eine Versicherung abgeschlossen hat, ohne es ihr zu sagen. Sie ist davon überzeugt, daß es bei seinem Tod nicht um einen Streit wegen einer anderen Frau gegangen ist. Sie glaubt, daß er ermordet wurde.«

»Natürlich. Überprüfen Sie –«

»Die Versicherungspolice. Ich bin schon dabei.«

»Sonst noch was?«

»Ja. Peter Lane – der Name, nach dem Sie mich gefragt haben.«

»Ja?«

»Er arbeitet bei Lodestar Investment Management in Washington, D. C. Das war die Firma –«

»Ich weiß. Am Donnerstag haben die Börsenaufsicht, das Justizministerium und das FBI dort eine Durchsuchung durchgeführt. Ich habe es im *Financial Chronicle* gelesen. Hören Sie, ich glaube, ich weiß jetzt, worum es bei dieser ganzen Geschichte geht. Ich glaube, ich weiß, was die Sieben vorhaben.«

»Sie wissen es?«

»Ja.« Falcon holte tief Luft und sah sich wieder auf der Promenade um. »Ich glaube, sie wollen den Präsidenten stürzen. Es ist ein ausgetüftelter Plan, um die Regierung zu vernichten, die den Lebensstil von solchen Leuten gar nicht mag.«

Cassandra schwieg.

Falcon sprach weiter. Er spürte die Ungläubigkeit in ihrem Schweigen. »Haben Sie gelesen, daß der Präsident mit einer Aktennotiz bei Lodestar in Verbindung gebracht worden ist? Mit einer Aktennotiz, in der steht, er habe Lodestar angewiesen, für ihn in Penn-Mar zu investieren, weil er Bescheid über die bevorstehende Übernahme wußte?«

»Ja.« Ihre Stimme war nur noch ein Flüstern.

»Ein Redakteur vom *Financial Chronicle* hat die Geschichte gestern gebracht.«

»Ich weiß«, sagte sie. »Er arbeitet ein Stockwerk tiefer als ich.«

»Halten Sie es für einen Zufall, daß jemand vom *Chronicle* die Geschichte enthüllt hat, Cassandra?«

Sie sagte nichts.

»Herrgott noch mal. Muß ich es Ihnen vorbuchstabieren?«

»Nein. Sie glauben, der *Chronicle* konnte den Artikel über das Memo bringen, weil die Sieben im voraus darüber Bescheid wußten und Henderson dem Redakteur ein Stockwerk tiefer die Informationen gegeben hat?«

»Genau. Bloß wußten die Sieben nicht nur im voraus über das Memo Bescheid, sie haben es bei Lodestar eingeschmuggelt. Sie haben den Präsidenten damit angeschwärzt.«

»Machen Sie's halblang, Andrew! Das geht zu weit.«

»Warum soll das so weit hergeholt sein?«

»In der *Times* von heute morgen steht, die Behörden hätten die Aktennotiz tatsächlich in Peter Lanes Schreibtisch gefunden. Außerdem steht in dem Artikel, auf dem Memo seien Lanes Fingerabdrücke gewesen. Die Fingerabdrücke auf dem Memo seinen identisch mit denen, die er für seine Prüfung hinterlegen mußte – die Prüfung, die Leute ablegen müssen, ehe sie staatliche Wertpapiere verkaufen dürfen.«

»Also ...«

»Wie also hätten die Sieben das deichseln sollen? Wie hätten sie Lane dazu bringen sollen, eine Aktennotiz mit seinen Fingerabdrücken darauf zu hinterlassen, die ihn und den Präsidenten belastet? So blöd wäre Lane nicht gewesen. Niemand wäre so blöd. Er hat sich selbst überführt.«

»Ist Peter Lane schon gefunden worden? Ich meine, die Behörden suchen doch bestimmt nach ihm.«

»Das tun sie, und nein, sie haben ihn nicht gefunden. Jedenfalls nicht nach dem, was in den Zeitungen steht.«

»Und ich wette, daß sie ihn nicht finden. Jedenfalls nicht lebendig. Die Unterlagen deuten darauf hin, daß Lodestar wenige Tage vor der Bekanntgabe der Übernahme zwanzigtausend Dollar für den Präsidenten in Penn-Mar investiert hat. Lodestar hat gleichzeitig außerdem ein großes Optionspaket für ihn gekauft. Vermutlich haben sie Lane dazu gebracht, die Käufe zu tätigen, indem sie ihn bezahlt haben. Aber ich wette, daß Lane das Memo nicht geschrieben hat.«

»Wie sind dann seine Fingerabdrücke darauf gekommen?«

»Das weiß ich nicht.« Falcon konnte das nicht erklären. Das war die Lücke in seiner Theorie.

Cassandra seufzte. »Sie behaupten also, dem Präsidenten sei etwas angehängt worden.«

»Ja. Ich weiß, daß Sie mir nicht glauben, aber beantworten Sie mir folgendes: Warum sollte er seine ganze politische Karriere, sein ganzes Leben aufs Spiel setzen, nur um ein paar hunderttausend Dollar an Aktien und Optionen zu verdienen? Das ergibt keinen Sinn. Soviel bringen ihm zwei Auftritte als Redner ein, sobald er nicht mehr im Weißen Haus amtiert.«

»Schön, falls ihm bloß was angehängt werden soll, dann kann er das beweisen, und der Plan der Sieben platzt.«

»Eine Anklage wegen Insidergeschäften ist nicht so leicht zu erschüttern. Glauben Sie mir, ich weiß das. Aus den öffentlichen Unterlagen geht hervor, daß Lodestar die Aktien und die Optionen wenige Tage vor Bekanntgabe der Übernahme durch Veens für den Präsidenten gekauft hat, und jetzt haben die Behörden das Lane-Memo, aber keinen Peter Lane, der es widerlegen könnte. Wie soll der Präsident seine Unschuld beweisen, wenn er Peter Lane nicht dingfest machen kann? Selbst wenn er Lane ausfindig machen könnte, würde das vielleicht gar keine Rolle mehr spielen. In der besten aller möglichen Welten würde es mindestens ein halbes Jahr dauern, bis er sich vom Verdacht gereinigt hätte. Wahrscheinlicher ist ein Jahr – angesichts der Beweislage. Fälle, bei denen es um Insidergeschäfte geht, ziehen sich endlos hin. Bis zur Wahl kann er den Verdacht nicht abschütteln. Der Schaden ist angerichtet, Cassandra. Die Leute verurteilen ihn wegen der Sachen, die sie im *Chronicle* lesen. Und den haben die Sieben in der Hand. Sie wissen, daß das amerikanische Volk glauben wird, er sei schuldig wie die Sünde. Herrgott noch mal, er ist ein Politiker. Und während dieses Fiasko mit dem Insidergeschäft seinen Lauf nimmt, gehen die Finanzmärkte den Bach runter. Morgen werden sich die Republikaner wie ein Rudel Wölfe auf ihn stürzen. Seine Beliebtheitsquote wird in den Keller sacken. Er wird die Wahl mit einem Erdrutsch verlieren. Es paßt alles bestens zusammen, Cassandra. Es ist einfach unfaßbar. Sie werden mit einer Verschwörung schaffen, was mit einem Mordkomplott nie erreicht worden wäre.«

Cassandra verstummte. Sie hatte keine Einwände. Das Bild von einem Wolfsrudel, das seine Beute zerfleischt, stand ihr lebhaft vor Augen. Was Falcon sagte, ergab mehr Sinn, als ihr lieb war.

Barksdale saß auf dem Balkon seiner Wohnung in der Park Avenue – zweiundsechzig Stockwerke über der Straße – und sah durch die neblige Finsternis auf die Lichter der Großstadt hinunter. Bei Nacht war es eine wunderschöne Großstadt, vor allem von seinem privaten Aussichtspunkt in luftiger Höhe aus. Er trank noch ein paar Schlucke von seinem Longdrink, dann stellte er das Glas auf einem Holztischchen vor seinem Stuhl ab. Es war sein viertes Glas Whisky innerhalb der letzten beiden Stunden.

Morgen würde also sein letzter Tag in Freiheit sein. Seine Anwälte hatten bei den Verhandlungen mit der Regierung nichts erreichen können. Noch würde er weder festgenommen noch angeklagt werden, aber es war der Anfang vom Ende. Morgen fing die Ermittlung an. Morgen würden sie damit anfangen, Fragen zu stellen. Und sie würden die Wahrheit herausfinden. Sie würden ihn schuldig sprechen. Es blieb ihnen fast nichts anderes übrig. Er würde im Gefängnis landen. Die Frage war nur, für wie lange. Morgen würde sein Name in der *New York Times* in den Dreck gezogen werden. Alle seine Freunde würden es lesen können, und sein Ruf war für immer dahin.

Barksdale warf einen Blick durch die Glastür. Vivian, seine Frau, quasselte am Telefon. Das war inzwischen so gut wie alles, was sie tat. Er haßte sie. Das war seit Jahren so. Haßten denn nicht alle Ehemänner ihre Frauen? Und umgekehrt. Liefen nicht alle Ehen darauf hinaus?

Die Eiswürfel blieben an seiner Oberlippe kleben, als er das Glas Whisky austrank. Er stellte es vorsichtig auf den Tisch, stand auf, stieg auf die Backsteinmauer, die den Balkon sicherte, und sprang.

31

»Was zum Teufel ist eigentlich los?« schrie der Präsident. Er sah von seiner Suite im obersten Stock des Hotels Omni ausdruckslos hinunter auf die ruhigen Straßen von Richmond, Virginia. »In einer Viertelstunde soll ich in der Episkopalkirche St. James eine Rede vor dem Geldadel halten. Das ist für mich reiner Selbstmord. Sie verabscheuen die Steuergesetze, die ich in den letzten vier Jahren durchgedrückt habe, und sie sind gegen die Sozialpolitik, die ich mit dem finanziert habe, was sie ihr Geld nennen. Bis jetzt konnte der Geldadel nicht viel dagegen unternehmen. Sie mußten es nehmen, wie es kam. Aber sehen Sie sich jetzt das hier an!« Buford Warren zeigte auf die neuen Umfrageergebnisse, dann drehte er sich um und schmiß die Zeitungen in Richtung seines Stabschefs Dick Walsh, der in einem riesigen Sessel im Wohnzimmer der Suite saß. »Die werden mich zerfleischen. Wir können den Auftritt genausogut absagen. Im Augenblick könnten wir den ganzen Wahlkampf absagen.«

Walsh holte tief Luft und warf einen Blick auf die Schlagzeilen auf den Titelseiten der Sonntagsausgabe der *New York Times* und des *Richmond Times Dispatch*, die beide aufgeschlagen zu seinen Füßen am Boden lagen.

PRÄSIDENT IN WALL-STREET-SKANDAL VERSTRICKT

FBI GIBT HEUTE LANE-MEMO FREI

»Vor einer Woche war noch alles in Ordnung. Wir lagen zehn Prozent vor Whitman. Jetzt stürzen die Börsenkurse ab. Mir werden zu Unrecht Insidergeschäfte vorgeworfen, und plötzlich liege ich mit Whitman im Clinch. Wenn das so weitergeht, liege ich morgen zehn Prozent hinter Whitman. Sie sind mein Stabschef, Dick! Unternehmen Sie was!« Der Präsident schlug mit der Faust gegen die Wand.

Walsh stand auf und winkte den drei Adjutanten, sie sollten gehen. Sie verließen lautlos das Zimmer.
»Und schauen Sie sich das hier an!« Der Präsident zeigte auf eine weitere Schlagzeile.
DIREKTOR DER NEW YORKER BUNDESBANK BERUHIGT DEN INTERNATIONALEN FINANZMARKT
»Wendell Smith und die Republikaner werden aus dieser ganzen Geschichte als Unschuldsengel hervorgehen. Sie behaupten, dieses Geschäft von Morgan, das er und noch so ein paar Millionäre gedeichselt haben, sei die Rettung. Und das amerikanische Volk solle Gott danken, daß es noch Männer wie Wendell und Granville Winthrop gibt, die als Retter in der Not fungieren können. Soll das ein Witz sein? Wendell Smith ist für die Sauerei bei der NASO verantwortlich. Und er wird dastehen wie ein Held. Ich hatte überhaupt nichts damit zu tun, und ich werde dastehen, als wäre ich ein Scheißdreck.«
Walsh hätte ihm gern gesagt, so sei Washington nun einmal, aber er ließ es bleiben. Es war nicht der richtige Augenblick. Walsh sah seinen Präsidenten an. Warren hielt sich unter Beschuß nicht gut. Sein Gesicht war eingefallen. Unter seinen blutunterlaufenen Augen hingen Tränensäcke – unnatürlich und bizarr. Und er wirkte plötzlich abgemagert. »Es ist tragisch.« Walsh fand keine anderen Worte.
»Natürlich ist es tragisch. Es geht um mich. Wenn es um einen anderen ginge, wäre es ein Jammer. Weil es um mich geht, ist es tragisch. Aber unternehmen Sie etwas dagegen, Dick. Sitzen Sie nicht einfach hier herum und nennen es ›tragisch‹. Unternehmen Sie etwas!«
Walsh zuckte die Achseln. Er wußte nicht, was er unternehmen sollte. Er hatte versucht, beim Pressekorps ein freundliches Ohr zu finden, aber plötzlich waren die Leute, die früher so bereitwillig im richtigen Augenblick eine Kolumne geschrieben hatten, um dem Präsidenten zu helfen, nicht mehr zu erreichen. Der Zug war schon entgleist, und es sah danach aus, als hätten sie keine Chance mehr, ihn noch vor den Wahlen wieder in Fahrt zu bringen. Vielleicht wäre es am besten für Walshs politische

Karriere gewesen, jetzt vom Zug abzuspringen, solange er noch eine Überlebenschance hatte.
Der Präsident tobte weiter. »Und die Presse. Ich kann nicht fassen, was für Ratten das sind. Wie sie sich auf diese Geschichte mit dem Insidergeschäft gestürzt haben! Als ob es nicht offensichtlich wäre, daß die mir nur angehängt werden soll. Ist das nicht auch für Sie offensichtlich?«
Walsh nickte halbherzig.
Der Präsident sah Walsh einen Moment lang an, und dann sackten seine Schultern durch. Er merkte, was Walsh dachte. »Mein Gott, Dick. Sie glauben doch nicht etwa, ich hätte Farinholt oder sonst jemanden bei Lodestar dazu gebracht, Insidergeschäfte für mich zu tätigen?« Seine Stimme bebte. »Sie glauben doch nicht, daß dieser Scheißdreck mit dem Memo von Peter Lane stimmt.«
»Selbstverständlich nicht«, erwiderte Walsh langsam.
»Sie wissen, daß das nicht wahr ist. Woher hätte ich im voraus etwas von der Übernahme von Penn-Mar wissen sollen?«
»Sie hätten es unmöglich wissen können.« Walshs Stimme klang hohl. »Ausgeschlossen.« Aber er konnte die Tatsache nicht verdrängen, daß der gegenwärtige Vorstandsvorsitzende von DuPont zu den besten Freunden des Präsidenten gehörte. Walsh sah aus dem Fenster – am Präsidenten vorbei. Es war ein wundervoller, wolkenloser Sommermorgen in Virginia. Und es war eindeutig an der Zeit, von Buford Warrens Zug abzuspringen. Daran hatte er keinen Zweifel. In der Politik war der richtige Zeitpunkt allesentscheidend.

»Cassandra?«
»Hallo, Andrew.«
»Können Sie reden?«
»Ja.«
»Konnten Sie noch was herausfinden?«
»Noch ein paar Einzelheiten. Haben Sie heute morgen gelesen, daß Peter Lanes Leiche – oder was von ihr übrig war – in St. Croix aufgetaucht ist?«
»Ja, die Haie hatten einen Riesenspaß mit ihm. Übrigens überrascht mich das nicht im geringsten.«

»Ich muß zugeben, Andrew, daß Sie richtig lagen.«
»Jetzt ist der einzige Mensch, der die Aktennotiz widerlegen kann, der Präsident, und im Augenblick hat sein Wort wenig Gewicht. Was haben Sie sonst noch rausgekriegt?«
»Die Versicherungsgesellschaft, die Jeremy Case die Prämie für den Todesfall ausgezahlt hat, ist eine Schweizer Firma. Raten Sie mal, wem sie gehört?«
»Keine Quizfragen, bitte.«
»Winthrop, Hawkins & Company. Raten Sie mal, wie hoch die Prämie für den Todesfall war.«
»Siebenhunderttausend Dollar ...«
»... und sieben Cent«, beendete Cassandra seinen Satz.
Falcon war ein paar Augenblicke lang still. Alles fügte sich zusammen. »Cassandra, Sie müssen mir alle Informationen zuschicken, die Sie zusammengetragen haben – die Informationen über die Versicherungsgesellschaft, die Winthrop, Hawkins & Company gehört, das über Rutherford und vor allem die Telefonrechnungen der Sieben.«
»Wohin soll ich es schicken?«
»Nach Boston. An das Federal Express Office in Faneuil Hall. Schicken Sie es per Eilboten. Damit es morgen um zehn dort ist.«
»Warum nach Boston?«
»Ich hatte hier eine Kleinigkeit zu erledigen.«
Cassandra seufzte. Sie wußte, warum er dort war. »Seien Sie vorsichtig.«
»Bin ich.« Falcon zögerte. »Ich muß Sie um einen Riesengefallen bitten.«
»Allmählich ist Schluß mit den Gefälligkeiten, Andrew. Das ist das letzte Mal.« Aber sie lachte, während sie den Satz zu Ende sprach.
»Es ist sehr wichtig.«
»Okay.«
»Ich habe vor, alle Informationen, die ich zusammengetragen habe, in einem Bankschließfach hier in Boston zu lagern. Dazu gehören die vier Aktendeckel, die ich bei Penn-Mar mitgenommen habe, Informationen über die telegrafischen Überweisun-

gen, die auf die Sieben hindeuten, alles, was Sie mir beschafft haben, und eine Zusammenfassung der Ereignisse, die ich verfaßt habe. Es ist ein Schließfach der Bank of Boston in der Main Street. Nur zwei Menschen werden Zugang zu diesem Schließfach bekommen. Sie und ich.«

»Was?«

»Ich kann nur Ihnen vertrauen, Cassandra. Bitte.«

»Andrew, ich –«

»Bitte. Sie wissen, daß ich nie zweimal hintereinander *bitte* sage.«

Ein langes Schweigen entstand. »Was soll ich tun?«

»Von jetzt an werden Sie jeden Abend einen Auftragsdienst anrufen, den ich engagiert habe. Ich habe im voraus für ein Jahr bezahlt. Das sollte reichen.« Falcon gab ihr die Nummer des Auftragsdienstes. »Ich hinterlasse jeden Abend um elf eine Nachricht für Sie. Jeden Abend!« Er betonte die Worte. »In der Nachricht wird jedesmal eine Farbe vorkommen. Falls um elf keine Nachricht vorliegt oder darin keine Farbe erwähnt wird, kommen Sie sofort nach Boston, holen die Informationen aus dem Bankschließfach und übergeben sie den Behörden. Stellen Sie keine Fragen. Tun Sie es einfach! Ich schicke Ihnen per Eilboten den Schlüssel und die Schließfachnummer. Ich schicke sie postlagernd an das Postamt in Manhattan in der Nähe Ihres Büros. Das ist vermutlich sicherer als Ihre Privatadresse. Und praktischer.«

Falcon mußte eine weitere lange Pause ertragen.

»Wenn ich also keine Nachricht bekomme, kann ich davon ausgehen, daß Ihnen etwas zugestoßen ist.«

»Ja. Und dann müssen Sie sich an die Behörden wenden. Sie können es anonym tun. Mir ist das gleich. Aber Sie müssen mir versprechen, daß Sie alle Informationen aus dem Schließfach an die Behörden weiterleiten.«

»Abgemacht.« Sie zögerte. »Aber warum kann ich nicht einfach Kopien der ganzen Papiere hier bei mir aufbewahren?«

»Nein! Wenn eine Kopie dieser Papiere existiert, gehen wir das Risiko ein, daß sie in falsche Hände gerät. Das geht nicht. Außerdem brächte Sie das in Gefahr.«

»Okay, okay.«
Falcons Hand am Telefonhörer entspannte sich. Allmählich lief es nach Plan.
»Andrew, haben Sie mitbekommen, daß sowohl der Vorstandsvorsitzende als auch der stellvertretende Vorstandsvorsitzende der NASO Selbstmord begangen haben?«
»Was?«
»Ja. Barksdale war der stellvertretende Vorstandsvorsitzende, stimmt's?«
»Ja.«
»Er ist gestern nacht vom Balkon seiner Wohnung in New York City gesprungen.«
»Heiliger –«
»Und Boreman hat sich am Freitag in Westchester County in seinem Auto in den Tod gestürzt. Er hat in seinem Haus einen Abschiedsbrief hinterlassen. Darin stand, er könne mit dem, was bei der NASO geschehen sei, nicht leben. Sie konnten die Leiche noch nicht eindeutig identifizieren. Offenbar war sie zu stark verbrannt. Aber es war das Nummernschild von Boremans Auto.«
Falcon starrte die Wand vor ihm an. »Sie haben gesagt, Boreman hat sich am Freitag umgebracht?«
»Ja.«
Falcon nickte vor sich hin. Da war etwas, was er überprüfen mußte.

»Warum haben Sie Falcon noch nicht erwischt? Mein Gott, es ist jetzt fünf Tage her.«
»Wir wissen, wo er ist.« Rutherford spielte den Gelangweilten. Er gähnte in die Sprechmuschel des Telefons. Er war die ständigen Anrufe von Prescott leid.
»Woher wissen wir das?« Prescott betonte das Wort »wir« sarkastisch.
»Von unserer Freundin.«
»Natürlich.« Prescott schnaubte ins Telefon. »Wenn wir wissen, wo er ist, warum zum Teufel bringen wir ihn dann nicht um?«

»Wir wissen, daß er hier in Boston ist. Wir wissen nur noch nicht, wo genau er sich aufhält. Aber wir rechnen damit, es bald zu erfahren.« Rutherford hatte niemandem gesagt, daß Falcon in Harlem Phoenix Grey entkommen war.

»Boston?« Prescott war überrascht. »Boston?« Dann erschrak er. »Herr im Himmel, er ist hinter Ihnen her.«

Sofort bereute Rutherford, daß er Prescott verraten hatte, wo Falcon sich aufhielt. »Na und?«

»Warum ist er Ihrer Meinung nach Boston gefahren? Glauben Sie, er will Kontakt mit Ihnen aufnehmen?«

»Das hätte er telefonisch von New York aus tun können.«

»Und warum ist er dann nach Boston gefahren?«

»Ich weiß es nicht. Und ich denke nicht daran, mir deshalb Sorgen zu machen.«

»Sicher, für Sie ist es leicht, sich keine Sorgen zu machen. Zum Teufel, falls diese Sache wirklich platzt, falls Falcon sich an die Behörden wendet, lösen Sie sich einfach in Luft auf und wir anderen löffeln die Suppe allein aus. Bei Ihrer Vergangenheit können Sie verschwinden, ohne je gefunden zu werden.«

Rutherford macht der Wirkung halber eine kurze Pause, dann atmete er heftig in das Mundstück aus. Seine Stimme war ruhig, aber fest. »Glauben Sie wirklich, daß ich das tun würde? Sie alle im Stich lassen, nach allem, was wir durchgestanden haben?«

Prescott schluckte schwer. Der Druck richtete ihn zugrunde. »Ich ... es tut mir leid, Bill. Es ist nur, weil ...«

»Ich bin der loyalste Mensch, den Sie je kennenlernen werden.« Rutherfords Stimme nahm am Ende des Satzes an Intensität zu. Rutherford wußte, daß Prescott die Beleidigung bereute. Er wußte, daß es schlicht am Streß der Situation lag. Er hatte das bei der CIA oft erlebt. Es war eine natürliche Reaktion auf extremen Streß. Aber sie war unentschuldbar. Es war eine Reaktion, die zum Schweigen gebracht werden mußte – sofort. Zwietracht im Inneren war ein mächtigerer Feind als jeder Gegner von außen. Es war gefährlich zuzulassen, daß Prescott sich weiterhin solche Gedanken machte. Möglicherweise überredete er die anderen dazu, die Verschwörung zu beenden. Oder zu einem Kuhhandel mit den Behörden, was noch schlimmer gewesen wäre. Er mußte mit Prescott hart ins Gericht gehen und diesem kleinen Jammerlappen von einem Zivilisten eine Lektion erteilen. »Entschuldigen Sie sich bei mir!«

»Ich entschuldige mich.« Prescotts Stimme war kaum hörbar.

»Sie sind schwächer, als ich es mir je hätte träumen lassen, Turner. Dabei müssen Sie gerade jetzt stärker sein, als Sie es sich je hätten träumen lassen.«

»Stimmt.« Prescott räusperte sich. »Ja.«

Rutherford sprach eine Spur milder. »Falls Falcon vorhätte, sich an die Behörden zu wenden, hätte er das inzwischen getan. Ich glaube, er hat ein Gegengeschäft im Auge. Sie wissen ja, da ist immer noch das kleine Problem in Ohio.«

»Sie meinen den toten Wachmann?«

»Ja. Vermutlich weiß er, daß wir über seine Verwicklung in die Schießerei Bescheid wissen. Er weiß, daß wir die Behörden informieren könnten und daß sie ihn finden würden. Sehen Sie, beide Seiten verfügen über Informationen, die der anderen schwer schaden könnten. Es ist ein interessantes Dilemma. Es geht darum, wer zuerst mit der Wimper zuckt.«

»Aber die Behörden werden früher oder später dahinterkommen. Sie überprüfen doch bestimmt die Einträge im Besucherbuch an jenem Tag. Sie werden Falcons Namen finden, und wenn sie ihn bei der NASO anrufen, bloß um ein paar Fragen zu stellen, und herausfinden, daß er seit einer Woche nicht zur Arbeit erschienen ist, werden sie ihn aufspüren.«

»Chambers hat die Namen von Falcon und von Barksdale aus dem Besucherbuch entfernt. Und er hat Landon von den Behörden ferngehalten.«

»Aber das kann Falcon nicht wissen.«

»Da haben Sie recht. Deshalb glaube ich, daß er bald Kontakt mit uns aufnehmen wird.« Rutherford sah aus dem Fenster seines Vororthauses. »Wie läuft der Prozeß?«

»Die Anwälte von Penn-Mar bemühen sich um einen Vergleich, aber das lassen wir nicht zu. Ich habe keine Ahnung, wie viele verschiedene Staats- und Bundespolizeibehörden sich inzwischen bei Penn-Mar zu schaffen machen. Der Präsident ist so gut wie tot durch den Vorwurf mit den Insidergeschäften und das, was sich auf den Finanzmärkten tut. Bailey Henderson schießt ihn im *Chronicle* ab. Und die anderen großen Zeitungen blasen ins gleiche Horn, genau wie wir es erwartet haben. Alles läuft perfekt – bis auf dieses Problem mit Falcon.«

»Machen Sie sich keine Sorgen, Turner. Wir kriegen Falcon.«

»Ich ... das weiß ich. Ich habe Vertrauen zu Ihnen.«

»Gut. Hören Sie, ich muß jetzt jemanden anrufen. Ich melde mich später bei Ihnen.«

»Okay.«

Rutherford legte auf. Prescott hatte recht. Falls die Sache platzte, würde er für immer verschwinden. Die anderen konnten das allein ausbaden. Rutherford sah aus dem Fenster. Wo zum Teufel war Falcon?

Cassandra starrte Bailey Hendersons Aktenschrank an. Sie hatte bereits mit Hilfe ihrer Kontaktperson bei der Telefongesellschaft alle Telefonrechnungen beschafft. Sie hatte die Rechnungen und die anderen Auskünfte an Falcon in Boston geschickt. Sie hatte ihre Arbeit getan. Sie brauchte nichts mehr zu tun. Aber vielleicht gab es noch mehr Informationen. Den einen, kleinen Beweis, der das Ganze zu einem sauberen Paket bündelte. Und vielleicht war er hier in Hendersons Büro.

Sie war jetzt seit fünf Minuten hier, im Sekretariatsbereich von Hendersons weitläufigem Büro im ersten Stock. Fünf Minuten waren unter den gegebenen Umständen eine lange Zeit, aber es war sehr spät, und Henderson war in Kalifornien. Sie hatte seinen Terminkalender mehrmals überprüft.

Cassandra ging durch den schwach beleuchteten Raum zum zweiten Aktenschrank und kniete nieder. Sie steckte den dicken Schraubenzieher ins Schloß und drehte daran.

»Was zum Teufel machen Sie hier?« Plötzlich tauchte die Deckenbeleuchtung den Raum in gleißendes Licht.

Cassandra ließ den Schraubenzieher fallen und kam langsam auf die Beine. Sie geriet nicht in Panik, sondern blieb ganz ruhig.

Falcon hatte mit dieser Möglichkeit gerechnet und ihr gesagt, was sie sagen sollte, falls ein Problem auftauchte.
Bailey Henderson stand zwischen Cassandra und der Tür. »Was machen Sie hier?« Er regte sich auf und mußte schnaufen. Er sah sie aus zusammengekniffenen Augen an. »Sie sind Cassandra Stone, stimmt's?«
»Ja«, flüsterte sie.
»Warum wühlen Sie in meinen Privatakten herum?« Seine Stimme bebte.
Sie standen sechs Meter voneinander entfernt und starrten sich an.
»Antworten Sie!«
Cassandra musterte ihn kalt. »Ich arbeite für William Rutherford.« Dann ging sie ohne ein weiteres Wort ruhig an ihm vorbei zum Aufzug.
Henderson starrte sie an, als sie an ihm vorbeiging, und schluckte schwer.

32

Falcon ging langsam die Albany Street entlang, die Hauptverkehrsstraße im Lagerhausviertel am Südende von Boston. Riesige Sattelschlepper krochen die mit Schlaglöchern übersäte Straße entlang und suchten nach der richtigen Verladebucht. Ächzende Motoren, lärmende Lkw-Hupen und Dieselabgase gaben diesem späten Vormittag den Rest.

Die Informationen waren sicher in einem Schließfach in der Hauptgeschäftsstelle der Bank of Boston in der Main Street gelagert: die Akten aus Chambers' Büro bei Penn-Mar, die von Martinez gesammelten Belege über die telegrafischen Überweisungen, die Informationen, die Cassandra an das Büro des Federal Express geschickt hatte, seine Aktennotiz an die »zuständige Stelle« und alles andere. Und der Zweitschlüssel und die Schließfachnummer, auf den Zettel geschrieben, hatten Cassandra gestern morgen erreicht. Falcon atmete tief ein, während er durch den Schatten der riesigen Gebäude ging. Das Schließfach enthielt noch etwas – für den Notfall.

Er bog von der Albany Street ab und ging durch eine Nebenstraße zum Days Inn, wo er wohnte. Er ging jetzt langsam. Ganz vorsichtig. Bevor er heute morgen aus der Pension gegangen war, hatte er die Frau angerufen und ihr genau gesagt, wo er sich aufhielt, hatte sichergestellt, daß er gefunden wurde. Er wollte diese Konfrontation. Es mußte dazu kommen. Er hatte keine andere Wahl. Aber die Konfrontation sollte unter Bedingungen stattfinden, die er geschaffen hatte. Sonst hätte er sie vielleicht nicht überlebt.

Die Hupe des Sattelschleppers dröhnte so laut, daß Falcon fast vornübergekippt wäre. Der Lastwagen war schon fast auf einer Höhe mit ihm, als der Fahrer hupte, um anzukündigen, daß er durch das offene Tor des Lagerhauses fahren wollte. Falcon gelang es gerade noch, stolpernd die Backsteinmauer zu erreichen und sich in Sicherheit zu bringen, während der riesige Lkw vorbeituckerte. Der Fahrer drückte noch zweimal auf die Hupe, als er an ihm vorbeizog.

Falcon beobachtete, wie der Sattelschlepper in das Gebäude rollte. Sein Herz hämmerte wild in seiner Brust, Schweiß strömte aus seinen Poren. Er hatte seit achtundvierzig Stunden nicht mehr geschlafen und drehte langsam durch. Als Falcon sich gegen die Mauer lehnte, ließ er die Augen zufallen. Das Ausruhen tat so gut. Die Informationen waren in Sicherheit, der Schlüssel war bei Cassandra. Er hatte getan, was er konnte. Jetzt blieb ihm nur noch das Warten.

Er machte die Augen auf. Der Mann rannte auf ihn zu, mit einem verzweifelten Ausdruck im Gesicht. Der gleiche Mann, der ihn in Harlem gejagt hatte und am Bahnhof in der Jersey Avenue in den Transitzug aus New Jersey gestiegen war, rannte vom Days Inn aus direkt auf Falcon zu. Das Warten war zu Ende.

Einen Moment lang verschwamm alles vor Falcons Augen. Er sah die rennende Gestalt aus zusammengekniffenen Augen an und sah wieder scharf. Der Mann war nur fünfzig Meter entfernt und kam schnell näher. An seiner Identität gab es keinen Zweifel. Falcon drehte sich um und lief weg. Gib mir Kraft.

Phoenix Grey strapazierte seine Beine wie nie zuvor. Dieses Mal durfte er nicht versagen. Er hatte keine dritte Chance. Rutherford hatte das deutlich gesagt.

Falcon raste über den leeren Parkplatz, wich im Laufen leeren Bierdosen aus. Flaschenscherben knackten unter seinen Füßen wie Maschinengewehrfeuer in der Ferne. Wo zum Teufel war die Tür? Er suchte im Rennen die Seitenwand des leerstehenden Lagerhauses nach ihr ab. Aber er sah jetzt schlecht. Ihm blieb nicht mehr viel körperliche Kraft übrig.

Grey stellte befriedigt fest, daß Falcon sich schwerfällig bewegte. Das Wild wurde schwächer, und er war völlig ausgehungert. Es würde bald vorbei sein.

Die Tür – wo zum Teufel war sie? Da! Falcon lief an der Mauer entlang zu der weißen Holztür. Sie war nicht abgeschlossen. Er hatte sich vergewissert. Falcon stieß sie auf und stürzte in das

kühle, dunkle Gebäude. Es stank nach Schimmel. Er stieg die schwarze Metalltreppe zum ersten Stock hinauf, nahm drei Stufen auf einmal. Von irgendwoher kam Kraft, obwohl er nicht wußte, woher.
Grey nahm vier Stufen auf einmal. Er kam näher. Falcon war erledigt. Dieses Mal würde er nicht entkommen.
Falcon erreichte den riesigen, leeren ersten Stock. Er war so groß wie ein Footballplatz. Er rannte in die Mitte des Raums. Der Verfolger war ihm jetzt sehr nahe. Er konnte es spüren.
Grey erreichte das Ende der Treppe, riß im Laufen die Pistole aus dem Halfter.
Falcon blieb plötzlich mitten in dem riesigen Raum stehen und wandte sich Grey zu. Er stand herausfordernd da, die Arme über der Brust verschränkt.
Phoenix Grey blieb ebenfalls stehen. Er war nicht weiter als fünfzehn Meter von der Beute entfernt. Es würde ein einfacher Schuß werden. Was zum Teufel war mit Falcon los? Wollte er sterben?
»Wenn Sie mich jetzt töten, fliegen die Sieben auf. Die Welt wird von der Verschwörung erfahren«, sagte Falcon entschieden. Seine Worte hallten in dem riesigen Raum wider. »Sie, Rutherford und die anderen werden wie Tiere gejagt, bis die Polizei sie gefunden hat. Ihr Spiel ist aus! Die Behörden werden alle Informationen bekommen. Ich weiß alles. Und die Beweise sind sicher verwahrt. Falls mir etwas zustößt, gibt es Leute, die wissen, wie sie an die Informationen herankommen. Und sie werden es erfahren, wenn mir etwas zustößt.«
Grey starrte am Pistolenlauf entlang auf Falcons Brust, die sich nach der Jagd immer noch heftig hob und senkte. Er ging langsam auf Falcon zu.
»Ich will mit Rutherford sprechen. Wenn ich mit ihm spreche, bleiben die Informationen in Sicherheit. Falls nicht, gehen sie morgen an die Behörden.«
Grey umkreiste ihn jetzt langsam. Falcon sah direkt geradeaus. Er war so klug, sich nicht zu rühren. »Wenn Sie mich umbringen, sind Sie auch so gut wie tot.«
Der kalte Stahl der Pistole drückte sich gegen seinen Nacken.

»Verstehen Sie, was ich sage? Machen Sie ja nicht den Fehler zu glauben, daß ich bluffe, Freund.« Einen Augenblick lang fragte sich Falcon, ob seine Taktik richtig gewesen sei.
Dann wurde ihm schwarz vor Augen.

Falcon öffnete langsam die Augen. Er sah die Welt nicht sofort scharf. Gott, sein Hinterkopf schmerzte wie wahnsinnig. Er schloß die Augen.
»Sie kommen wieder in Ordnung.« Die Stimme war militärisch und schroff.
Zigarettenrauch stieg Falcon in die Nase. Er machte die Augen wieder auf. Der Raum war kahl, beleuchtet von einer nackten Glühbirne, die wie ein Mann in der Schlinge an einem langen, schwarzen Strick hing. Falcon zitterte. Er konnte nicht über den kleinen Lichtkreis hinaussehen.
»Hungrig?«
Falcon schüttelte langsam den Kopf und streckte sich. Er lehnte sich gegen die Wand aus Leichtbeton.
»Müssen Sie die Latrine benützen?«
Falcon schüttelte wieder den Kopf. Er sah auf. Der Mann saß rittlings auf einem Holzstuhl und sah auf ihn hinunter. Die Ellbogen ruhten auf der Stuhllehne.
Der Mann sah ihn einen Moment lang an, dann inhalierte er genüßlich an der Zigarette, warf sie auf den Betonboden und trat die brennende Kippe mit einem großen schwarzen Stiefel aus.
Falcon konnte jetzt etwas klarer sehen. Der Mann war groß. Sehr groß. Die Arme eines Schmieds wölbten sich unter dem Golfhemd aus Baumwolle. Sein Kopf war riesig, sein Gesicht wurde von einer Mammutstirn und einer Adlernase dominiert. Sein Haar war zu einem Bürstenschnitt geschoren. Falcon konnte die Haarfarbe nicht erkennen, weil das Licht im Raum zu schwach war. Der Mann entsprach nicht ganz dem, was Falcon erwartet hatte. »William Rutherford?«
»Höchstpersönlich«, sagte Rutherford im Kommandoton.
Falcon ließ den Kopf gegen die Leichtbetonwand zurückfallen. »Mein Gott.« Er faßte sich an den Hinterkopf. Da war ge-

trocknetes Blut. »Warum zum Teufel mußte Ihr Killer denn so hart zuschlagen?«

»Er wollte nicht, daß Sie ihm wieder entkommen. Er war stocksauer. Eins muß ich Ihnen lassen, Falcon, ich habe nie erlebt, daß jemand Phoenix Grey so entschlüpft ist, wie Sie es getan haben.«

Falcon rieb sich weiter den Schädel. »Wie spät ist es?«

Rutherford sah auf die Uhr. »Sechs Uhr abends. Es ist etwa sieben Stunden her.«

»Das paßt ins Bild«, sagte Falcon mit angehaltenem Atem.

»Sie sind ein komischer Kerl, Mr. Falcon.« Rutherford griff nach einem Päckchen Marlboro in der Brusttasche des Hemdes, zog eine Zigarette heraus und zündete sie an. Er zog ein paarmal daran, dann deutete er mit der Hand, in der er die Zigarette hielt, auf Falcon. »Was wollen Sie? Warum sind Sie nach Boston gekommen?«

Falcon richtete sich an der Wand auf. »Um ein paar Antworten zu bekommen.«

»Okay, in Wahrheit ist die Erde keine Kugel; sie ist eine Scheibe. Und es tut mir leid, daß ich derjenige bin, der es Ihnen sagen muß, aber es gibt keinen Himmel, sondern nur die Hölle auf Erden. Und für Sie, Junge, wird's noch viel schlimmer werden, ehe es wieder besser wird. Reicht Ihnen das?«

Falcon ignorierte Rutherford. »Ich weiß, daß Sie Jeremy Case ermordet haben. Sie haben Carter Filipelli ermordet und außerdem Peter Lane.«

»Und noch ein paar andere.« Rutherford zuckte nicht mit der Wimper.

»Wie haben Sie Lane dazu gebracht, das Geld zugunsten des Präsidenten anzulegen?«

»Wir haben ihm eine halbe Million Dollar bezahlt. Er steckte bis zum Hals in Spielschulden. Er ist ein bißchen früher abgehauen, als wir erwartet hatten, aber wir haben ihn gefunden.«

»Aber er wäre doch nicht so blöd gewesen, die Aktennotiz zu schreiben, die von den Behörden bei Lodestar gefunden worden ist, und noch dazu seine Fingerabdrücke darauf zu hinterlassen. Nicht mal für ein halbe Million Dollar.«

»Phoenix Grey, der Gentleman, der in der letzten Woche als Apportierhund für Sie im Einsatz war, hat Lane an einem einsamen Strand in St. Croix aufgespürt. Ehe Phoenix ihn den Haien vorgeworfen hat, ist es ihm gelungen, Lanes Fingerabdrücke auf eine Aktennotiz zu bekommen, die ich auf meinem Computer ausgearbeitet hatte.«

»Und natürlich haben Sie den *Financial Chronicle* dazu benützt, die Medien zu manipulieren.«

»Natürlich. Die Macht der Presse. Soll man nie unterschätzen.«

»Und Sie haben die Informationen über Lodestar und den Präsidenten an das Justizministerium durchsickern lassen.«

»Ehrlich gesagt, das war das FBI. Wir hatten das Justizministerium schon für andere Zwecke eingespannt, deshalb wollten wir in diesem Fall eine andere Regierungsbehörde benützen.«

»Ich habe geglaubt, Victor Farinholt, der Seniorpartner von Lodestar, sei ebenfalls in die Sache verwickelt. In den Zeitungen stand, er habe sich die Insiderinformation auch zunutze gemacht. Oder haben Sie ihm auch was angehängt, genau wie mir?«

Rutherford lachte herzlich. »Nein, er war nicht in die Sache verwickelt. Und wir haben ihm auch nichts angehängt. Das war einfach ein Glücksfall. Finanztypen ekeln mich an. Für Insiderinformationen würden die sogar ihre Mutter verkaufen.« Rutherford machte eine Pause. »Sie haben also ein paar Sachen über uns rausgekriegt?«

»Ich habe alles rausgekriegt. Ich habe die telegrafischen Überweisungen von Winthrop, Hawkins & Company an die NASO gefunden. Ich habe außerdem die Versicherungspolice für die Frau von Jeremy Case aufgetrieben. Ich habe Ihre Telefonrechnungen für das letzte halbe Jahr. Alle Telefonrechnungen. Von allen sieben. Und was am wichtigsten ist: Ich habe die Akten aus Chambers' Büro bei Penn-Mar – mit äußerst belastenden handschriftlichen Notizen am Rand.«

Rutherford rauchte die Zigarette zu Ende, ließ sie zu Boden fallen und trat sie neben der ersten aus. Er lächelte ironisch. »Wie sind Sie uns auf die Spur gekommen? Woher wußten Sie, wo Sie suchen mußten, als Sie in Toledo waren?«

»Im Verlauf des Geschäfts kam mir etliches seltsam vor. Einzeln gesehen war gar nichts daran, aber zusammengenommen konnte ich das nicht ignorieren. Zunächst einmal war da der Headhunter, der mich wegen der Stelle bei der NASO anrief und zwei Tage, bevor der Frau, deren Nachfolger ich wurde, überhaupt gekündigt worden war, über die Vakanz Bescheid wußte. Dann, daß die NASO bereit war, soviel Geld in ein weit überteuertes Geschäft zu stecken. Dann der Zeitpunkt von Filipellis Tod. Und daß zwei Abteilungsleiter von Penn-Mar mit dem gleichen Aufgabenbereich ermordet worden sind. Und schließlich die Tatsache, daß DuPont sich vorzeitig aus dem Übernahmekampf um Penn-Mar zurückgezogen hat, obwohl DuPont noch jede Menge Munition auf Lager hatte.« Falcon warf Rutherford einen Blick zu. »Das haben Sie gedeichselt, nicht wahr?«
»Zu diesem Zweck haben wir das Justizministerium benützt. Wendell hat dort eine Menge Freunde.«
»Um Ihre Frage zu beantworten: Ich bin mit der Absicht, Chambers' Büro zu durchsuchen, nach Toledo geflogen. Im Grunde habe ich nicht geglaubt, dort fündig zu werden. Aber ich bin fündig geworden.«
»Und dabei müssen Sie wohl auch rein zufällig den Wachmann umgebracht haben, was?«
»Ja.« Falcon sah Rutherford an, mit grimmigem Gesicht.
Rutherford schüttelte den Kopf, sagte aber nichts.
Falcon zog sich getrocknetes Blut aus dem Haar. »Es sind nicht nur die Sieben, nicht wahr? Ich meine, an dieser Verschwörung sind mehr als sieben Leute beteiligt, stimmt's?«
»Verschwörung ist so ein häßliches Wort, Mr. Falcon. Ein *Ziel*. Das Wort *Ziel* gefällt mir viel besser als das Wort *Verschwörung*. Ja, auf das Ziel arbeiten mehr als sieben Menschen hin. Manche wissen es. Manche wissen es nicht.«
»Sie haben alle an der Penn-Mar-Transaktion eine Menge Geld verdient, nicht wahr? Sie haben vor der Bekanntgabe Geschäfte gemacht, stimmt's?«
Rutherford nickte. »Natürlich. Über diverse Inlands- und Auslandskonten. Insgesamt haben wir an unseren Investitionen eine Milliarde Dollar netto verdient. Wir haben bei der Übernahme

eine Milliarde verloren, aber wir haben zwei Milliarden Dollar an den Käufen vor der Bekanntgabe verdient. Einen Profit von hundert Prozent innerhalb von sechs Monaten in Höhe von einer Milliarde stecke ich jederzeit gern ein. Aber das war natürlich nicht unsere Hauptmotivation.«

»Das weiß ich«, sagte Falcon ruhig.

Rutherford setzte sich im Stuhl auf. »Hören Sie, Falcon, was wollen Sie? Es gibt doch eindeutig einen Grund für Ihr Kommen.«

Falcon schaffte es, auf die Beine zu kommen. Sein Kopf tat furchtbar weh. Er rieb sich mit den Händen über die Augen. Er hatte das Gefühl, sich übergeben zu müssen, aber es gelang ihm, sich zusammenzureißen. »Rutherford, aus meiner Sicht stecken wir beide in Schwierigkeiten. Es sollte doch einen für beide Seiten annehmbaren Weg geben, diese Probleme zu lösen.«

»Ich höre.« Rutherford steckte sich die nächste Zigarette an. »Erwarten Sie keine Wunder.«

»Meine Informationen reichen aus, Sie und Ihre Freunde lebenslänglich hinter Gitter zu bringen. Falls das, was ich in einem unbekannten Schließfach verwahrt habe, je öffentlich bekannt wird, könnte die Enthüllung Sie und vermutlich noch eine Menge Menschen außer den Sieben vernichten.«

»Möglich«, räumte Rutherford ein.

»Falls mir etwas zustößt, habe ich Freunde, die wissen, wo sie nach allem suchen müssen, was ich zusammengetragen habe. Sie wissen nicht, worum es geht, aber sie wissen, daß sie sich das Material holen müssen, wenn sie nicht regelmäßig von mir hören.«

»Ziemlich simpler Plan, Falcon.«

Andrew zuckte die Achseln. »Kann schon sein. Aber ich glaube, er funktioniert. Ihr Killer hätte mich in dem Lagerhaus ganz einfach umbringen können, aber er hat es nicht getan.«

Rutherford sah weg.

»Aber ich habe auch ein paar Schwierigkeiten.«

»Ja, das stimmt.«

»Erstens wird es sehr schwer für mich werden, nach den Ereignissen bei der NASO wieder eine Stelle zu finden. Jedenfalls in diesem Universum. Zweitens könnten Sie mir schwer schaden, was die Ermittlungen über den Tod des Wachmanns bei Penn-Mar anlangt.«

Rutherfords Augen verengten sich zu Schlitzen. Falcon hatte alles herausbekommen. »Wie also lautet Ihr Vorschlag?«

Falcon hatte eine trockene Kehle. Er räusperte sich. »Erstens will ich zehn Millionen Dollar. Sie haben an Penn-Mar Milliarden verdient. Sie können ein bißchen was davon entbehren. Viel ist das meiner Meinung nach nicht. Zweitens möchte ich, daß Sie eine Farm in Vermont für mich kaufen. Ich könnte zwar zehn Millionen ausgeben, aber es wäre furchtbar nett von Ihnen, wenn Sie mir die Farm kaufen würden. Drittens will ich, daß Sie die telegrafische Überweisung bei der NASO aus der Welt schaffen, die den Eindruck erwecken könnte, ich hätte Insidergeschäfte getätigt. Und viertens will ich, daß Sie die Behörden irreführen, was meine Beteiligung am Tod des Wachmanns bei Penn-Mar anlangt. Ihnen ist das vermutlich völlig egal, aber ich habe ihn nicht ermordet. Es war ein Unfall.«

»Das muß ich mit den anderen besprechen«, sagte Rutherford.

»Kommen Sie mir nicht mit diesem Scheißdreck. Die anderen werden tun, was auch immer Sie sagen. Sie können es tun, Sie werden es tun. Sie sind der Boß.«

»Nein, der Boß bin ich.« Granville Winthrop trat lautlos aus dem Schatten hervor.

Falcon wich unwillkürlich gegen die Leichtbetonwand zurück. Winthrop ging weiter über den Betonboden, bis er nur noch Zentimeter von Falcons Gesicht entfernt war. »Ich hätte Sie schon vor langer Zeit umbringen lassen sollen.«

Falcon gewann die Ruhe schnell zurück. »Sie haben es versucht. Sie haben einen Profikiller auf mich gehetzt, und er hat es nicht geschafft, mich umzubringen.« Er kniff die Augen zusammen, dann ließ er das schiefe Lächeln aufblitzen. »Haben Sie's denn nicht kapiert, Granville? Sie können mich nicht schlagen. Sie haben versucht, mich umzubringen. Sie haben versucht, mir ein Insidergeschäft anzuhängen. Sie haben dafür gesorgt, daß mich niemand an der Wall Street einstellen will. Vermutlich haben Sie sogar das Virus in die Software von MD Link eingepflanzt, nicht wahr? Das waren doch Sie, Winthrop?«

Winthrop nickte.

»Aber hier bin ich.« Falcons Stimme war so ruhig wie die windstille See. »Und ich habe Sie und Ihre Freunde aus dem Geldadel am Haken. An einem starken Haken. Ich könnte dafür sorgen, daß Sie lebenslänglich eingelocht werden, wenn ich das wollte. Wenn ich will, Winthrop, habe ich die Macht. Wie gefällt Ihnen das, Granville? Das macht Sie fertig, nicht wahr? Aber gottverflucht noch mal, Sie können nicht das Geringste dagegen unternehmen.«

Winthrop trat wie ein benommener Boxer einen Schritt zurück. Er starrte Falcon ein paar Momente lang aus glasigen Augen an, dann griff er unter seinen langen Regenmantel und zog einen Magnum-Revolver Kaliber vierundvierzig. Er richtete ihn auf Falcons Brust.

»Granville!« kläffte Rutherford. »Legen Sie die Waffe weg!«

Winthrop ignorierte Rutherford. »Ich habe mir immer gewünscht, einen Menschen zu töten, Andrew. Eine große Kugel durch Ihre Brust zu jagen halte ich für eine ziemlich gute Methode, dieses Verlangen zu befriedigen.«

Falcon sah in Winthrops Augen. Er hatte diesen Blick schon einmal gesehen, bei Reid Bernstein. Winthrop wollte unbedingt den Abzug durchziehen. Im Gegensatz zu dem Wächter in Toledo wollte Granville töten.

»Wenn Sie den Abzug durchziehen, ist alles vorbei, Granville«, flüsterte Rutherford. »Alles. Sie haben mir gesagt, daß Sie meine Hingabe an die Mission bewundern. Die Tatsache, daß ich völlig rational denke. Es wäre total irrational, Falcon umzubringen. Er könnte uns im Tod noch vernichten. Er wäre nie nach Boston gekommen, wenn er sich nicht sicher gewesen wäre, uns zur Strecke bringen zu können. Er hat diese Begegnung arrangiert. Er hat zugelassen, daß wir ihn finden und fassen.«

Der Revolver bebte heftig in Winthrops Händen. Granville spannte den Hahn und legt den Kopf leicht schief.

Falcon sah am Revolverlauf entlang in die Augen des alten Mannes, und was er sah, gefiel ihm gar nicht.

Plötzlich zog Winthrop den Abzug durch. Die Kugel knallte gegen die Leichtbetonwand neben Falcons Kopf und flog beim Abprall durch den Raum.
Falcon warf sich zu Boden und schützte instinktiv seinen Kopf mit den Armen. Rutherford stürzte sich auf Winthrop, stieß den Älteren zu Boden und brachte die Waffe schnell an sich.
»Lassen Sie mich los, Rutherford! Ich wollte ihn nicht töten! Wenn ich das gewollt hätte, wäre er tot!« schrie Winthrop.
»Sie hätten uns alle umbringen können, Sie Idiot!« schrie Rutherford zurück.
Alle drei Männer kamen wankend auf die Beine. Falcon und Winthrop starrten sich an. Der Haß in ihren Blicken überraschte sie selbst.
»Sie werden auf meine Forderungen eingehen«, sagte Falcon eisig.
»Was macht Sie da so sicher?« zischte Winthrop.
»Rutherford hat es gesagt. Ich habe dieses Treffen arrangiert. Ich habe zugelassen, daß Sie mich fassen. Warum sollten Sie alles, wofür Sie gearbeitet haben, platzen lassen, nur um mich zu töten? Innerhalb Ihres grandiosen Plans bin ich Hühnerkacke. Ich lasse Sie leben, Sie lassen mich leben.«
»Ich würde sagen, Ihr Leben kommt mich ganz schön teuer zu stehen.«
»Mein Schweigen ist zehn Millionen Dollar wert.«
»Sie vergessen, Mr. Falcon«, mischte Rutherford sich ein, »daß Sie hier in meinem Gewahrsam sind. Ich habe den größten Teil meines Lebens damit verbracht, Informationen aus Menschen herauszuholen. Und herausholen ist ein Euphemismus. Wissen Sie, ich weiß genau, wieviel Schmerz der menschliche Körper aushält, ehe er die Kraft zum Leben verliert.« Er schwenkte den .44er. »Es wäre sehr einfach für mich herauszufinden, wo diese Informationen sind.«
»Wollen Sie wirklich darauf setzen, daß Sie die Informationen aus mir herausholen? Falls meine Freunde heute abend um elf nichts von mir hören, werden sie morgen früh um neun zur Stelle sein und die Informationen holen. Bis zum Morgen kann ich durchhalten.« Er zitterte wieder. Hier drin war es kalt.

Rutherford sah Falcon an. »Ja, ich nehme an, das könnten Sie.«
»Dann sind wir im Geschäft?«
Rutherford stand mehrere Augenblicke lang schweigend da und sah dann Winthrop an, der nach einer Weile nickte.
»Im Prinzip ja«, flüsterte Winthrop. Er hatte keine andere Wahl. Er wandte sich zum Gehen.
»Noch was. Noch eine Bedingung für mein Schweigen.«
Winthrop drehte sich um und sah Falcon an. »Was jetzt noch?«
»Ich will einer der Sieben sein.«
Winthrop und Rutherford sahen ihn ungläubig an.
»Und nur um Ihnen zu zeigen, daß es sich lohnt, mich in den Bund der Sieben aufzunehmen, gebe ich Ihnen was, woran Sie kauen können, Granville. Boreman ist angeblich tot, nicht wahr? Bei einem Autounfall verbrannt?«
»Ja, möge Gott seine Seele in Frieden ruhen lassen.«
»Das ist am Freitag passiert?«
»Ja.«
»Warum hat dann die Glocke der Kapelle von Harvard Freitag nacht nicht sieben Minuten vor Mitternacht siebenmal geläutet? Und warum steht Wallace Boremans Name nicht auf der Plakette? Angeblich ist das achtundvierzig Stunden nach dem Tod eines der Sieben üblich. Sein Name steht nicht dort. Ich habe nachgesehen. Und es gibt einen Grund dafür, daß sein Name nicht dort steht. Er ist nicht tot.«
Die beiden Männer sagten nichts. Sie starrten Falcon nur an.

33

Das Pärchen ging Hand in Hand durch die Dunkelheit. Sie waren beide Studenten im letzten Semester – er in Anthropologie, sie in Jura. Sie kamen von einer kleinen Abendessengesellschaft auf der anderen Seite des Campus zurück. Die Frau schmiegte sich an ihren Freund, um sich zu wärmen. Die Luft war kühl, und der Geruch nach Kaminrauch trieb durch die Herbstnacht.
Sie hielten einen Augenblick vor der dunklen neugotischen Kapelle der Universität inne. Sie war in weißes Licht aus Punktstrahlern getaucht, und sie blieben stehen, um die Schönheit des eindrucksvollen Gebäudes zu bewundern.
In der Stille der späten Stunde erschraken beide, als plötzlich die Turmglocke läutete. Die Frau sah auf die Uhr. Genau sieben Minuten vor Mitternacht.
Die Glocke schlug siebenmal und verstummte dann. Das Paar nickte sich zu, drehte sich dann um und eilte in seine warme Wohnung. In den nächsten Tagen würden sie auf der Plakette nachschauen.
Plötzlich erloschen die Lichter, in deren Schein die Fassade der Kapelle getaucht gewesen war. Ein Windstoß wehte durch die Buchsbaumbüsche vor dem Steingebäude; dann regten sie sich nicht mehr. Devon Chambers hatte seinen langen Kampf gegen den Krebs verloren.

Bob Whitman ging selbstbewußt über das Podium, das im großen Ballsaal des Hotels Marriott in Washington aufgebaut worden war. Er winkte im Gehen. Die versammelten Republikaner brachen in lautstarken Jubel aus. Sie waren wie im Delirium.
Eine Stimme dröhnte durch die Lautsprecher. »Meine Damen und Herren! Bob Whitman, unser neuer Präsident!«

Die Menge brach wieder in wilden Beifall aus, als Whitman an das Rednerpult in der Mitte des Podiums trat. Er hielt beide Arme in die Höhe und bat um Ruhe. Schließlich fügte sich das Publikum.

»Meine amerikanischen Mitbürger!« Die Menge jubelte wieder beim Klang von Whitmans Stimme und verstummte dann, damit er fortfahren konnte. »Präsident Warren hat mich eben aus seiner Wahlkampfzentrale angerufen und auf die Wahl verzichtet ...«

Falcon schaltete den Fernseher von der Couch aus mit der Fernbedienung aus. Mehr brauchte er nicht zu sehen. Das Rennen war gelaufen. Und es war spät; er war müde. Er stupste Alexis gegen die Schulter und flüsterte ihr ins Ohr: »Komm, gehen wir ins Bett.« Sie seufzte und nahm ihren Kopf von seiner Brust. Sie war schon vor Stunden eingeschlafen. Falcon fuhr ihr mit den Fingern durchs Haar, und dabei fiel ihm auf, daß das Brandmal auf der Innenseite seines Unterarms – das Brandmal der Sieben – jetzt verheilte.

Phoenix Grey starrte das Farmhaus in Vermont durch die Dunkelheit und den fallenden Schnee an. Das war es. Er hätte diese Sache längst erledigen müssen. Er haßte Falcon, weil er seine Glaubwürdigkeit Rutherford gegenüber ruiniert hatte. Jetzt würde er diese Glaubwürdigkeit wiederherstellen.

Phoenix atmete die kalte feuchte Luft ein. Der Neuschnee war gut. Er würde seine Spuren verdecken. Er tastete nach der .22er Pistole, die unter der Daunenjacke hing. Der Schalldämpfer war schon angeschraubt.

Alexis musterte Falcons Gesicht gründlich. Er atmete langsam und regelmäßig. Es war drei Uhr morgens. Er schlief fest.

Eigentlich hatte sie nicht nach Vermont kommen wollen. Hier war es sieben Monate im Jahr kalt und dunkel. Aber Andrew hatte sie so nett darum gebeten, und Winthrop hatte es ihr befohlen.

Alexis stand so behutsam wie möglich aus dem Bett auf. Sprungfedern knackten, der Lattenrost knarrte, als sie das Gewicht verlagerte. Sie hielt den Atem an, als Falcon sich leicht regte. Sie stand volle fünf Minuten auf dem kalten Holzboden, traute sich kaum, Luft zu holen. Schließlich wurde sein Atem wieder regelmäßig. Alexis verließ leise das Schlafzimmer.

Trotz der Kälte machte sie sich nicht die Mühe, ihren Hausmantel oder ihre Pantoffeln anzuziehen. Sie merkte gar nicht, wie frostig die Luft im Schlafzimmer war. Sie konnte nur an die herrliche Zeit denken, die sie in den letzten Monaten genossen hatte, und daran, daß sie Andrew inzwischen wirklich liebte. Vermont hatte sich als sehr hübscher Ort erwiesen.

Er hatte kein einziges Mal gefragt, ob sie mit den Sieben etwas zu tun habe oder wie sie Rutherford Informationen hatte zukommen lassen, die ihn in tödliche Gefahr gebracht hatten. Ihr war klar, daß er es wissen mußte, aber er hatte nie darüber gesprochen. Und jetzt das. Gestern der verdammte Anruf von Rutherford.

Es wäre dumm gewesen, den Anruf zu ignorieren. Nein – selbstmörderisch. Sie arbeitete immer noch für Winthrop. Sie würde immer für ihn arbeiten. Er erinnerte sie bei jeder Gelegenheit daran. Er hatte sie in Italien vor dem Waisenhaus bewahrt. Er ganz allein hatte sie vor einem Leben gerettet, das vermutlich aus Bordellen, Zuhältern und Drogen bestanden hätte. Und wenn er wollte, konnte er sie dorthin zurückschicken. Er ließ keine Gelegenheit aus, ihr auch das aufs Butterbrot zu schmieren. Wie sie ihn haßte!

Im Lauf des Tages hatte Alexis oft daran gedacht, Falcon zu sagen, was sie erfahren hatte: Winthrop hatte nach langer, mühsamer Suche endlich das Schließfach in der Zentrale der Bank of Boston in der Main Street gefunden. Winthrop war seit dem Kuhhandel, den Falcon in Rutherfords Keller mit ihm abgeschlossen hatte, hinter den Informationen hergewesen. Daß er Falcon erlaubte, einer der Sieben zu werden, war nur seine Methode gewesen, Zeit zu schinden und Falcons Vertrauen zu gewinnen. Winthrop hatte alle Hebel in Bewegung gesetzt, um die Informationen zu finden. Und jetzt war Phoenix Grey gekommen, um Andrew zu töten.

Im Lauf des Tages hatte sie oft daran gedacht, Falcon zu sagen, er solle weglaufen, soviel Geld wie möglich von der Zweigstelle der First National Bank of Vermont in Rutledge abheben und verschwinden, sich in nichts auflösen und sich nie mehr blicken lassen. Aber es wäre sinnlos gewesen. Früher oder später hätten sie ihn gefunden. Und sie hätte damit ihr eigenes Todesurteil unterschrieben.

Alexis erreichte das Erdgeschoß. Hier unten war es noch kälter. Jetzt spürte sie es. Wenigstens das würde ihr nicht fehlen. Alles hatte eine gute Seite. Sie fragte sich, was jetzt aus ihr werden würde. Würde sie Winthrops Geliebte werden? Sie verzog unwillkürlich den Mund. Sie durfte jetzt nicht an diese Möglichkeit denken.

Das ganze Haus war verschlossen und verriegelt. Es erinnerte Alexis an einen Armeestützpunkt. Falcon hatte für die Sicherheit des Hauses gesorgt, bevor sie eingezogen waren. In diesem Punkt war er fanatisch, und sie wußte genau, warum. Aber es war kein Problem gewesen, sich mit dem Sicherheitssystem vertraut zu machen, denn Falcon hatte es ihr genau erklärt. Es würde sie an dem, was sie heute nacht tun mußte, nicht hindern.

Alexis ging durch die Küche in die Speisekammer, schaltete das elektronische Überwachungssystem aus und ging dann zur Hintertür. Sie schaute durch die Fensterscheibe hinaus in den Schnee und die Dunkelheit, sah aber nichts – wie sie es erwartet hatte. Ein Schwall eiskalter Luft drang in die Küche, als Alexis die beiden Riegel zurückzog und die Hintertür öffnete. Der Wind jagte durch ihr geblümtes Flanellnachthemd, klebte es an ihren Körper. Instinktiv verschränkte sie die Arme vor den Brüsten. Wo war er?

Aus dem Nichts trat Phoenix Grey, ganz in Schwarz gekleidet, auf die Küchenschwelle und überraschte Alexis. Mit einer gezielten Bewegung setzte er die Pistole an ihre Stirn und schoß. Sie hatte keine Zeit gehabt zu reagieren, so schnell hatte er gezielt. Sie konnte nicht einmal die Arme von den Brüsten nehmen.

Die Wucht der Hohlkugel, die aus ihrem Hinterkopf austrat, warf ihren Körper nach vorn. Phoenix fing sie auf, dann ließ er ihre Leiche sacht auf die kalten grauen Bohlen der hinteren Veranda fallen. Er betrachtete kurz ihr Gesicht. Blut sickerte aus

dem winzigen Loch direkt in der Mitte ihrer Stirn – ein Kontrast zu der klaffenden Wunde an ihrem Hinterkopf.
Die Hintertür knarrte leicht, als Phoenix sie hinter sich schloß. Aus einer Westentasche zog er eine Nachtsichtbrille und streifte sich das Gummiband über den Kopf. Sofort nahm die Welt verschiedene Schattierungen von Grün, Grau und Weiß an. Die Brille funktionierte. Er konnte alles sehen.
Phoenix Grey hastete die Treppe hinauf. Er kannte den Grundriß des Hauses auswendig. Er war sogar vor mehreren Wochen hier gewesen – Falcon war für einen Tag nach New York verreist –, um sich auf diese Nacht vorzubereiten. Er hatte sich den Weg für diese Mission genau eingeprägt.
Phoenix rannte den Flur entlang zum Schlafzimmer. Es gab keinen Grund mehr zur Vorsicht. Alles war vorüber. Falcon konnte nichts unternehmen. Er war also doch nicht so unbesiegbar, wie er geglaubt hatte.
Phoenix stürmte mit gezogener Pistole durch die Tür. Er zog den Hahn durch und zielte aufs Bett. Er schoß das Magazin leer. Sie würden die Sauerei später wegräumen. Niemand würde je erfahren, was sich hier abgespielt hatte.

34

»Meine Herren, lassen Sie uns auf unser aller Wohl anstoßen.« Winthrop sah sich in dem kleinen Nebenzimmer des Racquet Club um, betrachtete die anderen fünf in Smokings gekleideten Männer.

Sie erhoben sich, ihre Champagnergläser in der Hand. Sie zeigten das Lächeln von Männern, die trotz unüberwindlicher Hindernisse eine große Leistung vollbracht hatten – von Männern, die wußten, daß es keine Rolle spielte, wenn sie nie wieder im Leben etwas leisteten. Darüber ging nichts. Sie hatten den Lauf der Geschichte verändert.

»Als erstes möchte ich mich in unser aller Namen bei mir selbst dafür bedanken, daß ich an einem äußerst passenden Treffpunkt in New York dieses köstliche Abendessen für uns arrangiert habe.« Winthrop sah sich mit einem verschmitzten Lächeln um.

Die anderen lachten und tranken einen Schluck Dom Pérignon. Sie waren Götter. Sie hatten einen sozialistischen Teufel entmachtet und den Kapitalismus wiederhergestellt. Sie hatten ein Recht auf ihre Siegermiene. Sie hatten ein Recht auf alles, was sie wollten.

»Zweitens« – Winthrop senkte aus Respekt die Stimme –, »weil das unser erstes Treffen seit dem Tod unseres lieben Freundes und Kameraden Devon Chambers ist, bitte ich um eine Schweigeminute zu seinen Ehren.«

Die Männer senkten die Köpfe. Einen Moment lang wich die Siegesgewißheit in ihren Gesichtern dem Ausdruck gespielter Trauer.

»Drittens möchte ich Ihnen mitteilen, daß Phoenix Grey gestern morgen genau um siebzehn Minuten nach drei dem Leben eines gewissen Andrew Falcon ein Ende gesetzt hat. Er hat das getan, weil wir nach einiger Zeit die Informationen wiederbeschaffen konnten, die Mr. Falcon uns in Ohio gestohlen hat.«

Das Siegerlächeln auf den Gesichtern kehrte zurück. Sie waren in Sicherheit. Sie waren unangreifbar. Sie waren tatsächlich Götter.

Winthrop sah sich im Raum um. Er strahlte. Und schließlich, meine Herren« – Winthrop machte eine Pause und ließ seinen Blick von Mann zu Mann wandern –, »sollten wir das Glas auf jeden einzelnen von uns erheben!«

»Auf uns, auf uns!« Die Männer jubelten einander zu und schüttelten sich die Hände. Ihre übliche Reserviertheit war für einen Augenblick zügelloser Freude gewichen.

Und dann ging langsam die Tür zum Nebenzimmer auf. Wallace Boreman, immer noch so getarnt, wie er die Reise von der Ranch in Wyoming nach New York unternommen hatte, sah ihn als erster. Er machte den anderen Männern Zeichen. Der Reihe nach drehten sie sich um, und langsam wurde es im Raum grabesstill.

Auch Andrew Falcon trug einen schwarzen Smoking. Er lächelte.

»Guten Abend, meine Herren.« Seine Stimme war gedämpft. »Ich habe zwar keine Einladung bekommen, aber beschlossen, trotzdem zu kommen. Ich hoffe, Sie haben nichts dagegen.«

Turner Prescott sank auf seinen Stuhl und hielt sich die Hände vor das Gesicht.

»Was ist denn los, Turner?« fragte Falcon. »Sie machen ein Gesicht, als ob Sie ein Gespenst gesehen hätten. Oder hätten Sie das vielleicht lieber? Ich sag's Ihnen ungern, aber ich bin sehr lebendig.«

»Was ... Wie sind Sie ...?« stammelte Rutherford. Er konnte es nicht glauben.

»Wie ist das möglich«, murmelte Granville Winthrop.

Langsam ging Falcon durch den Raum, bis er direkt vor Winthrop stand. »Ich habe gewußt, daß Sie die Suche nach diesen Akten nie aufgeben würden. Und daß Sie mich aufspüren und umbringen, sobald Sie sie finden, weil die Aufnahme in die Sieben ein reines Scheinmanöver war. Ich habe es gewußt, Winthrop. Und ich habe Sie reingelegt – Sie alle habe ich reingelegt.«

Falcon sah jeden der Reihe nach an. »Weil Sie alle mich auch reingelegt haben.« Er lachte. »Und es hat ganz schön lange gedauert, bis Sie die Akten gefunden haben. Ich mußte Alexis immer wieder Hinweise geben. Eins muß ich Ihnen sagen, Granville, was Sie wiederbeschafft haben, sind nicht die Originale. Die sind immer noch in meinem Besitz. Aber das konnten Sie nicht wissen, weil Chambers tot war. Nur er hätte Ihnen bestätigen können, ob es die Originale sind.«
Jetzt war Wendell Smith damit an der Reihe, sich Prescott anzuschließen und auf den Stuhl zu sacken. Die anderen blieben mit offenem Mund stehen, unfähig zu sprechen.
»Aber heute morgen habe ich mit Phoenix telefoniert. Er hat gesagt, er hätte Sie umgebracht. Er hat Sie im Bett erschossen.« Rutherford konnte nicht fassen, was er vor Augen hatte.
»Als er in das Zimmer stürmte, hat der gute alte Phoenix sofort losgeschossen. Hat mir jede Menge Zeit gelassen, sorgfältig zu zielen. Ich habe ihn vom Schrank aus, in dem ich stand, in die Schulter und in die Innenseite des Knies getroffen. Kugeln mit Kaliber vierundvierzig sind ziemlich wirkungsvoll. Er hat vom Krankenhaus aus mit Ihnen telefoniert. Die Bundespolizei hatte ihn mit starken Drogen vollgepumpt. Er war bereit, alles zu sagen, was wir von ihm wollten.«
»Aber woher haben Sie gewußt, daß Phoenix kommt?« Winthrop stellte das Champagnerglas auf das Leinentischtuch. »Alexis hat mich verraten! Ich hab' gewußt, daß sie das tun wird!«
Falcon schüttelte den Kopf. »Nein, Granville, sie war Ihnen gegenüber loyal, bis ihr Phoenix die Kugel durch die Stirn gejagt hat. Ich wußte, daß Sie das Schließfach entdeckt haben, weil ich eine Alarmanlage dort untergebracht hatte. Einen winzigen Chip. Um elf Uhr morgens am Donnerstag ist der Alarm losgegangen. Gleich danach hat Alexis jede Menge Telefongespräche geführt. Ich muß zugeben, daß ich in der Nacht von Donnerstag auf Freitag nicht viel geschlafen habe. Ich war wach, als sie aus dem Bett gestiegen ist. Aber selbst wenn ich nicht wach gewesen wäre, hätte mich das Sicherheitssystem im Haus geweckt. Sie mußte es ausschalten, um Phoenix hereinzulassen. Sie wußte, wie sie es abschalten konnte, weil ich es ihr gezeigt hatte. Aber

sie wußte nicht, wie sie gleichzeitig das kleine Alarmsignal im Schlafzimmer ausschalten konnte. Das mit dem Alarmsignal im Schlafzimmer habe ich ihr nie erzählt. Und sie hat nie danach gefragt. Möge Gott ihre Seele in Frieden ruhen lassen.« Falcon sah in die Runde. »Ich wußte, warum sie aus dem Bett stieg.«
Falcon sah in Granvilles Augen. Winthrops Miene zeigte steinernen Trotz. »Warum haben Sie mir das angetan, Granville? Warum haben Sie das Virus in die Software von MD Link eingepflanzt? Warum haben Sie mir andere Stellen in der Wall Street verwehrt? Warum haben Sie dafür gesorgt, daß ich die Stelle bei der NASO bekommen habe? Warum waren Sie so verzweifelt auf meinen Untergang aus?«
Winthrops Miene blieb hart. Er sagte nichts.
Falcon starrte den Älteren an. Er wollte noch sehr viel mehr sagen, sehr viel mehr wissen. Dieser Mann war ihm ein Vater gewesen. Doch Winthrops Schweigen ließ sich nicht brechen. Schließlich wandte sich Falcon ab. »Ich bin fertig!« rief er Richtung Tür.
Die Polizei stürmte den Raum.
Falcon wandte sich Winthrop zu: »Das ist die endgültige Sanktion, Granville. Die endgültige Sanktion ...«

35

Cassandra Stone sah hinaus auf die Bucht von San Francisco. Die Sonne stand tief am Abendhimmel über dem Pazifik, und das schwächer werdende Licht warf gespenstische Schatten auf das Wasser. Ein eisiger Windstoß wehte von den Wellen herauf, die gegen die Hafenmauer schlugen. Cassandra zog sich die Wolljacke eng um die Schultern und fröstelte. Sie holte tief Luft. Sie hatte sich hier bei ihrer Tante versteckt, seit sie mit dem Märchen über Rutherford aus Bailey Hendersons Büro entkommen war. Sie hatte es geschafft, das Bürogebäude zu verlassen und die Straße zu erreichen, während er versuchte, mit Winthrop zu telefonieren. Sie war geflohen. Aber sie konnte niemals zurück zum *Chronicle*. Das wäre Selbstmord gewesen.

Falcon hatte ihr eine Million Dollar als Lohn für die Hilfe geschickt, die Sieben der Gerechtigkeit zuzuführen. Und jetzt, nachdem die Sieben hinter Gittern saßen, konnte sie sich entspannen und nach einer Stelle suchen.

Der silberne Schließfachschlüssel lag in ihrer rechten Handfläche. Einen Augenblick lang dachte Cassandra über seine Bedeutung nach. Er war die einzige greifbare Erinnerung, die ihr geblieben war. Langsam beugte sie sich über den schmiedeeisernen Zaun und ließ den Schlüssel aus der Hand gleiten. Er klatschte leicht im eisigen Hafenwasser auf, schwebte sekundenlang an der Oberfläche und entschwand ihrem Blick, als er auf den trüben Grund sank.

Sie gingen langsam über den weißen Sand von Grand Cayman. Mehr als einmal versuchte Jenny, Falcons Hand zu nehmen. Er ließ es kurz zu, dann zog er sie wieder weg, um sich das Haar aus den Augen zu streichen oder seine Badehose zurechtzurücken. Es hatte nichts damit zu tun, daß er sie nicht geliebt hätte. So war schlicht und einfach seine Persönlichkeit, und sie akzeptierte das …

Die Wellen schlugen sacht gegen ihre Knöchel, als sie durch das Wasser gingen. Falcon reckte sich. Die Sonne auf seinem Körper fühlte sich gut an, und der Kater legte sich allmählich. Sie würden eine Zeitlang hierbleiben. Ein halbes Jahr, vielleicht länger. Das hier war seine verdiente Erholung. Und dann würde er die neun Millionen für sich arbeiten lassen. Er warf durch die Sonnenbrille einen Blick auf Jenny. Sie war nackt, bis auf den Tangaslip. Naja, vielleicht würden sie ja auch ein ganzes Jahr lang hierbleiben. Dann könnte er immer noch mit der Arbeit anfangen.

Jenny ging voraus und bückte sich, um eine besonders schöne Muschel aufzuheben. Sie war die ganze Zeit ihm gegenüber loyal gewesen. Sie hatte Rutherford nur mit Bruchstücken von Information versorgt. Mit Bruchstücken falscher Information. Es war Alexis gewesen, die ihn verraten hatte.

Jenny blieb stehen und nahm ihn bei der Hand. »Andrew, es gibt eine Frage, die ich dir schon lange stellen wollte.«

»Mmm?«

»Was wäre, wenn sie nicht versucht hätten, dich in Vermont umbringen zu lassen?«

»Worüber redest du?« Falcon trat mit der Fußspitze gegen eine Muschel.

»Was wäre, wenn Winthrop nicht nach den Akten gesucht hätte? Was wäre, wenn er zugelassen hätte, daß du für den Rest deines Lebens einer der Sieben geblieben wärst? Was hättest du dann gemacht? Hättest du so gelebt?«

»Das ist Schnee von gestern. Ich habe gewußt, daß er mich jagen würde, sobald er konnte.«

»Aber was wäre gewesen, wenn es anders gekommen wäre?«

»Ich mag die Spielchen mit ›Was wäre, wenn …‹ nicht.«

»Komm schon, Andrew. Mir zuliebe. Nur mir zuliebe …«

Falcon wandte sich ihr zu und legte ihr die Hände auf die Schultern. Er küßte sie sanft auf die Stirn und zog sie dann an seine Brust. »Eines Tages, wenn wir alt und grau sind, werde ich dir davon erzählen.« Er sah lange auf ihr Gesicht hinunter. Schließlich sagte er: »Habe ich dir je erzählt, daß meine Mutter starb, als ich noch klein war? Genau wie deine Mutter. Das gehört zu den Gemeinsamkeiten zwischen uns.«

Jenny lächelte ihn an. Sie gab keine direkte Antwort auf seine Frage. »Es gibt jede Menge Dinge, die du mir noch erzählen mußt, Andrew.«

»Und woher weißt du das, Jennifer?« Er erwiderte ihr Lächeln.

»Das sehe ich in deinen Augen.«

Falcon ließ seinen Bick aufs Wasser wandern, das sich türkisblau bis zum Horizont ertreckte. Es war vorbei. Irgendwie wünschte er sich fast, es wäre nicht so.